U0458728

石勒

根据长篇历史传记文学《石勒传》改编

编剧／李驰骋

山西出版传媒集团　山西人民出版社

《武乡县文艺丛书》编委会

序

李玉臻

石勒是中国历史上非常特殊的英雄人物。他从一个少数民族的奴隶，完全靠自身雄健的气魄、超人的才干、坚忍的奋战，在一个大动荡、大分裂时代脱颖而出，成为统一中国北方的一代英明皇帝，成就了一番卓越的社稷大业。这样一个传奇式的人物，值得回顾，值得书写，值得通过再现历史人物，让人更加深切地感受我们这个多民族的国家，曾经有过何等艰厄、何等悲壮的往事。

据《晋书·载记》，石勒字世龙，上党郡武乡县人。今武乡县故县村的东河沟，相传为石勒出生地。武乡有着久远的历史，汉为涅县，西晋泰始年间设为武乡县。从东汉到西晋，"五胡"即匈奴、鲜卑、羯、氐、羌几个民族大量内迁，武乡便有了羯人与汉族杂居的村落。石勒是羯人，其祖父、父亲相继是居住在武乡那一处的羯族部落的小帅。石勒在这个山明水秀的地方成长起来，因而深爱着这片土地，说："武乡，吾之丰沛。"他把武乡当作其龙兴之地，至今留下了许多传说故事，感染着百姓的心性。应该说是武乡人最了解石勒的家世，也是武乡人最有兴趣谈论石勒、研究石勒。

时值弘扬优秀传统文化的热潮方兴未艾，由武乡学者李驰骋先生撰写出一部四十五集的《石勒》电视剧本，正是文得其时，文得其人。这部大作既是当前文学剧本创作的一个可喜的收获，也是石勒研究以至晋代历史研究成果的一个重要体现。该剧本创作上具有如下几个特点：

一、还原历史故事与采撷民间传说相结合。作者阅读了大量的历史资料，笔下娴熟地勾画了西晋时期"五胡乱华"这个大转折时期的历史，这个时期发生的主要政治事件都在剧本中得到了反映，频繁的政治斗争中的要害问题和关键情节，都能基本如实地表现出来。同时，作者把搜集到的民间传说穿插于剧中，不仅增强了剧情的故事性和趣味性，而且由于一些传说故事描写和点缀得体，更加增强了历史的真实感。写历史剧最大的忌讳是胡编乱造，违背史实，任意虚夸，歪曲历史。《石勒》整个剧情基本符合历史的真实，还原了那个时代的历史文化环境，这一点是最需要肯定的。

二、铺陈沧桑画面与塑造英雄形象相结合。历史学家曾说，在任何一个新政权中，开国元勋往往是一代精华，靠才干取得尊荣。但是，只有晋王朝的开国元勋们，却是那个时代中最腐败的一群无耻之徒，用石勒的话，就是“狐媚以取天下”。因此，很快爆发了“八王之乱”，晋王朝只有很短的二十来年的统一时间，便把中国带入了兵荒马乱的大分裂时代。“八王之乱”即是司马皇族内部互相杀戮，极其残忍，朝野一片血腥；而朝廷的腐败和官僚的贪污横暴，更引起了四处叛乱，流民遍地，群雄割据，战争频仍，石勒乘势而起，建立历史上所称的后赵国，统一北方，称雄一时。这样一种混乱不堪的历史画面，要用文笔和剧本设计表达出来，实在是太难了。作者颇费苦心，通过连续多集的安排来描述这些纷繁复杂的故事，而最重要的任务却是如何从中凸显中心人物石勒的形象。通览全剧可知，作者对于石勒这个典型的刻画还是下足了工夫，从行状、语言到喜怒表情、生活细节和心理描写都突出表现了石勒“天资英达”的个性特征。铺陈沧桑变幻的历史画面，与塑造石勒英武勇悍的形象，能够较好地结合起来，是这部电视剧本的难能可贵之处。

三、众多出场人物与紧扣故事主线相结合。石勒被作为奴隶，从武乡捉去，卖到山东茌平。他得机投奔汲桑的暴动集团，逐步拉起了自己的军队，成为刘渊的汉国的一支劲旅，四出征战，扫灭了西晋王朝的主力，致西晋灭亡，然后再灭前赵刘曜，终使后赵统一中国北方。这是全剧主脉络。而这条主线，却是与晋王朝腐朽没落的过程交织在一起。从“八王之乱”的第一个亲王司马亮被杀，到第八个亲王司马越死，从晋惠帝司马衷被杀，到司马炽、司马邺二帝的苟延残喘，再到晋元帝司马睿的东晋朝廷局促一隅，这便是全剧宏阔而庞杂的背景。所以，这部电视剧表演着两种场景，一种是石勒纵横攻略的场景，一种是朝中夺攘厮杀的场景，或是分别登场，或是相互交错出场，角色繁多。如此，既要铺排好纷乱的出场人物，又要把握好故事的主线，这正是撰写该剧的难点所在。从这种难点的处理上来看，剧本的架构虽然尚不是十分周当，总体来说还是体现了相当成熟的构思和写作技巧。

四、史鉴启迪意义与戏剧欣赏趣味相结合。西晋统治集团的荒淫腐败，以及专制政治下导致的士大夫只顾享乐而毫无家国责任感，这是一段颇有鉴戒意义的历史。西晋王朝在已经丧失了存在能力的情况下，仍然延续到晋愍帝，并且继而产生了东晋政权，其中一个重要原因，实质上在于当时汉族人的民族意识。汉族人尤其是汉族的知识分子，不愿意臣服于胡人统治，只好把晋朝作为正统政权而维持着。石勒初时只知仇恨晋朝统治者而滥杀汉人，后期得到高人指点，开明政治意识得到提升，懂得安抚汉族百姓，重用汉族士人，促进各民族团结，并设立学校，培育人才，提倡儒家经学，这才使他的政权得以巩固，其疆土得到扩展。一个胡人当政而得到了汉人拥戴，正是石勒这个人物对于后世的启迪意义。历史剧诚然不是为写历史而写历史，宗旨在于“以史为鉴”，但从另一方面说，历史剧也并非是历史教科书，它一定要有戏，有观赏性,有娱乐性,通俗地说就是要有看头。譬如石勒起事时“十八骑”结义,后来散而重逢,这故事就有戏。又如石勒和母亲、妻子的悲欢离合,石勒重返武乡故里寻访旧交,以及邀请故里乡亲到皇都欢聚,这些情节趣味横生,都有看头,能够引人入胜。

以上几点之外,我也想过这部电视剧本还有哪些不足之处,如何使之结构更紧凑一些,思想更深刻一些。纷纷纭纭的历史事件和人物,如果适当删繁就简,可以使创作的主题更集中、更鲜明。在尊重历史真实的前提下,增加一些合理的想像、艺术的虚构,可以使剧情更丰富、更生动。当然,还期望该剧能够引起影视艺术家们的重视,通过琢磨加工和润色,最终推出一部更臻完美的脚本。

还在十几年前,我曾经就石勒这个人物,同著名作家钟道新作过一次长谈。钟道新对这个题材很感兴趣,他认为完全可以成就一部精彩的电视剧,并立即开始阅览有关资料。不幸的是,他突然因脑溢血倒下了。我往钟府吊唁时,他的夫人悲惜地告诉我,道新这些日子正在构思石勒的电视剧,才开笔就匆匆走了。我为此极感痛心。当时,我以为要写好石勒的电视剧,再没有比钟道新更合适的作家了。想不到由我们武乡人士李驰骋先生,现在终于完成了这部连续剧的文学剧本创作,这不能不令人格外兴奋。

初步浏览过打印的一本厚厚的书稿,即兴写下了上面这些感想,一已浅衷,姑且为序。

2022 年 7 月草于太原

故事梗概

西晋泰始十年，司马氏逼迫曹魏禅位，晋廷欲趁灭掉西蜀的余威，南下灭吴。不料西北鲜卑秃发树机能在雍凉造反。皇帝司马炎召集群臣商讨对策。有大臣推举匈奴人刘渊挂帅出征，被朝廷否决。刘渊困龙在渊，只能忍气吞声，等待时机。此时，皇后杨艳因皇帝扩充后宫，担心失宠而忧郁成疾。皇帝前来探望，又流露出对太子司马衷的不满。为保太子，皇后在去世前向皇帝举荐了叔父杨骏之女杨芷为继后，为之后的"八王之乱"埋下了祸根。与此同时，并州武乡北原山下一户羯胡人家中，一位将在历史上产生重大影响的人物，随着惊天动地的雷声降生，此人就是我们故事的主人公石勒。

西晋太康元年，东吴平定，树机能之乱也被平息，天下再无战事。朝廷允准杜元凯等一批老将军解甲归田，杜元凯回到武乡。而朝廷则因天下太平而腐败成风。

北原山下，石勒，初名訇子，在无忧无虑中长大。八岁那年，天大旱，断绝生路，羯胡人举族外逃。途中遇乱兵冲击，小訇子与家人失散。危难中被杜元凯师徒救下，成为杜元凯关门弟子。六年后，杜元凯去世，訇子回到老家东河沟，得到富商郭敬、宁驱的资助与赏识。

父亲周曷朱为訇子举行成人礼，訇子正式称名"石勒"。石勒在北原山躬耕，耳闻鼙鼓之声；石勒随郭敬商队行贩洛阳，在上东门长啸惹祸，被朝廷通缉。石勒不得已逃往蔡岭山中。

西晋太熙元年，皇帝司马炎病重，皇后之父杨骏趁机擅权，把持朝政。其后司马炎去世，太子司马衷登基，改元"永熙"，大赦天下。石勒回到了家乡，在三台岭栽桑种麻，兼训练羯胡武士。

石勒在去平乐村探望姥姥、姥爷的路上，遇少女刘英姑被一群坏小子欺凌，路见不平，打跑坏小子，救下英姑，并与英姑喜结良缘。此时，西晋朝廷又起风波。悍后贾南风欲掌控朝政，将把持朝政的杨骏视为眼中钉，必欲除之。于是指派中郎将孟观、李肇去找汝南王司马亮"入清君侧"。司马亮不敢奉诏，孟观、李肇转找楚王司马玮。司马玮年轻气盛，欣然答应并带兵入京，拉开了"八王之乱"的序幕。

楚王入京，便指使亲信诬陷杨骏谋反，发兵缉拿杨骏。已成为太后的杨芷为救父亲，将箭书射出城外，被贾南风手下截获。贾南风坐罪太后与父同谋。杨骏被杀，家被灭族；太后杨芷被废，并饿死于金墉城。贾南风阴谋得逞，便起用胆小怕事的汝南王司马亮为太宰回朝辅政。哪知司马亮并未俯首听命投靠贾南风，而是欲谋削夺楚王司马玮兵权。司马玮被逼投靠贾南风，并诬告司马亮与太保卫瓘欲谋废立。贾南风便指使司马玮杀掉司马亮和卫瓘，并回过头来借张华之手，坐罪司马玮矫诏擅杀大臣，将司马玮斩首。

三台岭上，刘英姑怀孕生子。石勒与李阳争夺沤麻池。

朝廷中，悍后贾南风通过一系列的杀戮，终于掌控政权。但又担心将来太子正位后对己不利，于是又设计将太子司马遹废黜金墉城。右卫督司马雅为救太子，说动赵王司马伦废掉皇后贾南风。司马伦嬖人孙秀设计，利用贾谧唆使贾南风杀掉太子。赵王司马伦借机矫诏废掉皇后贾南风，掌控朝政。赵王伦大肆排斥异己，起用亲信，又为皇帝司马衷另立皇后羊献容，给自己加九锡。后来干脆逼皇帝禅位，自己登基做了皇帝。

司马伦的倒行逆施使得诸王发怒。齐王司马冏、成都王司马颖等发兵京师讨伐司马伦，孙秀、司马伦被杀，司马衷复位。齐王司马冏执掌朝政，成都王谢政归藩，常山王司马乂复位长沙王，东海王司马越进位司空参与辅政。齐王司马冏因成见搜捕河间王司马颙留在京师的眼线，李含逃回长安，唆使河间王并定下“移花接木”之计，想要让齐王杀掉长沙王，好以此为口实，发兵讨伐齐王。不想弄巧成拙，反使长沙王掌握了朝政。

太安年间，并州大旱，羯族人再次举族外逃。石勒与父母走散，独自跑到雁门，在恒山牧场打工，邂逅牧场驯马师腾格尔丹，学会了骑马和相马。此时，参与辅政的东海王司马越指示自己的亲弟弟并州刺史司马腾扩充武装。司马腾为解决军费，下令掠卖胡人。石勒在从雁门返回故土的路上遇官兵抓捕，逃入宁驱庄园。宁驱劝石勒前去投军。石勒在山中迷路几陷绝境。疲敝至极的石勒巧遇郭敬商队而获救。后又被坏人举报，遭官兵将军张隆捉拿。郭敬为保石勒平安，倾其资财帮助石勒。石勒经九死一生被带到冀州，卖与茌平地主师欢，邂逅羯室弟子葵安、支雄与逯明。

石勒在沦为耕奴后被师欢看好，削去奴籍，还其自由。后遇皇家牧苑牧帅汲桑，约同举旗起事。石勒走冀州联络散落各地的三台岭弟兄，在临水炼铁场发现呼延莫，约好一旦脱离樊笼，到牧苑来投。

河间王司马颙不甘失败，派亲信李含入京行刺长沙王。李含失手被杀，司马颙大怒，约同成都王起兵进攻京师。

石勒在走冀州中巧遇王阳、吴豫、刘膺，便同回牧苑，与葵安、支雄、逯明、桃豹、冀保等手下“八骑”“远掠缯宝，以贿汲桑”为起义筹集军资。

京师方面战事紧急。就在长沙王即将取得胜利的关头，东海王司马越暗下黑手，将长沙王抓获，开城放河间王和成都王军队入城。长沙王被河间王悍将张方用炭火焙死。司马颖自封皇太弟、丞相，改国号为"建武"，提拔东海王司马越为太傅留朝辅政，自己回到邺城遥控指挥。司马越得势后立即翻脸，挟皇帝发兵北上讨伐司马颖。司马颖发兵反击，在荡阴击败司马越大军。司马越丢下皇帝逃回封地东海，皇帝落入司马颖之手。并州刺史司马腾联合幽州进攻邺城。情急之下，成都王命匈奴五部大都督刘渊回去召集匈奴部众救邺，结果"放虎归山"。刘渊在左国城建立"汉国"，举旗反晋。幽并联军攻入邺城，司马颖奉皇帝回归京师，皇帝又落入河间王悍将张方手里。张方劫掠京师后挟持皇帝回到长安，司马颖因失势，皇太弟身份被废。

石勒在"远掠缯宝"过程中，救下支屈六等五名壮士。返回牧苑后又得呼延莫等五名壮士来投。自此，"十八骑"风云际会。

成都王皇太弟身份被废，激起其部将公师藩的不平。公师藩在魏赵起兵，汲桑闻讯前来联系，欲投公师藩。石勒在汲桑建议下，以"石"为姓。在第一次攻打邺城中，石勒被公师藩提拔为"前队督"，连克阳平、汲郡，名声大噪。但由于邺城援兵扑至，攻邺失败。

东海王司马越与范阳王司马虓组织联军进攻长安。司马颙迫于形势，重新启用司马颖，命其出镇洛阳河桥。面对联军的进逼，司马颙杀掉张方，与司马越讲和，结果自毁长城，长安被攻破，只身单骑逃往太白山中。司马越接到皇帝后返回洛阳，改元"光熙"。成都王司马颖逃出洛阳，因无路可去，北上投奔公师藩，路上被冯嵩抓获，押往邺城。公师藩闻讯，为救成都王，发大军攻邺，被兖州刺史苟晞所杀。汲桑、石勒战败后重返牧苑。

河间王手下袭击长安留守梁柳，夺回长安，入太白山寻回司马颙。东海王毒死皇帝司马衷，扶皇太弟司马炽登基，改元"永嘉"。诏命河间王回朝辅政，在路上设伏将其杀害。汲桑、石勒在牧苑招兵买马，解救州县系囚，收编山野亡命，东山再起，发兵进攻邺城。新任邺城守将新蔡王司马腾猥琐吝啬，劳军失败，仓皇逃离邺城，被追兵斩杀。汲桑部众进入邺城后，因心中不平，放火焚毁邺城。

汲桑大军移师进攻兖州。在阳平两军相遇，一场声势浩大的战役就此展开。后苟晞采用深沟高垒战术，致使汲桑、石勒损失惨重。汲桑、石勒在撤退中又遭遇冀州刺史丁绍埋伏，几近全军覆没。石勒带几名弟兄去汉国探路。汲桑率剩余士卒回返牧苑，遭"乞活军"袭击，汲桑战死。刘征等三人追上石勒，石勒得知汲桑阵亡，痛不欲生。

石勒率八名弟兄返回武乡，在俩师兄的帮助下重新招兵买马，再次起事。其间收编东西两堡张背督、冯莫突胡人武装，并与张背督（改名"石会"）义结金兰。妻子英姑携儿子来到。石勒与石会投奔汉王刘渊，双双被封王。

石勒用计打入乐平山中张伏利度乌丸武装，通过一系列军事行动，将其收编，带回汉国。其间，又有王弥、刘灵两支反晋武装投汉，刘渊势力大增，开始向外扩张。石勒奉命下太行攻取邺城，当初被打散的“十八骑”弟兄闻讯来投，“十八骑”再次风云际会。

刘渊正式登基称帝。中丘人张宾来投石勒，石勒留在身边让其给自己读史。石勒采用张宾之计，一举消灭晋将冯冲与“乞活军”的联军武装。石勒利用张宾在冀州的人望，连下壁垒一百多座。石勒命张宾组建“君子营”。

石勒奉命回师太行，进攻壶关。石勒分设东、西两座大营，与王弥、刘聪对壶关形成四面合围。汉军采取“围点打援”的策略夺取壶关。就在对大晋王朝的军事行动取得节节胜利时，汉王刘渊病重，诏命停止一切军事行动，立即回朝。

刘渊死后，太子刘和继位，听从奸臣蛊惑，诛杀刘氏诸王，逼反楚王刘聪，刘和被杀，刘聪登基。西域高僧佛图澄来到平阳，见到石勒，认为与石勒有佛缘。

汉国发大兵进攻洛阳。东海王司马越率晋军最后主力二十万驻屯项城。青州刺史发檄讨伐司马越，得到皇帝司马炽支持。司马越内外交困气死。军司王衍护司马越灵柩回东海，被石勒大军歼灭于苦县。石勒挥军西进，擒获逃离洛阳的四十八王，“八王之乱”终结。刘曜大军乘虚进入洛阳，擒获晋帝司马炽。

刘曜与王弥反目。王弥出屯项关，产生回故土青州称王的想法。刘曜焚毁洛阳，北上进攻蒲坂。石勒攻克阳夏，袭取蒙城，擒获王赞、苟晞，署苟晞为左司马。苟晞与王赞勾结谋反被剪灭。石勒诱杀王弥，收编王弥部众，兵锋直指江东。因长江阻隔，回师驻屯葛陂，整军备战。并州刺史刘琨派使将石勒失散已久的母亲和侄子石虎送来葛陂。石勒拜会高僧佛图澄，被佛图澄的法术震撼。

石勒葛陂受挫，听从张宾之策撤离葛陂，回师北上。石虎奉命牵制敌军，掩护撤军，在陷入绝境后，以其超乎想象的果敢作风率军脱离险境，得到石勒青睐。

石勒顺利攻克黄河防线，分兵北上，自己率领指挥中枢回到武乡，帮助佛图澄在南山建寺弘法，并围绕北原山建造“北原新城”。后接受张宾的“鞏山对策”，移师襄国，采用“突门奇袭”，擒获鲜卑悍将段末柸，与鲜卑段氏结盟，粉碎了王浚联军的进攻，建立了稳固的根据地。石勒发兵进攻苑乡，移师上白，在坑杀“乞活军”时偶遇郭敬，署郭敬为上将军。石勒在襄国整顿赋税，兴教劝学，并请佛图澄到襄国弘法传教，为佛教在中国的弘扬打开了大门。

石勒欲取幽州，采用张宾之策，麻痹幽州都督王浚。然后千里悬军，袭取幽州，擒获王浚，打掉了王浚的军事集团，在回军时遭到王浚部将孙纬的伏击。石勒回到襄国后杀掉王浚，向平阳报捷，受到刘聪表彰。遗憾的是，被他任命的幽州刺史刘翰反叛，将幽州献给了鲜卑段匹磾。段匹磾联络已经投降石勒的厌次守将邵续，使得邵续再次反水。石勒率军向邵续问罪，中途撤回。

石虎攻克廪丘俘获刘琨侄子刘启。石勒以德报德，善待刘启。石勒再次发兵进攻厌次，又遇中山丁零翟鼠反叛。石勒回军赶跑翟鼠，就近进攻乐平。代国发生内乱，代将箕澹率众来投刘琨。刘琨命箕澹率代国骑兵去救乐平，被石勒设计打得大败亏输。箕澹逃走后又被孔苌追上斩杀。石勒乘势袭取并州，刘琨老巢被端，不得已率众下太行投奔了幽州段匹磾。

刘曜奉命进攻长安，晋帝司马邺被迫出降，西晋灭亡。刘琨联合段匹磾等上表建康，向司马睿劝进。汉国都城内，汉帝刘聪长子刘粲在中护军靳准的蛊惑下，用计诛杀了皇太弟刘乂，被立为皇太子。石勒欲整顿军纪，在军中颁布"禁赌令"，姐夫张越违反禁令，被石勒挥泪斩首。为活跃军旅生活，石勒创"霸王鞭"舞蹈。

幽州段匹磾在进攻段末柸失败后，对刘琨产生怀疑。后接江东王敦书信，将刘琨杀害。段匹磾的倒行逆施引发幽州多方势力的叛离，致使幽州危机四伏。段匹磾为脱离险地，撤离幽州去乐陵投奔邵续，中途遭石勒部将石越拦击。石越在追击时中箭身亡，致使石勒痛心疾首。

汉帝刘聪因贪色过度患病去世，太子刘粲继位。刘粲在靳准蛊惑下诛杀顾命诸亲王并扬言发兵讨伐石勒。留质平阳的石勒长子石兴得讯逃离平阳。同时参与顾命的太傅朱纪、太保呼延晏、太尉范隆也惧祸逃离。一心篡位的靳准阴谋得逞，便向新皇帝刘粲举起了屠刀。平阳大乱。

石兴逃出平阳，辗转来到涅县大石山中躲避，为求族人帮助，向当地土人传出羯语，被后人演绎成了脍炙人口的著名传说"烂柯山的故事"。羯语辗转传到襄国，石勒派葵安到涅县寻找石兴，将其带回襄国，不久石兴病逝。

靳准在平阳屠灭刘氏宗族，并掘墓戮尸。因得不到大臣拥戴，便想投奔江东司马氏集团。石勒、刘曜得知京师动乱，发大兵前往平乱。刘曜在赤壁称帝，石勒兵进襄陵北原。靳准的帮凶靳明、靳康见势不妙，杀死靳准，投靠刘曜。刘曜欲全部捕获靳氏，虚与委蛇。靳明、靳康在石勒的沉重打击下，挟持平阳全部百姓撤离平阳，前往赤壁，被刘曜斩杀。刘曜回到长安改旗易帜，称国号"大赵"。

石勒进入平阳，修复刘氏陵墓，收葬皇族尸骸，并派特使王修向刘曜上表祝贺。不料刘曜听信谗言，不仅停止了对石勒的全部封赠，还将石勒的奉诚使团全部诛杀。消息传回襄国，石勒大怒，于是胡羯反目。但是，石勒忠于大汉的初心不变，他拒绝了手下众将佐的劝进，命令全国搜寻刘渊、刘聪的遗孤，希望延续汉统。同时，他在辖区内制定和推行一系列治国方略，使得整个辖区被治理得风清气正，秩序井然，繁荣昌盛。然而，辖区毕竟不是国家，在遭受一系列的不适应之后，石勒不得不接受众人推奉，称"赵王"，建立"大赵国"，史称"后赵"，与刘曜的前赵分庭抗礼。

石勒派大将孔苌进攻幽州，段匹磾抵敌不住，逃离幽州投奔乐陵邵续。因忌恨段末柸一心向着石勒，便向邵续请了一支人马，回辽西向段末柸寻仇。石勒为救末柸，同时问罪邵续，派石虎、孔苌去进攻乐陵。孔苌设计将邵续诱出厌次城，将邵续杀败抓获。段匹磾得讯回救，又被石虎截杀。段匹磾率残兵败卒进入厌次，厌次被团团围困。兵穷势竭之下，邵续的弟弟不顾段匹磾反对，开城投降，乐陵被收复。

“闻鸡起舞”的晋国名将祖逖中流击水挥军河南，侵占了大赵位于黄河以南的大片土地。祖逖高超的政治手腕使得石勒深为忌惮。为了笼络祖逖，石勒接受张宾之策，采取一切外交手段恩结其心，保证了南部边境的稳定。石勒体恤人民疾苦，深受国内人民拥戴。石勒始终不忘初心，怀有浓重的思乡情节。他称王后，把家乡的父老接到襄国，把酒言欢，封昔日的对手李阳为参军都尉；他下令免去桑梓武乡人的三代赋税，提升武乡县为武乡郡。他劝父老回去后创办书社，加强文化教育；他颁布禁酒令以节约粮食，不使国内有一人饿死等等。在襄国，他创建了“桑梓园”，与家乡人永远心连心。

石勒爱憎分明，嫉恶如仇，容不得背叛和亵渎，常常采取铁腕手段惩治罪恶。但这种手段也存在缺陷。大执法张宾因国事繁重，积劳成疾，启用国舅程遐手下张披帮助自己处理国事，遭程遐忌恨。程遐通过其妹程妃向石勒进谗，石勒不分青红皂白诛杀张披，使重病中的张宾受到猛烈刺激而命丧九泉。石勒得知真相后痛心疾首。

祖逖去世，石勒趁机收复河南失地，并派石虎进攻前赵蒲坂。前赵皇帝刘曜率大军去救蒲坂。石虎未战先怯，兵败高堠。刘曜渡过黄河去进攻洛阳，被阻隔在金墉城多日。石勒得佛图澄占卜吉兆，挥师洛阳，与刘曜大战于洛水，刘曜被擒。消息传回长安，前赵太子刘熙与刘胤不顾大臣反对，丢弃都城仓皇逃往上邽。前赵将军蒋英、辛恕将长安献于石勒，刘胤又发兵来夺。石虎奉命率精骑去救长安，在仲桥大败刘胤，乘胜追击夺取上邽，前赵君臣全被屠戮，前赵灭亡。石虎乘势扩大战果荡平秦雍，实现了“二赵合一”。石勒进位“大赵天王”，半年后登基称帝，改元“建平”。

石勒授郭敬锦囊，兵不血刃夺取襄阳，使后赵疆域延伸至长江，控制了整个中国北方，与东晋形成南北对峙的局面。

石勒欲重建邺城，遭廷尉续咸反对。后得漳河送来苍松巨柏，使得邺城得以重建，了结了石勒多年夙愿。石勒宴请各国使节，在一片歌功颂德声中，远嗤曹操、司马懿，将自己定位于刘邦、刘秀“二刘”之间，充分体现了石勒具有令人钦佩的自知之明。

石勒从国家整体利益考虑，不忍诛除石虎，为身后留下隐患。石勒为修复故都，在巡视沣水宫时突然患病，在返回临漳后不治身亡，走完了其金戈铁马辉煌的人生之路。

石勒的一生得到了古今历史学家的高度评价。

幕启：（播放背景）刀光血影的古战场，战马驰骋，飞石流矢，交战的双方，铁与血的拼搏，尸横遍野。

（推出字幕）这是一个民族大融合的典型时期。西晋惠帝年间，爆发了臭名昭著的"八王之乱"，朝纲废弃，民不聊生，并由此引发了匈奴、鲜卑、羯、氐、羌五胡入主中原，史称"五胡乱华"。五胡中的羯胡民族，一个沦落为耕奴的人，不甘忍受奴役与凌辱，愤而崛起，纠集山野亡命、州县系囚，与腐朽没落的晋室王朝展开了一场殊死斗争，历尽坎坷与艰辛，最终统一了中国北方，建立了他心目中的理想王国——大赵帝国，开创了我国历史上南北朝对峙的局面。他，就是我们故事的主人公——石勒。

（推出字幕的同时播放背景）千军万马纵横驰骋的战场上，石勒手挽雕弓，骑一匹枣红马飞奔而至，猛一勒马，坐骑前蹄跃起，幻化成武乡石勒广场上的石勒雕像。

（推出剧名）石勒。

第一集

西晋泰始十年。

大道上，一个背上插着一面黄色小旗的侦骑在跨马飞奔。

京师洛阳，巍峨辉煌的皇宫大殿。大殿内正在举行朝会。众大臣文东武西站立在朝堂之上。

朝堂正面，高高的御座上，晋武帝司马炎头戴皇冠，身穿龙袍，威严地端坐在御案之后。左右值殿武士手执金瓜钺斧等朝廷仪仗，身后宫女手执团扇侍立，气氛显得异常森严。

司马炎看着殿下群臣："诸位爱卿，我们灭掉蜀汉，接受曹魏禅位，建立大晋帝国已历十载。现在我们国力昌盛，兵强马壮，正要挥师南渡长江讨伐东吴。却不料有鲜卑贼子秃发树机能趁机煽祸，拥众造反，大肆劫掠我雍、凉二州。我秦州刺史胡烈与凉州刺史牵弘先后阵亡，致使贼势愈来愈烈。请诸位说说，我们该如何应对？"

仆射李熹出班："启奏陛下，臣举荐一人为帅，可使树机能束手就擒。"

司马炎："哦？说来听听。"

李熹："匈奴左部帅刘渊文韬武略超群，若使他将兵出征，定会旗开得胜。"

将军王浑出班："启奏陛下，老臣以为李仆射言之有理。刘渊文武兼长，正可为三军统帅。"

"陛下万万不可！"侍臣孔恂急忙出班，"刘渊乃匈奴屠格胡人，非我族类，其心必异。当年魏祖曹操将南匈奴呼厨泉部强令迁入并州境内，再分为五部，分别予以安置，就是担心他们作乱，防患于未然。左部帅刘豹系呼厨泉之子，他的部族最为强悍。后来景皇帝听从邓艾之计，又将左部一分为二，另立右贤王使居雁门。我们对匈奴部族这样一分再分，就是不让他们形成势力为害朝廷。这刘渊正是刘豹之子，怎么可以赐他兵权让他专征呢？陛下若启用刘渊，臣以为，西北边患，只怕比树机能更为深重！"

众大臣纷纷出班："臣附议！""臣附议！""臣附议！"……

司马炎："唔，孔恂爱卿言之有理。朕也深知刘渊勇武，但我们却不可放虎归山。就让他留在京师成都王部下听命好了。传旨，授汝阴王司马骏为征西大将军，都督雍凉军事，专讨树机能；加封荆州都督羊祜为征南大将军，专御东吴！"

群臣山呼："吾皇英明！"

左部帅府。院子里，刘渊正在舞剑。

王弥走进，站在一旁观看。

一个套路结束，刘渊吐气收势。

王弥拍手叫好："刘渊兄剑术大有长进，令王某佩服。"

刘渊取过院中石桌上的手帕擦擦脸上的汗水："王弥老弟何时到的？来，坐。"

王弥："我也是刚刚才到，见兄长舞剑，故而未曾惊动。"

二人在石桌边同时落座。

刘渊提起桌上放着的茶壶为王弥斟茶："唉，我常常为汉朝时期的隋何与陆贾没有武功，绛侯周勃与灌婴缺乏文才而深感遗憾。隋何、陆贾跟随汉高祖多年却没能立业封侯，而周勃、灌婴深得汉文帝重用，位高权重，却不能兴教劝学。这难道不是非常可惜吗？"

王弥端起茶杯呷了一口，摇摇头："兄长也不必一味地慨叹古人，你不也被陛下冷冻着吗？"

"嘘！"刘渊警惕地看看四周，压低声音说："我知道，仆射李熹与安东将军王浑父子屡屡向皇上举荐于我，而皇上拒而不用，反而对我严加防范，这恐怕不是我的福兆，而是我的祸患！奈何？"

王弥："眼下别无他法，兄长也只好伏爪收牙，静待机缘了。"

刘渊："兄弟所言甚是。唉，为兄在京师别无知己，也只有你，我才可以倾吐衷肠！来喝茶。"

皇宫大内，皇后杨艳病卧榻上，左右有宫女陪侍。

一个十四五岁的尊贵少女（杨芷）从外翩翩走入："皇后姐姐，芷儿听说您病了，专门前来看您。怎么，好些了吗？"

杨皇后努力欠身，在宫女帮助下坐起："啊，是芷儿来了。快，坐过来和姐姐说说话。"

杨芷坐于榻上，亲昵地抱住杨皇后："皇后姐姐一向身体康健，深得皇上恩宠，怎么突然病了？”

杨皇后摇摇头叹了口气：“唉，好花不常开，好景不常在，从此后只怕阿姐就要失宠了！”

杨芷惊问：“为什么？”

杨皇后：“哀家自从做了皇后，倒也深得皇上恩宠。一应内宫杂事，悉让阿姐裁决，皇上从不过问。只是近日来因为后宫衰微，御妾无多，且年老色衰，皇上很不满意。于是传下诏旨，广选名门淑质，普挑天下秀女，用于填充后宫。现在后宫佳丽已越五千余人，个个是翩翩少女，风华卓约。而阿姐今年已经三十七岁，垂垂老矣，皇上还能看得上我吗？这不，皇上每天混迹于蜂蝶丛中，已经好些日子未入中宫了。哀家心中块垒难消，故觉病势日沉，只怕是去日无多了！”

杨芷：“皇后姐姐不要瞎想，千万保重身体！”

门上传来喊声：“皇上驾到——”

杨皇后一听，吩咐杨芷：“皇上到了，你快到后面回避一下，别让皇上看到又生事端。”

杨芷点点头，退入后面。

司马炎走进。杨皇后挣扎着起身行礼：“臣妾杨艳恭迎圣驾。”

司马炎急忙走过去按住杨皇后：“皇后快别动，朕听说你病了，过来看看。”

杨皇后：“陛下国事繁忙，却还牵挂臣妾，臣妾感激不尽！”

司马炎：“快别这么说，你我伉俪情深，岂有不牵挂之理。”

太子司马衷（一个十五六岁的少年）打着哈欠，揉着眼睛从后面走出。

杨皇后：“衷儿。”

司马炎：“太子欲去哪里？你母后病了，快过来请安！”

司马衷像没睡醒似的皱着眉头：“嗯，不嘛，我要和贾妃玩儿。”嘟囔着向外走去。

司马炎：“嗨，这小子，小时候看不出来，听你一再聒噪，被立为太子。谁知越大越觉得蠢笨如猪。如今大婚已过两年，还是这么痴呆。将来如何承接大统？”

杨皇后：“衷儿眼下是有点不敏，可他十三岁结婚，到如今也不过才十五岁，年纪尚小。俗话说‘大器晚成’，长大后会变好的。再说，衷儿乃嫡长子，立嫡以长，此乃古训，不立他立谁？退一步说，就算他有点迟钝，可臣妾为他选的太子妃贾南风，比太子大两岁。虽说相貌不是十分出众，可是才德卓著，杀伐决断不输男子。女子尚德不尚色，正可弥补太子的不足，何至于不能承统？陛下大可放心。”

司马炎摇摇头：“后宫干政，从来就不是什么好事！好了，你别说了，好好将养身子，朕这就命太医前来诊视。朕还有事，走了。”说着向外走去。

“陛下保重。”杨皇后看着皇上出宫而去，有点失落，紧接着眉头紧锁。

杨芷走出：“皇后姐姐，看来皇上还是喜欢您的。”

杨皇后摇摇头：“哀家现在最担心的是太子。如果哀家一旦不虞，其他嫔妃入主后宫，太子地位必然难保。奈何？”陷入沉思。

杨芷：“皇后姐姐千万不要瞎想。您才三十七岁，风华正茂，咋会有什么不虞？一点小病，别挂在心上。只要注意保重身子，啥事也没有。”

突然，杨皇后用一种奇怪的目光看向杨芷。

（杨芷的特写，从头到脚慢慢移动，表现得清纯靓丽）

杨芷被杨皇后看得有点不自在：“姐姐您这是咋了？怎么用这种眼神看我？”

杨皇后伸手将杨芷拉过来坐于榻上：“芷儿，姐姐问你，如果姐姐走了，让你来继任皇后，你可愿意？”

杨芷吓了一跳，急忙站起：“姐姐咋会有这种想法？”

杨皇后：“阿姐并非戏言。阿姐的病阿姐知道。在常人的眼里，阿姐做了皇后，自然是福如东海，可是阿姐却无缘寿比南山。这些阿姐都能放得下。阿姐唯一放不下的就是衷儿。思来想去，我若死了，只有你才能保得住衷儿的太子地位。”

杨芷张嘴想说什么，被杨皇后用手势制止：“不，你听我说。你年轻漂亮，今年才十六岁，又知书达理，还会棋琴书画，特别善解人意。如能入得宫来，定会取得皇上恩宠，你的话皇上也一定会听。所以，你一定要答应阿姐，用心保护衷儿。我死之前，一定会找机会向皇上进言，让皇上立你为继后。凭你的才貌，加上我和他近二十年的感情，我想他应该不会拒绝。”

杨芷张嘴正要说话，门上传来喊声：“太医到——”

杨芷急忙退下。

（字幕加画外音）“就在皇后杨艳为保住蠢太子地位殚精竭虑的时候，一个对中华民族历史产生深远影响的伟大生命，在并州武乡北原山下即将诞生。”

挥舞的镢头。一个高鼻深目的年轻男子（周曷朱），正在山头上的一个地块内挥汗挖土翻地。

“轰隆隆”一阵沉闷的雷声传来，男子下意识地抬头看天。

天空浓云滚滚，夹带着电闪雷鸣，正向着头顶迅速蔓延过来。

“啊？要下大雨了！”男子似乎想起什么，扔掉手中镢头，急忙顺着山坡向山下飞跑。

一条山沟，沟中溪水流淌。溪畔一块面积不算太大的地块上，一位年轻妇女（周曷朱妻王氏），穿着缀满补丁的衣裤，在采挖野菜。高高隆起的肚子，使她动作显得异常艰难与笨拙。

天空中的雷声引起了这名孕妇的注意。她略显惊慌地拎起地上的荆条篮子，收拾散放在地上的野菜。

山上翻地的男子出现在她的身边，接过篮子，一面帮她收拾野菜，一面亲昵地说：“马上就要下雨了，快回去吧。”说罢，一手提着篮子，一手扶着她向前行走。

一声炸雷响过，铜钱大的雨点砸向地面。

男子扶着孕妇在艰难奔跑。

“哎哟！”孕妇突然停止了奔跑，痛苦地护着肚子，弯下了腰。

“咋了？”男子关切地询问。

“肚……肚疼！”

“啊？是不是要生了？”

孕妇点点头。

男子显然慌了手脚，他抬头看看前面。前面几十步开外，一个靠山挖掘的土窑洞，缺门少窗。窑洞前，是一个用树枝扎成篱笆圈就的小小院落。院落前后左右，几幢简陋的茅草房屋散布其间。

男子看着孕妇，试图背她。孕妇摇摇头。转而去抱她，也不成。男子急得连连搓手。

天空电闪雷鸣，雨势开始加大。

突然，男子扔掉手中篮子，往下一蹲，将头钻过孕妇双腿，说：“抓住我的头发，稳住！”然后使劲站起，把孕妇扛在肩上，向着院落跑去，冒雨进了窑洞。

伴随着惊天动地的雷声，大雨哗哗而下。

窑洞前，一丛大红色的牡丹花正在怒放。数十朵碗口大的花朵在雨水的冲刷下，显得娇艳欲滴。

窑洞内，传出一阵阵妇女痛苦的呻吟。

男子冲出窑洞，向后面的茅草房跑去，消失在雨幕中。

窑洞内，女人的声音由呻吟变成了凄惨的哭喊和尖叫。

男子重新出现在雨幕中。在他的身后，紧跟着一名提着包袱的中年妇女

（李婶）。二人快速跑进窑洞。

窑洞内，女人的哭喊声一阵紧似一阵。

“周曷朱，快去烧盆水来。”窑洞内传出中年妇女的声音。

“嗯！”男子的声音。

窑洞上方冒出缕缕青烟。

伴随着窑洞内孕妇的哭喊声，头顶上一声声炸雷轰鸣。

“水烧好了。”男子的声音。

“快端过来。”中年妇女的声音。

（镜头转向门前那丛牡丹花，牡丹花的特写）

“周曷朱，这里没你的事了，你快出去吧。女人生孩子的时候，男人是不能在身边的。”

周曷朱钻出窑洞，他显得十分焦虑，不停地在窑洞前来回走动，并不时地向窑洞内探头探脑。

窑洞内，女人的声音变得声嘶力竭。

“用力，再用力！”中年妇女的声音。

随着一声惊天动地的炸雷，一束太阳光透出云洞，从天空直射下来，穿过浓浓的雨幕，形成一条笔直的白气，正好投射在门前的那丛牡丹花上。从红花上反射的阳光，把本来阴暗的土窑洞映照的一片通红。

与此同时，一阵婴儿“阿啦、阿啦”的啼哭声传了出来。孕妇停止了呻吟。

周曷朱焦虑中面露喜色，他向窑洞内问：“李婶，生了吗？”

李婶的声音：“生了，恭喜你，是个小訇子。”

周曷朱：“那她呢？”

“放心吧，好着呢。”

周曷朱高兴得手舞足蹈。

“进来吧，来看看你的宝贝儿子。”李婶的声音。

周曷朱走进窑洞。

窑洞内，婴儿已经被李婶用破布包好，端在手上，不再啼哭。

周曷朱凑过去观看。襁褓中，婴儿粉嘟嘟的小脸蛋。

周曷朱满脸喜色，接过李婶手中的婴儿，回头看看土炕上的妻子。

妻子疲惫的脸上挂着微笑，正在深情地望着周曷朱。

周曷朱把婴儿抱到妻子面前，放到妻子身边，让妻子观看。

李婶跟着走过来，说：“这孩子准保是个贵人呢。他出生时，满屋子的红光。我无意向外瞥了一眼，看到一道白气从天上下来，直扑门口，那景象十分稀罕。我接了好多的产，这种现象还是第一次遇到呢。”

周曷朱："啥白气？那是透过雨雾射下来的太阳光。这在雷雨天气经常发生，有啥稀罕？你们女人家就爱大惊小怪！什么贵人？他生在咱这穷苦人家，能够有口饭吃，把他养大成人就不错了。还贵人呢！"

李婶："不管你信不信，反正我觉得这小家伙特可爱，长大了一定比你强！"说着，瞪了周曷朱一眼。

周曷朱憨憨地笑了。

一个月后。

村中的男女老少陆续向周曷朱的篱笆小院走去。

村民甲："听说老族长耶奕于的儿媳给他生了个男孙，今天满月。我们去看看，凑个热闹。"

村民乙："老族长的孙子满月，这在咱东河沟羯室也算一件喜事，当然应该去慰问慰问。"

村民甲抬头前望，说："你看，耶奕于老族长和他的二儿子訇邪也来了。"

耶奕于，高鼻深目，人高马大，满脸的络腮胡须，看上去十分威武。他一手提着一个草茎编织的蝈蝈笼子，一手托几个羯胡人家特有的食品胡饼，从山径上走来。他的身后，跟着一个年轻小伙（訇邪）。小伙子手中提着一个不大的布包。

村民甲："老族长，来看孙子？"

耶奕于："是啊，添人进口是家庭的大喜事。来看看我的小孙子。"

村民乙："訇邪，你也是来看嫂子和小侄子的吧。你手中拿着什么？"

訇邪："我上北原山挖了几棵人参，拿给嫂子补补身子。"

他们几个边说话，边走进周曷朱的小院落，和院落内的人们打打招呼，进入土窑洞。

窑洞内挤满了人。耶奕于从人群中挤了进来。他说："请大家让让。我的小孙子在哪里？快让我瞧瞧。"说着，走近炕头，把手中的胡饼放在炕上，笑眯眯地凑过去看孙子。

襁褓中的婴儿正在安详地睡着。

耶奕于："哟，这小家伙真好看。快醒醒，看爷爷给你带啥来了。"边说边将手中的蝈蝈笼子挂在婴儿头前的墙壁上。

訇邪也挤了过来，把手中的小布包交给嫂子，说："嫂子，这是咱北原山上的人参，让哥给您熬汤喝，补补身子。"

炕上的嫂子（王氏）头上罩着手巾，坐在婴儿身边。她接过布包，说："谢谢兄弟挂心。"

陪在产妇身边的李婶从王氏手中接过布包，打开一看，说："唷，这人参真好！"拿着布包给身边的人们看，"你们看看，你们看看，一个个长得像小人人。啊，快看，还有小鸡鸡呢。"

屋内的人们都笑了。

李婶笑着将人参包好，交回给王氏。回过头又对耶奕于说："你这当爷爷的来了，该给小孙子取个名字了吧？"

耶奕于："是啊，取个啥名呢？"他用手拍拍脑袋，"他是我家的长孙子。按照咱羯胡人的习俗，头生男孩都该叫'訇'。我看，他的小名就叫'訇子'得了。至于大名嘛——"他回头看看在一旁招呼客人的儿子周曷朱，说，"等他年满十三岁举办成人礼后，就叫'石勒'。'石勒''示罗'在咱们羯胡话里，就是平安、吉祥、幸福、安康，能够带给人们和顺、好运的意思。"

周曷朱接过话茬，说："还有'和平使君'、'战乱终结者'之义。"

炕上的王氏："对，就叫'石勒'，这名字好！"

李婶和屋内的人们："好，'石勒'，这名字取得好！"

李婶："这孩子出生时红光满屋，将来一定是咱部落的英雄，会带领咱部落强大起来，走向幸福安康。"

京师洛阳，皇宫大内。皇后杨艳在病榻上气喘吁吁，奄奄一息。几个身边陪侍的宫女都显得非常焦虑而又束手无策。

门上传来喊声："皇上驾到——"

司马炎走进。

杨皇后挣扎着想要欠身行礼，宫女们急忙上前搀扶。

司马炎快步走过来，拉住杨皇后的手。宫女们让开，司马炎坐于榻上。杨皇后努力移动身躯，将头枕于司马炎股膝之上。

司马炎面露戚容："几日不见，皇后咋就病成这般模样？"

杨皇后睁开无神的眼睛看着司马炎，喘息着说："臣妾，臣妾侍奉无——无状，死——死不足悲。但有一言，欲达圣聪。如，陛下，还——还眷恋臣妾，就——就请，俯——俯允。"

司马炎动情地抱着杨皇后，眼中含着泪水："皇后有话请讲，朕无不应允。"

杨皇后："臣妾叔父杨骏，生有一女，名芷，小字男胤。此女德才兼、兼备，是个可人儿。我死之后，希，希望她能入宫，接替臣妾，聊，聊补臣妾，不能侍奉，侍奉陛下之，之遗憾。有她在陛下身边，臣妾就死也，也，瞑目了。"说着眼中泪水长流，哽咽不止。

司马炎眼中泪水扑簌簌滚落下来，他抱着杨皇后的头，握住杨皇后的手："好，皇后放心，朕发誓，一定按皇后的吩咐，决不负皇后！"

杨皇后点点头，脸上露出凄惨的笑容，口中连呼："陛下，陛下，陛……"头一歪，手臂垂了下去。

司马炎："皇后，皇后！"失声痛哭。

众宫女："皇后——"跪地痛哭。

西晋太康元年。

京师洛阳城门口，一群官吏聚集在一起，向城外观望。

城门外大道上，一队晋朝大军浩浩荡荡迎面开了过来。

部队走近城门，官吏们迎了上前："欢迎杜老将军凯旋！"

队伍中一位白须飘飘的老将军（杜元凯）骑马走出，抱拳致谢："谢谢诸位挂怀，谢谢！"

官吏群中，一位须眉俱白的老将军走出："元凯老弟，一别十余年，一向可好？"

杜元凯闻声望去，"唷"了一声，急忙跳下马，将马缰绳交给身边亲兵，走了过去："范老将军，您怎么也来了？"

范老将军握住杜元凯的手："我知道，当年平蜀之后，你被调到王浑将军麾下任职。如今东吴又被平定，闻说老弟今日凯旋，故而前来迎接。"他们相跟着向城内走去，"不知老弟今后有何打算？"

杜元凯："如今三国归晋，西北雍凉一带的秃发树机能之乱也已被马隆平定，天下再无战事。我也已年近花甲，来日无多，我想，是该向朝廷乞骸骨，过几天安稳日子了。"

"好！"范老将军拍拍杜元凯的肩膀，"你我想到一处了。那我们就一起向皇上上疏，请求解甲归田，退隐林泉如何？"

"行！"二人相视哈哈大笑。

朝堂之上，百官云集。

司马炎端坐在御案之后，扫视了一下群臣："诸位爱卿，现在三国归晋，叛乱平息，四海清宁，天下再无战事。有一些老将军上疏请求退役，朕亦准备裁减一部分边军以充实地方。传旨有司，可以给这些功勋卓著的老将军以优厚的奖赏，允准他们解甲归田，这是其一。其二，我们在立国之初，有感于曹魏政权摧残骨肉，致使朝廷孤立无援，到了不得不向我们禅位时，竟然无人出来抗衡的可悲教训，曾经大封宗室弟子为王，以作朝廷屏藩。然而，直至今日，这些被封的藩王大多依然留居京师，没有归国，自然也就起不到屏藩皇室的作用。这不行，所有藩王都必须限期归国。为了使诸王有力量屏藩皇室，今核定国制，将各诸侯国按户籍多少分为三等。大国置三军，共五千人；次国置二军，三千人；小国置一军，一千五百人。同时，凡诸王均要兼督军事，各令出镇。诸王听旨！”

诸王出班：“臣在！”

司马炎：“徙扶风王亮为汝南王，出为镇南大将军，都督豫州诸军事；徙琅琊王伦为赵王，兼领邺城守事；徙渤海王辅为太原王，兼领并州诸军事；东莞王伷已莅临徐州，徙封琅琊王；汝阴王骏已赴关中，徙封扶风王；徙太原王颙为河间王；徙河间王威为章武王。以上是诸位宗室亲王的职位变更，尚有疏戚诸王公，亦要限期离京，悉令就国！”

诸王公：“遵旨！”

司马炎：“这是其二。其三，闻说南朝金粉格外鲜艳，然而吴宫女子全被平吴将士掠归。如今京师各处镇日里在奏娶吴娃，闹得昏天黑地，却无一人进献宫中。如此目无君上，你们想干什么？传旨，将所有掠归的吴宫女子一律送入后宫安置。有敢隐匿者，斩！”

众大臣面面相觑，战战兢兢同声应道：“诺！”

宫苑内，花枝招展的宫女们排着长队，浩浩荡荡地向前行进。

高高搭建的检阅台上，司马炎在内侍的陪侍下，坐在御案后，看着宫女们在台下鱼贯走过，高兴地不住点头：“好，一个个都是国色天香。好，很好！”他回头问身边内侍，“这些送进宫来的吴宫女子共有几许？”

内侍：“回陛下，经初步统计，已经超过了五千名。”

司马炎哈哈大笑：“好！这样加上宫苑内原有的彩女，两厢合计就已经超过万人了。哈哈，全部给朕安置在宫苑内。从即日起，朕就要做一做万花丛中的蜂蝶了！好，哈哈哈哈。”

内宫，司马炎在鸟笼前逗鸟。

内侍甲手捧表文走进：“皇上，侍御史郭钦与车骑司马傅咸各有疏表上呈。”

司马炎：“唔？读来听听。”

内侍甲将疏表打开读道：“郭钦疏云：‘臣闻戎狄强犷，历古为患。魏初民少，西北诸郡皆为戎居，内及京兆、魏郡、弘农往往有之。今虽服从，若百年之后，有风尘之警，胡骑自平阳、上党飚忽南来，不三日可至孟津。恐北地、西河、太原、冯翊、安定、上郡尽为狄亭矣。宜及平吴之威，谋臣猛将之略，渐徙郡内杂胡于边地。峻四夷出入之防，明先主荒服之制，此万世之长策也。’”

司马炎呵呵一声冷笑：“古人云‘杞人忧天’，说得就是这样。试想我朝宗室王公遍布天下，个个握有兵权。就算有几个戎狄想要兴风作浪，一露苗头就会被我们迅速掐灭，何患之有？好了，再看看傅咸的奏疏说了些什么。”

内侍甲打开另一封疏表：“奏疏云：‘臣以为谷帛虽生，而用之不节，无缘不匮……’”

“停！”司马炎打断道，“别念了，直接说一下是什么意思。”

内侍甲：“是。傅咸奏疏意思是说，现在京师权贵比阔气、比奢华的风气盛行，造成的浪费触目惊心。如果不加以遏制，其后果比天灾更为严重！”

司马炎哼了一声：“小题大做，无病呻吟，与郭钦一个德性，别理他们。给朕备羊车，朕要到宫苑游玩。”

内侍甲：“是。”

宫苑内，一处处椒房鳞次栉比，一眼望不到头。

内侍甲牵着一辆羊拉着的豪华小车走了过来。

司马炎坐了上去，接过内侍甲手中的缰绳，慢慢走向宫苑深处。

内侍甲摇摇头，回身向苑外走去，与迎面走来的内侍乙相遇。

内侍乙：“皇上又入苑去了？”

内侍甲：“是啊，每日如此，连国事也无心处理。长此下去，如何是好？”

内侍乙：“国事自有继后之父临晋侯杨骏主持，皇上自然放心。只是这宫苑中美姬过万，皇上该到何处是好？”

内侍甲：“是啊，这些美姬个个如花似玉，皇上也无从选择。故而生出这么个主意，改乘羊车入苑，任由羊儿随意行走。羊车一旦停下，自有美姬前呼后拥前来谒驾。皇上随手牵上中意人儿，就近进入帷帐交欢，倒也省心。”

内侍乙：“可是，皇上只有一个，如此众多的美姬，个个都想仰沐皇恩，得等到何时才能如愿？”

内侍甲：“也不尽然。只要有心机，还是能够讨到便宜。前些日子，有一美姬，可能来自吴国乡下。她知道羊喜吃竹叶，爱舐食盐，就用竹叶插户，盐粒洒地，引逗羊车停于自家椒房门首。如此连得皇上宠幸三次。”

内侍乙：“哦？这女子聪明，有意思。”

内侍甲：“不过，后来就不行了。她的伎俩被其他美姬看透了，都争相在门前洒盐插竹。那拉车的羊便刁猾起来，随意行走，不为所诱。宫女们依旧只能自悲命薄，静待机缘了。”

内侍乙呵呵笑了:“这倒是一段别具一格的春宫传奇,值得载入史册。”

内侍甲:“可是皇上这么一来,引得大臣中奢华之风盛行。只怕长此下去并非好事。”

内侍乙:“此话怎讲?”

内侍甲:“足下难道没有听说国舅王恺与散骑常侍石崇斗富的故事吗?”

内侍乙:“听说了啊,那石崇富可敌国,得知王恺家里用饴糖水洗锅刷碗,就命令家人用蜡烛当柴火来烧火做饭。王恺不服气,就在家门前的大路上搭建了用紫丝做成的步障四十里来迎接宾客入门;而石崇为了压倒王恺,干脆用更加昂贵的彩缎搭建了步障五十里。王恺用香椒泥涂抹房屋;石崇就用赤石脂来取代它。王恺不甘心输于石崇,就以国舅的身份,向皇上借来了一株二尺多高的珊瑚树,拿去向石崇炫耀。哪知石崇不屑一顾,拿起铁如意将珊瑚树砸得粉碎。当时,在场的官员臣僚都惊呆了,王恺也怒气冲天地向石崇索赔。可是石崇只是轻蔑地笑笑,命令家人搬出几十棵珊瑚树来。其中三四尺高的就有六七株,最小的也比王恺借来的那株高大漂亮。石崇让王恺任意取偿,王恺只好灰溜溜地跑了。”

内侍甲:“是啊,现在朝廷内有杨骏把持朝政卖官鬻爵,外有大臣夸奢斗富蔚然成风。有大臣担心长此下去于国不利,向皇上进谏,皇上却不当回事。唉,只怕朝廷会因此引出什么不好的事来。”

内侍乙:“嗨,你我小小内侍,小心侍候好皇上就行了,管那么多事干什么?瞎操心!”

内侍甲:“也是。”

杜府庭院内,杜元凯老将军站在一排几案后面。几案上摆放着一溜包起来的物品。几案前,是他排列成数列横队的几十名亲兵。

杜元凯亲切地看着眼前的亲兵说:“儿郎们,这些年来,你们跟着老夫吃了好多的苦。如今老夫奉旨退役,已经成为一介平民,就要回并州武乡老家定居了。你们也就没有必要继续跟着老夫。今天,亲兵营宣布正式解散。老夫给你们每人准备了一份金银作为遣散费,虽然不多,但也足够你们成家立业了。希望你们各自回去,置办产业,娶妻生子。非常感谢你们这些年来随老夫出生入死,无数次在危难中救老夫脱险。来,儿郎们,各自拿上你们的遣散费回家去吧。”

众亲兵一起跪拜在地:“我们不想离开,愿意一直追随将军。”

杜元凯摇摇头,叹了一口气:“是啊,我也舍不得你们。可是,我现在已经不是将军了。继续留着你们,会让朝廷不放心,而且后果会很严重。当然,在你们走后，为了身边不至于太过寂寞，我要把怀德、怀恩他俩留下。这是因为，在亲兵营中他俩年龄最小，都是孤儿，又与老夫同乡。不过，以后在称呼上就要改一改了。从今以后，他俩就是我的徒弟，我就是他们的师傅。好了，大家都起来吧。千里搭长棚，没有不散的筵席，大家都回老家去吧。"

众亲兵："将军……"

山道上，杜元凯一身平民打扮，驾驶着一辆香车策马前行。怀德、怀恩各骑一匹骏马跟在车后。

转过一个山弯，前面出现了几间草屋。

"吁——"杜元凯勒住马回头对着香车，"老婆子，我们的老家柏树凹到了。"

杜夫人从香车内探出身子看了看："是啊，这里山清水秀，远离喧嚣，有多好！再也不用成天为你担惊受怕了。"

杜元凯："不过，自然我们回来了，这村名就得改改了。不能再叫'柏树凹'，要叫'杜家庄'。我们就要在这里购置产业，建立庄园，安度晚年了。走，进村去。驾！"驱车向村内走去。

北原山下东河沟村。

一堵残败的土坯墙。墙的根部被硝渍得坍塌出一连串坑凹。

一群五六岁至十来岁的小孩拿着一些木杆棍棒在土墙边玩耍。

距土墙不远的一处土丘上，一位须发如雪、仙风道骨的长者在饶有兴趣地观看。

一个七岁的小男孩（小訇子）问其他孩子："喂，让你们找的格榄（武乡土语即木杆棍棒）都带来了吗？"

孩子们齐声应："带来了。"

"好。"小男孩走到土墙边，命令道，"来，把格榄都拿来，顶到墙的这一面。"

孩子们忙搬取木杆棍棒，遵照小男孩的命令顶撑墙体。

"把长格榄顶到墙的上边，短格榄撑到下面。"小男孩继续指挥孩子们撑墙。

十几个孩子都按照小男孩的命令移动木杆。

所有的木杆棍棒都顶在了墙体上。

小男孩从土墙边走出，对孩子们继续发布命令："来，抓住顶在上面的长格榄，一起用力推。"

孩子们都抓住木杆顶推。

一个黑衣小孩抓住木杆顶了一下,丢开木杆,跑到墙根,直接用手去推墙。

小男孩:“支屈六,你干什么?”

黑衣小孩:“格榄不好用力,不如用手推。”

小男孩:“你找死!赶快回来。”

黑衣小孩迟疑了一下,跑回来重新抓住木杆。

小男孩:“来,大家一起用力。一、二、三——”

那堵败墙“轰然”一声,倒了下去。

“好——”孩子们丢掉木杆,拍手欢呼。

第二集

村庄一角，正在交谈的村民甲与村民乙被墙倒的声音和孩子们的欢呼声惊动，回头观望。

村民甲："啥响声？发生了什么事？"

村民乙："走，看看去。"

二人向响动处走去。

村民好些人也向响动处奔走。

耶奕于端着一碗已经剥掉皮叶的角粽，走了过来，正好看见白发长者叫住小男孩问话。

白发长者："喂，小孩，过来。"

小男孩（石勒）看看小伙伴，走了过去。

白发长者："你叫什么名字？"

小男孩："小訇子。"

白发长者："你为什么要推倒这面土墙？"

小訇子："不推倒，它自己塌下来会砸死人的。"

白发长者："那你为什么要用许多木杆把墙撑住？"

小訇子："不顶住，要是倒回这边来，会把我们砸死的。"

白发长者："那你为什么不让那个黑衣小孩直接用手去推？"

小訇子："墙要是顶不住，倒回来，会把他砸死的。"

白发长者拍了下手："好！孺子可教！"

小訇子看见走过来的耶奕于，叫了声："爷爷。"向着耶奕于跑来。

耶奕于弯腰抱起小訇子，说："今天端阳节，是你生日，你不在家过生日，跑到这里疯什么？"说着，把另一手端着的角粽递给小訇子，"吃粽子吧。"

白发长者走过来，问耶奕于："这是你的孙子吗？今年几岁了？"

"是啊，今天是他的生日，正好七岁了。"耶奕于说着把小訇子放在地上。

闻声前来观看的村民也逐渐围了过来。

白发长者:“哦,人常说‘三岁看大,七岁到老’。你这孙子小小年纪就见识不凡,思虑缜密。将来长大,一定大有作为,其前程不可量也。”

“是啊,是啊。”李婶一面说,一面从人群中挤了出来,“这孩子出生时,是我接的产。当时满屋子的红光,白气从天上下来,直扑门口。还有,从山上挖出来的人参,都像长着小鸡鸡的小人儿。我看,这孩子一定是个贵人呢。”说着,冲过去,在小匐子的额头上亲了一口。

围观的人们都笑了。

人群中有人说:“有无前程说不准,可这孩子平时淘气得出奇,倒是与一般的孩子大不相同。”

有人附和:“不仅淘气,还特别精明。”

白发长者:“所以,你们一定要善待此儿。”

耶奕于:“如果是这样,那敢情好。”他问白发长者,“老丈是何方人氏?到俺这里有何贵干?”

白发长者:“我常在烟霞深处,不是贵方人氏,只是从此路过而已。此儿将来要推倒的,绝不仅仅是一面破败的土墙!好了,叨扰了,我还有事,就此别过。”说着,双手抱拳,向大家作了个罗圈揖,然后扬长而去。

人们望着白发长者逐渐远去的匐影,隐约听到一种声音:“古在左,月在右,让言退,或入口。”

干涸龟裂的河道。枯草遍野的田地、山丘。

一块开阔地上,东河沟羯室的全体村民,大人、小孩、老人、妇女,衣衫褴褛,形形色色,分别提着一些简单的包裹行李和小型称手的农具、物件,脸色凝重地聚集在一起。

耶奕于站在开阔地的高坡之上,面对着人群。他抬头看看天空,天空万里无云,一轮烈日在无情地泼洒着光和热。

耶奕于愁云满面,嘴唇哆嗦。突然,他情绪激动地大声说:“上帝啊,苍天啊!为什么天灾和人祸总是专找我们羯胡人呢?从去年五月开始,老天就没有下过一场透雨。地里颗粒无收,还让我们赔上了种子。今年从春到夏,又滴雨未降,土地焦干,草木不生,你让我们吃什么?乡亲们,我的父老兄弟们,我的亲人们,现在摆在我们面前的,已经没有其他任何法子,只能是举家外出逃荒,到外边去寻找活路了。”他浑身颤抖,语气变得无比凄凉。

“我,我,我……我不是一个好的头人,无法带给大家起码的福祉,很对不起大家。我,我想告诉大家的是,一百多年前,我们在‘大西海’的家乡‘野翘窝’遭到了外族敌人的劫掠。那可是一块流淌着牛奶和蜜的地方啊!我们的土地被敌人夺占，我们的人民被敌人屠杀，我们被迫逃离家园，到处流浪。后来，我们的祖先按照上帝的指示，向东方，走到太阳升起的地方，这才来到华夏中土，在这北原山下东河沟建立了我们的羯室，定居下来，休养生息。我们原本不是华夏人，可是现在北原山羯室已经成了我们根生土长的土地，华夏自然也就是我们的祖国。一百多年前的那一次是人祸，而这一次我们又遇到了天灾。现在我们所有能吃的东西都已经吃尽，我们无法再待下去了。走吧，我的乡亲们，带着你们的家人，到外面寻找活路去吧。好在我们已经习惯了颠沛流离。只是，我希望，这场灾难过后，我们所有活着的人，都还回到这里，回到我们的羯室来。”

肃穆的人群。

耶奕于弯腰拿起预先放在地上的一大把线香，从衣兜中掏出火刀、火石，点燃艾绒，引燃线香，双手捧着，举过头顶，鞠躬，然后走到山坡高处，把线香插到那里预先安放的香炉内，口中高喊：“跪——”

众人一起跪拜在地。

耶奕于：“磕头——”

众人一起将头磕下。

耶奕于：“再磕头。”

众人再次磕头。

耶奕于：“三磕头。”

众人又将头磕下。

耶奕于：“起。”

众人站起。

耶奕于：“跪——”

众人再次跪下。（如此三次，称“三拜九叩”）

叩拜结束，耶奕于说：“乡亲们，现在我们已经拜别了生养我们的土地，那就走吧！带上你们的家人，到外面逃命去吧。”

人们开始陆续走散。

杜家庄，新修的庄园。正面是五间堂屋，左右各三间厢房，前面是大门，宽敞的院子里，西北安置着兵器架，上面插着刀枪剑戟。

杜元凯从正面堂屋走出，高喊：“怀德、怀恩。”

怀德、怀恩从厢房中走出：“什么事，师傅？”

杜元凯：“备马，随师傅到外面走走。”

怀德、怀恩：“好嘞。”相随着走出大门。

杜老夫人从堂屋中探出身子："老头子，你们要到哪里？"

杜元凯抬头看看天："唉，天旱得这么厉害，我想和徒儿们出去走一走看一看。"

杜老夫人："那你们可要早点回来。"

杜元凯："知道了。"向大门外走去。

大门外，怀德、怀恩牵着三匹马走了过来。

杜元凯接过缰绳，说了一声："上马！"搬鞍认镫，飞身上马。

怀德、怀恩同时上马。

杜元凯："走！"一抖缰绳，"驾！"三匹马沿着山路飞奔而去。

一条山间土路。十多个男女老少在艰难跋涉。耶奕于走在最前面，他的身后跟着周曷朱、匐邪、小匐子、小匐子的母亲王氏、李婶和几个村民。

突然，耶奕于发现什么，向后一摆手。

众人停下脚步，狐疑地向前观看。

道路另一头，一群垂头丧气的晋室官兵在行走。手中兵器或拖或扛，显得吊儿郎当，杂乱无章。

道路这一头，耶奕于很是惊慌："糟糕！这是一群乱兵。被打散的乱兵比土匪更可恶。抢劫、强奸、杀人，无恶不作！大家快跑，分开跑，进山沟，快！"

大家慌忙向附近山沟分头跑去。

道路另一头，正在行进的官兵中有人高喊："快看，那里有人。""冲过去，快，别让他们跑了！"于是一窝蜂向前冲去。

耶奕于看看亲人们跑进山沟，拔出别在腰上的斧头，守护着路口。这时见官兵冲过来，于是大吼一声，向官兵扑去。

小匐子被母亲拉着手在山沟中奔跑。

"站住！"后面一个酒糟鼻子的乱兵提着矛枪在追赶。

奔跑中的小匐子突然摔倒在地，母亲慌忙搀扶。这时，"酒糟鼻子"追了上来。

"酒糟鼻子"："你跑什么，能跑得了吗？"脸上露出淫笑，"我让你这小娘们儿做我的老婆，还你一个快活，你怕什么？"说着，扔掉手中矛枪，就去撕扯王氏的衣服。

王氏拼命挣扎，抗拒。

小匐子扑过来，用小手小脚踢打"酒糟鼻子"。

王氏的衣服被扯破。

小訇子抓住“酒糟鼻子”的一只手，张开嘴狠命咬下。

“啊呀——”“酒糟鼻子”杀猪般大叫，不由丢开了王氏。

王氏迅速向后倒退。

小訇子：“娘，快跑！”丢开“酒糟鼻子”，转身向相反方向跑去。

“酒糟鼻子”龇牙咧嘴，抬起鲜血淋漓的手看看，突然眼露凶光，“小兔崽子，找死！”弯腰捡起地上的矛枪，就去追赶小訇子。

王氏见“酒糟鼻子”去追赶小訇子，也不顾一切地追了过去。

小訇子在前面飞跑，“酒糟鼻子”在后面紧追。眼看距离越来越近，山沟转弯处，奔跑着的小訇子发现一块巨石，石后是一丛茂密的枯蒿，便一头钻了进去。

枯蒿下面的巨石根部，正好有一处凹陷的坑洞。小訇子身子紧贴巨石，一动不动。

“酒糟鼻子”随后追来，转过山弯，四面展望，不见了孩子。“小兔崽子哪里去了？”看见枯蒿，牙根一咬，挺矛枪狠命刺去。

蓬蒿内，尖利的枪刺戳在小訇子脚边。小訇子一动不动。

蓬蒿外，“酒糟鼻子”见蓬蒿丛中并无动静，抽出矛枪，四面观望。然后仔细察看每一块大石头的侧背。

山沟的另一面，王氏躲在一丛荆芥中，紧张地盯着“酒糟鼻子”。

“酒糟鼻子”在山坡上梭巡。他低头看看自己那只已经肿得像发面馒头似的手，鼻子里狠狠地“哼”了一声，提着矛枪向山沟外走去。

躲在荆芥丛中的王氏见“酒糟鼻子”走来，急忙伏身隐蔽。

“酒糟鼻子”从王氏身边走过。

王氏探出头，看着“酒糟鼻子”的背影逐渐走远，消失在沟口转弯处。

王氏站起身，自言自语：“谢天谢地，那家伙没抓住訇子。訇子一定是跑进山沟里去了。”一面说一面向山沟深走去。

蓬蒿中的小訇子仔细听听外面，没有任何声息。他异常小心地拨开蓬蒿，四面观察，逐渐爬出，站起，再仔细察看一番。突然，他说：“我娘，我娘呢？”拔腿向沟口跑去。

在“酒糟鼻子”纠缠王氏的地方，小訇子前后左右察看，不见母亲，便大声呼喊：“娘——”

山谷中回声：“娘——”

小訇子独自一人在山谷中走着，已经十分虚弱，口中仍不停地喊：“娘——”但是声音越来越小。

小訇子走出山沟，走上大路，身子摇摇晃晃，口中喃喃地叫着："娘——"。

烈日当空，小訇子踉踉跄跄，艰难地向前行走。突然，天旋地转，一头栽在地上，昏了过去。

向前延伸的大路。随着一阵"嘚嘚"的马蹄声，在路的尽头出现了三骑马。随着骑马人的走近，可以看出，正是杜元凯和怀德怀恩他们三人。

三人策马前行，忽然发现前面路上倒着一个人。

杜元凯"吁"的一声勒住马，说，"怀德、怀恩，下去看看是怎么回事。"

怀德、怀恩跳下马，走过去察看。怀德用手试试倒在地上的小訇子鼻息，回头对老人说："师傅，是一个八九岁的孩子。看样子是晕过去了。"

老人跳下马，走过去蹲下身子仔细察看一会儿，说："来，把他抱到路边树下。"

怀恩弯腰抱起小訇子，走到路边树下，找一块石头坐下。

老人解下腰间随身携带的牛皮水壶，从头上拔下根银发簪，撬开小訇子紧咬的牙关，给他喂了一点水。

小訇子悠悠醒来，慢慢睁开了眼睛。

老人又取一点干粮，掰成小块，塞进小訇子口中，再给他喂了一点水。

小訇子精神大振，翻身起来，趴在地上连连磕头，口中说道："谢谢恩人救我，谢谢恩人救我。"

杜元凯连忙把小訇子扶起，找一块石头坐下，把小訇子抱在腿上，问："孩子，你姓什么？叫什么？今年几岁了？"

小訇子："我叫小訇子，今年八岁了。"

杜元凯："小訇子？这是你的小名吧？你有大名吗？"

小訇子："有，我的大名叫石勒。可是，大名得等我十三周岁以后才能叫，现在就叫小訇子。"

杜元凯想了想，又问，"你姓石，对吗？"

小訇子："不，我就叫小訇子。我的小名和大名都是爷爷给取的。爷爷说，我是我们家的长孙子，所以叫'訇子'。还说，'石勒'是平安、吉祥、幸福的意思，让我长大就叫'石勒'。"

杜元凯："呵，有点意思。那你姓什么？"

小訇子摇摇头。

杜元凯仔细审视小訇子。

（小訇子面部特写：高鼻深目，黑亮的眼珠周围环抱着蓝色圈环）

杜元凯："你是羯胡人，对吗？"

小訇子点点头。

“噉，原来如此。”杜元凯感慨地说，“羯胡人都很穷，怪不得你落到如此地步。”他顿了一顿，又问，“你家在哪里？是如何来到这里的？”

小訇子：“老天不下雨，我们没有吃的，都出来逃荒。路上，有乱兵追我们，我和娘被乱兵抓住了。我咬了那个乱兵的手，乱兵要杀我，我躲起来。后来，就找不见娘了。呜呜——”小訇子难过地哭了。

杜元凯再次审视小訇子。

（小訇子的特写：身体消瘦，浑身脏兮兮的，但身体各部位端正匀称）

杜元凯：“好了，孩子，别哭了。既然你是逃荒出来的，又没有去处，不如就跟了我吧，给我做个徒弟。”他用手指指怀德、怀恩，“就像他俩一样。我看你骨骼清奇、端正，是块习武的材料。你看行吗？”

小訇子连忙趴下磕头：“谢谢师傅收我。”

杜元凯呵呵笑着站起，吩咐怀德、怀恩：“把马牵过来。”

怀德、怀恩牵马过来。

杜元凯把小訇子抱起，放上马背，然后认镫上马，对俩徒弟说：“走了。”一抖缰绳，绝尘而去。

怀德、怀恩也飞身上马，跟着师傅走了。

杜家庄。

一间屋子内，师母和小訇子在交谈。

师母：“刚才举行了拜师仪式，你就是你师傅正儿八经的弟子了。你师傅年纪大了，你是他这辈子收的最后一名弟子，所以叫‘关门弟子’。有些事情应该让你知道。你师傅姓杜，大名元凯，原来是朝廷中的一名将军。在平定吴国后就辞去官职，回到了这里，在这里建立了杜家庄。你师傅一生精研武学，造诣精深。可惜我没能给他生育一男半女，以继承他的武学。哎——。前几年，咱原来的大涅县被分成了涅县、武乡、辽阳三个县，咱这里正好在武乡县。你师傅说‘武乡者，尚武之地，兴武之乡也。将来必然会以武而扬名天下’，可是我们都已经老了。为了能够把他一生钟爱的武学传承下去，发扬光大，他退役时，留了怀德、怀恩两个徒弟。怀德、怀恩这俩孩子，人倒是很好，就是过于老实，不知变通。所以，你师傅说，他们将来难成大器。为此，常常叹息。我说，不知变通，你可以教他们呀。你师傅说：‘生性使然，有些事是教不会的。’那天，他收了你，我看到他从来没有那么高兴。看来，他把全部希望都寄托在你的身上了。你可不能让他失望。”

小訇子：“可是，我什么都不懂。”

师母:“不要紧,慢慢来。你还小,以后就懂了。”

庭院内,杜元凯在教授小匍子武功。(马步站桩)

场地上,怀德、怀恩在指导小匍子练功。(靠墙倒立)

山坡上,已经长大一点的小匍子在舞枪。

悬崖顶上,已经十多岁的小匍子在舞刀。

屋子里,杜元凯在给小匍子讲授武学原理:“将来要成为武学大家,光有武功是远远不够的,还必须精通六韬三略。如果要做军队的统帅,还必须上知天文下晓地理,研究阴阳五行……”

一群羊从羊圈中鱼贯而出。牧羊人李二混子在看羊出圈。

小匍子手拿羊鞭走来。

李二混子:“又要去放羊?”

小匍子:“对,没事时就给师傅放放羊。俺才不做光吃饭不干活的闲人呢。叔叔,今天咱们到哪里放羊?”

李二混子:“到后山石门,你大师兄怀德老家那个村子的山上。”

山坡上,羊群在吃草。小匍子和李二混子在看守着羊群。

不远处有一个山沟。一只大羝羊离开羊群,进入山沟。小匍子拿着羊鞭随后进去追赶。

山沟中,大羝羊在悬崖下吃草。小匍子走了过来,正要驱赶大羝羊,突然发现了什么。

(山崖根部蒿草丛中,一个隐蔽的山洞特写)

小匍子拨开蒿草,俯身察看,洞内黑咕隆咚。又用羊鞭的鞭杆向内探探,皱着眉头思索一会儿。然后趴下身子,向内钻去。

洞中,小匍子在爬行。

洞的深处,小匍子摸索着站起身,手扶洞壁,小心地向前挪动。

挪动中的小匍子停下脚步。

（字幕加画外音）“不能再往进走了。我没带火种，什么也看不见。要碰上不好的事就麻烦了。赶快回去。”

小匐子摸索着退了回去。

洞口，小匐子钻了出来，站起身，准备回去。忽然又想起什么。回身将踩倒的蒿草扶起，把洞口掩藏好。这才赶着大羝羊向山沟口走去。

屋内，杜元凯和小匐子在交谈。

杜元凯：“那里有山洞的事，你给谁说过吗？”

小匐子：“没有，就连和我一起放羊的李叔叔我都没有告诉他。”

杜元凯：“好徒儿，你做得对。不要再告诉其他人。”

杜家庄园大门口。

杜元凯和小匐子同乘一匹马，怀德另骑一匹马，准备出发。怀恩在大门口送行。

杜元凯：“怀恩，你留下照看庄园。我们出去办点事。”

怀恩：“好嘞。”

杜元凯：“走了。”驱马前行。两骑马顺大路飞奔而去。

天然大石洞。顶部怪石嶙峋，周边有大小不等的洞穴通往各处。洞内地面相对比较平坦。

杜元凯、小匐子、怀德打着火把从入口处相继走了进来。杜元凯举着火把照照四周，然后取出随身携带的白粉在入口处做了记号。

小匐子：“师傅，您画这个是啥意思？”

杜元凯：“你看，这洞内有这么多的叉洞，如果记不住进口，错入其他叉洞，很可能就出不去了。”

小匐子点点头。

杜元凯他们在洞内游走察看。忽然，杜元凯发现什么，弯腰从地上捏起一撮褐色的颗粒，放在手心，吐点唾沫在上面，再用手指一搓，整个手心便成了鲜艳的大红色。

“朱砂！”杜元凯情不自禁地说，“原来老辈人所说的朱砂洞就是这里。”

怀德和小匐子一起凑过来观看。

小匐子：“师傅，朱砂是个啥东西？”

杜元凯：“这朱砂可是个好东西。它不仅是一味名贵的药材，可以安心神，定魂魄，驱邪避祟；还是珍贵的染料，可以写字、画画，还有其他好多用处。不过，这东西毒性很大。如果误入口中，即使不被毒死，也会把人变成傻子。所以要务必小心。”说着，从身上掏出一块方巾，蹲下，从地上撮了一些朱砂在上面，仔细包好，说：“用朱砂染红的水，给羊身上涂点红色，可以防止毒虫、长蛇。我们带点回去，把咱所有的羊背上都涂上一块红色。这样，还能防止咱的羊和别人家的羊走混后产生争执。”说着，把布包塞入怀中，站起，“好了，今天就到这里，我们可以回去了。不过，对于这处山洞和今天探洞的事，千万不要再对任何人说。你们要切切记住。”

小訇子：“那，对二师兄也不能说吗？”

杜元凯：“也不要告诉他。他太爱喝酒，以防他酒后失言。”

怀德、小訇子点点头。

屋内，师母在收拾家务，师傅杜元凯和已经长成半大小伙子的訇子在交谈。

杜元凯：“訇子，从今天起，你就不用再去放羊了，也不要跟随你的两位师兄下地干活。我准备再传你两样绝技，你要认真修炼。一样是‘霸王鞭法’，它系当年西楚霸王项羽所创。其鞭法刚劲凌厉，气吞山河。将来如临战阵，当可横扫千军。在灭秦战争中，楚霸王就是用这套鞭法武装他的八千子弟兵，使他的军队成为攻必克、战必取的一支劲旅，消灭了秦王朝的有生力量，最终打垮了大秦帝国。可惜的是，在后来的楚汉相争中，霸王失机兵败，乌江自杀。他的八千子弟中仅有少数人生还，潜伏民间，才使这套鞭法传承下来。到现在，也只有我才得了真传。所以，它已经成了绝技。如今，我将这套鞭法传授给你，估计你将来用得上。另一样绝技叫‘狮子吼’，这是一种内功修炼的心法。其法是，深吸一口气，以意领气，气归丹田，在丹田凝结积聚，再运至口腔，嘬口发出啸声。其啸声悠长清越，如你的敌人缺乏内功修为，便会在距你十数步之内闻啸声而跌翻，短时间内失去战斗力。所以，此功法也叫‘夺魂啸’。现在，我先传你‘霸王鞭法’。好，我们到庭院中去。”

訇子与师傅走出门去。

一棵枝繁叶茂的大树，树上的叶子渐渐由绿变黄，并开始飘落。

大树下，杜元凯在和訇子交谈。

杜元凯：“经过数月来的习练，我看你两样绝技的心法要领均已完全领会。接下来便是持之以恒的修炼了。你以后不要再坚持晨昏习武，要将练功的时间改到夜半子时。同时，为了不惊扰别人，你还要找一处离村子远一点的山沟进行修炼。好了，今天就到这里。”

夜半，明月当空。

在一处山沟崖畔上，訇子在挥鞭起舞。

山沟内，一棵大树下，訇子凝神静气，调息运气。突然，他噘口发出一声长啸。啸声中，大树在剧烈抖动，树上的叶子纷纷飘落。訇子见状，振臂高呼：“成了，我练成了！”

庭院内，怀德、怀恩满面愁云，在交谈。

怀恩：“师兄，你说咋办？师傅病成这样，我们却一点办法都没有。”

怀德：“哎，可不是嘛。师傅自从踏春归来，路上中了风寒，只说躺一躺发点汗就会好的。谁知道这一病倒，竟至卧床不起。远近郎中请了一个又一个，汤药喝了一副又一副，病情不仅不见好转，反而越来越重。真是愁死人了。”

怀恩：“要不，我骑快马到并州走一趟，看能不能请一个好一点的郎中来？”

怀德：“我也有此想法。等一会儿，咱们和师母商量一下，多带点银子去。”

訇子从屋内走出，对怀德、怀恩说：“两位师兄，师傅让你们进去。”

怀德、怀恩：“师傅醒了？”

訇子：“是。”

怀德：“好，那咱们进去。”

三人相随进屋。

屋内，师傅杜元凯盖被斜躺着，显得十分憔悴。师母手拿药碗用勺子给他喂药。

见徒弟们进来，杜元凯推开师母捧到他跟前的药碗，招呼道：“你们都过来，我，有话要说。”

师母见状，叹息一声，拿着药碗走开了。

师兄弟三人走过去，围坐在师傅身边。

杜元凯：“你们不用再费心了。我知道，我的大限已至，这病，郎中是治不好的。”他喘息一会儿，继续说，“我从武一生，最看重的是个‘义’字。我现在别无所求，只希望你们师兄弟情同手足，相互帮扶。我观你们三人，唯有这訇子前途无量。虽说眼下潜龙在渊，终归有冲举飞升的一天。将来在他需要的时侯,你二位师兄一定要全力支持。"

怀德、怀恩:"我们记下了。"

杜元凯:"怀德,我死后,你就不要再留在杜家庄了,回你的老家石门去吧。你师母这里有怀恩照顾就行了。记住我吩咐你的事,万万不可大意。"

怀德:"徒儿记下了。"

杜元凯:"小訇子。"

"哎。"訇子往前凑凑,认真聆听。

杜元凯:"你在杜家庄学艺,到现在已经六年了。我也把我所掌握的武学知识全都传给了你。我希望你认真修炼,不可懈怠。如果将来事业有成,也不枉老夫一生心血托付的人。你,你,你要,好自为之。还有,我死后,你也回老家去吧。离家六年了,也该回去看看了。"

小訇子:"知道了,师傅。"

杜元凯喘息加重:"叫,叫,叫你们师母,我,我,我要,要,要走了。"

师母急忙走近:"老头子!"

杜元凯拉住妻子的手,似乎还想说些什么。然而,他已经说不出话来。他两眼盯着妻子看了一会儿,头一歪,咽下了最后一口气。

"老头子!"

"师傅!"

师母和徒弟们痛哭失声。

山路上,师傅出殡的仪仗:最前面,有人挑着引灵幡在扬撒纸钱,接下来是鼓乐。鼓乐后,仨弟子柱着哭丧杖,拉着白布牵引,在痛哭前行;村人抬着棺椁,师母爬在棺椁上痛哭;再后是前来送行的村人,男女老少,形形色色。

室内,师母与三弟子交谈。

师母:"孩子们,你们的师傅走了,你们的学业也就结束了。按照你们师傅的吩咐你们都各自回家去吧。尤其是訇子,你与家人失散,来到这里都六年了,也该回家看看,见见你的父母。我这里,有怀恩照看着就行了。你们都各自收拾一下,准备走吧。"说着,擦擦眼睛。

怀德、訇子:"可是,师母你……"

师母:"我这里没事。如果有事,我会让怀恩通知你们。"

怀德、訇子:"好吧,师母珍重,我们会经常来看你的。"说着,也都擦擦眼睛。

村口。

匍子背上挎着一个简单的包袱，与两位师兄道别："师兄，我走了。师母这里有啥事，一定要及时告我。"

怀德："大家有事，也都要互通声气。"

怀恩："好了，天不早了，走吧。"

匍子向两位师兄深深地作了一揖，转身上路。

东河沟周曷朱土窑内。王氏正在收拾家务。

"娘！"随着门外一声呼唤，匍子闯了进来。

王氏愕然回头："你是——"

匍子："娘，怎么，你不认识我了？我是小匍子呀！"

"小匍子？"王氏突然上前抓住匍子，上下打量，"啊，还真是我的小匍子！"一把将匍子拥入怀中，"这些日子你都在哪里啊？想死娘了！"说着，放声痛哭。

周曷朱闻声走进："怎么了？"

"小，小匍子，"王氏激动得语无伦次，"你看看，你看看，小匍子，他，他，他回来了！"

"什么，小匍子他还活着？"

匍子："是的，爹，我回来了。"

周曷朱冲过去，从王氏怀中抢过匍子，仔细察看："孩子，快给爹说说，这六年你是怎么过来的？"

东河沟村中。

村民甲："你知道吗？老族长的小孙子回来了。"

村民乙："是啊，真想不到，一个七八岁的娃娃，在逃荒路上独自走失，还能活着回来！"

村民甲："走，看看去。"

村民乙："对，去看看这个小家伙现在长成个啥模样。"

周曷朱的篱笆院落，人来人往。匍子在讲述："那天，我找不见娘，就一个人在路上走。不知怎么，只觉得一阵头晕，就什么都不知道了。后来，一个老头救活了我，把我带到他家放羊。今年，老头死了，羊也卖了，所以，我就回来了。"

屋内，王氏在和村上的女人们热烈交谈。周曷朱在和面做饭。

村民甲、乙相随走进。

村民甲:“吆,周曷朱,今天不吃野菜‘苦垒’,要做好饭吃了?”

周曷朱:“是啊,一年四季总是吃糠皮菜叶蒸出来的‘苦垒’。今天孩子回来了,这是一家人的大喜事,所以,做一顿咱羯胡人的好饭‘莫难饼’给他吃。”“哎呀,可算回来了。”门外传来李婶的声音。人们闻声向门口观看。

李婶在訇子的搀扶下,挤开人群走了进来:“我就说嘛,这孩子出生时,满屋子的红光,白气从天上下到门口,该是个大贵人呢!咋会像他们说得早已不在人世了?来来来,让我好好瞧瞧。”

屋内的妇女们见李婶进来,主动让出炕沿。訇子扶李婶坐在炕沿上。李婶抓着訇子的胳膊,上下打量:“嗯,长高了,长得越发像他爹了。这孩子身上透着股贵气儿,一定是个大贵人呢。”

正在做饭的周曷朱接过话茬,说:“还大贵人呢。我看他和我一样,生就的穷命。这不,白白给人家放了六年羊嘛!”

屋内的人们都笑了。

“那可未必。”门外传来宁驱的声音,“圣人云:‘天将降大任于斯人也,必先苦其心志,劳其筋骨,饿其体肤,空乏其身。’这就叫‘贵人遭磨难’嘛。”

第三集

听到话音，人们一齐向门口观看。郭敬、宁驱从门外走入。

郭敬，年约二十出头；宁驱，年纪在三十开外。二人均头戴书生冠，身穿团花缎袍，脚踏粉底软靴，一看就是富有之人。与屋内这些穿着寒酸朴素的羯胡人形成鲜明对比。

由于不认识这俩人，訇子用询问的目光看着父亲。

周曷朱连忙放下手中的活，过来打招呼："原来是二位爷来了。快，请坐。"

炕沿上原来坐着的人赶忙起身让出炕沿，让二人坐下。

周曷朱回头对訇子说："过来认识一下。这二位爷不是咱羯室中人，是华夏人。他们和我们羯胡人不同。我们羯胡人没有姓，只有名。可他们有姓，有名，还有字。这位爷（指着郭敬）姓郭，名敬，字季子，老家在邬地；这位（指着宁驱）姓宁名驱，老家在阳曲。大前年他们来到武乡，在这里买了土地，还在北原山南建了庄园。现在咱羯室的人大都在他们两家干活。所以，要叫二位'老爷'。"

訇子听了后点点头，走过去向郭敬、宁驱施礼："原来是郭、宁二位老爷。訇子这厢有礼了。"

郭敬、宁驱连忙起身还礼："好说。"

郭敬："我们来到这里定居后，常听人说，周曷朱妻子生了个不同寻常的孩子。说是出生时红光满屋，白气从天而降。还说这孩子小时候就淘气得出奇，却又聪明过人。可是又听说在八岁那年外出逃荒时失踪了。你们部落里很多人都认为，他小小年纪独自走失，有可能遭遇不测。刚才，我们听人说，这孩子又回来了，所以就想过来看看。"

宁驱："是啊，这一来，周曷朱在我们家干活，他的孩子失而复得，我们理应过来表示慰问；二来，我们也想亲眼看看孩子的模样。所以，我们就过来了。"

郭敬仔细打量着訇子，说："宁驱大哥，你看，这孩子果然状貌奇伟，气宇轩昂，志度不同常人。看来，李婶和那白发老者的话确实很有道理。"

宁驱："是啊，是啊，这孩子确实不同凡响。"

李婶："你看看，你看看，我说啥来着？将来肯定是个大贵人呢。"

屋内好些人点头附和："说不定会成为我们部落的大英雄。"

听了大家的议论，訇子显得有点不好意思。周曷朱也只是憨笑摇头。

人们仍在七嘴八舌地说着奉承话。

郭敬、宁驱站起身，分别从袖中取出一些散碎银子。宁驱说："好了，我们也该走了。我说，大家也都散了吧。孩子刚回来，给他们父母儿子留点时间，让他们多亲热一会儿。来，周曷朱，你把这些银子留下，买点吃的。孩子在外面受了很多苦，给他补补身子。"说着，将银子交给周曷朱。

周曷朱："这，咋好让你们破费？"

郭敬也将银子塞给周曷朱："收下吧，应该的。"

郭敬、宁驱拱拱手，告辞走了。

屋内众人也都向周曷朱一家道别，陆续出门而去。

周曷朱、王氏、訇子出门送大家离去。

看看众人走远，周曷朱："咱们也回去吧。"

訇子四面看看，问："爹，我爷爷哪去了？怎么一直没看见爷爷？"

周曷朱、王氏对看一眼，脸色突然变得十分凝重。

訇子："怎么了？"

周曷朱："你爷爷，他，他，他已经死了！"

訇子："什么？死了？啥时死的？"

周曷朱："就在六年前的那次逃荒……"

（回忆画面）

耶奕于发现前面路上的乱兵，连忙招呼："周曷朱、訇邪，快领大家分头向山沟里跑，快！"

周曷朱、訇邪带领随行的人们，分头跑进附近的山谷。

耶奕于拔出腰间的斧头，守住通往山沟的路口。

乱兵们蜂拥冲了上来，耶奕于大吼一声，挥舞斧头和乱兵搏杀。

周曷朱带领李婶和两三个邻居跑进山沟，攀上崖畔的一处密林钻了进去。

李婶喘息着说："老，老族长，咋不见来？"说着，拨开荆芥丛向外瞭望。

耶奕于与乱兵搏斗。一名乱兵从背后袭击，用矛枪刺中耶奕于后背。耶奕于回手一斧头砍死这名乱兵。周围数名乱兵一起用矛枪刺向耶奕于。耶奕于踉跄数步，终于倒下。

荆芥丛中的李婶"啊"了一声,急忙用手捂住嘴,瞪着惊惧的双眼。

周曷朱:"怎么了?"

李婶:"老,老族长殁了!"

沟口上,众乱兵杀死耶奕于后,看看远处。一个乱兵说:"跑得比兔子还快!"骂着,招呼一声,"走吧。"众乱兵顺大路走了。

(回忆完)

周曷朱:"乱兵走后,我和李婶他们找到你爷爷的尸体,就在旁边的山坡上挖了个坑,把你爷爷埋了。后来,你母亲找到了我们,大家一路乞讨,颠沛流离,先后走过五州八县,到大前年才回到咱羯室来。"

訇子放声大哭,眼前叠映着他小时候骑在爷爷脖子上,被爷爷荷着上山捉蝈蝈、下河摸小鱼的画面。

周曷朱、王氏也都伤心落泪。

周曷朱小院内,周曷朱坐着矮凳在用荆条编筐。訇子从院外走进。

訇子:"爹,我想到郭、宁两位老爷家干活。人家给了咱家好些银子,咱不能白要人家的。"

周曷朱:"孩子,你想得很对,别人的好意咱不能无端接受。去吧孩子,好好干活,报答人家。"

宽敞整洁气派的厅堂。郭敬和訇子对坐交谈。

郭敬:"你想到我这里来干活,很好。来吧,訇子。我是不会亏欠你工钱的。"

訇子:"不,我不是为了工钱。我也要到宁驱老爷那里干活。"

郭敬:"这样也好,我这里活不是很多。两家轮流着干,我想宁驱那里也一定愿意。"

訇子在地里挥汗翻地。

(镜头拉开)宁驱在远处观看,满意地点点头。

宽敞整洁的院落。訇子光着膀子在一角劈柴。

郭敬、宁驱走出厅堂。

郭敬:"怎么,宁兄不再坐坐,要急着回去?"

宁驱:“不了,时候不早了,我该回去了。”

郭敬:“最近,我要组织一支商队到京师洛阳走一趟。宁兄有什么事需要捎办吗?”

宁驱:“好,你去吧。现在想不起来,到你走的时候再说吧。”

二人看见正在干活的訇子。

宁驱:“訇子这孩子诚实,可靠,干活很下力气,实在难得。”

郭敬:“是啊,这孩子人品很好……”二人边说边向外走去。

周曷朱小院。正面一盆炭火烧得正旺。炭火前面,左右对放着两排凳子。郭敬、宁驱以及数名上了年纪的老人端坐在凳子上,听周曷朱讲话。訇子站在周曷朱身边。

周曷朱:“今天是端午节,也是訇子十四岁生日。今天请大家来,是想为訇子补办成人礼。按照我们羯胡人的习俗,当孩子长到十三岁时,就算是成人了,就要举办成人礼仪式。仪式之后,就不再称呼小名,而要启用正式的名号了。訇子十三岁时,因为没有在家,也就没有举办成人礼。今天我们为他补办。至于訇子的正式名号,他爷爷早已为他取好,就叫‘石勒’。‘石勒’在我们羯胡语中,它的含义就是‘吉祥、和顺、平安、幸福’,同时还包含着‘和平使君’和‘战乱终结者’的意思。”

郭敬、宁驱相互看看。

郭敬:“原来是这样,有意思。”

宁驱:“如此说来,‘石勒’这名字取得好。”

郭敬和其他老者也都点头:“好名字!”

周曷朱回头对訇子说:“来,孩子,把香点上,对火盆磕头,拜上帝。”说着,拿过在一旁放着的线香,帮訇子点燃。訇子双手拿香,高举过头,以示恭敬。然后插入火盆前的香炉内,对着火盆行三拜九叩大礼。行礼过后,回过身来高呼:“我叫‘石勒’——”

山谷回音:“石勒——勒——勒。”

庭院内,葵安、支雄、支屈六等几个羯胡小伙子正在坐地交谈。

石勒手提镰刀走过来:“葵安、支雄、支屈六,走,拿上镰刀,上北原山割马草去。”

葵安等:“好嘞,走。”

北原山上,荒草茂盛处。大家在弯腰割草。

石勒在弯腰割草。

一阵战鼓、征铎的声音："咚咚咚""嚓嚓嚓"。

石勒一惊，挺起身四面观望。

"勒子哥，咋了？"在旁边割草的葵安奇怪地问。

石勒："好像有征战的鼓铎声！"

葵安仔细听听："没有啊！"他回头问其他人，"支雄、支屈六，你们听到什么声音没有？"

支雄："什么声音，没听到。"

支屈六："没听到。"

石勒："真是怪了，不知怎么，我每次上北原山，总能听到这种声音。好了，没事，大家割草吧。"

窑洞内，石勒和母亲王氏坐在一起吃饭。王氏给石勒碗内挟了一筷子菜，说："快吃吧。"

石勒一面吃饭一面说："娘，不知是咋回事，我一上北原山干活，耳朵里总能听到鼙鼓和铙铎的声音。您说，这是不是不好的兆头？"

王氏："其他人也听到了吗？"

石勒："不，只有我一人能听到。所以，我怕有什么不好的事发生。"

王氏："瞎说！这叫耳鸣。干活劳累引起耳鸣是常有的事。没什么大不了的，休息一会儿就会好的。"

郭敬庄园内。好些商客牵着马，赶着驴在进进出出。进来的驮着蚕丝、黄麻、陶瓷等物品，出去的显然是卸了货物的驴马和人夫。

庄园一角，郭敬在验看陶瓷；另一处，有管事之人在给蚕丝、黄麻过秤。

两人抬一杆大秤，一人在掌秤砣。掌秤砣人定准秤砣后高唱："黄麻六十斤。"

一张方桌前，有人在记账："好，黄麻六十斤。"

石勒扛着锄头从大门外走了进来，看到场院内的物品显得十分好奇。他绕着察看，迂回走到郭敬身边，问："东家，从哪里弄来的这些东西？作何用途？"

郭敬："你问这些东西呀，这都是从各地采购来的货物。过几天，等货物齐备后，我要组织一支商队，把这些东西运到京都洛阳出卖。那里的人很富裕，也很需要这些东西。一趟买卖下来，能赚好多的钱呢。"说到这里，见门外又有人赶着驮驴走进，便去招呼卸货。

石勒渐渐皱起眉头，若有所思。

屋内，石勒一人独坐，显得心事重重。

郭敬从门外走进，看见石勒，问："你怎么一个人坐在这里？"

石勒叹了口气："哎，瞎想呗。"

郭敬："看你这么不开心，是不是有什么烦心事？"

石勒："你知道的，我们羯胡人很穷，每天只能吞糠咽菜，苦熬时光。如果能像你说的，做几趟买卖，赚点钱，族人的日子可能会好过一些。现在发愁的是，我的族人根本就拿不出本钱去置办货物。事情无法做到，我也就只能想想。唉——"

郭敬："咦！想不到你小小年纪，倒能时时处处想到族人。"他上前拍拍石勒的肩膀，说，"难得你有这份心劲。这样吧，我来帮你了结这份心愿。你也不用打点本钱，就随我到洛阳走一遭，帮我照看商队。回来后，我再分给你一份红利。以后，这本钱不就有了？"

石勒一听，"嚯"地站起："这太好了！谢谢东家，谢谢东家。"

郭敬："不用谢。好了，你回去准备一下。我选个黄道吉日，咱就出发。"

原野大道上，郭敬商队大小车辆在行进。

洛阳城。高大门洞上方匾额："洛阳"。

郭敬骑着马，率领他的商队进入城门。

大街上，石勒坐在一辆马车上左顾右盼。随着石勒的目光移动，街道两边商铺酒肆林立，楼堂馆所栉比，街上人们熙熙攘攘，车水马龙。

在一家客栈门前，郭敬跳下马，与迎接出门的店家打招呼。

店家："郭掌柜来了。多日不见，一向可好？"

郭敬："好好好，又要叨扰贵店了。"

店家："看您说笑了。您是我的财神爷，欢迎还来不及呢，何叨扰之有？"

郭敬："好说，好说，哈哈哈。"回头招呼伙计们，"把货物拉进去卸了。今天休息，明天上市摆摊。"

众伙计："好嘞。"赶车辆进店。

石勒与大家一起赶车进店。

店家对郭敬说："活让伙计们干，来来来，咱进去喝茶。"

二人相随入店。

店家客厅。店家与郭敬在几前对坐。店家提壶为郭敬斟茶。

郭敬:“好些日子未来京师,京师的变化可真大呀。”

店家:“是啊,如今的洛阳城,可说是历史以来最为繁华的时期。”

郭敬:“是吗? 说来听听。”

店家:“自从前几年吴国平定,三国纷争的局面全部结束,天下一统,四海承平,百姓安居乐业,朝廷坐享太平。朝中有权有势的大官巨僚贪图享受,都争先恐后在各自所能控制的地段上大兴土木,极力粉饰。他们不仅恨不得把人间美景全都仿制回来,集中到他们家里,还想把自己的家变成玉皇大帝的天宫。于是曳纨绣,珥珠翠,朱楼牌坊,曲榭回廊,殿宇庙堂,假山拱桥,直把一座洛阳城铺陈得金碧辉煌、花团锦簇。这就是你今天看到的洛阳城,而你没有看到的地方,可比京师更为豪华。”

郭敬:“是吗? ”

店家:“比如散骑常侍石崇,除在京中建有大量殿堂外,还在城外东北山谷中建有一处园林,取名‘金谷园’,专供大官巨僚和他的什么‘二十四友’游玩享乐。据说,那里的胜景绝不比天宫逊色。”

郭敬:“哎呀,一个散骑常侍竟能如此奢靡,那当今皇帝又该如何? ”

店家:“嘘! ”示意噤声。他跑到门口看看,把门掩上,回来凑近郭敬,压低声音说,“至于当今皇帝,一开始也算得上是雄才大略。要不,咋能平定吴国?可是,自从吴国平定,强敌已去,天下太平,皇帝也就沉迷于享乐之中了。而皇帝的享乐则与大臣们不同。当今皇帝最爱女色,而且贪得无厌。在他登基后,经过国内的几次采选,后宫美女已经多达五千多名,可他并不满足。吴国灭亡后,他听说南朝金粉格外鲜艳,而吴宫中的美女都被征吴的将士们掳掠回来,作为他们自己的妻妾享乐,却很少有人向皇帝进献。这使得皇帝十分震怒,于是颁下圣旨,强迫命令将所有掠回的吴女全部进献宫中。将士们当然不敢违旨,只得忍痛割爱,将所得美女进献给皇帝。这样一来,后宫美女又新增了五千多名。两下合计,皇帝后宫美女总数超过了一万。为了安置这些美女,皇帝理所当然要扩建后宫。所以,现在的皇帝后宫规模,要比秦始皇的‘阿房宫’还要气派。”

郭敬:“这样的奢靡,确实让人目瞪口呆。可是,这么多的美女,就算皇帝有龙马精神,又如何能够顾得过来? ”

店家:“这你可能就更想不到了。当今皇帝自有他的办法。皇帝把这些美女分配在宫苑各处,从此无心国事,每天乘坐一辆由羊拉着的轻便豪华小车,在宫苑各处游走。因为宫苑中美女如云,人人美貌如仙,个个天姿国色,皇帝无从选择,便任由羊儿行走。当羊车随便停到什么地方,自然有众多美女前来迎驾。皇帝便顺手牵上几名,就近入内行乐。你说,这法子,你能想得出来吗?”

郭敬摇头苦笑:“皇帝如此荒淫,不问国事,那朝政又由谁来主持?”

店家:“现在的朝政由‘三杨’把持。”

郭敬:“‘三杨’?何为‘三杨’?”

店家:“就是当今继后的父亲车骑将军杨骏,杨骏的弟弟卫将军杨珧,和太子太傅杨济。”

郭敬:“继后?”

店家:“对,继后。当今皇帝先后册封过两位皇后。第一位皇后姓杨,名艳,字琼芝,在当今皇帝登基的第二年,也就是泰始二年被立为皇后。这位皇后先后生了三个儿子。第一个两岁时夭折,随后又生了司马衷和司马东。这样,司马衷就成了长子。据说,这司马衷呆笨如猪,就连当今皇帝都觉得‘此儿不肖,未堪承嗣’。可是偏偏皇后特别钟爱此儿。当时,皇后深得皇帝宠爱,所以,在她的软磨硬泡下,泰始三年,司马衷被册立为皇太子。后来在泰始十年秋,做了八九年国母的杨皇后终于享尽人间富贵,一病不起,就要归天了。弥留之际,她非常担心自己死后皇帝再立皇后会危及太子地位。于是便趁皇帝前来探视时,头枕帝膝,哀求皇帝在她死后,册立她叔父杨骏的女儿杨芷为继后,代替她主持六宫。皇帝因伉俪情深,不忍拂她之意,便与她握手为誓,答应了她的请求。就在她辞世两年后,皇帝将年仅十八岁的杨芷迎娶入宫,继立为后。这就是当今皇帝的第二位皇后。因继后顾念皇后姐姐的情义之故,太子的地位不曾动摇。同时,继后的父亲杨骏因女致贵,也由镇军将军晋升为车骑将军,封爵临晋侯。”说到这里,店家深深叹了口气。

郭敬:“帝王家事,与你我无涉,我们不过随便聊聊,不知店家因何叹息?”

店家:“郭掌柜有所不知。这杨骏自主持国政后,自恃国丈,怙宠生骄,趁皇帝沉迷女色,无心国事之机,擅权秉政,结党营私,势倾中外。只怕如此下去,朝中就要出事了!”

郭敬:“原来老兄担心这事。只是,我有一事不解。”

店家:“何事不解?”

郭敬:“老兄不过系京中的一名普通百姓,不在朝纲,远离朝廷,咋会对朝中之事如此了然?”

店家呵呵一笑:“郭掌柜有所不知。某原本也是朝中的一名官员,因官场险恶,难以驾驭,故明哲保身,辞官为民,在此经营些小实业。然而,朝廷中不乏朋友,故对朝中之事略有耳闻。今天肆意卖弄,让郭掌柜见笑了。来,喝茶。”

大晋朝廷。金碧辉煌的大殿内,百官按序排列。皇帝司马炎高坐御座,左右宫女擎仪仗侍立。

值殿太监走出，面向群臣宣道："有事出班启奏，无事退朝。"

尚书令王衍出班奏道："近日太庙大殿塌陷，应及时修葺。请吾皇定夺。"

皇帝："古人云：'国之大事，在祀与戎'，太庙乃祖宗之所在，祭祀之重地，国家之根本。我朝太庙，原系将曹魏神主徙置别室改作来的。现在既然塌陷，理应改建重修。尚书令王衍听旨。"

王衍走出："臣在。"

皇帝："命你前往泰山求签择吉，选定日期，主持太庙改建重修的一切事宜。"

王衍："领旨。"

皇帝："退朝。"

值殿太监："退朝——"

洛阳城街头，郭敬商队在摆摊设点兜售货物。

石勒在摊点后面高声叫卖："蚕丝，黄麻，锅碗瓢盆，要买快买，迟了就没了。"

市民们在拥挤抢购。

市民甲："我要蚕丝二斤。"

市民乙："给我来黄麻三斤。"

商队伙计："大家别挤，都有，都有。"

店内，商队伙计手持账本给郭敬报账："我们这次的货物物美价廉，又正好赶上京师货物紧俏，所以销售得十分火爆。现在，我们运来的货物已经全部售完。这是进京以来的销售情况，请东家过目。"

郭敬接过账本翻阅一遍，说："好！请通知伙计们到客厅集中，我们安排下一步行动。"

店内大客厅。商队伙计们在聆听郭敬讲话。

郭敬："这次京师之行，我们获得了满堂彩。我们就要准备回去了。但我们行商的原则是路不空行。我们还要在京师采购一批地方上所需的日用杂货，回到咱山区销售，从而获取更加丰厚的利润。只是考虑到石勒兄弟初到京师，未曾领略过京师风光，需要到京师各处走走看看，增长一些见识。张虎，李龙。"

张虎、李龙："在！"

郭敬："你二人对京师熟悉，给你们多带一些银两，陪伴石勒兄弟游游京城。其他弟兄们随我到各处商埠，采购回乡物资。"

张虎李龙与众伙计:“是!”

石勒高兴得手舞足蹈。

石勒在张虎、李龙陪伴下游历京城。

石勒、张虎、李龙在湖面上泛舟;

石勒、张虎、李龙穿行于曲榭回廊;

石勒、张虎、李龙攀登假山;

石勒、张虎、李龙进入酒肆;

……

一座巍峨高大的城墙。城头上五色旗幡迎风飘扬。雄伟壮丽的城楼,城楼下巨大的城门上方匾额:“上东门”。

城门内人们进进出出。城门前面广场上,斗鸡的、打彩的、斗戏法的、耍猴子的以及各种摊贩分布于广场各处,一团团,一簇簇,呈现着京城特有的热闹与繁华。

一条大街从内向外直通城门。街道两侧布满摊贩货物。街上人们熙熙攘攘,或行走,或购物。

在城墙根部的一处高台上,石勒、张虎、李龙在看杂技表演。

表演现场,杂技演员在表演蹬缸。大缸飞转,引起人们一阵阵喝彩。

“哐,哐。”一阵沉闷的铜锣声传来,石勒循声观望。

大街上,一队官兵簇拥着一顶高大官轿向着城门走来。官轿前,四名公人抬着两面大铜锣在鸣锣开道。再前面,几名恶奴手持皮鞭,呵斥着,吆喝着,在驱赶行人,对来不及躲避的人们肆意挥鞭抽打。街上的人们纷纷躲避,顿时秩序大乱。

被挤翻的货摊、瓜果李桃滚落满地。

被挤倒的行人,连滚带爬向街边躲避。

官轿队伍行至城门前广场,一名老年女乞丐被奔跑的行人挤倒,在挣扎着往起爬。一名开道的恶奴走过来,对她挥鞭狠抽。

石勒怒气勃发,嘬口发出一声长啸。

啸声激越,声震房宇,身边张虎、李龙以及不少人闻啸声跌倒在地。

官轿轿帘掀动，王衍一脸惊惧的神色，探出头来察看。

石勒继续发着啸声，冲过去推开恶奴，将女乞丐扶起，走出人群。

王衍气急败坏，指着石勒，命令随行将军："快，快，快去把那胡人小子抓住。小小胡雏就能发出如此怪啸，还敢公然对抗朝廷差役，这还了得！将来长大，必然会成为朝廷大患。快去，给我把他抓住。"

随行将军："得令！"回头指挥身边军士，"快去，抓住那个胡人孩子。"

随行军士挺枪举刀向着石勒冲了过去。

见官兵扑来，石勒丢下女乞丐，转身向城门口飞跑。

张虎、李龙从地上爬起，眼看着官兵追赶石勒，束手无策。

随行将军高呼："那守门的军士听着，快把那小子抓住，别让他跑了。"

守门军士一齐手执长矛，迎面向石勒扑来。

石勒冲向守门军士，在矛枪丛中闪展腾挪，接连打倒数名官兵，跳出包围圈，向城门外狂奔而去。

守门军士随后追赶。

官轿停下，王衍走出轿门，对随行将军和看守城门的将军大发脾气："饭桶，一群饭桶！你们这么多人竟然连一个十几岁的孩子都抓不住，要你们何用？"

两名将军躬身垂首，一任训斥，不敢仰视。

王衍问守门将军："刚才交手时，看清那胡雏相貌没有？"

守门将军："看清了。"

王衍："那好，你去找宫廷画师，画出那胡雏图形，下发海捕文书，严令各级官府通缉捉拿！小小年纪就这样桀骜不驯，敢公然对抗官兵，长大后定会成为朝廷大患！一定要把他抓到，就算逃到天涯海角，也一定要缉拿归案！"

客店内。张虎、李龙向郭敬汇报情况。

张虎："我们都没想到，石勒小兄弟有那么好的身手。好多官兵拿着刀枪都奈何他不得，还被他接连打倒一群后冲出城门跑了。"

李龙："还有他那啸声，更是惊世骇俗。我当时一听，不知怎么就跌倒在地，好一会儿才爬起。"

郭敬："石勒这孩子，我一开始就觉得不同凡响，只是没想到有如此好的武功修为。将来他一定会成为了不起的英雄。"

张虎："东家，我看石勒兄弟这一跑，就不可能再回京城，很有可能直接回武乡老家。"

郭敬："有道理。只是，我担心这些天他和你们一起摆摊卖货，京城中难免会有人认出他来。如果朝廷追查，知道他和我们是一伙的，一定会来找我们的麻烦。这样吧，马上通知伙计们收拾东西，打道回府。好在我们的回程物资已经采购得差不多了，我们尽快离开这是非之地！另外，张虎、李龙，你俩一向精细机灵，你们继续留下，以防石勒兄弟回来寻找。不过，不要再住这家客栈，要改换到对面客栈，仔细留心观察。一旦石勒返回，要及时带他离京回家。如果三天后见不到石勒，你们就可以走了。"

张虎、李龙："这样甚好，就按东家安排。"

夜晚，东河沟村。

周曷朱与妻子王氏在炕上对坐交谈。房门推开，石勒一身风尘地走了进来。

周曷朱："啊，是孩子回来了！"

石勒："爹、娘，我闯祸了！"

周曷朱、王氏惊问："什么？"

石勒："事情是这样的。在京都上东门……"

东河沟夜景。朦胧中的村间小路、农舍，树影婆娑。附近的北原山轮廓。（镜头转回到周曷朱窑洞，亮着灯光的窗户）

窑洞内，石勒在捧着碗吃饭。

周曷朱对王氏说："听孩子如此说来，他已经得罪了朝廷大官，朝廷一定不会放过他。如果朝廷查出他是羯胡人，咱羯胡人所居住的地方不大，又比较集中。要是追查到咱羯室来，事情就麻烦了！好在他回来时天黑，没有被人看见。我看不如让孩子出去躲上一些日子，等风头过后再回来。你看呢？"

王氏："你说得也对。可是，这黑咕隆咚的，让孩子到哪里去躲呢？"

石勒放下饭碗，说："爹、娘，我想还回杜家庄，那里有我的两个师兄，他们一定有办法帮我。"

周曷朱："也好，那你赶快准备一下，趁着天黑去吧。路上要尽量避开熟人。"

"嗯。"石勒在王氏帮助下收拾行装。

深夜。杜家庄。

石勒身背一个小布包，来到一处房门敲门："二师兄，二师兄，你在吗？"

屋内怀恩的声音:“谁呀?”

石勒:“我,小訇子。”

房门打开,怀恩披衣走出:“訇子兄弟,你咋来了?快进来。”

石勒随怀恩走进屋,房门重新闭上。

屋内。石勒和怀恩在交谈。

怀恩:“要是这样,这里也不安全。你在咱杜家庄学艺六年,庄上无人不识。如果官府悬赏捉拿,有无义小人贪图赏格,将你出首,为祸不小!我看不如这样。趁现在天还未明,送你到石门村大师兄那里比较稳妥。那里紧靠大山,林木茂盛,一旦有事,也好周旋。你说呢?”

石勒:“二师兄所言极是。事不宜迟,我这就去。”

怀恩:“不,我和你同去。”

石门村,怀德家中。石勒师兄弟仨人环桌而坐,亲切交谈。

怀德提壶为俩师弟倒水:“这么说来,小师弟在京都大开眼界,还给了官兵一个下马威。很好!也算给咱们长了志气。这朝廷咱虽然得罪不起,可也没啥。二位师弟不必担心。我有一处庄园,就在后沟,是师傅生前所建,专门留给我的。那里山大沟深,林密草丰,知道的人不多。小师弟可以到那里暂时安身。”

怀恩:“好,那咱们现在就去吧。天马上就要亮了,以免路上遇到熟人。”

“走。”三人一齐站起。

后沟庄园。四面山峦环抱,林木茂盛,风景幽深。

屋内,清爽整洁,窗明几净。桌椅、床铺安排有序。

怀恩:“这么一处仙境般的所在,倒是十分隐秘。嗯,好!”

怀德:“不错吧。这里吃的、喝的、睡的一应俱全。小师弟你就在这里安心住下。白天我回村里打理日常事务,晚上会前来和你伴宿。如果小师弟觉得孤独寂寞,可以到山上林间去走走看看。”

怀恩:“隔三岔五我也会前来看你,小师弟尽可放心。”

石勒:“有劳二位师兄挂念。我看此处甚好!在这里潜心修炼武功,倒是一处绝好的去处。”

怀德:“对,功夫要常练,千万不可荒废。”

怀恩:“那我就告辞走了,小师弟好自为之。”

第四集

后沟庄园。石勒在院子里练习拳脚。一套拳术打完，他拿旁边石桌上的毛巾擦擦脸上的汗水，然后走出院门，登上山峰。

石勒在山间行走。

石勒进入上次发现朱砂洞的山谷，他仔细察看，却找不到当初的朱砂洞洞口。再仔细辨认，发现洞口已经被山顶上滚落的碎石流土遮掩得严严实实。

（画外音）“嗯，师傅说过，朱砂洞将来说不定能派上大用场。现在洞口被碎石流土掩盖，这样也好，省得被人发现。”

一段城墙，高大的城门，城门内人们进进出出，车水马龙。城门上方匾额：“武乡”。城门旁边，一纸官府的榜文贴在墙上。榜文下，有两个官兵守护。一群各式各样的人在看榜文。

李二混子蓬头垢面、衣衫褴褛从远处走来，挤进去观看。他拍拍一个人问：“那上面写得什么？”

看榜人回头看了他一眼，抬头读道：“‘今有钦犯胡人男子一名，年约十四五岁，图谋不轨，在京都上东门拒捕，打倒官兵后逃遁。有知其姓名、下落出首举报者，赏银五十两；拿获送官者，赏银一百两。’怎么，听懂了吗？”

李二混子眼睛咕噜噜转动。

（画外音）“好啊，我说那画像怎么那么眼熟呢，原来果然是杜元凯收留的那个羯胡小子。这真是天上掉馅饼，偏偏砸在了咱的头上。该老子走运。我要发财了！”

李二混子拨开人群，走上去伸手揭榜。

县衙大堂。

一名衙役向县令汇报：“老爷，遵照您的吩咐，榜文已经张贴在城门口上，并安排了兵丁守护。”

县令:“那就行了。这朝廷也是,一个十几岁的孩子,顽皮一点是有的,咋会图谋不轨?还作为钦犯天下海捕,真是小题大做!不过,既然是朝廷下发的文书,也不能公然违抗钦命。贴出去也就是了,做做样子,以防朝廷怪罪。再说,就算真是钦犯,天下如此之大,哪有可能恰恰就跑到武乡来呢?好了,就这样吧。”

衙役:“是。”躬身退下。

县令整理一下案上文书,准备退堂。守榜兵丁走进。

兵丁:“报告老爷,有人揭榜。”

县令:“你说啥?”

兵丁:“有人揭去榜文,说是要举报朝廷钦犯。”

县令:“嗨嗨,这可真奇了怪了。钦犯还果真跑到武乡来了!揭榜人在哪里?快,传他上堂。”

兵丁:“是。”回头高喊,“传揭榜人上堂。”

李二混子手持榜文走了进来,双手高举榜文跪在堂下。

县令端坐大堂,一拍惊堂木:“报上名来!”

李二混子:“小人李二混子。”

县令又拍惊堂木,说:“什么?你叫‘李二混子’?”

李二混子:“老爷,是这样。小人大号自幼没有叫出去,故而人们只称呼我的诨名‘李二混子’。”

县令:“如此说来,你一定是个不务正业的混球!”

李二混子:“小人不敢。”

县令:“那你举报的钦犯是谁?现在哪里?”

李二混子:“钦犯从小和我一起放过羊,故我认识。”

县令:“钦犯姓甚名谁?你咋知道他就是钦犯?该不会是你与他结下梁子,趁机挟私报复吧?”

李二混子:“不是。钦犯名叫訇子,是个羯胡小子,今年十四岁,还会武功。这榜文上的画像就是他。”

县令:“那他现在哪里?”

李二混子:“他原来在杜家庄拜师习武,没事时就和我一起上山放羊。他说,他的老家在北原山下东河沟村。今年开春,他师傅死了,听说他回了老家。现在他在京都犯了事,我想,他一定是逃回老家躲起来了。”

县令:“那好,你带本县前去捉拿。”说着,回头吩咐身边衙役,“召集兵丁衙役,随本县去捉拿钦犯。”

衙役："是。"

东河沟村外。知县骑着马，数十名衙役兵丁跟随在后，在李二混子的带领下蜂拥而来。到了村口，李二混子指着村子说："县令大人，这就是东河沟村。"

县令对着村庄眺望一下，回头对随行人员说："手下听令，进村后挨家挨户仔细搜查。凡十四五岁的男子全部带来，让李二混子辨认。"

"是！"众衙役兵丁答应一声，冲进村去，扑进农舍。

县令跳下马，向村中走去，来到一处较为开阔的场地，驻足等待。

村中鸡飞狗跳，人们纷纷出门："这是咋了！"

一个个半大小子被官兵揪出家门，押解到县令面前。村人跟随孩子们围了过来。

县令命令李二混子："去，把钦犯找出来。"

李二混子上前逐个辨认。见没有他要找的人，便向村人喝问："你们村的訇子哪里去了？"

随村人前来察看的周曷朱、王氏相互对望一眼，没有吭声。

一老者走过来，说："俺们村是有个訇子，可他在一个多月前随商队外出做买卖还没有回来。请问，这孩子犯了什么事，官府要来拿他？"

李二混子："他是朝廷钦犯！"

村人面面相觑。

老者："这孩子究竟犯了什么法？"

县令："算了算了，看看这些村里人，一个个衣衫褴褛，孩子们都骨瘦如柴，简直就是一群叫花子！像他们这样人家的孩子也会成为钦犯？鬼都不信！回去，回去。这里没有，一定另在别处，另有他人。"

李二混子："可是，县令大人，那朝廷榜文上画的明明就是訇子呀！咱可不能无功而返。既然钦犯不在这里，就一定在杜家庄。他从小在那里长大，那里还有他的两位师兄，他一定又回杜家庄去了。"

县令盯着李二混子一言不发，表现出明显的不耐烦。

李二混子："县令大人，这可是钦犯哪！要是放跑——"

县令眨眨眼，思索一会儿，挥挥手："好好好，那就去杜家庄。"

杜家庄村中一处开阔地上。县令在两名衙役护持下站立，等待搜查结果。

衙役兵丁从村子各处跑来，向县令报告情况。

衙役甲："报告老爷，没有发现画像上的人。"

衙役乙："报告老爷，没有。"

衙役丙："报告，没有。"

李二混子情绪沮丧地从村中走出，来到县令面前。

县令喝问："钦犯呢？"

李二混子："在，在……"显得有点慌乱。突然，他眼珠子转动一阵，说，"在石门村。这小子有个大师兄，叫李怀德，家就在石门村。钦犯一定是跑到那里去了。"

县令："那行！去石门。"

怀恩站在门口，望着渐渐远去的官兵，回头急呼："李贵！"

年约二十岁左右的李贵闻声而至："师傅有何吩咐？"

怀恩："你骑快马抄小路赶赴石门，告诉你师伯，就说，官兵马上就到了。"

李贵："好嘞。"转身离去。

石门村，怀德院内。李贵和怀德说话。

怀德："好，我知道了。你立即骑马原路返回，这里由我应付。"

李贵返身去了。

怀德随后出门，锁上院门走了。

县令带领衙役、兵丁蜂拥而至，迅速包围了怀德庭院。

几个兵丁砸开门锁，县令和衙役、兵丁入内搜查。

众衙役、兵丁闯入各个房间，又从房间走出，陆续来向县令报告。

衙役甲："报告老爷，没人。"

衙役乙："报告老爷，没人。"

衙役丙："报告老爷，没人。"

县令怒视李二混子："钦犯呢？"

李二混子："在，在，在……"显然慌了手脚。

县令喝问："你谎报军情，该当何罪！"

李二混子："我，我，我……"突然想起什么，一拍脑袋，"对，在后沟。我当年在山上放羊时，见后沟山林中有座庄园。一打听，那是怀德的庄园。现在，钦犯不在石门，连怀德也不在。那他们一定是躲在后沟。"

县令："那就再听你一次，去后沟。"

后沟庄园。怀德送石勒走出园门。

怀德："师弟，你快进山林躲避一下。我想，官兵在石门村抓不到你，一定会搜寻到这里。”

石勒:“只是,我走了,大师兄你呢?”

怀德:“只要他们抓不到你,就拿我没办法。”

石勒:“好吧。那我去了。”拱拱手,回过身走了。

怀德目送石勒进入山林,返回院子,走到一处柴火堆积处,操起大斧劈柴。

庄园外蜿蜒曲折的山路上,李二混子走在前面,县令骑在马上,众衙役兵丁跟在后面,鱼贯向庄园走来。进入庄园,李二混子指着怀德说:“这就是钦犯的大师兄怀德。县令大人,钦犯一定在他这里。只管问他要人就是。”

县令跳下马,问走过来的怀德:“你有一个师弟叫匐子吗?他在哪里?”

怀德:“自从我师傅去世后,我们就分开各自回家了。现在都已经过去半年多了,我咋知道他在哪里?请问大人,他咋就成了钦犯?”

县令没理怀德,只是指使手下:“去,给我到各个房间仔细搜查。”

众衙役兵丁答应一声,分头扑向各个房间。

衙役兵丁在房间内翻箱倒柜,弄得一片狼藉。

一处山头的荆芥丛中,石勒伏下身子,透过荆芥缝隙窥视着庄园。

院子内,衙役兵丁陆续跑来报告:“报告老爷,没人。”

“报告,没人。”

……

县令怒视着李二混子,一言不发。

李二混子一副尴尬相,口中嗫嚅:“这,这,这……”突然,他气急败坏地指着怀德说,“钦犯一定是他给藏起来了!县令大人,只要对他严加审讯,一定能够找到钦犯。”

怀德怒目圆睁,上前一把抓住李二混子领口,对县令说:“大人,您上当了。这家伙不是个好人,是个骗子,是个十足的无赖。他什么坏事都干,您可不能相信他。他原本有一份很好的家业,是他祖上留下来的。可这家伙深迷赌博,把家业败尽后,就到处偷鸡摸狗混日子。所以,人们送了他个绰号叫‘李二混子’,他的真名反倒被人们忘了。当年,我师傅见他日子过得寒酸恓惶,出于好心,把他领了回来,交给他一群羊,让他放牧,给他工钱,想让他有一份稳定的收入来养活他自己。可这家伙恶习不改,又去赌博。因为手气臭,加上被人作弄，十赌九输。欠下赌债无法偿还，就听人撺掇，偷卖我师傅的羊去还赌债。起先，他还只是一只、两只零星偷卖。后来有一晚上输大了，就让人帮助联系买家，一次就偷卖了我师傅三十头羊。卖羊后，害怕我师傅追究，就卷款跑了，从此不敢再回村里。好多年了，我师傅一直找不到他，不知他在什么地方鬼混。现在他听说我师傅过世了，就又诓骗你们，带你们来祸害我们。大人，您说，这家伙可恶不可恶？您可得为我们做主啊！”

县令：“啊？原来是这么一个混球！怪不得我一开始就看着不顺眼。来人，给我按倒狠打二十军棍！”

“是！”衙役答应一声，上前将李二混子按倒在地，挥棍狠打。

李二混子杀猪般嚎叫。

怀德在一旁冷眼相看。

山头上，石勒伏在荆芥丛中看着，暗暗发笑。

二十军棍打过，县令说：“真倒霉，让这恶棍牵着鼻子走了这么多的冤枉路！回去，整队回去。”说着，起身向外走去。

李二混子号哭着喊道：“大人，你不能丢下我不管哪！你这样走了，怀德会要了我的命的！大人，大人。”一面哭喊，一面连滚带爬，跟在官兵后面跑了。

怀德看着李二混子的狼狈相，发出一声冷笑。

怀德庄园内，怀恩跳下马，把马拴在院内的树上，向屋内走去。

屋内，石勒和怀德正在交谈。见怀恩推开门走进，石勒上前迎接：“二师兄来了，不放心是吧？”

怀恩：“我见官兵走了，过来看看。小师弟，你没事吧？”

石勒：“没事。官兵搜查庄园时，我就在最近的那个山头上趴着。庄园内发生的事我都看见了，也听到了。想不到李二混子是这么坏的一个家伙！当年和他一起放羊时，给他讲过我的一些情况，谁知他竟然出卖我！不过，经过这一番折腾，我觉得我不能再在这里了。二师兄说得对，我在这一带认识的人很多。要是再有人出卖报官，那就糟糕了。就算来他几十个官兵不见得能抓住我，可是，只要和他们照了面，就会给你们和附近村庄的人们带来很多麻烦。所以，我得走了。”

怀德：“虽然你说得有一定道理，可是，你能到哪里去呢？要知道，你才十四岁，还是个未成年的孩子。”

石勒:“不。按照我们羯胡人的习俗,过了十三岁就已经是大人了,就要独立生活。因为贫穷和天灾人祸,我们族人祖祖辈辈习惯流浪,这已经不是问题。再说,天下如此之大,不可能没有我的安身之处。我想到沾县蔡岭山中暂避一时。听说,咱这里经常有穷人到那里下山谋生。那里的情况可能会好一些。”

怀德:“蔡岭山我倒是去过。那里山大沟深,山民们也很纯朴。他们只知道日出而作日入而息,倒也没人关心什么朝廷钦犯这样的扯淡事。再说,那里没有认识你的人,也就不会知道你是朝廷钦犯。你到那里隐名埋姓,寻一当地富户,为其干活,也算是龙潜深渊。等到风头过后,你再回来,倒也不是不可。只是,我们担心你年岁还小,怕你经不起折腾。”

怀恩:“是啊,你这么小,朝廷又在到处抓你,很担心你路上出事。”

石勒:“没事! 二位师兄不必担心。我不走大路,只拣僻静的山间小路行走,我想不会遇到麻烦。好了,我主意已定,收拾一下,今天晚上就走。”

西晋太熙元年四月。

巍峨辉煌的大晋皇宫。皇帝寝宫门外,老年太监甲从丹墀上走来,与开门而出的老年太监乙相遇。太监甲拉太监乙走过一旁交谈。

太监甲:“陛下病情如何?”

太监乙:“很不乐观。时而清醒,时而糊涂。已经好多天了,太医院换了大夫多人,可是喝下的药如浇石上,没有任何效果。只怕是凶多吉少。”

太监甲:“唉,皇帝不知自惜,后宫佳丽万余,成日游荡其间,就算是铜头铁背,如何能抵得住如此消损!”

太监乙:“谁说不是呢,可有哪个不要脑袋的敢去谏阻?”

太监甲:“看来,得及早准备后事了。”

太监乙:“皇宫大事自有皇后和国丈杨骏主持,何须我等操心?再说,自陛下生病以来,太傅就一直留侍宫中,排除异己,撤换公卿,培植党羽,私树心腹,所有佐命功臣都被疏斥。现在宫内宫外都是他的人,你我都需处处小心,弄不好会丢了脑袋!”

太监甲:“所言即是,我们还是明哲保身为上。”

皇帝寝宫内。透过卧榻的纱幕帷帐,可以看见皇帝司马炎在沉睡。帷帐外及寝宫各处,分别有宫女站立侍候。太监甲进来后,小心地站立门口。

皇帝御案前,国丈杨骏与皇后杨芷在交头接耳。御案上放着一份文书,杨骏、杨芷不时在上面指指点点。

一名宫女来报："娘娘，皇上醒了。"

杨芷："是吗？快去看看。"

杨芷走到御榻前先前帷幕："陛下，您感觉好些吗？"

皇帝："你们在干什么？"说着，努力欠身想要坐起。杨芷上前搀扶，将皇帝半躺在御榻上。

杨骏闻声趋步过来，跪倒在御榻前，奏报道："启奏万岁，各部职官出现缺额，老臣与皇后正在拟定人选，准备提交朝廷议处。"

皇帝："拿过来我看。"

杨骏："遵旨。"起身走到御案，取过文书，返回跪呈皇帝。

御榻前陪侍宫女接过文书递交皇帝。

皇帝接过文书观看。突然，他将文书掷向杨骏："大胆杨骏，你结党营私，所用非才，到底是何居心？"

杨骏连忙磕头："老臣不敢。"

皇帝："看来朝廷事重，汝难胜任。速传中书省入宫听旨。"

杨骏："遵旨。"起身出宫而去。

杨芷："陛下，召中书省何事？"

皇帝："朝廷大事，非你妇人可以参与。"

杨芷："臣妾惶恐。"

皇帝有气无力地斜靠在御榻被垛上喘气。

中书令何劭与中书监华廙随杨骏走进，跪在御榻前："中书令何劭、中书监华廙参见吾皇万岁万岁万万岁。"

皇帝："命你们赶快草拟诏书，宣汝南王回朝辅政。快去！"

何劭、华廙："遵旨。"起身退出。

杨骏、杨芷相对而视，一脸茫然。

宫女："娘娘快看，皇上又昏过去了。"

杨骏、杨芷急忙趋前观看。

皇帝在御榻上双目紧闭。

杨芷上前扶着皇帝轻轻摇动："陛下，您醒醒。"

皇帝无所反应。

杨芷站起，回过身对杨骏说："确实又昏过去了。"

杨骏："啊，吓我一身冷汗。原来刚才是回光返照。"

杨芷："可是，皇上已宣汝南王回朝辅政，这可咋办？"

杨骏："决不能让汝南王回朝！我这就去把诏书追回。"说完，立即出门而去。

杨芷看看昏睡的皇帝，走到御案前喝茶。

皇宫内。杨骏提诏书走进。

杨芷起身走过来："诏书追回来了？"

杨骏："追回来了。"

杨芷："好，这我就放心了。"

杨骏："陛下这一昏迷，势难再起。应该立即拟定遗诏，以防有变。"

杨芷："说得是。"回头对太监甲，"快宣中书省进宫。"

太监甲："诺。"出宫去了。

杨芷："父亲，这陛下遗诏该如何起草？"

杨骏："这样……"和杨芷背身低语。

何劭、华廙随太监甲走进宫门，跪下："何劭、华廙见过娘娘、国丈。"

杨芷："宣你们前来草拟皇上遗诏，你们可愿意？"

何劭、华廙回头看看御榻上昏睡的皇帝："可是，皇上他……"

杨芷、杨骏用凛然的目光瞪视何劭、华廙："嗯——？！"

何劭、华廙惶恐地应道："下官遵命。"

杨骏命令宫女："笔墨侍候！"

宫女托文房四宝摆放于御案之上。

杨骏对何劭、华廙："还不快去？"

何劭、华廙："诺。"起身到御案前研墨、提笔。

杨芷："皇上口谕：'朕病势沉重，即将大行。朕去后由太子司马衷继位。特授车骑将军杨骏进位太尉，兼太子太傅，都督中外诸军事，录尚书事立朝辅政。其余官员各司其职。钦此。'"

何劭秉笔按照杨芷口述将遗诏记录在黄绫上。杨骏在旁严密监视。

陪侍宫女来报："娘娘，皇上又醒了。"

杨骏惊慌地抢过遗诏纳入袖中。

杨芷慌忙跑过去察看。

皇帝两眼无神，呆呆地睁着。显然神志尚未完全清醒。

杨芷走过去对杨骏耳语一番，杨骏连连点头，然后从袖中取出遗诏，交给何劭："去，请皇上过目。"

何劭接过遗诏，和华廙走过去跪在御榻之前，高举遗诏："诏书已经草好，请皇上过目。"

杨芷接过遗诏交到皇帝手上。皇帝神情恍惚地拿过遗诏，两眼木木地盯着看了一会儿，然后掷下遗诏，问："汝南王来了没有？"

何劭、华廙对看一眼，趴在地上不敢回答。

杨骏、杨芷恐慌地相互对视。

皇帝又问："汝南王来了没有？"

太监甲走上前："没有。"

皇帝突然显得气急败坏，欠身指着杨芷、杨骏："你……你们……"倒回榻上，头一歪，死了。

杨芷上去探探皇帝的鼻息，说："死了！"

杨骏擦擦头上的汗水，长舒一口气。

杨骏："宣告天下，天子驾崩，准备国丧大事。并传谕太子和百官到太极殿议事。"

太监甲："是。"出门而去。

太极殿。殿内殿外到处悬挂着白色布幔。百官身穿重孝，排列两行，气氛显得异常肃穆。

太子司马衷端坐在大殿龙座上。杨骏站立在旁边，示意尚书令何劭宣读遗诏。

尚书令何劭走到殿中央，手捧遗诏宣读道："大行皇帝遗诏：'朕病势沉重，即将大行。朕去后由太子司马衷继位。特授车骑将军杨骏进位太尉，兼太子太傅，都督中外诸军事，录尚书事立朝辅政。其余官员各司其职。钦此。'"

百官："谨遵遗命。"

杨骏："百官朝觐新皇。"

百官跪倒在大殿上口中高呼："参见吾皇万岁万岁万万岁。"

司马衷："众卿平身。"

百官："谢吾皇。"起身归班。

司马衷："尊母后杨氏为皇太后，封贾南风为皇后，改太熙元年为永熙元年。颁诏大赦天下。"

百官："吾皇万岁万岁万万岁。"

东河沟羯室。村民们一团团一簇簇在议论什么。

村民甲："听说朝廷换了新皇帝，改了年号，颁诏大赦天下，把监狱里的犯人全放出来了。"

村民乙："是啊，这下好了，又能过几天太平日子了。"

周曷朱窑洞内。周曷朱和王氏在交谈。

周曷朱："听说官家监狱里的人都给放了，石勒这孩子也该没事了吧？"

王氏："是啊，那你还不快去打听打听？"

"爹，娘，我回来了。"门外传来石勒的声音。紧接着，门被推开，石勒走了进来。

石勒，现在已是个十七岁的雄赳赳小伙子。在他身后，跟随着不少前来探视的村人。

周曷朱扑过去和石勒热烈拥抱："回来就好，回来就好。"

王氏高兴地走过来打量儿子："孩子，这些年你都在哪里受苦哩？"

村民甲："是啊，勒子，有三年了吧？快给咱说说，你都在外面干了些什么？官府为什么要抓你？"

石勒走到炕边坐下，说："此事说来话长。当年……"

晚上。周曷朱窑洞内。石勒和父母坐在炕上交谈。一方粗糙的小木桌放在炕中央，桌上点着一盏麻油小灯盏。王氏就着黄豆大小灯头在纳鞋底，她不时地用针拨拨灯捻儿。

周曷朱对石勒说："在你逃走之后，过了几天，郭敬和他的商队就回来了。他到家来探问你的下落，我和你娘给他说了。他知道你没事，很高兴。他告诉我说，他的这趟买卖走得不错，赚了不少钱。他说，按照和你的约定，在你的名下分了一份红利。本来，这份红利应该交给你，由你支配。你不在家，交给我们也行。可他又说，你当初参加商队，是为了赚钱拯救咱整个部落。所以，他和我们商量，这笔钱暂不取出，把它作为股金再投入他的商队，让钱生钱，利生利，就可以获取更多的利润。我们同意了。后来，郭敬又连续走了几趟货，到前年年底，他一下子就给我们结算出五百多两银子的红利。他把其中三百两交给我们，留下二百多两，说是让它继续投股生利。我们当然没意见。可是一下子有了这么多的银子，该拿它作什么用呢？这可是你为咱整个部落赚回的最大一笔资财啊！当时，我召集咱部落的老人们共同商量，就用这些钱，托人在离这里二十里外，你姥姥家村子对面的三台岭买地建房，把咱的羯室扩展到了那里。那里人烟稀少，荒地很多。我安排部落里几十户人家到那里开垦荒地，栽桑养蚕和种植黄麻，准备把收获的蚕丝和黄麻交给郭敬去卖。去年，我们已经收了一季黄麻，栽下的桑树也都成活了。今年我们已经开始养蚕了。今后我们的日子就要好起来了。"

王氏："你爹现在做酋长了。"

石勒："是吗？"

王氏："自从你爷爷去世后，咱部落好多年都没有酋长。部落里的人们说，咱部落本来就又小又穷，要是再没个头儿，一团散沙，啥事都做不成。所以，大家又推举你爹做了酋长。”

石勒：“好啊！我一直担心咱这羯人部落太过弱小，抵御不了别人的欺凌。我们应该尽快强大起来。爹，你既然做了酋长，依我看，就应该把咱部落的年轻人都召集起来，把他们训练成一支队伍。我们的部落首先要有一支队伍保护，这样才有利于我们发展壮大。”

“说得好！”周曷朱拍拍石勒的肩膀，“咱父子想到一块了。我把夔安、支屈六、逯明他们一干小子安排到三台岭就是这个意思。可难的是，我不会带兵，又没有武功，也请不来师傅。没有别的法子，只好让这帮小子举石头，爬树，吊杠子。只要是长力气的活，都叫他们干。可是，这帮刺儿头偏不听话。气得我上去用脚踢他们，可谁知，这帮小子居然把我给打趴下了。”说着，苦笑着摇了摇头。

“是吗？”石勒来了兴致，“那我明天就去三台岭，会会这帮浑小子！”

周曷朱疑惑地：“你？连我都镇不住他们，你行吗？”

石勒：“爹，你就瞧好吧，我会让他们服气的。”

三台岭。一块开阔地上，一群羯胡人装束的小伙子或蹲、或坐、或站，显得自由散漫，吊儿郎当。

周曷朱面对着这群小伙子，在训话。石勒站在周曷朱身边。

周曷朱：“大家听好了，今天继续训练。还是那句话，搬磙子，举石头，上树，吊杠子，只要是长力气的活，不管干啥都行。大家开始吧。”

大家嬉皮笑脸地各自做着小动作，谁也没动。

周曷朱：“怎么，都聋了？我的话听见没有？支屈六，夔安，快去呀！”

支屈六：“哎，我说酋长，你能不能想点别的？每天搬磙子上树，我们都腻了。再说，我们的力气已经很大了，你不是也打不过我们嘛！”

周曷朱两眼圆瞪：“浑小子，每次都是你带头捣蛋！”边说边向支屈六走过去。

支屈六急忙伸手制止：“别过来，酋长，你可千万别动粗。你要动粗，只怕趴下的还是你！”

“哼！”周曷朱气得一跺脚，蹲在地上。

石勒慢慢走过去，冷眼看着支屈六，转着圈上下左右轻蔑地打量着，说：“支屈六，你真的力气很大吗？”

支屈六被石勒打量得有点发火，瞪着眼睛说：“怎么，你想试试？”

石勒：“用不着试试。你看这样行不？我站着不动，任由你使什么法子，只要能把我放倒，就算你本事可以，就不用参加训练。怎么样？”说完，深吸一口气，两脚分开，站立当地。

支屈六大怒：“啊？你敢如此小瞧我！”双手往上捋捋袖子，两掌前伸，气运双臂，发一声喊，冲上去对着石勒的前胸狠命一推：“嗨！”

石勒纹丝未动，支屈六却连连摇着手腕“哎哟”，显得十分痛苦。

围观的人们都情不自禁地发出一声惊呼：“咦?！”

支屈六：“见鬼了。我就不信……”转到石勒身后，两腿下蹲，双手抱住石勒后腰，往上用劲，想把石勒抱离地面，然后摔倒。

石勒依然一动不动。

支屈六咬牙瞪眼，使劲折腾。

“哼！”石勒冷冷一笑，突然身体一抖，喝了声：“去吧！”支屈六身不由己地“腾腾腾腾”一连倒退十几步，仰面朝天倒在地上。

第五集

"啊?!"围观的人们又是一声惊呼。

石勒走过去,伸手拉住支屈六,将他拖起,问:"怎么样,还觉得自己力气很大吗?"

支屈六:"不不不。勒子哥,你在哪修来这么大力气?"

石勒笑笑,转过身问大家:"还有哪个不服气,上来试试?"

大家相互看看,七嘴八舌:"服了服了,我们都服了。"

石勒:"好!既然服了,那就好好听话,接受训练。"他回头对周曷朱说,"爹,其实支屈六说得很对,我们这样训练不行。要使我们羯室的年轻人变成敢打善斗的勇士,就必须让他们掌握真功夫。我看这样吧,你把他们交给我,让我来训练他们。"

周曷朱:"好啊!你小子有两把刷子,连我这个当老子的都不知道呢。行!我正发愁管不住这帮浑小子,你来正好。"他回头对大家说,"从今天起,我就把你们交给石勒。你们都要跟他好好学习真功夫。"

"好——"场上的年轻人一起欢呼雀跃。

石勒走过去对大家说:"大家听着。你们都是和我一起长大的发小,都是羯胡人的子弟。现在,我们羯胡人势单力薄,我们的人民和财产需要我们这些人来保卫。可是,就你们今天这个样子显然是不行的。不但保护不了我们的人民,就连你们自己也保护不了!所以,我们不仅要有真功夫,还要抱成团,要有统一的领导和指挥。我希望大家能听从我的命令,服从我的指挥。"

"行!""没问题!""勒子哥,我们都听你的。""快教我们功夫吧。"

石勒:"好!既然这样,我还要告诉大家,学功夫可是一个苦差事。大家一定要在心里做好吃大苦、受大累的准备。如果谁要觉得受不了,就请早点退出。"

"我们不怕苦。""我们不退出。""快教功夫吧。"

石勒:"那好。修学武功首先要从练基本功开始。当大家有了一定的基本功,我再循序渐进地传授你们拳术和刀枪剑戟各种器械。现在,我们开始练

'站桩'。请按人和人之间前后左右隔五尺的距离站开。"

大家按照石勒的要求整队站好。

石勒:"好。我先给大家做一个示范动作。"说着,他双手前伸,马步下蹲,说,"就这个样子,这就叫'站桩'。大家就照这个样子做。两脚尖要尽量向内绷,两大腿要和地面平行。"

大家都仿照石勒的样子马步下蹲。

石勒:"好,就是这个样子。大家不要以为这个姿势简单,不一会儿你们就会吃不消的。一开始,我只要求大家一口气能站半炷香的时间,以后再逐渐延长。"

说着,他取过一支事先准备好的线香,折去半支,打火石点燃,插在地面的土中,"现在开始计时。"

早晨。三台岭。几棵大树上分别吊着几个大沙袋,羯胡青年在石勒指导下在击打沙袋。

一块黄麻地,两个羯胡农民在地里锄草。

农民甲:"喂,你知道咱这地方为啥叫'三台岭'吗?"

农民乙:"这谁不知道?你看,这三个峦头像锅脚一样,峦头与峦头之间相互连着,又各自独立成岭,岭顶上地势开阔平坦,所以才叫'三台岭'。而且我还知道,它还有一个名字叫'三原山'呢。"

农民甲:"我说呀,咱们酋长周曷朱还真是个有眼光的人呢。这里土地宽广,土壤肥沃。他把咱羯室扩展到这里,带领大家栽桑种麻,还在西南山崖上挖了一排排土窑洞,让族人居住和养蚕缫丝。这步棋走得太好了。"

农民乙:"是啊,周曷朱这人虽然脾气不好,性情粗鲁,可实实在在是个大好人。族人推举他当酋长,那真是选对人了。他不仅给咱们创造了安居乐业的条件,还训练咱羯胡人的队伍,保护咱羯室不受侵害,这一步想得更为深远。"

农民甲:"他那小子石勒更了不起。八岁那年逃荒走失,只说早已不在人世了。谁知他长大后不仅自己回来了,还得了一身惊世骇俗的武功。现在由他训练咱羯胡的年轻人,我看咱羯室很快就会强大起来。"

农民乙:"对,对,我也觉得咱羯室从此有希望了。"

三台岭训练场地。年轻人在击打沙包。

石勒:"喂,大家停一下,过来。"

年轻人都停止击沙包,一起跑过来,在石勒面前列队。

石勒："今天就训练到这里。请大家不要忘了，我们这些人，不仅是保卫咱部落的主要力量，还是各自家庭的主要劳动力。家庭的生活来源也要靠我们来赚取。现在大家和我一样，每个人都有一份土地需要耕种。所以，从今天开始，我们把练武的时间调整一下：每天太阳落山后到训练场集中，训练一个时辰，然后回去吃饭睡觉；每天早上鸡叫三遍后集中，日上一竿后解散，回去吃饭上地。这就叫'晨昏习武'。白天大日头下我们下地劳动。大家记住了吗？"

大家："记住了。"

石勒："好，解散。"

一条田间道路。石勒身背一个小布包顺路走来。农民甲、乙荷着锄头从麻地中走出，与石勒相遇。

农民甲："勒子，到哪里去呀？"

石勒："到平乐村看看我姥姥、姥爷，还有我小时候的小伙伴王阳。好些年没有见他们了，也不知道他们现在是个什么样子。"

农民乙："到平乐村要过大河，也不知道这几天河水大不大。"

石勒："不碍事的，我已经打听过了，卷起裤子就能过去。"

农民甲："那就好，过河小心。"

石勒："知道了，谢谢。"

沟谷之中，景色清幽，鸟语花香。一条山间小路，蜿蜒曲折，伸向前方。小路上，石勒观赏着谷间景色，一路走来。

前面传来人的嘈杂声："哈哈哈""嘻嘻嘻"……

一个女孩子的声音："滚开，你……你们要干什么？"

一个男子的淫笑声："哈哈，干什么？你说干什么？和你玩玩。哈！"

石勒驻足倾听了一下，加快脚步，向前跑去。转过一个山弯，看见眼前路上，六七个年轻小子围着一个十六七岁的姑娘在起哄。一个衣着华丽的小子伸手摸摸姑娘的脸，嬉皮笑脸地说："你跑什么？能跑得了吗？哥今天高兴，要你陪哥玩玩，有啥不好？"说着，抓住姑娘就去啃她的脸。

姑娘死命挣扎，又踢又咬："坏蛋，滚开！"

华衣小子手忙脚乱地一面纠缠，一面招呼其他小子："都过来搭把手呀！"

其他小子一起上去，拖胳膊抱腿，把姑娘放倒在地。

华衣小子扑上去，就撕姑娘的衣服。

石勒怒喝一声："住手！你们要干什么？"

华衣小子闻声一惊，回头察看。

石勒双手叉腰,怒目而视。

华衣小子站起身, 恶狠狠地说:“就你小子单身一人也敢管老子的闲事?你活腻了!”说着,招呼手下,“小的们,给我打!”紧捏拳头向石勒扑来。

石勒抬手一拳,朝华衣小子脸上砸去。华衣小子仰面朝天倒了下去。

其余众小子一起扑过来,围攻石勒。石勒在众人攻势下闪展腾挪,坏小子一个个或被飞身抛出,或滚倒在地。不一会儿,这些坏小子就全都躺在地上,扭动身躯,哼哼直叫。

姑娘在华衣小子松手后翻身爬起,站立一旁,冷眼观看。

石勒走上前,抓住华衣小子领口一把拖起,怒目喝问:“说!叫什么名字?是谁让你出来欺男霸女?”

华衣小子浑身哆嗦:“请好汉饶命,小子再不敢了!”

石勒手一抖,再次喝问:“叫什么名字?说!”

华衣小子哆嗦着说:“我,我,我叫曹豹,是,是,是岭上村曹老爷的儿子。请好汉饶命。”

“滚!”石勒顺手一推,华衣小子再次跌倒在地,“以后再让我撞见你小子办坏事,就把你小子废了!”

华衣小子忙不迭翻身爬起,屁滚尿流地跑了。

其他小子也都爬起身跑了。

石勒走过去,对姑娘说:“姑娘,你没事了,走吧。”

姑娘一言不发,只是用深情的目光看着石勒。

石勒被看得很不好意思,于是说:“姑娘,那你请便,我走了。”说完,转身顺路向前走去。

姑娘迟疑一下,也跟在石勒后面走去。

石勒走了一段路后,似乎感觉到了身后的动静,他停下脚步,回过身来,看见跟过来的姑娘,便问:“姑娘,你要到哪里?”

姑娘略显顽皮地:“你到哪里我就到哪里。”

石勒有点诧异:“嗬?这倒奇怪了,我到我姥姥家,咱们素不相识,你跟着我干什么?”

姑娘:“你救了人家,就不问问人家叫什么?”

石勒好笑地:“嘿,这可真是倒打一耙。我救了你,你不说声谢谢倒也罢了,反抱怨我没问你叫什么。那你叫什么?”

姑娘:“我叫刘英姑,家住河西村。”说完后,又腼腆地问,“你叫什么?”

石勒:“我叫石勒。”

英姑:“那你……那你……结婚了吗?”

石勒摇摇头说:“没有。”

英姑:“那你……有对象了吗?”

石勒:“没有。”

英姑:“那你娶我,好吗?”她不再局促,两眼盯着石勒,等他回话。

石勒怔住了,开始仔细端详英姑。

(英姑的特写:长发披肩,玲珑苗条的身段,丹凤眼,柳叶眉,略显俏皮的鼻子,唇红齿白的樱桃小口,端庄秀气。虽一身农家装束,却分明闭月羞花)

石勒:“你是说,你要嫁给我?”

英姑坚定地点点头。

石勒有点意外:“可是……这……”

英姑惊讶地睁大眼睛看着石勒:“怎么,你不愿意?”

石勒急忙表白:“不不不,我不是那个意思。我是说,你可能对我不是很知底。我是一个羯胡人,我们羯胡人都很穷……”

英姑:“我不嫌!羯胡人咋了?我听说,我们刘家的祖先也是胡人呢。胡人有啥不好?穷又怕什么?我们都有手有脚,能够养活自己。只要你不嫌弃我,我就嫁给你!”

石勒笑了:“既然你愿意嫁给我,我当然愿意娶你。不过,婚姻是人生大事,我们都需要回去和父母商量,儿戏不得。你说呢?”

英姑:“当然要和父母商量。只要你答应娶我,我就一定嫁给你!”

石勒:“你铁心嫁我,我求之不得。可是,你为什么一定要嫁给我?要知道,我又丑又穷,你跟着我是会吃苦的。”

英姑:“我愿意,我不怕吃苦。我就喜欢你一身正气,还有你那谁也欺负不了的功夫。”

石勒:“哎,对了。你是怎么遇上那帮坏小子的?你认识他们吗?”

英姑摇摇头:“不认识。本来我在岭头村姨姨家养蚕,今天回家看父母。在路上,我发现有人追我。我知道他们不怀好意,就跑。可是,他们人多,跑得又快,我就被他们追上了。要不是遇到你,我可真就没法活了!”

石勒:“以后出门要小心,最好不要一个人行走。”

英姑:“这条路我走得多了,谁知道会遇上坏人?”

石勒:“好了,现在我送你回去,可以吗?”

英姑:“那你答应娶我吗?”

石勒:“当然!从今天起,你就是我未过门的媳妇。以后谁要再敢欺负你,我就打得他满地找牙!好了,走吧,我送你回去。”

两人相伴着向前走去。

河西村。滔滔漳河水从村前流过。河岸边的山坡上,随山就势散布着一些茅房和瓦屋。一条土路从远处弯环而来,通往村中。

石勒和英姑出现在土路上,两人边走边交谈着,渐渐走近。在村口处,石勒停下脚步。

英姑:"怎么不走了?"

石勒:"你自己回去吧,我就不进去了。"

英姑:"为什么?我正要带你去见我的父母,向他们当面说清呢。"

石勒摇摇头:"我想你的父母是不会同意的。我要是和他们照了面,就没了回旋的余地。你回去先和他们说。如果他们实在不同意,你也不用着急。明天这个时候,我来这里等你的消息。他们要是真的不同意,我会搬有头有脸的人来说服他们的。你就放心回去吧。"

英姑想了想,说:"这样也好,明天这个时候,你一定来这里等我。"

石勒点点头。

英姑依恋地看看石勒,转身向村内走去。

平乐村。鳞次栉比的民房。一处土墙圈就的小小院落。小院内,正面有几间土木结构的低矮平房。一对老年夫妇在院内忙活:老妇在簸豆子,老丈在收拾农具。

院门被推开,石勒走了进来,喊:"姥姥,姥爷。"

老年夫妇回头:"你是……"

石勒:"怎么,不认识了?我是小匐子呀!"

老妇:"小匐子?"她把簸箕放在院内的台阶上,走过来,拉住石勒上下端详,"啊,真是小匐子。几年不见,长大了。"

老丈放下手中活计走过来:"小匐子,这些年你都在哪里?你今年该有十七岁了吧?有正式的名字了吗?"

石勒:"对,十七了。我现在的名字叫'石勒'。"

老丈:"'石勒',这名字好!啊,对,老婆子,还愣着干什么?快,让匐子进屋去叙谈,给姥姥姥爷说说,这些年你都干了些什么?还有,你父母都好吗?"

石勒:"好好好。"搀着姥姥向屋内走去。

屋内。一盘土炕,炕上有几卷简单的铺盖卷。屋内地上,摆放着一张木桌和几条凳子。老妇坐在炕上,老丈坐在地上的木凳上。石勒坐在炕边向二位老人讲述往事:"……今年,朝廷换了皇帝,发布告大赦天下,我的罪名没了,所以我就回来了。现在我就在咱平乐村大河对面的三台岭上种地。今天有空,就想来看看你们。姥姥，姥爷，你们都还好吗？”

老两口：“好好好，我们都好。”

石勒：“哎，对。我小时候的伙伴王阳现在怎么样？他还在村里吗？”

老丈：“在。吃过早饭的时候，我见他上地去了。到中午的时候就会回来。等一会儿我过去看看，告诉他家里人，让他一回来就来看你。”说着，回头吩咐老妇，“老婆子，时辰不早了，快去做饭吧。”

老妇：“哎。”

一张面案，上面放着饺子皮、菜馅和已经包好摆放整齐的饺子。石勒拿着擀面杖擀面皮，老妇在包饺子。

“小匐子！”门外传来一声呼喊。

石勒抬头向外观看。院门口，王阳兴冲冲从外跑了进来。

“王阳！”石勒放下擀面杖迎了出去。俩人高兴地拥抱在一起，跳啊，闹啊。闹了一会儿，石勒抓着王阳仔细打量。

（王阳的特写：身穿麻布衣裤，腰系一条带子，脚踏粗布鞋子。脸色黧黑，粗手粗脚，却英俊挺拔）

石勒拉着王阳坐到院内台阶上，问：“王阳，你一向可好？”

王阳：“老样子。”

老丈从院外走进，看见他俩笑着说：“小时候，匐子住姥姥家，你俩常在一起光屁股玩儿。现在十来年过去了，还是这么亲热。呵呵。”

屋内传来老妇的声音：“开饭了，快都进来吃饭吧。”

老丈：“走吧，孩子们。咱庄户人家难得吃顿饺子，今天匐子来了，王阳也在。咱都进屋，边吃边聊。”

“好嘞。”石勒拉着王阳走进屋，老丈随后走进。

一条宽阔的大河，河对面越过一片土地，便是平乐村。

大河边，石勒与王阳在依依话别。

石勒：“别送了，王阳，回去吧。你哪天如果有空，就上三台岭来吧。我在岭上训练族人武功，你也来学一点吧。或许将来能派上用场。”

王阳：“好，我回去把家里安顿一下，就到岭上去找你。”

石勒：“好。我在岭上等你。”说着，卷起裤管，向王阳挥挥手，蹚水过河。

河西村口。英姑坐在一块石头上，不时向来路瞭望。

石勒出现在道路转弯处。英姑站起身跑着迎了上去，情不自禁地扑在石勒怀里。

石勒轻轻拍拍英姑的肩头："怎么样，英姑？"

英姑稳定了一下情绪，用手理理头发，说："还真让你给说准了。我爹一听说你是羯胡人，说啥也不让我嫁给你。勒子哥，这可怎么办呀？"

石勒："是啊，在一般人眼里，我们羯胡人就是一群高鼻梁、凹眼睛的乞丐。谁愿意把闺女嫁给我们让吃苦呢！不过，不要紧。三天后，会有人到你家来正式提亲。我想，到时候你爹就不会再拒绝，就会同意的。"

英姑："真的吗？"

石勒："你就等着瞧好吧。回去吧，我走了。"说完，又拍拍英姑的肩膀，转身走了。

英姑依恋地目送着石勒的背影渐渐远去，消失在道路转弯处。

东河沟周曷朱窑洞内。石勒和父亲周曷朱、母亲王氏在坐着叙话。

周曷朱："这么说，你小子自己找下媳妇了？好啊！这些天我和你母亲正为此事发愁呢。按照咱羯胡人的风俗，男子满十三岁就算成人，就可以娶妻生子了。今年你已经十七岁，再也不能耽搁。这不，我和你母亲正想托人给你物色对象呢，可巧你自己已经相好了。好好好，总算了结了我们老两口的一桩心事。"

王氏："那姑娘长得好看吗？"

石勒笑笑，说："长得倒也聪明俊秀，她也很愿意嫁给我。只是她父亲不愿让她嫁给羯胡人。这倒是有点麻烦。"

周曷朱："是吗？自古婚姻大事，父母之命，媒妁之言。如果她老子执意不答应，这事确实有点难办。"

石勒："是啊，所以我一得到确实信息后，立马跑回东河沟来，就是专为此事。我已经想好了，必须请两个有面子的人为我们说合，这事一定能成。"

周曷朱："你是说，请——"

周曷朱、石勒同声："郭敬、宁驱！"二人一齐放声大笑。

石勒："我想请这两位大财主为我走一趟。回来时，我已经打听清楚，这两天郭敬没有外出经商，就在家里。只是不知宁驱在不在家。"

周曷朱："呵呵，看来你小子红鸾星动了，当有贵人相助。正好宁驱外出做买卖，昨天刚刚回来。你现在去找他，他就在家。"

石勒："那太好了，我现在就去求他们。"

河西村。一座较为简陋的农家小院。英姑坐在炕边；英姑的母亲（刘母）坐在炕上;英姑的父亲刘老汉在地上来回走动,在训斥女儿。

刘老汉:“不知羞耻!你见过哪个女孩子自己去找对象的?还找了个羯胡小子!你自己不怕受穷,老子还丢不起这个人呢!”

刘母:“少说两句吧。你又没见过那个孩子,咋就知道人家不好?”

刘老汉:“你母女一对子糊涂虫!谁不知道羯胡人都是一伙穷叫花子?把女儿嫁过去,这不明明是把她往穷窝里推嘛!”

英姑:“我才不怕呢。”

刘老汉:“住口!少不更事。到了你去喝西北风的时候,就会后悔!”

英姑:“才不呢!”

院门外传来敲门声:“喂,有人吗?”

刘老汉瞪了女儿一眼,走出房门,走到院子去开门:“谁呀?”

刘老汉打开院门,不由地吃了一惊:门外,两个马夫各牵着一匹高头大马,骑在马上的是两个头戴书生冠、身穿团花缎袍、脚踏薄底粉靴的贵人(郭敬、宁驱)。

刘老汉怯怯地上前打问:“请问,你们是何方神圣?是来找我吗?”

郭敬、宁驱跳下马,走过来对刘老汉深施一礼。刘老汉慌忙还礼。

郭敬:“请问老丈,这里是刘英姑的家吗?”

刘老汉:“我的女儿是叫英姑。可是,你们找她何事?”

郭敬:“不不不,我们不是来找她,是来找你。”

刘老汉:“找我?找我何事?”

郭敬:“老先生,能让我们进家去说吗?”

刘老汉:“对对对,你看我!”他意识到自己有点失礼,略显尴尬地连忙招呼:“快快请进。”

郭敬、宁驱回头吩咐马夫:“看好马匹,在外等候。”说完,走进小院,进入屋内。

屋内,刘母见两位贵客走进,慌忙下炕,拿起笤帚扫扫炕沿,请二位炕边坐下。

英姑面露喜色,提过火炉上的茶壶,给客人倒水。

郭敬、宁驱在炕边坐了,打量英姑。

宁驱:“想必这位就是英姑姑娘了吧?”

刘老汉:“是,是小女英姑。可是,你们……”

郭敬:“噢,对,忘了给你介绍。我叫郭敬,他叫宁驱。我们都来自北原山下。”

刘老汉:“啊?原来你们就是这一带大名鼎鼎的大财主郭大官人和宁大官

人！小老儿失敬了。还请见谅。”

郭敬、宁驱："好说，好说。"

英姑和刘母对视一下，走出屋门回避。

郭敬："我们这次前来，是专为英姑姑娘做媒提亲的。有人看中了你家姑娘，而你家姑娘已经长大成人，所以……"

刘老汉："做媒提亲？请问，男方是谁？"

郭敬、宁驱相视一笑。

宁驱："至于男方，你女儿英姑已经和他见过了，英姑也乐意嫁给他。只是听说你不大愿意，所以我们特地前来和你说合。他叫石勒，是个羯胡小子。想必你已经知道了吧？"

刘老汉："这——我女儿少不更事，私订终身，不给老子面子，这也罢了。只是羯胡人都很穷，嫁过去怎么生活？这小子到底是什么来头，能够劳烦你们两位神圣来为他提亲？"

郭敬呵呵一笑："老人家，这你就不知道了吧？石勒这小子可不是普通人哪，将来有可能是位大英雄呢！有道是'英雄配美人'，你女儿很有眼力。再说，羯胡人也并非你所想象得那么穷。我看，你就顺从他们吧，不要再棒打鸳鸯。你看成吗？"

刘老汉："可是，这怎么成呢——"

"这怎么不成？"刘母走了进来，"我看就成！对象是女儿自己看中的，一定错不了。"

英姑紧跟母亲走进，接过母亲话头："就是！"

刘老汉回头瞪了英姑母女一眼，叹了口气："唉——看来女大不中留，好吧，既然他能请动你们两位大贵人为他做媒，也许这小子还真有点来头。我也不好再说什么，那就让他来家看看吧。"

东河沟羯室。周曷朱的土窑洞墙壁上方悬挂着一对大红灯笼，窑洞窗户上贴着鲜红的"囍"字，院落内摆满了桌凳。院落门前，鼓乐队在吹奏击打。院内院外人来人往，熙熙攘攘。一群孩子在燃放鞭炮。整个羯室充满了喜庆气氛。

窑洞内，王氏和李婶等几个女人在炕上整理被褥。地上，周曷朱在给石勒剃头。

周曷朱："孩子，今天是你的大好日子，我现在给你'髡头'。也就是把你的头发全部剃掉，表示你已经成为一名真正的男子汉，不再是孩童。以后再长出来的头发，就要在两鬓编成发绺，终其一生不再剃去。这是我们羯胡人的鲜明标志。”

石勒:“这些我都知道。”

周曷朱:“‘髡头’以后,你要换上新装,和我一起去祭拜至高无上的昊天大帝与列祖列宗。当这些仪式完成后,你就可以去迎亲了。”

石勒:“嗯。”

河西村。刘老汉的院落热闹非凡,贺喜的人们进进出出。刘老汉站在大门前向每一个前来贺喜的人都拱手致谢。

英姑被几个同龄姑娘在打闹取乐,说着一些逗趣的话。英姑腼腆地和她们追打。

刘母走进,说:“昨夜你们歌唱打闹了一个通宵,别再闹了,让英姑睡一会儿吧,今晚嫁过去又要闹洞房。一直这样,英姑身子会吃不消的!走吧,走吧。”

姑娘们嘻嘻哈哈被刘母推打着赶出了屋门。

傍晚时分,河西村外的山道上,一对迎亲的队伍在鼓乐的前导下,吹吹打打向河西村走来。乐队后面,石勒盛装艳服,披红挂彩,骑在一匹大红马上;在他的后面,王阳作为伴郎,骑在另一匹马上,装束几乎和石勒一般。在他们的左右,夔安、支屈六等一干羯胡小子护持前行。再后,一顶花轿由四名轿夫抬着,最后是一群羯族男女青年手持火把在跟着行走。

队伍来到河西村口。英姑的女友们手持灯笼排列在道路两侧。路边、村口高地上,拥挤着看热闹的人群。

迎亲的队伍吹打着穿过女友们的队列,进入村中。女友们的队列从后至前席卷着跟随迎亲队伍进入村庄。

刘老汉家门前场地上,摆放着一排桌凳。迎亲的队伍在围观群众的簇拥下走来,在凳子上坐下继续吹奏。一群小伙子燃响了鞭炮。石勒跳下马,在伴郎的护持下走进庭院。花轿停放在大门前。

庭院内,正面摆放着两把椅子。刘老汉刘母端坐在椅子上。他们的旁边,一名中年男子站着在充当司仪。石勒走过去准备向二位老人行礼。与其同时,屋门打开,英姑盛装艳服,头顶红盖头,在伴娘的搀扶下走了出来,来到双亲面前,与石勒一道,随着司仪的喊唱行三拜九叩大礼。

司仪:“向父母双亲行大礼。拜——一叩首——再叩首——三叩首——起——拜——一叩首……”

大礼过后,刘老汉夫妻站起身,刘老汉唱道:“一送女儿上花轿,小两口恩爱白头老；二送女儿上花轿，公婆面前尽孝道；三送女儿上花轿，早得外孙怀中抱。”唱罢，随着三声“地墩子”礼炮响过，新郎、新娘在伴郎、伴娘的搀扶下，在围观群众的簇拥下走出院门。石勒认镫上马，英姑来到花轿前，再次回身，向紧跟在后的双亲磕头。刘母流泪笑着，哽咽着，拉住女儿不忍放手。刘老汉拉拉妻子的衣襟，向着花轿挥挥手。伴娘走过去打开轿帘，扶英姑入轿坐好。又是三声“地墩子”响过，司仪高喊：“起轿——”于是乐队前导，石勒与伴郎骑马跟着，后面花轿，再后是迎亲、送亲两支队伍合为一支，在鼓乐、鞭炮声中，在火把、灯笼照耀之下，浩浩荡荡向村外走去。

东河沟村。夜晚。一处开阔的场地。场地中央，熊熊的篝火正在燃烧。一大群男女青年围着篝火翩翩起舞。篝火之外，一排桌椅上，周曷朱、村中长老们在端坐饮酒，欣赏篝火晚会。

在另一边，王氏与李婶以及村中上了年纪的中老妇女坐在矮凳上，对着篝火谈笑风生。

新郎石勒和新娘英姑端着酒壶走过来，向父亲周曷朱和长老们敬酒。周曷朱、长老们端起酒杯呵呵笑着一饮而尽。

石勒、英姑来到母亲、李婶她们面前，向她们行礼。

李婶一把拉过英姑，和王氏她们仔细端详。英姑羞涩地笑着。

李婶：“看，多好的姑娘！小勒子，你小子该享福了。”

石勒憨憨地傻笑着。

几个青年男女走过来，拉起石勒与英姑，跑回到篝火晚会的舞蹈队伍中去。

鼓乐声中，篝火晚会进入高潮。

京师洛阳。晋室皇宫大内。皇后贾南风正在向皇帝司马衷发脾气。

贾南风：“现在太后与太傅父女专权用事，朝廷上下都由他们的人掌控把持，大小事情全由他们决断，根本不把你这个皇帝放在眼里。如此下去，怎么得了？”

皇帝：“哎呀，我看你就省省吧！如今你是皇后，母仪天下，统领六宫，应该知足了。可你还想干预朝政。要不，这皇帝你来当？”

贾南风：“当就当！你以为我不敢啊？他们父女专权，凌驾于皇帝之上，你这个皇帝能忍，我可忍不了！”

皇帝：“那又能怎样？国事还得靠他们打理。”

贾南风：“为什么要靠他们？你是皇帝，就应该自己做主！”

皇帝:“可是,这个——”

贾南风走近,压低声音:“这个国家是咱们的。除去他们,自己当家!”

皇帝吃了一惊:“除去他们?怎么除?”

贾南风:“我听说,先帝病危时,就对杨骏父女专权用事非常不满,曾下诏征汝南王立朝辅政。杨骏父女扣下诏书,将汝南王贬出朝纲。汝南王一定心存怨恨。我想派一心腹,秘密赶往许昌,说动汝南王带兵回朝,清君侧。同时,散布杨骏父女阴谋篡政的言论,争取人心,为除去他们做准备。”

皇帝:“可是,这样行吗?”

贾南风:“怎么不行?只要除去他们,你这个皇帝才能坐稳。”

皇帝:“如果这样,就按你说的办吧。”

贾南风:“好。”回头喊,“来人。”

太监甲走进:“娘娘有何吩咐?”

贾南风:“宣中郎孟观、李肇觐见。”

太监甲:“诺。”躬身退出。

第六集

原野上，孟观、李肇骑着马在结伴同行。

孟观："李肇兄，皇后密令我们去说动汝南王入朝清君侧，你说，此事靠得住吗？"

李肇："孟观老弟，你多虑了。试想杨骏老贼，对我俩横挑鼻子竖挑眼，一见我俩就加以诟斥。如果不把他扳倒，说不定什么时候，这老贼就会要了你我性命！如今皇后娘娘将我俩引为心腹，委以大事，我俩正好借此机会扳倒杨骏，效忠皇后。这样，不仅能泄我等心头之恨，还能得到晋升之阶。"

孟观："可我看，这皇后贾南风也非善茬。她父亲贾充当年指使成济戗杀魏主曹髦，成为大晋开国功臣，本就心狠手辣；她母亲郭槐又是京中有名的泼妇。而贾南风在做太子妃时就专横跋扈，滥杀无辜，差点被先帝废黜。后来还多亏杨太后多方为她开脱，才得以保全。现在她却要向她的恩人狠下杀手！侍候这样的女人，我总感觉有点悬！"

李肇："你说的这些都是事实。可是，孟观老弟，你别忘了：现在的皇帝懦弱无能，缺乏主见，而皇后又刁钻强悍。在当今，皇后才是实际上的皇帝！我们只有一心一意投靠她，才能保得住荣华富贵。否则，绝没有我们的好果子吃！"

孟观点点头："李兄说得对，投靠皇后是我们的唯一出路。再说，要想扳倒杨骏，还必须依靠这样的狠人！"

李肇："明白就好。"说着，一抖缰绳，"驾！"二人策马向前而去。

东河沟。早晨。屋内。

英姑在面对一盆清水梳妆，石勒从门外走进。

石勒："英姑，来，帮我收拾一下。婚期已过，我要回三台岭了。"

英姑："好啊！我也去。"

石勒："什么，你也要去三台岭？"

英姑："对呀，我也去。白天你栽桑种麻，我养蚕缫丝；早晚你训练武士，我跟你学练武功。这不很好嘛！"

石勒笑了："呵，你一个女人家也要学练武功？"

英姑："怎么，不行吗？"

石勒："不是不行，是你们学了没用。"

英姑："怎么没用？我要自己保护自己。你又不能经常在我身边陪着，我可不愿意再受坏小子的欺负！"

石勒："好！有志气，这才像我石勒的媳妇。那好吧，咱们一起上三台岭。"

许昌。汝南王司马亮府邸。

孟观、李肇在和司马亮对坐低语。

司马亮突然站起，在地上来回踱步。孟观、李肇紧张地看着他。

一会儿，司马亮停止踱步，回头对孟观、李肇说："杨骏父女专权用事，确实可恨。可是，清君侧，这事体忒大，本王没有把握，实在不敢造次。还望二位在皇后面前善为解释。"

孟观、李肇对视无语。

大道上，孟观、李肇骑马而行。

孟观："李肇兄，汝南王胆小如鼠，不敢应命，这便如何是好？"

李肇："就此回去，我们难以复命。我看，我们不如转道去找楚王司马玮。这司马玮年轻气盛，性子又凶狠暴戾，做事不计后果，最适合办这种事。再说，杨骏老贼也早想征召他回朝参与辅政，只是害怕他难以挟制才迟疑未决。如果让司马玮主动上表，要求入朝，我想杨骏老贼一定同意。这样，他带兵入朝就不会引起怀疑。只要楚王进入京师，那我们的目的就达到了。"

孟观："李肇兄这一招高明。好，就这么办，去找楚王。"

二人策马而去。

宫廷大内。

孟观、李肇跪在地上，贾南风坐在椅子上听二人回报。

贾南风："好。起来吧。"

孟观、李肇："谢娘娘千岁。"起身侍立。

贾南风："汝南王不敢应命，你二人能临机处置，改请楚王上表入朝，此事办得很好！从现在起，你俩要密切注意朝廷动向。一有异常，立即向我禀告。事成后，一定对你们大加封赏。"

孟观、李肇："诺。"

大殿上，百官排列，皇帝司马衷高坐帝座，听大臣奏事。

杨骏出班启奏："启奏吾皇，楚王司马玮、淮南王司马允送来表章，要求入朝觐见。"

皇帝："爱卿以为如何？"

杨骏："请陛下允准。"

皇帝："那就让他们回来吧。"

杨骏："遵旨。"

大道上，队伍浩荡，旌旗蔽日。楚王司马玮和淮南王司马允率队行进。

（青年王子司马玮的特写；年纪稍长的淮南王司马允的特写）

宫廷大内。一宫女从外走进，向贾南风禀报："禀告娘娘，孟观、李肇来报，说是楚王司马玮和淮南王司马允联袂入朝，已经进驻京师，请示下一步行动。"

贾南风："好！你去告诉孟观、李肇，让他们今夜入宫，向皇帝奏报，就说太傅杨骏谋反，请旨缉拿。还有，吩咐宫门守卫，孟观、李肇入宫时，一律放行，不得阻拦。"

宫女："是。"

夜晚，内宫。皇帝司马衷与皇后贾南风对坐饮酒。

宫女来报："皇上、娘娘，殿中中郎孟观、李肇请求觐见，说有急事奏报。"

贾南风："宣他们觐见。"

宫女："是。"转身离去。

皇帝："这么晚了，他们有何事见朕？"

贾南风："等他们进来不就知道了？"

孟观、李肇随宫女走进，跪地："参见吾皇万岁万岁万万岁；娘娘千岁千岁千千岁。"

皇帝："起来吧。"

孟观、李肇："谢陛下。"

皇帝："夤夜见朕，有何急事？"

李肇："微臣接到密报，太傅杨骏欲行大逆，图谋废掉皇上，另立新君。"

皇帝吃惊地："哦，有这等事？"

贾南风："怎么没有？本宫早就发现杨骏私树心腹，培植党羽，图谋不轨。皇上应该马上下旨发兵缉拿，迟了就来不及了。"

皇帝踌躇地问贾南风："念其对朕有拥立之功，将其降为列侯，你看如何？"

贾南风尚未回答，孟观抢先说道："陛下万万不可。杨骏羽翼已成，降为列侯一样会发兵造反！"

贾南风："对呀，这会促使他提前向我们下手！赶快下旨，命东安公司马繇率领殿中甲士，包围杨骏府邸，缉拿杨骏。"

皇帝："好吧，就这么办吧。"

贾南风："孟观、李肇，命你二人率部随东安公搜捕杨骏党羽。同时传命楚王率部进驻司马门接应。还有，密切注意太后杨芷，防止她从中作梗。"

孟观、李肇："诺。"

杨府。

大门口，一阵乱箭射来，守门卫兵中箭倒地。

司马繇拔出佩剑指挥军士："杀！"率众冲进杨府。

杨骏家眷鬼哭狼嚎，四处奔逃，纷纷被冲进来的士兵斩杀。

杨府马厩。

杨骏惊慌失措地跑来，仓皇钻进马厩，滚进饲草之中。

皇太后内宫。

太后杨芷在端坐饮茶。身边有几个宫女侍立。

一名宫女跑入，惊慌禀报："太后娘娘，大事不好。太傅府被官兵包围，说是要缉拿太傅。"

杨芷："啊？"手中茶杯落地，跌得粉碎。

杨芷手足无措，在地上乱走。突然，她掏出一方丝帕，扑到案前，取笔润墨，在帕上写了"救太傅有赏"。写好后，将丝帕交给宫女："快，把它交给侍卫，绑在箭上，射出城外。"

宫女接过丝帕跑了出去。

皇宫大内。皇后贾南风给几名宫女安排任务。

贾南风："你们都给我出去仔细打探太傅和太后消息，一有什么情况，马上回来禀报。"

宫女们："是。"退下。

一名官员手持箭书走进："禀告娘娘千岁，在城下拾得箭书一封。"

贾南风："呈上来。"

随侍宫女接过官员手中箭书，交给贾南风。

贾南风接过，拆开展示，冷冷笑道："好啊，杨芷，你果然参与谋反。"回头对官员说，"传谕下去，太后与杨骏同反，大众不得妄从！"

官员："诺。"退下。

杨骏府邸，尸横遍野。官兵横冲直撞。东安公司马繇坐在院内的一张太师椅上，周围有亲兵护持。

一名军士来报："启禀将军，没有找见太傅。"

司马繇："搜，仔细搜。挖地三尺也要给我找到，不信他能飞上天去！"

军士："诺。"退下。

杨府马厩。一队士兵在军官率领下蜂拥而至，闯入马厩。

杨骏在饲草堆下悚悚发抖，引起草堆颤动，被一士兵发现。

士兵："草堆下有人！"

军官闻声走过来，仔细观察一番，举手中长戟狠狠向草堆刺去。

草堆中杨骏被刺中，发出一声惨呼。

众士兵围了过来，举手中矛枪，向草堆乱刺。随着一声声惨呼，最终寂无声响。

军士用长戟拨开草堆，从中拖出死人一个。军士凑过去仔细辨认。

（杨骏尸体的特写）

军士："此人正是太傅杨骏。"

孟观、李肇率部从杨济府中押出一队绳拴索绑的男女。

另一队官兵从杨珧府中押出一队绳拴索绑的男女。

刑场上，一排排被捆绑的人背插亡命旗，跪在地上，每个人身边站着一名身穿红衣的刽子手。

亡命旗被拔去，刽子手举起屠刀，砍下。

大晋朝廷大殿。皇后司马衷端坐御座，众大臣排列殿下。

太监甲走出，捧圣旨宣读道："奉天承运，皇帝诏曰：杨骏已除，国事已定，着，改'永平元年'为'元康元年'。钦此。"

众大臣："吾皇万岁万岁万万岁。"

一大臣出班奏道："启奏陛下，太后杨芷飞箭系书，招募死士，与其父共同谋反，危害社稷，自绝于天。应将其废为庶人，以谢天下。"

众大臣纷纷出班附议:“臣附议。”“臣附议。”“臣附议。”“臣附议。”

……

又一大臣出班启奏:“还有杨骏之妻,太后杨芷之母庞氏,也不应赦免。杨骏谋反,其家属理应连坐正法。”

众大臣又纷纷附和:“对,不能曲赦庞氏!”

“不能曲赦!”

“应该正法!”

……

司马衷:“这个……”

启奏大臣:“请皇上降旨,以正国法。”

众大臣:“请皇上降旨。”

司马衷:“那好吧,准奏。”

白发苍苍的庞氏被刀斧手押着走上丹陛。太后杨芷披头散发号哭着跟在后面。进入大殿,庞氏被按倒在地。杨芷跪地哭喊道:“妾身有罪,甘愿认罚,请皇上保全我母亲性命。”说着,连连磕头,致使额头上鲜血淋漓。

殿后,贾南风手捧茶杯饮茶。

一太监走入禀报:“遵照娘娘安排,众大臣都在弹劾太后母女。现在太后与庞氏已经被押上朝堂。”

贾南风冷冷一笑:“太后是何状态?”

太监:“太后磕头流血,乞求保全母亲性命。”

贾南风眼露凶光:“不能放过这对母女!皇上优柔寡断,心慈手软。你去,催促皇上立断不赦。”

太监:“诺。”退下。

朝堂上。

杨芷仍在磕头乞求:“请皇上开恩。”

众大臣:“请皇上降旨正法。”

司马衷看看太后,又看看众大臣,左右为难:“这……”

太监走进,登上龙座对皇帝耳语。

司马衷点点头:“那好吧,就按皇后意思办。”

太监走出,宣布圣旨:“皇上有旨:将庞氏押出午门斩首正法;太后杨芷废为峻阳庶人,押送金墉城禁锢。”

刀斧手："诺！"架着庞氏下殿。

太后杨芷惨嚎一声，昏厥在地，被两名殿前侍卫走过去拖了下去。

殿后。贾南风在听太监回禀。

太监："现在庞氏已经伏法，太后也被押到金墉城禁锢。"

贾南风："好！吩咐下去，把侍奉太后的所有宫女全部召回，断绝其饮食，让她饿死在金墉城！"

太监："诺。"转身欲走，又被贾南风叫住。

贾南风："慢。还有，你去告诉皇上，让他征召汝南王司马亮回朝辅政。我看司马亮素来胆小，不敢与本宫作对，一定会按照本宫的意思行事。"

太监："诺。"退下。

三台岭。一棵大树下，英姑在石勒的指导下习练功夫。英姑站桩出拳，石勒不时上前纠正她的动作与姿势。

一块开阔地上，英姑在舞动日月双刀。一群羯胡青年在四面围观。英姑英姿飒爽，双刀舞得行云流水。围观的人们不时爆发出一阵阵的喝彩声："好！好！"

一路刀法练完，英姑抱拳收势。王阳走过来，说："嫂子，厉害啊！时间不长，武功精进到如此地步，真让人佩服。"

支屈六："嗨，可不是嘛。俗话说'要想会，跟上师傅睡'。嫂子每天跟勒子哥睡在一起，勒子哥把武功直接就给她输进去了。你们说是不是？"

众人哄笑。

英姑："支屈六，你这张臭嘴，找打！"

支屈六嬉皮笑脸："好啊，我正想和嫂夫人比试比试。来呀。"

英姑一个箭步跳了过去，一招"乌龙出洞"冲拳砸向支屈六面部。

支屈六侧身让过，用肘攻击英姑前胸。

英姑"单鞭下势"避开支屈六的攻势，去攻击其下盘。

支屈六"旱地拔葱"飞身上跃，躲过英姑攻击。

英姑顺势变招出掌，趁支屈六身子下落，猛然拍击支屈六前胸。支屈六向后飞出，跌倒在地。

"好！"围观的人们使劲拍手叫好。

支屈六从地上爬起，抱拳致意："嫂夫人果然了得，小弟佩服。"

大道上，旌旗飘飘，一队官兵正在行进。队伍中，汝南王司马亮与心腹官员骑在马上，边走边谈。

心腹官员："恭贺王爷荣升太宰，与太保卫瓘并录尚书事奉诏进京辅政。这一来，王爷可以大展宏图了。"

司马亮："是啊，真是世事难料。想当初皇后密召孤清君侧，孤担心兹事体大，不敢应命。谁知反让楚王这愣头青小子着了先鞭，立了大功。"

心腹官员："是啊，扳倒太傅杨骏，虽然楚王晋升为卫将军，东安公晋爵为王升任尚书左仆射，就连孟观、李肇也被擢升为积弩将军，可是皇上和皇后最看重的还是您那！"

司马亮："这倒也是。不过，楚王、东安王这二人刚愎好杀，一定会因功擅权，专横朝纲。所以，终归不能让他们留在朝廷！"

太保卫瓘府邸。卫瓘在观看竹简。

家人来报："禀老爷，太宰司马亮过府造访。"

卫瓘："快请！"起身走出。

大门口，年过七旬的卫瓘和司马亮相互施礼，二人携手走进大门。

厅堂上，卫瓘与司马亮对坐交谈。

司马亮："承蒙皇上错爱，能与太保同朝辅政，十分荣幸。请问太保，何以教我？"

卫瓘："太宰过谦了，老臣不敢。老臣只是担心皇上懦弱，是非难辨。而皇后又过于强悍。自剪除杨骏之后，皇后大量启用亲属外戚，盘踞朝纲。这恐非朝廷之福，是以深以为忧。"

司马亮："太保所虑甚是。然而，孤以为，楚王与东安王自恃有功，手握重兵，专横朝政，这对朝廷更为不利。孤拟削去二人兵权，将其遣返镇所。不知太保以为如何？"

卫瓘："老臣无有异议。只是楚王性子刚愎暴躁，迫之太急，恐生事端。还需徐为图之。"

司马亮："那就先把东安王远贬带方，随后再找机会处置楚王。您看如何？"

卫瓘："如此甚好。"

楚王府邸。楚王司马玮与几个心腹手下议事。

司马玮："司马亮老儿太可恶了！清君侧剪除杨骏他寸功未立，却被擢升为太宰掌控朝政。现在大权刚刚到手，就把立有大功的东安王贬出朝纲。看来，他要对清君侧功臣大开杀戒了！"

心腹甲："王爷所言极是。据我们安排的线人来报，日前太宰已拟调临海侯裴楷接任您的职位。只是临海侯不敢受职，此事才暂时搁置。否则，您已经被罢免了！"

司马玮："可恨，太可恨了！你们说怎么办？你们都是跟随孤多年的左臂右臂，难不成我们就此束手待毙？"

心腹乙："当然不能！现在贾皇后权势如日中天，我们可以投靠皇后，求她庇佑。还有，听说皇后对太保卫瓘素有积怨。我们就说太宰、太保合谋，欲行废立，以此罪名将二人一齐扳倒。到时候，这朝廷辅政的位子，就非王爷莫属了。"

司马玮："好，就这么办。只是皇后深居宫禁，我们无法面见，这便如何是好？"

心腹乙："这事不难。自剪除杨骏之后，被册封为积弩将军的李肇深得皇后恩宠，可以自由出入禁中。而李肇与某素来交好。某将王爷之意通过李肇转呈皇后，可保必成。"

司马玮："好！既然如此，事不宜迟，你可速去办理。孤静待你的好音。"

心腹乙："好嘞。"转身离去。

后宫。

贾南风手捧茶杯，端坐于太师椅上。李肇毕恭毕敬地站在她的跟前。

贾南风："很好。多日来本宫一直对楚王桀骜不驯深以为忧，怕他与本宫作对。现在他主动要求归顺本宫，这就对了。可让他领太子少傅参与辅政。以后凡有朝廷重臣归顺本宫，本宫一定统统加以重用。"

李肇："还有一事启禀娘娘千岁。据楚王举报，太宰太保密谋策划，欲行废立。请娘娘和皇上早作决断。"

贾南风冷笑一声："此事虽然未必可信，但此二人确实令人痛恨。当初本宫召汝南王回朝辅政，原本想把他收为心腹，为本宫所用。哪知他回朝后，遇事从不与本宫商量，就直接奏报皇上，全不把本宫当回事，令本宫大为失望。至于太保卫瓘老贼，在皇上做太子时就有微词诋毁，差点坏了大事！现在既然楚王举报二人为逆，倒也可以借此事端，将二人一并除去！"说完，她放下茶杯，取过案上纸笔，写了些什么。写完后，她对李肇说，"你可以回去了。"

李肇："诺。"退下。

贾南风拿上写好的字纸进入内宫。

内宫，皇帝司马衷在悬挂着的鸟笼前逗鸟。贾南风走了进来。

贾南风将手中纸片掂上，说："皇上，请您把这份诏书抄录一下，颁发下去。"

司马衷接过纸片，念道："太宰、太保欲行伊霍故事。王宜宣诏调兵，分屯宫门，并免二公官爵。"念完后，他一脸诧异道，"你是说，司马亮和卫瓘谋逆？这怎么可能？"

贾南风："怎么不可能？皇上你别忘了，当年先帝册立你为太子时，卫瓘老贼曾借着酒意，指御座讽谏'此座可惜'，引起先帝对你的怀疑。后来先帝拿尚书疑案来考你，你自然不会应对。急切之下，还是本宫找来给事张泓代笔，让你照抄后呈送先帝，这才糊弄过去。你的太子位子都差点毁在老贼手里。如果当年老贼得逞，哪有你今天的皇位？在老贼眼里，一直视你如无物。现在他与太宰合谋，想要废你另立新君，这是他的一贯态度，有什么不可能！你就照此颁旨吧。"

司马衷："嗯，你所言也是。"说完，持纸片走到御案前，取过黄绫，照着抄写。

贾南风跟过去看着司马衷抄写。

一会儿，诏书抄写完毕，司马衷说："好了。"

贾南风拿起诏书审查一遍，回头呼唤："黄门何在？"

黄门官趋近："娘娘千岁有何吩咐？"

贾南风把诏书递给黄门官："你速把这封诏书交付楚王，要他立即照旨施行。"

黄门官："遵旨。"退下。

楚王军帐。

司马玮手捧诏书站立在军案后。帐下，众将官排列两行。

司马玮："好！司马亮老儿，你不仁，休怪我不义！众将听令：李肇、公孙宏。"

李肇、公孙宏："末将在。"

司马玮："命你二人带三十六军一部，围剿太宰司马亮。"

李肇、公孙宏："得令！"

司马玮："侍中清河王司马遐。"

司马遐："末将在。"

司马玮:"命你率领本部人马收捕卫瓘。"

司马遐:"得令!"

太宰府大门外。

李肇率一队甲兵快步跑来,将府邸团团包围。

门上守军见势不妙,有一人入内通报。

李肇向门上守军宣谕:"楚王手谕:太宰太保图谋不轨,我奉诏讨逆。所有僚属自行归散,概不连坐。若不奉诏,军法从事!"

门上守军相互看看,放下手中兵器,四散而去。

李肇指挥军士撞开大门,冲了进去。

司马亮衣冠不整,跑出中堂,仰天大呼:"苍天啊,似我忠心可昭日月,咋遭此惨祸!"

李肇向众大呼:"有斩司马亮者,赏布千匹!"

众军士:"杀——"一齐扑向司马亮,刀剑并举,司马亮立时被杀死肢解。

众军士在太宰府横冲直撞,向四处奔逃的男女老少挥刀斩杀。

太宰府尸横遍野。

太保府邸。

太保卫瓘被几名官兵押出大门。

一名将军率一队官兵冲了过来,挥手中佩剑,把卫瓘杀死,然后率队冲入府内。

官兵追杀卫瓘家人。

太保府内尸横遍野,一片狼藉。

宫门外,太子少傅张华匆匆走来,与宫门口值班的太监相遇。

张华:"董公公好。"

太监:"张少傅何事匆匆?"

张华:"楚王接连诛杀太宰、太保二公,如今威权在手,我很担心皇上、皇后的安危,故冒昧前来告警。但宫门禁地,外臣不能进入。所以想请公公代为转述,望皇上、皇后委以楚王矫诏擅杀朝廷重臣之罪,将其缉拿,以绝后患。"

太监:"张华少傅忠心体国,令咱家敬佩。请少傅稍候,咱家这就去转述。"说完,入宫而去。

宫内,贾南风连连点头,表现得十分欣喜。她对身边站着的太监说:"好!

本宫正为此事忧虑,张华公与本宫想法一致。速去转告张华公,让他立即行动!”

太监:“诺。”退出。

宫门口。

张华对太监说:“董公公,我想此事尚有欠缺。楚王声称奉诏行事,我也声称奉诏行事,恐引起众人怀疑,形成混乱。还请公公替我向皇上借用一物。”

太监:“何物?”

张华:“代表皇上威仪的驺虞幡。”

太监:“好说。请少傅稍等。”转身而去。

张华环视宫门景致:巍峨辉煌的宫廷建筑,气象森严的皇家气派。

太监手持一面画着黑纹白虎的旗幡重又走出:“驺虞幡请到,张少傅接幡。”

张华跪拜接幡。起身:“多谢公公。”施礼后持幡而去。

楚王司马玮军帐。

司马玮坐在案后,正与众将议事。

司马玮:“亮、瓘虽除,但其党羽尚在。应一并缉拿,根除后患!”

张华率一队甲兵闯了进来。

张华高举驺虞幡,宣告说:“驺虞幡在此,众将听着:楚王矫诏擅杀公辅重臣,罪在不赦。大家立即散去,不可盲从。违者诛夷九族!”

众将官:“唔呀!”惊呼一声,纷纷出帐而去,单单留下司马玮。

司马玮大叫:“不对!我明明奉诏行事,咋说矫诏?”

张华:“给我拿下!”

随行甲士上前,将司马玮扭住。

张华:“将司马玮送交廷尉,请旨定夺。”

司马玮狂呼:“这是诬陷,我不服,不服!”被甲士押出。

张华率甲士离去。

刑场上。司马玮身穿囚衣,背插亡命旗跪在断头台前,仍口中狂呼:“我不服,这是陷害!”

身穿红衣的刀斧手走过来,拔去司马玮背上的亡命旗,高举屠刀砍下。

刑场上风雨大作,电闪雷鸣。

三台岭。靠山挖掘的土窑洞内，一架架养蚕的蚕匾摆放齐整。蚕匾内，蚕宝宝已经进入四龄，白白胖胖，熙熙攘攘。几个年轻姑娘在给蚕匾内撒放桑叶。

英姑挺着大肚子走进蚕室。

姑娘们看见英姑，围了过来。

姑娘甲："英姑姐，肚子都这么大了，怎么还来？"

姑娘乙："快生了吧，英姑姐？"

英姑："嗯，大概快了吧。"

姑娘甲："那还不回去歇着？你不用担心，这里有我们呢。"

英姑："我不是担心，只是一个人在家闷得慌，想出来走走。"说着，她摸摸自己隆起的肚子，脸上流露出幸福的表情。

第七集

夏天。三台岭上一块黄麻地里，石勒、葵安、支雄在拔取成熟的黄麻。

葵安："勒子哥，今年你这地里的黄麻长得真好。"

石勒："嗯，不错，眼看又是一个丰收年。"

支雄："哎，你们说，人们常说的'麻、麦、谷、豆、黍'，为啥要把麻放在第一位？"

石勒："麻这东西不同于其他农作物。它分花麻与籽麻两种。花麻只开花不结籽，到夏天就成熟了，所以又叫'夏麻'。而'籽麻'要等到秋天籽粒饱满后才成熟，所以也叫'秋麻'。夏麻主要是剥取麻皮；而秋麻主要是收获麻籽。麻籽又主要是用来榨油。'油、盐、酱、醋'，油是第一位，当然'麻'也就在第一位了。但更主要的是，麻皮可以纺线做衣被，是我们普通人穿衣盖被的主要原料。虽然到现在，用蚕丝纺织的绸缎已经盛行，但用绸缎做衣被价格太昂贵，除去达官贵人和富商大贾，一般人家是享用不起的。而人们所说的'衣、食、住、行'，'衣'在第一位，所以'麻'也就被放在第一位。还有，麻是造纸的主要原料，而读书人所用的'纸、墨、笔、砚'纸在第一位，那么，用来造纸的麻自然也就在第一位了。最重要的是，这一切都源自一个'礼'字。华夏人提倡'克自复礼'，特别讲究'礼义廉耻'。而'礼'对于普通大众来说，最基本的表现形式就是'衣着'。这里，'衣'在第一位，而'礼义廉耻'，'礼'又在第一位，所以，也就把'麻'放在了第一位。"

葵安："哇呀，勒子哥，你咋知道得这么多！"

石勒笑笑，说："咱这西岭上有一位姓李的老先生，是咱三台岭最有学问的人。平时有空，我经常到他那里听他叨嗑。这些都是从他那里听来的。以后有空，如果你们愿意，可以跟我一起去，能增长不少见识呢。"

葵安："好啊，你再去的时候，一定带上我。"

支雄："还有我，我也要去。"

石勒："行！"

这时，麻地外传来支屈六的喊声："勒子哥——"

石勒："哎——在这里呢。"答应着走出麻地。葵安、支雄跟着走出。

支屈六跑过来："勒子哥，快回去看看吧，英姑嫂子生了。"

石勒高兴地："是吗？男娃还是女娃？"

支屈六："听说是个男娃。"

石勒："好！回去看看。"

屋内。刘英姑躺在土炕上的被内，脸上流露着疲惫而幸福的笑容。炕边，石勒的母亲王氏与年过半百的李婶在看护英姑和她身边的婴儿。

房门被推开，石勒闯了进来："我的儿子呢？我看看。"

王氏："快把门闭上！这个愣头青，总是这么风风火火，也不怕把孩子风着。"

李婶："过来看看吧，和你当年出生时一个模样。"

石勒嬉笑着走过去。

襁褓中的婴儿正在酣睡。

李婶："你看，有多可爱！"

石勒："哈，真好玩儿。"凑过去就要亲吻婴儿，被王氏一把拉开。

王氏："滚一边去！甭把孩子弄哭。"

英姑、李婶笑了。

李婶："你既然来了，那就给孩子取个名字吧。"

石勒不好意思地傻笑着说："是啊，取个啥名呢？"他拍拍脑袋，"要不，就叫'小石头'吧。我希望他坚硬、刚强。你说呢，英姑？"

英姑笑着点点头。

山路上，周曷朱手提一些简单的行李在行走。

石勒肩扛着一大捆晒干的麻迎面走来，二人相遇。

石勒："爹，您刚来？"

周曷朱："是啊，来看看我的小孙子。你要干啥去？"

石勒："到山下沟中去沤麻。今年收获的麻秆很多，得抓紧沤。"

周曷朱："对，是得抓紧。可是，沤麻是个精细活，要随时掌握水的冷暖和沤放时间。时间不够，麻皮剥不下来；时间过长，又会使麻皮自行脱落腐败。所以你要当心。"

石勒："这些我都知道。不是说'多饮一杯茶，沤坏一池麻'嘛？我会小心的，爹，你不用挂念。"

周曷朱："好，注意一点。你去吧，我进去了。"

石勒："嗯。"

山沟内。一条哗哗流淌的溪水。溪水内，一个开挖好的沤麻水池。池内，一个年轻小伙子（李阳）卷着裤腿在往池中摆放麻秆。岸上，所有麻秆都被扎捆成碗口粗细的小捆。他先顺着把麻秆往水池中摆放一层，又横着在上面压上一层。然后用脚踩踩，试试深浅，又在上面顺压一层。最后，把池边预先准备好的石块，一块一块地搬放在水中的麻秆上镇压，防止麻秆浮起。

石勒扛着麻秆来到池边，见状，发怒，将肩上的麻捆往地上一摔。

石勒："喂，你是什么人？为什么要把你的麻沤在我的麻池内？"

李阳缓缓站起身转过来，满不在乎地说："什么你的麻池？这条河自古就在俺的村前流着，啥时成了你的？"

石勒："嗨，你这人咋这么说话？这明明是我昨天刚挖好的麻池，你一声不吭就强行占用，是何道理？"

李阳："什么道理不道理，我只知道这条河不是你家的，我先来沤麻，就该归我使用。"

石勒："河虽然不是我家的，可麻池是我挖好的。你要沤麻，可以到上游或下游自己挖去，不能抢占我的麻池！"

李阳："说得倒轻巧。这条河水量本来就不大，你把最好的地段占了，我那么多的麻，得沤到什么时候？你要沤麻，到其他地方再挖去。"

石勒的拳头捏紧，松开；松开，又捏紧，说："你小子不说人话。看来，需要我教教你如何做人！"

李阳："嗨嗨！你小子想动粗是不是？我李阳可不是被人吓大的。好小子，有本事使出来吧。"说着，赤脚走上岸来。

石勒怒目圆瞪，双掌前伸，运气在手，一招"黑虎掏心"向李阳前胸击去。

李阳双肘上抬，自内向外将对方双掌拨开，顺势一招"双峰贯耳"，两只拳头向石勒左右太阳穴砸去。

石勒猛然下势，避开对方双拳，同时一记"扫堂腿"去攻击对方下盘。

李阳轻轻一跃，躲过对方攻击，紧接着右手二指戟张，点向石勒双目。

石勒身形微侧，让过二指，顺势用右手抓住对方手腕，往回一带，趁对方立足未稳，用肩头一击，将李阳击得连连倒退，仰面朝天掉进了麻池。

石勒意气洋洋的脸。

一团污泥飞来，石勒慌忙闪身躲避。

李阳一个"鲤鱼打挺"跃起，纵身扑来，抱住石勒，两人一同滚落尘埃，相互厮打。

断打声招来两岸不少人围观。田间、道路、村舍都有人向这里奔跑。有人高喊:“喂,那里有人打架,快去看看。”

一位头发花白的老嬷嬷挤出人群,手中拐杖连连顿击地面,声嘶力竭地嘶叫:“李阳,你这天杀的奴才,又给我惹祸。还不住手!”

正在抱着石勒厮打的李阳回头看看,丢开石勒,站起身向母亲跑去:“娘,您咋来了!”

石勒一跃而起,看看李阳搀扶着老嬷嬷往回走,点点头:“呵,不错,还是个孝子呢!”回过身,准备去收拾自己的麻秆。

围观的人群中,一位白发长者走出,向石勒打招呼:“小伙子,你过来。”

石勒向老者走去。

老者:“怎么样,小伙子,遇到对手了吧?”

石勒:“是啊,没想到这里藏龙卧虎,还有这么好身手的人。”

老者:“你的身手也很不错嘛,你们在伯仲之间。我看短时间很难分出个高下来。”

石勒:“请问老伯,此人到底是什么来路?我咋从没见过,也没听说过。”

老者:“你说这李阳啊,他祖籍原本在山阳巨野。他的先祖李典是前朝魏王麾下的一名将军,曾跟随魏王南征北战,立下了赫赫战功。到了李阳的祖父时,不再入朝为官,退隐山林,种地为生。那一年遭遇蝗灾,李阳的父亲随祖父逃荒到了咱这里落户定居,娶妻生子。李阳就出生在他们刚刚进去的那座小屋里。由于祖辈相传,自然功夫了得。前几年,他父亲去世,他陪伴母亲回了东田村姥姥家,前不久才刚刚回来,所以你们不认识。”

石勒:“哦,原来是将门之后,怪不得身手如此了得。多谢老伯相告,我还会找他较量。”说完,对老者深施一礼,回过身扛起麻秆,往河道上游去了。

洛阳皇宫内。贾南风在闲坐饮茶。

一宫女走进禀报:“禀娘娘,散骑常侍贾谧入宫来了。”

贾南风:“让他进来吧。”

宫女:“是。”退下。

贾谧走了进来:“姑妈好。”

贾南风:“嗯,好。自从除掉汝南王、楚王和卫瓘这一帮贼臣,朝廷一切顺遂,倒也没有什么烦心事。谧儿,你今天干什么去了?是不是又和你那文坛二十四友聚会去了?”

贾谧:“没有。刚才在宫苑中看太子酤酒卖肉。”

贾南风奇怪地:“太子酤酒卖肉?”

贾谧："是啊，近日太子在宫苑中设市，酤酒卖肉。还真奇了，不论谁，随便割一块肉，或是打一角酒，太子用手一掂，就能准确说出斤两来，而且分毫不差！"

贾南风："原来是这样，这倒也没有什么好奇怪的。他的母亲谢淑媛谢玖，原本就是屠户家女儿。得其遗传，有此手段，也属正常。"

贾谧："哼！以太子之尊，做此卑俗之事，不免令人鄙薄。"

贾南风："这是你对他的看法。那，太子又如何看你？"

贾谧："他也恨我。一见到我就怒目相加，恨不得把我吃了！"

贾南风："可不是嘛。当初王衍的两个女儿，大女儿美貌如花，小女儿相貌不佳。大女儿本已许配太子，可偏偏被你看中娶了，而只把小女儿嫁给太子。太子当然恨你。"

贾谧："这还多亏姑妈一力主持，否则，谧儿也不会如愿以偿。"

贾南风："知道就好。"

贾谧："可是，这一来，太子不但恨我，也一定怨恨姑妈，怨恨我们贾家。如果将来皇上不虞，他做了皇帝，只怕不特谧儿要遭诛，就是皇后姑妈您，也怕要被坐废金墉了！"

贾南风一听，霍然站起，眼露凶光，在地上来回走动。

贾谧的目光随贾南风来回移动。

须臾，贾南风站定身形，回头招呼贾谧："谧儿，你过来。"

贾谧走了过去，贾南风手搭贾谧双肩，两眼盯着贾谧眼睛，问："知道你的身世吗？"

贾谧："怎么了？"

贾南风："你的生身母亲就是本宫的妹妹贾午，你的生父名叫韩寿。你原本姓韩，叫韩谧。当年我父亲膝下无儿，是我母亲把你抱过来，改姓为贾，做了我父亲的孙子。所以，本宫也由你的姨母变成了你的姑母，你也因此飞黄腾达。本宫知道，最近，你的生母，本宫的妹妹又刚刚生下一个儿子。本宫想把他抱过来做本宫的儿子，将来让他做皇帝。现在，你马上回你的生身父母那里，把本宫的意思转达他们，让他们把小儿子立即送进宫来。本宫现在就对外宣称，本宫已经怀孕，即将临产，安排宫内备办接生物品。当然，这一切都要秘密进行，决不能让外人知悉，否则会招来很大麻烦！此外，你要充分利用你所交好的内侍和你的文坛二十四友，大造舆论，宣扬太子的种种恶行，做好准备，李——代——桃——僵！"

贾谧一面听，一面不停地点头。

贾南风："去吧。"

贾谧转身出宫而去。

皇宫内。贾南风在与几个心腹宫女密谋。

贾南风:“就这样,大家分头行事。记住,谁要是把事情办砸了,就不用活着来见本宫!”

众宫女:“是。”退下。

东宫。太子司马遹的儿子司马虨躺在床上,虨母蒋氏和几个宫女围在床前。

蒋氏:“虨儿,你怎么了?快醒醒呀!”说着,回头呼唤,“殿下,你快过来,看虨儿怎么了!”

司马遹走过来,俯身察看,说:“怎么病成这样?快传太医!”

一宫女:“是。”转身退出。

另一宫女走进禀报:“殿下,大内公公来了。”

司马遹:“请。”

一名宦官走进:“皇后口谕:圣上身体不豫,命太子即刻进宫面圣。”

司马遹:“父皇也病了?什么病?”

宦官:“咱家也不清楚,殿下去了就知道了。”

司马遹回头看看床上的儿子,叹口气,无奈地说:“好吧。”

皇宫内。皇帝寝宫门前,一内侍在等待观望。

司马遹与宦官走进,内侍迎了上去。

内侍:“请殿下随咱家到别室暂息,等待圣上召唤。”

司马遹跟随内侍走下。

室内。司马遹一会儿坐下一会儿站起,显得心绪不宁。

一名宫女用托盘托着一壶酒和一盘红枣走入,将托盘放于案上,提壶满斟一杯,说:“皇上赐殿下美酒、红枣,请殿下饮用。”

司马遹心不在焉地端起酒杯,一饮而尽。

宫女再斟,司马遹再饮。一连数杯之后,司马遹显然已有醉意,对宫女说:“孤酒量素浅,不能再饮了。”

宫女:“天赐美酒,敢不尽饮,难道殿下怀疑圣上在里面下毒吗?”

司马遹嚯地站起,怒视宫女:“放肆!”一把抢过酒壶,叼住壶嘴,一气喝完,将酒壶墩在案上。

宫女收起盘盏，出门去了。

司马遹醉意醺醺，站立不稳，东倒西歪。

又一宫女手托文房四宝走进，置于案上，从袖中取出两张纸条，对司马遹说："圣上命殿下将此二件立即照抄誊录，不得拖延。"

司马遹接过纸条，摇摇头，努力睁开蒙眬醉眼："这——是——什么？"

宫女："管他什么，殿下只管照抄便是。"说着，铺开纸张，提笔润墨，掂给司马遹。

司马遹接过毛笔，半睁醉眼，照着纸条在纸上书写。

宫女在旁密切监视，见司马遹写完一张，马上又掂过去另一张。

皇宫内。贾南风见宫女走进，问道："事情办得怎么样？"

宫女："已经办妥。"将手中两张纸片交给贾南风。

贾南风："太子现在怎样？"

宫女："已经烂醉如泥，安排人送回东宫去了。"

贾南风："好！"展开手中二纸，"这写得缺胳膊少腿，如何能用？去，取笔墨过来，修改修改。"

宫女："是。"取案上毛笔，润墨后掂给贾南风。

贾南风接过毛笔，走过去伏案在纸片上点画补充。

朝廷上，百官排列。张华、裴頠站于班首，皇帝司马衷端坐于御座之上。

司马衷手持二纸，对群臣说："国家不幸，出此逆子。"将二纸交予随侍太监，"传下去，遍示群臣。"

随侍太监拿二纸交给张华、裴頠。

司马衷："这是不孝子遹亲笔所书。如此悖逆，只好将其赐死罢了！"

张华阅读二纸："陛下宜自了，不自了，吾当入了之；中宫又宜速自了，不自了，吾当手了之。"读罢，张华、裴頠惊讶地对视一眼，"这，这，这是何说？"

百官听了，面面相觑，朝堂上产生了骚动。

裴頠持手中纸片展示给张华："这一纸更是离奇。您看：'吾母宜刻期两发，勿疑犹豫致后患。茹毛饮血于三辰之下，皇天许当扫除患害，立道文为王，蒋氏为内主。愿成，当以三牲祠北君，大赦天下。要疏如律令。'"

张华："看这意思，似乎是内达其母谢淑媛约期发难。文中'道文'乃系太子的儿子司马霦的字；蒋氏乃太子宠妃，道文之母。这怎么可能？"说着，走上前对皇帝奏道，"启奏陛下，这是国家大不幸事。从古自今，往往因废黜正嫡，遂致丧乱。愿陛下认真核实，免生冤屈。"

裴頠也上前启奏："启奏陛下，臣感觉此事蹊跷。东宫果有此书，究竟系何人传入？安知非他人伪造，诬陷太子！请陛下验明真伪，方可立议。"

皇帝司马衷闻奏不语，闭起眼睛，如泥雕木塑般端坐御座。

大殿屏风后，贾南风在密切关注朝堂议论。

张华、裴頠的奏闻声传入，贾南风皱起眉头，目露凶光说："这俩老贼，如此多事！"她吩咐身边宫女，"去，召董公公进来。"

宫女："是。"退下。

贾南风在地上来回走动。

太监董公公随宫女走进："娘娘有何吩咐？"

贾南风："这样，你去朝堂传谕，就说……"

朝堂上，群臣议论纷纷："此事应当详查！"

"应立案彻查！"

"对，彻查！"

……

太监董公公从殿后走出，对群臣宣谕："皇后谕旨。"

群臣静默倾听。

董公公："事宜速决，为何议了半日尚未定夺？如群臣不肯传诏，应军法从事！"

群臣面面相觑。

张华："国家大政，应由皇上主裁。汝系何人，妄传内旨，淆乱圣听？"

裴頠："董公公休得胡言，圣上明明御殿，难道我等未奉明诏，反依内旨不成？"

董公公赧颜退下。

殿后，董公公垂手站立。

贾南风怒气冲冲："算了，看来要除去这个眼中钉还未到火候！去，告诉皇上，暂把太子废为庶人，将蒋氏坐蛊惑罪杖毙，谢淑媛赐死！"

朝堂上，群议纷纷。皇帝司马衷端坐不语，一任群臣议论。

董公公从殿后走出，登上御座，对皇帝低语。

司马衷连连点头，说："就依中宫，宣旨。"

董公公走到殿前："皇上有旨：贬太子司马遹为庶人，禁锢金墉。太子妃蒋氏蛊惑太子为逆，着即杖毙；太子母谢淑媛赐死。钦此。"

司马衷拂袖站起，走下御座，往殿后而去。

董公公宣布："退朝。"

右卫督司马雅府邸。司马雅与从督许超、殿中郎士猗在一起议事。

司马雅："太子被废，又改年号为'永康'，真令人心烦。我司马雅虽系皇室疏亲，终归是司马后人。太子平日待我甚厚，我不能眼看着他无端遭此诬陷！许超、郎士猗，我想救太子，二公何以教我？"

许超："要救太子，必得联络朝中重臣。单凭我等势单力薄，难以成事。"

郎士猗："朝中重臣唯太子少傅张华与侍中裴颜身份最尊。然而，此二公贪恋禄位，未足与图大事。不如去找右将军赵王司马伦。赵王手握兵权，又素性贪冒，倒可暂时利用。只是赵王素来依附悍后贾南风，不知能否说动。"

许超："赵王无谋，实属草包一个。而嬖人孙秀才是他的主心骨。元康六年，匈奴郝元度作乱北地，赵王领征西大将军前去平乱，结果兵败，被朝廷召回。当时，孙秀给他拿主意，纳重贿投靠了悍后贾南风，这才免遭弹劾。如今要搬赵王，必先说动孙秀。只要孙秀点头，事情也就成了。"

司马雅："那好，那我们就先找孙秀谈谈。"

一处屋内，司马雅、许超、郎士猗和孙秀坐在一起交谈。

司马雅："孙公乃智慧之人，不会不明白我等之意。我等并非危言耸听。如今中宫凶妒，与贾谧诬废太子，无道已极，引起天人共愤，孙公难道看不出来？"

许超："今国无嫡嗣，社稷垂危，朝中大臣均欲起行大事，孙公不会没有耳闻吧？"

郎士猗："孙公和赵王素与中宫亲善，外面传言，说是太子被废，公实参与了内谋。一旦朝中生变，必然祸及足下。公何不预作打算？"

孙秀："诸公与孙某交心，令孙某感佩莫名。朝中危机四伏，倒也着实令人寒心。诸公之意，孙某明白。孙某这就去禀告赵王，请他发兵废去悍后，迎还太子。"

司马雅："如此甚好，我等将鼎力相助。"

赵王府。赵王司马伦与孙秀交谈。

司马伦："诬废太子，实属大逆！好吧，就依孙卿，在宫中发展内应，约期举事。这事还须孙卿亲自调度办理。"

孙秀："孙某遵命。请王爷静待好音，孙秀去了。"

宫门外，孙秀与几个内侍交头接耳。

酒肆中，孙秀与两个朝廷官员在饮酒密谈。

赵王府。

赵王司马伦问孙秀："约定的举事日期日益临近，孙先生准备得怎么样了？"

孙秀："宫中内应与宫外接应都已安排妥当，帐下将士也都整装待发，只等王爷一声令下。只是仔细想来，感觉尚有欠缺。"

司马伦："欠缺？什么欠缺？说来听听。"

孙秀："我所担心的是太子。"

司马伦："太子有什么可担心的？"

孙秀："我担心太子一向聪明。王爷是否还记得，太子在五岁时，一天夜里宫外起火，先帝想登楼察看，被太子牵住衣裾不让上楼，说是黑夜中容易发生意外，不可让火光照见人主。当时，先帝深为感动，认为他不是一般的孩子，将来定能继承大统。后来，虽然先帝将当今皇帝立为继承人，但也知当今愚钝。只是想让当今继位过渡一下，好把江山传承给太子。太子长大后虽说有点不务正业，但他毕竟天资聪颖。再加上他性情刚猛，如果回到东宫，必定会对他所仇视的人加以报复。王爷一向归附贾后，路人皆知。如今就算为迎还太子立下大功，太子也未必会感恩戴德。一旦时机成熟，还是有可能加罪。所以，不可不虑。"

司马伦听后愕然，眼睛转来转去，顿了一顿，说："这——如此说来，这大事举不得？"

孙秀："不，要举！只是要往后推迟一些时日。如今皇后视太子为眼中钉肉中刺，必欲除之而后快。假以时日，皇后一定会杀死太子。等到太子被害，我们再以此为口实，入废皇后，为太子申冤。这样就名正言顺，岂不一举两得？"

司马伦站起拍手道："此计甚妙，公真乃诸葛重生。只是，这要等到何时？"

孙秀："当然不能等，我们可以催促中宫尽快下手！"

司马伦："如何催促？"

孙秀："是这样，我们一方面到处散布流言，就说朝中大臣欲谋废黜皇后，迎还太子；另一方面，由我亲自谒见贾谧，让他转告皇后，早除太子，以绝后患。"

司马伦哈哈大笑，他拍拍孙秀的肩膀，说："好好好，太好了。请公即刻依计而行。"

后宫。贾谧向贾南风进言。

贾谧:"姑妈,现在外面纷纷传言,说是朝中大臣欲谋废黜姑妈,迎还太子。这便如何是好?"

贾南风:"这事我也听说了。看来,这太子不除,终归是后患无穷!"回头吩咐身边宫女,"传黄门孙虑觐见。"

宫女:"是。"退下。

赵王府。赵王司马伦、齐王司马冏、梁王司马肜在一起饮茶议事。

孙秀从外面趋进,说:"禀告诸位王爷,事情进展顺利。现在太子已经被皇后派遣黄门孙虑毒死。一切都在我们的计划之中。"

司马伦:"好!"回头对齐王、梁王说,"请二位王爷速去传谕三部司马,就说奉皇帝诏命,中宫与贾谧杀我太子,罪在不赦,即行入废中宫,缉捕贾谧!"

齐、梁二王:"遵命。"转身走出。

司马伦:"孙卿,你带通事张林,率部缉拿司空张华和仆射裴頠。这二人与孤素有宿仇,又不为我所用,趁此机会拿下一并剪除。还有,顺我者昌,逆我者亡,凡是朝中与我意见相左者,均要一并除去,免生后患!"

孙秀:"王爷英明,正该如此。"

皇帝寝宫。齐王司马冏带一队甲兵趋入。

皇帝司马衷见状愕然:"这这这,这是怎么回事?"

司马冏:"请陛下出御东堂。"

宫苑内,贾谧仓皇奔逃。后面,一队甲兵手执刀枪追赶。

贾谧跑到皇后寝宫外,高呼:"阿后救我,姑妈救我!"

一名甲士追上,手起刀落,贾谧首级落地。

皇后贾南风闻声走出。

众甲士挺枪执刀,围了上来。甲士中走出司马冏。

贾南风色厉内荏:"你,你,你来做甚?"

司马冏:"奉诏收后!"

贾南风:"诏由我发,你是从何处得来的诏旨?"说到此,忽有所悟,"皇上?"于是回身高呼,"陛下糊涂,汝今废我,只怕不久亦将被人所废!"

司马冏:"请吧。"

贾南风:"这事谁为主谋?"

司马冏:"赵王与梁王。"

贾南风："原来是这两条狗！哼，怨我，拴狗当拴脖子，却让我拴了狗尾巴。咋能不受其害？真是！"说罢，被甲士押下。

刑场上，张华、裴頠与一干人众被五花大绑，背插亡命旗押跪在断头台前。每人身后站一名刽子手。

亡命旗被拔掉，刽子手将屠刀举起，砍下。

北原山下郭敬庄园。

石勒、支屈六、葵安、支雄等一干年轻人挑着成捆的黄麻、蚕丝走进大门，与从正面大厅中走出来的郭敬相遇。

石勒："东家，我们给你送货来了。今年黄麻、蚕丝大丰收，是个十成年景。"

郭敬："好好好。"回头呼喊，"管家。"

管家走了过来："老爷有何吩咐？"

郭敬："去，把石勒兄弟他们送来的货物过秤收下。"

管家："好嘞。"回头招呼大家，"请随我来吧。"

支屈六等挑着担子随管家走下。

石勒也要跟去，被郭敬拦下："石勒兄弟，你就不用去了，让他们交货就行。来，我们进屋聊聊。"

石勒："好吧。"放下肩上的担子，对内喊道，"葵安，把我这一担也挑过去，一并交了。"

葵安内应："知道了。"

屋内。郭敬与石勒对坐饮茶。

石勒："东家，这一段日子京师的生意还好吗？"

郭敬摇摇头说："别提了。看来，你们送来的这批货得另寻销路，开辟新的市场。京师洛阳是不能再去了。"

石勒惊问："京师怎么了？"

郭敬："京师发生了动乱，我已经把留守在那里的伙计们都撤回来了。"

石勒："京师动乱？这到底是怎么回事？"

郭敬："详细情况我也说不上来。只是听回来的伙计们说，如今的京师已经是一片血雨腥风……"

京师赵王府。孙秀与司马伦议事。

孙秀："王爷，现在悍后一党与朝中异己均已清除，和王爷对抗的淮南王司马允也已伏诛。齐王司马冏虽然有功，但他因不满封赏，也被王爷贬去镇守许昌。眼下整个朝纲都被王爷掌控，可喜可贺。只是悍后被废，皇上不能无后。如今尚书令羊玄之生有一女，名唤献容，天姿国色，倾国倾城。王爷可为皇帝说合，立为皇后。"

司马伦："好。"

孙秀："还有，王爷有大功于社稷，虽然已领相国之重任，但尚不足奖功。应加九锡殊礼。"

司马伦："加九锡，这合适吗？"

孙秀："王爷不必谦让，我这就去鼓动群僚，让他们朝廷劝进。"

司马伦大喜道："知我者，孙卿也。既然如此，孤也不亏待于你。孤这就劝进你为侍中兼辅国将军，仍领相府司马。"

孙秀："谢王爷。"

第八集

孙秀府邸。孙秀与太子詹士裴邵、左将军卞粹、义阳王司马威在一起议事。

孙秀:“说来奇怪,皇帝大婚那天,新册封的羊皇后盛妆登舆,正要启行,却不知什么原因,突然衣裾起火。幸亏扑救及时,不然会酿成大祸。”

义阳王司马威:“这不是好兆头。会不会后宫又要出事?”

孙秀冷笑一声:“哼,不仅后宫,就连皇上也要让让位了!”

司马威、裴邵、卞粹愕然:“此话何意?”

孙秀:“诸公清楚,当今皇上愚顽,不明事理,而赵王功高盖世。如今我已通过尚书令满奋、仆射崔随等运动朝臣,集体向赵王劝进。到那时,我等均为首功。哈哈。”

司马威:“好,只要能够立功封赏,我们唯孙公马首是瞻。”

卞粹:“可是,赵王登基,那皇帝如何处置?”

孙秀:“可以尊他为太上皇,出居金墉。”

裴邵:“出居金墉?金墉城乃历来王室所废宗人囚禁之所,合适吗?”

孙秀:“不合适?那就换一个名称,将金墉城改称‘永昌宫’。”

司马威、卞粹:“嗯,也好。”

孙秀:“现在我们分头行动。义阳王您率部入宫,让黄门郎骆休撰写‘禅位诏书’,同时让皇帝交出玺绶后,将皇帝、皇后送往永昌宫;卞将军,您与前将军司马雅去传谕三部司马,做好太极殿与京城的防务。”

司马威、卞粹:“遵命。”

皇帝司马衷与皇后羊献容哭泣着坐在一辆马车上,被士兵押解着走出皇宫。

太极大殿。文武群臣排班站立。

赵王司马伦身穿皇帝服饰,头戴皇帝冠冕,昂然走上御座。

群臣跪拜，山呼："吾皇万岁万岁万万岁。"

司马伦："诸爱卿平身。"

群臣："谢万岁。"

司马伦："传朕旨意：从今起，改年号'建始'，尊先皇为太上皇，废原皇太孙臧为濮阳王，册立朕长子荂为皇太子。所有功臣一律加官晋爵。"

群臣："吾皇万岁万岁万万岁。"

齐王司马冏王府。众将佐齐集。

司马冏手持"圣旨"阅读后，将"圣旨"拍在桌上："狗屁圣旨！赵王司马伦逆天行事，竟敢篡位自立。他诛戮大臣，培植党羽，越级超升，连同奴仆部卒都封爵位。还由于封爵太多，竟然唱出了'貂不足，狗尾续'的荒唐闹剧，真是天下奇闻！现在他害怕孤等诸王不服，想要收买笼络孤等，拿这么一纸狗屁'圣旨'，说是加封孤为什么镇东大将军，开府，仪同三司。放屁！孤偏不受其伪封！众将听着，孤今决定发兵讨逆，同时传檄天下，派出使臣，联络诸王，一同起兵！"

众将佐："诺！"

邺城成都王司马颖府邸。司马颖与邺城令、长史卢志在商讨军事。

司马颖拿一纸书信向卢志出示："卢长史，今有齐王发来书信，约孤发兵讨逆。卢长史你怎么看？"

卢志："赵王司马伦篡逆，天怒人怨，人神共愤。殿下若能助顺讨逆，此乃大善之举，何患不克？应该积极响应。"

司马颖："好！那就调发兖州、冀州等处兵马二十万，命赵骧、石超为前驱，孤亲率大军继后，响应齐王，兵发洛阳！"

太原常山王府。司马乂同太原内史刘暾在商讨。

司马乂："孤本受封长沙王，只因与楚王同母，就受其株连，被贬为常山王，可恼！如今齐王约我起兵讨逆，孤自当响应。刘暾，你代孤草拟书信，约会河间王司马颙、新野王司马歆一同起兵讨逆！"

刘暾："遵命。"

黄桥，两军交战，惨雾笼罩，杀声震天。

成都王司马颖军帐。司马颖与卢志议事。

司马颖："今我军出师不利，兵败黄桥，损兵上万，不得不退保朝歌。卢参军,你说我们下一步该怎么办?”

卢志:“王爷不可泄气,胜败乃兵家常事。今我军失利,敌人得胜,必然轻视我军。俗话说‘骄兵必败’,我们可以挑选精兵,乘敌麻痹,出奇制胜,一鼓击败敌兵。”

司马颖:“好!就这么办。”

京师洛阳。皇宫大内。

孙秀慌慌张张走进皇宫,向正在与宫女调情的司马伦报告:“皇上,大事不好!”

司马伦推开宫女坐起:“何事惊慌?”

孙秀:“诸王联兵伐我,我们派出去的阻击大军,经过颍上、黄桥、溴水等几场激战,均遭惨败!现在诸王已经渡过黄河,逼近京师。皇上应该立即召集众臣会议,征求应对良策。”

司马伦站起身,显得惶恐无措:“这这这,这便如何是好?孙卿一向足智多谋,还请孙卿替朕设法。”

孙秀愕然:“这——”

京师的一处府邸。左将军王舆与三部司马正在会商。

王舆:“赵王篡逆,都是孙秀贼子蛊惑之罪!现在惹得诸王陈兵京师,生灵涂炭。应立即捉拿孙秀,以正国法!诸位有何异议?”

三部司马:“愿听王将军调遣!”

王舆:“好!请诸位分兵守护宫门,某这就亲率部卒,到中书省捉拿孙秀!”

三部司马:“遵命!”

中书省。孙秀与郎士奇正在交谈。

许超慌忙奔入:“孙公,大事不好,左将军王舆带兵冲过来了!”

孙秀惊慌站起:“啊?快快关闭大门!”

王舆率领部众呼啸而来,看见中书省大门缓缓关上。

王舆指挥部众:“众军士听着,给我点燃火具,登上高墙,向内投火,焚烧房屋。我看这狗贼还能逃到哪里。”

众军士登墙投火,一时间房屋被烧,烟焰蔽天。

孙秀、许超、郎士奇从着火的房屋中跑了出来,打开大门,向外逃命。

王舆挥军杀上，一将军挥舞手中长刀，将孙秀等三人头颅相继斩落。

王舆带兵冲进皇宫。

司马伦惊慌失色地站在宫内。

王舆走过去深施一礼："请王爷立即交还皇位，迎皇帝回宫。"

司马伦："朕，不不不，孤为孙秀所误，以致激怒诸王。今孙秀已经伏诛，可迎太上皇复位。我自当归老农田，从此不问朝事。"说罢，亲自摘下头上皇冠，脱下身上黄袍，在军士的押解下走出皇宫。

金墉城外，皇帝司马衷与羊皇后并坐龙辇，在众军士护持下向京师进发。

大道两旁，百姓跪送，山呼："万岁万岁万万岁！"

太极殿。司马衷登上御座。

众大臣一齐跪倒在大殿上，口呼："吾皇万岁万岁万万岁。"

司马衷："宣旨。"

值殿太监手捧圣旨走出，向众臣宣读："奉天承运，皇帝诏曰：着将赵王司马伦押送至金墉城，派兵监守。其从逆诸臣一并诛戮。从即日起，改年号为'永宁'。有功将士，叙爵封赏。钦此。"

众大臣："遵旨。吾皇万岁万岁万万岁。"

梁王司马彤出班奏道："启奏吾皇，请诛司马伦父子，以谢天下。"

百官相继出班："臣附议。""臣附议。""臣附议。"

……

司马衷："逆伦罪大当死。既然大家无有异议，尚书袁敞听旨。"

袁敞："微臣接旨。"

司马衷："汝持朕符节与金屑酒，去金墉城，面数司马伦父子篡逆之罪，以正国法。"

袁敞："遵旨。"退下。

百官："吾皇英明！"

司马衷："众卿听封。"

众大臣一齐跪倒在地。

司马衷："授齐王司马冏为大司马，加九锡殊礼，备物典策，如宣、景、文、武辅政故事；授成都王司马颖为大将军，都督中外诸军事，并假黄钺，录尚书事，亦加九锡；授河间王司马颙为侍中太尉；授常山王司马乂抚军大将军，兼领左军；进新野公司马歆为新野王，都督荆州诸军事；授梁王司马彤为太宰，领司徒；册立襄阳王司马尚为皇太孙。其余众卿叙爵封赏，并为逆贼司马伦残害的朝廷重臣平反昭雪。”

众大臣：“吾皇万岁万岁万万岁！”

京师成都王司马颖府邸。司马颖与卢志议事。

司马颖：“卢长史乃孤之智囊，当日黄桥之战，我军本已大败，是卿设谋，使孤反败为胜，卿厥功至伟。今日逆贼已除，皇帝反正，本该庆幸。然而，左卫将军王舆自以为有复辟之大功，却未得到应有赏赐，心中不平，与东莱王司马蕤密谋刺杀齐王。哪知事情败露，反致遭诛。孤以为，东莱王系齐王兄长，齐王不顾手足之情，其性残忍可怖，不可不虑。近闻齐王冏嫉妒孤与他同建大功，更忌孤为皇帝至亲，担心孤会妨碍他专权，故想要削夺孤的兵权。面对如此局面，卢卿如何教我？”

卢志：“齐王率众百万，却被司马伦的大军阻于颖水，旷日持久，不能前进。殿下统兵经过黄桥激战，直渡黄河，首先入都，功高盖世，天下共知。然而，皇上复辟，却将首功授予齐王。这也说明，皇上就是因为殿下是皇室至亲，对皇位可能形成威胁，不能不有所顾忌。在下认为，自古两雄不能并立，殿下可以假借太妃患病，回侍老母为辞，让权归藩，将朝政大权一并委重齐王。这样，殿下一定会收得物望民心。此乃今日之上策。”

司马颖手捻胡须沉吟一会儿，点点头：“卢卿所言甚是。”

皇宫东堂。皇帝司马衷独坐饮茶。齐王司马冏匆匆走入。

司马冏跪地磕头：“微臣拜见吾皇。”

司马衷：“爱卿快快请起。”

司马冏：“谢万岁。”

司马衷：“爱卿见朕有何要事？”

司马冏：“成都王谢政归藩去了。”说着，从袖中取出表文呈上。

司马衷：“哦?这是为啥?”接过表文，“嗯，疏表说：‘吾皇反正，全系大司马齐王之功。吾皇宜委以万机，让其立朝辅政。本王因太妃患疾，愿即归藩，终养老母。特上表请准。’”读完，问司马冏，“成都王现在何处？”

司马冏：“成都王托人上表后，就带领随从数人走了。微臣快马往追，驰至七里桥方才追上。成都王言说，深忧母疾，归心似箭，无暇面辞，让微臣代为转奏。说罢就驾车去了。此事微臣深感奇怪，故急来奏报。”

司马衷：“既然这样，那就由他去吧。”

京师成都王司马颖府邸。卢志向司马颖进言。

卢志："殿下有功不居，去位归藩，高风亮节，天下称颂。臣以为，殿下应将善举继续做下去。"

司马颖："请爱卿说下去。"

卢志："自古九锡殊礼威逼皇权，殿下应主动上表辞去，让皇帝放心。同时向朝廷进言，举荐在讨伐逆贼司马伦事件中的功臣并封公侯。还有，在这次讨逆征战中，双方死伤十多万，且造成阳翟一带饥民遍野。而我河北富庶，殿下可调运谷米十五万斛，用于赈济灾民。再者，黄桥之战，我方将士阵亡众多，殿下应打造棺材，制作丧服，予以收葬，并以优厚待遇抚恤他们的家属。同时责成温县县令，收葬那些死于战阵的司马伦从逆部卒，毋使他们暴尸荒野。这些善举，定会感天动地，为殿下增添福泽。"

司马颖呵呵笑了："如此甚好，就请爱卿代为具表上奏。卿所谏诸事，一并代孤施行。"

卢志："遵命。"

京师齐王司马冏府邸。东海王司马越、常山王司马乂与齐王司马冏同坐议事。

司马冏："孤今专权辅政，亦欲图个长久。要想长久，身边就要有得力臂助。孤虽然已经把所有儿子全都封王，亲信将佐都安排在要害部门，委以重任，但考虑再三，仍感势力不足。如今皇上懦弱，全靠孤一力扶持。军国大事，方方面面，千头万绪，都需要有人替孤分担。孤将二位请来，是欲让二位王爷参与辅政。东海王虽已拜为侍中，孤今将你进位司空，领中书监，帮孤处理政事；常山王原本受封长沙，因与楚王玮同母，故受株连被贬，徙封常山。孤今恢复汝长沙王爵位，亦请你参与辅政。不知二位王爷意下如何？"

司马越、司马乂立即跪地拜谢："谢丞相抬爱，吾等没齿不忘大德。"

司马冏："如此甚好，二位王爷请起。"

司马越、司马乂："谢丞相。"站起。

司马冏："现在宗室诸王觊觎皇权，暗流涌动，不可不严加防范。特别是河间王司马颙，当初投靠赵王逆贼，为其帮凶，罪恶昭彰。后来却靠投机专营，反倒成为讨逆功臣！如此咄咄怪事，孤怎能不耿耿于怀？赵王之乱平息之后，他虽然回镇关中，但对于这个朝秦暮楚之徒，万不可掉以轻心。二位王爷一定要协助孤，对其布在京师的眼线，严加搜捕，不能让京师动态传入关中！"

司马越、司马乂："丞相所虑极是，遵命。"

关中河间王司马颙府邸。河间王司马颙在鸟笼前逗鸟。

内侍走进禀报："禀报王爷，翊军校尉李含求见。"

司马颙："什么，李含回来了？孤把他留在京师，为的是随时掌握京师动态，怎么未经召唤就私自奔还？去，让他进来问话。"

内侍："诺。"退下。

司马颙离开鸟笼，回到案前坐下饮茶。

李含走入，施礼："拜见王爷。"

司马颙："你不在京师供职，因何奔还？"

李含："禀王爷，齐王可恶，他对王爷怀有成见，下令抓捕王爷留在京师的所有人员。我若不是闻风逃归，此时只怕是已经身陷囹圄。"

司马颙吃惊："唔？齐王竟然如此不能容孤？"

李含："是啊。齐王在京师专权秉政，排斥异己，结党营私，穷奢极欲，所建府邸堪比西宫。又凿通千秋门墙，直达西阁。后房遍设钟悬，前厅屡舞八佾，常不入朝，在家坐拜百官，符敕三台。这还罢了，最可恨的是，他视王爷为寇仇，必欲置王爷于死地。王爷，我们不能坐以待毙！"

司马颙将茶杯往案上一顿："既然齐王不仁，那就休怪孤不义！李含，对此，你有何良策？"

李含："我们可以假传皇上密诏，传檄天下，讨伐齐王。"

司马颙沉吟一会儿："此事体忒大，又师出无名，恐难成功。"

李含："在回来的路上，我已经为王爷想好了。王爷可以在发兵东进的同时，传檄让长沙王司马乂讨伐齐王。长沙王势力远不如齐王，必然会落败遭擒，被齐王所杀。到那时，我们就以此为口实，名正言顺地出师讨伐齐王。这就是典型的移花接木之计，何患师出无名？等到我们除去齐王后，再拥立成都王司马颖回朝辅政。成都王系皇室至亲，有功不居，谢政归藩，还办了一系列的善事，天下人无不称颂，与齐王形成了鲜明对比。我们拥立成都王成就大功，王爷自然会倍受重用，王爷何乐而不为？"

司马颙："嗯，好！就这么办。李含听令。"

李含急忙跪地："是。"

司马颙："孤命你为都督，张方为前锋，统兵进逼新安，伺机而动。同时代孤拟表，弹劾齐王，传檄天下，联络成都王、新野王、范阳王一同起兵讨伐。"

李含："末将遵命。"

京师齐王司马冏府邸。齐王司马冏手捧表文，显得惊慌无措。手下一批将佐也是面面相觑。

司马冏："孤首倡义兵，扫除元恶，区区臣心，可质神明。今诸王听信谗言，发兵构难，这便如何是好？"

属下将军董艾："兵来将挡，水来土掩，丞相只管发兵抵御，还有何说？属下只是担心京中暗藏诸王内应，应立即肃清，以防里应外合。"

司马冏："董将军所言极是。河间王檄文，让长沙王讨伐于孤。他如果应檄发动，其祸甚烈！董艾听令。"

董艾："末将在。"

司马冏："命你率领部下，立即缉拿长沙王司马乂！"

董艾："遵命！"

京师长沙王司马乂府。众将佐环侍，司马乂手捧檄文，显得万分焦躁。

司马乂："河间王居心可恶！他明知孤在京城势力弱小，不是齐王对手，却专门发此檄文，陷孤于危局！如今别无良策，只能铤而走险！众将听令。"

众将佐："末将在！"

司马乂："马上率全部人马，进入皇宫，关闭宫门！"

皇宫大门。司马乂率兵冲入，大门被徐徐关闭。

长沙王府。董艾率兵从远处跑来，在董艾指挥下，破门而入。

董艾："快，把所有人全都给我抓起来！"

士兵们冲入各个房间。

董艾和身边护卫站立当院。

士兵们从各个房间走出，陆续向董艾报告："启禀将军，没人。

董艾："来迟一步，长沙王定是进宫去了。大家听着，给我把这里的宫室全部放火烧掉，然后进宫捉拿司马乂！"

皇宫内。皇帝司马衷和皇后对坐饮茶。

司马乂走进，向司马衷说："皇上，大事不好！齐王司马冏聚众谋反，现已杀向宫门。"

司马衷与皇后都大吃一惊。司马衷手中茶杯落地："这这这，这便如何是好？"

司马乂："现在微臣已将宫门关闭，反贼一时攻不进来。请皇上速到上东门御楼传旨，召集各路人马前来护驾。"

京师中到处烟焰冲天。

董艾率甲兵冲到上东门。

上东门城楼上出现天子麾盖。司马乂探出城垛，向下喊话："城下众人听着，齐王司马冏谋反，皇上有旨，从逆者罪在不赦；反攻司马冏者有重赏！"

城下董艾发怒："弓弩手何在？"

董艾身边手持弓箭的士兵："在！"

董艾："给我放箭射杀此贼！"

"慢！"董艾身边的一名将军急忙制止，"董将军，那里有皇帝麾盖，不可胡来！"

董艾："放箭！"

如飞蝗般的箭矢飞向城楼。司马乂护在皇帝前面，手持长剑在拨打飞来的箭矢。皇帝左右陪伴的官员不断被飞来的箭矢射中倒地。

皇帝司马衷侧身用袍袖掩面，口中惊呼："反了，果然反了！"

京城中，各条道路上都有将军带兵赶来护驾。

一名将军带兵走到上东门，远远看见董艾指挥军士仰射皇帝麾盖，说："齐王手下箭射皇帝，看来谋反是实！众军士听着，给我奋勇杀贼，保护皇上！"

众军士："杀！"向前冲去。

京城各处都在发生鏖战。死尸遍野，血流成河。

太极殿。皇帝司马衷就座御座，殿下百官排列。

长沙王司马乂率几名甲士押齐王司马冏上殿。

被绳索拴绑的司马冏跪地呼喊："陛下，臣冏冤枉，请陛下详查！"

皇帝司马衷眨眨眼："这这这……"

长沙王司马乂："齐王谋反，罪在不赦！甲士何在？"

押解司马冏的甲士："在！"

司马乂："将逆贼拖出午门斩首，并将首级传示六军！"

甲士："诺！"架起司马冏，倒拖着向殿外走。

司马冏狂呼："陛下，臣冤枉啊，陛下救我！"被拖了出去。

皇帝司马衷眼看着齐王被拖出大殿，呆若木鸡。

长沙王司马乂："请皇上降旨，凡是参与谋反者，一律枭首示众，诛夷三族！"

皇帝司马衷:“好吧,就依爱卿,准奏。”

京城各地的豪华府邸中,不断有男女老少被绳索拴绑押出。

刑场上,一队又一队被捆绑的男女老少被身穿红衣的刽子手砍落人头。

天空中惨云密布,悲风怒吼。

太极殿。皇帝司马衷端坐龙床,百官殿下环侍。

皇帝司马衷:“宣旨。”

值殿太监捧圣旨走出宣读:“奉天承运,皇帝诏曰:齐王司马冏之乱已平,着即大赦天下,改‘永宁’二年为‘太安’元年。进长沙王司马乂为太尉,都督中外诸军事。东海王司马越参与辅政。传谕河间王司马颙等立即罢兵还归本镇。钦此。”

百官:“吾皇万岁万岁万万岁。”

西晋太安元年。并州大地。

龟裂的河道,枯焦的草木,空旷的田野,一场大旱灾降临的凄惨景象。

北原山下宁驱府邸。郭敬和宁驱在对坐交谈。

郭敬:“唉,俗话说‘国正天心顺,官清民自安’,朝廷内司马家儿孙,为了各自的一点私利,同室操戈,骨肉相残,不讲道义,不顾天理,终致引得天怒人怨。听说,先是巴蜀地区的氐族人揭竿造反,紧接着荆襄一带又起烽烟。这也罢了,尽管南边大乱,终归离咱们较远,一时还殃及不到咱们。可谁知,老天爷偏偏给咱们降下这么大的一场灾祸。自从去年暮春一场特大的冰雹之后,便再不下雨,直旱得河干井涸,草木枯焦,庄稼颗粒无收。今年已经入夏多日,仍然滴雨未降,致使面临死亡威胁的饥民们结伙抢劫。许多家境较为殷实的人家都遭了劫难,能吃的都被抢光,能用的都被夺走。就咱们两家还算侥幸,全赖石勒和他训练的勇士们竭力保护,抵御了一批又一批的饥民骚扰,才没有太大的损失。只是面对整个羯室,这么多人吃饭,我们储存的粮食越来越少,很难继续维持下去。当然,我们不乏金银,可是金银不能当饭吃。现在旱灾面积这么大,三百里之内根本就无处购粮。再往远处,条条道路上都有由难民演变的强盗剪径,就算买到粮食也无法运回。为了减少粮食消耗,所以我决定,带领我的商队离开这里,到太行山以东去闯一闯。故此,特来向老兄知会一声,道个别。”

宁驱:“是啊,我本来也想搬回阳曲老家,可是听说,那里的情况比这里并不见好。再说,我们在此苦心经营了十六七年,实在舍弃不下。所以一直迟疑未决。还有,听周曷朱说,他们已经决定整个羯室举族外出逃荒,寻求活路。所以我想等一等看一看再说。”

北原山麓的一块开阔地上,拥挤着黑压压的人群。开阔地一端的高坡上,周曷朱正在向大家训话。

周曷朱:“今天,把咱们所有羯室的人都召集回来,是要告诉大家,我们不得不再次举族外出逃荒了!我的族人们,我不知道我们到底做错了什么,上天要如此惩罚我们。本来,通过这几年的打拼,我们栽桑种麻,养蚕缫丝,生活已经出现了转机。可是这连年的大旱,又夺去了我们所有的生活来源。桑树全被旱死了,种下的黄麻长不出来,仅有的一点存粮也都吃光了,我们已经无法再坚持下去了!走吧,我的亲人们,带着你们的父母、妻子和孩子,带上先知先祖留给我们的宝典《摩西五经》,离开这里,到外地去寻找活路吧!我只希望,大家不要忘记我们是上帝的子孙。我们到了外地,可以找富裕的人家去做苦力,用我们的辛勤和汗水去换取食物;也可以向人们乞讨;还可以卖身为奴。总之,要想方设法活下去,等待天道轮回。等到这场灾难过去,大家如果仍然活着,一定要返回我们的羯室来。因为这是一百多年前,我们的先知先祖根据上帝的指示,‘向东方,走到太阳升起的地方’,从大西海野翘窝一路跋涉,找到这里,为我们子子孙孙开辟的乐土,我们永远都不能忘记根本。走吧,大家就此解散,各自寻找活路去吧。”说罢,周曷朱回身,弯腰取起地上的成捆线香,打火石点燃,插在高坡上的一个陶制香炉内,向着香炉三拜九叩。在场的众人随着周曷朱一起跪拜,然后一个个肃穆悲哀地陆续离去。

山路上,扶老携幼的逃荒人群在踟蹰前行。

土窑洞内,英姑在给七八岁的儿子整理衣服。石勒从外面走进。

石勒:“族人们都开始走了,我们也收拾一下,走吧。”

英姑:“我正要和你说,这次逃荒,父母不能没有你照顾,你和他们一起走吧。我要带小石头回娘家去了。”

石勒:“这怎么行?这么大的灾荒,难道你娘家就没有受灾?”

英姑微微一笑,说:“这你就不知道了吧?”他凑近石勒小声说,“老爹可精明呢。他对家中防灾防盗早就做了准备。我娘家的炉灶下面,就是一个不小的地窖子，里面存放着不少粮食。我爹每年以旧粮换新粮，就是防备一旦天年不顺，或有什么意外降临，好救全家人性命的。前几天咱这里发生饥民抢劫，我担心父母出事，专门回去看他们。我娘告诉我，每次饥民前来抢劫时，他们都躲在外面。家中虽然门锁被撬，屋子内外被翻得乱七八糟，但饥民们并没有找到我家藏粮的地方。现在饥民们都已经逃荒走了，结伙抢劫的风头已经过去，我们母子留下来，反比到外面漂泊要好得多。再说，我现在跟你学了一身功夫，再不是从前了，我回娘家陪伴照顾父母也是本分。就算有几个落下的饥民找上门来，我也完全可以应付得了。我现在只是担心公公婆婆，他们已经上了年纪，怕再也经不起逃荒路上的颠沛。所以你必须和他们在一起，一路照顾他们。不然的话，你也可以和我们一起留下来。"

石勒："啊，原来是这样，这倒也好。"

门外传来宁驱的声音："石勒兄弟在家吗？"

石勒凝神而听，向外应道："是宁驱大哥吗？快请进来。"

年逾四旬的宁驱走进窑洞。

英姑拿起笤帚扫扫炕沿，请宁驱入座。

宁驱坐下后说："石勒兄弟，我来是想和你说，你们一家不用外出逃荒去了。"

石勒："为什么？"

宁驱："眼下虽说咱们的粮食已经不多了，可是随着整个羯室的离散，吃饭的人也大大削减，我们不用再愁粮食发放。就眼下我们的存粮，养活我们留下来的这些人，只要省着点用，坚持个一年半载还是没有多大问题的。我相信，天无绝人之路，一定会降下甘霖。如果今年再不下雨，到我们粮食用尽，再外出逃荒也不迟。"

石勒："宁驱大哥，您的这份盛情让我很是感动。可是，不行啊。我们家作为整个部落的首领，一定要和我们的族人同生死共患难，决不能做对不起族人的事。如果听任族人们在外呼号挣扎，而我们自己却躲在家中享福，这是在犯罪！我们决不能这么做。所以，我和我作为酋长的父亲，必须和族人们一道外出逃荒，一道去寻找活路。我们没有不和他们在一起的理由与特权。再说，在我们羯胡人的历史上，几次祖国被侵凌，人民被驱逐，一直从大西海流亡到中土，流浪和逃难始终伴随着我们的民族，族人们早已经习惯，我也并不觉得意外。"

宁驱听了异常钦佩，不觉站起身说："石勒兄弟，你真是越来越让人刮目相看了。你能时时处处想着你的民族和人民，一定会有大的造化。回顾你走过的路，一次次逢凶化吉，遇难成祥，也许这一次也是上天安排对你的历练。好吧，既然你有志于斯，我也就不再勉强。希望你们一路顺利，早日归来。好了，那你准备一下，我回去了。”

石勒：“宁驱大哥走好。我也要到父母那里，关照他们一声，让他们也准备一下。我还要把英姑和小石头送回河西岳母家，让他们去陪伴岳父岳母。我回来后和父母一起走。”边说边和宁驱走了出去。

第九集

河西村，刘老汉家。

刘母抱着小石头不断亲吻，显得十分欢喜。

石勒、英姑在与刘老汉说话。

刘老汉："这场可恶的旱灾，真是把人害苦了。你们整个部落外出逃荒，又没有个明确的去处，前路茫茫，生死未卜，如何能不叫人担心？让你和英姑、孩子一起留下来吧，你又不肯。哎，这样吧，你先别急着走。我这就从地窨子里取点米面，让英姑给你做点干粮，路上好用。这么大的灾情，想在路上讨点吃的，难哪！"

石勒："好吧。"

刘老汉家大门开启，石勒手持一个干粮口袋走出。刘父、刘母、英姑携小石头相继走出门来送行。

石勒回身抱起小石头亲了一口放下，说："都回去吧，你们不用担心，我会照顾好自己的。"

刘母和英姑都在擦眼泪。石勒走过去，用手擦去英姑脸上的泪水，安抚道："英姑，别难过，在这里好好照顾爹娘和孩子，我很快就会回来的。"说完，对着刘父、刘母深深鞠了一躬，转身大步离去。

刘父、刘母、英姑、小石头目送石勒逐渐远去，消失在道路转弯处。

东河沟村。石勒从弯环曲折的村中道上一路走来，左顾右盼着道路两边一个个空荡寂静的篱笆墙院落，心情异常沉重。

石勒父母居住的疙瘩窑篱笆院。石勒推开柴门走了进来，喊了声："爹，娘，我回来了。"

屋内没有任何回应的声音。

石勒带着奇怪的表情，急忙推开屋门。

屋内空空荡荡。

宁驱庄园。身背干粮口袋、绳索、小瓦罐等物件的石勒走进大门。

石勒："宁驱大哥在家吗？"

宁驱从堂屋中迎出："是石勒兄弟，快请进屋。"

石勒："我就不进去了。知道我父母朝哪个方向走了吗？本来我和他们说好，等我送走英姑和小石头后，回来和他们一起上路的。可是，他们没等我回来，就和族人们一起走了。可我不知道他们朝哪个方向走了，所以前来问问。"

宁驱："是啊，现在咱这方圆可能就剩我一家了。我听他们说过，经察访，北边的旱情要小一些，那里也许有活路。我想他们一定是往北去了。"说着，他走近摸摸石勒背着的绳索、瓦罐，说，"逃荒咋还带这些东西？"

石勒："这么大的旱灾，在地面上要想找点水喝，可能很难。走得口渴时，只能找沿途村庄内的深井汲取。所以，这些东西还是带上要好一些。"

宁驱感慨地："石勒兄弟啊，我最佩服的就是你这点：遇事方寸不乱，总是把各种情况考虑得十分周全，然后谋定而动。所以我断定，你一定前程无量。"

石勒："宁驱大哥，咱现在不说这些。我必须马上去追赶父母。就此别过，后会有期。"说完向宁驱深施一礼，转身大步而去。

路上疾步行走的石勒。

（随着石勒的行进，展示沿途旱灾形成的凄惨景象：枯焦的草木、荒凉的原野、死寂的村庄、炎炎的烈日……）

疲惫的石勒坐在路边石头上啃吃干粮。

汗流满面的石勒在一处村庄深井边汲水、喝水。

一座雄关，高大的关门上方匾额："雁门"。关门中不断有人进出。

石勒来到关下，抬头仰视这座雄关，从关门中穿行而过。

（关外风景：山野青翠，草木茂盛）

一处集市，商贩云集，人来人往，很是繁华。

石勒在人流中走动。他在一位老者身边停下，对着老者深施一礼："请问老丈，此处是何地方？有没有看到过从并州逃荒来的人们？"

老者："此处是雁门郡。客官一定是从并州来的吧？听说那里旱情十分严重。”

石勒:“是啊,我与家人在逃荒中走散,到此处寻找家人。老丈是否见到过他们?”

老者:“从并州逃荒到此的人很多,可他们只是从此路过,来了又走了,谁也不知他们到了何处。客官要想找到他们,只怕不很容易。”

石勒:“那请问老丈,有没有一个用人打工的地方?既然一时找不到家人,我想先找个吃饭活命的活计。”

老者:“这倒是有。你再往前,恒山脚下,那里有一个很大的牧场,有成千上万的马匹需要人放牧。你到那里,也许能找到活干。”

石勒:“谢谢老丈指点。”又施一礼后转身离去。

蓝天白云,百草丰茂,一处开阔辽远的大牧场。远近各处,有数群马匹散布其中。几个蒙古包附近,石勒手持牧鞭,离开放牧的马群,向蒙古包走来。突然,他发现了什么。

一个匈奴装束的壮汉倒卧在蒙古包前的草丛中。

石勒走近察看。

壮汉手持酒葫芦,呕吐得遍身狼藉,倒在地上酣睡不醒。

石勒看了一会儿,抬头高喊:“喂,有人吗?”

两个匈奴装束的年轻人从蒙古包中走出。

石勒:“喂,这里有人喝醉了。来,搭把手,把他弄回帐篷。”

两匈奴年轻人走过来:“呀,是腾格尔丹师傅。咋醉成这个样子?”

石勒与两个匈奴男子将腾格尔丹抬进蒙古包。

蒙古包内,石勒用毛巾仔细擦拭躺在床上的腾格尔丹衣裤。又用被子将腾格尔丹盖好。

石勒问匈奴男子:“你们说的这个腾格尔丹师傅是干什么的?”

匈奴男子甲:“腾格尔丹师傅你都不认识?他可是整个恒山牧场最好的驯马师!”

匈奴男子乙:“他还是牧场最好的相马师傅,经他挑选的马匹,个个都是千里马。”

石勒:“哦,原来是这样。”

石勒守护着躺在床上的腾格尔丹。

腾格尔丹的眼睛睁开,腾身坐起:“我怎么会在帐篷里?”

匈奴男子甲:“你本来醉倒在草地上,是这位叫石勒的兄弟看见后,叫我们和他把你给弄回来的。”

腾格尔丹看看石勒:“嗯。”

牧场上,一群马在安闲地吃草。旁边的草地上,石勒和腾格尔丹在相互传递着酒葫芦喝酒。

石勒举起酒葫芦喝了一口,把酒葫芦交给腾格尔丹:“请问师傅,您是哪里人氏,你的亲人都在哪里?”

腾格尔丹:“老子已经五十多岁了,一直就是孤身一人。今天在这里,这里就是老子的家。老子没有亲人,既然上天把你送到了我的身边,又与老子对眼,那你就是老子的亲人。”说完,仰天哈哈大笑着,举酒葫芦灌了一口酒。

石勒:“师傅能把我当亲人,让我很是感动。”

腾格尔丹忽然指着马群中的一匹红色马驹子说:“呶, 那是一匹良驹子。你去,骑上它,跑一圈试试。”

石勒回头看了一眼,说:“不好意思,师傅,我不会骑马。”

腾格尔丹听了,将举在嘴边的酒葫芦停住,诧异地说:“什么,你不会骑马?”

石勒点点头。

腾格尔丹摇摇头:“如今天下兵荒马乱,大丈夫处世,不会骑马咋行? 来,我今天就教你马术。”

石勒急忙起身拜谢:“谢师傅,我一直都想学骑马,可一直没有机会。既然师傅肯教我,我求之不得。”说着,拜倒在地。

腾格尔丹一把拉起石勒:“来这些虚的无用,走,我教你。”

远处,腾格尔丹牵着一匹马,在给石勒指指点点,讲述什么。

石勒不住点头,表示理解。

石勒翻身跃上马背,那马突然尥起蹶子,石勒被掀翻下马。

腾格尔丹又向石勒讲述什么。

石勒再次上马,马又尥蹶子。石勒紧抓马鬃,未被掀翻。那马突然飞快地向前冲出,石勒紧张地坐在马上,随马飞腾。跑着跑着,那飞腾的马突然猛地停下。巨大的惯性将石勒一个前空翻,从马头上方飞出,稳稳站立在马前地上。

腾格尔丹见状欢呼:“好! 石勒小子,身手不错嘛。再来!”

石勒回身,抓住马鬃,再次飞身上马。

石勒骑着光身子马在草原上驰骋；

石勒在奔腾的马上不断翻上翻下；

石勒在飞奔的马上金鸡独立；

石勒在飞奔的光身子马上拿大顶。

草地上，石勒与腾格尔丹在坐着喝酒。

腾格尔丹："石勒，现在你小子的马上功夫已经相当不错了。接下来，我再传你相马术。"

石勒："那太好了，谢谢师傅！"

腾格尔丹："看一匹马是否良驹，首先要看它的前胸与眼神……"

一个有上百匹骏马的马群，腾格尔丹与石勒在仔细观赏。

腾格尔丹："石勒，去，把这群马中最好的良驹找出来。"

石勒走进马群，逐个打量。最后，牵了一匹马走出。

腾格尔丹："嗯，对，就是它。好小子，看来你对相马术也掌握得差不多了。继续下去，你会超过我，成为整个牧场最好的驯马师和相马师。"

石勒："不，师傅，我不想一直在这里干下去。我还是想去寻找我的家人。"

腾格尔丹："还是没有他们的消息吗？"

石勒："没有。几个月来，我一有空就到街市上去打听，可是一直没有结果。今天我想再到街市上走走，看能不能打听到点什么。"

腾格尔丹："去吧，你的心情我理解。"他拍拍石勒牵出来的那匹马，说，"就骑着它去吧。我这就去给它备上鞍鞯。"

京师洛阳。东海王司马越府邸。司马越与建威将军阎粹在议事。

司马越："阎粹，你是孤的心腹家将，关键时刻能为孤出谋划策，孤很欣赏，故而提拔你为建威将军。然而，回顾过去未入朝参政时，做一家藩王，倒也逍遥自在。现在既然已经入朝参政，那就要做进一步的打算。如今，我们不仅要在朝廷中大量发展自己人，培植我们的势力，还要在地方上拥有我们自己的军队，以备我们随时调用。前些日子，孤已经安排胞弟司马腾做了并州刺史。并州地区历来民风彪悍，特别是那里有个武乡县，更是名副其实的尚武之地、武林之乡，也是历代兵家战将招募兵勇的首选之地。并州是个非常特殊的地方，自从汉末大丞相曹操为了国家安泰，迁诸部胡人于并州集中安置，那里便成为胡汉杂居之地，民风民情更是接近野蛮。这种情况虽不利于社会治安，然而却有利于招募兵勇。眼下并州大旱，饥民遍野，正是招募兵勇的最佳时期。孤这里已经给腾弟修下了书信一封，准备差你前往并州下书，你可愿意？”

阎粹：“阎粹愿为司空大人效命。”

司马越从书案上取过书信交予阎粹：“如此甚好，你快去快回。”

阎粹：“遵命。”退下。

并州刺史司马腾府。刺史司马腾在看书信，阎粹在一旁站立恭候。

司马腾看完后抖抖信笺，说：“胞兄让最大限度招募兵勇，扩充军队。但他只知其一，不知其二。现在饥民遍地，招募兵勇自然并非难事。难的是扩充军队需要大量的军费开支！可是眼下旱魃肆虐，地无物产，境内人口大量流失，官府的课口赋税都无从征收，这笔军费开支从何处去取？”

阎粹眨眨眼睛，思索一会儿，说：“在下倒有一计，不知是否可行？”

司马腾：“说来听听。”

阎粹：“据某所知，现在太行山以东平原地带十分富庶。眼下那里的大地主、大财主和各大作坊主都在大量购买奴隶为他们干活，身价十分可观。而我们并州境内居住着大批胡人，都是从边远之地迁徙来的。胡人们天生不是我们同类，故有‘非我族类，其心必异’之说。他们原本桀骜难训，是我大晋王朝心腹大患。如果把他们中的青壮男丁抓获，卖往冀州，不仅可以解决我们的军费开支，也省得他们伺机聚众为乱。某以为，此乃一箭双雕之举。不知刺史大人以为如何？”

司马腾：“嗯，好！阎将军此计果然大妙。”对外喊道：“来人。”

一军士应声而入。司马腾吩咐：“速传张隆、郭阳二位将军前来听令。”

军士：“诺。”退下。

雁门郡街市上，石勒牵着一匹备了鞍鞯的马在人流中行走。

“勒子哥！”人流中传来一声呼唤。

石勒回头看去，人流中走出葵安、逯明等几个羯族青年。

石勒：“啊？是你们！”几个人扑在一起热烈拥抱。

石勒：“总算见到你们了。我一直在打听你们的消息，可一直打听不到。你们到底跑哪去了？有我父母的消息吗？”

逯明：“没有。听说老族长他们往虑虒方向去了。不过，现在他们很有可能已经回去了。我们得到消息，前些日子咱们家乡下了透雨，我们也在往回走。当然，我们也知道，眼下回去还没有粮食吃。可是，只要下了雨，地上就会长出野菜来。回去后，哪怕吃草根树皮，也总比在外漂泊要好得多。勒子哥，没想到在这里遇到了你，真是太好了。和我们一起回去吧！”

葵安等人："对，勒子哥，我们一起走吧！"

石勒沉吟一会儿，说："我也很想和你们一起回去。可是我如今在牧场给主人干活，咱不能不辞而别。这样吧，你们先往回走。我回牧场给主人交代一下，随后追赶你们。"

大家："那好吧，那你可快点回来。"

石勒点点头。

牧场上，一座蒙古包。腾格尔丹独坐在草地上，瞭望辽阔的大草原。附近有几个匈奴青年在放牧马群。

石勒手提一个皮制酒壶和一包食物走了过来，在腾格尔丹身边坐下，说："师傅，我是来向您辞行的。"

腾格尔丹："辞行？你要到哪里去？"

石勒："我要回家乡去了。是这样，今天在街市上遇到了我的族人。他们说，家乡终于下雨了，我的族人们也都陆续回去了。几个月没有见到我的父母，我很挂念他们，所以我也要回去。刚才，我已经向场主结算了工钱，辞了职。现在再来向您告个别。"说着，打开食物包，"这是我在街市上买的烤羊肉。我想在临行前和师傅再痛饮一气。"

腾格尔丹面露悲凉的神色，说："你是天上的雄鹰，我知道终究留你不住。只是我腾格尔丹许久没有亲人，也很少朋友。好容易遇到你这么一个对脾气的，可你又要走了。如今一别，今生今世还能再见面吗？唉！你去找你的父母，这是做人的起码孝道，我不能拦你，你走就走吧，好好保重。来，喝酒！"说着，取过石勒身边的皮制酒壶，对口仰饮。

腾格尔丹醉卧在草地上。石勒收拾了眼前的食物，站起身招呼在附近牧马的匈奴青年："喂，过来一下。"

匈奴青年甲跑了过来。

石勒："来，搭把手，把腾格尔丹师傅弄进帐篷。"

两人抬起腾格尔丹走进帐篷。

帐篷内，石勒给躺在床上的腾格尔丹盖好被子，对匈奴青年甲说："好好照顾师傅，让他睡吧。我要回家乡去了，这就走。嗯，这样也好，他醉了，省得临别时难舍难分。说完，对着腾格尔丹深施一礼，转身走出帐篷。"

道路上，石勒在大步前行。

帐篷内，腾格尔丹睁开眼睛，猛地坐起："石勒呢？"

匈奴青年甲："已经走了都快一天了。他是趁你酒醉睡着后走的，说是怕临别时难舍难分。"

腾格尔丹："可是，我应该送他一匹良马代步。快去，把我那匹纯种汗血宝马牵来，你也骑上你的马，咱们去追赶石勒。他是步行走的，或许能够追得上。"边说边起身下床。

大路上，腾格尔丹和匈奴青年甲各骑一匹马，同时还牵着一匹马从远处奔腾而来。

"吁——"腾格尔丹勒住马，举目望着前面一望无际的道路。道路上空无一人。

匈奴青年甲："师傅，我们已经追出快二百里了，还没追上。看来，石勒兄弟已经走远了。"

腾格尔丹："是啊，石勒兄弟武功精湛，行走如飞，只怕是追不上了。也罢，咱们回去吧。"说完，勒转马头，往回奔走。

大路上，石勒在疾步行走。

前面出现了一座山峦，石勒望见后情绪激动地高呼："啊，北原山！我的家乡，我又回来了！"

突然，道路转弯处出现了一队马步官兵。队伍中高举的皂色旗幡上，绣着一个大大的"刘"字。在行进的队伍中间，一队胡人装束的青壮年绳索拴绑，被官兵押着走了过来。

石勒狐疑的眼睛（配画外音）："怎么回事？官兵捉拿老百姓干什么？"

被押解的队伍中有人高喊："勒子哥，快跑，官兵要抓人了！"

石勒循声望去，见被押解的胡人中有葵安、逯明、桃豹、支屈六等一班兄弟。而向他喊话的正是葵安。

石勒怒问："怎么回事，为什么抓人？"

队伍中一位骑马的将军（刘监）抽出腰间长剑，向石勒一指，喝令："快把那个羯胡小子抓住，别让他跑了！"

官兵们挺着长矛大刀冲了过来，将石勒团团包围。

石勒怒喝一声，向围过来的官兵动手开打。

石勒在枪林刀丛中闪展腾挪，不断有官兵在他的拳脚下倒下。但围上来的官兵越来越多。

画外传来葵安的声音："不行，勒子哥，他们人多，赶快想法脱身，不然会吃大亏的！”

“知道了。”石勒在圈中奋勇冲杀，抓过一个官兵，向前面扑过来的官兵奋力抛去，一排官兵被撞翻，他趁机跳出圈外，向着家乡方向飞奔。

骑在马上的刘监勃然大怒：“这么多人拿不住一个羯胡小子，真是饭桶！听着，所有走路的，押解人犯继续前进；所有骑马的，都给我去追这小子！”

队伍中的马兵立即掉头向石勒追赶。

跑在前面的一名马兵很快追了上来。他挺手中矛枪，向着石勒后背狠命刺去。

石勒在枪尖及体的一瞬间猛一闪身，让过枪尖，顺势抓住枪杆，随着马往前冲，纵身一跃上马，横过枪杆勒住马兵脖子喝问：“你们是什么人？为什么要抓我们这些胡人？”

马兵：“好汉饶命，这不关我事。我们都是北泽都尉刘监将军的部下。后面指挥我们的就是刘监将军。听说捉拿你们是要往冀州贩卖。别的我就不知道了。”

石勒侧耳一听，后面马蹄声已经追近，回头一看，追兵已到身后。他说了声：“马重，跑不快，你还是下去吧！”将马兵推落马下。然后调整身躯，打马狂奔，渐渐与官兵拉开了距离。

转过一道山弯，道路旁边出现了一溜高墙。石勒侧耳听听，后面激越的马蹄声不断。于是他起身站立在马背上，打马继续奔跑，然后纵身一跃，翻过墙头，进入墙内。

那匹空马狂奔而去。

紧接着，数十名马兵也从墙前狂奔而过。

厅堂内。宁驱在独坐看书。门被推开，石勒走进。

宁驱惊喜地起身相迎：“石勒兄弟，你啥时回来的？”

石勒：“快，找个地方把我藏起来，外面官兵抓我！”

宁驱向门外瞥了一眼，走过去，将靠墙的衣橱挪开，后面是一道暗门。石勒推开暗门钻了进去。宁驱把衣橱挪回原处摆好。

刘监率领马兵终于追上了石勒乘坐的那匹空马。

刘监上前看看空马，说：“让这小子跑了！这小子一定是躲进刚才经过的那座庄园里了。”

一骑兵：“那是当地财主宁驱的庄园。”

刘监：“走，牵上那匹马，回去看看。”

骑兵纷纷拨转马头，向来路返回。

宁驱庄园大门外，刘监带领骑兵蜂拥而至，纷纷跳下马。

刘监命令一名军士上前叩门。

门打开了，一名庄丁探出头来询问："你们是……"

刘监走上去："我们前来拜见你家主人。"说着推开庄丁，率手下一拥而入。

庄园内，官兵们来到厅堂门外。宁驱从厅堂中迎出，向刘监拱手作揖："将军，请！"将刘监请入厅堂。

厅堂内，宁驱请刘监入座后，提壶倒茶："将军光临寒舍，不知有何见教？"

刘监："我们在追捕一名逃跑的胡人，追到这里就不见了。我想，这家伙一定是进了你的庄园，所以进来看看。"

宁驱："这不可能，我想将军一定是弄错了。我这庄园四面围墙很高，大门一向紧闭，又有人看守，一般人不经允许是进不来的。"

刘监："不不不，这家伙武功了得，翻越你这点墙头根本就不在话下。我想让手下在园中搜查一下，还望庄主见谅。"

宁驱："既然是这样，那就请将军费心仔细搜查。这些胡人很是可恶，千万别让他躲在我的庄园里。"

刘监："嗯！"起身走到门口，对院子里的部下发布命令："听着！分头到各处仔细搜查，不要放过任何可能藏人的地方。"

院中官兵："诺！"

刘监走回，继续与宁驱喝茶。

庄园内，官兵们在肆意翻找，弄得鸡飞狗跳。

厅堂内，宁驱、刘监在喝茶交谈。一名军士进门禀报："禀将军，庄园各处均已搜过，没有发现那羯胡小子。"

刘监起身："嗯，既然这样，那刘某打扰了。告辞。"向宁驱抱拳一拱，昂然出门而去。

宁驱："将军走好。"送出厅堂，目视着这群官兵走出大门，然后吩咐门上庄丁："把园门关上。"返身进入厅堂。

厅堂内，宁驱挪开靠墙的衣橱，向内轻唤："官兵走了，出来吧。"

石勒走出暗门，回身帮宁驱将衣橱摆好。

宁驱："怎么弄到如此地步？"

石勒："逃荒回来的路上，见官兵抓了我的族人，就想上前营救。可他们人多势众，救不了。我心中又挂念我的父母，只好冲出包围先走了再说。可是，官兵并不放过我。这才来到了你这里。哎，宁驱大哥，我的父母回来了吗？"

宁驱摇摇头："没有。我每天都要到羯室去走走看看，这几天回来的人确实不少。可是不知为什么你们的命运如此多舛，刚刚躲过天灾，偏偏又遇人祸！回来的所有青壮年都被官兵抓走了。现在东河沟只剩下一些老人和孩子。不过你不用担心，一旦老族长他们回来，我会好好照顾的。"

屋内，桌上摆了一些菜肴，宁驱与石勒对坐饮酒。

宁驱："你说，这些官兵抓你们胡人干什么？"

石勒："卖呗！听说要把我们往冀州贩卖。"

宁驱："真是作孽呀！人咋能像牲畜一样随意贩卖？"

石勒："是啊，当时见官兵抓了我们的人，就想打听他们被关押在哪里，然后设法营救。不过，现在我改主意了，觉得这样也好。"

宁驱："好？好什么？"

石勒："是这样，宁驱大哥。你看啊，现在我缺乏人手，营救他们成功的可能性几乎没有。即使侥幸营救成功，可眼下已是秋天，庄稼误了下种，粮食无从收获，让他们回来吃什么？与其让他们在饥饿中挣扎呼号，还不如就让官兵把他们卖往冀州，或许到那里还能有口饭吃。所以，经过再三思考，我不打算再去营救他们。只是现在族中的青壮年都被抓走了，我的父母又不知下落，我不知道我该做些什么。"

宁驱长叹一口气，说："要我说呀，石勒兄弟，你有一身绝世武功，应该前去投军。只有到了军中，你才有用武之地。凭你的武功上阵杀敌，建立功勋，弄个封妻荫子应该是没有什么问题的。只是不知你想过没有？"

石勒眼睛一亮，说："对呀，我咋就没想到呢？师傅传我一身武功，如不到军前效命，这一身功夫岂不是白瞎了吗？宁驱大哥，你说得很对。可是，我该到哪里投军呢？"

宁驱："如果你决心已定，我倒是有点门路。我有一个故人，名叫李川，现在并州做纳降都尉，也是一名将军。我写封信，将你推荐给他。我想，他会给你安派一份差使。"

石勒："好啊！那就有劳兄长了。"

宁驱起身离开餐桌，从袖中掏出一方绢帕，说："我就用这方绢帕给你写信，你也便于携带。"说着，走到书案之前，研磨润笔，开始写信。

石勒走过去，看宁驱写信："你们读书人真好，认得字，还会写信。我们羯胡人就不行，既认不得字，更不会写。唉！"

信写好了，宁驱拿起写满字的绢帕，用嘴吹吹，交给石勒："你一定把它收好。你从雁门归来，一路劳累，又与官兵争斗一场，很是疲惫，今晚就在我这里好好歇息一晚，明天再去并州。"

石勒："好，就依大哥。"

早晨，宁驱庄园大门开启，宁驱送石勒走出大门。

宁驱："从咱这里到并州，大约是三天的路程。如果走小路还可能更近一些。"他把手中提着的一个包袱交给石勒，"这是我给你准备的干粮和盘缠。兄弟你收好，路上好用。"

石勒接过包袱："我当然要走小路。大路上官兵到处抓人，我怕落入他们手里。好了，大哥保重，就此告辞。"

深山密林，石勒在荆芥丛中行走。

山涧边，石勒打开包袱，取食干粮，又用手掬取溪水喝。

山间小径的岔路口上，石勒在徘徊。一个山民扛着镢头走来，石勒急忙上前打问："请问大哥，去往并州城的路怎么走？"

山民："没去过，不知道。"扛着镢头走了。

石勒无奈地摇摇头。

石勒已经蓬头垢面，衣衫褴褛。他取出干粮口袋看看，里面空空如也。

石勒在山道边寻找什么。他拔起一株嫩草塞进嘴里，艰难咀嚼。

一座矮小的山间茅屋，屋前是一圈用树枝扎成的篱笆小院。疲惫已极的石勒走近柴门，声嘶力竭地喊："请问，有人吗？"

一位年事已高的老山民蹒跚地从小屋中走出："你是何方贵客，有事吗？"

石勒："请问老丈，知道去往并州城的路吗？"

老丈："不知道。我只知道咱这里属并州管辖，可是并州城却从来没去过。"

石勒："是啊，我也没去过。结果在山里迷了路，已经五六天了，一直打听不到去并州城的路该怎么走。"

老丈："唉，我们山里人靠山吃山，一辈子都在山里，很少外出。你想打听去并州城的路，只怕真还没人知道。"

石勒迟疑一会儿，又说："老丈，我已经两三天没吃东西了，饿得要死，能赏光给口吃得吗？"

老丈："唉，这场要命的大旱刚刚过去，哪有粮食？你看——"他指着山坡上好些被剥去皮的枯树说，"看见那些榆树了吗？我也是靠剥树皮、挖野菜勉强活着。不过，我的锅里还有一点煮熟的野菜，实在不多，你去把它吃了吧。"

石勒："谢谢老丈。"走进小院，进入茅屋。

茅屋内，一口铁锅被揭开。锅内清水漂着几棵野菜。石勒捞起野菜，三口两口吃了个精光。

石勒走出茅屋，对老丈再次施礼致谢："再次谢谢老丈。只是我把你的饭吃了，怕是要让老丈挨饿了。"

老丈："没事。年轻人，你要打听去并州城的路，在山里只怕没人知道。你还是往山外走吧，山外就是大路。"他指着门前的道路说，"顺着这条路往前走，就到了山外。上那里去打听，或许有人知道。"

石勒："多谢老丈指点，告辞了。"对着老丈深施一礼，转身离去。

第十集

山口处，一条大路向左右延伸。筋疲力尽的石勒踉踉跄跄地走出山口，举步维艰地挪上大路。

大路上，一支由十来个人、七八匹马组成的商队顺大路走来。

石勒举起右手，显然是想向商队打招呼，但一阵天旋地转，跌倒在地，昏了过去。

行进中的商队，看见前面有人倒地，一位骑马的长者（郭敬）吩咐手下："快去看看，那人是怎么回事？"

一个商队伙计跑了过去。

商队伙计走近倒地的石勒身边，蹲下，撩开披散在石勒脸上的头发仔细辨认。突然，他抬头高喊："郭爷，你快过来，是石勒兄弟！"

郭敬打马跑了过来，跳下马上前俯身察看："果真是石勒兄弟！"于是他席地而坐，把石勒的头抱在腿上，吩咐伙计："快去取点水来。"

此时，商队的马队都已经走了过来，停在路上。伙计从一匹马上取了水壶，交给郭敬。

郭敬打开水壶，给石勒口中喂了一点水。

石勒悠悠地睁开眼睛，挣扎着坐起："我这是在做梦吗？"

郭敬忍不住流下泪来，唏嘘道："兄弟，你这是咋了？如何落到如此地步？"说着，对石勒仔细打量。

（石勒的特写：蓬头垢面，身上的衣衫丝丝缕缕，脚上的鞋子开裂，露着脚趾，完全是一副乞丐模样）

石勒："一言难尽。只是我现在饿得要死，你们有啥吃的，给我一点。"

郭敬吩咐伙计："快去，把干粮和碗勺拿来。"

伙计从马匹身上取过干粮口袋和一只铜碗、一把汤匙交给郭敬。郭敬接过，从口袋内取出一点干粮，用手揉碎，放入铜碗。再拿水壶向碗内倒入一点水，用汤匙搅搅，然后用汤匙舀起，喂给石勒。

喂了几口后，郭敬停了下来，说："不能再吃了。饥饿到了极点的人，切不可饱食，那会坏了性命。"

石勒："我知道。我想再喝两口水。"

郭敬把碗凑到石勒嘴边，石勒又喝了一点水便主动停止。

郭敬吩咐伙计："来，把石勒兄弟扶上马，就近找一家客栈住下，今天不走了。"

商队伙计们一起动手，把石勒扶上马，然后顺大路向前而去。

（镜头拉回到后面）

大路边上的一处荆芥丛中，李二混子鬼鬼祟祟闪身出来，躲躲闪闪地跟在商队后面。

（李二混子的画外音）"真是上苍有眼，冤家路窄。老子本想悄悄跟随这支商队，瞅他们不注意，下手捞摸点值钱的东西，没想到在这里碰上石勒这小子！回想十多年前，我带县令大人抓捕他这个朝廷钦犯，谁知人没抓到，反吃了县令的一顿棍棒，害得老子有家不敢回去，在外漂泊了这么多年！如今官兵正在抓捕胡人，我倒要看看这小子落脚何处，也好带官兵前来捉拿。这一来以泄当年吃棍棒之气，二来或许还能得点赏钱什么的。就算讨赏不大可靠，最起码也能混几顿饭吃。嗯，就这么办。"

一个镇子。街上人来人往，车水马龙。

郭敬商队走进镇子，在一处门上悬挂着"悦来客栈"招旗的客栈门前停下。

店小二手脚麻利地跑了出来，热情接待。

郭敬招呼伙计们把石勒扶下马，扶进客栈。店小二把马拉走。

客栈外一处角落，李二混子走出，来到客栈门前察看一番后离去。

客栈内，郭敬和伙计们把石勒扶上床。

郭敬："石勒兄弟，你先好好睡一觉，有啥话醒来再说。"

石勒点点头，躺下。郭敬和伙计们走出房门。

一家估衣店。郭敬对店掌柜说："请把成年人穿的衣服、裤子、鞋子各拿一件。"

店掌柜："好嘞。"

客栈内。石勒在梳洗，郭敬走了进来："石勒兄弟，好点了吗？"

石勒："刚才我又吃了点东西，现在已经好多了。"

郭敬："来把衣服换上。给我说说，到底是怎么回事？"

镇外大路上，李二混子走着，向路上走来的一个人打听："喂，附近哪里驻有官兵？"

路人回身顺大路指点。李二混子朝指示方向走下。

客栈内，石勒和郭敬交谈。

石勒："这就是自你走后发生的情况。郭大哥，你是怎么到了这里的？"

郭敬："因为这场灾荒，我带商队离开北原山后，就下太行，到冀鲁大地上去做买卖。可是，几个月来，心中一直挂念老屋。近来，听说咱那里旱情已经解除，就想重返老屋看看。没想到在路上遇到了你。"

石勒："是啊，也多亏遇到了你们。不然，还真不知道会是什么结果。宁驱介绍我到并州找纳降都尉李川，在军前谋个差使。我觉得这主意不错。这样一来，我的一身武功就有了用武之地。可是，因为大路上有官兵抓捕胡人，我不敢走大路，只能走山间小路。谁知在山中迷了路，本来三天的路程，我走了六七天都没走出山来。宁驱给我准备的干粮早就吃光了，在山中又打听不到去往并州城的路。加上因为这场大旱，山里人都没有吃的东西，到谁家也讨不出饭来。所以才落魄到如此地步。"

郭敬："原来是这样。那你到并州找李川，你认识李川吗？"

石勒："不认识。临走前，宁驱给写了一封书信。说，他和李川是故人。李川只要见了他的书信，一定会给我安排一份差使。"

郭敬："哪，书信呢？"

石勒："在这里。因为害怕遗失，我一直贴身带着。"说着，伸手入怀，取出书信，展开。然而，他一下子傻眼了。

（书信的特写：黑乎乎的一方绢帕，上面的字迹一个也看不出来）

郭敬抢过来一看："咋弄成这样？"

石勒："唉！这都是因为我在山中走得一身虚汗，把信上的字给洇坏了！这可咋办呀？"颓然坐下。

郭敬摇摇头："唉！这下麻烦了。从这里到并州，路途虽说已经不远，可我们都不认识李川。这要是没了书信，事情就有点难办了。看来，你还得再回去一趟，让宁驱重新写封信。"

石勒为难地："现在官兵正在抓捕我们，如果回去——"突然他眼睛一亮，说，“哎，郭大哥，你看这样行不？”

郭敬：“你又有什么想法？”

石勒：“是这样。由于这场大旱，我们所有胡人的生存都受到了严重威胁。而根据我们羯胡人的祖传律法，在生存状态极坏时，第一要设法脱离绝地，到外面寻找新的活路。第二，为了活命，可以自卖为奴，或者让别人转卖为奴，给主人家服劳役，赚取生存下去的机会，想尽一切办法活着，等待时来运转。眼下官兵抓捕我们胡人，像牲畜一样贩卖，这不能说不是令人发指的犯罪行径。可是，既然冀州富庶，又有人肯出钱收买我们为他们干活，我们也可以组织起来，自己卖自己呀！我们把自己卖了，我们有了吃饭的地方。同时，卖身的钱还可寄给家中老小，让他们活命呀！我想，如果由我们出面去说服我的族人和其他胡人，他们一定乐于听从，就会跟着我们前往冀州。到了冀州后，我们把他们卖给当地财主，他们有了吃饭的地方，而我们把卖他们的钱带回来分给他们的家人，岂不是一举两得！”

郭敬边听边点头：“你这主意倒也确实可行。”他低头想了一下，又说，“只是眼下官兵正在抓捕胡人，如果我们把胡人集中起来，官兵知道后，一定会发大军来抢。这样，我们岂不是白忙活一场？这事还需仔细斟酌。”

石勒：“你说得也是。怎么办才好呢？”陷入沉思。

郭敬在地上低着头踱来踱去。

终于，郭敬停止了踱步，说：“有了！”

石勒急忙抬头看着郭敬：“快说。”

郭敬：“我想起来了。我有一个远房兄长，名叫郭阳，就在并州刺史衙门当差，听说还是个不小的将军。如果能和他联手做这笔贩卖胡人的生意，不就不怕官兵来抢了吗？根据我的经验，凡是要做大的买卖，必须与官府联手，也就是人们所说的‘官商勾结’，否则行不通。只要郭阳答应和我们合作，这事就好办了。”

石勒：“好啊！那就麻烦大哥亲自到并州城走一趟。我在此静候佳音。”

郭敬：“对，事不宜迟，我这就去。”

客栈门前，郭敬接过伙计牵过来的马缰，翻身上马，说：“我到并州城找我的族兄郭阳商量点事。我走后，你要把商队管好，同时也要照顾好石勒兄弟。如有急事，就到并州郭阳军营找我。”

伙计：“记下了，请郭爷放心。”

郭敬：“驾！”纵马飞奔而去。

大街上，一队官兵在李二混子的带领下气势汹汹地冲了过来，在客栈门前停下。

李二混子对骑在马上的将军（张隆）说：“张将军，就是这里！”

张将军：“给我把客栈围起来，不许一人出走。”

官兵们散开，把客栈团团包围。

客栈掌柜从客栈慌忙走出，向张将军打躬作揖：“请问，小店到底出了什么事，劳烦老总们到此大动干戈？”

客栈内，石勒和商队伙计正坐着喝茶，突然，外面传来乱哄哄的人声。其中张将军的声音最为响亮：“有人举报，说是你客栈收留了一个胡人。你赶快把他交出来！”

商队伙计：“石勒兄弟，看来是冲你来的！”

石勒放下茶杯站起身：“嗯，一定是！我出去瞧瞧。”

商队伙计急忙阻止：“不能去！既然是冲你来的，你出去会有危险！”

石勒：“可是，我要是不出去，会连累客栈和你们商队。不，我出去，有什么事，让他们冲我来！”说完，昂然走了出去。

客栈门前，客栈掌柜与张将军继续交涉：“小店一向奉公守法，从未有……”

石勒出现在客栈门口。李二混子立即上前指认：“就是他！张将军，他就是那个羯胡小子！”说着转向石勒，“石勒小子，别以为你换了我们晋人的衣装我就认不出你了。十多年前我没有把你这个朝廷钦犯抓住，反被县令打了个半死。今天我看你还往哪里跑？”

石勒怒目圆瞪：“唔，原来又是你这个混蛋！老子什么地方得罪了你，你一再和老子过不去？别走，看拳！”说着，一个箭步跳了过去，冲李二混子的卑鄙嘴脸就是一拳。

李二混子“啊”地叫了一声，身子向后飞出，倒地抽搐。

张将军勃然大怒：“大胆狂徒，竟敢当着官兵之面公然行凶。给我拿下！”

众官兵发声喊：“呀——”一齐向石勒扑来。

石勒气定神闲地冷眼看着，当官兵们扑到身边时，双臂一扬，扑上来的官兵们一齐向后跌出。

张将军：“哦呵？还是个硬点子！”他跳下马，解下腰间的长剑交给随从，往上撸撸袖子，“来吧，我和你过过招，看看你小子到底有多大能耐！”说着，侧身错步，左手虚晃一招，紧接着右手二指戟张，迅疾向石勒咽喉点来。

石勒身形微动，让过点来的二指，乘势上步，一招“猿猴摘桃”，左手托住对方下巴，紧接着右手握拳，向对方面部狠狠砸去。

张将军被砸得口鼻流血，一连倒退数步，被后面的随从扶住才没跌倒。他使劲摇摇头，张口一唾，吐出两颗门牙。

张将军气急败坏地向手下发令：“上，全给我上去，务必将这小子拿下。有敢后退者，斩！”

官兵们呼喊着扑向石勒。石勒在官兵的包围圈中闪展腾挪，奋力反击。官兵中陆续有人在倒下，但官兵们的攻势不减。渐渐地，石勒力气不加，显出颓势。此时，一名倒在地上的官兵抱住了石勒的一条腿。其他官兵乘势而上，将石勒扭住，发了一声喊：“拿住了！”

张将军用手揉揉口鼻：“押回去。撤！”带领官兵押着石勒呼啸而去。

街上围观的人群陆续走散，露出了在地上挣扎翻滚无人理睬的李二混子。

商队伙计牵了一匹马重新出现在画面中。只见他飞身上马，一抖缰绳，绝尘而去。

一座军营，辕门上有军士把守。郭敬牵着马正要走进辕门，被守军拦住：“站住！你是什么人？”

郭敬：“请问军爷，这是郭阳将军的军营吗？”

一名在一旁正和守军说话的将军（郭时）循声回望：“哎，叔父，你咋来了？”说着迎了过来。

郭敬：“啊？是时儿。你咋在这里？”

郭时帮郭敬牵着马走进辕门，说：“就在您定居北原山下那时，我就投军了。现在阳叔手下担任偏将。走，我领你去见阳叔去。”

军帐内。郭敬、郭阳、郭时在对坐交谈。

郭阳：“敬弟，你说的这事难办。刺史府决定扩充军队，为解决军费开支，这才下令抓捕境内胡人往冀州贩卖。而这项命令恰恰是下给我和张隆将军来执行。我现在军令在身，如果徇私另起炉灶，一旦事发，这干系，我无论如何吃罪不起。还请兄弟能够理解。”

郭时：“叔父咋想到要做这种买卖？”

郭敬：“唉！为救乡党，这也是没法子的法子。就没有个变通的办法吗？”

郭阳很为难地摇摇头。

这时，帐外有人高喊：“报——”

郭阳:“进!”

一名辕门守军走了进来:“禀报将军,辕门口有人闯营,已被拿下。请将军示下,如何发落?”

郭阳:“带上来!”

二名军士扭着商队伙计走进军帐。

郭敬一看:“怎么是你,你来这里干什么?”

商队伙计:“郭爷,不好了,石勒兄弟被官兵抓走了!”

郭阳挥挥手,押送商队伙计的军士退下。

郭敬上前拉住商队伙计:“来,坐下,慢慢说,到底是咋回事?”

张隆军营。石勒被拴绑在木桩上,张将军(张隆)在对他挥鞭狠抽。每抽一鞭,口中切齿骂一句:“叫你小子张狂!”

石勒衣衫血浸,被打得遍体鳞伤。但他怒目而视,咬牙坚持,一声不吭。

张隆终于打累了,扔下手中鞭子,说:“要不是看你小子还值几个钱,老子今天非揍死你不可,让你认识一下马王爷三只眼!”

郭阳军营。郭阳、郭敬、郭时和商队伙计在议事。

郭阳:“敬弟,听了你这位伙计的描述,这个带兵的将军就是张隆。这家伙性情偏执,和我的关系也很一般。你的这位兄弟落到了他的手里,只怕要吃点苦头了。”

郭敬:“这这这,这叫咋办?现在别的事都不用说了,当务之急是得把石勒兄弟救出来呀!”

郭阳:“唉,不管怎样,既然是兄弟的人被抓,我这个做兄长的总不能甩手不管。这样吧,我和你到张隆那里走一趟,向张隆将军求个情。至于张隆能不能放人,就要看你的这位兄弟的造化了。”

郭敬:“那就太感谢了。阳兄,事不宜迟,那咱们现在就去?”

郭阳点点头:“现在就去,走。”

张隆军营。郭阳、郭敬在和张隆交涉。

张隆突然站起:“放人?这不可能!郭兄,你和我共同受命抓捕胡人,咋能把抓住的胡人再给放了?这事我做不了主。你最好去找刺史大人,让他下令放人,否则,我不敢。再说,我抓的这家伙是个硬点子。你看看,你看看。”他指着自己张开的嘴巴,“啊,我都被他打掉了两颗门牙。你我都是带兵的人,我被他整成这副熊样,一张嘴就露丑,今后还咋在军前发号施令?我不要这家伙的命，就算便宜他了。其他免谈！”

郭阳向郭敬看了一眼，摇了摇头。

郭敬无可奈何地“唉”了一声，再向张隆求情，说：“张将军，既然不肯放人，哪，能否通融一下，让我和我的这位兄弟见上一面？”

张隆牛眼一瞪，就要拒绝。郭阳急忙上前拉住张隆，说：“张隆兄，是这样。你抓的那个人是我兄长的朋友。既然咱不能放人，也请你给我个薄面，让他们见上一面，说上句话，也好让我兄长尽一点朋友之宜。”

张隆歪着脑袋想了一下，说：“好吧，既然咱们在同一处共事，我也不能一点面子不讲。”他向军帐外喊了一声，“来人，给我把那小子带过来！”

门外应道：“诺！”

张隆招呼道：“来，二位请喝茶。”首先坐回案边。

郭敬、郭阳：“谢谢。”也随之坐下喝茶。

门外传来一声：“走！”五花大绑的石勒被两名军士推了进来。郭敬见了，急忙离座上前抚慰。他摸着石勒身上的条条鞭伤，流泪说道：“兄弟，你受苦了！”

石勒大大咧咧地说：“大哥不必如此，没事。这点小伤，权当给老子挠痒痒了！”

张隆：“不怕你小子嘴硬！”

郭敬：“兄弟，是这样。我本来是想带你回去，可是……”他摇摇头。

石勒：“别说了，大哥，我都知道。唉，经过这番折腾，我也想通了。他们抓我，无非是要把我和我的族人们一起卖往冀州。如今能和我的族人们在一起，也算是不幸中之大幸，大哥不用为我担心。宁驱曾经说过，这也许是上苍对我安排的又一次历练。”

郭敬点点头：“兄弟吉人天相，这一点我信！”他回头恳求张隆，“张将军，你看，能否给我兄弟把绑松了？他已经不再和你作对了。再说，有我担着，他也不会造次。”

郭阳也帮忙说话：“张隆兄，我看，这绑还是给他松了吧。不打不相识，以后说不定你们也会成为朋友。”

张隆：“得得得，松绑就松绑，还成什么朋友？我都被他弄得破了相，还什么朋友！”

郭敬急忙给石勒解开绑绳，说：“兄弟好自珍重，为兄还会前来看你。哪，为兄就告辞了。”他回头对张隆说，“张将军，请您千万对我兄弟照顾一二。拜托了，在下告辞。”

张隆不耐烦地挥挥手。

郭阳军营内。郭敬对商队伙计交代说:“你立即回到客栈,把咱们的货物全部甩卖掉,然后把卖货的银子带到这里来。快去!”

商队伙计:“是!”转身离去。

军帐中,郭敬将一包放在桌上的金银推向郭阳和郭时:“这是我所能拿出的全部货值,我把它交给你们俩人。石勒兄弟虽说眼下尚无性命之虞,可以后的吉凶还无定准。据我观之,这张隆绝非善茬,他还会找我兄弟的晦气。这些金银你们拿着,替我在张隆那里上下打点。务必要保全我兄弟的性命和让他少受凌辱。”

郭阳:“让兄弟这么破费,为兄实在于心不忍。兄弟如此重义,也让为兄感动万分。兄弟请放心,有我和时儿在,石勒兄弟会没事的。”

被俩人一具长枷套着,又被长绳串在一起的大队胡人,在官兵的押解下,穿行在地势险峻的山谷之中。将军打扮的郭时在指挥部队前行。

郭阳从山路上走过来,对郭时说:“要注意了。我们已经进入太行山腹,再往前是一段很长的挂壁险径。那里一面绝壁凌空,悬岩压顶;一面是万丈深渊。有些路段只能容一人侧身而过,形势异常险恶。现在我要到前面去,和张隆将军商量一下行走的法子。这里就交给你了,千万别让出什么事!”

郭时:“好嘞,叔父尽管放心。”

巍峨高耸的大山,上面怪石嶙峋,下面绝壁深渊。山腰间挂着一径鸟道。

镜头拉回到鸟道一端。前面是山涧深谷,靠左再往前,道路就走上了绝壁险径。从这里可以看到,有很长一段险径在山腰间婉转延伸。

官兵押着人犯来到险径入口。被长绳串着,长枷套着的胡人到此,望着前面的险径惶恐无措,驻足不前。官兵们却用皮鞭驱打着,硬要把他们赶上绝壁:“怎么不走了?走!”

走在人犯中间的石勒回身怒问:“这么细小凶险的路径,让我们披枷带锁怎么过去?”

其他人犯也一起鼓噪:“路太窄,过不去!”“过不去!”“硬过,会掉下深沟送命的!”

张隆走了过来:“怎么回事?不前进嚷嚷什么?”

一名官兵:“前面路小,他们不敢过去。”

张隆:“过,赶他们过去!谁要不过,给我用皮鞭狠抽!”

官兵们用皮鞭驱赶着前面的人犯走上了绝壁。

石勒:“张将军,那里路太小,我们俩人一枷套着,确实无法过去。”

张隆:“啊?又是你小子挑头闹事!老子和你旧账未算,小子你小子又来捣乱。我看你是活腻了!”说着,扬起手中皮鞭,就要向石勒抽打。

“且慢!”郭阳正好赶了过来,张隆停住手回身察看。

郭阳:“张隆兄,前面那段险径我走过,确实很难过去。我们得想个法子。”

张隆不屑地:“扯淡,前面那批人不是已经过去了吗?”

正在这时,前面传来一阵又一阵凄厉的惨呼声。郭阳、张隆急忙回头眺望。

山腰鸟道上,不时有一对又一对被长枷套着的胡人惨呼着掉下深渊。但后面的官兵仍然在驱赶着人犯前进。

郭阳:“张隆兄,赶快传令,停止前进。否则,所有人犯都会葬送在这里!我们回去无法交代。”

张隆气恼地“唉”了一声,向前高喊:“停止前进!”然后回身问郭阳:“那你说,该怎么过去?”

郭阳:“除掉所有人犯的长枷,不然的话,一个也过不去!”

张隆:“去掉长枷,那人犯跑了怎么办?”

郭阳:“可以把他们几个人分为一组,用长绳缚住手串起来。这样他们就跑不了。”

张隆:“好吧,就听你的。”回头向军中传令,“众军士听着,将所有人犯的长枷除去,每五人一组,用长绳缚住他们的双手,由什夫长负责前后押解,把他们送过险径。”

众军士:“得令!”给人犯开枷,又用长绳串联。每组军士分成前面五人、后面五人,押解着中间的五名胡人,相继走向了挂壁险径。

挂壁险径上挤满了行进的队伍。

石勒在五人中间,被绳索串联着双手,行进在整个队伍的中段。他们背靠绝壁,在险径上慢慢向前腾挪。上面,危岩压顶;前面,无底深渊。行进中,不时有惊心动魄的惨呼声从队伍中传来。每一阵惨呼,就有一串胡人被连带着掉下深渊。

石勒身边和他串在一起的一名胡人突然被吓得浑身发抖,双腿一软,身子向沟外倾出。石勒一抖缚绳,使劲将他拉回。同行的胡人和押解他们的官兵不约而同地发出一声惊呼:“啊,好险!”

山谷中一段较为开阔地段。被长绳串联的胡人们在官兵监押下坐地歇息。人群的一角,石勒他们一串五人在轻声交谈。

被吓软腿的胡人说："石勒兄弟，你是我的救命恩人。要不是你，我刚才就已经在深沟中粉身碎骨了！"

另一名被串联的胡人："不光是你，我们几个串在一起的人，一个也活不了！"

石勒："是啊，九死一生哪！可恨的是，虽然我们侥幸活着，可是我们的族人却有一半以上摔死在山下，做了幽谷冤魂！大家记住，这是官家欠下我们胡人的又一笔血债！"

山谷的另一角，郭阳、郭时、张隆在交谈。

张隆："想不到这太行险径如此难走，掉下深沟摔死的胡人竟然超过了一半以上。这让我们回去如何交代？"

郭阳："事已至此，懊恼无用。好在前面的道路要好走一些。我们还是抓紧赶路吧。"回头对郭时，"时儿，传令，继续前进。"

郭时："好嘞。"

冀州地界。

一块开阔地上，被押的胡人们在四面官兵的包围下列队等候。

一大队与并州兵装备有异的冀州兵，在一名将军的带领下跑步走了过来。那将军与郭阳、张隆交换了手中文本后，张隆率并州兵列队离开。郭阳、郭时走进胡人队伍，来到石勒面前。

郭阳："石勒兄弟，我们已经交割完毕，就要回去了。以后还要请兄弟多加珍重。"

石勒："多谢两位将军一路多加关照，化解了张隆对我的数度殴辱。否则，我会被张隆这厮折磨致死！对于二位的大恩，石勒会终身铭记。"

郭阳："石勒兄弟如此说，使郭某深感惭愧。郭某虽说是受家弟郭敬所托，但也深深被你们的义气感动。再者，郭敬一再声称，兄弟眼下虽在磨难之中，然日后前程无量。据我这段时日的观察，郭敬此言不虚。望兄弟好自珍重，郭某将拭目以待。"

石勒："借将军吉言。望将军转告郭敬兄长，如果石勒不死，其大恩日后必报！"

郭阳："一定转告。好了，那我们就告辞了。"说完，与石勒拱手告别。

奴隶交易市场。

宽阔的场地上，胡人们被分成数十人一股，在官兵的监控下，分布在各处。

一群峨冠博带、衣冠华贵、相貌丰颐的富豪走进广场，分头到各个胡人队列前逐个打量。他们每看中一名胡人，就将其牵出，然后与边上负责经营这股奴隶的官员，把手伸入衣襟下面或者袖管之中，相互掐指头讨价还价。

石勒在队列中看着旁边的交易，不由得紧锁双眉，对身边人说："这些官家不把我们当人看，这分明是在买卖牲口嘛！"

身边胡人："啊？买卖牲口！你咋知道？"

石勒："这种情景我在恒山牧马场看到过。人们买卖骡马时，就是把手放到衣服下面，掐指头讨价还价。"

身边胡人愕然。

师欢，一位衣冠楚楚的富人，带着一群家丁走了过来。他逐个审视了一遍这群被贩卖的胡人，用指头向石勒指了一下。一个家丁走过去，将石勒牵出队列。

一个官员模样的经纪人凑过来："师员外好眼力。这家伙身强力壮，让他干什么都错不了。来，看看你给个什么价？"说着，把手伸进师欢的衣袖。

师欢笑着在衣袖中掐指头："这个数，怎么样？"

经纪人摇摇头："嗯，最少不能低于这个数。"

师欢："好吧，成交。"

经纪人："成交。那就请师员外再看看，还有哪几个能入您的法眼？"

师欢："嗯，再看看。"

一家客栈。宽大空旷的房间，四面靠墙部位的地上铺着蒲草。几个被买来的胡人奴隶在上面或卧或坐。

房门打开，石勒与十几个新买的奴隶被家丁推了进来。

房门被重新闭上，并从门外传来落锁的声音。

石勒定定神，在观察这个新来的环境。

"勒子哥！"从墙角传来一声呼唤。

石勒循声望去，只见葵安、支雄和逯明正从蒲草上爬起，向他迎来。

石勒："啊？葵安、支雄、逯明，你们也在这里？"激动地扑过去，四人紧紧地拥抱在一起。"老天可怜，我们总算又在一起了。"

宽敞的院子里，摆放着五六张简易的桌凳，桌面上摆放着一些不算怎么丰盛的菜肴。石勒和几十个一起被买来的奴隶分别坐在桌子周边的凳子上，在等待开饭。院子的周边，几十个师欢的家丁，手执兵刃在严密监视着他们。

师欢带着几个家丁，提着酒坛子、酒碗走了过来。家丁在每个胡人面前摆放酒碗,逐个倒酒。

坐在桌边的胡人眼中流露出诧异的目光,在看着家丁倒酒。

师欢呵呵一笑:"大家不必疑虑。我先给大家来个自我介绍。我姓师名欢,乃茌平县人氏。今后大家就要到我的庄园劳作,今天大家相互认识一下。大家请放心,你们虽说是我花钱买来的奴隶,但是,只要大家肯听话,好好干活,在食宿上我是不会亏待大家的。大家从并州远道跋涉,一路走到这里,想必都很辛苦。所以,请大家喝点酒,也算给大家洗尘。明天,我们就要上路回茌平去了。好了,大家请端起酒碗,我们一起干。"

所有被买的胡人和师欢一起端起酒碗:"干!"

第十一集

大道上，师欢骑在马上。他的身后，被买来的胡人在两边家丁的押解下，一起向前行走。

长安，河间王司马颙府邸。司马颙与李含正在交谈。

司马颙："李含啊，召你回来是有一事和你商量。"

李含："王爷请讲。"

司马颙："当年我们发檄文除去齐王司马冏，拥立成都王的意图未能实现，反让小儿长沙王司马乂平白捡了个便宜，这事一直让孤耿耿于怀。你也曾经一再劝孤发兵诛除长沙王，夺回本应属于我们的权势，孤也始终怀有此念。只是恰逢巴蜀地区李特、李流作乱，我们因有西顾之忧，才不得不将此事暂且放下，专心应付蜀乱。可谁知，蜀乱未平，荆襄一带又爆发了张昌之乱，就连新野王司马歆都遭遇了毒手。真是一波未平一波又起。现在张昌之乱总算被南蛮长史陶侃平定。尽管眼下蜀乱尚未平息，但孤也等不及了。故召你回来，商量我们下一步的行动计划。"

李含："早该如此。说句不好听的，想当年我们上蹿下跳，费尽心机，只说传檄让长沙王讨伐齐王，以为长沙王势力远不如齐王，一定会被齐王所杀。这样，我们就可以借此为名，发兵京师，诛除齐王。可谁知弄巧成拙，齐王倒是除去了，我们却什么好处也没捞着，反而替人作嫁，让长沙王掌控了朝廷大权。是可忍孰不可忍？王爷你说，下一步我们怎么办？"

司马颙："是这样。你虽然已经升任河南府尹，得了个肥缺，可你毕竟是孤的心腹，是孤身边的智囊人物。有些事只有交给你，孤才放心。你知道，孤在朝廷中安插了不少咱们的人，以供不时之需。现在，孤命你潜入京师，秘密联合侍中冯荪与中书令卞粹，伺机刺杀司马乂。孤在这里整顿军马。当你们得手后，孤立即发兵进攻京师。"

李含："遵命！王爷，我李含一定不负重托。"

一望无际的大平原。石勒、葵安、支雄、逯明与好些奴隶在天地中挥舞镢头翻地。

葵安:“勒子哥,要我说,我们的这家主人看上去也还和善。给我们吃的饭食也不错。你说,他会经常这样待我们吗?”

石勒:“他要是个明白人,就会一直这样下去。要知道,干活需要力气,吃不饱饭是不会有力气的。我觉得,他一定明白这个道理。”

葵安、支雄、逯明:“嗯,我觉得也是。”

大家埋头干活。

一阵鼙鼓与征铎的声音在耳边响起,石勒诧异地抬头四面眺望。

旷野中风吹草低,什么也没发现。他又看看周边劳作的同伴,同伴都在埋头劳作,也无任何异常。

石勒:“喂,葵安、逯明,你们听到什么声音没有?”

葵安、逯明:“什么声音?没有啊!”

石勒:“奇怪,这几天在劳作时,我时不时地总能听到鼙鼓与征铎的声音。而这种情况,在咱们老家时,也只有登上北原山的时候才会发生,其他地方就没有过。你们说,这到底是咋回事?”

葵安、逯明摇摇头:“不知道。”

一间装饰豪华的大厅堂,正面中堂上悬挂着一幅鹿鹤同春的大画轴。画轴下摆放着条几和两把锦墩。条几上摆放着一些古玩、玉器。

师欢从内堂走出,喊道:“管家。”

管家从外面走进:“老爷,有何吩咐?”

师欢:“随我到庄园各处走走。”

管家:“又要到那些耕奴中间和他们套近乎不是?依我看,老爷完全没有这个必要。他们毕竟是老爷花钱买来的奴隶,让家丁们看管着劳作也就是了。”

师欢:“不。他们虽说是我花钱买来的奴隶,可他们毕竟是人。人这东西不同于畜生,是有理性的。你要想让他们听话,干活卖力气,最好的办法就是对他们好一些,要恩威并用。如果你要虐待他们,即使他们不敢明着和你对抗,也会变着法子捣乱,弄得你防不胜防,还让你抓不住他们捣乱的把柄。所以,我管理这群耕奴,并不完全依靠家丁监督。家丁的主要作用,不过是把他们约束在他们各自的工作区域,对他们的劳作结果进行定期验收而已。”

管家:“老爷明鉴,在下十分佩服。”

师欢:“走吧。”

田野里，石勒与众奴隶在翻地。

师欢在管家的陪同下，率几名家丁担着盛水的瓦罐走了过来。

师欢示意管家："叫他们过来喝点水。"

管家走到地头："喂，大家休息一下，过来喝点水。"

众耕奴把镢头插在地上，陆续走了出来。

家丁们在地上摆放水碗，向碗内倒水。

耕奴们端起水碗喝水："痛快！""太舒服了！"

石勒端起水碗喝了一口，转身对师欢说："谢谢主人。"

师欢有点不自然地点点头："好说，好说。"

回去的路上，师欢、管家和担着空水罐的家丁在行走。

管家："老爷，刚才我见你对那个叫石勒的耕奴格外客气，这是为什么？"

师欢："我也不知道为什么。只是每当我靠近此人，总能感觉到一种令人局促的威气。按说，我是茌平县赫赫有名的庄园主，而他只是我买来的奴隶，我们是主仆关系，本不该有这种感觉。不过，此人身材伟岸，相貌也有点奇异。特别是，他做事有板有眼，总让人觉得有点不同常人。这样吧，你去把那个号称'赛半仙'的相面师傅找来，让他看看这个叫石勒的奴隶到底是个什么样的人。注意，要暗中观察，不要惊动了他。"

管家："去找'赛半仙'？你不是不相信他那一套吗？咋又去找他？"

师欢："是啊，对他的相术我是不大相信。记得多年前他曾经给我相面，说我将来会成为一县之主。可是，这么些年过去了，我仍然是一名庄园主，并无什么起色。所以我对他的相术有所怀疑。不过，放眼我们这个地方，也只有他还算有点见识。除他之外，还能找谁？这也就是在茅草里面选枪杆，你就去吧。"

管家："是，老爷。"转身欲离去。

师欢："等一下。"

管家："老爷，还有什么事？"

师欢："你在带'赛半仙'暗中观察的同时，也向那些经常和石勒在一起的奴隶察访一下，问问他们，这个石勒还有什么不同寻常之处。"

管家："好嘞。"转身离去。

师欢厅堂。师欢坐在几案边的太师椅上品茶。管家从外走入。

师欢："交办的事情有结果了吗？"

管家："有了。'赛半仙'说，通过多方观察，他认为，石勒这个奴隶一身豪气，一定不会久屈人下，劝我们一定要善待此人。我问他这个奴隶将来会有什么造化，'赛半仙'只是笑着摇摇头，也没说出个所以然来。"

师欢："那么，其他奴隶有没有发现这个石勒又什么特别之处？"

管家："也有。他们说，石勒在干活时，耳朵里常能听到战场上两军交锋时的金鼓敲击声。"

师欢愕然："这么说来，石勒这人将来会走上战场？"他想了一想，"不管怎么说，此人一定不同寻常，有可能还是一位英雄，我们确实应该善待于他。退一步说，就算他不是英雄，是只老虎，也千万不要惹他发毛！这样的话，如果他哪天真的发迹了，也许会记得咱们的好处。最起码，他不会记恨咱们。这样吧，你去准备一桌酒菜，把石勒请到这里来，我想和他当面坐坐。"

管家："好嘞。"

师欢客厅。地上摆放着一张方桌、两把锦墩。桌上放着数盘菜肴以及酒壶、酒杯、碗筷等物。

门外传来管家的声音："壮士，请！"

石勒走进客厅，扫了一眼桌上的陈设，转身去欣赏中堂上悬挂的鹿鹤同春画轴。

师欢从客厅后转出："哦，壮士已经来了，快快请坐。"

石勒："主人家，您这是什么意思？"

师欢："请坐了说话。"

石勒落落大方地坐在了客位。

师欢提起酒壶给石勒斟酒一杯，又给自己满上，端起酒杯说："我观壮士相貌奇异，气度非常，不是久屈人下之人。所以，我决定削去你的奴籍，还你人身自由。来，我们共饮一杯，为你祝贺。"

石勒："削去奴籍，还我自由？"

师欢："对。"

石勒："这么说来，主人看俺还有出头之日？"

师欢："岂止出头。在师某看来，一定会有大的造化。"

石勒哈哈大笑，说："好！如果真如主人所言，俺石勒一定会有重报！"

师欢："那我就静候佳音了。"

石勒起身端起酒杯："好！"与师欢碰杯，"来，干！"

师欢："干！"

二人举杯一饮而尽。

二人重新落座。

师欢："从今日起，你就完全自由了。以后你想去哪里就去哪里，想干什么就干什么。至于我这里，你如果愿意的话，可以看作是你的家，想来就来，想走就走，吃住随意。如果需要什么帮助，你尽管开口。要钱、要物、要人，要什么都行，我会尽最大能力满足你。"

石勒起身向师欢深施一礼："感谢厚爱！"

广袤无垠的大平原。一条土路通向远方。

石勒在土路上信步行走。他饶有兴致地观赏着平原景色：蓝天白云，原野中麦浪滚滚。

前面出现了一处栅栏，栅栏一直通向远方。栅栏内百草丰茂，有无数的马匹散布在里面，在自由自在地吃草。

石勒一面欣赏着里面的马匹，一面继续向前行走。

一座用木头搭建的门楼，门楼上方匾额书写着"赤龙苑"三个醒目大字。门楼口有数名兵丁把守。

石勒沿着栅栏从远处走来，就要进入门内。

守门兵丁挺手中长矛将其拦住："站住！什么人？"

石勒："这里面有这么多的好马，我想进去看看，请老总们行个方便。"

守门兵丁："不行，赶快走开！"

石勒无奈地离开门楼，退回到栅栏一边，继续欣赏里面的马匹。

一位将军模样的人（汲桑）骑着马，率领数十名兵丁从栅栏的另一边走了过来，就要进入门楼。守门兵丁立即肃立致敬。

栅栏里面，一匹枣红色马驹子从远处飞奔而来。

石勒看到马驹子，脱口而出："好一匹神骏的龙驹子！"

正欲走进门楼的汲桑闻声勒马回望。他跳下马，将缰绳交给一名随行的兵丁，向石勒走了过来。

汲桑："喂，这位壮士，你会相马？"

石勒点点头："嗯，略知一二。"

汲桑："好啊，来来来，我们进去谈。"上前一把拉住石勒的手，一起走进门楼。

军帐内，汲桑请石勒入座，提水壶为石勒倒水。

汲桑："壮士请坐。我先作个自我介绍。我名叫汲桑，乃魏郡人氏。我们所在的这个牧苑，是大晋的皇家牧苑，专门给朝廷饲养繁殖军马的地方。这样的牧苑在茌平共有两处。我们所在的这一处叫‘赤龙苑’，往东还有一处叫‘騄骥苑’。这两处牧苑都归我管辖，也就是说，我是这两处牧苑的牧帅。请问壮士，你姓甚名谁？是何方人氏？因何来到鄙处？”

石勒：“说来惭愧，要让将军见笑了。我乃并州人氏，出生于羯胡民族。我们羯胡人不同你们华夏人。我们没有姓氏，只有名。我名叫石勒。由于并州遭遇连年荒旱，赤地千里，没了活路，故逃命在此。如今在师欢庄上做事。”

汲桑：“唔，原来如此。壮士不必介意。自古英雄不问出处，我与你一见如故，感觉十分投缘。我观壮士气宇轩昂，将来定然是位英雄。今天你我相识，也是天意，我们不应有尊卑之分。我们互称兄弟如何，石勒兄弟？”

石勒：“好啊！汲桑大哥。”

“哈哈哈哈……”二人豪爽地仰天大笑。

汲桑：“来来来，石勒兄弟，我们来切磋一下相马经。”

石勒：“好！”

夜晚，石勒与汲桑躺在土炕上拥被而谈。

石勒：“汲桑大哥，这几天要不是你给我讲这些，我还真不知道朝廷中发生了这么多的大事。这些狗娘养的司马家儿孙，丧尽天良，为了争权夺利，竟然骨肉相残，掀起一阵阵血雨腥风，把天下搞得大乱，让天下人跟着遭殃！真不是一群东西！”

汲桑：“是啊，如今天下大乱，也未必都是坏事。‘自古乱世出英豪’，我们为什么不趁此乱世，有一番作为呢？通过这几天你给我所说的经历，再加上你的气度，毫无疑问，你是一名豪杰。而我呢，尽管眼下掌管着朝廷的上万马匹和数千名牧卒，可老实说，我并不甘心只做一个牧马人的头子！一直以来，我就想干一番惊天动地的大事。可我知道，单丝不成线，独木难为林。现在，你我兄弟走到了一起，这就是天意！所以，我想趁天下大乱，豁出命来，干一番轰轰烈烈的大事业！不知兄弟以为如何？”

石勒挺身坐起：“好啊！大丈夫生于天地之间，就应该有一番作为。再说，司马朝廷残害我胡人，把我们看作牲畜，我深恨之！有朝一日，定雪此耻！大哥，你说怎么干吧？我们举旗造大晋的反，怎么样？”

“是要造反。”汲桑点点头，“而我们眼下的当务之急是要拉起一支队伍。现在我手下就有兵丁数千，可以以此为基础，再逐渐发展壮大。我所顾虑的是，我们身边还缺乏一帮肝胆相照，可堪大用的弟兄。目前我这里虽然人数不少，但是，可以托付大事的人却很少，不知老弟身边有无这类人物？”

石勒想了一想，说：“当年在老家三台岭时，为了保护族人不受侵害，我曾经组织训练过一批年轻人。其中有不少武功精湛，为人诚实厚道，可堪大用者。现在这些人也和我一样，大多被官兵抓捕买到了冀州。眼下在我身边的只有葵安、支雄和逯明。其他人则被冀州各地的大财主买走了。具体散落在哪里，现在还不清楚。还有，既然我们决定拉队伍举大事，就要考虑我们的兵源。据我所知，被官兵抓捕后卖到冀州的各部胡人累计不下数万。这些胡人大多年轻力壮，勇猛彪悍。我们一旦举事，如果能把这些人解救收编，可以组织一支劲旅。我想，如果能把我的那些弟兄找到，再摸清各部胡人在冀州的分布情况，必定会对我们将来的事业大有帮助。我想亲自到冀州各地走走。”

汲桑大为振奋：“那太好了！那兄弟准备什么时候动身？都需要带点什么？由为兄给你准备。”

石勒摇摇头：“什么也不需要带，我想明天就出发。因为我们这些胡人都是被富豪人家买走的，要找他们，也只有到这些富豪人家去找。我准备以做佣工的名义进入这些富豪家中，这样方便和那些被买的奴隶接触。当然，冀州很大，需要走很多的路。可这对于我们这些早已习惯了颠沛流离的胡人来说，实在算不得什么，大哥尽管放心。”

汲桑点点头。

牧苑门楼口，几个守门兵丁站立。汲桑与石勒相跟着走出。

汲桑：“兄弟这一去路途遥远，还望多加珍重。”他把手中的一个包袱交给石勒，“尽管兄弟说不需要带什么东西，但是必要的盘缠还是要带的。这是我给兄弟准备的一些路途中所用的钱物，请兄弟拿着，路上好用。希望兄弟早去早回，免得为兄悬望。”

石勒接过包袱，跨在肩上，向汲桑拱拱手：“请兄长放心，小弟去了。”转身大步离去。

武安临水。巍峨的太行山脉群峰壁立，遮住了西边的半个天空。山前一条大路上，一身胡人装束的石勒风尘仆仆地向前行走。

路边出现了一处用木栅栏圈着的养鹿场，上百头梅花鹿在里面安详地吃草。

石勒走过来，站在栅栏外饶有兴趣地驻足观赏。

一位鹤发童颜，颇有点仙风道骨的老者走了过来，向石勒拱拱手：“壮士请了。”

石勒回身施礼：“老丈请了。”

老丈：“见过鹿吗？”

石勒："过去在富豪人家的画轴上见过。真正的鹿这是头一次见到，故而感觉十分新奇可爱。"

老丈呵呵笑了："请问壮士是何方人氏，到鄙处有何贵干？"

石勒："在下乃并州人氏。前段官兵抓捕俺胡人卖到了冀州，我的好些亲友被抓，至今生死不明，故而来到冀州，想打听一下亲友下落。不想在此惊动了老丈，罪过，罪过。"

老丈："这倒无妨。老朽见壮士气宇轩昂，一身胡人装束，也猜想你来自并州。只是你这一身装束不好，可能会给你带来麻烦。"

石勒："请老丈赐教。"

老丈："据某所知，并州官府掠卖胡人，已经在冀州官府中产生了不良影响，让他们也知道了胡人能像畜生一样抓来卖钱。所以，眼下冀州的官府也派出官兵到处抓捕胡人。只是冀州不同于并州。并州自东汉以来，就是各部胡人的聚居地，到处都有胡人。而冀州的胡人绝大多数是从并州贩卖而来的，都已被当地富户买走，做了奴隶。故而，官兵们虽然穷凶极恶，却收效甚微。尽管如此，可官兵们并未收手，还在到处游走搜捕。你这一身装束若被官兵看见，定会惹来麻烦。"

石勒："谢谢老丈指点。在下原以为穿成这样才方便寻找同族之人。不想贵处官府也染上了如此恶行，在下自当谨慎。请问，附近有无胡人奴隶聚集劳作的场所？如有，在下也好前去寻访。"

老丈："有。"用手向前指点，"再往前走，有一片密林。穿过密林，一直向北，在靠大山的地方，就是一个很大的炼铁场。那里面就有好些被买来的奴隶干活。或许，你要寻找的人就在里面也未可知。"

石勒："多谢老丈指点，在下这就去了。告辞。"向老丈深施一礼，转身离去。

大路上，石勒在匆匆行走。

（镜头拉回大路一端）

一群游军垂头丧气地在路上行进。

一名游军："将军命令我们抓捕胡人，可这么多天过去了，连个胡人的毛也没见着。真晦气！"

另一名游军："那能有什么办法？就这么走着撞大运呗。"

"唉！"众游军散漫地继续行走。

"快看！"一名游军指着前面，"你们说，前面走着的是不是一个胡人？"

众游军一齐向前望去。

游军头子:“嗨,还真是个胡人! 快追,不能让他跑了! ”

众游军鼓噪着一起向前追去:“站住……”

(镜头推向石勒)

石勒听到后面的鼓噪声,回头望了一眼,立即迈步飞奔。

道路的前面出现了一片密林。

石勒冲进了密林。

游军追至密林。

游军头子:“快,把这片林子包围起来,不要让那胡人走脱! ”

游军迅速散开,将密林围住。

密林内,石勒在树株间不停游走,通过树干缝隙向外观察。林外可见游军们提刀执械的身影。

林外,游军头子:“大家听着,准备一起行动,进树林抓人! ”

一群梅花鹿奔腾着冲了过来,有的游军被鹿撞倒。

游军头子:“啊,梅花鹿! 快抓梅花鹿,抓到梅花鹿也能发大财。快抓! ”

游军们一起呼喊着:“抓梅花鹿! ”追赶鹿群而去。

石勒走出树林,看看游军追赶鹿群走远,长舒一口气,转身走上大路。

“壮士请留步。”鹿苑老丈从树林边走出。手臂上挎着一套晋人衣服。

石勒回身:“老丈如何在此? ”

老丈:“你刚才走后,我见官兵追你,故放出鹿群前来救你。我看你前程远大,不愿你落入官兵手中受辱,故而出手相救。”

石勒:“老丈如此大德,在下当铭记肺腑,永志不忘!只是,恩公为了救俺,失去鹿群,这便如何是好? ”

老丈:“不妨事的。那鹿群经过我的专门训练,官兵抓不到它们。到了晚上,自会走回鹿苑。我来找你,是见你一身胡服,很是不妥。不仅容易招致官兵抓捕,就算到任何一个有胡人奴隶的地方,都有可能把你当作是他们买来的奴隶而加以控制。这是一套晋人衣服,你穿上它,换下你的那套胡服,不要让人一眼就看出你是胡人来。你也不要再对人说你是胡人。同时,到了铁场,也不要说是来寻找胡人亲友,只说是逃荒至此,要找活干。要尽量避免不必要的麻烦。寻找亲友的办法,最好是多观察少打听。那家铁场,活计很多,用的人也很多。因为那里的活计既繁重又不安全,工价还不高,愿去干活的人不是很多。所以，凡是到那里上工的，一般都会被录用。当然，最危险繁重的活计都是由他们买来的奴隶来干。奴隶们没有人身自由，也没有生命保障，更没有人给他们发工钱，在主人家眼里，实在也就是一群两条腿的牲口。而前去找活干的佣工都是自由人，除每天完成定量的活计外，想要多赚钱，还可以另外找活干。不想多干活，也比较随便。但是，如果他们知道你是胡人，那他们就会把你作为奴隶拘禁起来，与奴隶们一起加以管控，那就惨了。来，穿上它，把你那身胡服换下来。"

石勒对老丈感激地深施一礼："恩公高义，令在下感动五内。在下这就换装。"接过衣服，走进树林。

老丈目送石勒走进树林，微微一笑，洒然隐去。

石勒换好装走出树林，左顾右盼，口中呼喊"恩公"数声，不见回应。自语道："莫非我今天遇到了高人？"长叹一声，迈步向前而去。

一个古老的炼铁场，炼铁炉中烈火熊熊。几个炉工手持手摇风箱在使劲摇动，向炉内吹风。炉前，几个炉工在不时地往炉内添加矿石和燃料。

石勒用木制独轮车推着满满一车矿石走了过来，把矿石倒在炉前的堆料场上。他掀起衣襟擦汗，眼睛留神地察看炉前的每一个人，微微摇头。

一处堆放矿石的场地。一群人在挥舞着大忒榔头，将较大的矿石敲击成碎块。旁边有人将敲碎的矿石与焦炭混合后装入独轮车。另有人将装满碎矿石和焦炭的独轮车推向炼铁炉。

石勒推着卸了货的独轮车从炼铁炉前走来。他放下独轮车，走到堆矿石的场地，看人们在敲打矿石。

炼铁场兵丁押着一队奴隶拉着装满大矿石的板车走来，将矿石卸在场地上。

一个正在指挥卸放矿石的工头见石勒走过来，对他颇有好感地竖起大拇指："今天的活计又干完了？好样的！要不要再干一份，多赚几个钱？"

石勒："今天就不了。我很好奇，这么坚硬的矿石是如何从山上取下来的？我想到矿山去看看。"

工头："有什么好看的？那是奴隶们干活的地方，矿洞中经常发生塌方冒顶事故，差不多每天都在死人，非常危险。身子自由的佣工没人会去，我看你也最好别去。"

石勒:“我还是想去看看。在炼铁场干活一场,如果不知道矿石是怎么取下来的,总感觉有点遗憾。所以,我想去开开眼。”

工头:“实在想去就去吧,不过要多加小心。记住,一般不要进入矿洞。”

石勒:“好嘞。”

工头指着押车的兵丁说:“那你就跟着他们去吧。”说着,他又叫过一个兵丁,对他说,“这位佣工想进矿山看看,你就带他去吧。”

兵丁:“行。”

工头又吩咐石勒:“千万小心!”

石勒点点头。

一处狭窄的山沟,头上峭壁对峙,悬岩压顶,只能看到一线蓝天。一条路径延伸到山沟深处。山风习习,路上,奴隶们都蜷缩着身子前行。路边的荒草碎石丛中,不时出现经雨水冲刷暴露的白骨。

行走中的石勒指着路边的白骨问随行的兵丁:“这里怎么有这么多的骨头?”

兵丁:“唉!这都是那些死去的奴隶。说来恓惶,奴隶们活着,就是两条腿的牲口,只能被驱赶着干活,没有任何自由。死后,往荒草碎石中一埋,就算了事。这里活计繁重,又常出事故,奴隶们死伤很多。所以,主家经常往回购买,却总也不够用。惨呐!”

石勒听了,紧锁着眉头,摇了摇头。

大山根部,几眼人工穿凿的窟窿,里面传出叮叮咚咚的铁锤和铁钎的锻打声。每个窟窿口上都有兵丁守着。洞口堆放着开采出来的矿石。

一个兵丁对着窟窿高喊:“赶快干活,不许偷懒!”

石勒走过来,对着窟窿向内窥探:“请问老总,炼铁的矿石就是从这里面取出来的吗?”

兵丁:“是呀,你连这都不知道?”

石勒:“我能进去看看吗?”

兵丁流露出十分诧异的目光,上下打量了石勒一番,说:“不想要命是不是?不要命你就进去,没人会拦你。”

石勒:“谢谢老总。”弯腰钻进苦了窟窿。

窟窿内漆黑一团,石勒摸索着向前行走。

摇曳的灯光，悬挂在洞壁上的麻油灯。灯光下，几个蓬头垢面脱光了上身衣服的人在抡着铁锤，敲打铁钎，凿取洞壁上的矿石。

石勒从外走了进来。显然，他的到来惊动了这些人，于是都停下手中的活计，回头看他。

“咦！这不是勒子哥吗？”随着一声惊呼，一个披头散发、胡子拉杂满面尘灰的人扔掉手中铁锤，扑了过来，“你咋来了这里？”

石勒扶住来人双臂，仔细审看打量。

呼延莫：“咋的，勒子哥，你不认得我了？我是呼延莫呀！”

石勒：“呼延莫？你是呼延莫？”他将呼延莫的身子搬过来，就着洞壁上的油灯光看了看，“啊，呼延莫，果然是你！”他把呼延莫一把搂在怀里，“好兄弟，原来你在这里受苦！”

呼延莫哽咽一会儿，挣开石勒的拥抱，对怔怔地看着的同伙们说：“大家都过来吧，这就是我常给你们叨念的我们的胡人英雄石勒。”

“石勒？”“他就是石勒？”“就是那个当年在京都长啸打倒官兵后跑了的孩子石勒？”众人嚷嚷着，都扔掉手中工具，围了过来。

石勒：“这洞里有监督你们的人吗？”

呼延莫：“没有。监督我们的人一般不会进洞，只在外面吆喝。只有矿石采得过少，才会进来用鞭子抽打我们。要不就是死了人，他们也会进来指使我们把死人拖出去。一般时候他们不会进来。”

石勒：“嗯，来，都坐下，说说你们的经历。”

窟窿外面，守卫的兵丁侧耳听听洞内：“怎么没有干活的声音了？”他提高嗓门向内高喊：“怎么不干活了？想找死吗？”

洞内，声音传了进来：“赶快干活，免得老子生气！”

大家对望一眼，操起放在地上的铁锤，敲打地上的铁钎，使之发出声响，掩护他们交谈。

石勒放低声音：“看来，大家都是来自咱并州的老乡。可惜有很多人已经在塌方、冒顶和劳碌生病中死去了。这是官府和恶霸豪强欠下我们的一笔必须偿还的血债！还算你们命大，总算撑到了如今。大家一定要记住，就是再难，也要想方设法活下去。我告诉你们，你们的苦日子不会太久了。我们已经决定在冀州拉大旗，举大事！我这次出来走冀州，就是要摸清，我们这些被掠卖的胡人们具体都分布在什么地方。同时联络各部豪杰，为起事作准备。到现在，我已经走了一些地方。从这里离开后，我还会走好些地方。不过，我想用不了多少日子，我们就会举事，到时候就会前来解救大家。但是，大家一定要严守秘密。我说的这些话千万不能让外面的人知道。同时，大家如果有机会的话，要在奴隶之间相互串通，做好准备，等待我的到来，解救大家一起出去。还有，如果在我到来之前，大家有机会脱离樊笼，可以到茌平县'赤苑'、'骒骥'这两个皇家牧苑来找我。如果没有机会，也一定要忍受一切磨难，活着，等我到来。大家记住了吗？"

众人："记住了！"

石勒："好！那大家继续干活，我在这里面不能呆的时间太久。太久会引起外面人的怀疑。那我就出去了，大家千万珍重。"

众人："大哥，你可一定要快点来！"

石勒点点头，站起身，拍拍呼延莫的肩头："兄弟珍重，我走了。"

第十二集

石勒帮助拉板车的奴隶推着矿车回到炼铁场的配料场。

工头:“咦? 你怎么帮他们干这事?”

石勒:“唉! 都是苦命人,于心不忍,让他们轻快一点吧。”

工头:“嗯,你小子心肠不错。都看到了吗?”

石勒:“看是看了,只是那些采矿的奴隶太可怜了!”

工头:“这么说,你进矿洞了?”

石勒点点头。

工头:“你呀,真是胆大不要命! 幸好没出什么事。否则,你后悔都来不及。”

石勒:“谢谢您的关心。不过,我有一事想和您商量。”

工头:“你说。”

石勒:“我出来已经有好些日子了,还好在这里赚了几个钱。我想回家安顿一下再来。你看行吗?”

工头想了一想:“你小子干活是把好手,很讨我喜欢。不过,回去安顿一下也好。希望你快去快回。回来后我会考虑给你增加工钱。”

石勒:“那敢情好! 那我就收拾一下,准备走了。”

工头:“去吧。”

大路上,石勒在匆匆行走。

一处挖掘鱼塘的施工场地。周围兵丁看管着一群奴隶在施工。

石勒进入施工现场,与兵丁交谈。

石勒走近施工的奴隶,在察看他们。

石勒在道路上行走。

大路上，一个军官模样的人（诸葛玫）正在飞骑疾走。

长安，河间王司马颙府邸。司马颙在饮茶看书。

一家人走进禀报："启禀王爷，骠骑从事诸葛玫求见。"

司马颙："诸葛玫？他不在京师供职，跑回来干嘛？传他进来。"

家人："是。"退下。

诸葛玫走进："王爷，大事不好！"

司马颙："嗯？何事不好？快说！"

诸葛玫："李含、冯荪和卞粹在京师行刺长沙王失手，被长沙王抓住斩了！"

司马颙猛地站起："什么？李含被斩了？"

诸葛玫："是，现在长沙王在京师到处搜捕我们的人，好多人都被抓了。末将也是侥幸逃脱，连夜赶回来向王爷禀报。"

司马颙怒气勃发，在地上来回走动。几个来回后，对诸葛玫说："嗯，孤知道了。你一路辛苦，下去歇息吧。"

诸葛玫："诺。"退下。

司马颙走到书案前坐下，提笔润墨书写信笺。写毕，取信封封好，对外高喊："来人！"

家人走进："老爷，有何吩咐？"

司马颙将信封交予家人："你立即派快马，将此书信送往邺城，交给成都王。"

家人："知道了。老爷，小的这就去办。"退下。

邺城，成都王司马颖府邸。司马颖在阅读书信，旁有参军邵续、司马卢志陪侍。

司马颖读罢书信，抖抖手中信笺，对卢志、邵续说："河间王约孤出兵，共同讨伐长沙王，并承诺事成之后推举孤为皇太弟。汝两位以为如何？"

卢志："殿下万万不可！想当年殿下平定赵王之乱，为朝廷立下大功。殿下有功不居，委权谢宠，甘心就藩，才赢得人心物望同归，天下交口称颂。如今就算朝廷辅政之人不称职，需要调整，也不必带兵入阙。殿下只要着文官服饰入朝，召集百官从容论治，就足以让人信服。再说，长沙王乃殿下亲弟，虽在朝辅政，却事无巨细均致函向殿下征询，一向对殿下尊敬有加。若殿下文服入朝，整顿朝纲，以在下看来，长沙王绝不会与殿下相抗。"

邵续："在下以为卢司马所言甚是，长沙王与殿下一奶同胞，殿下却不可自断手足！”

司马颖不以为然地呵呵一笑，说：“二位迂腐。想我们当年谢政归藩，举善事收取民心，不就是为的今日吗？现在人心已得，物望双收，正好加以利用。至于长沙王是孤亲弟，这又怎样？难道政治面前还能讲亲情吗？孤意已决，二位不必再劝。不过在发兵之前，应先与河间王联名向朝廷上疏，让朝廷将仆射羊玄之与左将军皇甫商加以诛除！此二人孤深恨之，不除不快。至于长沙王，可令其交出大权，谢政归藩。疏表上去后，看看朝廷是什么态度，再作下一步的计划。”

长安，河间王司马颙府邸。一太监手捧圣旨，站在正面宣读。河间王司马颙跪在太监面前听旨。

太监：“奉天承运，皇帝诏曰：河间、成都二王上疏诽谤朝政，有失人臣之礼。敕令二王安守本镇，不得妄为。若二王胆敢妄为，朕将亲率六军，问罪尔等！钦此。”

司马颙猛地站起，从太监手中夺过圣旨：“可恨！”

校场上，司马颙戎装贯甲，在点将台上发布命令：“朝中奸臣当道，朝廷不从我疏，还要问罪我等，孤岂能善罢甘休！张方听令！”

张方：“末将在！”

司马颙：“命你率精兵七万，自函谷关东进，攻打京师洛阳。”

张方：“得令！”

大路上，大军在行进。旌旗蔽日，刀枪林立。

邺城，成都王司马颖军帐。帐下众将侍立，听候司马颖发布命令。

司马颖：“朝廷不从我疏，对孤藐视太甚，着实可恼。众将听令！”

众将齐应：“末将在！”

司马颖：“命平原内史陆机为前军都督，统帅北中郎将王粹、冠军将军牵秀、中护军石超所部人马二十万，南下进攻京师。其他人随孤进屯朝歌。”

众将：“得令！”

大道上，大军在行进，刀枪林立，旗号闪闪。

京师洛阳，长沙王司马乂军帐。众将环侍，听长沙王布置军事。

司马乂:“今二镇跋扈,率兵直逼京师。吾皇决意亲自督兵抵御。望各位勠力同心,共扶危局。”

众将:“唯太尉之命是从!”

司马乂:“皇甫商听令!”

皇甫商:“末将在!”

司马乂:“命你率军一万,驻屯宜阳,抵御张方。”

皇甫商:“末将遵命!”

司马乂:“司马王瑚听令!”

王瑚:“末将在!”

司马乂:“命你率所部骑兵驻屯建春门,严防陆机来袭。”

王瑚:“遵命!”

司马乂:“其余众将听令!”

众将:“末将在!”

司马乂:“随孤护驾十三里桥。”

众将:“遵命!”

大路上,张方率军前行。一将军骑马从前面跑过来:“报告张将军,宜阳发现朝廷军马。”

张方:“杀过去!”

将军应一声:“遵命!”随即勒转马头,抽出腰间长剑一挥,“杀——”

张方军队与皇甫商军队冲突,交战,厮杀。

十三里桥,皇帝行宫。司马衷与太尉司马乂按序居坐。帐下众将环侍。

皇甫商狼狈走入,跪拜在地:“启禀陛下,张方军来势甚猛,微臣不敌落败,望陛下降罪责罚。”

司马衷:“这么快就败了?”

仆射羊玄之惊惧地浑身颤抖:“这便如何是好?”突然倒地。

群臣慌乱,一时左顾右盼,无所适从。

司马乂:“快扶羊仆射入内歇息。大家镇定!”

两名卫士走入,将羊玄之扶了出去。群臣复归镇定。司马乂示意皇甫商站起。

司马衷对司马乂说:“太尉,朕感觉此处已成险地,不如返芒山移驾缑氏。你看怎样?”

司马乂："好吧。"转而面对群臣，"传令下去，转芒山，移驾缑氏。"

朝歌，成都王司马颖行营。司马颖与众将佐议事。

"报——"一军士走入，"报殿下，皇帝行宫被张方击败，现已移驾缑氏。"

司马颖："知道了，再探！"

"诺！"军士退下。

司马颖："传令石超，率部进逼缑氏！"

皇帝行宫。

司马衷对太尉司马乂说："刚刚移驾缑氏，又遇成都王悍将石超相逼。二镇跋扈如此，这便如何是好？不如回驾京师。"

一太监走入："皇上，仆射羊玄之死了！"

司马衷："啧啧，这都是吓死的！罢了，立即回驾京师，驻跸建春门！"

京师建春门，王瑚军帐。众将侍立待命。

王瑚："众将听令！"

众将："末将在！"

王瑚："眼下陆机率兵攻击建春门，来势凶猛。传令所有骑兵，将马身上捆绑长矛大戟，等待命令，全军出动，冲击反贼。有敢后退者，斩！"

众将："得令！"

洛阳高大城墙，一座门洞上方匾额："建春门"。门洞口的开阔地上，身上捆绑着长矛大戟的马群在整装待发。

战场的另一端，陆机的军队列阵待战。

建春门下，王瑚手持长矛，骑在满身捆绑着长矛大戟的马上，回头看了一眼自己的队伍，将手中长矛向前一指，大呼："杀——"一马当先，向敌阵冲去。

"杀——"所有捆绑着长矛大戟马匹的将士紧跟着王瑚，疾风暴雨般向敌阵冲去。

两军相交，王瑚骑兵在陆机军中横冲直撞，好些将士被长矛大戟刺中，尸身横飞。

陆机军阵大乱，将士纷纷溃散逃命。

七里涧河道边，陆机败兵蜂拥而至。

王瑚马队在惊天动地的喊杀声中冲了过来。

陆机军队像下饺子般挤落河道。河道中将士浮沉涌动。

河岸上，陆机军在仓皇奔逃。

密林之中，一堆篝火。牵秀、石超、王粹等败将灰头土脸地聚在一起。

王粹："今日遭此惨败，你我麾下十六名偏将全部阵亡，殿下必然不会相容。奈何？"

牵秀："我看不如这样。陆机本是一吴地文人，并非将才，却被殿下简为都督，凌驾于你我之上，我等本就不服。何不把这次兵败原因诿罪在他的身上？就说陆机不懂用兵，指挥失当，让他承担全部罪责！这样我们就可相安无事。大家以为如何？"

众败将："对，就该如此！"

石超："嗯，此说正合我意。那就请牵秀将军回行营禀报殿下走一趟吧。我知道，牵将军与殿下身边心腹宦官孟玖友善。而孟玖因为当初为他的父亲乞简邯郸县令被陆机所阻，对陆机怀恨在心。你二人正好表里合一，一唱一和，促成殿下降罪陆机。"

牵秀："你咋啥都知道？好吧，那我就替大家走一趟。"

成都王司马颖行营。司马颖在听牵秀与孟玖构陷陆机。

司马颖："可恼，可恨！今日战事本来我强彼弱，不承想反而落得如此惨败！"他从军案中抽取令箭一支，"牵秀听令！"

牵秀："末将在！"

司马颖："汝速持此令回到军中，将陆机斩首正法！"

牵秀接过令箭："遵命！"

京师建春门皇帝行宫。皇帝司马衷端坐御座，帐下百官云集。

太尉司马乂出班奏道："启奏陛下，如今建春门之危已解，请陛下速速移驾城西，抵御张方。"

司马衷："好。"

洛阳城西，朝廷军队列阵于城门之外，阵营整肃；城门口，百官簇拥着皇帝的乘舆麾盖，气势雄壮。

张方率大队人马冲杀过来，远远望见洛阳城下朝廷军队列阵以待，举手示意队伍停止前进。

张方麾下将军们望着前面，面露狐疑与恐怖的神色。

（洛阳城门口天子乘舆麾盖的特写）

（镜头拉回张方军中）

将军们在交头接耳。一将军轻声向另一将军说："不好，果然是皇帝御驾亲临。"

另一将军："我们咋可与皇上直接对抗？其祸非同小可！"

张方军队出现骚动，继而有人向后退缩。

张方拔剑喝令："停下，不许后退！"

洛阳城下朝廷军中，太尉司马乂向麾下将军发布命令："众将听令，各带所部，奋勇向前，消灭反贼！"将手中长剑向前一指，"杀——"

"杀——"朝廷军队排山倒海般向前冲去。

两军交锋，刀光剑影，马倒人靡，血肉横飞。继而张方军开始溃退，阵营大乱，接着全线崩溃。张方与几个将军飞骑疾走。

夜晚，张方军帐。张方与众将议事。

一将军："京师防备森严，再加上皇上亲自督战，我军士气不振，导致今日大败。看来攻取京师无望，不如趁着夜色掩护，全军撤退。"

张方一脸凶气，用手理理虬髯，说："不不不，胜败乃兵家常事，古来良将用兵，往往能因败为胜。如今我军仅仅退至十三里桥，距京师尚近。若趁夜前进，敌人因我新败，必不加防。出其不意，也是一兵家奇策呢。众将听令！"

众将："末将在！"

张方："立即拔营，前进七里安营扎寨，加固营垒，强弓硬弩，严防死守，无令不许出战。违令者，斩！"

众将："诺！"

清晨，太尉司马乂军帐。司马乂端坐在军案后，案前众将环侍。

司马乂："昨日一战，张方溃不成军，看来短期内不会有所作为。不过，我们也要小心防范，不可大意。"

"报——"一军士入帐，跪地禀报，"报太尉，张方率军直逼京郊，已于昨晚安营固守。"

司马乂猛地站起:“什么? 张方恶贼死灰复燃? 再探!”

军士:“是!”起身退下。

司马乂:“众将听令!”

众将:“末将在!”

司马乂:“各领所部,趁其立足未稳,立即前往攻击,不得有误!”

众将:“遵命!”

张方军营寨。

朝廷军喊杀连天,汹涌杀来。

张方营寨中箭射如雨,朝廷军士纷纷中箭倒下。余军后撤。

又一波朝廷军冲杀过来。冲在前面的士兵纷纷中箭倒下,余军后撤。

再一波朝廷军冲过来,如前。

洛阳城外,司马乂顶盔贯甲骑在马上,左右有众将及兵丁护卫。

一将军来报:“启禀太尉,张方营垒坚固,我军连续进攻数度,无法撼动!”

司马乂长叹一口气:“是孤大意了! 既然这样,传令下去,撤退回城,婴城固守!”

张方军营。张方与众将议事。

“报——”一军士入帐来报,“朝廷军全线撤退!”

张方:“好! 等的就是这个节点。众将听令!”

众将:“末将在!”

张方:“立即大开营门,推倒寨栅,全线出击。有畏缩不前者,立斩不赦!”

张方军营,营门突然全部大开,寨栅被推倒。寨内军士如潮水般涌出,呼啸着扑向正在撤退的朝廷军。

洛阳城门口,朝廷军狼奔豕突,仓皇涌上架在城壕上的吊桥,向城内退去。

太尉司马乂在几个将军的护卫下骑马奔来,上了吊桥。他勒马回首,看了眼紧跟在后面不远处的追兵,等待自己的部下从身边经过,奔入城内。

张方追兵追了过来,渐渐迫近吊桥。司马乂拍马进入城内。

吊桥徐徐吊起。

张方军队追至吊桥边,被城上射下来的箭雨迫退。

冀鲁大地上,石勒在匆匆前行。

大路边，几间茅屋，门前插一面招旗，上书“悦来客栈”。天色傍晚，一轮明月从山边升起。

石勒从路上走来，抬头看看招旗，推门走进茅屋。

院子里，店家手持灯笼，领石勒来到一处大房间的门口，说：“就这里，条件一般，请客官将就一下，进去歇息好了。”

石勒：“好说，一路奔波，疲惫得要命，有个歇息的地方就行。”说完，推门进屋。

屋内，靠墙壁的地上铺着蒲草。蒲草上或躺或坐着十多个客人，说话声音嘈杂。

随着门被推开，石勒走了进来。他用手在脸前挥挥浑浊的空气，就着屋内一张桌上那盏微弱的素油灯光巡视地上，寻找可以栖身的地方。

“勒子哥！”墙角传来一声呼唤。

石勒循声望去，见王阳正从草铺上爬起。他激动地扑过去：“王阳，你怎么在这里？”二人热烈拥抱。

屋内所有人都扭头看他们。

王阳低头对草铺上的客人说：“来，大家挤一挤，给腾个位。”

客人们一阵骚动，在草铺上挤出了一点空位。石勒与王阳在草铺上落座。

王阳：“来，勒子哥，我给你介绍一下。”他指着身边的俩个壮士说，“这是我新交的两个朋友，他叫吴豫，他叫刘膺，都是咱并州老乡。他俩自幼习武，身手都很了得。”转过来又向吴、刘二壮士介绍，“吴豫、刘膺，我的这位勒子哥，就是我常给你们说的石勒。”

吴豫：“是吗？你就是那个在京都上东门长啸打倒官兵后跑了的石勒？”

刘膺：“一个人把曹豹十几个浑小子打得屁滚尿流的就是你？”

石勒微微一笑，有点嗔怪地：“王阳你真是，到处瞎吹什么！”

吴豫：“英雄！”竖起大拇指。

刘膺：“好，今天总算开了眼，见到了我心目中的大英雄！”

石勒有点不好意思：“我算什么英雄！话说得过头了。来，给我说说，你们是怎么来到这里的？”

王阳：“自从家乡遭遇大旱，活不下去了，我就翻越太行山，到这里寻求活路。在冀州打工时，我遇到了吴豫和刘膺。由于对脾气，我们成了很好的朋友。前几天，我们听说家乡年景转好，所以我们决定返回老家。没想到在这里遇到了你。”

石勒点点头，低头思索了一下，说："你们看这样行不？咱先别急着回家。如今我在茌平皇家牧苑做事，那里有好多活计可干。我想让你们随我到牧苑看看。不知你们意下如何？"

王阳："好啊！只要能跟着勒子哥，干啥都行。"

吴豫："行，我去！"

刘膺："我也去！"

大路上，石勒、王阳、吴豫、刘膺结伴而行。前面路边出现一棵大树，四人来到树前，石勒说："来，咱们在树荫下歇息一会儿，我还有事和大家商量。"

四人在树下各找地方坐下。

石勒："客栈人多耳杂，有些话不方便说。在这里，我想向你们交个底。其实，我让你们和我一起回牧苑，是想拉你们入伙，共同干一番惊天动地的大事业！不知你们愿不愿意干，敢不敢干？"

王阳等："干大事？"

"干什么大事？怎么个干法？"

"快给我们说说！"

石勒："你们可能不知道，如今的晋室朝廷腐败透顶。司马家儿孙为了争夺权势，骨肉间互相残杀，掀起了一场又一场的腥风血雨，把天下搞得乱七八糟，弄得天怒人怨，民不聊生。这样的朝廷存在一天，就是天下百姓的巨大灾难！所以，我与茌平皇家牧苑的牧帅汲桑，决定举旗起事，拉队伍，与大晋朝廷展开对抗，推翻他们的残暴统治，为天下百姓打出一片蓝天。要知道，这可是拎着脑袋往前跑的大举。成功了，我们都是英雄；失败了，脑袋就得搬家！我想问问你们，敢不敢跟我干？"

大家摩拳擦掌，精神振奋。

王阳："干！大丈夫处世，就是要干一番轰轰烈烈的大事业。干！"

吴豫："干！脑袋掉了碗大个疤，有何不敢？干！"

刘膺："我早就想干一番大事业，只是没有机会。现在机会来了，干！"

石勒："好！既然大家都敢干愿干，咱就干他个痛快！走，回牧苑。"

牧苑，汲桑军帐。石勒与三位壮士站在汲桑面前。

汲桑挨个打量着三位壮士，拍着他们的肩膀说："好！不错，都是豪杰。"他回头对石勒说，"兄弟辛苦了。"

石勒："为了咱们的大事，不辛苦！"

汲桑点点头，向外喊道："来人！"

一名牧卒走入:“大帅有何吩咐?”

汲桑:“你去安排宴席,为石勒兄弟与诸位壮士接风。”

牧卒:“好嘞。”

夜晚,汲桑军帐,石勒与汲桑交谈。

石勒:“通过这次走冀州,我已经基本摸清了被掠卖的胡人们的分布情况。在我们举旗之后,可以先去解救他们,用于扩充我们的军队。这可是一支战斗力相当强大的劲旅啊!大哥,我认为,我们应该趁眼下大批流民涌入冀州的大好时机,插旗招兵,拉队伍开始举事了!”

汲桑轻轻摇了摇头说:“不行,条件还不成熟。从现在情况来看,拉起一支队伍并不难。难的是,我们用什么来养活这支队伍呢?俗话说‘兵马未动粮草先行’。眼下我们虽然可以依托皇家牧苑,可是,朝廷拨给牧苑的银两仅够维持牧苑的日常开支。如果我们拉起的队伍人数不多,不足以成大事。要成大事,就得有一支声势浩大的队伍。这样一来,首先就得有足够的粮草储备来作保障。再说,还有军队的兵器、服装、盔甲、旗幡等等一应装备,这都是一笔相当大的开支啊!这还不说马匹,因为‘赤龙’‘騄骥’两处牧苑在我们的掌控之中,可以保证部队的乘骑。但是,仅就粮草和装备,就需要大量的银子。这笔钱从哪里来?这是我眼下最为头疼的问题。”

石勒点点头:“嗯,对,这倒确实是个棘手问题。老话说‘当兵吃粮’嘛,如果没有粮食吃,就算拉起部队,也会一哄而散。可是,这么大的一笔银子,如何才能搞到手呢?这样吧,大哥,你容我想想,我觉得,终归会有解决的办法。”

汲桑:“很好,从现在开始,我们都集中精力思考这个问题。一定要找出个解决问题的法子来。”

汲桑军帐,汲桑与牧苑主簿在商讨事务。

汲桑:“主簿,叫你前来,是要你把朝廷一年给牧苑下拨的银两和牧苑一年的各项开支做一个明细账目出来。我想知道,牧苑一年下来,到底能结余多少银两。”

主簿:“谨遵大帅吩咐,我这就去办。”

主簿转身离去,石勒走进帐篷。

汲桑看见石勒,说:“石勒兄弟,请过来坐下说话。”

石勒:“好嘞。”走过去坐了,“大哥,我昨天想了一天。我认为,我们的军费问题有一个办法可以解决。”

汲桑:“是吗?说来听听。”

石勒:“借!”

汲桑:“借?向谁借去?”

石勒:“向官府衙门和恶霸豪强去借。”

汲桑:“呵?你的想法非常新奇。快说说,怎么个借法?”

石勒:“大哥,不管咋说,我们是要举旗造反了。对不?”

汲桑:“对呀!”

石勒:“可是,一旦我们举了旗,也就断了退路,只能拎着脑袋往前闯。”

汲桑:“不错,是这样。”

石勒:“所以我想,在正式举事之前,我们不妨先当一回响马,专拣那些民愤极大的贪官污吏和恶霸豪强去打家劫舍!这些家伙有的是金银细软,而且都是搜刮百姓的不义之财。我们把它劫来,用于举旗起事,拯救天下,这就是替天行道。你说是不是?”

汲桑:“是啊!说得好,就是这个理儿。”

石勒:“既然是这么个理儿,那我就想挑选一些身手敏捷、机智勇敢的弟兄,组建一支精悍的小部队,通过前期踩点,伺机向他们下手!你看怎么样?”

“好!”汲桑一击掌,“这办法很好。不过,有几点还需要认真考虑。第一,这支小部队必须个顶个,都有很好的身手;第二,人手选好后,要进行严格的训练,掌握应对各种突发情况的能力。特别是每个人都要学会骑马,做到来去一阵风;第三,每次行动之前,都必须周密策划,尽量预想可能出现的各种情况,做好应对措施。要注意,一旦情况有变,宁可放弃行动,也决不能把我们的人陷进去。还有,现在的皇家牧苑,是我们眼下唯一的据点,在正式举事之前还不能暴露。这就需要我们必须把行动的目标选在茌平县以外,越远越好。行动结束后,回来时,一定要注意隐蔽,不能让其他人发现我们的行踪。”

石勒一面听一面点头:“大哥虑事周密,说得很好。这些事都交给小弟来办。你是官府中人,各处衙门都可能有人认识。所以,你不能出面参加行动。你在牧苑给我们拿主意就成。”

汲桑:“这样也好。那就有劳兄弟了。”

石勒:“应该的,大哥不必客气。大哥,现在我想回师欢庄上一趟。我的三个弟兄葵安、支雄和逯明都还在那里做奴隶。我想把他们要过来,参加我们的小部队。还有,我走冀州带回来的那三个兄弟王阳、吴豫、刘膺,身手都很不错,也让他们参加。大哥,不知你的牧苑中有没有可以任事的人?”

汲桑:“有两个,不仅身手了得,马上功夫也好,现在是牧苑的驯马师。等你从师欢庄上回来后,我就把他们交给你,让他俩帮你训练小部队的马上功夫。”

石勒:“好。”

第十三集

牧苑门楼口，汲桑骑着马正要出行。门前大道上，石勒带着葵安、支雄、逯明迎面走来。

石勒："大哥这是要去哪里？"

汲桑："到騄骥苑去看看。"

石勒："嗯。"他指着葵安等三人说，"大哥，这就是我给你说的三位兄弟：葵安、支雄、逯明。"转而又对葵安等介绍说，"这就是汲桑大哥。"

葵安等仨人过来和汲桑见礼：

"葵安见过大哥。"

"支雄见过大哥。"

"逯明见过大哥。"

汲桑从马上跳下还礼："好好好，一看你们雄赳赳气昂昂的样子，就知道你们都是身手不凡的壮士。只是你们的主人师欢怎么舍得让你们走呢？"

石勒："师欢是个开明之人。当初为我削去奴籍，还我人身自由的时候，曾经许诺，只要我向他开口，不论人财物，他都会给我。这不，我回去向他要我的这三位兄弟，他二话没说，很爽快就答应了，就连要他们干什么都没问。哈哈。"

汲桑："好。你去安排小部队的整训事宜，我去騄骥苑。我给你说的那俩驯马师不在这里，在騄骥苑。我这就去把他们带来，参加你们的小部队。"

牧苑校场上，葵安、支雄、逯明、王阳、吴豫、刘膺站成一排，在听石勒训话。

石勒："刚才我宣布的几条军纪，大家都记住了吗？"

六人齐声："记住了！"

石勒："好！今后大家一定要做到令行禁止。未接命令，决不许擅自行动。如果违反军纪，就算我们是兄弟，我也绝不会姑息容情！军队纪律是军队的灵魂，是胜利的保证！大家一定要明白。"

就在石勒训话时，汲桑带着桃豹、冀保正好走进校场。听了石勒的训话，汲桑拍手称赞："说得好！看来石勒兄弟天生就是带兵的好手。"

石勒闻声转身，发现桃豹。二人几乎同时惊呼："桃豹（勒子哥），你咋在这里？"

汲桑："你们认识？"

桃豹跳下马扑了过来，与石勒拥抱。汲桑、冀保也相继下马。

石勒回头对站着的六人发令："解散！"

葵安、支雄、逯明、王阳一起扑了过来，和桃豹拥抱。

汲桑疑惑地看着他们，显得一头雾水。

趁着桃豹和大家亲热的机会，石勒脱身出来，走到汲桑跟前说："大哥，你可能不知道，桃豹也是我们武乡三台岭的兄弟。只是我还没弄清，他怎么会出现在你这里？"

听到石勒提自己，桃豹走过来："勒子哥，是这样。官兵掠卖我们途中，在过了太行山后，我趁他们监视松懈，偷偷逃跑了。当时我因为害怕再次被抓，不敢回老家，就改换行装，隐瞒了胡人身份，在冀州大地上流浪。有一天我辗转来到了茌平，恰好遇上汲桑大哥。蒙他抬爱，收留了我，还教会了我骑马。从那时起，我就一直在他的騄骥苑中干活。"

汲桑："是啊，当时我见他身手不错，人也机灵，跟我很对脾气，就让他留在牧苑，帮我做事，也算是惺惺相惜吧。可我一直不知他是胡人，更不知道他还是你的弟兄。这下好了，咱们兄弟聚首，风云际会，预兆我们的事业定会成功，可喜可贺。石勒兄弟，现在我把他还有冀保全交给你，希望你好好加以整训。我相信，将来他们都能成为独当一面的将军。"

石勒："谢谢大哥信任，小弟一定不负重托。"

汲桑："很好。我还有事，告辞。"说完，牵过马来，翻身上马，勒转马头，"驾！"策马走了。

石勒与众豪杰："恭送大哥！"

石勒率领着"八骑"小部队在原野上飞奔。

一堆堆放在包袱皮上的金银珠宝。

两只大手将包袱皮四角提起，打结，包好，石勒提着包袱，回头看了一下被绑在凳子上口中塞着白毛巾的富豪，下令："撤！"

屋内的兄弟走出屋门，口中喊一声："扯呼！"与外面放风的弟兄一起离去。

十字路口，石勒对“八骑”弟兄说：“今天的收获又不错。我们还是老办法，三人一组，分头隐蔽回去，向汲桑大哥报捷。”

石勒与“八骑”分成三组，分别向三个方向策马驰去。

成都王司马颖行营。司马颖与众将佐议事。

司马颖：“我军进攻京师一年有余，数度与长沙王交战，均遭败绩，致使我军损失惨重。如今士气低落，进退两难，实在令人沮丧。如果战事继续僵持，就只能考虑退兵了。”

众将佐相互看看，均无反应。

张方营帐。张方与众将议事。

张方：“我奉河间王之命进攻京师，耗时日久，寸功未得，白白损折了许多将士，真晦气。不如先撤回长安，再作打算，诸位有何高见？”

一将军走出道：“我们事先确实未料到长沙王如此顽强，京城如此坚固。但末将以为，将军不必急于撤军。以在下看来，京师围困日久，城内粮草得不到补充，应该已经严重匮乏。将军若能再坚持一段时日，城内必然生变。”

张方：“嗯，你说得很对！那就再坚持几日。”

京师，东海王司马越府邸。司马越独坐饮茶。

左卫将军朱默走入：“启禀王爷，长沙王今日出战又获大胜。”

司马越放下茶杯站起，显得十分焦躁：“哼！这一年来，两镇之兵损失惨重，士气低落。继续下去，长沙王很快就会成功。这是老夫最不愿看到的！如果长沙王成功，就会由他掌控朝政，那么将孤又该放何位置？不行，决不能让长沙王成功！”他叫过朱默，压低声音说，“这样，朱默，你是左卫将军，说话有一定的号召力。你马上出去散布流言，就说外敌势大，新的援兵又至，京师城破在即，以此动摇他们的军心。孤这就入朝，鼓动殿中将士，随孤伺机拿下长沙王，然后开城迎接二镇人马入都。”

一处朝廷偏殿，几位将军在值守。东海王司马越从外走入。

众将上前见礼：“参见东海王。”

司马越：“免了。长沙王何在？”

一将军：“到城头上巡视防务去了。”

司马越：“哼，徒劳而已，于事无补，只会给京师带来更加深重的灾难！”

众将面面相觑。

一将军:“王爷何出此言?”

司马越:“据探马来报,河间、成都二王又有重兵增援,京师城破在即。而京都之内粮草匮乏,人心浮动,如何能抵御得了!若二王攻破城池,所有抵抗之人不仅要身首异处,还会祸连九族!”

众将现恐怖神色:“这便如何是好?”

司马越:“为今之计,诸位必须改弦更张,随孤拿下长沙王,开城迎二王军队入城,将功补过方可消除祸患!”

一将军:“可是,长沙王一向对皇上忠心耿耿,从不失礼,是大家公认的贤王。特别是在京师被困、粮食严重短缺的情况下,他能和士卒们同食粗粮糙米,甘苦与共,深得将士们拥戴,都乐于听命于他。所以屡次大战,胜多败少。现在要对长沙王无礼……唉!”他于心不忍地摇摇头。

司马越不屑地说:“哼,妇人之仁,难成大事,还会赔上家身性命!你可想好了。”

另一将军:“自己家身性命要紧,顾不得其他了。咱听东海王的。”

其他将军无奈地相互看看,都点点头。

司马越:“这就对了嘛。那就请诸王随孤上城,伺机拿下长沙王!”

城头上,长沙王司马乂带着几个亲兵在巡视防务。他走到一个向着城外守卫的士兵跟前,亲切地问候:“小兄弟,辛苦了。”

士兵:“王爷好,不辛苦。”

司马乂:“一定要提高警惕,不可大意。”

士兵:“是!”

东海王司马越带着一群殿中将士从城墙另一端走了过来。

司马乂回头看见,急忙迎了过去:“皇叔,你们也都来帮我守城了?好,这我就更放心了。”

司马越:“给我抓起来!”

几个殿中将士扑过去,将司马乂扭住。

与此同时,其他殿将也迅速将长沙王亲兵控制。

司马乂:“皇叔,你们……你们这是干什么?”

司马越:“押下去!”

司马乂:“皇叔,皇叔,不能啊!你们……”死命挣扎,但无济于事,被殿中将士们押了下去。

司马越:“现在长沙王已被拿下,请诸位随孤一同去面见圣上。”

皇宫内。皇帝司马衷目瞪口呆地坐着，听东海王司马越奏报。

司马越："长沙王一意孤行，惹怒河间、成都二位王爷发兵进攻京师，给朝廷带来空前劫难，罪在不赦。现在长沙王已被拿下，请陛下速速降旨，将长沙王禁锢。同时大开城门，迎二位王爷军队入城，重振朝纲。"

司马衷："你们……你们……嗨！事已至此，还有何说？那就烦皇叔代朕与二王议和罢了。至于长沙王，先将其押往金墉城禁锢。"

司马越："遵旨。"

京师城门口，二王军队入城。许多将士与百姓在列队观望。

成都王司马颖骑在马上，在众将佐护卫下，随军队从城门走进，穿过人群，进入城内。他的军队显得零落涣散，士气不振。

另一城门口，张方率麾下军队入城，军队也显得阵营不振，疲惫不堪。

一处高地。几名将军聚在一起议事。东海王的心腹左卫将军朱默也混在其中。

一将军："我们上东海王的当了！他说二位反王强援又至，兵力雄壮。却原来就剩这么点疲兵敝卒！"

另一将军："是啊，我们上当了。我看，我们不如率兵打开金墉城，救出长沙王，重整旗鼓，将二位反王的人马赶出京城！"

众将："对！长沙王是我们的主心骨，只有救出长沙王，我们才能反败为胜。"

又一将军："可是，金墉城守备森严，很难打开。再说，没有皇上的圣旨，进攻金墉也是重罪啊！"

朱默悄悄溜走。

东海王司马越府邸。朱默匆匆走入："王爷，大事不好！"

独坐饮茶的司马越放下茶杯："何事惊慌？"

朱默："刚才我听众将议论，说是上了我们的当，想要救出长沙王，与我们作对！"

司马越愕然："有这等事？快去，传黄门侍郎潘滔前来见孤。"

朱默："是！"转身离去。

司马越在地上来回踱步，显得十分恐慌。

黄门侍郎潘滔走进："参见王爷。"

司马越："现在众心将变，想救长沙王与我们作对。此事太过悬乎，看来只有杀掉长沙王，才能杜绝众望！你看怎么样？"

潘滔："不可，不可！长沙王贤名卓著，杀掉他会背负恶名。王爷要杀长沙王，可借别人之手，千万不可亲为！"

司马越思索了一会儿，点点头："嗯，你说得很对！这样吧，河间王麾下张方是个极端残暴的恶魔。你去把长沙王关押在金墉城的消息透露给他，我们就借他的手。在这次进攻中，他的军队屡次惨败于长沙王，他早就对长沙王恨之入骨。一旦让他知道了长沙王的关押地，他一定会将长沙王取来，予以虐杀！这样，我们既除掉了长沙王，又不用背负恶名，两全其美。"

潘滔："王爷所言极是，在下这就去办。"

司马越："去吧。"

张方军营。张方躺坐在一张太师椅上，用手轻抚着虬须。

一队士兵押着五花大绑的司马乂走了过来。

带队的将军上前禀报："启禀将军，长沙王带到。"

张方狞笑着站起身，走到司马乂面前，上下打量一番后，说："好啊，你小子牛呐！让老子损兵折将，几乎在河间王面前无法交代。今天，老子就让你尝尝炼狱的滋味！来人！"

押解的将士们答应一声："在！"

张方："把这小子身上衣服剥光，用铁链锁在柱子上，四面架炭火焙起来！"

长沙王怒骂："张方，你这个恶魔，不得好死！"

张方："呵呵，我将来怎么死不知道，现在我让你小子不得好死！押下去。"

押解将士："是！"将愤怒的长沙王押了下去。

张方军营广场上，长沙王被赤身裸体捆绑在柱子上。

张方指挥军士搬来几盆炭火。

张方："把炭火放在这小子四周，靠近点，再靠近点！"

"啊——"长沙王惨呼连天。

现场将士不忍目睹，以手掩目。

张方："给老子搬把凳子来坐，让老子慢慢欣赏这部'杰作'！"

炭火熊熊，长沙王身体渐渐变得焦黑，惨呼之声越来越小。

张方坐在椅子上，看着长沙王的身体变形而狂笑不已。

现场将士们泪流满面，将头扭过，不忍相看。其中一将军："真是惨绝人寰哪！才刚刚二十八岁。”

朝堂上，皇帝司马衷泥雕木塑般坐在御座之上。御案左侧丞相位上坐着傲慢的成都王司马颖。堂下，百官左右排列，一个个显得十分拘谨。

司马颖：“石超听令！”

石超出班：“末将在！”

司马颖：“命你将本部人马分屯京师十二座城门，保护京师，不得有误！”

石超：“末将遵命！”转身欲去。

司马颖：“慢！”

石超停下，回身。

司马颖：“皇甫商等一干贼子，平素专与本王作对，如今虽然已被拿下，孤却再也容他们不得。命你带殿中卫士，将这班贼子全部押赴刑场，斩首正法！”

石超：“遵命！”

司马颖：“去吧。”

石超走出。

群臣噤如寒蝉，莫敢仰视。

司马颖：“众臣听着：如今长沙王已经伏诛，朝中这丞相之位自然非本王莫属。本王既为丞相，就要有丞相气派。”他转身对皇帝司马衷，“陛下，请降旨给臣增封领地二十郡，以示皇恩浩荡。”

司马衷点点头：“就依殿下。传旨，为成都王增封食邑二十个郡。”

司马颖：“谢陛下。另外启奏陛下，本王虽为丞相，却不能在朝辅政。太妃在邺，需回去侍奉老母。本王推举东海王越为尚书令，让他代替本王在朝辅政。同时，请册封卢志为中书监，参署丞相府事，随本王还镇邺城。”

司马衷：“准奏。”

一太监匆匆走入：“皇上，不好了。河间王麾下张方，接到河间王急招，说是雍州刺史刘沈纠合七郡兵马进犯长安，命他星夜驰援。张方接令后，纵兵大掠京师，虏得官私奴婢万人后，出京西去了。”

司马衷：“啊？有这等事！这便如何是好？”

司马颖：“本次整顿朝纲，张方有功未得封赏，心中难免有怨。事已至此，由他去吧。”

百官面面相觑。

太监：“另外，河间王还有表文上呈。”说着，从袖中取出表文，双手托着，就要交给皇上。

司马颖：“拿过来我看。”说着，从太监手中取过表文，略加浏览，呵呵笑了。他又把表文交给太监，说，“就请公公向众大臣宣读一下。”

太监接过表文，转身向众大臣宣读道：“吾皇明鉴，成都王颖系皇室近亲血脉，且有大功于朝廷，应册封为皇太弟承接正统。又，故仆射羊玄之怙宠为非，虽已身殁，未降明罚，宜废其女羊献容皇后之位，以暴父罪。”

百官相互顾盼，愕然。

司马衷目瞪口呆。

司马颖：“其父有罪，其女不能母仪天下，此为古制，望陛下明鉴。”

司马衷：“皇后贤德，深合朕意，难道非得代父受过吗？”

司马颖：“如陛下不能定夺，可将此疏表交付群臣议处。”

司马衷：“那好吧，就交廷议吧。”

东海王司马越出班奏道：“微臣以为河间王之言有理。成都王作为皇室嫡系，立有拨乱反正之大功，理应册为储贰，承接正统；羊玄之有罪，罪臣之女何能母仪天下？故宜废之！想必诸位王爷大臣不会有异议吧？”

诸大臣相互看看，连忙争着表态：“臣赞同东海王之论，臣附议。”“臣附议。”“臣附议。”

……

司马衷：“唉，既然大家都持此议，朕也无话可说。传旨：将皇后羊献容废为庶人，迁往金墉城；原太子覃仍黜为清河王；册立成都王颖为皇太弟，都督中外诸军事兼丞相之职。所有车乘服饰随皇太弟带往邺城；进河间王颙为太宰大都督，仍领雍州牧。退朝。”

诸大臣：“吾皇万岁万岁万万岁。”

京师东海王司马越府邸。右将军陈眕，殿中中郎将逯苞、成辅和长沙王故将上官巳等在与司马越议事。

陈眕：“成都王做了皇太弟，却拒绝离开老窝邺城，是怕失了根本。况且他益发骄横跋扈，为所欲为，从不把皇上放在眼中。特别是他手下孟玖等一班宵小，更是倚仗权势，到处欺男霸女，横行不法。看来，他过去的一番‘善举’都是骗人的把戏！”

逯苞：“是啊，现在人们对这位皇太弟已经大失所望，他自己把假面具给撕掉了。”

上官巳：“成都王既然民心尽失，我们还尊他什么‘皇太弟’！依我看，王爷应趁着现在政权在握，发兵北上，进攻邺城，吊民伐罪，还天下一个公道！”

成辅：“上官将军所言甚是。只有扳倒成都王，王爷您才能安辅朝政，不再受制于人！”

司马越："孤也不愿意让成都王处处掣肘。好吧，既然他犯了众怒，也就怪不得老夫翻脸无情！"他略一思索，"我们既然要问罪成都王，就首先要对成都王的罪行加以拨乱反正。陈眕听令！"

陈眕："末将在！"

司马越："汝随孤勒兵入云龙门，以皇上名义召集三公与百官，相率戒严，收捕成都王留在京师的大将石超。"

陈眕："遵命！"

司马越："逯苞、成辅、上官巳。"

逯苞、成辅、上官巳："末将在！"

司马越："你们三个，率部下前往金墉城，迎还羊皇后，同时迎清河王覃复入东宫，仍为太子。然后孤自为大都督，你们随孤奉皇上御驾北征！"

众人："末将遵命！"

京师城门。成都王部将石超率数十名亲兵从城内冲出，落荒而逃，渐渐远去。

随后，一队骑兵从城内追出，看着已经远去的石超，领头将军将手一举，部队停了下来。

领头将军："让石超这小子跑了，追不上了。回去复命。"

追赶部队掉头返回。

京师大殿广场上，皇帝车舆麾盖，百官将士云集。东海王司马越戎装骑马，对身边旗牌官下令："传令沿途州府郡县，尽发属下兵马，随陛下出征邺城。"

旗牌官："遵命！"退下。

司马越对众将士："出发！"

在百官恭送下，部队整队出发。

长安，河间王司观颙府。河间王发号施令，帐下众将环侍。

司马颙："得京师快报，今有东海王挟天子北伐邺城。孤与成都王联盟，不可不救。张方听令！"

张方："末将在！"

司马颙："命你率部下立即出发，去救邺城。"

张方："末将遵命！"

邺城，成都王宫殿。成都王司马颖高坐正面，殿下将佐公卿依次排列。石超跪在地上。

司马颖："这么说，东海王反了，要与本殿作对？"

石超："是。"

司马颖："嗯，你起来吧。好你个东海王白眼狼，本殿倒要看看你有何作为！"

"报——"一军士持令旗走入，"启禀殿下，东海王挟皇上率兵十万前来征讨。现已驻跸荡阴。"

司马颖："知道了，再探！"

军士："是！"退下。

司马颖："诸王爱卿，眼下东海王挟天子前来进攻，大家说该如何应对？"

东安公司马繇出班道："天子亲征，臣下宜释甲缟素，出迎请罪。"

司马颖："呸！你东安公繇安的什么心，莫非让本殿自去寻死吗？退下！"

司马繇惶恐而退。众将佐面面相觑。

司马颖："将军石超听令！"

石超："末将在！"

司马颖："命你率兵五万，前去迎战！"

石超："末将遵命！"

荡阴，皇帝行宫。皇帝司马衷、东海王司马越与众臣依序站坐。

皇帝身边侍中嵇绍走过来对司马越说："大都督，既然圣上驻跸荡阴，就该加强戒备才是。"

司马越看了嵇绍一眼："嵇侍中过虑了。天子御驾在此，有哪个吃了熊心豹胆，敢来冒犯？还用加强什么戒备？"

东海王话音刚落，军营外传来一阵鼎沸般的喊杀声。在场所有人都流露出惊惧的神情。

"报——"一军士走入，跪地禀报，"报大都督，石超率大军前来进犯，我军营寨已被攻破！"

司马越大惊失色："什么?!快把孤的坐骑牵来！"说着，不顾一切地跑出行营。

百官中有好些紧跟着东海王跑出行营。

侍中嵇绍搀扶着皇帝司马衷也向外行走。

行营外，一阵箭雨射来，刚跑出来的公卿百官，有不少人中箭倒地。

皇帝司马衷的脸颊上也被飞过来的箭矢划破三道血痕，血流满面。皇帝痛苦地嚷嚷："御辇！快，朕的御辇！"

几个侍卫赶过御辇，嵇绍扶皇上登辇。

大道上，司马越在数十名亲兵护卫下打马飞奔。

一护卫将军："王爷，我们这是要到哪里？"

司马越："回封地东海郡。"

护卫将军："那皇上怎么办？"

司马越："顾不得了，先保全性命再说。"

嵇绍与一队侍卫护着皇帝御辇在向前行走。石超的军队冲了过来，与护卫打斗。有几名侍卫被杀，其余护卫逃散。

嵇绍站在御辇上惶急地高喊："皇上在此，不得无礼！"

几个石超将士扑了过来，将嵇绍一把拖下御辇，举起手中佩刀。

皇帝司马衷从御辇内钻出，牵住嵇绍衣袖，急呼："杀不得，杀不得！这是忠臣嵇绍侍中。"

石超骑马执刀走来，说道："奉皇太弟命，但不犯陛下一人！"说完，将手中刀一挥，嵇绍人头落地，颈血喷出，溅射在皇帝衣襟上。皇帝被惊吓得从御辇上一头栽下，僵卧在地，身上佩带的六枚玉玺掉落地上。

石超的士兵冲过去抢夺玉玺。

石超："住手！不得对皇上无礼！"

士兵们将抢到手的玉玺丢下，退回。

石超跳下马，走过去，将皇帝扶起，重上御辇。看着皇帝脸颊上的三道血痕，问："痛吗？"

皇帝司马衷："痛尚可忍，只是眼下饿坏了！"

大道上，张方戎装骑马，率大队人马，旗号闪闪，刀枪林立地向前行进。

"报——"一将军骑马从队伍后边飞奔而来，"河间王有令！"

张方举手："停止前进！"回身问，"什么命令？"

将军："进攻邺城的东海王已经败北，皇上已经进入邺城，受到皇太弟保护。王爷传谕将军，不必再赴邺城。命将军折回中道，占据京师待命。"

张方："好！"命令部队，"传吾命令，后队改前队，向京师洛阳进发！"

洛阳城门外，一彪人马在列队守候。军中大纛上绣着"上官"二字。

张方率军行进。一将军来报："启禀将军，长沙王故将上官巳率兵据守京师城门，不让我军入城。"

张方怒目圆瞪："杀进去！"

将军："得令！"回转马，抽出佩剑向前一挥，"杀——"

两军交战，上官巳落败逃窜。

张方军队冲入城内。

京师太极殿上，张方面对一群留守的官吏、公卿："东海王擅作威福，竟敢把已废皇后与太子扶正。不行！来人！"

俩侍卫走进："在！"

张方："立即将废后和废太子押赴金墉城关押！"

俩侍卫："遵命！"

邺城，宫殿内。皇帝司马衷端坐御座，皇太弟司马颖坐于御案前右侧。殿下公卿百官依序排列。

司马衷："传旨：改'永安元年'为'建武元年'，大赦天下。"

公卿百官一起跪拜："吾皇万岁万岁万万岁。"

司马衷："众卿平身。"

公卿百官："谢万岁。"站起。

司马颖："本殿请陛下颁诏，宣东海王越与幽州都督王浚立即前来邺城见驾。"

司马衷："准奏。"

东海郡，司马越府邸。司马越与记室参军孙惠议事。

司马越："陛下颁诏，宣孤赴邺城面驾。孙参军以为如何？"

孙惠："这分明是成都王的诡计，欲诱王爷入彀。王爷千万不可上当。王爷应该邀结藩方，共掖王室。"

司马越："成都王这点伎俩，咋能瞒得了我？孤当然不会上当！只是纵观天下藩方，也只有并州刺史腾最为可靠。哼，孤这就修书给他，命他联络幽州攻击邺城后路。"

孙惠："王爷英明。"

幽州都督府。王浚与众将佐议事。

王浚坐在军案前，抖抖手中诏书，冷笑道："这哪里是皇上诏书，分明是成都王诡计，欲诱我入邺予以加害罢了！想当年三王传檄讨伐赵王伦，曾约我幽州起兵。本都督未曾应命，成都王便怀恨在心，特简右司马和演为幽州刺史，设圈套对本都督暗下黑手！事情败落后，和演被本都督除去。成都王几次欲发兵讨伐于我，终不得便。现在却想借皇上之手诱我入彀。本都督岂会上当！来呀！"

旁边转出一位将军："末将在！"

王浚从军案上取过三封书信，说："我这里写好了三封书信，命你安排快马三骑，速速送往乌丸单于、鲜卑部段勿尘和并州刺史司马腾。约他们同期发兵，进攻邺城。"

将军："遵命！"走上前接过书信，退下。

第十四集

并州刺史司马腾府。司马腾与众将军议事。

司马腾:“家兄大都督越奉皇上御驾北征邺城失利，来信命我联络幽州，进攻邺城。诸位有何高见?”

“报——”一亲兵走进,跪地禀报,“启禀大人,幽州信使求见。”

司马腾:“来得好,快请!”

亲兵:“是!”退下。

幽州信使走入:“启禀刺史大人,我家都督有书信呈上,望大人惠阅。”

司马腾:“拿过来。”

有将军从信使手中取过书信,转交给司马腾。

司马腾接过书信拆阅后,呵呵笑了:“来得正是时候,好!”对信使,“既然你家都督已经约好乌丸、鲜卑共同出兵,再加上我并州军马,总数不下十万,这一战定能取胜。告诉你家都督,并州军马将按期出发。”

信使:“是!”退下。

大路上,幽并联军浩浩荡荡在向前开进。

邺城。成都王在军帐召集诸将发布命令。

成都王司马颖从军案上取令箭一支:“中郎将王斌、将军石超听令!”

王斌、石超:“末将在!”

司马颖:“今有幽、并二州联合乌丸、鲜卑二部胡骑前来进犯,命你二人率本部人马前往抵御。”

王斌、石超:“末将遵命!”取令箭退下。

司马颖又取令箭一支:“左右侍卫长听令!”

左右侍卫长走出:“臣在!”

司马颖:“前些日,东海王挟天子进攻邺城,东安公繇曾劝本殿向天子请罪,可见其怀有二心。如今外敌势大,本殿料他有可能密应外敌。命你二人率侍卫持本殿令箭，将东安公拿下，押赴刑场，斩首正法，以绝后患！”

左右侍卫长：“遵命！”接令箭退下。

化装成普通百姓的琅琊王司马睿与一贴身亲随在街市上躲躲闪闪地匆匆行走。

亲随：“王爷，今欲何往？”

司马睿：“皇太弟无端斩了孤的叔父东安公，孤若不走，必然受其株连。汝今随孤潜回琅琊封国，再作打算。注意，别让人瞧破端倪。”

成都王府。司马颖与公卿将佐议事。

一军士走入：“启禀殿下，琅琊王司马睿私逃出城去了！”

司马颖：“什么？现在大军压境，他却逃走了？混账东西！由他去吧。”

“是。”军士退下。

司马颖：“诸位爱卿，如今敌人来势凶猛，本殿欲奉天子南归京师，以避敌锋芒。不知诸位以为如何？”

王戎出班道：“下官以为，不如派出使臣，与二镇讲和，从而观察来敌动态，再作打算。”

司马颖摇摇头，未曾发言。

此时，门外传来宦官喊声：“冠军将军刘渊觐见。”

司马颖：“来得正好，请！”

冠军将军刘渊峨冠博带、器宇轩昂地走了进来，边走边向各位公卿将佐施礼，一直走到司马颖案前，向成都王行礼后，在预定位置就座。

刘渊：“今二镇跋扈，率众十万来犯，臣恐仅凭邺都及附近郡县兵马难以抵御，故而特来向殿下献策。”

司马颖：“如此甚好。将军有何高见？”

刘渊：“先皇曾封在下为匈奴五部大都督。现在国难当头，请殿下准许在下回去，调发五部人马前来解困。”

“这——”司马颖沉吟未语。

刘渊：“请殿下审时度势，未可坐失良机。”

司马颖：“匈奴五部果可调发吗？即使调发前来，能抵得住乌丸、鲜卑铁骑吗？我看未必。本殿欲奉天子南归京师，暂避敌锋，再传檄天下，共同讨逆。将军以为如何？”

刘渊：“殿下万不可行此险着！殿下乃武帝亲子，又为皇储，有功皇室，恩威远著。四海之内，谁不愿为殿下效力？匈奴五部受朝廷招抚已久，一经调发，必然踊跃前来效命朝廷。到那时候，王浚、司马腾又算得了什么！邺城乃殿下之根本，一旦离开邺城，失地失势，还能有何作为？说不定就连京师洛阳也难以抵达。就算侥幸到得洛阳，殿下威权已失，也再难有今日之气势。依在下看来，殿下不如抚慰将士，坚守邺城。好在邺城城池坚固，急切之下难以攻克。待在下发动匈奴五部前来，剿灭反贼，届时王浚、司马腾头颅指日可致。殿下还有什么可忧虑的呢？”

司马颖听了刘渊之言，咬咬牙下了最后决心：“也好，事急从权，就这么办！刘渊听令！”

刘渊起身肃立：“末将在！”

司马颖：“本殿进封汝为北单于，参丞相军事。命你立刻就道，调发匈奴五部前来勤王护驾！”

刘渊：“遵命！”

大道上，刘渊与数十名亲随在打马疾走。

刘渊来到一个地方，放马徐行。

刘渊：“现在我们离邺城已远，总算脱离樊笼，可以松一口气了。”

一名随从将军：“大都督，我们真的要调发五部来救邺城吗？”

刘渊：“你说呢？”

随从将军：“末将以为不可。南人一向视我们为寇仇，对我们管制甚严。近百年来，为了防止我们崛起，一再将我们匈奴分化瓦解，还把您——五部大都督软禁在邺城，不让回到我们匈奴部落，却给每个部落都委派了司马严加监管，就像对待囚徒一般。这还不算，还有，自从汉朝灭亡后，我们的单于就变得徒有虚名，不再有一尺土地。就连我们的王侯贵族，地位都比不上南人的普通百姓。再往下就更加不堪，连起码的做人尊严都没有，成了他们可以随意奴役、买卖和杀戮的畜生！现在他们有难，却想让我们替他们卖命，帮他们解困。末将觉得，这是一种屈辱！”

刘渊以赞赏的眼光看了随从将军一眼：“嗯，这事回去再说。”

邺城街头。各色人群扶老携幼，推车担担，肩扛手提在仓皇奔走。人群中有人高喊：“乌丸、鲜卑打过来了，快跑哇！”

邺城皇帝行宫。司马颖与公卿百官在陪侍皇帝。

卢志匆忙走入，对司马颖：“启禀殿下，王斌、石超部众被幽并联军打败，敌人已向邺城扑来。请殿下立即护驾脱离险地！”

众人惊惧失色。

司马颖:“啊? 快,快去召集部众,护驾返京。”

皇帝行宫大门。司马颖护着皇帝司马衷与公卿百官走出。百官公卿纷纷寻机溜走。皇帝身边渐渐剩下少数官员和数十名亲随。

司马颖环顾左右:“哎,人都哪去了? 快,召集人马护驾!”

卢志赶着一头小牛拉的破车走了过来:“殿下别找了。公卿百官和士兵们知道邺都危急,都已经跑散了,就剩我们这些人了。现在我们什么都没了,在下好容易才寻得这一辆小牛破车,快请皇上登车走吧,再迟就来不及了!”

司马颖“唉”了一声,扶皇上登车。

悲风落叶,皇帝司马衷乘坐着小牛破车,在数名官吏和数十名亲随护卫下艰难前行。

邺城外。鲜卑、乌丸士兵和幽并联军呐喊着冲进城门。

邺城内。鲜卑、乌丸士兵在烧杀抢掠。城内百姓狼奔豕突,一片混乱。

鲜卑士兵押解着大队妇女在街上走过。

邺城皇帝行宫。王浚、司马腾在指挥士兵搜查。

王浚:“给我仔细搜查,凡是朝廷官吏,都给我揪出来!”

一队士兵冲进行宫。

市内。各个商铺、民居都有士兵气势汹汹地随意进出。不少士兵肩上披着或枪尖上挑着抢来的物件。

皇帝行宫前。几名内侍、宫女被士兵押着走了出来。王浚、司马腾在审视这些被抓的人。

一将军走了过来,向王浚报告:“报告都督,鲜卑部在城内抢掠妇女八千多人,已经全部带走。”

王浚:“不行,一个也不许带走!传我命令,让他们把抢来的妇女全部推入易水河中。违令者,斩!”

易水河边。成群结队的妇女被鲜卑士兵推入河中，惨嚎之声惊天动地。

京师洛阳，张方军帐。张方与众将议事。

张方："据探马来报，邺城已被幽并联军攻破，成都王正在奉驾返京。本帅已派犬子张熊率轻骑三千前往迎驾。这一次，我们一定要抓住良机，把皇上牢牢控制在我们的手上。"

一将军："可是，成都王是如今的皇太弟，由他护驾，我们如何能够将皇帝控制在手？"

张方哈哈大笑："什么皇太弟？军队打没了，老窝也丢了，随从护驾的只有数十人众，惶惶如丧家之犬，致使皇上一路颠簸，受尽了苦楚，他还有什么威势？只要我们接到皇上，就大功告成。好了，估计圣驾也该到了，请诸位随本帅出城，到芒山下迎接圣驾。"

芒山下，张熊率骑兵护着皇上车乘行进。张方率大队人马排列大道两侧。

皇帝车乘走近，张方骑马走了过来。

皇帝掀起车乘布帘，张方下马上前参拜。

司马衷："张将军快快免礼，多亏你派人前来迎朕。不然的话，不知朕小牛破车，还得遭受多少苦楚，才能回得京师！将军不必拘礼，请将军前导，我们回京去吧。"

张方拱拱手："末将遵命！"

左国城。匈奴右贤王刘宣率领一干人众在城门口等候。

刘渊与亲随骑马缓行而至。刘宣与大家跪地迎接："恭贺大都督脱离樊笼！"

刘渊跳下马，走过去将刘宣扶起："大家快快请起。"

众人起身。

刘宣："大都督一路辛苦，请大都督入城。"

刘渊："好，入城。"

左国城府衙。刘渊端坐主位，堂下匈奴贵族依序排列。

刘宣手捧表文出班进言："启禀大都督，我匈奴各部得知大都督脱困归来，均欣喜若狂，都以为我匈奴振兴有望。旬日间，已经聚集部众十万。现在各部联名上书，一致请大都督正位大单于。请大都督勿违众意。"

刘渊："渊虽然立志振兴匈奴，然大单于位号尊贵，恐非渊德才可配。还望诸位仔细斟酌，另选有德者居之。”

刘宣跪拜在地：“大都督英武过人，天命所归，舍汝谁为？请大都督不必推让。”

在场的匈奴贵族见状，也一起跪地求情：“请大都督上位大单于。”

刘渊起身走出，扶起刘宣：“既然大家如此抬爱，好吧。大家请起。”

众人起身，刘渊重回主位：“那我们就暂以左国城立都，振顿兵马，以图恢复。”

刘宣与众人：“大单于英明！”

“报——”一侍卫走入：“刘宏将军回来了。”

刘渊：“快请他进来。”

侍卫：“是。”退下。

刘宏戎装走进：“报大都督，末将奉命率骑兵五千往援邺城，不想成都王已经弃城南下，护驾回归京师。邺城已被幽并联军攻占，鲜卑、乌丸纵兵劫掠，邺城残破不堪。末将驰援未及，回来复命。”

刘渊：“哼，人说司马颖是个将才，我看倒是个十足的奴才！他不听我话，自弃根本，只怕再难恢复。不过，他保举我做了冠军将军，也算对我不薄。回归之前，我曾经答应他发动五部去救邺城。可他却走了，致使邺城遭受鲜卑、乌丸劫掠。那我现在就发兵讨伐鲜卑，也算替他出气！右于鹿王刘景与左独鹿王刘延年听令！”

刘景、刘延年出班：“末将在！”

刘渊：“命你二人率步骑二万，去进攻鲜卑！”

刘宣急忙起身大呼：“大单于万万不可！”

刘渊诧异地：“嗯，为什么？”

刘宣：“晋人无道，把我们胡人不当人看，我们正恨抗争无力。如今他们骨肉相残，互为鱼肉，这便是上天厌晋，授予我们重新振兴的机会。鲜卑、乌丸也是胡人，与我们同等命运，正是我们团结依靠的力量，咋能发兵攻打他们？现在我们事业方兴，如果对他们采取怀柔策略，可以壮大我们的力量。这样，我们进而控制中原，就算是当年呼韩邪单于的基业也可恢复。请大单于三思。”

刘渊听了，哈哈大笑：“嗯，你的话很有见地。当年西汉宣帝、元帝时期，呼韩邪大单于英武过人，实现了匈奴全境的统治，迫使汉元帝送昭君出塞，与他和亲，创立了强大的匈奴帝国，确实可以引以为鉴。对，今后我们就是要把团结天下被压迫、被奴役的民族和穷苦百姓，一起反对腐朽的司马氏统治集团来作为我们的国策，建立我们自己的国度。不过，恢复呼韩邪基业，气量还是显得小了一点。据说，周文王诞生在东夷，大禹出生在西戎。而华夏人将东夷、西戎、南蛮、北狄称之为‘四夷’，都看作是‘胡人’。然而，文王和大禹都做了华夏的帝王，可见帝王并不一定是华夏的常种。我们匈奴狄亭，正好是传统意义上的‘北狄’。现在我们已经恢复了元气，一旦发兵南向，与晋争锋，定可以摧枯拉朽，所向无前。到时候，就算是汉高祖那样的基业也可到手，我们北狄也能出一个华夏帝王。再不济，也不会比魏武帝曹操差，呼韩邪那点基业算得了什么？”

刘宣与众贵族一起跪地：“大单于英武过人，见识广博，志向高远，明见万里。请立国称尊，以慰国人所望。”

刘渊：“大家请起。既然大家认同我的想法，我又何必发兵去帮助司马颖呢？至于立国称尊，我们还须从长计议。”

京师洛阳，张方营帐。张方与众将佐议事。

一将军：“自我军入据京师后，将士们稍作放纵，就使得京师十室九空。眼下将士们具有归志，还望将军详察。”

张方：“京师疲惫，老子也不想在此逗留，早就想奉驾返回长安。只是皇帝老儿不肯西行，才蹉跎至今。看来，不来点硬的不行！老子现在就率兵入宫，逼皇上就道。”

皇宫后院。皇帝司马衷与一内侍在曲径中行走。

司马衷：“河间王悍将张方率众聚集宫门，又来逼朕移驾长安。这分明就是挟持！快，随朕到后院竹林中避一避。”

内侍：“可是，如果张方硬是闯入……”

突然，外面传来张方的声音：“进去给我搜，挖地三尺也要给我找到！”

皇帝与内侍刚刚走到竹林边，一队士兵冲到，用矛枪逼住他们，喊道：“找到了，在这里！”

司马衷惊惧地躲入内侍身后。

一将军走入，喝令士兵：“退下！不得对圣上无礼。”

士兵们收矛后退。

将军上前对皇上施礼：“请陛下起驾长安。”

司马衷：“这这这，乘舆尚未准备，怎么起驾？”

将军：“陛下不必多虑，张将军已经备好车驾，在宫门等候。请陛下立即就道。”

司马衷掩面啼泣，在内侍搀扶下向外走去。

宫门外。张方和随从众将佐骑在马上，众士卒列队在宫门两侧。

皇帝司马衷和内侍在士卒的簇拥下走出宫门。

张方在马上施礼:“请陛下暂时到臣的营垒歇息。臣当竭力保护陛下无虞。”

司马衷:“为何公卿大臣一个也没有?”

张方把脸一沉,没有回答。

旁边走出卢志,上前对皇上说:“陛下今日当一切听从张将军安排。”

司马衷:“也罢。既然迁都长安,还请张将军多备些车乘,好装载宫人和宫中宝物。”

张方:“遵旨!”回头对随行将军发令,“众将听令:马上率部入宫,将宫人和宝物一起搬迁!”

随行众将:“得令!”

宫室内。士兵们闯入,宫女们惊慌失措,狼奔豕突。有宫女被士兵抓住调戏,宫女挣扎呼号。

寝宫内。流苏宝帐被扯落,几个士兵各抓住一处,在用力争抢。流苏宝帐被扯成数块。一只箱笼被打开,内有珍珠、玛瑙等宝物。无数只手伸入,抢夺宝物。士兵们将抢到手的宝物塞进怀中,再伸手抢夺。

宫门外。士兵们陆续走出,将宫内取出的物品乱七八糟地扔在车上。

张方对手下说:“既然已经决定迁都长安,此处宫室还有何用?不如放一把火,烧了干净!”

卢志:“将军万万不可!当年董卓无道,焚烧洛阳,其恶行至今遭人唾骂。将军切不可效仿这个千古罪人!”

张方:“哦。既然如此,也罢!”

漫天大雪。道路上,皇帝车乘在众将士簇拥下行进。

车乘内,皇帝司马衷、皇太弟司马颖、豫章王司马炽龟缩在车上,瑟瑟发抖。车外音:“报告将军,车驾已到霸上。太宰河间王前来迎驾。”

车帘被掀开,露出张方的脸庞。

张方:“启奏陛下,太宰迎驾来了。”

皇帝司马衷等人钻出车来。

河间王司马颙在车下拱手拜谒:“陛下一路辛苦,请随臣前行。”

司马衷："好吧。请爱卿前面带路。"

左国城刘渊大单于军帐。将佐云集。

右贤王刘宣匆匆走入："启禀大单于：据探马来报，氐族人李雄已经在成都据地称王，改年号为'建兴元年'。"

刘渊愕然："唔？是吗？"

刘宣："当然是！李雄仅仅是一流民子弟，尚且据地称雄。大单于乃我匈奴五部大都督，才兼文武，识迈华夷，怎能蜷伏不振，不思自主呢！请大单于不要再犹豫，立即下令，筑坛即位，立国纪元。"

刘渊哈哈大笑："没想到本单于稍一踌躇，倒让李雄这小子着了先鞭。好！我们也纪元立国。大家听着：我匈奴历代与大汉朝和亲，我们就是大汉朝外甥。自我叔祖呼厨泉率南匈奴入据并州后，被魏祖曹操强行化解为五部。我父本为左部帅，为继汉统，改姓为刘。而大汉朝立世久长，恩结人心。所以，传至后来，昭烈帝刘备仅仅占据益州，还能与吴国、魏国相抗衡达数十年之久。我作为大汉外甥，当然也就是大汉的兄弟。现在就是要继承亡兄之志，重振大汉基业！我们所立之国，就叫'汉国'，我就称'汉王'。改年号为'元熙'，今年就是'元熙元年'。册立吾妻呼延氏为王后，长子刘和为王太子。封刘宣为丞相，崔游为御史大夫，陈元达为黄门侍郎。其余将佐、族人均授要职。传令：选择吉日，在南郊设坛燔柴，祭告天地。昭告五部，届时统来谒贺。"

刘宣与帐下众将佐一起跪地高呼："汉王英明！"

长安河间王司马颙府邸。司马颙与众将佐议事。

司马颙："现在皇帝已经迁都长安，政权自然由孤掌控。成都王已成丧家之犬，再难有所作为。所以，没必要继续让他当皇太弟来妨碍孤把持国政。孤欲改立豫章王炽为皇太弟，不知诸位以为如何？"

众将佐："太宰英明！"

司马颙："好！孤这就去奏请皇上下诏。"

皇帝行宫。皇帝司马衷居中端坐。御案前，司马颙赫然坐在宰辅之位。皇太弟司马颖、豫章王司马炽与众卿百官列站左右。

随侍太监奉旨走出："皇上有旨。"

众卿百官一起跪拜接旨。

随侍太监："奉天承运，皇帝诏曰：天祸晋邦，冢嗣莫继。成都王颖，自在储贰，政绩亏损，四海失望，不可承重，其以王还第。豫章王炽，先帝爱子，令闻日新，四海注意，今册立为皇太弟，以隆我晋邦。司空东海王越进任太傅，与太宰颙夹辅朕躬。太宰颙都督中外诸军事及一切军国要政。司徒王戎参录朝政，光禄大夫王衍为尚书左仆射，安南将军虓、平东将军楙、平北将军腾各守本镇。高密王略为镇南将军领司隶校尉，权镇洛阳。东中郎将模为宁北将军，都督冀州，镇于邺。张方为中领军，录尚书事，领京兆太守。其余百官皆复旧职。从即日起，改元'永兴'，大赦天下。钦此。”

众公卿百官：“吾皇万岁万岁万万岁！”

东海王司马越府邸。司马越与参军孙惠、中尉刘洽等一班下属议事。

司马越：“皇上被河间王挟持到长安，却又进孤为太傅，下诏命孤入关辅政。孤恐入关后步成都王后尘，被削职夺权。中尉刘洽劝孤传檄殽山以东各州府郡县，同起义旅，西向讨伐，奉迎天子还都。现在各州府郡县纷纷响应。更有东平王楙、范阳王虓和幽州都督王浚，一致推举孤为盟主，联兵勤王。东平王楙并将徐州让孤，自任兖州都督。如今孤欲迁往徐州，准备发兵西进。诸位以为如何？”

众下属：“王爷英明！”

司马越：“好！传令下去：向徐州进发！”

魏赵交界之地，公师藩军帐。戎装虬髯的公师藩与帐下众将议事。

公师藩：“诸位弟兄，一直以来，我们都是成都王部下，受成都王恩惠已久。如今成都王皇太弟身份无端被废，权势亦被削夺殆尽，对我们的生存形成了巨大的威胁，我们岂能甘心！今天，我自为将军，来到这魏赵交界之地，招兵买马，扩充军队，壮大我们的势力。蒙诸位抬爱，亦赖成都王贤名卓著，人们愿为成都王效力，前来投军应征者络绎不绝。旬日之间，我们就已聚众数万。如今，我们已成气候，希望大家与某同心同德，共举大旗，为成都王讨还公道！大家愿意吗？”

众将：“我等愿追随将军，唯将军之命是从！”

“报——”一军士走入，“启禀将军，茌平皇家牧苑牧帅汲桑求见。”

公师藩：“好！他来得太好了。汲桑乃某之故人，皇家牧苑不仅有军马上万，还有数千名装备精良的牧卒。他若能为我所用，会使我如虎添翼。快请！不，我当亲自出迎。”说着，与军士一齐走出营帐。

军营辕门口。汲桑望见公师藩在众将陪同下走出。

公师藩向着汲桑快步走来：“汲桑老弟，多日不见，一向可好？”

汲桑迎过去与公师藩牵手："好好好。听说将军莅临贵地，特意前来拜访。"

公师藩："有劳老弟牵挂。快快请进，我们坐了说话。"说着，二人牵手返回军营。

军帐内。汲桑与公师藩分宾主而坐。众将环侍左右。

汲桑："听说将军在魏赵地界举旗聚众，意在为成都王雪耻。不知是否属实，故而前来一探究竟。"

公师藩："成都王乃某之主人，无端被贬，自然要为他鸣不平。老弟有何高见？"

汲桑："小弟亦闻成都王讨平逆贼后，有功不居，让权归藩，并赈饥救困以及收葬敌对双方死士遗骨的种种善举。成都王如此贤明，岂能让其蒙屈！有将军为其举旗倡义，小弟愿率属下牧卒归于麾下。希冀成都王重振之时，讨一杯羹。不知将军愿否收纳？"

公师藩："太好了！有老弟支持，为兄自然喜出望外。如老弟能来，某当先以偏将军之位相屈。等到成都王脱困成功之时，自然少不了对老弟的封赏。"

汲桑："如此甚好，一言为定。那小弟先行告辞，回牧苑整顿牧卒再来。"

公师藩："慢！老弟既然已经来了，某当盛情款待。"回头对一将军，"传令下去，准备酒宴，为汲桑老弟接风洗尘。某要和汲桑老弟一醉方休。"

一将军："得令！"

山东聊城城外不远处的一处树林内，石勒与他的"八骑"兄弟在潜伏观望。透过树林，可以看到聊城高大的城墙与城门。

（镜头推出，显现高大城门上方匾额："聊城"）

（镜头移下，城门口有官兵盘查，人们进进出出，车水马龙）

树林中。"八骑"弟兄聚在一起，听石勒布置任务。他们骑乘的马匹就在周围。

石勒："今天，我们的行动目标是聊城县衙。据我们掌握的情况，聊城县令是一个民愤极大的贪官，搜刮的民脂民膏不计其数。前几天，我和王阳已经踩好了点，对县衙的守卫和县令的活动规律都已经摸清。这个县令有个怪弊：当他退堂进入后堂后，是不许手下人去打扰的，那里只有他和他的一妻一妾。现在时近正午，他已经退堂，我们正好利用他的这一怪弊，开展行动。在这里，我再次向大家申明：我们打劫官府的目的是劫财，不到万不得已不能杀人！因为只劫财不杀人，一般不会惊动朝廷，引不起重视。那些丢了财物的狗官，为了不使自己的官帽也随之丢掉，他们只会打掉牙齿往肚子里咽，一般不敢声张，更不敢向上报告。但是，如果我们杀了人，尤其是杀了朝廷命官，那情况就不同了。那就有可能惊动朝廷，严令缉拿。这对我们没有好处。大家都明白了吗？”

“八骑”弟兄：“明白。”

石勒：“好！下面宣布行动计划：冀保、逯明，你二人留下看守马匹。一个时辰后，到城墙西北角隐蔽接应。”

冀保、逯明：“是。”

石勒：“葵安、支雄，到了县衙门前后，你俩这样……”

城门口。石勒他们几个混在入城的人群中，经过守门兵丁的盘查，先后进入城内。

城内。街市上有各种摊贩在叫卖，人们熙熙攘攘。石勒他们在人流中行进。

县衙十分气派的大门，上方匾额：“聊城县”。门前有两个兵丁站岗。

门前路上，石勒他们穿越人群走了过来。支雄走在前面，在接近县衙时，葵安从后面冲了上来，一把揪住支雄破口大骂：“好小子，原来你在这里。你欠老子的赌债跑了，以为老子找不到你了？拿钱来！”

支雄回身招架：“我说不赌了，是你小子非要再赌。要钱没有，要命，老子也舍不得给！”说着，俩人你拖我拽，扭打在一起。

街上的人们纷纷围拢过来观看。

衙门口的两个兵丁跑过来喝止：“干什么？你们要干什么？竟敢跑到衙门口闹事。还不赶快住手！”

葵安赶忙拖着一名前来喝止的兵丁：“正好，军爷，你给咱评评理。有这么不讲信用的人吗？”

支雄也拖住另一个兵丁：“军爷，你说，我原本不愿再和他赌，可他拖住硬要和我赌。你说，这不是明着抢人的钱吗？”

人群后，石勒和另外四名弟兄闪身进入县衙。

被拖住的兵丁：“放手，再要闹事，当心把你们抓起来！”

葵安、支雄放开兵丁，向围观的人群求救：“老少爷儿们，你们也给咱评评理。”

“对，你们都给评评理。”

兵丁：“走走走，不许闹事！”极力驱赶葵安、支雄和围观的人们。

第十五集

县衙后堂。一张饭桌，桌上摆放着几盘菜肴、点心。县令夫人在用小碗吃饭。县令在与美妾调情。美妾将身子依偎在县令怀里，从盘中拿起一块点心，媚笑着塞进县令口中。

县令连嚼几下："嗯，好吃。"搂着美妾亲吻。

"啊！"县令夫人一声惊叫，手中饭碗落地。

县令抬头，见石勒他们出现在门口。

美妾一声尖叫，躲到县令身后。

县令猛地站起，惊呼："你们是什么人？谁让你们进来的？"

石勒一个箭步上前揪住县令，与其同时，王阳、桃豹也将两个女人控制。

石勒从靴子中抽出一把尖刀，架在县令脖子上，说："县太爷不必惊慌，我们不想要你的性命。只是手头有点紧，想向你借点金银。"

县令浑身哆嗦，面无人色："好汉饶命，此事好说。"慌忙扭头吩咐妻子，"快拿钥匙，把箱子打开，让好汉们随意拿取。"

县令妻子颤抖着，从身上取出钥匙，在王阳的控制下，走到床前，拖出床上的一只皮箱，打开。

箱子内满盛金银锭子和珍珠玛瑙。

石勒扭头瞥了一眼皮箱，手上尖刀向县令脖子略一使劲："哪里还有？快说！不然，这家伙不会答应。"

县令瘫软得站不住，一直往下出溜。石勒使劲揪着县令的身后衣服，不让他委顿在地。县令语无伦次："床，床下……木，木箱……"

王阳推开县令妻子，弯腰使劲，从床下拖出木箱打开，又是满满一箱金银珠宝和古玩玉器。

石勒再次喝问："哪里还有，说！"

县令："没……没有了，都……都在这里了。"

石勒把县令推坐在椅子上，把玩着手中尖刀，说："看来县太爷是个敛财高手，搜刮了这么多的民脂民膏。"

县令瘫坐在椅子上，哭丧着脸："请好汉全部拿走，只求不要害了我等性命！"

石勒一摆手，王阳、桃豹取过床上的床单、被罩，将所有财宝分成五份包好。

石勒从屋内找出一条麻绳，把县令和他的妻妾背靠背捆绑在一起，取过床头上的枕巾，分别塞入他们的口中，说："暂时委屈你们。对不起，打扰了。"然后向门外招呼，"都进来吧。"

门外放风的吴豫、刘膺走了进来。

五人分别将包好的包袱挎在肩上。

石勒："从这里出去，左拐，那里有一扇不常开启的县衙后门。我们从那里出去，走！"说完，伸二指入口，打了一声响亮的呼哨。

五人走出，迅速消失在房屋转角处。

县城西边角，一处荒僻的城墙。石勒五人跑来。

石勒拍手三下。葵安、支雄从隐蔽处走出，与石勒他们会合。

葵安点点头："一切正常。"领大家顺城角台阶走上城墙。

城墙上，石勒将肩上的包袱交给葵安，从腰间取出钩索长绳，挂在城垛上，示意大家下去。

葵安首先攀绳下城，接着大家相继下城。

城外，众豪杰仰望石勒最后攀下城来，将钩索一抖，收回钩索。

石勒将两根手指探入口中，又发出一声呼哨。

一阵马蹄声响，冀保、逯明驱马过来。

众豪杰各认马匹，飞身上马。

石勒再一声呼哨，众豪杰扬鞭策马，绝尘而去。

大路上，石勒、葵安、支雄三骑并行。

葵安："勒子哥，我们今天回去的路是否选得有点绕远？"

石勒："其他两组也一样。为了保证我们的牧苑不被暴露，必须这样。我们不能有侥幸心理，要十分小心！注意，不要让后面跟上尾巴。"

葵安、支雄："是！"

一座村庄，大路从村中穿过。

石勒等三骑从路上走来，渐渐接近村庄。

石勒:“走,进村找一家饭馆,吃点东西,休息一下。”

葵安、支雄:“好嘞。”

说话间,村中一条支路上传来一阵嘈杂声:“快追,一个也别让他们跑了!”紧接着,有五个人跑了出来。紧跟在他们后面的,是一群手执兵刃的家丁。

最先跑出的五人中,有人高喊:“弟兄们,跑不了就不跑了,和他们拼了!”

“对,拼了!”五人立即回身,冲向家丁,和家丁们打斗在一起。

一个箭衣短靠的男子手持长刀,向家丁发布命令:“给我杀!”

家丁蜂拥而上,将五人围在核心,拼命攻击。五人在家丁的包围圈中闪展腾挪。

大路上,石勒他们勒住马观望。

石勒:“嗯?这是怎么回事?”

“哎呀!”葵安发一声惊呼,“勒子哥,快看,那被围的黑衣人好像是支屈六!”

石勒定睛一看:“对,就是支屈六。快去救他!”一面说一面从马鞍中抽出长刀,一抖缰绳,“呀——”大喝一声,策马冲向家丁。葵安、支雄紧跟着加入战团,一连砍翻了几名家丁。家丁队伍大乱。

被围的五人中有人高喊:“有人来救我们了,打呀!”他们士气大振,拼命从家丁手中夺取兵刃,回攻家丁。又有几名家丁被杀。

指挥家丁的短靠男子显得神色慌张,就要回身逃命。突然又站定,回头观望。他“嗯”了一声,咬牙切齿地发布命令:“大家别怕,他们人数不多,给我统统杀掉!杀一个,赏银十两!”一面说一面手舞花刀,杀上前去。

溃退的家丁队伍重又杀回,战斗呈激烈状态。

葵安迎过来接住短靠男子,一个马上一个马下,在作对打斗。

家丁接连被杀,第二次溃退。

短靠男子不敌葵安,丢个破绽,回身逃跑。

葵安策马追上短靠男子,一刀削去了该男子脑袋。

家丁们发一声喊:“教头死了,快跑呀!”众家丁四散跑了。

战场上丢下了十几具家丁死尸。

望着远去的家丁,石勒举手让大家不要再追,回身看望被追杀的五名壮士。

被追杀的五人一起走过来跪地拜谢:“谢谢大侠们拔刀相助,救了我等性命!”

石勒:“支屈六,抬起头来。你不认得我吗?”

支屈六抬头:“啊?勒子哥,葵安、支雄,原来是你们!”

石勒、葵安、支雄跳下马,上前与支屈六拥抱,支屈六哽咽,其他四名被追杀者也喜极而泣。

石勒放开支屈六,说:“此处不是久留之地,必须赶快撤离。有话咱找个安全的地方再说。”

大家点头称是,立即向村外飞奔。

一处密林。石勒等人从外走进,将马匹拴好,围坐在树下。

石勒:“这里安全了。支屈六,说说吧,你咋会出现在这里?”

支屈六:“勒子哥,你知道,太安年间的那场大旱,我们不得已举族外逃。好不容易等到旱灾过去,我就想重回老家。谁知刚刚进入武乡境界,就被官兵抓住卖到了冀州。在冀州,我被一个姓刁的财主买来做了奴隶。这刁财主人性非常歹毒。他开办着一个很大的砖瓦场,每天让家丁逼迫我们拼命干活,但给我们吃的饭连猪狗都不如。这也罢了,一旦发现哪个奴隶干活稍微手慢一点,就让家丁拖出去打个死去活来,根本就不把我们当人看。为了防止奴隶们反抗,刁财主专门花钱请了个武功教头给他训练家丁。那些家丁一个个被调教得如狼似虎,没有半点人性。他们经常找碴儿虐害奴隶,而且手段十分残忍。就我来了还不到一年,先后被折磨死了的奴隶就有十几个。实在活不下去了,我们就相互约定,一有机会就跑。我们也知道,如果逃跑不成,后果更糟。因为一旦被抓,立马就会被他们杀死。在此之前,就有好几个逃跑的奴隶被他们抓住杀了。可是,尽管这样,我们也得逃啊!今天午饭后,我们看到监押我们的家丁都在打瞌睡,就发出事先约定的暗号,一起动手,打倒身边的两名家丁,向村外跑。结果,依然没能逃脱他们的毒手。跑在后面的人都被他们杀死了。就我们五个,虽然跑得快一点,要不是你们前来相救,只怕也被他们杀了!那个被葵安砍了脑袋的家伙就是他们的教头。”说到这里,支屈六指着和他一起被救的另外四人说,“勒子哥,我来给你们介绍一下:这是郭黑略、张越、孔豚、赵鹿。他们四个的老家也都在咱并州,但他们不是胡人,他们都是地地道道的华夏人。可是,那些官兵们为了领赏,就把他们也当作胡人抓来卖了。”

石勒:“可恶!官府欠下的这笔血债,我们迟早会找他们清算!只是,你眼下有何打算,准备投奔何处?”

支屈六等五人一起向石勒跪下,说:“勒子哥,我们确实无处可去,求大哥收留我们。以后赴汤蹈火,我们都跟着你,绝无二话。”

石勒赶忙将他们扶起:“起来,都起来,快别这样。刚才打斗时我已经看到，你们个个身手不错，我很乐意收留你们。从今以后，我们就是过命的兄弟。来，我们说说下一步的行动。”

大家重新坐好，石勒说：“根据你们的描述，这个刁财主是个十恶不赦的恶棍，决不能让他继续活在世上为非作歹！你们说，刁财主都会些什么武功，造诣如何？”

支屈六：“依我看，刁财主本人不会武功。但是他的身边经常有二三十名家丁贴身保护，基本上是形影不离。”

石勒：“这些家丁都是那个死去的教头徒弟吗？”

支屈六：“都是。”

石勒：“这就对了。别看他们人多，但是战斗力却不会很强。就看他们的师傅都是那么稀松，经他调教的家丁又能强到哪里去！现在我有个想法：带你们重新杀回去，灭了这个恶棍！你们说怎么样？”

众豪杰：“杀回去！杀回去！杀回去！”

石勒：“好！刚才我们杀了刁财主的教头后迅速撤离，刁财主一定以为我们人少势单，已经远远逃遁，不会马上回来找他算账，防备一定不会太紧。我们就利用他的这种侥幸心理，杀他个回马枪！来，支屈六，你们说说，刁财主家的庄园位置和周边地形，以及他们的布防情况。”

刁财主庄园大厅。刁财主端坐在太师椅上，听逃回来的家丁头子报告情况。他的身前身后、左右及大厅四周站立着手执刀枪的家丁。

刁财主发怒道：“区区几个人就把你们杀得屁滚尿流，还死了好多人！养你们何用？你们的师傅呢？”

家丁头子：“师傅也战死了。”

刁财主：“啊？这来的是些什么人，有如此大的本事？”

家丁头子：“不知道。请问老爷，他们刚刚逃走，要不要尽发家丁前去追捕？”

刁财主：“追捕个屁！他们杀了人，已经远走高飞，踪迹全无，还到哪里去追捕？”

家丁头子：“那我们要不要加强警戒，以防他们卷土重来？”

刁财主：“这倒很有必要。不过，他们刚刚逃走，不会马上回来。当务之急是，必须尽快再请一位武功好一点的教头，来统领和教授家丁为我们看家护院。”

家丁头子：“知道了。我这就去办。”说完，起身出门。

“啊——”随着一声惨呼，家丁头子仰面朝天跌进大厅，胸口鲜血喷涌。

刁财主大惊失色，猛然站起。

石勒与众豪杰冲了进来。石勒一个箭步跳过去，抓住刁财主，手起一刀，刁财主人头落地。

几个试图反抗的家丁被冲进来的豪杰斩杀。其余家丁纷纷扔掉手中兵刃，跪地求饶："好汉饶命！""好汉饶命！"

石勒回身指着这些家丁："你们这些为虎作伥的恶奴，本该全部斩杀！今天姑且给你们留条性命。以后若要再办坏事，绝不轻饶！"

众家丁："我们不敢了，再不敢了！"

石勒："滚！"

众家丁抱着脑袋涌出房门跑了。

石勒吩咐众豪杰："给我仔细搜寻，把能带走的金银细软全部带走。再到马厩挑选五匹好马，给新入伙的弟兄代步。完事后，放把火，把这座罪恶庄园烧掉！"

众豪杰："好嘞！"分头行动。

刁家庄园烈焰冲天，烟火弥漫。

刁财主家人鬼哭狼嚎，狼奔豕突。

石勒与众豪杰飞奔在大路上，逐渐消失在道路尽头。

牧苑门楼口，石勒率众豪杰从远处走来，鱼贯入内。

军帐内，众豪杰随处散坐，互相交谈。石勒提壶为众豪杰倒水。夔安走过来接过水壶，替石勒倒水。

石勒："今天我们胜利归来，战果颇丰。特别是支屈六他们五人入伙，更使我高兴万分。从今以后，这里就是我们的家。现在大家暂时在我这里休息一下，等会儿我带大家去见我们的大哥汲桑。"

"报——"一牧卒走进，"牧苑门外有五人求见。"

石勒："唔？既然有人求见，为什么不去报告汲桑元帅？"

牧卒："汲元帅昨天就骑马出去了，说是打探军情，眼下尚未回来。而且，来人点名说要见石勒大哥。"

石勒："点名见我？这会是谁？他报姓名了吗？"

牧卒："那个领头的说，他叫呼延莫。"

石勒与夔安等原三台岭弟兄一起惊呼："呼延莫?！"

石勒哈哈大笑："来得好，看来上天安排我们弟兄风云际会。走，看看去。"和大家一起走出军帐。

牧苑门外，呼延莫等五人在驻足等待。

石勒与众豪杰快步走出："呼延莫！"

呼延莫："勒子哥！"扑过去与石勒拥抱。

葵安、支雄、支屈六也围过来："呼延莫！"

呼延莫："啊？葵安、支雄、支屈六，原来你们也都在这里！"

葵安："是啊，还有桃豹、逯明、王阳也在这里。等一会儿你就能看到他们。"

支屈六："用不着等一会儿。你看，他们已经来了。"

众豪杰回头观看。

王阳、冀保、吴豫、刘膺、桃豹、逯明正向着牧苑门口跑来。

大家相互拥抱，欢呼，跳跃："好啊，我们三台岭的兄弟终于又在一起了！"

其他众豪杰："不光你们三台岭，今天我们在一起的都是好兄弟！"

众豪杰："对，我们都是好兄弟！"

石勒："喂，众弟兄听着。今天我们风云际会，这是上天的安排，我们应该热烈庆祝一下。只可惜汲桑大哥不在，非常遗憾。罢了，我们不能错过今天的良辰吉日。来人！"

一牧卒跑过来："在！"

石勒："吩咐厨上安排宴席，给大家接风庆贺。"

牧卒："是！"跑着进入牧苑。

石勒对众豪杰："走，大家入内叙谈。"

军帐内，众豪杰围坐一起。

石勒："呼延莫，给大家说说，你们那里发生了什么事，你们是怎么逃出来的？"

呼延莫："勒子哥，是这样。前几天，我所在的那家铁场突然闯进来一队官兵。他们进场后，就疯狂地抓捕我们这些做奴隶的胡人。场主和他们说理，他们根本不听，还动手打死打伤了好些护场的家丁。"

石勒："这是预料中的事。并州官府掠卖胡人牟取暴利，其他官府能不效仿！可是冀州不同于并州。并州是胡人的聚居地，到处都有胡人。而冀州的乡下没有胡人，所有胡人都是从并州掠卖来的奴隶，都集中在各大财主的地段内。官兵们要想发财，不到他们那里抢劫才怪！呼延莫，继续说。"

呼延莫："官兵把我们从矿洞里搜出来后，留下少数人看管，又去抓捕别的奴隶。当时，我看到机会来了，就暗暗串通大家一起四散逃跑。官兵追捕我们，跑得慢的，就又被抓回去了。我们几个跑得快，又都会点武功，所以跑出来了。可是我们无处落脚，就想起你当时对我们说过：一旦脱离樊笼，就到茌平牧苑来。就这样，我就带他们来了。对了，勒子哥，诸位弟兄，我还没有给大家介绍我的这四位兄弟。"他站起身，走到四位豪杰身边，向大家一一介绍，"他叫张曀仆；这是郭敖；这是刘征、刘宝，他们是亲兄弟。"

石勒："好！我也向呼延莫、张曀仆、郭敖、刘征、刘宝你们五位统一介绍一下各位的名号。"他逐一指着介绍："王阳、葵安、支雄、冀保、吴豫、刘膺、桃豹、逯明、郭黑略、张越、孔豚、赵鹿、支屈六。"介绍完毕，石勒哈哈大笑，说，"原来的十三位，加上新来的五位，你们正好十八位。也就是说，今后你们就是我石勒麾下的'十八骑'！你们愿意吗？"

众豪杰："愿意！"

石勒："好！我们赴宴去！"

宴会大厅，几张方桌拼凑成的长桌。桌上摆放着珍馐佳肴。众豪杰环桌而坐，每人面前摆放着一只酒碗。

石勒站起来慷慨陈词："弟兄们，今天我们风云际会，此乃天意。看看我们弟兄，要么是被强行剥夺人身自由，任人宰割的奴隶；要么是困顿潦倒，生计无着的穷人。我们这些人受尽了晋室官僚和恶霸豪强的压榨和欺凌。在他们眼中，我们就是可以被他们任意贩卖和随意宰杀的畜生！这些家伙从来就没有把我们当人看！就这样屈辱地活着，我们能甘心吗？"

众豪杰："不能！"

石勒："是的，我们不能！所以，我们就要反抗。用我们的血肉去争取我们做人的权利。大家知道，我的名字叫'石勒'，这是我爷爷给取的名号。'石勒'，按我们羯胡话的意思就是'战争终结者'。可是，面对强大的敌人，要想终结战争，就必须首先拿起'战争'这个武器，运用战争来最后终结战争。因为敌人不会自动放下武器，不会自动放弃他们的罪恶统治。如今，晋室王朝的司马氏子孙，为了争夺权势，不顾骨肉亲情，正在自相残杀。这正好说明天道厌晋，要他们在疯狂中灭亡。所以，我们要牢牢抓住这个机会，举旗造反，彻底推翻晋室王朝的腐朽统治，还世界一个朗朗乾坤。我们不能自己瞧不起自己。相传当年陈涉起兵反秦时就曾说过：'王侯将相宁有种乎？'这就是说，身份贵贱并不是天生的。虽然眼下我们的身份极低极贱，但是，只要我们抱成团，打出一片天地，我们也能做到至尊至贵！弟兄们，愿意跟我一起举事吗？"

群情激奋，一起站起振臂高呼："愿意！"

石勒："好！上酒。"

几个牧卒抱着酒坛走上，向众豪杰面前的碗中倒酒后，退到后面。

石勒从靴子中拔出尖刀，刺破手腕，挨个将腕血滴入每个豪杰的碗内。然后将尖刀抛在桌上，昂然说道："愿意者，请与我歃血盟誓。"

众豪杰挨次取尖刀刺破手腕，将腕血挨个滴入每个酒碗。

石勒与众豪杰一起端起酒碗，齐声高呼："我等愿同甘共苦，同生共死，同举大事，共创大业。天日可鉴，永结同心，如有反复，甘遭天谴！"说完，将碗中酒大口喝干。

石勒："弟兄们，从现在起，咱们你中有我，我中有你，我们的鲜血已经交流在一起。今后，晋室王朝和恶霸豪强就是我们的敌人！打垮他们，推翻他们，消灭他们就是我们的目标！来，大家坐下，开宴。"

众豪杰一起坐下，举杯畅饮。石勒挨个给大家斟酒，气氛热烈欢畅。

"报——"一牧卒走入，"报告石勒大哥，汲桑元帅回来了。"

石勒："好！"他回头吩咐众豪杰，"请大家赞停一下，我去请汲桑大哥。"

"不用了，我已经来了。"随着话音，汲桑一身戎装走了进来。

石勒迎过去，拉住汲桑："大哥，你快来看，这都是前来投奔我们的弟兄。"

汲桑："好好好，非常欢迎诸位豪杰到我们牧苑来，和我们一起举大事、创大业。今后我们就是生死与共的兄弟！来来来，大家都坐。我要和众弟兄一起痛饮，共庆我们风云际会。"

大家一起坐下。牧卒走过来，为汲桑增添了一副碗筷。

另一牧卒抱酒坛过来，给每人的碗中斟上了酒。

汲桑举起酒碗："弟兄们，为了我们的事业，干！"

众豪杰一起举起酒碗："干！"

汲桑军帐。汲桑与石勒对坐交谈。

石勒一脸不高兴："大哥，听你如此说来，我们投奔公师藩，也就是投奔了成都王司马颖？"

汲桑点点头："可以这么说。"

石勒摇摇头："这不好吧？聚众起事，举旗造反是我多年的心愿。我想通过造反去争取我们做人的权利。而我们主张的造反目标，就是他司马家的腐朽统治。现在让我放弃主张，去参加他司马家族毫无正义可言的内讧，我不愿意！"

汲桑长长地叹了口气："唉，兄弟，根据你的人生经历，我非常理解你的想法。可是，我们现在面临的是一个皇权至上的时代。如果我们现在公然打出和朝廷作对的旗帜，有谁还敢投入我们的麾下？退一步说，就算是有一些生活在底层的奴隶和贫民响应我们，跟随我们，可是，面对各方面都很强大的皇家势力，是不是不等我们举事，就会招致各方面力量的绞杀？要知道，他们内讧是内讧，可是对待'造反'，他们的利益是一致的，必然会放弃内讧，形成合力来对付我们！所以，我认为，我们要举大事，先得依靠和利用朝廷中的某一股势力。现在成都王在黄河以北人们的心目中还算一位贤王。在他遭遇贬黜后，有人公然为他鸣不平，就表明他将来一定会重回朝廷，重掌政权，还很有可能是未来的皇帝。我们现在去投奔他，对他来说，就是雪中送炭。等他执政后，自然要封赏我们，给我们相当的权势。等到我们的势力积聚到足以与朝廷抗衡的时候，再去做你想做的事，是不是更实际一些呢？"

石勒仰着脸，不停地眨巴眼睛。

汲桑提起桌上的水壶，给摆在石勒面前的茶碗内斟了一点，又给自己的茶碗内斟上，端起来抿了一口，说："你仔细想想，是不是这个理儿？"

石勒："唔，大哥说得很有道理。看来，我也应该把这个道理向我的'十八骑'弟兄们讲讲，让他们也能够理解。"

汲桑："好！这事就这么定了。不过，还有一事想和兄弟商量。"

石勒："什么事？大哥你说。"

汲桑："我们投奔公师藩后，他自然会让我们带兵打仗。但是，凡带兵的人，都要擎自己的旗帜，旗帜上绣带兵人的姓氏。可你们羯胡人没有姓，只有名。而旗帜上是不能把名字绣上去的。所以，我想让你把名字拆开，干脆姓'石'名'勒'。以后不管到哪里都这么叫。你的后代也从此辈辈姓'石'，就像我们华夏人一样。你看怎么样？"

石勒想了一想，说："好！那我从此就姓'石'了。以后我的儿子、孙子，辈辈都姓'石'，直到永远！"

清晨，牧苑校场，石勒与"十八骑"在点将台前各牵一匹马待命。

汲桑戎装骑一匹黑马走了过来："旗牌官何在？"

旗牌官走过来："在！"

汲桑："传令下去，'赤苑''騄骥'两处牧苑所有牧卒，清理苑内全部军马、财物，到校场集中，准备关闭牧苑，随我前去投军！"

石勒急呼："大哥且慢，万万不可！"

汲桑："唔，为什么？"

石勒："牧苑是我们的根本，万万不可轻易抛弃。我们此去投奔公师藩，前程究竟如何，还难以预料。如果遇到麻烦，还须留有退路。所以，我们现在不能关闭牧苑，一定要留下一部分人马为我们守着。依我看，我们可以先挑选数百名精壮牧卒，组成一支骑兵队伍前去投军。其余人依旧留守牧苑。这样我们才可以进退有据。如果将来确实需要，我们再行关闭不迟。"

汲桑连连点头："唔，说得对极了。还是兄弟虑事周密。"他重新吩咐旗牌官，"那这样，你从两处牧苑挑选七百名精壮牧卒，命他们自选马匹，明日辰时校场集中，随我投军。"

旗牌官："遵命！"

公师藩军营辕门口。公师藩与几名将军戎装骑马在向道路远处眺望。

大道上，一队骑兵渐渐走近。

公师藩与将军们迎了过去。

走在前面的汲桑和石勒跳下马步行走了过来。

公师藩与将军们亦跳下马迎了上去。

公师藩拉住汲桑的手，无比热情地："欢迎，欢迎，欢迎你们的到来。"看到石勒，面露惊异的神色，"这位是……"

（石勒的特写：魁梧雄壮，气宇轩昂）

汲桑："这是我的过命兄弟石勒。"

石勒上前对公师藩拱拱手："见过大帅。"

公师藩回礼："好，这位兄弟气度不凡，一看就是一位难得的将才！来，咱们上马回营。"

众人一起翻身上马。

公师藩军帐。公师藩与汲桑对坐饮茶。

汲桑："请问将军，如今您兵精马壮，不知近期有何打算？"

公师藩："问得好！兄弟，我也正想和你商量。下一步我计划发兵进攻邺城。你知道，邺城是魏晋以来的五都之一，也是黄河以北唯一的大都会。我朝以来，一直是成都王在此镇守。说穿了，邺城就是我们的老巢！可恨的是，王浚、司马腾联军攻邺，迫使成都王奉皇上南返京师，邺城被弃。鲜卑、乌丸乘机入城劫掠，致使破坏十分严重。然而，尽管这样，城内宫室尚存，当年曹操修筑的铜雀、金虎、冰井三台还在。稍作休整，依然是黄河以北最为繁华富庶的大都会。而最不能容忍的是，河间王劫持皇帝后，不仅废除了成都王'皇太弟'的身份，还将邺城这一无比重要的镇所生生从成都王手中剥夺，给了平昌公司马模。真是，是可忍孰不可忍？所以，我一定要把它夺回来！"

汲桑:“将军所言甚是。只是,准备何时发兵?”

公师藩:“现在一切已经准备就绪,我想最近就选一吉日发兵攻邺。不过,有一事还想和贤弟商量。”

汲桑:“何事?请将军直言相告。”

公师藩:“进军时,我想简拔你的那位兄弟石勒为‘前队督’,给他三千人马,让他做开路先锋。通过和他的几次接触,我觉得,你的这位兄弟文韬武略俱佳,是个人才。将来之造化,一定会远远高于你我。不知贤弟以为如何?”

汲桑:“将军对石勒的观察可谓鞭辟入里,在下也有同感。好吧,那就让他做开路先锋,为我们扫平前进路上的障碍。”

一面绣着“石”字的大旗在风中飘扬。

(镜头拉开)石勒戎装红马,手荷镔铁大戟率队行进。

“报——”一哨探从前面飞骑而来,在马上向石勒拱手报告,“报告前队督,前面就是阳平,太守李志在城下列阵应战。”

石勒:“知道了,再探!”

哨探:“遵命!”勒马返回。

一座高大城楼,城门上方匾额:“阳平”。

城门下,太守李志率部队列阵以待。

越过一段开阔地,石勒的部队列阵相持。

李志跃马向前,对石勒军阵戟指怒骂:“反贼,因何要来犯我城池?报上名前来受死!”

石勒跃马走出,荷戟拱手:“某乃公师藩将军麾下前队督石勒是也。请将军报上名来。”

李志:“吾乃阳平太守李志。不要走,看枪!”纵马舞枪直取石勒。

石勒挥戟接战,拨开李志枪头,戟尖直指李志喉咙,不及一合,便将李志挑于马下。

“太守阵亡,快跑!”李志部下见李志落马,发一声喊,一哄而散。

石勒大戟向前一指,部队潮水般杀向前去。

“石”字大旗在阳平城头飘扬。

石勒率大军在路上行进。石勒在马上传令:“传令下去,加速前进,一举拿下汲郡。”

邺城,平昌公司马模军帐。司马模一身戎装坐于军案之后。帐下众将环侍。”

“报——”一军士入帐禀报,“阳平、汲郡相继失守,太守李志、张延阵亡。公师藩大军已经兵临城下。”

司马模:“啊? 这么快! 将军赵骧听令!”

赵骧走出:“末将在!”

司马模:“命你督率部下关闭城门,婴城据守,不得有误!”

赵骧:“遵命!”退下。

司马模:“旗牌官!”

旗牌官上前:“在!”

司马模:“命你速派快马,到范阳王处搬取救兵!”

“是!”

第十六集

邺城城外。公师藩与汲桑骑马并立，指挥军士攻城。

公师藩："石勒这小子果然了得。一路摧枯拉朽，连拔阳平、汲郡，斩李志、张延于马下，使我军顺抵邺城，真乃虎将也！"

汲桑："将军慧眼，石勒果然神勇异常。现在他又身先士卒，率众攻城。我们得此良将，可喜可贺！"

公师藩手抚长须，含笑点首。

攻城战场。一批又一批士卒爬上云梯。

城头上，守军用檑木炮石往下狠砸。

爬上云梯的士卒被砸落城下。

石勒与"十八骑"弟兄将长刀衔在口中，奋力攀上云梯。

云梯被守城士兵推倒，石勒他们跌下云梯。

公师藩指挥处高地。一探马飞奔而至。"报——广平太守丁邵与兖州刺史苟晞两支大军杀到，来救邺城，军势十分浩大！"

公师藩："知道了，再探！"

探马："是！"勒转马飞奔而去。

公师藩对汲桑："丁邵、苟晞都是百战名将，来势又猛，看来邺城此战难以攻克。不如撤退回师，再寻战机。"

汲桑："将军英明。如不及时撤退，我军必然会陷入前后夹击的险恶之地！请将军传令，立即撤军。"

公师藩："说得很对。来人！"

一将军："末将在！"

公师藩："传令下去，停止攻城，立即收兵撤离！"

攻城战场。石勒他们前赴后继攻城甚急。"当当当"，突然后面传来急剧的铜锣声。

石勒望望在云梯上搏杀的士卒,咬咬牙,传令:“收兵!”

东海王司马越行营。司马越与司马虓相互拱手致礼。

司马越:“欢迎范阳王大驾光临,快快请坐。”

二人入座。

司马虓:“本王一直关注西进勤王之事,不知东海王筹措得怎么样了?故而前来问询。”

司马越:“兹事体大。为了消除后顾之忧,孤已将各州郡官吏做了调整,正欲发兵西进,孰料冒出了一个公师藩进攻邺城。后院起火,致使原定计划有变。”

司马虓:“公师藩小丑跳梁,着实可恼。孤已命广平太守丁邵与兖州刺史苟晞发兵往救,相信很快就会平息。”

司马越:“据说公师藩势大,不知二将能否将其击退?孤实放心不下。”

司马虓:“王爷尽可放心。丁邵、苟晞均系百战名将,极善治军。尤其是苟晞,治军极其严苛,远近闻名。令行禁止,下属无敢少违,战斗力无比强悍。在军中,他只认军法,不认亲情。王爷难道未曾听过他执法无情的故事吗?”

司马越:“哦?请说来听听。”

司马虓:“苟晞字道将,自幼失去双亲,是姨母一手将他带大。做了兖州刺史后,姨母带着儿子前来投奔他。他对姨母供奉丰盛,处处孝敬如亲母。一天,姨母向他提出,希望能给自己的儿子一个将军来做。苟晞说:‘您最好不要让表弟在我的手下做官。我执法严峻,从来不徇私情。如果表弟一旦犯罪,我可不会法外施仁!’但是,姨母依然一再请求。苟晞说:‘好吧,那就给一个将军。只是,如果他将来犯了事,您可不要后悔!’姨母答应了。苟晞就让姨母的儿子当了督护。后来,姨母的儿子果然犯了罪。苟晞审问得实,就手持节仗,要将姨母的儿子斩首正法。姨母听说后,披头散发跑来向苟晞求情。然而,她头都磕破了,苟晞就是不答应,硬是把姨母的儿子给斩了。斩了后,他却又去哭祭表弟,说:‘弟弟啊,杀你的人是兖州刺史,因为你犯了法,法不容情;现在哭你的是苟道将,因为你是我的弟弟,我是你的亲人。’这就是苟晞!由他治理的军队所向披靡,孤以为,公师藩绝不是其对手。”

司马越:“哦,既是如此狠人,他的军队一定是虎狼之师!也罢,希望他能解邺城之危。”

“报——”一将军走入,手持信笺,“启禀王爷,邺城捷报。”

司马越:“好!快快拿来我看。”从将军手中接过信笺拆阅。

司马越看过信笺，喜形于色，将信笺递给司马虓："果然如王爷所言，公师藩败退了。这下好了，我们可以腾出手发兵西向了。"

司马虓约略看过信笺，站起身高兴地说："很好！既然邺城之危已解，那我立即回去准备，起兵迎皇帝还都。"

西进的部队，旗号闪闪，刀枪林立。

长安河间王司马颙府邸。司马颙和亲信将佐参军毕垣以及缪播、缪胤等议事。

司马颙在地上来回踱步，显得十分焦躁："出了一个公师藩扰乱河北，就已经让人深感头疼。更可恨东海王越，拒绝皇命，不来入关受职倒也罢了，却又与范阳王虓狼狈为奸，联军前来进犯，真是一波未平一波又起！只说是废掉成都王皇太弟身份，孤好独掌政权，哪知道招来这么多的麻烦！哼，看来为了安抚公师藩，还得起用成都王。也罢，就任命成都王为镇军大将军，都督河北军事；再任命卢志为魏郡太守，答应让成都王继续镇守邺城，先把公师藩稳住再说。至于西进之敌嘛，还得请皇上下诏，命他们各回本国，不得兴兵！"

参军毕垣："王爷，我看请皇上下诏不会有效。东海王既然已经出兵，咋会再受诏命？还是派遣大军抵御为好。"

司马颙想了一想，说："那就任命张方为大都督，率众十万，赶赴许昌，抵御西进之敌。这样的话，成都王也不能让他径回邺城。拨给他一千人马，先让他出屯洛阳河桥，继援张方。"

缪播："一千人马？是否有点过少？"

司马颙："不能让成都王羽翼太丰，那样难以节制。起用成都王也是迫不得已。等到形势好转，其权势还须削弱。否则，孤会食不甘味，睡不安寝！"

缪胤："可是，多少年来，你们两位王爷一向合作得很好。"

司马颙："唉，此一时彼一时也。政治这东西是不讲情面的！"

成都王司马颖行营。司马颖与卢志等亲信在一起议事。

司马颖手持圣旨，苦笑着摇一摇头，说："河间王翻云覆雨，真让人心中五味杂陈。现在只给孤一千人马命孤屯守河桥，其用心歹毒昭然若揭！"

卢志："殿下不必烦恼。一千人马虽然不多，但让我们出屯河桥，我们借机脱离他的节制，也未尝不是一件好事。再说，石超将军在保卫邺城的战斗中兵败走失，近日他辗转寻来了。虽说所带人马不多，但有胜于无。我们可命石超留守河桥，殿下趁机进入京师洛阳，取得地盘，徐图东山再起。"

司马颖点头赞许:“你所言极是。事不宜迟,我们立即出发。”

洛阳河桥,石超军帐。石超与众部下议事。

石超:“成都王在进入京师之前,命我们驻守河桥。我已命王阐率部防守黄河渡口。如今我们兵微将寡,大家务必小心为是。”

“报——”一军士走入,“启禀将军,范阳王麾下刘琨率幽州突骑杀到,突破黄河防线,王阐将军阵亡!”

石超大惊:“啊?再探!”

军士:“是!”退下。

石超:“众将听令!”

众将:“诺!”

石超:“立即整队出发,随我迎战来敌!”

原野上,两军在激烈鏖战。

石超在战阵中左冲右突,一个又一个幽州骑兵被他挑落马下。

远处,又有大批人马杀到,石超军纷纷败退。

一将军飞骑奔来:“石将军,大事不好!范阳王亲率大军杀到,支援刘琨,我们扛不住了!”

石超举目前望,见自己的部下正在溃逃。一名年轻将领率部在后面追赶,挥舞手中长剑斩杀自己的部众。

石超长叹一口气:“撤!”勒转马疾走。

年轻将领率大队骑兵如旋风般杀来,口中大叫:“石超休走,俺刘琨来也!”

石超被刘琨的骑兵围住。石超舞动手中长枪,在圈中奋力搏杀,枪挑一名骑兵。不意刘琨挥剑攻上,石超收枪不及,被刘琨兜头一剑,斩于马下。

京师洛阳,皇宫内,帷帐破挂,銮驾东倒西歪,地上垃圾杂陈。

成都王司马颖在一群亲随护卫下,边巡视边摇头叹气。

卢志从外急匆匆走来:“殿下,大事不好!”

司马颖:“哦?”

卢志:“石超将军阵亡,河桥失守!”

司马颖:“啊!赶快传令,关闭京师所有城门,督促全城军民,全部登城据守!”

卢志:“殿下不必慌乱,已经布置下去了。只是河间王又传圣旨,命我们出兵阻击东海王与范阳王的西进联军，这便如何是好？”

司马颖：“哼！河间王翻云覆雨，什么东西！不用理他。再说，我们自顾尚且不暇，哪有能力出兵？”

长安河间王府。司马颙焦躁地在地上来回走动。

王府一角，参军毕垣和缪播、缪胤在交头接耳。

缪胤：“东军来势凶猛，王爷屡次传旨，命成都王出击抵御，均不见动静。王爷迫于无奈，欲与东海王讲和，又被张方横加阻挠。现在真是进退维谷。”

毕垣：“那当然。张方深知自己罪孽深重，生怕和议一成，朝廷会追究他的罪责！”

缪播：“张方这家伙凶悍难制，现在又手握重兵，一旦逼急了，什么事都能做得出来！所以，王爷也对他有所忌惮。”

毕垣：“哼！张方专横跋扈，从不把我们放在眼里。我等多次受其欺辱，我深恨之！这次东海兴兵，王爷命他为大都督出屯许昌拒敌。而他却率部驻屯霸上，不再前进，只遣建威将军吕郎往据荥阳。他到底要干什么？我想，我们不如借此机会，将张方扳倒，以泄我等胸中恶气！”

缪播：“扳倒他？怎么扳？”

毕垣：“来，是这样。”三颗脑袋凑到一起，“王爷一向耳软，又对咱们信任有加。我们不妨这样……”

河间王司马颙、缪胤、缪播、毕垣在一起议事。

缪胤：“东海、范阳联军来犯，全是因为张方。上次主公差我去会东海王，商量议和之事。本来东海王已经答应，要不是张方心怀鬼胎，极力加以阻挠，已经大功告成了。”

毕垣：“王爷，东军来势汹汹，而张方却不遵军令前往许昌抵御，只是率大军驻屯霸上，分明怀有不可告人的目的！听说他多次和帐下督郅辅密谋策划，王爷不得不防！”

司马颙吃惊地：“哦？有这等事！”

毕垣：“是啊，我看王爷不如把郅辅招来，问明原委。如罪证确凿，也好提前动手消除隐患！”

缪播：“在下以为，这次兵祸全是因为张方引起。主公若能取张方之首以谢联军，联军自然就会退去。还望主公三思。”

司马颙看了缪播一眼：“快去招郅辅前来问话！”

毕垣：“不劳缪兄，我去找他。”说完，匆匆而去。

一间密室。毕垣与郅辅交头接耳。

郅辅:"毕垣兄,您是王爷身边红人,既然知道底细,您说王爷突然招我,到底何事?"

毕垣:"是这样。张方蓄意谋反……"

郅辅:"啊!张方谋反?我咋不知?"

毕垣:"兄弟少安毋躁。张方谋反已是罪证确凿!现在的问题是,有人举报,说是你也参加了谋划,所以王爷招你前去问询。不知你将如何回答。"

郅辅:"这这这,我确实不知!"

毕垣:"不要慌,毕某知道你是一位诚实君子。但是,张方谋反却是事实。等一会儿王爷问你话时,你千万不能说你不知道。如果你说不知道,就会坐实你是他的同谋,就会招来杀身之祸!"

郅辅:"那我该如何回答?"

毕垣:"你不用回答。当王爷问你时,你只说'是'就行。"

河间王府。毕垣领郅辅走进。

郅辅:"参见王爷。"

司马颙:"郅辅,孤来问你,张方谋反你可知道?"

郅辅:"是!"

司马颙点点头:"嗯。如果派你去取张方首级,你可愿意?"

郅辅:"是!"

司马颙:"那好!"从军案上取过书信一封,"你持此书信星夜送给张方,趁他不备,斩他首级回来见孤!"

郅辅:"是!"接过书信退下。

王府外,毕垣与郅辅边走边谈。

毕垣:"机会难得,要想获取大富贵,就在此举。你一定要临事果决,下手狠辣!千万不可手软误事。"

郅辅点点头。

夜里,霸上,张方军营。张方在灯下看书。

门外传来喊声:"帐下督郅辅求见!"

张方:"让他进来。"

郅辅腰挎佩刀走进。

张方:"汝星夜前来见我,有何要事?"

郅辅："王爷有紧急书信送达将军。"

张方："唔？拿来我看。"郅辅将书信递上，张方接过，凑近油灯拆阅。

郅辅暗暗走到张方身后，突然抽出佩刀，牙一咬，手一挥，张方首级落地。

东海王司马越行营。军帐内，司马越坐于军案之后。案前，坐着范阳王司马虓。帐下，众将环侍。

缪胤跪在军案前，他的面前放着装张方首级的木匣。

司马越："既然张方已经正法，那就把首级呈上来，孤要亲自验看。"

缪胤："是。"起身抱木匣置于军案之上，并将木匣打开。

司马越站起身伸头望向匣内："唔？果然是张方这个杀人不眨眼的恶魔！哈哈哈哈……"显然，张方的死，让他大为振奋。

缪胤："王爷，这和议之事……"

司马越突然把脸一沉："什么和议？你立即回去告诉你家主子，乖乖把皇帝送出来，不要再想什么和议。退下！"

缪胤恐慌地退了出去。

司马虓："东海老弟，你不是答应与河间王媾和吗？为何却又反悔？这是何意？"

司马越呵呵一笑："张方乃河间王之干城，天下忌惮。河间王之所以能够跋扈，全赖张方。如今他自毁长城，已经无所作为，还和他讲什么和议！"

司马虓："呵呵，原来如此。"

司马越重新坐回军案，发布命令："众将听令！"

帐下众将："在！"

司马越从军案上取令箭一支："幽州将军祁弘何在？"

祁弘出班："末将在！"

司马越："命你率幽州铁骑为大军前锋，西向进攻长安。孤亲率大军随后跟进，迎皇帝还都！"

祁弘："遵命！"接过令箭退下。

司马越再取令箭一支："将军宋胄何在？"

宋胄出班："末将在！"

司马越："命你联合邺中将军冯嵩，往取京师洛阳，为吾皇回京做好准备！"

宋胄："遵命！"接过令箭退下。

司马越又取令箭一支："司马刘琨听令！"

刘琨出班："末将在！"

司马越："命你率本部人马，持张方首级前往荥阳，招降建威将军吕郎，收取荥阳。"

刘琨："遵命！"

长安，河间王府。司马颙气急败坏地在地上来回走动。缪胤、郅辅伏跪在地。

司马颙："孤总算明白了。原来是东海王设计让孤屈斩张方，自断膀臂！而你们这伙蠢材，为泄私愤，甘愿朋比为奸，毁我干城。可恨！来人！"

一群甲士走进："在！"

司马颙："给我把郅辅拖出去，砍了！"

甲士："是！"上前将郅辅倒拖出去。

司马颙对跪在地上浑身筛糠的缪胤说："蠢材！要不是看在你是孤妻舅的份上，真该连你一并砍了！你且起来，传孤将令，速派弘农太守彭随与刁默率部前去拒敌。再命将军马瞻、郭伟率部驻屯霸水，为其后应。快快去办！"

"是！"缪胤赶忙爬起来走了出去。

京师洛阳，成都王府。

成都王司马颖面对属下将佐："眼下东海王大军来取京师，孤兵微将寡，何以应对？卢志奉命办差又不在身边，这便如何是好？罢了，速速传孤将令，撤出京师，向长安进发！"

众将佐："遵命！"

华阴道上，一队官兵在向前行进。成都王司马颖坐在乘舆内。他的左右是他的两个儿子。

司马颖掀起车帘，问："前面是什么地方？"

守护车乘的将军回答："已经到了华阴。"

司马颖："传令下去，就在华阴驻屯，停止西进。"

将军："为啥不走了？"

司马颖："孤感觉不能再去长安。孤屡次违抗河间王之命，孤若再回长安，彼必不容于孤！再说，眼下河间、东海议和，前景如何，也需等待观望。且在华阴暂时驻屯，看看再说。"

将军："遵命。"

长安，河间王府。司马颙身着戎装，独自一人，在愁苦地低头伏案。

一将军闯入："王爷，大事不好！"

司马颙惊慌地站起："何事不好？"

将军："彭随、刁默和马瞻、郭伟先后被东军前锋祁弘击败，不知逃往何处。现在东军已经入关，猖獗得不得了！大王需亟自为计。"

司马颙："啊？赶快召集人马，随孤迎敌！"

将军："城中士卒都已逃散，已经无可召集了！"

司马颙："这这这，这便如何是好？快快，牵孤的坐骑过来！"边说边和将军走向马厩。

在马厩，将军牵过一匹黑马，司马颙接过缰绳，飞身上马，挥拳在马屁股上拳一砸，也不管将军死活，策马疾驰而去。他的身后传来海啸般的喊杀声。

大街上，一队官兵冲了过来。

皇帝行宫。宫女、太监狼奔豕突，一片混乱。

一队鲜卑士兵闯了进来，横冲直撞，抢夺宫内物品，拉扯调戏宫女。宫女在挣扎哭叫。

皇帝司马衷坐在御床上，眼看着宫中乱象，一筹莫展。宫门外传来喊声："大司空东海王到！"

鲜卑士兵闻声慌忙退下。

司马越在众将簇拥下走进皇宫，上前对司马衷行礼："老臣迎驾来迟，让吾皇受惊了。"

司马衷垂头丧气地："唉——"

长安城外大道上，河间王司马颙在策马飞奔。他不时回头看看身后。

在一个十字路口，他勒住马，突然仰天长叹："没想到孤堂堂王爷，竟然落到单人独骑的凄惨境地！现在该到何处落脚是好？"他左右徘徊了一会儿，咬咬牙，"也罢，且往太白山中暂避一时再说。"说完，打马向左侧路上去了。

大道上，军队在行进。一辆牛车上，坐着皇帝司马衷和皇太弟司马炽。一群太监、宫女簇拥着牛车随部队行进，显得十分凄凉。

队伍中，两个并骑而行的将军在轻声交谈。

将军甲："唉，生逢乱世，做皇帝也很可怜。你看，连御舆銮驾都没有，只能乘牛车返京。"

将军乙："唉！仓促间不及备舆，将就呗。"

京师洛阳，皇宫内。皇帝司马衷在几名老年太监和宫女的陪侍下走了进来，举目观望。

宫中仪仗七零八落，墙壁物件上蛛网连挂，御案上蒙着厚厚的一层灰土，地上桌椅东倒西歪。

司马衷："想不到峨峨皇宫竟然沦落到如此地步！唉，也罢，传朕旨意，到金墉城接皇后回来吧。她已经是五废五复了！"

随行老太监："遵旨，咱家这就去办。"

太极殿，百官云集，按班排列。皇帝司马衷就坐在御座上，向身边的随侍太监示意："宣旨。"

随侍太监："诺！"奉旨走出，高唱："众卿听旨！"

百官一起跪拜在地。

随侍太监宣读圣旨："奉天承运，皇帝诏曰：国事已定，改'永兴三年'为'光熙元年'。大司空越迎驾有功，进位为太傅，录尚书事，主持朝政；进范阳王虓为大司空，镇守邺城；封宁北将军模为镇东大将军，授平昌公，镇守许昌；封幽州都督王浚为骠骑大将军，都督东夷河北诸军事，兼领幽州刺史。皇太弟以下官吏各司其职。颁诏大赦天下。钦此。"

百官："吾皇万岁万岁万万岁！"

华阴，成都王行营。一将军行色匆匆地走来，进入军帐："殿下，据探马来报，东军已经攻克长安，接皇上返京了！"

正在地上踱步的司马颖略感吃惊："是吗？看来我们长安、洛京都去不了了！现在只有一条路：渡河北上，去投奔公师藩。传令，立即出发！"

将军："遵命！"

顿丘地界。大道上，一支军队在行进。司马颖与他的两个儿子坐在马车上随部队行进，显得萎靡不振。

大道的前方，一队官兵在列阵以待。

司马颖望着前面，面露惊恐之色。行进的部队停了下来。

司马颖吩咐身边随行将军："去看看，什么情况？"

将军："诺！"驱马向前，"请问，来者何人？因何阻我去路？"

冯嵩执大刀纵马走出："吾乃顿丘太守冯嵩是也。来的可是成都王？"

将军："既然知道是王爷驾到，还不赶快把道路让开！"

冯嵩突然哈哈大笑："来得正好！将士们，给我把成都王父子拿下！"

“杀——”官兵向成都王队伍冲去。

双方交战。

将军与冯嵩在马上交手。几个回合后，将军被冯嵩挥刀斩于马下。

司马颖部队溃败，四散奔逃。

冯嵩部队冲了过来，将司马颖车乘围住。

冯嵩骑马走进包围圈，下令：“给我绑了，押往邺城，交给范阳王处置！”

公师藩军营。军帐内，汲桑、石勒以及诸位将军左右站立。军案后，公师藩怒气冲天：“这还了得！主公成都王殿下被范阳王拘押在邺城，随时会有性命之虞。众将听令！”

众将：“在！”

公师藩：“起大营，全军出动，从白马渡河，立即奔赴邺城去救殿下！”

众将：“遵命！”

邺城，司马虓军帐。

司马虓面对帐下众将：“公师藩率大军来犯，气势十分凶猛！旗牌官！”

旗牌官：“在！”走上前去。

司马虓从军案上取令箭一支：“持孤将令，速派快马赶赴兖州，命刺史苟晞立即率部来救邺城！”

旗牌官：“得令！”接过令箭退下。

司马虓：“众将听令！”

众将：“末将在！”

司马虓：“各率本部人马，立即登城固守待援！”

众将：“遵命！”

邺城外高坡上，公师藩骑在马上，挥舞手中长剑，对部队下命令：“攻城！”

“杀——”公师藩部众抬着云梯，挥舞着刀枪，漫山遍野呼喊着冲向城墙。

城上檑木炮石滚滚而下。

异常惨烈的攻坚战。

城下，汲桑、石勒在指挥攻城。

一批批爬上云梯的士兵被檑木、炮石砸了下来。后面的士兵继续向上攀爬。

石勒：“元帅救主心切，下了死命令，务必攻下邺城！虽军令无情，但这样不行！大哥在此督战，我带‘十八骑’兄弟上去了！”

汲桑：“兄弟千万小心！”

石勒：“大哥放心。”跳下马，手执钢鞭，向前一挥，“兄弟们，跟我上！”

“十八骑”弟兄一齐跳下马，执刃在手，跟着石勒冲了上去。

高坡上，公师藩远远看着将士们攻城，对身边亲随：“传令，加大攻势，有敢后退者，斩！”

一阵海啸般的喊杀声从身后传来。公师藩回头张望。

后面军阵大乱。在一面“苟”大旗的引导下，一队骑兵冲了进来。公师藩部众纷纷溃败，四散逃命。

公师藩：“坏了。又是苟晞这个‘屠伯’！传令，快撤！”说着，打马飞奔而去。身边亲随紧随其后。

城墙外，汲桑注视着石勒他们攻城。

石勒与“十八骑”弟兄在云梯上挥动手中兵刃，拨开上面落下的檑木炮石，艰难爬升。

突然，后面传来喊杀声。汲桑回头，见后军大乱。急忙传令：“停止攻城，鸣金收兵！”

一阵急促的铜锣声响。在云梯上搏斗的石勒和“十八骑”弟兄跳下云梯，跑了过来。

石勒：“怎么了，大哥？”

汲桑：“后军大乱，估计是敌人援军到了。赶快上马，去救元帅！”

石勒与“十八骑”弟兄飞身上马，随汲桑向外杀去。

邺城城楼上，司马虓远望着“苟”字大旗下的军队冲入公师藩军阵，两军混战，高兴地大叫：“好！救兵来了。传令，大开城门，全部出城杀敌！”

邺城城门被士兵打开，城内军队像潮水般涌出。

鸟瞰两军交战的宏大场面。

（镜头推向前去）

汲桑、石勒、“十八骑”弟兄与他们所率的部众在敌人的包围圈中左冲右突，奋勇冲杀。一批批敌人在他们兵器的砍杀中倒下，他们的部众也不时地被敌人砍杀。场面异常惨烈。

（镜头转向石勒）

石勒紧随在汲桑左右，在敌阵中冲突。一名敌将挥舞大刀迎了过来，石勒挺着镔铁长戟上前接战。交手不及一合，便将敌将挑于马下。

石勒看看汹涌而至的敌军，回头大喊："弟兄们听着，不要恋战，集中力量保护大哥向东突围！"

石勒挥舞大戟冲在前面，迎面扑上来的敌人被他沉重的大戟挑死、打飞。

汲桑在"十八骑"的护卫下，击杀侧面冲上来的敌人，紧随石勒向前冲击。

一处树林，汲桑、石勒与众弟兄陆续走了进来，相继下马。

汲桑看看众弟兄身上鲜血淋漓，走过去拍拍他们的肩膀，感慨地说："总算突出了重围，害得弟兄们一个个血染征袍！"

石勒："大哥不必过虑，弟兄们身上的血大多不是他们自己的。我已经看过了，'十八骑'兄弟无人受伤。"

汲桑："如此甚好。点视一下，我们还有多少人马？"

石勒："已经点视过了，还有我们带来的牧卒三百多名。其余人马都打散了。"

汲桑："唉！这次败得太惨了。也不知公元帅到底怎么样了？我们休息一下，然后循来时道路去寻找元帅。"

石勒："嗯。"

第十七集

大路上，十几名伤兵相互搀扶着艰难地向前行走。

突然，一名伤兵面露惊恐之色望着前面：“啊？前面有敌人！赶快隐蔽。”

伤兵们急忙跳入路旁的草丛中藏身，拨开草丛，向外观望。

大路上，汲桑、石勒率“十八骑”及牧卒向前行进。

隐藏的伤兵中，有一人盯着看了一会儿，说：“好像是咱们的队伍。”

另一伤兵：“对，是咱的人！你们看，前面那人是汲桑将军。”

伤兵们站起身走回路上，一起号啕大哭。

汲桑、石勒纵马跑了过来，跳下马上前抚慰。

汲桑：“你们不是元帅身边的人吗？如何落到如此地步？元帅呢？”

一伤兵号哭着说：“死了！”

汲桑、石勒：“啊？死了！”

伤兵：“嗯。攻打邺城时，兖州刺史苟晞抄了我们的后路。我们护着元帅突出重围后，又被苟晞的骑兵追上了。公元帅在战斗中阵亡，尸体也被苟晞的骑兵抢走了。跟随元帅的人，只有我们几个拼死冲了出来，其他人都战死了！”

汲桑：“那，你们这是准备到哪里？”

伤兵：“不知道！”

汲桑仰天长叹：“唉！既然主帅已经阵亡，我们再往前还有什么意义呢？可是，接下来我们该到何处落脚？”

石勒：“大哥不必灰心，我们还是返回牧苑吧。那是我们的根本，我们可以从头再来！”

汲桑：“啊，对对对，我们重返牧苑！”他抬手拍拍石勒的肩膀，“多亏兄弟料事周密，给我们留下了根本。否则，我们可真成了丧家之犬了！”说着，他吩咐跟上来的牧卒，“你们到附近的树林中，砍一些粗大一点的树枝过来，做成担架，把这几位受伤的弟兄抬上，我们一起回牧苑。”

邺宫内。荀晞与一干将军在司马虓的带领下走了进来。

司马虓："来，道将与诸位将军请坐。"

荀晞、众将："谢王爷！"就座。

司马虓在正面坐了，说："道将神武绝伦。邺城得救，道将功勋卓著。孤将上报朝廷，为道将请功。"

荀晞："王爷过奖了。王爷万金之躯，岂容小丑跳梁！只要王爷无恙，道将自甘差遣。"

司马虓："道将过谦了。来人！"

一将军走入："末将在！"

司马虓："传令下去，尽出府库存银，对兖州将士加以犒赏。"

将军："遵命！"

邺城城门口，兖州兵整队从城门口走出。

司马虓与刘舆及一干将佐送荀晞走出城门。

荀晞回身对司马虓及众人拱拱手："王爷请留步，道将告辞！"

司马虓挥挥手："道将走好。"

荀晞接过亲兵牵着马的缰绳，飞身上马，"驾"一声，疾驰而去。

司马虓目视兖州兵走远，突然一阵眩晕，身体向后倒去。

刘舆与随同将佐慌忙将司马虓扶住："王爷这是咋了？快快扶王爷回宫。"

邺宫内。家人侍婢进进出出，乱作一团。

医官从卧室走出，刘舆走了过去，问："请问医官先生，王爷怎么样了？"

医官摇摇头："回刘长史，老朽回天无力，已经过去了！"

刘舆："啊?！来人！"

一官吏走入："刘长史有何吩咐？"

刘舆："立即封锁消息，除了宫内，不能让任何人知道范阳王已经逝世！"

官吏："诺！"

刘舆与几个亲信官吏在一起议事。

一官吏："大人，司空范阳王突然病故，我们应该立即上报朝廷，为其举丧才是。"

刘舆："是啊，范阳王本来年事已高，身体欠佳，又遇公师藩举兵来犯，操劳过度，以致猝亡，实属意外之变故。可我们现在面临的最紧急问题还不是为王爷举丧。当下邺城无主，而成都王却被拘押在此。成都王在邺城经营多年，人际关系错综复杂。特别是成都王一向善于笼络人心，是邺城人心目中的贤王。如果有人得知范阳王已故，趁机将成都王救出，就会给我们造成灭顶之灾，也会成为朝廷大患！所以眼下的当务之急，不是为范阳王举丧，而是必须立即将成都王除掉，以绝邺城人之望！"

一官吏："大人所虑甚是。可是，处置亲王，必须有皇帝诏旨。而我们……"

刘舆："不！范阳王逝世的消息不能隐瞒太久，现在请旨来不及，我们必须当机立断。看来我们只能冒天下之大不韪，铤而走险，矫诏行事了！这样，我马上拟写诏书。等一会儿，你们扮作朝廷使者，携带金屑酒到监狱宣诏，迫令成都王自尽！"

一官吏："那，成都王的两个儿子咋办？"

刘舆："斩草除根，一并处死！"

邺城监狱。卢志与几个手下将司马颖的尸体从牢房中抬出，安放进牢房门前摆放的棺木中。

（棺木中司马颖的容颜特写）

卢志流着泪为司马颖正正头冠，说："请主公一路走好。"

旁边两狱吏眼看着卢志他们收殓尸体。其中狱吏甲："这位官员是谁？敢来为成都王收尸，就不怕祸连九族？"

狱吏乙："他叫卢志，是成都王的幕僚。听说成都王下世后，专程从京师赶来，不顾家身性命，买了棺木，来为主人收尸。唉，这才叫忠义之人哪！"

京师洛阳，东海王府。司马越手捧一封表文读罢，说："好！刘舆这小子不错。成都王已经被他矫诏毒毙，去了朝廷的心腹大患！"

一位幕僚："啊？矫诏擅杀朝廷重臣，这可是灭九族的大罪呀！"

司马越："不不不，临机决断，防患于未然，说明刘舆这小子很有政治头脑。不仅无罪，还为朝廷立了大功！"说着，抖抖手中表文，"呵呵，这个卢志也很有意思。听说成都王死了，竟然不顾家身性命，专程跑去为他收尸。世上像他这样重情重义之人不多，也应该旌表。传令，召卢志回京，任命为军谘祭酒。同时征调刘舆为左长史，回朝听用。"

幕僚："卢志舍身为主，其义可嘉。而对刘舆这人，王爷还须慎重。"

司马越："为什么？"

幕僚："坊间曾有传言，说是'舆犹腻物，近则害人'。"

司马越："不，汝只知其一，不知其二。刘舆与他的袍弟刘琨都在当年'文坛二十四友'之内，名声卓著。特别是这个刘舆，对天下兵簿及仓库牛马器械了然于胸。会议时，别人不能应对，他却对答如流，也算是天下奇才。不必多虑，传令去吧。”

幕僚：“诺。”

东海王府。司马越与刘舆对坐。

司马越：“刘舆，把汝调到孤的身边，汝可愿意？”

刘舆急忙起身跪拜在地：“王爷对刘舆如此抬爱，刘舆万分感激。今后唯王爷之命是从，虽赴汤蹈火，万死不辞！”

司马越：“呵呵呵呵，小子很会说话。来来来，起来坐了说话。”

刘舆重重地磕了一头，起身归座。

司马越：“召汝前来，是有一事和汝商量。”

刘舆：“王爷请讲。”

司马越：“如今邺城无主，依汝看，应派何人前去镇守？”

刘舆：“我觉得，让东嬴公司马腾前去镇守最为合适。”

司马越：“唔？东嬴公是孤的胞弟，现在镇守并州，咋好轻易让他换防？”

刘舆：“就因为东嬴公是王爷胞弟，王爷才更应该替他着想。王爷您最清楚，自‘太安’以来，并州大地屡遭饥乱。特别是自从匈奴人刘渊在左国城建立伪‘汉国’后，多次举兵犯境，已将泫氏、屯留、长子、介休以及太原等诸多城池抢占。东嬴公屡战屡败，不得已，只好带着并州二万余户，号称‘乞活军’，到太行山以东避乱。现在他虽说是并州刺史，却回不了并州。而邺城是黄河以北首屈一指的大都会，地位十分重要。王爷如果就此难得机会，将东嬴公调往邺城，既全了兄弟情分，又将邺城交给了自己人手中。王爷何乐而不为呢？”

司马越：“刘渊猖獗于并州，孤亦深以为忧。可是，朝廷内诸王觊觎政权，一个个虎视眈眈，稍一不慎，便会身败名裂，丢掉家身性命。刘渊造反，朝廷却无暇顾及，只能眼看着让他们一天天坐大，真是无奈。现在并州已成险地，让袍弟离开固然很好。只是历来镇守邺城的都是王爵，而腾弟眼下还只是一个公爵。”

刘舆：“这有何难？现在朝廷由王爷掌控，给他提升为‘王’不就完了？”

司马越点点头呵呵一笑：“这倒也是。那就让朝廷加封腾弟为‘东燕王’，领车骑将军，移督邺城诸军事。可是这样一来，并州刺史便出现了空缺。卿以为何人可以充任？”

刘舆：“在下以为，刘琨可以胜任。”

司马越：“唔？刘琨不是汝的亲弟弟吗？”

刘舆：“是。”

司马越:“这也就是说,卿是‘内举不避亲’了?”

刘舆:“嘿嘿嘿嘿。”

司马越:“哈哈哈哈。那好吧,就让刘琨去镇守并州。”说完,他站起身在地上来回走动,忧心忡忡地说,“眼下朝事均已初定,只是河间王尚无下落,不免让人忧心。”

太白山中,峰峦叠嶂,沟壑纵横,林木荫翳。

山道上,河间王部将马瞻、郭伟率一队兵丁在搜索前进。

郭伟:“马将军,这太白山山高林深,我们已经搜索了大半个山区,一直不见河间王踪迹,这便如何是好?”

马瞻:“一定要找到。前面山腰有个山洞,我们到那里去看看。”

悬崖下,一处蒿草掩映的山洞。洞口,河间王司马颙正在警惕地注视着山下。

山下小道上,一队兵丁在披荆斩棘,搜索而来。

马瞻手抓蒿草,向山上仰望。继而大声呼喊:“王爷,您在哪里?”引起山谷中的一阵阵回声。

山洞口,司马颙面露惊喜之色:“啊,马瞻,是马瞻!”于是他双手掬在口边,向山下回应:“是马瞻将军吗?孤在这里。”

山下,马瞻高兴地:“啊,找到了,总算找到了!”边说边向山上奋力爬去。

山洞口,马瞻从蒿草中钻出,向司马颙施礼:“末将见过王爷。王爷,您让末将找得好苦。”

司马颙走过去抚慰道:“将军辛苦了。外面的形势怎么样了?”

马瞻:“东海王将皇帝接走回京后,留下将军梁柳镇守长安。是末将等收集打散的部众,探知情况,化装成老百姓,混入城内,潜入梁柳住处,杀死梁柳,放响号炮,然后内外夹攻,夺了城池。现在,长安又回到了咱们手中。”

司马颙:“好,太好了!”

马瞻:“可是,如今长安无主,所以,末将等特来寻请王爷回去主政。”

司马颙:“好!我们这就回去!”

长安城高大的城墙。城门口,司马颙、马瞻、郭伟率部队走近。

司马颙骑在马上,抬头仰望城门上方匾额:“长安”,万分感慨地说:“长安啊长安,本王又回来了!”

京师洛阳,东海王府。

司马越面对众幕僚,气急败坏地说:“河间王又回到了长安,这还了得?必须立即派遣大军前去讨伐,决不能让河间王死灰复燃!”

众幕僚均点头称:“是。”

皇帝身边随侍太监慌慌张张走入:“太傅,大事不好,皇上驾崩了!请太傅马上进宫。”

司马越:“唔?皇上驾崩了?到底是怎么回事?”

太监:“今天中午,皇上在宫中用膳,吃的是蜜饯油饼,事先也无任何征兆。谁知一张饼下肚,便说腹中绞痛。咱家赶忙让人去传太医。可是说话间,便痛得满地打滚。等太医跑来时,皇上已经人事不省,奄奄一息。咱家来不及把皇上扶上御床,让太医就在地上诊视。太医把了脉,又翻开眼皮看了一下,就连连摇头说:‘罢了,罢了,不可救药了!’咱家问他到底是何症状,他只是摇头不作声。还是咱家抓住他的领口,将他拽起,强行逼问,他才说是中毒!咱家当然吃惊。当再想问他时,他已经挣脱跑了。”

司马越冷冷地:“嗯,本王知道了。烦请公公马上去请皇太弟立即进宫,准备主持丧事,嗣登大位。”

太极殿。百官依序排列,皇太弟司马炽就座于御座之上,对身边随侍太监示意:“宣旨。”

随侍太监奉旨走出:“众卿听旨。”

众大臣一起跪拜在大殿之上,俯首听旨。

太监:“奉天承运,皇帝诏曰:先皇大行,谥号为‘孝惠皇帝’,敕封先皇后羊氏为‘惠皇后’,移驾弘训宫。朕入承兄祚,嗣接大统,从即日起改年号为‘永嘉’,颁诏大赦天下。追尊母太妃王为皇太后,册立妻梁妃为皇后。敕命太傅越立朝辅弼朕躬,主持朝政。钦此。”

众大臣:“吾皇万岁万岁万万岁!”

司马炽:“众卿平身。”

众大臣:“谢万岁!”起身归班。

司马越手捧牙笏出班奏道:“微臣有本奏闻。”

司马炽:“爱卿请奏。”

司马越:“朝政事繁,微臣奏请吾皇,征河间王颙为司徒,回朝辅政。请吾皇恩准。”

司马炽:“好!准奏。就按太傅之意拟诏,宣河间王入朝辅政。”

长安,河间王府。司马颙与马瞻等一班将佐议事。

司马颙手捧诏书对众将佐说:“新皇帝登基了,降诏敕封孤为大司徒,宣孤回朝辅政。诸位对此有何看法?”

马瞻:“依在下看来,新皇虽然登基,可朝政仍由东海王把持。而东海王奸猾狡诈,不可不防。据坊间传言,惠皇帝就是被他下毒害死的!东海王一向与主公不和,如今召主公回朝,我担心这里面会有什么阴谋!”

司马颙:“这倒也不可不虑。可是眼下我们所能掌控的只有长安一座孤城,独立无援。如果不从皇命,惹得朝廷生怒,对我们加以讨伐,我们显然无法抵御。所以,考虑再三,觉得还是应召回京向新皇帝呈情,或许可以自解。毕竟,新皇帝当初的‘皇太弟’储君地位是孤扶上去的。有此渊源,应该不会有太大的闪失。”

马瞻等点点头:“嗯,有新皇帝罩着,就算他东海王想使坏也奈何不了。”

司马颙:“那好,孤这就拟表上报朝廷,择日回京应命。孤走后,请大家务必守好长安,保住我们这最后的一点家底。”

马瞻等:“请王爷放心,我们一定誓死守卫长安!”

京师洛阳,东海王府的一间密室内。司马越与司马模在交谈。

司马模:“感谢兄长厚爱,把为弟由平昌公提拔为南阳王。”

司马越:“你我同袍,自当尽力,不必言谢。以后对为兄多加帮扶也就是了。”

司马模:“这是自然,打虎亲兄弟嘛。不知兄长将为弟紧急召唤回来,到底为了何事?”

司马越:“啊,是这么回事。你知道,为兄眼下的最大政敌就是河间王颙。此人一天不除,为兄一天不得安枕。新皇登基后,为兄奏请陛下将其晋升为大司徒,诏命他回朝辅政,目的是要将其调离长安,伺机将其除去。还好,河间王接受了诏命,答应择日回朝履职。为兄以为,这是除去他的最佳时机。而委派别人前去执行,为兄并不放心。故特召兄弟回来,商量此事。”

司马模:“既是兄长差遣,为弟自当效力。请兄长指示,如何行动?”

司马越:“从长安回京,新安地界是其必经之路。你可挑选身手矫捷的心腹手下,假扮强盗,埋伏于此……”

新安地界。大道上,五六辆辒辌香车在一队亲兵护卫下向前行进。

第一辆香车内,司马颙掀起车帘向外看了看:“现在已经进入新安地界,离京师不远了。这一次举家搬迁,实属不易。孩子们,以后我们就要开始新的生活了。”

与司马颙同乘一车的三个儿子均点点头。其中大儿子:“回到京师,父亲做了大司徒,也给我们哥仨弄个大官做做。”

另两个儿子:“就是!”

“站住!”车外传来一声断喝,颠簸着的车辆突然停了下来。

司马颙急忙掀起车帘观看,只见前面路边的密林中接连跳出一伙强人,全是农夫打扮,手执利刃,迅速包围过来。

司马颙将身子探出去喝问:“你们是什么人,胆敢拦我车驾?”

强人头子:“废话少说,赶快留下脑袋,免得爷爷动手!”

司马颙脸色突变,露出惊恐之色。他的三个儿子都惊慌地相互看看。

司马颙想了一想,钻出车厢,又说:“好汉们可能有所不知。我是河间王,现在奉诏还京,受职大司徒。你们都是大晋臣民,见本王就该拜谒,怎可如此无礼!”

强人头子仰天哈哈大笑:“你不报家门,我们还担心杀错了人。现在你自报身份,显然是万无一错了!弟兄们,上!”

“杀——”强人们挥动兵刃冲了过来。

辒辌车中的家眷们惊恐地号哭呼喊,抱作一团。

护卫亲兵与强人们搏杀,双方互有死伤。

强人们蜂拥而至,源源不断。护卫亲兵不敌,逐渐溃退,逃散。

辒辌车上的家眷们被强人连续拖下斩杀。跳车逃跑的家人、家眷被强人追上斩杀。场面一片混乱。

强人头子跳上车,一把将司马颙掀翻。司马颙的三个儿子一起扑过来,被强人头子接连踢下车去,又被拥上来的强人抓住,相继杀死。

车上,强人头子用手扼住司马颙喉咙,恶狠狠地说:“冤有头,债有主。现在我告诉你,我是平昌公——不,南阳王司马模的将军梁臣,系奉太傅东海王之命,前来取汝性命,你要牢牢记住。到阎王处申诉时,千万别弄错!”说着,手上用力,司马颙双腿乱蹬。不一会儿,两腿一伸,死了。

梁臣站起身,向众人一挥手:“撤!”

众强人纷纷跳入密林。

大道上,横七竖八地躺满了司马颙及其家眷和亲兵的死尸。几辆辒辌车伫立在死尸当中,显得分外凄凉。

京师洛阳,皇宫内。新皇帝司马炽在听太监说事。

太监:“陛下,太傅越又上表,坚持要出镇外藩。”

司马炽："朕知道，已经是第五次了，他这是在向朕摔脸子。太傅也真是，朕今年才年方二十四岁，何愁无有子息，却不顾朕的感受，力主册立豫章王诠为皇太子。这也罢了，他还不愿让朕亲自主持国事，太过跋扈！朕可不愿像惠皇帝那样，事事由辅政大臣做主，自己只做傀儡！好吧，既然他一再求去，那就让他去吧，朕也正好落个顺水人情。这样，为了照顾他的情绪，对他两个亲弟弟的职位重新调整一下：调南阳王模为征西大将军，都督秦、雍、梁、益四州军事，镇守长安。这样就可将许州空出，让太傅越原官前去镇守。同时改封东燕王腾为新蔡王，都督司、冀二州军事，仍镇邺城。这样对他的两个弟弟都加以重用，他应该无所怨言了吧？"

太监："陛下英明。自陛下登基以来，勤于国事，百官看着眼里，都很高兴。说是武帝初期的风气又回来了。"

司马炽面露喜色："是吗？"

茌平牧苑，汲桑军帐。汲桑与石勒交谈。

汲桑："二打邺城，损失惨重。我们带去的七百牧卒，仅剩三百余骑。现在加上留守牧苑的士卒，总数不上两千人。原先我还想着，成都王被关在邺城，或许有朝一日会东山再起。为此，我专门安排士卒化装潜入邺城去打探消息。不想，成都王已经被毒死了！看来，成都王是靠不住了，今后我们该何去何从呢？"

石勒："我觉得，我们用不着再考虑去投奔司马家的哪股势力了。现在虽说我们的人马不足两千，可我们的根本还在。我们可以充分利用牧苑这个地盘，招兵买马，拉起一支咱们自己的队伍。前些时候，我和'十八骑'弟兄劫州掠县，聚集了大量缯宝，也购置了大批的粮草与军用物资。当初投奔公师藩时，由于携带不了，你让我带领'十八骑'弟兄分散埋藏于牧苑各处。这次回来后，我已经到各个埋藏点巡视过了，都还原封未动。有了这批物资，我们养他个三五万人马不成问题。至于兵源嘛，我觉得也好解决。我记得曾经给大哥说过，在走冀州的时候，我已经摸清了从并州掠卖来的奴隶分布情况。我们可以发兵把他们解救出来。这些奴隶无家可归，自然会死心塌地地跟着我们。还有，以前我们劫州掠县，目标是缯宝财物，今后我们劫州掠县，要把重点放在监狱里关押的囚徒上来，用解救的囚徒扩充我们的军队。除此之外，我们还要把那些啸聚山林的英雄好汉们收编过来。这样用不了多久，我们就可以东山再起了。"

汲桑一面听着石勒的宏论，一面频频点头。临了，说："石勒兄弟，你真了不起。你虽然没有进过学堂，大字不识一个，却有超人的见识，为兄很是佩服。

好吧，就按你的策略，我们一步步来吧。咱俩分一下工：你还是带领‘十八骑’，再挑选一些精干弟兄，继续劫州掠县，解救狱内系囚和收编山野亡命；而我则在牧苑插起招军旗，招募兵勇和集训部队。你看怎么样？”

石勒：“如此甚好，就按大哥安排。”

汲桑：“那行，你去准备。明天我就为弟兄们设宴壮行。”

翌日，牧苑宴会大厅，一排由方桌拼成的大长宴桌。汲桑坐在宴桌的顶端，石勒及“十八骑”弟兄与挑选出来的精干牧卒分坐于宴桌两侧。桌面上摆放着珍馐佳肴，每个人面前各放一只酒碗。

几个牧卒抱着酒坛走进，给众豪杰面前的酒碗内斟酒后退到后面。

汲桑手捧酒碗站起：“弟兄们，今后我们就是一支正规的军队了。你们将在石勒兄弟的统领下，开展一系列的行动。为了你们的旗开得胜，我敬大家一杯。来，干！”

石勒与众豪杰一起捧酒碗站起：“干！”将酒碗中酒一气喝干。

汲桑示意大家坐下。

众豪杰落座。负责斟酒的牧卒重新为大家斟酒。

汲桑再次捧起酒碗，对石勒说：“兄弟，从今以后，你就是这支小部队的首领了。既是首领，就要有相应的职衔。我们今后的行动，不是和敌人面对面地排兵布阵。我们的目标是州县衙门，行动的方式依然是化装潜入，突然袭击，得手后迅速撤离。所以，我给你想了个临时的职衔名称，叫‘伏夜衙门’。不知兄弟是否同意？如果同意，就请满饮此杯。”

石勒手捧酒碗站起，豪爽地：“好，就叫‘伏夜衙门’！”与汲桑碰杯，痛饮。

一县衙监狱，石勒与众豪杰冲了进来，杀死前来拦阻的狱卒，砸开牢房。囚犯们欢呼着蜂拥而出。

一座山寨，一群豪杰聚集在“聚义厅”前。一首领站在厅前高阶上：“弟兄们，带上我们所有的人马和财物，随我去茌平牧苑投奔石勒大哥。”

众豪杰：“好！”

山谷中浓烟滚滚，烈焰冲天。

山道上，众豪杰穿着形形色色的衣服，推车的，赶马的，相互照应着向山外行走。

茌平牧苑，一面上书“招募兵勇”的大旗在迎风飘扬。

牧苑门外，衣着褴褛络绎而来的人们，经过守门牧卒的盘查，相继走进牧苑。

校场上，部队列阵，在汲桑的指挥下，进行操练。

一处场地上，“十八骑”及众豪杰每人手执一支钢鞭，在列阵听石勒训话。

石勒：“弟兄们，今天我要传授大家一套武功。这套武功的名称叫‘霸王鞭法’。这套鞭法最初由西楚霸王项羽所创，刚劲凌厉，气吞山河。当初西楚霸王和他的八千子弟兵，就曾用这套鞭法横扫千军，消灭了大秦王朝的有生力量，最终推翻了大秦王朝。大家一定要仔细学习，认真领会。现在我给大家演练一下。大家看好了。”说着，左手持鞭，预备式后，鞭换右手，左转身，跨步挥鞭劈下，“这第一招，叫‘力劈华山’……”

汲桑军帐，汲桑与石勒对坐议事。

汲桑：“很不错，我们前后不到半年，就聚集了三万多人马。同时经过整训，已经具备了一定的战斗能力。现在我们军队有了，就该考虑下一步的行动计划了。大家都知道，军队是用来打仗的，不能老让闲着。军队不打仗，数万人坐吃山空，长此下去，我们不但养不起，还容易生变。所以，我想带领军队出去打几仗。然而，打仗首先要师出有名，无名之师是打不了胜仗的。我考虑了好久，觉得还是打着为成都王复仇的旗号实际一些。因为我们原先投奔的公师藩，就是投奔在成都王麾下。现在成都王被害，我们为他复仇，便是顺理成章。兄弟，你看怎么样？”

石勒用手拍拍前额，沉思了一下，说：“大哥这么考虑也有道理。我虽然很不愿意参与司马家的争权夺利，可是大哥上次就说过，我们现在的势力还很弱小，不能公开与皇家势力抗衡。就按大哥的意思办吧。”

汲桑点点头：“那就这样定了。既然我们找到了出师的名义，那么我们进攻的目标也就有了。邺城原是成都王的根本，成都王又死在那里，我们就去进攻邺城。再说，眼下镇守邺城的，是原来的并州刺史司马腾。司马腾掠卖你们胡人，应该是你们的死敌。此去正好和他算账！”

石勒：“大哥说得对。不杀此狗贼，对不起遭他迫害的胡人兄弟！”

邺城，司马腾率亲信将佐在游览宫室。

司马腾：“很好，嗯，很好！托太傅兄长的福，将本王调离了连年灾荒、民不聊生的并州，来到这富庶繁华，黄河以北首屈一指的大都会。从此后，再也不用担心刘渊伪汉国的侵扰了。”

一将佐：“真是世事难料。如果知道我们今天会来此地镇守，当初联合幽州讨伐成都王时，就不该放纵鲜卑人入城劫掠，对邺城造成破坏。”

司马腾：“是啊，我们没有长前后眼。不过，问题也并不十分严重。那次鲜卑人入城劫掠，也不过是杀了些人，抢了一些子女财帛而已。当年曹操在此立都，建造的铜雀、金虎、冰井三台还在；眼前这座金碧辉煌的宫室，还有那些玉砌雕栏、亭台楼阁、曲榭回廊、山水园林也都还存在。只是由于战乱，人口大量流失，城内商贸等景象显得萧条冷落罢了。然而，这也并非坏事。正好，我们为了躲避刘渊伪汉国的侵扰，东下太行时，由并州饥民组成的‘乞活军’二万余户跟随着我们。我们可以把这些人安置在城内。相信邺城之内只要有了人，昔日的繁华景象一定会重现。”

一将佐：“王爷英明。在下这就去抽调人手，组织‘乞活军’进城安置。”

司马腾：“很好。另外，还要发文再次催促各州县赶快缴纳赋税银两。”

一将佐：“遵命。”

茌平牧苑校场，三军肃立，整装待发。将台上，树立着一面上书“为成都王复仇”的大纛。汲桑手执令旗，正在向全军发号施令。

汲桑：“三军听着。我们本是成都王麾下，今成都王无端被害，我们要为他复仇！从现在开始，我就是‘大将军’，石勒兄弟就是‘讨虏将军’。现在我命令，全军开拔，向邺城出发！”

全军山呼：“出发，出发，出发！”

浩浩荡荡的大军在大道上行进，队伍中，“为成都王复仇”的大纛迎风飘扬。

邺城，新蔡王府。

一将佐匆匆走入：“启禀王爷，大事不好！有一股贼寇，三万多人，打着‘为成都王复仇’的旗号，从东面一路向邺城杀奔而来！请王爷示下，该如何对敌？”

司马腾大为惊恐：“什么？我们刚刚躲开刘渊的侵扰，这里咋又冒出了一股贼寇？快，派快马传我命令，让顿丘太守冯嵩，率部移守魏郡，务必将贼寇堵截于魏郡之外！”

将佐：“遵命。”

魏郡,冯嵩军帐。众将环侍,在等待冯嵩调遣。

"报——"一军士走入,"贼寇已经杀到城下!"

冯嵩:"唔?来得好快!我军才刚刚进入魏郡,贼寇就已杀到,真可谓'风驰电掣'了!好,知道了,退下。"

军士:"是!"退下。

冯嵩:"众将听令!"

众将:"在!"

冯嵩:"立即整顿人马,出城迎敌!"

众将:"遵命!"

第十八集

魏郡城门口。一队士兵冲出城门，跑向左右列阵。

冯嵩跨马执刀，在众将护卫下走出城门，抬头向前瞭望。

对面军阵，石勒骑枣红马，手持大戟，站在阵前。

冯嵩横刀在手，驱马走出，指着石勒喝问："大胆贼寇，受何人驱使，敢来犯我城池？报上名前来受死！"

石勒策马向前数步，向冯嵩拱拱手："某乃大将军汲桑麾下讨虏将军石勒是也。成都王无罪遭诛，特来为他复仇！请问将军名号？"

冯嵩："某乃顿丘太守冯嵩。成都王有罪无罪干尔何事，却要前来为他送死？不要走，看刀！"策马舞刀直取石勒。

石勒策马举戟迎战冯嵩。刀戟相撞，发出铿锵之声。

二马相错，各自向前冲去。二人勒回马再战。

石勒挥戟直取冯嵩，冯嵩举刀相迎。两兵器相击，冯嵩"哎呀"一声说："小子好生厉害！"勉力拨开大戟，向石勒虚晃一刀，拨转马拖刀就跑。

石勒向自己军队一挥大戟，"十八骑"率领部队发一声喊"杀——"向魏城军阵冲去。

石勒策马追赶冯嵩。

冯嵩回头看看，见自己军阵已被石勒大军冲散，部众正被追杀。他仰天长叹一声，策马落荒而逃。

石勒策马追了过来，见冯嵩已经走远，勒马返回。

魏郡城头，一面绣着"石"字的大旗和"为成都王复仇"的大纛迎风飘扬。

邺城，司马腾军帐。司马腾对众将佐发怒："眼下魏郡已经失守，邺城危在旦夕，本王一再下令全城士卒登城守御。可是上城的士卒却寥寥无几，且一个个萎靡不振！到底是何道理？"

将佐中走出一人，说："大王请息怒。自大王来镇邺城，已经四五个月了，还不曾给士兵们发过饷银。现在多数士兵们的家中都揭不开锅了。眼下大战在即，如果再不犒赏士兵，人心离散，可就危险了！”

司马腾焦躁地：“不是本王不想犒赏士卒。自本王镇邺以来，一再下令各州县催缴赋税。可是直到今天，却分文未曾入账。当然，眼下青黄不接，倒也情有可原。只是据库吏来报，库存钱粮本来就不多，上次公师藩攻邺，范阳王又大多拿去犒赏了兖州士卒。现在库中无物，让本王如何犒赏？也罢，传库吏，让他把库存物资全部清点报来，扫了库底，全部犒赏下去！”

将佐：“遵命。”退下。

司马腾：“真是，大军压境，作为军士，不效命守城，却趁机要挟长官犒赏。可恨！”

将佐带库吏走进。

将佐：“启禀王爷，库吏到了。”

司马腾问库吏：“现在库中还有多少物资可供犒赏？”

库吏：“实在不多了。如果按全城守军平均分配，每人可分得绢三尺、米二升。呐，这是物资账册，请王爷审阅。”

一幕僚走过来扯扯司马腾的衣袖说：“唉，这么点饷银确实太少。王爷，要不，先从并州运来的财物中借用一点应应急？”

司马腾：“什么？并州运来的财货，那是本王的宦资，岂能用于邺城守备！本王莅邺，尚无进项，反要让本王倒贴吗？岂有此理！守邺城当用邺城库银，此乃天经地义。再说，他们作为邺城士卒，守土有责，还想与本王讨价还价吗？就这么点东西，全部犒赏下去。告诉将士们，不要嫌少。本王扫库犒赏，也算尽了全力，让他们千万理解，努力守城。等打退敌兵，赋税收缴上来后，本王少不了他们的赏银。”说着，命令在场所有将佐，“你们都去，立即组织犒赏事宜。犒赏结束，马上组织士兵登城守御！”

众将佐：“诺！”相继走出。

幕僚：“可是……”似乎还想说什么。

司马腾不耐烦地摆摆手：“啥都别说了，就这么办！”

校场上，士卒们列队在等待犒赏。

队伍中，士卒甲对士卒乙说：“听说新蔡王这次是扫库犒赏我们。谢天谢地，这位王爷真有大将风度。”

士卒乙：“敌人大兵压境，官家正是用人之际，不下点血本咋成？再说，我们已经四五个月未曾发饷了，我们家都好些天无米下锅，再不发饷，全家人就得饿死！好了，看，千夫长、百夫长已经将物资领回，发饷就要开始了。”

将台上，一位将军手持名册宣布："现在开始发饷。凡点到名的，依次前来领饷。"

将台下，堆放着一些装粮食的口袋和摆放在长桌上的绢匹。几个头领模样的士兵守在旁边。

将台上，将军手捧名册高声宣唱："王老虎……李二狗……赵三秃……"

将台下，士兵们列队走到领饷处。

一位辅佐发饷的士兵头领从绢匹上扯下一块绢，高唱："绢三尺。"交给前来领饷的士兵。

又一位头领用勺从口袋中挖出一勺米，高唱："米二升。"倒入士兵撑开的口袋中。

领到饷的士兵依次走过。

一位士兵领到饷后突然说："就这么点？"

其他士兵也一起嚷嚷："是啊，官家就拿这么点东西糊弄我们？"

"我们干的可是卖命的勾当啊！"

"官家锦衣玉食，却让我们饿着肚子替他卖命。不干了！"

"对，不干了！"

"不干了，走！"

领到饷的士兵和未领到饷的士兵，也都发一声喊："走！"丢下饷品一哄而散。

校场地面上乱七八糟地丢着士兵们扔下的饷品。

将台上的将军和负责发饷的士兵头领面面相觑。

新蔡王府，一将军慌慌张张走了进来："报告王爷，士兵们拒绝领饷，全都走散了！"

司马腾："啊？这这这，怎么会这样！"

"报——"一军士走入，"汲桑、石勒大军冲杀过来了！"

司马腾："啊？怎么办，怎么办？没了士兵守城，城池再坚固又有何用？快，传令亲兵，保护本王出城逃命！"

将军："哪，我们从并州带来的财物和家眷咋办？"

司马腾："顾不得了。现在逃命要紧。快走！"

邺城城外大道上，汲桑麾下大将李丰率领一队骑兵正快速行进。

离邺城不远，李丰突然指着前面说："那里有一个大官出城了！"

（镜头转向邺城）

随着城门的开启，司马腾率亲兵冲出城来，看到来敌，慌忙转向左边大道，在拼命打马奔逃。

李丰："唔？原来是要跑！弟兄们，给我追！"说着，一马当先，冲了过去。

麾下骑兵紧随其后，向前追击。

翻飞奔腾的逃跑马蹄。

迅疾如风的追赶马蹄。

先后奔跑的两队人马距离在渐渐拉近。

司马腾回头看看，见敌骑追了上来，咬咬牙，拔出腰间佩刀，命令道："停下，跑不了就不跑了。吁——"勒住马，吩咐亲兵，"列阵，和他们拼了！"

亲兵们一起勒马回头，排列在大道上。

李丰的骑兵冲了上来。

司马腾举刀大喊一声"杀——"，率亲兵扑了过去。

"杀——"李丰的骑兵和司马腾的亲兵搏杀在一起。

随着一声声惨叫，司马腾的亲兵一个个相继被砍杀马下。

司马腾与李丰交战，刀来枪往，斗得十分激烈。但亲兵们一声声惨叫传来，让他心惊肉跳。一刹那，李丰拨开佩刀，一枪刺中司马腾喉咙，翻身落马。

司马腾的亲兵尽数被杀。

李丰与他的骑兵们跳下马，围了过来，观看司马腾的死尸。

一骑兵："这家伙看来是个大官，但不知是谁。"

李丰："管他是谁，且把脑袋割下来，不怕邺城无人认识。"走上前，捡起司马腾掉在地上的佩刀，割下司马腾的头颅，抖开头颅上的发辫，系在马颈之下，"弟兄们，打扫战场，回去复命！"

邺城宫殿之上，汲桑、石勒高坐谈论。

汲桑："放着如此坚固的邺城不守，司马腾竟然闻风而逃，真是废物一个！"

石勒："他可能是被我们的声势吓破了胆吧！哈哈哈哈……"

李丰携带司马腾人头走进："启禀大将军，末将在城外追杀了一个大官。这是他的人头。"说着，把手中的人头丢在地上。

汲桑石勒走下殿来，其他将士也都围拢来观看。

汲桑："这人是谁？快去找几个邺城的旧吏、降将，让他们前来看看。"

几名旧吏降将走进："参见大将军。"

汲桑："来得正好，正要派人去找你们。快来看看，这个人到底是谁？"

旧吏、降将走过去看了一下，说："这人就是新蔡王司马腾。"

石勒："唔？这就是司马腾？只知道他曾经无情迫害胡人，还从来未曾和他照过面。原来就是这家伙！"

汲桑："好啊！"走过去拍拍李丰的肩膀，"李丰啊，你小子立大功了！我要重重赏你。"

石勒："那他为什么不坚守城池，而要弃城逃跑呢？"

旧吏、降将："这事说来有点可笑……"

（叠映发饷镜头）

所有在场的将士们哄然大笑。

汲桑笑着说："三尺绢二升米，这司马腾也真够可以的。你们说，作为一个王爷，他真的会清贫到如此地步吗？"

石勒："我不相信。我们不妨对新蔡王府进行一次彻底的查抄，看看司马腾到底是个什么货色！"

众将佐："对，查抄新蔡王府！"

汲桑："好。石勒兄弟，你带领大家去吧，也好让我们重新认识一下司马腾。"

新蔡王府。宽敞的大院内，大队士兵守护着查抄出来的财物：几十个打开箱盖显露着装满金银珠宝的箱子；一排长桌上摆放着成垛的绫罗绸缎、绢帕与其他各种珍稀物品。

汲桑、石勒与"十八骑"将士在指挥人们列队参观。

汲桑："来，让邺城的人们都来看看。这个近半年来，只拿三尺绢二升米给士兵们发饷的新蔡王到底是个什么货色？"

参观的人们络绎走过，个个脸上流露着愤怒的表情。

一参观者："作孽啊，守着这么多的财物，却拿三尺绢二升米去糊弄士卒。这么猥琐龌龊之人，岂能不遭败亡！"

邺城内，汲桑麾下的牧苑士卒在游览观光。

士卒们在金碧辉煌的宫殿前观看。

豪华无比的铜雀、金虎、冰井三台，士卒们游走观览，面露羡慕惊奇的神色。

一处精美绝伦的楼台前，一队士卒边走边看，惊羡的神色渐渐变成了愤怒。

一士卒："这么漂亮的所在，哪是人住的地方？简直就是神仙住的天宫！俺自出娘胎以来，还是头一次见到！”

另一士卒：“是啊，我们每天为了活命，苦苦挣扎，哪里见过这么豪华的物件！这些狗官富人真会活。”

又一士卒：“同样是人，我们平时连饭都吃不上，凭什么这些狗娘养的就能在这仙境中醉生梦死，恣意享受！”

其他众士卒踊跃响应：“对，烧了省的那些狗官再返回来住在里面作威作福！”

群情激奋：“烧了！”“烧了！”“烧了！”

一士卒手持火把走过来，点燃楼阁窗户。大火熊熊燃起。

远处有人响应：“放火了，烧啊！”

又一处建筑物起火燃烧。

邺城内远近各处的亭台楼阁与曲榭回廊陆续起火，烟焰弥天。一座座精美绝伦的建筑物在烈火中轰然倒塌。

宫殿内，汲桑、石勒与众将议事。宫门外，浓烟滚滚飘了过来。

汲桑：“怎么回事，何处起火？”

一将军从外走进：“是我们的士卒在放火焚烧邺城！”

汲桑：“啊？怎么会这样！走，出去看看。”

汲桑与众将走出宫室。

邺城各处都在起火，已经形成一片火海。有一股大火正向着他们所在的宫室蔓延过来。

汲桑懊恼地：“胡闹，简直是胡闹！赶快传令下去，部队全部撤出城外。”

邺城外，汲桑大军的营寨。

军帐内，汲桑与石勒对坐交谈。

汲桑：“进攻邺城，我们的目的是达到了。只是将士们因为心中不平，将邺城焚烧，此举实属不当！”

石勒：“这也可以理解。我们的士卒都是来自山野亡命、州县系囚和穷苦流民，自出娘胎以来，就在死亡线上苦苦挣扎，哪知道天下还有如此豪华的所在？现在亲眼看到狗官豪绅们在这仙境般的地方穷奢极欲，咋能不义愤填膺！”

汲桑长长叹了一口气：“唉，事已至此，也只好作罢。来，我们商量一下，下一步我们该如何行动。”

石勒：“大哥有何打算？”

汲桑："接下来我想进攻兖州。上次攻邺时，兖州刺史苟晞老儿抄了我们的后路，杀了我们的统帅公师藩，是我们的宿敌。如今我们既然举着'为成都王复仇'的旗号，当然要找他算账！"

石勒："打兖州我没意见。不过，我听说苟晞乃大晋朝第一悍将，六亲不认，治军极严，人称'屠伯'，十分善于用兵。所以，我们不能不特别加以小心。"

汲桑："这我知道。我想趁我们刚刚攻克邺城，军威大盛，士气正旺，前去会会这位'屠伯'。"

石勒："行，就依大哥。"

许昌，东海王行营。军帐中，司马越与众将佐议事。

司马越："汲桑、石勒贼寇猖獗，杀我袍弟，焚我邺城，罪不容诛！"

"报——"一军士走进，"启禀王爷，汲桑、石勒大军撤离邺城，从南津渡河，直逼兖州。"

司马越："唔？这么快！速速传令苟晞，让他出兵迎敌。"

军士："得令！"转身退下。

司马越站起身，从军案上取令箭一支："将军王赞听令！"

王赞走出："末将在！"

司马越："命你率本部人马，星夜兼程，去支援苟晞。"

王赞接过令箭："遵命！"转身离去。

司马越："众将听令！"

帐下众将："末将在！"

司马越："命令诸位各率部下，随孤进驻官渡，为苟晞声援。"

众将："得令！"

兖州，刺史府。苟晞聚集众将议事。

苟晞："汲桑、石勒巨寇来犯，太傅命我出兵迎敌。我们自会主动出击，不能让巨寇打到兖州城下！众将听令！"

众将："在！"

苟晞："命你们立即整顿人马，随本刺史沿巨寇来路迎击敌人！"

众将："得令！"

大道上，"为成都王复仇"的大纛；绣着"汲"字和"石"字的大旗；浩浩荡荡行进的士卒。

大道上，绣着“苟”字的大旗。旗下，苟晞骑马在众将护卫下行进。他们的前后是大晋装束的士卒。

“报——”一骑兵从前面跑来向苟晞报告，“汲桑大军杀到，距离此地约二十里。”

苟晞：“唔，知道了。此处是何地方？”

骑兵：“此处乃阳平地界。”

苟晞：“好。传令下去，就在此地安营，准备迎战来敌。”

大道上，汲桑、石勒率部前行。

“报——”一探马来报，“兖州大军已到阳平，正在安营扎寨。”

汲桑：“好。趁其立足未稳，给我杀上去！”

石勒将手中长戟一举：“弟兄们，加快速度，随我杀上去！”说着，纵马冲了出去。

牧苑士卒：“杀——”跟随石勒向前冲去。

两军混战，喊杀连天，刀光剑影，血肉横飞。

苟晞在众将护卫下，骑马在阵前观战。

战场上，双方士卒在拼死搏击。

苟晞对身边将军说：“敌人乘胜而来，士气正旺。看来此战难以取胜。传令下去，全军后撤，不得与强敌硬拼！”

将军：“是！”

汲桑军营。汲桑与石勒交谈。

汲桑：“今日我们虽然小胜一阵，却没有给敌人造成致命杀伤。我军远道而来，利在速战，还须趁早发动攻势才是。”

石勒：“大哥说得很对。今日让将士们好好歇息一晚，明天我率弟兄们继续发动攻击。”

两军交战，石勒和“十八骑”在敌阵中横冲直撞，所向披靡。

又一次两军交战。汲桑亲自擂着战鼓。战场上，士卒如潮水般冲击过去。

苟晞也在亲自擂鼓，兖州兵如海啸般反击过来。

两军搏杀，凄风苦雨，天昏地暗。

荀晞军帐。荀晞对众将说："连日来，我们和来敌经过大小三十余场恶战，虽然败多胜少，却也给敌人造成了很大疲惫。现在来敌强顽，风头正劲，我们不能继续与他们拼消耗。众将听令！"

众将："在！"

荀晞："命令各部深沟高垒，加固营寨，挂出免战牌，布置强弓硬弩，加以坚守，任何人不准出战。违令者，斩！"

众将："诺！"

一将军从外走入："启禀刺史大人，王赞将军率援兵到了。"

荀晞："很好！你去知会王赞将军，让他就地安营，加强防守，无本刺史将令不得出战。同时告诉他，严密监视敌营动态，一有风吹草动，立即来报，不得有误！"

将军："得令！"

荀晞营寨前。成群的牧苑士卒挥舞兵刃，呐喊着冲上前来。

营栅后的兖州兵弯弓攒射，箭如飞蝗。跑在前面的牧苑士卒纷纷中箭倒地，剩余的士卒一面挥动兵刃拨打飞矢，一面仓皇撤退。

又一拨牧苑士卒手持盾牌呐喊着扑来，接近营栅。营栅内伸出长枪，拨盾刺人。同时有大的石块飞出，砸击盾牌兵。盾牌兵死伤惨重，在留下一地死尸后被迫退下。

汲桑军帐。石勒匆匆走入："大哥，荀晞老儿使坏，深沟高垒挂出免战牌坚守营寨，拒不出战。我们组织了数次强攻，折损了好些弟兄，都没能攻进去。怎么办？"

汲桑："继续挑战。让将士们骂阵，什么最难听就骂什么。将老匹夫激怒，迫使他出战。不然，我们拖不起。"

石勒："好吧，我这就组织将士们骂阵。"

荀晞营寨。寨内士兵持弓执弩，严阵以待。

寨外，石勒与"十八骑"率将士们列阵对峙。士卒们挥动着手中兵刃，在有节奏地骂阵："荀晞荀晞，狗屎一堆，不敢出战，缩头乌龟。"(无限重复)

荀晞军帐。荀晞侧坐在军案后，显得十分威严。帐下众将环侍。

军帐外，远远传来石勒军士的骂阵声："荀晞荀晞，狗屎一堆，不敢出战，缩头乌龟。"

一位年轻将军怒目圆瞪，突然出班："刺史大人，末将请求率部出战！"

苟晞嚯地坐直，用手猛击军案："放肆！本刺史有令在先，你竟敢乱我法度。来人！"

数名武士进帐："在！"

苟晞从军案上抽取一支令箭抛下："拖出去，重责四十军棍！"

武士："是！"将年轻将军驾着胳膊拖了出去。

苟晞："诸位，本刺史再次重申，不得将令不许言战。否则重责不贷！"

众将："遵命！"

苟晞起身在军案后踱步，冷笑："汲桑、石勒小儿，和老夫玩儿如此幼稚的把戏！老夫百战之躯，岂会上尔等之当？看来，他们是黔驴技穷了。众将听着，贼寇远道而来，没有后方保障，粮草无继，很快就要退兵。大家一定要随时做好出击的准备！"

众将："是！"

许昌，司马越行营。司马越正在对一位将军交代任务。

司马越："兖州刺史苟晞与将军王赞，在阳平与贼寇相持数月，不见进展。看来贼寇势大，需要增加援兵。孤令派你骑快马赶赴冀州，传命冀州刺史丁绍，让他率部立即奔赴阳平增援苟晞，不得有误！"

将军："遵命！"

阳平，汲桑军帐。汲桑、石勒在商议军事。

石勒："苟晞老儿拒不出战，我们攻又攻不进去，感觉很是窝囊。刚才我去巡视了一下，我们所布下的八个营寨，粮草都已用尽。如果再耗下去，将会不战自乱。"

汲桑无奈地："是啊，苟晞老儿老奸巨猾，这一招可真够损！好吧，传令下去，全军撤退，返回牧苑再作打算。"

石勒："是，我这就去安排。"

苟晞军帐，众将环侍。

"报——"一军士走入，"贼寇正在拔营，准备撤军。"

苟晞："好！开拔的有几个营寨？"

军士："他们八个营寨都在开拔。"

苟晞："哦？"突然仰天大笑，"哈哈哈哈，汲桑小儿，你与老夫斗法，还是太嫩了点儿。两军对峙，哪敢如此撤军！好，老夫等的就是这个节点。众将听令！"

众将："末将在！"

荀晞："命令各部放倒寨栅，全军出击，剿灭贼寇。同时传令王赞，命他全军配合出击，不得有误！"

众将："是！"

汲桑军营，士兵们都在拔寨，收拾行装。

突然一阵海啸般的喊杀声传来。拔寨的士兵闻声回望，不由面露惊恐之色。

荀晞大军漫山遍野呐喊着，挥动兵刃杀奔而来。

另一处，王赞骑马率领大军从放倒的营寨中汹涌杀出。

正在指挥军士拔寨的石勒，拉过身边的枣红马，回头大喊："'十八骑'弟兄们，快去保护汲桑大哥！"接过亲兵递过来的镔铁大戟，翻身上马，纵马向来敌冲去。

荀晞、王赞大军冲入汲桑营寨，双方士卒展开激烈搏杀，血肉横飞，人头乱滚。

石勒大喝一声："不怕死的，拿命来！"挥戟纵马冲入敌阵。一个个兖州兵在他大戟的直刺横扫之下东倒西歪，尸身飞扬。兖州兵在他恶煞般的气焰下，纷纷败退。

站在高处骑马督战的荀晞见手下败退，挥动手中令旗大呼："攻上去。有敢后退者，斩！"

兖州兵呐喊着，拼死向前冲杀。一波又一波，战况十分惨烈。

石勒与三名兖州将军交战，战马像走马灯般旋转，刀、枪、戟交互碰撞，火星飞溅。

石勒大吼一声，拨开敌将兵刃，一个直刺，戟尖插入一名敌将胸膛，敌将落马。其余两名敌将惊恐地被迫后退。

石勒得空回头看了一眼。

汲桑在"十八骑"众弟兄护卫下，杀开一条血路，向敌阵外边战边走。

石勒勒马返身，见一名敌将试图拦路，横扫一戟，敌将慌忙闪避。石勒趁机冲了过去，尾追汲桑而去。

大道上，汲桑在“十八骑”的护卫下向前奔跑。他们身后，一大群牧苑士卒在跟着奔跑。

石勒横戟跃马在为撤退的部队殿后。

一名兖州战将率领一队兖州兵追了上来。

石勒勒马回身，挥戟直取来将。来将挥手中大刀接战。刀戟相交，铿锵作响。来将举刀劈向石勒，石勒举戟猛格，来将大刀被震飞。就在他惊恐不已的一瞬间，石勒戟尖直刺其喉咙，将其挑落马下。

兖州兵见主将阵亡，发一声喊，没命地返身逃命。

石勒纵马追击，又连杀数名敌军。看看敌人已经跑远，回身追赶部队。

汲桑与“十八骑”率领牧苑士卒在前行。

石勒从后面追了上来，问：“大哥，你没事吧？”

汲桑：“多亏弟兄们舍命保护，我没事。可恨苟晞老儿太过狡猾，乘虚来袭，打了我们个猝不及防，让我们损折了好些人马。”

石勒：“是啊，我们实在是太大意了。”

汲桑：“教训啊！苟晞老儿果然名不虚传。以后再遇此人，可要小心了！兄弟，你去点视一下，看看我们还有多少人马。尽量收容，全部带上，我们回牧苑休整。”

石勒：“我已经大概浏览了一下，估计还有一万多人马，折损了一大半。”

汲桑：“惨痛啊！走吧，回牧苑再说。”

石勒：“这样惨痛的教训，我们一定要牢牢记取！”

一面绣着“丁”字的大旗在向前移动。旗下冀州刺史丁绍在率领大军行进。

“报——”一探马从前路跑来，“汲桑贼寇被兖州刺史苟晞打败，正带着残部向我们走来。”

丁绍：“好！此处是什么地方？”

探马：“此地名叫赤桥。”

丁绍：“哼，就让他们葬身此地！传令下去，全军进入密林埋伏，准备歼灭残敌。”

第十九集

汲桑、石勒与“十八骑”率领部众向前行进。由于吃了败仗，显得军容不振，士气低落。

突然“咚”的一声号炮响，汲桑、石勒猛吃一惊：“怎么回事？”

随着惊天动地的喊杀声，道路两旁的密林中冲出无数军士，挥动兵器向他们杀来。

石勒怒目圆瞪：“我们中埋伏了。弟兄们，快，保护大哥！”边说边横戟跃马守护在汲桑前面。

一场惨烈的搏杀在大路上展开。

汲桑的军队被冲作数段，都在激烈搏杀。刀枪闪耀，喊杀连天，头颅乱滚，尸横遍野。石勒与“十八骑”保护着汲桑，在敌阵中拼死冲杀，敌军纷纷败退。

石勒与“十八骑”护着汲桑，杀开一条血路，冲出重围。一部分士卒紧紧跟随，一路向前飞奔。

丁绍率部追了过来，看看汲桑他们已经走远，挥手示意部众停止追击。

大道上，汲桑、石勒率领残部垂头丧气地向前行走。部队中有人抬着担架，有人拄着拐杖，有人包着头，有人吊着臂，显得凌乱不堪。

边走边思考的石勒忽然抬起头，驱马赶上汲桑，说：“大哥，我看我们不能再回牧苑了。”

汲桑：“为什么？”

石勒：“你想啊，我们在牧苑招兵买马，训练士卒，闹得沸沸扬扬。牧苑是我们的老巢已是人所共知。如今我们焚邺城，战苟晞又弄出这么大的动静。虽说我们是为成都王复仇，可终归得罪了朝廷。如果朝廷发大军来剿，牧苑就是他们的首选之地。刚才我点视了一些我们所剩的人马，仅仅还有一千多步骑，而且大多带伤。现在我们已经势单力薄，就凭眼下这点人马，是无法应对朝廷大军的。所以，我觉得我们不能再回牧苑。”

汲桑眨眨眼，愣了一会儿，说：“那我们还能到哪里去呢？”

石勒："这个我已经想过了。我觉得我们应该去投汉国。你知道的，去年我们就听说匈奴五部大都督刘渊在左国城建立了汉国，还专门安排人前往并州打探。探子回报说，刘渊在前年冬就已经举旗立国，志在反晋。现在我们既然已经不能见容于朝廷，那我们就不如前去投奔刘渊，一起反晋。"

汲桑低头沉思一下，说："兹事体大，你容我好好想想。"

石勒："好吧。"

夜晚，一处密林中，一顶帐篷。帐篷内透出灯光。帐篷外，士卒们在背靠树根休息。

树林边上，两个士兵在担任警戒。

石勒从密林中钻出，来到士兵跟前。

士兵："勒子哥还没休息，又来查哨？"

石勒："是啊，现在我们势单力薄，要严防敌人偷袭。大家一定要提高警惕，注意任何的风吹草动。"

士兵："我们知道，请勒子哥放心。"

一个士卒从密林中走来："勒子哥，汲桑大哥找你。"

石勒："好吧，那我们回去。"

帐篷内，汲桑在独坐喝闷酒。石勒掀开帐帘走入。

汲桑起身相迎，拉住石勒的手："来来来兄弟。"一同坐下，"兄弟，你的意见我已经反复考虑过了，但我不能去投奔刘渊。他是匈奴人，是胡人。我适应不了胡人的生活方式。老实说，我也不想在匈奴人手下做事。我想让你去投奔他。你与他同是胡人，各方面都能适应。一直以来，我都理解你的志向。你想为你的族人和所有可怜的奴隶去争取生存的权利。如今你去投奔刘渊，也许正好可以了却你的心愿。明天，我们就把剩下的这点兵力分开，你我各带一部。我还回牧苑，那里毕竟是我们的根本。我想在牧苑重新招兵买马，再举义旗。你去刘渊那里，凭你的才干，一定会得到重用。如果我能够东山再起，而兄弟你也前程得意的话，我们可以遥相呼应。一旦我有急难，兄弟可以说动刘渊，带兵前来助我。而兄弟如果有事，老兄我也可驰援。这样可以内外配合，进退有据。"

石勒："可是，大哥……"

汲桑把手一举，制止石勒说下去："兄弟，你先听我把话说完。目前没有比这样处理更好的办法了。俗话说'谋事在人，成事在天'。我们都希望得到上天的眷顾，成就大事。我的心意已决，就这么定了。"

石勒："不！在现在这种情况下，我怎么能离开大哥呢？但不管怎么说，我们都不能再回牧苑。"

汲桑叹口气："是啊，我也不想让你离开。但从我们的长远利益考虑，这样对我们今后的发展可能更好一些。至于牧苑，那是我们唯一的巢穴，我们没有更好的去处。我也知道，你的担心不无道理。但是请兄弟放心，回到牧苑后，我一定多派探马，密切监视朝廷各路人马的动向，根据情况采取应对之策。我会十分小心的。"

石勒："既然大哥坚持要回牧苑，我也不好再说什么。这样吧，大哥，人马你全部带去。现在我们的兵力已经非常单薄，绝对不能再分。我带几名兄弟，先回并州踩踩路，看看刘渊那里的情况究竟如何，回来再和大哥商量定夺。你看怎么样？"

汲桑想了一想，说："嗯，这样也好。"

翌日晨，汲桑、石勒与"十八骑"聚集在汲桑军帐。

石勒："我们接连遭遇惨败，损失异常严重。今后的路该怎么走？我想回并州一趟，到刘渊的汉国去看一看。这样，王阳、蘷安、支雄、逯明、支屈六，你们五个跟我回去。我们都是武乡羯室中人，如果条件许可的话，我们也可以回老家瞧瞧。其余弟兄，一定要好好保护汲桑大哥，等我回来。"

"十八骑"："是！"

茌平牧苑，汲桑率领残部走进大门。

一名拄着拐杖的伤兵："我们总算又回家了！"

汲桑军帐，"十八骑"剩余弟兄聚在一起。

汲桑："张越、冀保，马上派出探马，到附近州县监视朝廷军马动态。石勒兄弟说得对，我们要严防敌人乘虚来袭。唉，经过连续惨败，弟兄们都疲惫不堪。下去安顿大家早点休息吧。"

众弟兄："是！"

一处密林，埋伏着大批穿着、武器参差不一的士卒。

密林深处，一堆燃烧着的篝火。篝火边上，两个军官模样的人在交谈。

田兰："田甄哥哥，你说汲桑、石勒他们还会回牧苑来吗？"

田甄："田兰弟弟，耐心等着吧。我想他们一定会回来的。只要他们一回来，我们就有机会给新蔡王复仇，也为咱们出气。"

田兰："是啊，本来我们跟随新蔡王司马腾离开倒霉的并州，来到邺城这座大都会，是可以享点清福的。司马腾这人虽然贪鄙，可对我们却恩重如山。可恨汲桑、石勒，攻下邺城后，把司马腾杀掉也就罢了，还放火焚烧邺城，把我们的新家园变成一片废墟。如此大仇岂能不报！以前，汲桑、石勒势力强大，我们不敢妄动。现在经过阳平、赤桥两次惨败，估计他们的部队已经所剩无几。这对我们来说，正是下手的好机会。我只是担心，他们面临山穷水尽，不敢再回牧苑。如果他们不回来，我们岂不是白等了？"

田甄："不会。你想啊，他们攻下邺城这么好的地方都能放火烧掉，而打下的其他地方也没有派官驻守，随夺随弃。牧苑是他们唯一的巢穴，不回来，他们还能到哪里去？"

田兰："这倒也是。"

"报——"一士卒钻进密林，"启禀二位将军，汲桑的残兵进了牧苑。"

田甄："你看，这不回来了吗？好！传令下去，所有人做好战斗准备，半夜子时发动全面攻击！"

深夜，汲桑在军帐中躺卧。

突然，一阵海啸般的喊杀声传来。被惊醒的汲桑猛地坐起，倾听一下，跳下床，从挂盔甲的架子边抓过长枪，抢出帐外，翻身跃上帐边拴着的坐骑。

牧苑栅栏被砍开，敌人蜂拥而入。

牧苑内各处都在激烈战斗。牧苑士卒大多赤裸着身子与敌人搏杀，有的一人对付多人。

敌人不断涌入。呐喊声、兵器撞击声、惨叫声混成一片。双方不时有人倒地死亡。

汲桑睡衣素服跃马在敌阵中冲突。他一连斩杀数名敌兵，抬眼望去，见牧卒们都在各自为战，仰天长叹一声："石勒兄弟，你真是料事如神啊！"这时，大群敌人挥舞着兵刃向他扑来。汲桑拨转马头，向外冲去。

"十八骑"弟兄们在敌阵中拼死搏杀，相互叮嘱："不要恋战，保护大哥！"向汲桑靠拢。当看到汲桑冲出重围，也杀开血路冲了出去。

牧苑士卒在搏击中相继阵亡。

夤夜，月光惨淡。大路上，汲桑垂头丧气在策马前行。

"大哥——"后面传来呼唤声。汲桑回头望去，朦胧中有三骑马向他跑来。

渐渐走近，汲桑认出，他们是刘征、刘宝与赵鹿。

三人赶上汲桑，说了声："大哥，我们……"便哭了。

汲桑长叹一声："唉——悔不听石勒兄弟的话，致使我们吃了如此大亏！知道袭击我们的是什么人吗？"

刘征："在冲出敌阵时，我们曾抓住一个敌兵问过。敌兵说，他们是从并州来的'乞活军'，是专为司马腾复仇的，已经在牧苑附近埋伏好些天了。领头的叫田甄、田兰。"

汲桑咬牙道："记住这两个家伙的名字，以后找他们算账！"

天色渐明。汲桑与三兄弟策马徐行。

汲桑："现在我们到什么地方了？"

赵鹿向四周回望一下，说："前面就是乐陵地界。"

一阵激越的马蹄声在后面响起。四人回头一看，晨曦中有大队骑兵正向他们追来。

汲桑："追兵来了，快跑！"

四人策马狂奔。后面追兵猛追。

田甄在马上边跑边喊："前面就是汲桑他们，快追，不能让他们跑掉！"

汲桑在马上回头，见追兵渐渐接近，咬牙道："弟兄们快跑，我来阻挡追兵！"

三兄弟："不行，大哥！"

"听话！"汲桑在三人马屁股上各狠抽一鞭，"快跑！"

三人坐骑向前冲去。汲桑勒转马头，大吼一声，挺手中枪，向追兵猛扑过去。跑在最前面的敌骑被汲桑一枪挑下战马。

敌人追兵一起扑来，刀枪并举，杀向汲桑。

汲桑在敌骑中奋勇冲杀，又有一敌骑落马。就在这时，敌骑的矛枪刺中汲桑肋下。汲桑怒目圆瞪，用手抓住敌人矛枪，大吼一声，将长枪刺入敌人胸膛。与其同时，敌人的刀枪一齐杀来，汲桑落马牺牲。

刘征、刘宝、赵鹿好容易勒住狂奔的马，想要回救汲桑，远远望见汲桑已经落马牺牲，他们哭喊一声："大哥——"只得打马向前而去。

在一处密林中，树上拴着马匹。刘征、刘宝、赵鹿三人坐在树根边哭泣。

赵鹿："为了救我们，汲桑大哥把命都赔进去了。可是，我们现在能到哪里去呢？"

刘征："是啊，我们现在已经无路可去，只能往并州路上去追赶勒子哥了。”

刘宝、赵鹿:“对,往并州,找勒子哥去。”

刘征:“走,事不宜迟,立即出发。”

三人起身。

山道上,石勒等六兄弟在策马徐行。

葵安:“勒子哥,这一路上你都不停地念叨我们在阳平、赤桥的惨败,是有什么想法吗?”

石勒:“是啊,由于我们指挥的失误,导致数万弟兄丧命。如果我们不能从中领悟点什么,那数万弟兄的生命岂不是白瞎了吗?我只希望,这是我这辈子最惨痛的一次失败,以后类似的事绝不能再次发生。有时候,敌人也是我们的师傅。像苟晞这样的敌人,精于用兵之道,我们不是也可以向他学习嘛。”

葵安:“勒子哥,你的心思可真深。”

石勒:“唉——我们只有不断地吸取教训,才能渐渐聪明起来。大家一定要记住,以后遇事要多用心思。”

葵安和随行的弟兄都点点头。

石勒:“我们现在到什么地方了?”

葵安:“已经进入乐平地界。”

石勒:“好啊,我们武乡县就属乐平郡管辖。到了这里,也就闻到家乡的味道了。”

支雄:“勒子哥,我们这次真的能回老家看看吗?已经好久没回家乡了,听说自我们走后,家乡又遭了几次大灾,也不知道老家的亲人们是否安好。”

石勒:“老家我们一定要回去看看。可我们眼下有要事在身,汲桑大哥还等着我们的消息。所以,我们必须先到左国城去见刘渊。等事情有了眉目后,我们一定回去瞧瞧。不过,时间不能太久,以免汲桑大哥悬望。”

后面路上传来马蹄奔跑的声音。紧接着,便听到有人高喊:“勒子哥,请等一等。”

石勒与众豪杰勒住马回头观望。

道路上,刘征、刘宝、赵鹿纵马奔来。

石勒:“咦?是刘征、刘宝和赵鹿。他们怎么到这里来了?”

刘征、刘宝、赵鹿跑了过来,滚鞍下马,放声大哭:“勒子哥,完了,我们全完了!”

石勒猛吃一惊,飞身下马,上前拉住三人:“你们说什么?完了,什么完了?”

刘征:“汲桑大哥阵亡了,我们的部队也打没了!”说着又放声大哭。

石勒与众豪杰:“啊?快说,到底怎么了?”

刘征:“你们走后,汲桑大哥带我们回到牧苑……”

(镜头转向太行群山,峰峦叠嶂,连绵起伏)

天空阴云密布,惨雾森森。

(镜头转回)

刘征:“就这样,汲桑大哥为了救我们,孤身阻挡追兵,阵亡了……呜呜……”

“啊——”石勒用拳头捶着自己的脑袋,放声大哭:“怨我,都怨我啊!我为什么不极力阻止大哥重回牧苑?为什么要在他最需要我的时候离开他?我混蛋啊,我……啊——”

众豪杰都哭了。

王阳、支雄哭着上前拉住石勒:“勒子哥,事情已经这样了,急也没用。我们应该想想今后怎么办。”

石勒忍住哭泣,抬头左右观望。

一座山峰,山脊上有一条小路直通峰顶。

石勒顺小路向峰顶走去,众豪杰紧跟着他。

站在峰顶,绵绵群山一望无际。

石勒:“弟兄们,我们就在这里远远祭拜汲桑大哥和所有阵亡的弟兄们。”

逯明:“可是,我们连祭拜的香火都没有。”

石勒:“古人不是有‘掐草为香’的说法嘛。我们每人掐取三根草茎,权代香火。只要我们心诚,汲桑大哥和所有阵亡的弟兄一定会感知的。”

众豪杰都掐取山上的草茎,然后一起动手,面向东方,堆起一个小土堆。

石勒双手高举草茎,大声道:“汲桑大哥,所有阵亡的弟兄,你们的鲜血不会白流,我们一定要打出一片属于我们自己的天地。到时候再隆重祭奠你们。”说完,将草茎插入土堆,倒身下拜,连磕三个响头。

众豪杰随着石勒插草,磕头。

大路边的树上、石块上拴着马匹。山坡上,石勒与众豪杰围坐在一起。

石勒:“弟兄们,你们不是都想回老家看看吗?现在可以回去了。”

夔安:“哎?勒子哥,你不是说要……”

石勒:“是啊,我们此行的目的本来是要去见汉王刘渊。因为投奔汉王是我们唯一的选择。可是,根据眼下的情况,我们暂时还不能去。”

众豪杰:“为什么?”

石勒："现在我们的部队没了，就剩我们几个。如果现在就去投奔刘渊，人家不会看重我们，只会把我们当作当兵吃粮的一般人员来对待。因为部队是我们的本钱。投奔别人就如同入股做买卖，有本钱才能得红利。本钱越大，红利才能越多。现在我们没了本钱，人家咋会看重我们？所以，我们必须重新拉起一支队伍，然后去投奔汉王，这样才能得到重视。"

大家相互看看，显得一筹莫展。

葵安："可是，我们现在一无钱粮，二无地盘，甚至连个落脚的地方都没有，怎么能拉起一支队伍呢？"

石勒："这确实是个难题。别的法子没有，我们只能重回武乡老家了。我们离开老家已久，思乡心切，应该回去看看。回去后，我还想到当年学艺的杜家庄走走。那里有我的两位师兄，我得去拜会一下。顺便和他们商量商量，看他们能不能帮我们想点办法。"

大家的情绪有所振奋："好，回家。""对，回家"。"回家。"……

石勒："刘征、刘宝、赵鹿，你们的老家虽然不在武乡，也一定要和我们一起回武乡。我们不能再分开了。"

刘征、刘宝、赵鹿使劲点点头。

石勒："好，我们这就起身回去。"

众豪杰起身下山，各自牵过马匹，翻身上马。

宁驱宅第大门。门上匾额："宁宅"。

石勒与众豪杰顺宁宅门前大路走来。在大门前，石勒跳下马，走近大门。

大门紧闭，门上挂着一把大铁锁。

石勒上前推开一条门缝，向内望去：院内杂草丛生，蓬蒿有一人多高。

石勒返回，摇摇头，重新上马，带领大家向村内走去。

村中小道，石勒与众豪杰牵着马一路走来。沿途房屋倒塌破败，靠山挖掘的土窑洞门破窗垮，显得异常荒凉。

在村中岔道口，石勒对大家说："想不到我们走后，羯室衰败到如此地步。大家都各自回家看看吧。我和刘征、刘宝、赵鹿也回我的圪垯窑去看看。"

大家分头而去。

石勒带着刘征、刘宝、赵鹿来到圪垯窑。他撂下马匹走进院子。院子里荒草丛生。石勒趟着草走进窑洞，昏暗的屋内到处落满了灰尘，家具东倒西歪。他长叹一口气返身出来，在院内环视。

旁边的土坡上，有几个衣衫褴褛，形同乞丐的老人在晒天太阳。

石勒走出小院，走到老人们跟前："叔叔、大爷们，还认得我吗？"

老人们："你是……"

石勒："我是小訇子呀。"

老人们突然显得很激动："小訇子，你是小訇子？""你还活着？""你是啥时候回来的？""你还好吗？"

石勒："啊，我很好，也是刚刚到家。请问，有我父母的消息吗？"

老人们互相看看，都在摇头。其中一位说："唉，自从太安年间离家后，就再没见过他们。"

石勒："宁驱呢？怎么他家也没人？"

老人："大前年，咱这里又遭大旱，羯室中人们都逃荒走了，宁驱家也不行了，也收拾走了。说是回他阳曲老家去了。"

石勒："哪，你们是怎么过来的？"

老人："我们也逃荒去了。去年情况要好一点，我们才又回来。唉，故土难离啊！"

宁宅。大门上的铁锁被石块砸开，大门被推开。

石勒与众豪杰牵着马鱼贯走进大门。

石勒："唉！没想到我们离开才几年，我们的羯室就沦落到如此地步。大家满腔热情地回来，却连亲人的面都见不到。我们大家的心情都很沉重。没办法，整个北原山下，也只有宁驱的这座庄园虽然荒芜，还算整齐。等一会儿大家动手收拾一下，暂时就在这里安顿。我还想去河西村一趟，五六年了，也不知道英姑和孩子在岳父家过得怎样？"

众豪杰："勒子哥，你就放心去吧，这里交给我们好了。见到嫂子后，替我们问个好。"

石勒："一定。"说完，牵马走了出去。

河西村，刘老汉的大门紧锁，门前路上杂草丛生。

石勒惆怅地牵着马，盯着门锁。

旁边地块里，有个老头在收割谷子。石勒走了过来，指着刘老汉家："请问老丈，这户人家哪里去了？"

老头："大前年闹荒旱，他们一家都走了，说是去投亲，可也不知道去哪了。"

石勒："啊，谢谢老丈。"

夜晚，屋内土炕上，大家都辗转反侧，难以入睡。

石勒睁着眼，看着黑暗中的天花板。

葵安："勒子哥，你也睡不着？"

石勒："嗯。"

石勒："明天一早我就去杜家庄。你和弟兄们就在这里等我回来，哪都别去。"

葵安："嗯。"

杜家庄。

石勒骑马走进村来。村中几个人在观望。

杜府大门口，石勒跳下马，走上去叩门。

大门开启，一个十七八岁的小青年探出头来问："你找谁？"

石勒："请问小兄弟，这座宅院现在是何人居住？"

小青年："是俺师傅李怀恩。请问，你是什么人？"

石勒："哦，烦你向李师傅通报一声，就说有个叫石勒的求见。"

小青年："那你稍等。"大门重新关上。

石勒环视周边环境，听见院内传出"嗨嗨"的练武声。

不一会儿，院内有人嚷嚷："勒子回来了，真是我的勒子兄弟吗？"随着一阵急促的脚步声，大门开启，怀恩从内走出。

石勒抬头望去：怀恩，四十多岁，脸上密匝匝的络腮胡子，窄袖短靠，精神抖擞，一副民间武师的派头。

看见石勒，怀恩微微愣了一下。紧接着，他喊了声："果真是我的勒子兄弟！"说着扑了过来，二人紧紧拥抱在一起。

怀恩用拳头擂着石勒的后背，说："勒子，有二十年了吧？当年的毛孩子，现在长得这么壮实。"

石勒也擂着怀恩的背："二师兄，你也显老了。"

怀恩呵呵笑着，抓住石勒的手："走，进屋说去。"牵着石勒走进大门。

院子里，有几十个小青年在列阵练武。

石勒："二师兄，你还在操老本行？这些人都是你的徒弟，是吗？"

怀恩："是啊，师傅教的一些家什不能丢掉。再说，这也是为你呀。"

石勒："为我？此话咋讲？"

怀恩："不急，等咱慢慢说。"领着石勒走进中间堂屋。

在堂屋地上，石勒四处打量一下，问："二师兄，你咋住在这里，师娘呢？"

怀恩："师娘在十年前就已经去世了。你知道的，师傅师娘没有子嗣。师娘临终前，把我和大师兄叫来，将这座宅院和所有财产交给了我俩。可大师兄在石门另有房产和庄园，就让我住了进来。说是等勒子回来再做定夺。现在你果然回来了。等一会儿吃过饭，我们就去见大师兄。"说着，回头招呼一声，"来人！"

一名徒弟走了进来。

怀恩："快去准备饭菜。"

徒弟："好！"走出。

石勒："可是，二师兄，我想先去祭拜师傅和师娘。"

怀恩："当然要去祭拜，但我们师兄弟应该一起去。"

几个徒弟托着盘碗酒具走了进来，将饭菜摆上桌。

怀恩起身把壶斟酒。

石勒："二师兄，你刚才说，教授徒弟是为了我。这是什么意思？"

怀恩："这事不忙，等见了大师兄，让他给你说。还有，你这些年来的情况，我也不问。等见到师兄后，你再给我们说。要高兴，大家一起高兴。来咱们碰一个。"说着举起酒杯。

石门村口。怀德，一个四十多岁的中年男子在翘首以望。

村前道路上，石勒与怀恩牵马走来。

石勒："那村口站着的，该不是大师兄吧？"

怀恩："咋不是？哎，他咋知道我们今天要来，早早就站在那里迎接？走，过去看看。"

二人骑马走近，石勒跳下马扑了过去："大师兄！"

怀德："你是……"

怀恩下马走了过来："怎么，连勒子师弟也不认得了？"

石勒定睛看看，一把把石勒抱进怀里："真是小勒子！你看，你小子长得连我都认不出来了。"

三人一齐放声大笑。

怀恩："师兄，你咋在村口站着？"

怀德："今天一大早，就有两只喜鹊在院中树上叫个不停。我寻思，可能要有贵客登门。因闲着无事，就到村口转转。没想到是你们两个来了。看来，人说是'喜鹊叫，贵客到'，还真有点讲究。走，回家。"

室内，三人对坐交谈。

石勒："就这样，经过阳平、赤桥、茌平牧苑三场恶战，我的队伍打没了。现在我的身边只剩下八个弟兄。可我不甘心啊！还想东山再起。现在我们已经回到了武乡。今天到这里来，一是祭拜师傅、师娘，顺便看看二位师兄；二是因为我现在一无钱粮，二无地盘，来看看二位师兄有无法子帮助一二。”

听石勒说完后，怀德突然仰天大笑：“哈哈哈哈，原来如此。走吧，我们这就去祭拜师傅、师娘。”

山坡上，一座墓冢。冢前摆放着各色祭品。师兄弟三人各持点燃的线香，插入香炉，拜了下去。

对着坟头，怀德突然大声说：“师傅，您老的话应验了，全都应验了。您说二十年，今年正好是二十年啊！小勒子果然回来了，就要起兵举大事了。您老请放心，您所托付的事，我一定办好！”

听着大师兄的话，石勒不停地眨巴眼睛，显得莫名其妙。

屋内，师兄弟三人围着方桌喝茶。

石勒：“大师兄，我一直琢磨不透，你在师傅坟前说的话是什么意思？”

怀德呵呵一笑，说：“你俩可能并不清楚，咱们的师傅不但武学造诣高深莫测，他还精于易学。”

石勒：“哦？是吗？”

怀德：“勒子，你还记得那次去探朱砂洞吗？”

石勒：“嗯，记得。”

怀德：“那次探洞回来后的第三天深夜，在人们熟睡之后，师傅把我叫去，又牵了几匹马，来到师傅卧室门前。我看到，师傅卧室的地上摆放着一溜箱子。箱子不是很大，但却很沉。我和师傅把箱子驮上马背，趁着夜色来到朱砂洞。我们把箱子拖进洞藏好后，又爬到山顶，找准方位，用事先准备好的工具，把山顶的大小石块、流土统统刨挖滚落下去，将洞口封死。回来的路上，师傅告诉我，说他当年做将军时，平蜀、灭吴，南征北战，收缴积攒了大批金银珠宝，就存放在那些箱子内。箱子藏进朱砂洞这件事，也只有他和我知道。为什么不让你俩知道呢？师傅说，怀恩虽然忠厚豪爽，为人正派，但却生性好酒，担心他一旦饮酒过量，酒后失言，无意间泄露出去遭遇不测。而勒子师弟则是因为当时年岁还小，少不更事。然而，师傅认定，将来成大事者，必定是勒子师弟你哪！他把这批宝藏存放在朱砂洞，就是专门留给你有事时使用。师傅曾经千叮咛万嘱咐，在勒子准备举事之前，决不能让第三者知晓。所以，这些年来，在师傅去世后，藏金的事只有我一人知晓。”（配合怀德的这段讲述，叠印师傅和怀德藏宝的画面）

石勒如梦方醒："哦，怪不得我十四岁那年，为躲避官府缉拿，被你安排在后沟庄园，闲着无事，再去寻找朱砂洞时，却找不到了。原来是这样！"

怀恩："嗯，我也懂了。师母去世后，把家产留给咱们，你却不去居住，坚持要留在石门。原来是在此看守宝藏。"

怀德点点头。

石勒："可是，大师兄，你在师傅坟前说'应验了''二十年'，这又是什么意思？"

第二十集

怀德："这还要从师傅生病时说起。师傅病后，我们三人轮流陪侍。那天轮到我陪侍师傅……"

（回忆镜头）

杜元凯卧病在床，怀德持汤药用嘴吹着走近。

师傅："怀德，扶我坐起，我有话要对你说。"

怀德放下药碗，将师傅扶起，在他背后放了一个枕头，让他靠墙坐着。

师傅坐好后，喘着气说："我气数将终，有些事必须让你知晓。我一生除武学之外，还深研易学。虽不能说登堂入室，但也略知皮毛。我观你小师弟将来必成大器。据我推算，他会在东方举事，但却不会成功。二十年后他将返回武乡。因为'武乡者，尚武之地，兴武之乡也'。只有在武乡举事，他方能获得成功。'得地者昌，失地者亡'，历代兵家都信这个理儿。我死之后，你与怀恩一定要广收门徒，将我们的武学发扬光大。当勒子举事时，把你们的徒子徒孙都交给他，以助他成事。而你们的徒子徒孙也能因此而取得富贵功名。只是在勒子举事后，你与怀恩不可跟他而去。因为你俩的命局决定，你们不宜离开故土，否则会遭遇不测。这话我也要对怀恩说，你们一定要牢记在心……"

（镜头回到现实）

怀德："师傅去世后，我和你二师兄谨遵师嘱，广招门徒，传授技艺。二十年来，我俩的徒子徒孙已有好几百人。"

怀恩："勒子，这就是我所说收徒弟是为了你的意思。"

石勒点点头："我明白了。"

怀德："事情就是这样，勒子，明天你就回去，带上你的八位弟兄，我们一起去朱砂洞取宝。然后就以杜家庄为大本营，师傅的府邸为统帅部，我们屯粮积草，打造兵器，购置盔甲旗幡，招兵买马。"

怀恩："我这就去安排人手，去通知各地我们所有的徒子徒孙到杜家庄汇聚。"

石勒激动地说："太好了，勒子万万没想到，这些年来，二位师兄在这里已经为我打造了一支战斗力极强的生力军。这让我如何感谢二位师兄才好？”

怀德：“谢什么谢？我们这都是按照师傅他老人家的遗愿办事。”

怀恩：“对，没什么好谢的。只要你能够功成名就，要我们付出什么都行。”

石勒：“二位师兄的大恩大德，勒子自然会永记不忘。这样吧，二师兄，你派人通知徒子徒孙时，顺便让他们带动其他人也来投军。能带来十人的，我就任命他为什夫长；能带来百人的，就任命他为百夫长；当然，能带来千人的，自然就是千夫长了。”

怀德、怀恩：“好，就这么办！”

山崖下，重新挖开的朱砂洞口，八骑豪杰与怀恩守在洞口。旁边有十多匹马在悠闲吃草。

洞口，一只又一只箱子被相继推出。怀恩与众豪杰一起动手将箱子移开。

石勒与怀德钻出山洞。

取出来的箱子被拴上马背。

马队离开山崖，走上大道。

杜家庄一处开阔地上，有许多衣衫褴褛的人在列队向前移动。队伍的顶头安放着几张桌子，桌后有人在记名造册。

堂屋内，石勒与两位师兄及八骑豪杰在一起议事。

石勒：“我们的招兵事宜进展顺利，到今天，前来投军的已近万人。现在我们把他们分为了八支队伍。这样，王阳、葵安、支雄、逯明、支屈六、刘征、刘宝、赵鹿，你们八人每个人带领一支，在附近找适宜的地方安营扎寨，按照军中规矩开始正规的军事训练。注意，要特别注重发挥我师兄徒子徒孙们的作用，将部队尽快打造成能征善战的劲旅。等部队整训成功后，我们就与刘渊的汉国联系，率部前去投奔。”

王阳等八人：“是！”

石勒：“好，那你们去吧。”

王阳等相继退下。

石勒：“事情办得如此顺利，多亏了二位师兄。”

怀德：“也不尽然。如今天下荒乱，饥民遍地，都想找个吃粮的机会。一旦有人举旗，便踊跃前来相投，征兵岂能不易！唉，乱世之兆也。”

怀恩：“俗话说‘乱世出英雄’，正好让勒子师弟放手一搏。我看勒子师弟就是这应世的英雄。”

怀德:“嗯,说得很对!师傅活着时早有预言,说勒子师弟将来总能成就大事。”

石勒:“能不能成为英雄我无所谓。不过,晋室王朝视民众为草芥,从不把我们当人看,腐朽透顶,我倒想给他们一点颜色看看。这就叫‘官逼民反’!”

怀德:“哦,对了,还有一件事告你。”

石勒:“什么事?”

怀德:“据我的徒弟们讲,在咱武乡东部太行山上,有一支由落难胡人组成的武装在啸聚山林。领头人叫张訇督,手下大约有四五千人。我想,如果能把这支人马收编,我们的力量会更加壮大。”

石勒饶有兴趣地:“哦?请道其详。”

怀德:“据说是这么回事。当年并州刺史司马腾下令,在并州境内大肆抓捕胡人。有一天,一队官兵押着一群被抓的胡人往回走。路过一个山村时,因天色已晚,官兵们就把被抓的胡人塞进几间空屋关押,便在此宿营。关押的胡人中,有一名壮士叫张訇督,很有些力气。半夜时分,他用力挣断绑绳,再给同室难友全部松绑,趁官兵睡觉,卸下门窗,逃了出去。当官兵发现追捕时,他们发一声喊,一起向村外跑去,在夜色掩护下钻进了山林。(讲述中叠印画面)

“在逃跑的胡人中,还有一名壮士叫冯莫突。他觉得既然家已经不能再回去了,就和张訇督商量,不如干脆和这些难兄难弟在深山落草,想法活下去。张訇督当然同意。于是便领着这数十名无家可归的胡人,啸聚在山林之中。后来,又有躲避抓捕的胡人和穷苦流民陆续来投,人数越来越多。为了便于管理,他们把这些人分成两拨,由张訇督、冯莫突各领一拨,依山据险,分别建立了东、西两个寨堡,唤作‘东堡’‘西堡’,使之成犄角之势,用以对抗官兵。现在,两个寨堡的人数加起来已达四五千人,是一支不小的武装力量。我想,等我们的部队整训好后,我们就可率部前去征服他们,把他们收编过来。”

石勒:“不不不,收编这支队伍,不能采用军事手段。他们盘踞深山多年,根基已固,我们强行攻击,胜算不大。就算侥幸取胜,也不知得赔上多少弟兄的性命,很不划算。这样吧,我准备一下,明天就去会会这个张訇督。”

怀德:“那你准备带多少人前去,带谁前去?”

石勒:“谁都不带,就我单骑前去。”

怀恩:“什么,就你一个人前去?太过冒险!我们对张訇督并不了解,谁知他会怎么对待你!要不,我和你一同前去,也好有个照应?”

石勒:“不用了,二师兄,我去的目的是收编他们,而不是和他们对阵打仗,所以不需要人马。我和他们一样,都是穷苦胡人,自然同气相投。只要我晓之以理,动之以情,相信他们会听我的。退一步说,就算他们不听我,由于我是单人独骑，对他们构不成威胁，他们也不会伤害我。如果带人马去，反倒容易形成误会。至于你们两位，还有更重要的事情。我走后，我们这支新组建的队伍还得你们帮我把他们带好。我们的整训才刚刚开始，要加强管理，一刻都懈怠不得。至于我这里，请你们放心，不会有事的。只是去往东、西堡的道路，我不大清楚，还得找知情人打听一下。"

怀德："这个我已经问清楚了。"说着，从怀中掏出一幅丝帕，"根据他们所说，我已经画好了路线图，你可以把他带上。"

石勒接过路线图看了一下："有这个就什么问题都解决了。"

山谷间，石勒在策马前行。

突然，两边山坡上的草丛中跳出一群人来。他们手持矛枪，拦住了石勒的去路。其中一个领头的喝问："站住！什么人？到此何干？"

石勒跳下马，上前回答："俺叫石勒，特地前来拜会张訇督张部大。"说着，将马的缰绳交给走过来的一名喽啰，自己从身上掏出事先准备好的黑布条，将眼睛蒙上。

领头喽啰："看来还真是道上之人。"将手中枪杆伸过来，让石勒抓住，"抓好，走了。"牵着石勒向山中走去。

大厅，上面匾额："聚义厅"。正面虎皮椅子上端坐着一位豹头环眼的黑大汉。大厅四周站着一群身穿各色衣裤，手执各种兵器的青壮年。

石勒被牵进大厅。

领头喽啰："报告部大，此人说他叫石勒，是专程前来拜访您的。"

黑大汉："唔。"

领头喽啰取掉了蒙在石勒眼上的黑布。

石勒摇摇头，揉揉眼向上望去。

黑大汉两眼直瞪瞪地看着石勒，一声不吭，向他施威。

石勒微微一笑，双手抱拳道："部大请了，俺石勒特地前来拜山。"

黑大汉："拜山？有何见面礼品？"

石勒："有一份大富贵送于部大，不知部大是否愿接？"

黑大汉："什么大富贵？"

石勒："带部大去投奔汉王，让汉王给你拜将封侯。"

黑大汉："哦呵？原来你是刘渊派来收编我们的说客！"他猛地站起身，"你小子有何本事，敢来独闯龙潭？莫非吃了熊心豹胆！"

石勒呵呵一笑："本事谈不上，本人也不是什么汉王的说客。只是本人手下也有上万兄弟，要带他们去投奔汉王。听说部大也是一名豪杰，怕部大错过机会，吃了大亏。故而想和你结伴同行。"

黑大汉："唔？我听说有人在西乡招兵买马，是不是你小子？"

石勒："正是在下。"

黑大汉："这么说来，你小子可能有点本事。那行，只要你小子能赢了我的这双拳头，啥话都好说。否则，只怕你出不了这个大厅！"

石勒："那好吧，既然部大有心抬举，俺遵命就是。"

黑大汉："好！弟兄们退下，把场地让开！"

大厅内的青壮年一起退到墙根，空出中间场地。

黑大汉走下大厅，摇摇脑袋，舒展舒展腿脚，捏捏"格格"响着的拳头，大吼一声："看拳！"一个箭步扑向石勒，一招"乌龙出洞"，挥拳砸向石勒门面。

石勒微微侧身，让过拳头，顺势抓住黑大汉手腕，借力使力，往前一带，黑大汉两脚悬空，跌爬在地。

"咦！"大厅内的人们不约而同地发出一声惊呼。

呼声未落，那黑大汉一个"怪蟒翻身"，从地上跳起，右手化掌为刀，向着石勒顶门劈下，左手突伸，直取石勒咽喉。

石勒见招拆招，抬左手封住对方掌刀，右手顺势抓住对方脉门。

黑大汉双手被封，抬膝就撞石勒下身。石勒在侧身避让的同时，手上一使劲，黑大汉"哎呀"一声，僵立在地，不能再动。

石勒撤手抱拳："承让！"

黑大汉抱拳回礼："好汉果然身手了得，俺张訇督甘拜下风。"

石勒："部大过谦了。其实部大功底扎实，出手迅疾，堪称高手。只是……"

张訇督："啧啧啧，咱家输了就是输了，说这些没用。咱家当年曾经发过誓，只要是绿林中人，谁若赢了俺，俺就拜谁为师。现在你赢了，那就请上座，受弟子一拜。"边说边抓住石勒，往虎皮交椅上推。

石勒急忙推辞："这可使不得。我与你同辈同气，咋能做你的师父？若部大不弃，在下倒想与部大结拜金兰。"

张訇督："那好啊！那咱就摆香案，焚香结拜？"

石勒笑了："这事不忙，你我素昧平生，咱们是否先相互了解一下？"

张訇督："嗯，也对。你先说，你到底是啥子来路？"

石勒："俺本是北原山下羯室中人……"

张訇督："哦？原来你也是个羯胡子？"

石勒："是啊，怎么？"

张訇督呵呵笑了："俺也是个羯胡子，咱们是同族。"

石勒："是吗？那部大家住哪里？"

张訇督："就在这东山脚下。不过，由于连年天灾加上官府的人祸，家早已不成家了。"说到这里，他突然意识到什么，回头吩咐手下，"赶快看座，不能这么干站着。"

手下喽啰提过两把胡床，俩人对面坐了，屈膝交谈。

张訇督："哎，你说说，当年司马腾抓捕胡人时，你是怎么躲过去的？"

石勒："躲过去？哪有那么好的运气？当时……"

东堡。营寨内，冯莫突在练功。一名喽啰走进来。

喽啰："报告冯二哥，西堡大厅来了一个人，名叫石勒。"

冯莫突："唔？来干什么？"

喽啰："劝大哥投奔刘渊。"

冯莫突："是吗？哪大哥怎么说？"

喽啰："那人武功很高，大哥与他比武输了。现在正在说话。"

冯莫突："那好，我们也去看看。"

西堡聚义厅。

石勒长长舒了一口气："这就是我的整个经历。"

张訇督："这么说来，司马腾这条老狗死了，好！只是你们参与他司马家族的争权夺利，让那么多的兄弟送命，这仗打得窝囊。朝廷、官家都不是好东西，为他们卖命，不值！对了，石勒兄弟，你还不如把你招募的那些兄弟都带到我这里来，我把这头把交椅让给你，你来做部大。咱们在此占山为王，天老大，地老二，咱们老三，不受任何人节制，岂不逍遥快活？还去投什么刘渊！"

石勒："部大此言差矣。占山为王打家劫舍，寻求暂时快乐尚可，终归成不了大事。我们不能光图眼前快活，应该把眼光放长远一点。现在汉王刘渊在左国城建立了汉国，竖起了反晋大旗。刘渊虽然是匈奴屠格人，可是他和他族人的境遇与我们没有两样，所以他并不歧视我们。他所建立的国度，实际就是我们所有胡人的国度。我们为什么不去投奔他，在他的大旗下，为争取我们做人的权利而出一把力呢？难道作为堂堂大丈夫，就甘心在这深山老林里自生自灭？"

张訇督："这个——"

石勒："再说，现在大晋王朝骨肉相残，内讧激烈，已经腐败透顶，灭亡已成必然。而汉王举旗反晋，顺应天意人心。眼下兵强马壮，如旭日初升，兵锋所指已连下晋朝数十州县。照此下去，打败晋廷取而代之为期不远。如此气势，岂能容你在此独占山头？现在汉王布告天下，以重金招募兵勇。据我所知，你的手下已经有人与汉王部下暗通款曲。俗话说‘人心不过米隙’，哪个不愿获得荣华富贵？哪个不知道背靠大树好乘凉？如果他们接受汉王招募，叛你而去，你当如何？就算他们顾念情义，不取你的性命，到时单单剩下你孤家寡人，尚能独立吗？这些情况难道不值得部大好好想想吗？”

“说得好！”随着话音，冯莫突走进大厅，“大哥，这位兄弟说得很有道理。我们啸聚山林，只为活命，并非长策。如能投汉，确属不错选择。”

石勒：“这位是——”

张訇督：“这就是我的二当家冯莫突。”

石勒迎上去握住冯莫突的手：“原来是冯二当家，幸会，幸会。”

冯莫突：“幸会，石勒兄弟好。”

张訇督：“既然如此，那咱就投汉。”

大厅内的喽啰一起欢呼：“好！投汉，投汉，投汉！”

张訇督：“这事就这么定了。可是，石勒兄弟，你答应和我结拜的事……”

石勒：“大丈夫一言既出驷马难追，那是当然。只是在举行结拜仪式之前，还有一事和你商议。”

张訇督：“你说。”

石勒：“你知道的，咱们羯胡人与华夏人有一点不同。咱们羯胡人原本没有姓，只有名。而我现在可是既有姓，又有名。我姓‘石’，名‘勒’。我们即将投奔的汉国，也放弃了匈奴人的好些传统，一切都遵循汉朝的制度和做派，仿效华夏人，确立姓氏，承接汉统，定姓为‘刘’。汉王刘渊的姓和名就是这么来的。同时，在我们现在的这块土地上，自古以来，凡是领军的将军，都要在军中设立旗幡，将自己的姓绣在旗幡上。所以，我建议你，也把名字拆开，立‘张’为姓。你看怎么样？”

张訇督：“嗯？不不不，我与你既然成为兄弟，你姓‘石’，那俺也姓‘石’。至于名嘛——我与你有缘来会，干脆就叫‘会’得了。”他转身面向大家，“弟兄们，从今往后，俺不再叫‘张訇督’，改叫‘石会’。大家听见了吗？”

大厅上所有人：“听见了！”

石勒哈哈大笑：“好好好，就叫‘石会’。你说的，我们同族同宗，现在又同姓，今后还要同甘共苦，同舟共济，同创伟业。来，我们焚香结拜。”

石会：“好，上香案。”

大路上，石勒与石会并马而行。

石会：“兄弟，这次多亏你来指点迷津。不然，我也不知山寨弟兄们已经有了投汉之心。如果我一直被蒙在鼓里，后果真的不堪设想。兄弟你文韬武略兼备，令为兄十分佩服。今后我就跟定你了，你说咋办就咋办。”

石勒：“行！兄弟同心，其利断金。只要我们同心协力，定会闯出一翻惊天动地的事业来。”

石会：“嗯，这我相信。哎，兄弟，你说，我们这次去汉国探路，与刘渊接洽，刘渊会是什么态度？”

石勒：“我们以前虽然与汉王并不认识，可是他若是一名豪杰，就一定会欢迎我们。否则，我们还可另寻出路。走吧，到时候自见分晓。”

左国城，刘渊汉王大殿。汉王刘渊与刘宣、刘曜、刘聪、陈元达、刘宏、刘景、刘延年等一班将佐议事。

刘渊：“自立国以来，我们一连攻克泫氏、屯留、长子、介休等郡县，将并州刺史司马腾逼到了太行山以东，从此站稳了脚跟。今天朝会，我想听听，大家对我们的下一步有何打算。”

刘宣：“立国以来，从总体上来说，还算形势喜人。但是，我们也有疏漏。当初，在迫使司马腾丢弃晋阳逃往太行山东时，我们没能及时占据晋阳，结果让朝廷新任刺史刘琨趁机占据。后来我们遣将率兵二万前去争夺，却莫名其妙地被刘琨一曲《胡笳五弄》吹散了军心，落得无功而返。接连的失误，使我们丢掉了夺取晋阳的最佳时机，反让刘琨成为了我们背后的劲敌。现在我认为，我们应在谒戾山险要处设立雄关，派将镇守，以防刘琨南下犯我。”

刘渊：“叔祖父之言有理。我们应该汲取教训，不能再犯类似错误。不过，眼下我想命将四出，攻城略地，尽快实现我们的既定目标。只是目前我们仍然缺乏独当一面的人才。奈何？”

“报——”门上守卒来报：“启禀大王，门上有二人求见。”

刘渊：“什么人？”

守卒：“一个名叫石勒，另一个叫石会。”

刘渊：“石勒？这名字听起来咋这么耳熟？”

刘宣：“是不是那个与汲桑一同举事，把山东闹了个天翻地覆的石勒？”

陈元达：“据我们派出去的探马来报，汲桑和石勒的大军在阳平、赤桥接连兵败，损失非常惨重。他们在返回茌平牧苑后，又遭‘乞活军’袭击，汲桑阵亡。然而，石勒这个人却从此没了音信。是不是他无路可走，辗转来投我们？”

刘渊：“如果真是这个石勒来投，那就太好了。这家伙是个战神，能够为我所用，便是天佑我大汉。只不知此石勒是否彼石勒。”转身对守卒，“请！”

门卒：“是！”退下。

石勒与石会走进大殿，拱手向上行礼："见过汉王。"

刘渊："给二位看座。"

俩侍卫搬两个锦墩过来，放于石勒、石会身后。

石勒、石会："谢汉王。"落坐。

刘渊："请问壮士，你们来自何方？见孤何事？"

石勒："我俩手下也有部众万余。听说汉王招贤纳士，故欲率众来投，在汉王麾下建功立业。不知汉王愿否接纳？"

刘渊："哦？你二人谁叫石勒？"

石勒："在下便是。"

刘渊："既然你是石勒，可知山东阳平、赤桥之战事？"

石勒："此乃我与汲桑大哥用兵失策之地，不提也罢。"

刘渊："这么说，你就是在山东茌平与汲桑一起起事的石勒？"

石勒："正是在下。"

刘渊："嗯。那这位是——"他看着石会问。

石会："俺叫石会，原名张訇督。原本在上党太行山中落草，听石勒兄弟所劝，也想率众投奔汉王。望汉王接纳。"

刘渊："好！二位有意归汉，此乃汉国之大幸！传令，大摆筵席，为二位接风！"

一个交叉路口。石勒与石会骑马走来，勒马话别。

石勒："哥哥，我们就要在此分手了。我们既然与汉王约好了投奔的日子，就千万不可失信。望哥哥回到山寨后，抓紧整顿部众，先来杜家庄与我汇合，我们一起投汉。"

石会："一定的。请兄弟放心，为兄去了。"说完，打马飞奔而去。

杜家庄师傅堂屋。石勒与俩师兄、八骑豪杰交谈。

石勒："这就是我这次到东西堡收编胡人武装后，又赴左国城与汉王接洽的全部过程。正好，我们部队的整训也结束了。只等东西堡的部众来这里与我们汇合后，就可启程前去投汉了。"

"好！"大家一起拍手。

"报——"一士卒走进，"外面来了一个带着十五六岁孩子的妇女，说她名叫英姑，是来……"

石勒一听，跳起来冲了出去。王阳、夔安等跟着跑了出去，怀德、怀恩与其他豪杰也相继走出。

大门口，一身农家装束的英姑带着一个十四五岁的男孩站着等候。

石勒走出大门，略微一怔，跑过来拉住英姑和小男孩："英姑，小石头，我找你们找得好苦！"

众豪杰相继走出。王阳、夔安等上前招呼："嫂子。""嫂子。"

英姑含泪和大家一一点头，打招呼。

男孩怯怯地看看石勒，又回头看看英姑。

石勒："走，咱们进屋说去。"拉着妻儿走进大门。众豪杰跟着走进大门。

堂屋内，石勒向大家介绍："这就是我的妻子刘英姑，这是我的儿子小石头。"又向英姑介绍，"这就是我的两位师兄，怀德、怀恩。"

英姑拉着小石头向两位师兄行礼："两位伯伯好！"

怀德、怀恩："弟妹好，小石头好！"

石勒又向英姑引见了刘征、刘宝和赵鹿："这三位你们没见过，他们也是我的过命兄弟，刘征、刘宝、赵鹿。"

英姑、小石头："见过叔叔。"

刘征、刘宝、赵鹿："嫂子好，小石头好！"

石勒："其他人你们互相认识，就不介绍了，哈哈。"

怀德："来，咱们大家都出去吧。他们一家子好不容易聚到一起，让他们说说话。"

众豪杰点点头，相继走出堂屋。怀德最后走出时，随手将门闭上。

石勒激动地把英姑和小石头搂进怀中："我一回来就到河西村找你们，你们到哪去了？"

英姑哽咽着说："大前年，咱们这里又遭大旱，村里人全都逃荒走了。父亲看看家里也无法再过下去，就带着我们到襄垣去投奔姑母。谁知到了那里后，父亲和母亲相继病故。"

石勒惊愕："什么？岳父岳母都故去了？"

英姑点点头。

石勒："唉——"长叹一口气。

英姑哭着说："父母故去后，我和小石头也回不去了，就一直住在姑母家。前几天，听说有个叫石勒的在杜家庄招兵，就知道你回来了，这才带儿子一路寻来。"

石勒："好，好，不管怎么说，来了就好。有我父母的消息吗？"

英姑："没有。我也一直在打听他们，可是一直也打听不到。"

石勒："也不知道他们现在怎么样了，真是叫人揪心啊！"他深情地抚摸着小石头的头,“孩子,你长大了。记得你出生的时候,我为你取名‘小石头’。按咱羯胡人的规矩,十三岁你就该有大名了。你十三岁的时候,我不在家,没能给你举办成人礼。现在,咱也像华夏人一样,有了姓氏。从今往后,咱都姓‘石’。”

英姑:“姓‘石’?”抬头看着石勒。

石勒:“啊,是这样。当初我在茌平牧苑起义时,为了适应带兵打仗,便把名字拆开,姓‘石’,名‘勒’。我希望,从我开始,咱祖祖辈辈都姓‘石’。”

英姑和小石头:“嗯。”

石勒:“如今我在这里招兵举事,准备去投奔汉王刘渊,为咱胡人和所有穷苦人闯出一条活路来。我很希望我们的事业兴旺发达,欣欣向荣。所以,我给你取个正式的名号,就叫‘石兴’。你看好吗?”

小石头点点头:“嗯,今后俺就叫‘石兴’。”

英姑也点头同意:“好,兴儿。”

石勒呵呵笑了:“因为我近日就要率部去投奔汉王,事务十分繁忙。等一会儿我与师兄们商量一下,尽快给您举行成人礼,向大家公布你的大名。”

杜家庄石勒临时军帐。军案后,石勒居中而坐,俩师兄分坐两边。八骑豪杰站立帐下。

石勒:“弟兄们,现在东西堡的部众,已经如约前来和我们汇合,而我们的一切准备都已就绪。从现在起,我们的一切行动按军中规矩行事。”他站起身,“众将听令!”

八骑豪杰拱手低头:“末将在!”

石勒:“命你们各回本部,拔去营寨,率领所部,随本将军向汉国进发!”

众豪杰:“得令!”

石勒:“去吧。”

众豪杰转身离去。

石勒回身对二位师兄:“二位师兄,十分感谢你们的鼎力支持。现在小弟军务在身,就要向二位告辞了。”

怀德:“去吧,师弟。祝你此去一帆风顺,前程似锦。我俩就不去了。这一来是师傅有言在先,不让我们随你而去。再者,我们也对名利地位无所追求,更不愿受行军征战之苦。你走后,我俩就留在这里,继续收授徒弟,也好随时为您提供兵员干将。希望你事业成功,不负师傅的一片苦心。”

石勒与二位师兄热烈拥抱。

大道上，大军浩浩荡荡向前开进。石勒、英姑、石兴骑马随部队行进。

石会、冯莫突率部行进。

左国城，汉王大殿。刘渊高坐殿上，文武将佐按班排列。

石勒、石会、冯莫突、英姑、石兴跪拜在大殿之上。

一内侍手捧王旨宣读道："大王有旨：石勒、石会等率众来投，孤心甚慰。特封石勒为辅汉将军，平晋王；封石会为亲汉王；封冯莫突为都督部落大人；封石勒妻刘英姑为平晋王妃，一品夫人；封石兴为骠骑副贰。着由丞相刘宣奉旨督造平晋、亲汉两座王府。石勒、石会所率部众，统归辅汉将军石勒统领。钦此。"

石勒、石会、冯莫突、英姑、石兴："谢主隆恩！"

宫室之中，汉王刘渊与丞相刘宣、平晋王石勒一起议事。

刘宣："自刘琨成为并州刺史入主晋阳后，我一直担心我汉国的北部防务。这刘琨在晋廷贾后当权时期，曾为贾谧'二十四友'之一，自然学富五车；他与祖逖同为司州主簿时，坚持'闻鸡起舞'已被传为佳话，其武学造诣一定也非同一般。现在他占据晋阳，我们对他不得不防。"

刘渊："叔祖父有何高见？"

刘宣："我依然坚持认为，我们应该在涅县境内的霍太山与谒戾山交界处的必经之路上，据险设立雄关，派将镇守，严防刘琨南侵。只是所派之将必须有在深山老林据险防守的经验尚可，一时不知派谁为是。"

石勒："对于这一点，在下倒是有一人选，不知是否可遣？"

刘渊："说来听听。"

石勒："亲汉王石会出身绿林，曾在上党太行山中与官兵长期对抗，具有山林防守的经验。可否遣他前往？"

刘渊："好！就他了。亲汉王系你部属，就请你代为传旨，命他率所部前往涅县阴辿山险要处设关驻守，一切费用由国库拨付。同时命名那座新设立的关防就叫'石会关'，你看如何？"

石勒："如此甚好，在下遵命！"

门上传来呼声："黄门侍郎陈元达觐见。"

刘渊："请！"

陈元达走进："启禀主公，我们派往乐平招抚张伏利度的使臣又被赶回来了。"

刘渊："哦？张伏利度这家伙不知进退，确实令人恼火。"

石勒:“大王因何烦恼?”

陈元达:“哦,是这么回事。有一支乌丸人的武装,约两千多人,盘踞在乐平山中,领头的名叫张伏利度。乌丸人精于骑射,战斗力极强,很得主公爱惜。所以,多次派人前去收编他们,但却屡遭拒绝。这不,这次派去的人又被赶回来了,确实让人恼火。可是,如果我们发大兵前去围剿,主公又顾虑他们也是胡人,不愿同类相残。故而一直未果。不知平晋王可有妙招?”

石勒:“这个嘛——”他低头沉思一下,说,“张伏利度久居深山,熟悉当地地形,就算发大兵去剿,也不见得能收到理想战果。弄不好会两败俱伤。”

刘渊:“是啊,这正是孤之所虑。”

石勒:“以在下看来,要收编张伏利度,须派一得力之人,打入他们内部,设法取得他们信任,然后再见机行事。我看这样吧。我投汉之后尚无功劳。就请主公允许我使用诈降计打入张伏利度寨堡。我想,不出两月,我会把这支队伍带回汉国。”

刘渊:“唔?这么有把握?那请你说说,使用什么诈降计?”

石勒:“我想这样……”

(镜头抬升,显现王宫景象或天空景色,然后渐渐返回)

刘渊:“此计甚好。只是这一来,你的妻儿和一班好兄弟就要受委屈了。”

石勒:“我回去后,就对他们进行安顿。大王也可以私下向他们讲明原委,免得他们误会,做出不好的举动来。我想,张伏利度的细作就在我们周围。这里发生的事,张伏利度很快就会知道。不如此,张伏利度不会相信。请大王不必犹豫。”

刘渊:“那好,就这么办!”

第二十一集

平晋王府。石勒走出堂屋:“来人!”

一名亲兵跑来:“王爷有何吩咐?”

石勒:“取我宝马、大戟侍候。”

亲兵:“是!”转身跑下。

王府官家走了过来:“王爷意欲何往?”

石勒:“多日闲困,骨头都酥了。到城外舒展一下筋骨。哎,对,管家,如果有事,派人到东城外找我。”

官家:“好嘞。”

亲兵牵着枣红马,扛着镔铁大戟走来。石勒接过马缰,飞身上马,抓过亲兵掂过来的大戟,喝一声:“驾!”纵马飞奔而去。

狂野上,石勒挥舞长戟,纵马驰骋。

平晋王府大门。门口有两名兵丁站岗。

将军刘宏率一队兵丁冲了过来,将王府团团包围。一名站岗兵丁见状,推门进入王府。

王府管家匆匆走出,跑到刘宏马前打问:“请问将军,这是何意?”

刘宏:“平晋王石勒与并州刺史刘琨勾结,诈降汉国,欲行颠覆。某奉汉王之命,前来缉拿。”他手一挥,“小的们,给我冲进去,全部拿下!”

士兵们发一声喊:“是!”蜂拥冲进王府。管家惊慌失措地跟进王府。

狂野上,石勒挥舞着大戟,由远而近,飞骑而来。

城外大道上,一名石勒亲兵在跨马飞奔。他远远望见石勒,纵马追了过去。

正在挥舞大戟的石勒，听见喊声："王爷，大事不好！"勒马回头观望。

亲兵飞马而至，滚鞍下马："王爷，祸事了！"

石勒跳下马："别慌，慢慢说，什么事？"

亲兵："王府被抄了，王妃、小王子和王阳、夔安他们都被抓起来了。说是王爷与刘琨勾结前来卧底，想要颠覆汉国。现在全城都在搜捕王爷。"

石勒呵呵一笑："没事，起来上马，与我去一个地方。"

亲兵惊疑地望着石勒，一脸茫然。

乐平山，张伏利度寨堡。聚义厅内，张伏利度——一个黑面虬髯的壮汉端坐在正面豹皮交椅上。厅内地上，数十名手执各色兵刃的壮士虎视眈眈，严阵以待。

石勒与亲兵被黑布条蒙着眼睛，在数名乌丸喽啰的推拥下走进大厅。

"唔！"在张伏利度的示意下，喽啰们除去了石勒和亲兵的眼罩。

石勒摇摇头，定定眼，双手抱拳，向张伏利度行礼："在下见过头领。"

张伏利度倨傲地问："你是什么人，因何到此？"

石勒："俺叫石勒，本是大汉国平晋王，因遭小人诬陷，获罪与汉王，侥幸逃奔到此，欲投首领麾下效命，不知首领可容纳否？"

张伏利度："哦，原来是来投奔入伙的。"吩咐手下，"给这两位兄弟看座。"

有俩人搬两把短凳过来。

石勒："谢首领。"摆正凳子坐下。亲兵略显局促地看看石勒，石勒示意他坐下。

张伏利度："这么说，你就是那个在山东与汲桑一同起事的石勒？"

石勒："正是在下。"

张伏利度："那你能否给咱说说，你是如何投奔汉王的？"

石勒："当然可以。是这么回事……"

乐平山寨堡外，一骑马飞奔而至。在通往寨堡的一连串台阶前，骑士跳下马，将马缰交予守寨士卒的手中，快步登上台阶，进入寨门。

大厅内，张伏利度："那汉王因何怀疑你与刘琨勾结？"

石勒："在下并未与刘琨有任何接触，也从来不认识刘琨。汉王无端猜疑，一定是受人诬陷。"

张伏利度点点头："唔，这倒是很有可能。"

骑士走进大厅，到张伏利度跟前向其耳语。

张伏利度听了，哈哈大笑。他向石勒说："其实，平晋王英雄了得，俺张伏利度早有耳闻。可笑刘渊小子糊涂瞎眼，白白放跑了一员虎将。如此气量也想成就大事？呸！好，你今前来投我，算是来对了。在这里，老子就是天。不看别人脸色，不受他人节制，要多快活有多快活。从今往后我们就是兄弟。这寨堡的二把手就归你了！我们一起大块吃肉，大碗喝酒，再不用受谁的窝囊气，只管快活好了。"

石勒起身拱手："承蒙大哥如此抬爱，石勒一定为寨堡尽心竭力，建功立业。"

张伏利度："来人，安排宴席，为石勒兄弟接风。"

晋阳城，刘琨刺史府。刘琨与数名将佐议事。

刘琨："想不到入晋以来，处处出人意料。田园荒芜，人口流失，盗贼塞路，白骨弃野，偌大的并州地域，总人口竟然不到两万户。还都是老弱病残，在死亡线上苦苦挣扎。特别是那可恶的司马腾，在丢弃晋阳时，居然把府库财物席卷一空，全部带往邺城，弄得我们施治无方，束手无策。面对这么个烂摊子，真叫人欲哭无泪。在来并州的路上，本刺史曾经上疏朝廷，请拨赈谷五百万斛，绢五百万匹，麻五百万斤。然而直至现在不见动静。"他从书案上取过一封文件，对身边的将军说，"这是我再次向朝廷上的一封疏表，请将军快马回京上报朝廷，催朝廷速调赈资，以救燃眉。"

将军接过疏表："末将遵命！"

京师洛阳，司马越王府。

司马越手捧刘琨疏表对内侍说："并州刺史刘琨又上疏催赈，这到底是怎么回事？在刘琨第一次上疏请赈后，朝廷就已颁诏，命幽州、司州与冀州按下拨指标向并州运送赈资。为何至今没有行动？速速拟诏，严命上述各州立即向并州运送赈资！"

幽州，王浚都督府。王浚与众将佐议事。

王浚："朝廷又颁诏，严命我们立即向并州运送军资。看来这次抗不过去了。督护孙纬听令！"

孙纬走出："末将在！"

王浚："命你率部押运粮棉一百车，速速到并州交割，不得有误！"

孙纬："末将遵命！"

王浚："注意多带人马，严防途中有失。"

孙纬:“请都督放心。那条通往并州的大道我们常来常往,不会出事。一百车军资,由五百兵丁押运足矣。”

王浚:“千万小心!去吧。”

孙纬:“末将告退。”

乐平山中,张伏利度寨堡。一群乌丸士卒在一起议论。

李四:“张三老兄,你说,石勒这么一个丧家之犬,跑到我们寨堡,寸功无有,就成了我们的二当家,把我们这些成天为寨堡刀头舐血的弟兄统统压在下面,你能服气吗?”

张三:“不服!老子很想找个机会和这小子比试一下,掂掂这小子到底有几斤几两。”

在场的其他士卒都表示赞同:“就是!”

王五:“嘘!注意,那小子来了。”

众人回望,山道上,石勒正在向他们走来。

张三:“喂,咱们这样。等那小子过来后,先把他稳住。然后趁他不注意,一齐扑过去,把这家伙按住狠揍一顿再说。”

众人:“好,就这么办!”

石勒走了过来:“弟兄们好!”

众人:“二当家好。来,坐。”

石勒:“大家都在议论些什么?”

王五:“没什么,瞎侃呗。”

“哦。”找一块石头坐下,“来,大家都坐。”

众人围了过来。

张三一挥手:“上!”

众人一齐向石勒扑去。

众人猛烈地跌撞在一起,石勒却突然不见了身影。

众人有的抱着头,有的捂着脸,在地上鼻青脸肿,东倒西歪,不停呻吟。

张三捂着撞伤的额头,从地上挣扎爬起,转身环顾,终于看见石勒毫发无损地站在身后窃笑。

张三诧异地:“咦,你是怎么跑出来的?”

石勒:“弟兄们都想和石某比试比试?”

张三:“对!老子就是想和你过过招。”

石勒:“好啊,那就请放马过来。”说着,似乎漫不经心地站定身躯。

张三向上撸撸袖子,“呀——”发出一声喊,猛地向石勒扑去。在接触石勒身子的一瞬间,身躯猛一下沉,一记“扫堂腿”直击石勒下盘。

石勒轻轻一跳,躲过“扫堂腿”,紧接着一招“单鞭下势”,将欲起未起的张三击得身躯腾空而起,重重地跌出三步开外。

张三在地上痛苦地扭动身躯。

众人直看得目瞪口呆。

石勒:“还有谁想上来试试?”

王五等乌丸士卒都面面相觑,无人敢再上前。

山坡上的荆棘丛中,两个哨探在监视山下的大路。

哨探甲:“那个新来的二当家身手果然了得。我们整个寨堡的所有高手和他比试,居然没有一个人能在他手中挨过三招。嗯,厉害!”

哨探乙:“是啊,要不,大哥能让他当上二把手?这下大家都服了吧?”

哨探甲:“服了,不服不行。”

哨探乙突然发现什么:“嘘,有情况!”

哨探甲探头向山下望去。

山下大路上,孙纬押着装运军资的车辆,浩浩荡荡地向前行进。

山坡上,哨探乙:“喂,你在这里继续监视,我回寨堡向大哥报告。”

哨探甲:“好,快去!”

哨探乙转身钻入树林。

聚义厅内,张伏利度、石勒与张三、李四等一班干将在闲聊。

张伏利度:“这几天,二当家的身手让寨堡的兄弟们都开了眼,佩服!”

石勒:“大哥过奖了,其实石某也很一般。”

张三:“不,像二哥这般身手,俺还从未遇到过,真的很佩服。”

李四等:“佩服!”“佩服!”

王五:“还有你的那支大戟,一般人提都提不动,可你……”

“报——”哨探乙走了进来,“报告大哥,山下来了一队官兵,押着一百多辆货车从此路过。”

张伏利度:“既然是官兵,由他们去吧,不要招惹。”

石勒向哨探乙招招手,哨探乙走过去。

石勒:“你说得详细点,他们走的哪条路?有多少官兵押运?”

哨探乙:“是这样……”

张伏利度起身离座,在地上转悠,说:“大家记着,今后凡遇官兵,就不要轻易撩拨,免得给寨堡召来祸患。”

石勒："不，大哥，我不这样认为。根据这位小兄弟说的情况，我觉得，官兵押运的这批物资，我们可以轻松劫来。"

张伏利度："兄弟，还是算了吧，不会像你说得那么轻松。这官兵一向训练有素，领军的将军又都是行伍出身，武功高强，我们很难赢他。就算劫掠成功，也不知得赔上多少兄弟的性命，很划不来。再说，得罪了官府，若是发大军来剿，就会给我们造成灭顶之灾！"

石勒："大哥，你听我说，官兵走的这条路，正是前些日子我从山东回来时走的路。这条路上的地形地貌我都清楚，所以我有十足的把握把这批物资劫回。再说，大丈夫行事当轰轰烈烈。如果一见官兵就龟缩不前，只会欺负些行商走贩，咋能成得了大事？"

张伏利度听了，有点赧颜。

石勒："大哥，你只需借我五百兵丁，我保证事成之后，毫发无损地交还于你。我现在就给你立下军令状，如果事情不成功，或者士卒伤亡过重，愿拿项上人头赎罪！"

张三："二哥说得对，我们劫吧！"

李四："别再犹豫了，劫吧！"

王五："对，劫吧！"

张伏利度低头沉思一下："你是二当家，军令状倒也不必。我知道兄弟英雄了得。既然这样，你就劫吧。张三、李四！"

张三、李四："在！"

张伏利度："你二人各率手下，跟随二当家去吧，一切听从二当家调度。注意，一定要小心谨慎，宁可劫不来物资，也要尽量避免损失弟兄。"

石勒："大哥尽管放心，不会有事的。"回头吩咐张三、李四，"告诉弟兄们多带弓箭，严格按照我的吩咐去办。到时候，还大家一个满堂彩。"

张三、李四："得嘞！"

大路上，孙纬骑着马，饶有兴致地观赏着旖旎的太行风光，押着车队一路走来。渐渐进入一条峡谷。

行进的车队突然停了下来。

孙纬："怎么回事？为啥不走了？"

一个士兵从前面跑来："报告将军，前面有人拦路。"

"哦？"孙纬催马上前，走到道路转弯处，看到石勒骑一匹枣红马，手执镔铁大戟，站在道路中央。他的身边，站着他那唯一的亲兵。

孙纬策马上前："何方蟊贼，吃了熊心豹胆，敢挡官兵去路！"

石勒冷哼一声，将手中大戟向上一举。

“当当当”随着一阵铜锣响，两面山坡的荆草丛中，突然钻出大队人马，一个个张弓搭箭，直对着孙纬和他的士卒。

孙纬大惊：“你，你们，你们要干什么？”

石勒喝到：“要命的，留下车辆赶快滚蛋；不要命的，滚上前来受死！”宏大的嗓音在山谷间回荡。

孙纬咬咬牙，拍马上前，挺手中枪，向着石勒的喉咙一枪戳去。

石勒不慌不忙，就在枪尖及体的一刹那，用长戟一格，拨开枪身，借助对方马向前冲，轻舒猿臂，一把就将孙纬擒过马来，丢在地上，被亲兵按住，用麻绳绑了。

押运车辆的士兵见状，发一声喊：“快跑！”丢下车辆，返回来路跑了。

山坡上的喽啰们冲了下来，欢笑着，呼喊着，赶着车辆走了。

石勒坐在路边的一块大石上，亲兵押着孙纬，牵着孙纬的战马走了过来。

石勒起身为孙纬松绑：“将军受惊了，谢谢你给我们送来的物资。现在你也可以走了。”

孙纬口中“哼”了一声，接过亲兵手中的马缰，跃上马背，气呼呼地跑了。

望着孙纬离去的背影，石勒摇了摇头。

寨堡内，张三、李四指挥部众往仓库内搬运劫来的物资。他们不时吩咐手下：“小心点！”

张三：“喂，我说兄弟，咱们山寨还从来没取得过这么大的胜利。这二当家可真神了，没费一支箭，就给我们劫来这么多物资。”

李四：“是啊，太叫人佩服了！”

张伏利度呵呵笑着走了过来：“好，好。这么多物资，够我们用好一阵子了。”问张三、李四，“二当家哪里去了？”

张三：“回来后，他吩咐我们卸货，就带了几个当地土生土长的弟兄上山去了。”

张伏利度：“上山？真是，取得了这么大的胜利，应该好好庆贺一下。上山干啥？”

山头上，石勒带着三四个弟兄在边走边看。他不时地询问些什么，弟兄们不时地指指点点，给他讲述些什么。

聚义厅内。张伏利度与众弟兄高谈阔论，笑语喧哗，热闹非凡。

石勒从外走进。

张伏利度看见："石勒兄弟，取得了这么大的胜利，还没有为你庆功，你到处瞎跑什么？来来来，我们商量一下，看如何庆贺，也让全寨的兄弟都高兴一把。"

石勒走过去，在张伏利度身边坐下，郑重地说："大哥，现在还不是我们高兴的时候。"

张伏利度："哦？"

石勒："官兵丢了军资，一定会发大军来剿。所以，我们一定要早做准备。我想，我们应该发动士卒，在通往寨堡的山坡道路上布置檑木炮石和强弓硬弩，以阻止敌人的进攻。同时还要考虑到，敌人在攻山失败后，必然会采取重兵围困的办法，切断寨堡通往山下的所有道路，想要把我们困死在山上。特别是，我们山寨的所有水源，都在寨堡下面的几条山沟里。平时，我们通过沟口进去取水。如遭围困，沟口去不了，水就取不回来。寨堡内一旦断水，我们就会不战自乱。所以，我们必须未雨绸缪，在寨堡通往水源的崖壁上开凿小道，以应急需。与此同时，在通往水源的沟口挖掘陷坑，并派人日夜守护。这样，在敌人妄图切断我们水源的时候，给他们以沉重打击。"

张伏利度："啊！对对对对。兄弟虑事周密，为兄很是佩服。就是，敌人吃了大亏，绝不会善罢甘休，一定要做好准备。"他当众宣布，"弟兄们听着，从现在起，我把你们全部交给二当家统领。你们一定要听从他的安排，叫干什么就干什么。大家都听见了吗？"

众人："听见了！"

孙纬军帐，孙纬站在军案后生气。几名下级军官在军案前的椅子上坐着。

孙纬拳头击打军案："好恼！想不到乐平山贼寇如此猖獗，竟敢劫夺官兵军资。弟兄们！"

军官们站起身："在！"

孙纬："给我挑选精壮五千，我要荡平他们的巢穴，把失去的军资夺回来！"

将军们："是！"

乐平山前，孙纬指挥部下攻山。

孙纬挥动手中佩剑："给我冲！谁先攻上去，重重有赏！"

"杀——"士兵们呼喊着，挥舞兵刃，冲上山坡。

突然，山上滚下大批檑木炮石。攻山的士兵被砸得东倒西歪，鬼哭狼嚎，狼奔豕突地败下阵来。

孙纬指挥第二批士卒冲上山坡,又被檑木炮石砸下阵来。

一个下级军官跑了过来,对孙纬说:“孙将军,这样不行啊。他们居高临下,我们根本攻不上去!”

孙纬咬咬牙,下达命令:“撤!”

军帐内,孙纬给下级军官布置任务:“你们几个,各率你们的部下,分头去寻找水源。他们的水源一定在寨堡下面的山沟里。给我找到后统统切断,我要把他们活活困死!”

下级军官:“遵命!”

一条山沟,孙纬的下级军官率领士卒冲了进来。突然,陷坑塌陷,士卒们纷纷掉入陷坑。

坑内的尖桩木刺上横躺着被刺穿身躯的士兵,惨嚎之声惊天动地。

就在未落入陷坑的士兵们惊慌失措时,突然,两边山崖上箭如飞蝗地射来,士兵们纷纷中箭倒地。

剩余的士兵仓皇地退出山谷。

山下,孙纬气急败坏:“可恶至极!传令,停止进攻,给我把山头团团围住。不信找不到破解的法子!”

黑夜,乐平山寨堡内,在周围士卒火把的照耀下,一群手持长刀大斧的壮士,列成数列横队,在听石勒训话。

石勒:“弟兄们,你们都是我精挑细选的无畏勇士。眼下,官兵已经黔驴技穷,我们不能给他们任何喘息的机会。这下轮到我们出手了。大家听着,趁着今夜月黑风高,我要带领大家去袭击敌营。当我们冲入敌营后,大哥会率领全寨兄弟扑下山来和我们一起把敌营端掉。希望大家勇往直前,奋勇杀敌。大家听见了吗?”

众壮士:“听见了!”

石勒:“好!为了避免黑暗中误伤自己人,请把发给你们的白布条系在胳膊上。”

众壮士将白布条系在臂上。

黑夜,悬崖上,数条绳索从上抛下。紧接着,壮士们抓着绳索溜下山来。

石勒手执长刀，率领壮士们弯腰轻手轻脚地摸近孙纬营寨。

孙纬营寨中，一队巡逻士兵走过。

石勒一挥手，壮士们扑上去，挥舞刀斧，奋力砍开营栅，发一声喊："杀——"冲进营寨，见人就杀。营寨中顿时一片混乱。

山坡上，张伏利度率领大队士卒呐喊着冲下山来。

孙纬军帐中，躺在行军床上的孙纬被呐喊声惊醒，跳了起来，只穿着睡衣睡裤冲出帐篷。

朦胧中，看见一群黑衣人在横冲直撞，乱砍乱杀。士兵们的头颅乱滚，血肉横飞。

孙纬抢过拴在帐篷边的战马，飞身跃上，用拳头连击马臀，飞奔逃命去了。

天亮了，孙纬营寨内，官兵尸横遍野。乐平山的喽啰们在打扫战场。他们有的向外抬运死尸，有的在收拾地上的武器和其他物资。

聚义厅前广场上欢声雷动。石勒被壮士们抬起来抛向空中，一次又一次。

山脊上的一处树荫下，石勒和张三、李四等一班干将在聚会饮酒。

张三取过酒壶边斟酒边说："二哥，你不是人！"

石勒诧异地看着张三："啊？"

张三端起酒杯："你是神！跟着你打仗太过瘾了！来，我敬二哥一杯。"双手捧杯恭恭敬敬地掂向石勒。

石勒哈哈一笑："好！"接过酒杯一饮而尽。

李四、王五等也争先恐后向石勒敬酒："我也敬二哥一杯！""我敬"！"我也敬！"

石勒摇手制止道："且慢。弟兄们的心意我领了，但我实在是有点过量了，不能再饮。现在我只想问大家一个问题。"

大家："二哥，什么问题？你说。"

石勒作出醉意朦胧之状，说："我想问你们，到底愿意一辈子钻在山沟里做土匪，还是愿意到外面干一番大事业？"

张三、李四、王五、赵六他们互相看看，不知如何回答。

石勒："怎么，这个问题很难回答吗？"

张三低头想了一下，说："不管干什么，我们只想跟着你。"

李四、王五、赵六等："对，对，只要让我们跟着你，你叫我们干什么都行！"

"哦？"石勒往起一站，一个踉跄，险些摔倒，被众壮士急忙扶住。

石勒醉醺醺地："这么说，我，让，让你们，干什么都行。要是，让你们，把，把大哥绑起来，你们也干？"

张三："干！只要你答应做我们的首领，我们现在就把他绑起来。但是，张伏利度虽然本事不大，却是个好人，我们不能坏他性命。你可以和他换一下。你做老大，他做二哥。"

李四、王五、赵六等："对对对，你做大哥，让他做二哥。"

石勒哈哈大笑："好！那你们……你们去，去把大哥请来。"

"好！你等着。"张三一挥手，众壮士都跟着走了。

石勒望着壮士们的背影，暗地窃笑。拿起酒壶倒酒，饮下。

山道上，张三、李四等推着五花大绑的张伏利度向前走。张伏利度愤怒地挣扎，喝问："你们干什么？你们到底要干什么？"

张三："大哥别急，一会儿你就知道了。"

张伏利度被推到石勒身后。

石勒闻声回头一看，面露异常惊讶的神情："咦？混账！我让你们把大哥请来，你们怎么把他给绑来了？"边说边急忙起身，为张伏利度松绑，"对不起，大哥，这都是石勒的罪过。"

张伏利度："哼！"把脸别向一边。

张三、李四等一班壮士一起跪下："请二哥做我们的首领。"

石勒看看张伏利度："这怎么行？开个玩笑罢了，这可万万不行！"

张伏利度想了一下，也跪了下去，说："石勒兄弟，你确实比我强多了。我很愿意把首领的位子让给你，请兄弟不要推辞。"

石勒上前把张伏利度等一一扶起："大家都别这样，快快请起。我还有事和大家商量。"

大家重新坐定后，石勒说："既然大家都愿意听我的话，那么我提议，张伏利度仍然是我们的首领，我们大家的大哥，这一点不能动摇。只是我们不能只顾眼前快活，一辈子钻山沟做土匪，这样是没有出路的。如今刘渊在左国城建立了大汉国，这是咱们胡人自己的国家。将来消灭大晋，取代天下者，一定是大汉国。我想带领大家去投奔汉王，干一番轰轰烈烈的大事。不知大家意下如何？"

大家听了,都流露出不可思议的狐疑表情,相互顾盼。

石勒:"怎么?大家都不愿意?"

张伏利度:"不,不是,你,兄弟,你不是开罪了汉王,才逃命到此的吗?怎么又要去投奔汉王?这到底是怎么回事?"

石勒呵呵笑了:"哦,是这么回事。汉王十分爱惜你们这支乌丸武装。可是几次派人前来招抚,都被你们拒绝了。本来,他想发大兵来剿,可是又怕给你们造成伤害,所以他于心不忍。考虑到你们拒绝招抚,一定是对大汉国不甚了解,存在误会。所以才派我用计投奔你们,从而寻找机会,让你们真正了解汉王和汉国。我告诉你们,汉王非常英明,远超你们的想象。我的这点本事,你们都很佩服。可是拿我和汉王相比,那可差老鼻子了。本来我的手下也有一支军队,人数比你们多得多。可我依然深感自己无法自立,这才死心塌地归附汉王。你们的这点人马,真的很难自立。所以我真心实意地希望你们跟我一起投奔汉国,去为我们这些在大晋王朝眼中只配做奴隶的胡人去开天辟地,去为建立我们自己的乐土建功立业。"

张伏利度:"照你这么说来,倒也很有道理。啸聚山林确实不是长远之计。既然汉王如此爱重我们,那我们就投汉得了。弟兄们是否都有此意?"

张三、李四等:"我愿意跟随二当家投汉!""我愿意!"我也愿意!""还有我!"

张伏利度:"那好!既然大家没有异议,那我们就定了,跟随二当家投汉!"

张三、李四等欢呼雀跃:"投汉!""投汉!""投汉!"

乐平山道上,乌丸部众在整队前行。队列中,夹杂着装运物资的车辆。山上寨堡内大火冲天。

左国城,王宫大殿。汉王刘渊端坐正面,文武百官按班排列。

一内侍手捧圣旨走出:"平晋王石勒听封。"

石勒从武将班首走出,跪在殿上:"石勒恭候圣命。"

内侍读旨:"平晋王石勒孤身犯险,智勇双全,入乐平山一举收编乌丸部众,居功甚伟,特加封山东征讨诸军事。其张伏利度乌丸部众统归平晋王麾下统领。钦此。"

石勒:"石勒遵旨。"

刘渊:"石爱卿平身。"

石勒:"谢主隆恩。"站起归班。

丞相刘宣走进大殿,向刘渊施礼:"刘宣见过汉王。"

刘渊："丞相叔祖父请坐。"

刘宣在丞相位入坐："启禀汉王，有个名叫王弥的有书信前来，意欲归附我大汉，还请我主定夺。"

刘渊："哦？王弥要来，好啊！书信何在？快快拿来。"

刘宣将书信掂上，刘渊拆封展观，一边看一边口中连说："好，好，好！"

刘宣："主公如此兴奋，莫非认识王弥？"

刘渊："岂止认识。王弥是孤当年困居洛阳时无话不说的至交好友。他本青州人氏，博学多才，武功高强，勇敢而有谋略，是个十分难得的将才。后来他做了泓县令刘伯根长史，随刘伯根举旗反晋。刘伯根被幽州都督王浚讨平杀害后，王弥收集刘伯根旧部，继承刘伯根遗志，继续与大晋王朝对抗。从他的这封书信来看，他在率部进攻京师洛阳时，被凉州兵所败，所以来投我大汉。现在他已经到了平阳。据他信中所说，同来的还有一位名叫刘灵的壮士。这位刘灵，孤也有所耳闻。他出身贫民，却生的力大无穷，能与犍牛角力，能与奔马赛跑，可是一直穷困潦倒，无处施展。后来，他召集贫苦流民，收编山野亡命，自称大将军，在魏赵大地举旗造反，被王赞打败，从此就没了音信。想不到他与王弥走到了一起。现在他们一起来投，这是上天佑我大汉，孤自然高兴万分。这样，叔祖父，您以丞相身份代孤前去迎接。给王弥传话，就说孤已经亲自到客馆之中，打扫坐席，洗涮酒爵，恭敬地等候他的到来。"

刘宣："老臣遵命。"

第二十二集

平阳城外,刘渊率众大臣在城门口等候。

城外大道上,王弥——长髯飘拂,全身甲胄的年长将军,与刘灵——顶盔贯甲的青年将军,在丞相刘宣的带领下,率领大军一路走来。到了城门口,他们翻身下马,向刘渊走来行礼。刘渊走过去,热情地和王弥握手,向刘灵致意,然后相跟着走进城门。

王宫大殿上,刘渊正在上朝。殿上百官云集。

丞相刘宣出班奏道:“启禀殿下,自我们起兵以来,已逾三载。然而,我们却一直专守偏方,致使王威未振。近来,先后有石勒、王弥、刘灵等数股豪杰来投,我国力已经空前强盛。应该趁着我们兵强马壮,主动出击,建立大汉鸿基。”

刘渊:“丞相之言正合孤意。传旨,祭祀军中大纛,趁着秋高马肥,孤要亲自督率大军,誓师出发,直取平阳!”

大道上,旌旗蔽日,刀枪林立,大汉军队在行进。

(鸟瞰汉、晋两军交战的宏观场景)

蒲子城,刘渊军帐,战将环侍。

刘渊:“此次出征进展顺利。平阳守将宋抽弃城而逃,使我兵不血刃,轻取平阳。进而再入河东,斩太守路述,一连拔取数郡,势如破竹。又得上郡四部鲜卑陆逐延和氐族酋长单征率部来投,真是胜利一个接着一个。现在我们已经占据了蒲子,我们就暂时定都蒲子,以此为据,继续开疆拓土。石勒听令!”

石勒:“臣在!”

刘渊:“命你率领所部,东下太行,去夺取邺城。”

石勒:“遵命!”

刘渊:“王弥听令!”

王弥:“臣在!”

刘渊:“命你率部为后续跟进,声援石勒。”

王弥:“遵命!”

高大的城楼。城门上匾额:“邺城”。

远处,石勒在率部队向邺城行进。

一名将军骑马从前面跑来:“报告大将军,邺城守将和郁弃城逃跑,邺城无兵防守。”

石勒:“好!”他对身边的众将说,“这已经是俺第四次兵临邺城了,自然感慨良多。唉!邺城本来是魏晋五都之一,又是黄河以北唯一的大都会,可惜已经风光不再。晋室朝廷也不再委派王公重臣前来镇守,只打发一个征北将军和郁驻守此地。没想到和郁小儿这么胆小如鼠,一见我军杀到,立即弃城逃走,真是怂包一个!传令下去,进城!”

部队浩浩荡荡整队入城。

邺城内,石勒军帐。石勒与众将议事。

石勒:“现在邺城已经被我们轻松攻克,应立即向汉王禀报。主簿何在?”

主簿走出:“在!”

石勒:“你马上拟写军书,向汉王报捷。”

主簿:“遵命!”退下。

“报——”一名军士走进,“报告大将军,城外来了一群壮士,点名要见大将军。”

石勒:“哦?都是什么人?”

军士:“领头的说,他叫张越。”

石勒:“啊,张越!”

在场的八骑豪杰:“张越?”

石勒:“快请!”

军士:“是。”转身欲去。

石勒:“慢!还是俺亲自去吧。弟兄们,咱们牧苑的弟兄们到了。走,欢迎去!”

八骑豪杰:“走!”

邺城城门外，张越、郭黑略、孔豚、吴豫、冀保、刘膺、桃豹、郭敖、呼延莫、张噎仆等十多名原“十八骑”豪杰在站立等待。在他们的后面，一部分牧苑士卒牵着马匹。

城门口，石勒与身边“八骑”壮士跑了出来。

张越等豪杰看见后跑步迎了上去。两起壮士欢呼着拥抱在一起，相互击打着，跳跃着。

石勒与张越拥抱后，拉着手问：“这些日子你们是怎么过来的？”

张越：“当时牧苑被袭，我们冲出去后也都走散了。后来我们相互寻找，又都走到了一起。因为无处可去，就在牧苑附近的密林中潜伏下来。我们坚信，勒子哥一定还会回来。所以我们就在密林中耐心等待，同时安排哨探四出打探风声。也多亏当初我们劫掠州县时埋藏在牧苑的财物还有好些未动，给我们提供了生活保障，才使我们秘密隐藏到现在。前些天，我们打听到，有汉国大军向邺城开进，领兵的将军叫石勒，就知道是勒子哥您回来了。所以我们一路寻来，想助您一臂之力。没想到，您这么快就把邺城攻下来了。哈哈。”

“好！”石勒转向众人，“弟兄们。”

众人停止欢呼，一齐望向石勒。

石勒：“弟兄们，蒙上天垂怜，俺石勒麾下‘十八骑’今天再次风云际会，这是天大的好事！走，我们进城，大摆筵席，庆贺我们的重逢。”

众豪杰：“走！”

蒲子城，刘渊王宫大殿，百官云集。

刘渊手捧捷报哈哈大笑：“好！石勒不负众望，邺城已被攻克了。”

刘宣：“这是我主洪福齐天，汉国当兴。多时以来，群臣都奉劝我主登基称帝，主公都未曾应允。如今魏晋五都，我汉国终获其一。虽然我们暂不准备移都邺城，但邺城到手，就说明陛下登基称帝的条件已经成熟。请陛下万勿再行推辞，应燔柴告天，择吉登基，上应天心，下顺民意。”

宫殿内所有大臣一起跪拜在地：“请陛下登基称帝！”

刘渊：“好！既然众爱卿一致拥戴，朕就即位好了。传旨：从即日起改元‘永凤’，册封太子刘和为大司马，梁王；加封尚书令刘欢乐为大司徒，陈留王；封御史大夫呼延翼为大司空，雁门郡公。马上派使臣赶赴邺城，加授石勒使持节，平东大将军，并保留以前的全部封爵。选定吉日，到南郊燔柴告天。钦此。”

群臣山呼：“吾皇万岁万岁万万岁。”

京师洛阳，东海王司马越府邸。

司马越对几个亲信近臣说："形势愈来愈加严峻！一年前蜀地出了个成汉皇帝，如今又冒出个刘汉皇帝。现在华夏大地上竟然同时出现了三个皇帝。可我们却因诸王虎视眈眈觊觎朝政，只能眼睁睁看着敌人一天天坐大而无暇旁顾。真让人揪心啊！赶快传诏各地，严防这两个伪汉国侵凌我疆土！"

亲信近臣们："是！"

邺城，石勒军帐。石勒与众将佐议事。

石勒："如今我主登基称帝，我大汉国雄风浩荡，已经正式登上历史舞台。现在新皇帝又派平北将军刘灵率部前来配合我们扩大战果。众将听令！"

众将："末将在！"

石勒："命令你们各率本部，向魏郡、汲郡、顿丘进攻！"

众将："得令！"

鸟瞰原野上，石勒大军呐喊着冲向敌阵。晋军像潮水般溃退。

一座城池，汉军士兵们在城头摇动着绣有"汉"字与"石"字的大旗在欢呼呐喊。

蒲子城，大年初一。大殿上摆满桌椅，美味佳肴，百官围坐，正在欢度佳节。

坐在御座上的刘渊起身致辞："诸位爱卿，今天是大年初一，也是朕登基后的第一个新春佳节。现在朕与诸位以及举国百姓共同欢庆，祝贺我大汉国繁荣昌盛，威振四海，金瓯永固。"

群臣："吾皇万岁万岁万万岁。"

刘渊举起酒杯："干杯！"

群臣干杯。

刘渊："如今我大汉欣欣向荣，所向无前。然因腐晋未亡，我们还任重道远。还请诸位畅所欲言，为我大汉的兴旺发达进献良策。"

太史令鲜于修举杯离座，向刘渊祝道："太史令鲜于修恭祝吾皇千秋永健，万寿无疆。"说完，将杯中酒一饮而尽，接着说，"同时有本启奏。"

刘渊："好！请道其详。"

鲜于修："陛下虽然龙兴凤翔接受了天命，但我们的都城蒲子地形崎岖逼仄，实在是太狭小了，不能作为久安之地。臣夜观天象，见荧惑星入犯紫微，算定不出三年，就会攻克洛阳。而平阳城近来有紫气笼罩，此乃祥瑞显现。平阳原本就是上古陶唐氏的都城，地理位置又靠近洛阳，方便我们指挥灭晋。请陛下迁都平阳，以应天地气象。"

大司徒刘欢乐也离席向刘渊施礼道："启奏陛下，臣也正好有本要上。今天一早，有人专程前来，向陛下进献玉玺，说是从汾河中捞得。"

刘渊："玉玺何在？"

刘欢乐："在这里。"取出双手捧上。

刘渊接过玉玺把玩读道："'有新保之'。唔，这里还有三个字'渊、海、光'。哈哈，好啊，朕名渊，字元海，这分明就是上天专门赐予朕的玉玺！如此瑞兆，昭示我大汉国前程锦绣，所向无敌。献宝人何在？"

刘欢乐："臣已将其在馆驿中妥为安顿。"

刘渊："好！要重重加以赏赐。"

刘欢乐："臣遵旨。"

刘渊："大司徒刘欢乐听旨！"

刘欢乐："臣在！"跪地听旨。

刘渊："如今丞相刘宣年老病危，朕命你暂时代领丞相之职，元旦过后，即赴平阳营建安顿，今春择吉迁都平阳。迁都后，改元'河瑞'。"

刘欢乐与群臣一起跪地山呼："吾皇万岁万岁万万岁。"

中丘。石勒率大军在街道上行进。街道两边站满围观和欢迎的人群。

张宾——儒士打扮的中年汉子，身背简单的行囊，手提一把长剑，与几个亲友挤在人群中观望。

石勒骑着枣红马，在众将护持下走了过来。他不时抱拳拱手向围观欢迎的人们致意。

看着石勒在眼前走过，张宾喟然长叹："早听说这位姓石的胡子将军军纪严明，对百姓秋毫无犯。在攻取魏、汲、顿丘三郡时重在招抚，连下壁垒五十多座，收降垒主后不仅不加斧钺，还请旨敕封他们为将军、都尉，让他们成为汉国官吏，依然领管原垒，得到了民众的高度拥戴。垒中青壮深感其德，纷纷投军到他的麾下，致使他军力大增。石将军不仅熟谙军事，政治上更是不同凡响。现在经某亲眼目睹，果然英姿勃发，气宇轩昂。唉，历年来，某见过的将军不计其数，可是从未见过哪个人有石将军这般气度。这才真正是俺张某人心目中的'汉高祖'啊！"

张宾身边的一位亲友："孟孙先生，你常说，你的智谋策算与把握天下大势的能力，并不比汉初的张良稍逊，遗憾的是没有遇到像汉高祖那样的主子。你心高气傲，本来在中丘王属下做事，中丘王也对你十分器重，还提拔你做了都督。可你却嫌中丘王平庸，成不了大事。为此你辞官不做，宁愿跑回来做平头百姓。你可真是……嗨！现在你说这位胡人将军便是你心目中的'汉高祖'，是不是想去投靠他共谋大事？"

张宾："你说对了，兄弟。大丈夫一身才学，终不能被时光掩埋。某这就随石将军去了。"说着向亲友拱拱手，"诸位，告辞了，再见。"

众亲友拱手："再见。祝孟孙先生春风得意，前程似锦。"

石勒军寨。栅栏后每隔数步就有一军士执械站岗。军门上，左右各有一队军士分列守护。

张宾提着他那把长剑昂然走了过来。守门军士走出两名，挺着矛枪上前喝问："什么人？"

张宾不屑一顾，大声喊道："喂，那把门的，快去向石将军通报，就说中丘人张宾求见。让他亲自到军门迎接！"

军士甲："呵？这家伙如此狂妄，不必理他！"

军士乙："不行啊大哥，大将军多次吩咐我们，只要有人求见，必须立即通报。不然，他会降罪我们。"

军士甲："那好吧，我去通报。"说完，转身进入军寨。

石勒军帐。石勒与众豪杰围着一张铺在桌上的地图在研究军情。

"报——"军士甲走入，"报告大将军，门上来了一个叫张宾的人，说是让大将军亲自到军门迎接。"

石勒："哦？是何狂徒，胆敢要本将军亲自出迎？别理他。"

"是。"军士甲转身欲去。

"慢！"石勒忽然又挥手制止，"这家伙如此狂傲，莫非有点来头？弟兄们，走，到军门看看。"

军门口。张宾在悠闲地观看周边景色。

石勒率众豪杰走出军门："何人求见？"

张宾回过身走来，对石勒拱拱手："中丘寒儒张宾见过将军。"

石勒抱拳还礼："张先生，请！"

张宾将手中持着的长剑别入腰带，昂首阔步走进军门。

石勒军帐，张宾在石勒的引领下走了进来。

石勒："来人，给张先生看座。"

一士兵搬过一张凳子放下。

石勒："张先生请坐。"

张宾毫不推让,昂然入座。

石勒走近,躬身问道:"先生前来有何见教?"

张宾呵呵一笑:"某名叫张宾,字孟孙,中丘人氏,乃一介书生。闻将军礼贤下士,故慕名前来投奔,欲在将军麾下效力。不知将军肯容纳否?"

石勒:"哦,原来如此。"

(石勒画外音)"有意思,这人前来投奔于我,却摆这么大的谱。这胆子倒也大得叫人羡慕!"

石勒呵呵一笑:"那好吧,我自幼未曾上过学,不认识字。既然你是读书人,那就留在我的身边吧。等我有空的时候,给我读读《史记》《汉书》,你看行吗?"

张宾:"行!某不仅可以为将军读史,还可以教将军认字。"

石勒:"那当然更好!"

(张宾画外音)"看来这石将军对某并未赏识。不要紧,只要能留在他身边,不愁没机会让他见识我张宾!"

大道上,军队在行进。石勒与张宾并马行走在队伍中间。

石勒:"张先生,行军途中寂寞无聊,可否给我接着往下读《汉书》?"

张宾:"当然可以。"从鞍鞯中取出竹简,打开,"上次读到——"

石勒:"楚霸王多次侵夺汉军甬道。"

张宾:"对。看来将军记得非常清楚。"

石勒:"读吧,继续往下读。"

张宾举起竹简读道:"项羽数侵夺汉甬道,汉军乏食,与郦食其谋挠楚权。食其欲立六国后以树党。汉王刻印,将遣食其立之……"

石勒:"停!这段是不是说,由于楚军几次截断汉军甬道,造成汉军粮草供应不上。高祖为了扭转被动局面,就与郦食其共谋削弱楚军势力的计策。而郦食其则提出册立秦统一之前的六国后人,希望六国后人感念汉王的恩德而成为汉王的党羽。汉王接受了郦食其的建议,刻了册立六国的印信,并准备委派郦食其前去执行。是这个意思吗?"

张宾:"是啊。将军理解得太对了!"

石勒摇摇头:"不,我是觉得郦食其的这一主意出得太臭了!试想,立了六国之后,这些人都要回去经营各自的封国。而各国的豪杰也都会回去追随和侍奉他们各自的君王,势必造成人心离散。这哪是在削弱敌人!分明是自毁阵营的臭招！令人不解的是，后来汉高祖是凭什么取得了天下？”

张宾吃惊地看着石勒：“将军天资英达，无人可及。虽不识字，却见识超群。张宾从心底佩服得五体投地。郦食其的这个主意出得确实很臭！不过，这后面还有记载。”

石勒：“那就请继续读下去。”

张宾：“《汉书》接下来记载说：高祖‘以问张良，良发‘八难’。汉王辍饭吐哺，曰‘竖儒几败乃公事’！令趋削’。”

石勒：“这就对了。若无张良及时纠错，后来的大汉天下从何而得？简直不可思议！张先生，能给我讲讲张良所发的‘八难’吗？”

张宾：“行啊！据书中记载，张良借用汉王吃饭的筷子，为汉王指画说……”

石勒军帐。石勒端坐军案之后，帐下众将环侍。

石勒：“弟兄们，现在我军已经进入赵郡地界。根据探马来报，冀州西部都尉冯冲，纠合盘踞在中丘一带的郝亭、田禋‘乞活军’，一起发兵前来围剿我们。军情紧急，请诸位说说，有何应对良策？”

张越：“要我说，敌人既来攻击我们，一定是气势汹汹，锐气正盛。而我们对敌情却并未完全摸底。所以，我认为，我们应该深沟高垒，加固营寨，利用强弓硬弩加以坚守，以逸待劳，消磨敌人的锐气。等到敌人疲惫之后，我们再寻找机会，突然出击。这样可保必胜。”

石勒：“嗯，其他兄弟有何看法？”

葵安：“我看张兄意见可行。”

其他豪杰：“我同意。”“我看可以。”“我也同意。”

石勒：“还有不同意见吗？”

张宾：“有！我认为不妥。”

石勒：“哦？那你有何妙策？说来听听。”

张宾：“冯冲系本地军阀，郝亭、田禋的‘乞活军’盘踞中丘已久。他们都有强大的后方保障。我们作为客军，远离本国，虽然攻克了魏、汲、顿丘三郡，收编了壁垒五十多座，然而却并未建立稳固的地盘。如果我们被敌人包围，被动挨打，时间一久，粮草供应不上，就会对我军非常不利！所以我认为，凭寨坚守并非上策。”

石勒：“嗯，说得很对，看来张先生确有见识。好，说说你的想法。”

张宾：“我觉得，我们应该主动出击，在敌人的来路上据险设伏，出其不意，将来敌一举打垮。”

石勒拊掌道："对对对，张先生此计甚妙，就应该是这种打法。弟兄们，听见了吗？你们说的那一套只对敌人有利，对我们则是行不通的。张先生不愧是装有一肚子墨水的文人，果然见识不凡。那么，张先生，你是本地人，想必熟悉本地地理。先生可否告诉我，在何处设伏为佳？"

张宾从怀中取出一卷羔羊皮，走到案前展开铺好："大家请看，这是我画在羔羊皮上的赵郡地图。赵郡的山、川、林、壑、河、沟、路、桥以及村、庄、市、镇均在上面。你们看，这里是敌人的必经之路。我们这样……"

石勒与众豪杰的脑袋一齐揍了过去。

大路上，冀州西部都尉冯冲与郝亭、田禋分别率领衣着装备不同的两支部队在急行进。队伍显得疲沓拖拉，队形不整。

田禋骑马追上郝亭："郝亭大哥，我们的队伍太乱了。这样不行啊！"

郝亭："田禋老弟，长途行军难免会乱一些。不必着急，我们距离石勒的营地尚远。前面就是树林，我们到那里与冯冲都尉汇合后，再让部队休息整顿不迟。"

密林。石勒的汉军在林间草丛中埋伏。透过树木之间的缝隙，可以看到外面的大路。

大路上，郝亭、田禋率部队走了过来。士卒们喘息着，扔掉武器，倒在路边树荫下休息。郝亭、田禋跳下马，从鞍鞯上取下水壶喝水。

冯冲在几名亲随陪伴下骑马走了过来。郝亭将水壶递过去："冯都尉，喝口水吧。这样子行军，可真让人受不了。"

冯冲回头吩咐身边亲随："你去，命令部队就地休息。"

亲随："是。"勒转马头走了。

冯冲跳下马，接过郝亭递过来的水壶："好吧，天气炎热，确实让人受不了。好在我们距离石勒营地已经不远。休息一下，等会整顿队伍，准备发起攻击。"

突然，"嘭"的一声号炮响，惊得郝亭等一怔，冯冲手中水壶落地。紧接着，海啸般的喊杀声从树林中响起，汉军潮水般从大路两边的树林中冲出，杀上大路。"十八骑"豪杰冲在前面，扑向郝亭、田禋、冯冲。郝亭、田禋、冯冲急忙寻找武器回身迎战。还未来得及上马，就在"十八骑"豪杰的强大攻势下，先后被杀。

大路上，"乞活军"、冯冲的晋军被冲作数段，分割包围。刀光剑影，人头乱滚。一阵激战之后，死尸遍地。没死的"乞活军"、晋军跪地举手投降。

军帐中，石勒与张宾对坐交谈。

石勒："张先生见识高深，果然不同凡响。密林一战，我军大获全胜，先生居功至伟。下一步我们将进攻巨鹿、常山。不知先生有何妙策？"

张宾："兵法云：'不战而屈人之兵，上之上者也。'张某在冀州一带薄有人望。将军如能赐节仗于某，让某前去招抚，某以为，巨鹿、常山可不战而下。"

石勒："能如此当然最好。我现在就擢拔先生为军功曹，赐先生节仗。望先生谨慎行事，奏凯而还。"

张宾："张某一定不辱使命。"

石勒军帐。汉国使者手捧圣旨站在正面，石勒跪在地上。

汉国使者："平晋王石勒听旨。"

石勒："臣在。"

汉国使者读旨："平晋王石勒用兵有方，连下巨鹿、常山，招抚冀州各地壁垒一百多座，大扬我国威、军威。特加授安东大将军，开府，置左右长史、司马、从事中郎，以嘉其功。钦此。"

石勒："谢吾皇万岁万岁万万岁。"

军帐内，石勒与张宾交谈。

石勒："张先生，俺石勒出身穷苦，自幼无缘读书求学，至今不识文字。实乃一大憾事。然而深知，即使武功可以横扫天下，若无文治，最终也难以成就大事。自先生到来，仅凭三寸不烂之舌，便连下巨鹿、常山，收复冀州壁垒一百多座，使我军迅速壮大到十几万众，先生居功至伟。特别是通过先生，让俺更加知道了什么叫'文韬武略'，深深感觉到'文韬'之力更胜'武略'。所以，俺想请先生牵头，替俺在军中和民间物色和招募一批读书人，组织一个'君子营'，作为我们的'智囊团'和人才的储备库，为我所用。如今，我们的队伍正在日益壮大，我们大汉国的各项事业都在蓬勃发展，我们需要各方面的人才。有了这个'君子营'，平时可以为我们出谋划策，破解疑难，制定行动计划。将来我们需要什么人才，也可以从中选拔任用。先生以为如何？"

张宾听了，激动地起身跪拜在地。

石勒急忙起身搀扶："先生这是何意？"

张宾："将军治国安邦的远见卓识令张某深深折服。张某庆幸投对了主人，使平身所学有所托付。这是张宾之福，张宾感佩万分。张宾自当尽心竭力，不负主公所托。"

校场内，石勒在演练“霸王鞭法”。

张宾走来，站立观赏。

石勒一套鞭法练完，收势，转身看见张宾：“先生有事？”

张宾：“启禀主公，‘君子营’已经初具规模，请主公检阅。”

石勒：“好，看看去。”

帐篷内，聚集着一群衣着不等，胖瘦不一，年龄有异，却都气度不凡的人物。他们有的在交头接耳，有的在高谈阔论，有的则卓然不群，在观赏帐篷内物品。

张宾领着石勒走了进来。大家一起站起，向石勒行注目礼。

张宾：“来，我给大家引见一下。这位就是大名鼎鼎的平晋王，新授安东大将军的石勒将军。”

众人：“大将军好！”

石勒：“好，好。诸位君子好。”

张宾：“主公，我给您介绍一下。这位是青年才俊徐光，自幼饱读诗书，经纶满腹。”

徐光拱手低头：“过奖，惭愧，让将军见笑。”

张宾：“这位叫王子春，博古通今，口若悬河，是有名的辩士。”

王子春：“惭愧，不敢当，让将军见笑。”

张宾：“这位是孔苌先生。他不仅文才卓著，武学造诣也很精深，是一位文武双修的儒将。”

孔苌：“张先生过奖，孔某万分惭愧，让将军见笑。”

石勒一面听，他们向被介绍的人点头，打招呼，问好。

张宾：“还有他们：董肇、范坦、张敷、王修、傅畅、杜嘏、任播、庾景、崔睿、张离、张良、刘群、刘英。这些都是饱学之士，其所长各有千秋。”

石勒：“好！欢迎诸位君子不弃石勒卑陋，前来襄赞。石勒一定不负诸君子厚望，尽力为大家提供展现才华的机会与条件，与诸君子共勉。”

诸君子一起跪地谢恩：“将军天纵英武，某当尽心竭力，为将军效力。”

石勒呵呵笑着将他们一一扶起，说：“大家快快请起，快快请起。有诸位君子辅助，实乃我大汉之福。好啊，俺石勒从今往后，文有‘君子营’诸位贤达，武有‘十八骑’各个豪杰，人人抱荆山之玉，个个握灵蛇之珠，使俺石勒就像猛虎添了两只翅膀。以后建功立业，整顿乾坤，必将所向披靡。来来来，张先生，准备酒宴，为诸君子接风。”

张宾：“遵命！”

石勒军帐。门口有两个士兵站岗。

张宾领着儒生打扮的程遐及程遐的妹妹程姑娘走了过来。

守门士兵看见,向内报唱:“军功曹张宾到。”

军帐内传出石勒的声音:“请进。”

军帐内,门帘掀起,张宾与程遐、程姑娘走进。

石勒在军案后起身相迎:“张先生,这两位是……”

张宾:“啊,这是‘君子营’新到的程遐先生,这是程先生的妹妹程姑娘。他们特地来拜见主公。”

程遐与程姑娘跪拜在地:“不才程遐携妹子见过大将军。”

石勒:“好,起来吧。程先生,你既来投军,因何还携带家眷?”

程遐:“启禀大将军,程遐父母双亡,家中只有妹子与不才相依为命。闻知大将军征战在外,家眷留质汉都,身边无人照拂。妹子愿为大将军侍奉巾栉,望大将军收纳。”

石勒注目程姑娘:美丽,清纯,可爱。

张宾:“主公,程先生满腹经纶,欲投‘君子营’效力,留下妹子孤身一人很不放心。故愿将妹子交予主公照拂,也是一番美意。”

石勒:“哦,原来如此。那程姑娘你可愿意?”

程姑娘:“奴婢愿意服侍大将军。”

石勒哈哈大笑:“好,那就留下吧。”

军帐内,石勒与张宾交谈。

石勒:“张先生,通过一系列的军事行动,我们在整个冀州已经影响深远。现在我们休整已久,该有所行动了。请问先生,我们下一步的进攻方向应该选在哪里?”

张宾呵呵笑着站起身:“主公不必费心了。如果某所料不错的话,不出数日,汉帝便会诏令你回师太行。”

石勒:“哦,是嘛?你怎么知道?是不是得到了什么消息?”

张宾:“消息倒是没有,不过推测而已。根据形势分析,目前汉国周边的好些郡县尚未克服,依然控制在并州刺史刘琨手里。却让主公翻越太行,到冀州大地上来攻城略地。攻克郡县后,又不委派官吏固守管理,随克随弃。这样终归对大汉国益处不大。汉帝刘渊英明睿达,不会不明白其中的道理。所以,他很快就会给您传诏,命您回军太行。”

石勒:“那好吧,我们就再静候数日。俺倒想看看先生是否未卜先知。”

张宾呵呵笑了。

大军在山路上行进。石勒与张宾走在队伍中间。

石勒:“先生神机妙算令俺十分佩服。这才几天,果然接到了国主诏旨,命我们回师太行,进攻壶关。先生是怎么推算的?”

张宾:“猜测而已,不足为奇,让主公见笑了。”

石勒:“那,请问先生,对于我们这次军事行动,应该采取何种策略?”

张宾:“壶关乃上党首府,京师洛阳的门户,历来为兵家必争之地,地理位置十分重要。汉帝意在灭晋,当然要夺取上党这一通往京师洛阳的门户。如今汉帝命主公为前锋攻取壶关,同时又命征东大将军王弥与皇子刘聪率部配合主公一同进军。很明显,这次行动志在必得。现在王弥、刘聪已经率部进至长平坂,上党西面与南面的退路已被切断。所以,主公只须在壶关的北面与东面布下大营,阻断上党之敌北归东逃之路即可。扎营之后,我们不必急于发起攻击。而壶关之敌却一定会异常恐慌,必然会向京师和并州求救。我们先采取‘围点打援’的策略,消灭其来救之敌,然后再攻取壶关,那就比较容易得手了。”

石勒:“那我们就分兵两路。让支雄、葵安率所部到黎子国境内虹梯关附近设立东大营,包围壶关东面;我们带剩余部众在壶关北面的襄垣、武乡交界处的武乡水流域设立西大营。那里距离我当年躬耕的三台岭很近,我到过那里。那里非常适宜屯兵。”

张宾:“很好。”

第二十三集

石勒军帐。石勒与张宾及众将佐围着案上铺着的地图在研究军情。

“报——”探马走进，“报告大将军，从并州出来两路人马救援壶关。一路由韩述率领直奔西涧，另一路由黄肃率领正向我军杀来，先头部队已到封田。”

石勒：“知道了，再探！”

探马：“是！”退下。

石勒：“好啊，兵来将挡，水来土掩。这是我军回师太行后的首场战役，我要亲自去会会这位黄肃。众将听令！”

众将：“在！”

石勒：“由王阳率本部人马随我去迎战黄肃。其余人员坚守营寨，不得有误！”

众将：“遵命！”

封田。黄肃率领的晋军与石勒率领的汉军列阵对峙。

石勒边观察敌阵，边对王阳说：“你在此掠阵，我去迎战黄肃。当我将黄肃杀败时，你立即指挥全军发起冲击，争取一举击溃来敌。”

王阳：“不，大哥，你身为主帅，不能稍有闪失。还是我去迎战黄肃为妥。”说着就要打马上前。

“慢！”石勒止住王阳，“黄肃小儿非我对手，不会有闪失。你就看好吧。”说着策马走了出去。

看到石勒出阵，黄肃也策马走出，指着石勒：“来将通名！”

石勒：“某乃大汉国安东大将军石勒。汝是何人？”

黄肃：“并州刺史帐下将军黄肃。不要走，看枪！”纵马挺枪向着石勒就刺。

石勒举戟相迎。二人你来我往，斗了五六个回合。

二人勒马回身再战。黄肃举枪向石勒当胸刺来，石勒侧身闪避，枪尖从左腋下滑过，枪杆被石勒紧紧夹住。

黄肃使劲往回拔枪，石勒右手从马鞍上抽出钢鞭，兜头一鞭，击碎黄肃脑袋，黄肃落马身亡。

“啊！”晋军阵上一声惊呼。

“杀——”王阳挥军排山倒海般杀了过来。

两军交战，晋军山崩般溃败。

壶关城头，上党太守庞淳率部在坚守观敌。

一将军匆匆走来：“启禀大人，并州前来救援的韩述、黄肃两支人马，分别在西涧、封田被刘聪、石勒战败，主将均已阵亡。另一路朝廷派遣的王旷、施融、曹超救援大军，在长平坂遭遇王弥伏击，全军覆没。现在屯留、长子已经沦陷，石勒大军正向壶关杀来，形势万分危急！现在壶关守备薄弱，难以坚守，请大人速离此地，以图后举。”

庞淳仰天长叹：“就因我守备薄弱，方请朝廷与并州发兵救援。没想到我堂堂大晋数路大军都不堪一击！现在汉军四面围困，我庞淳无能，又能逃到哪里去呢？罢罢罢，去写降表投降吧。这样也省得城内生灵遭受涂炭！”

城门上匾额：“壶关”。城门口，庞淳率众官吏跪在地上，迎接石勒大军入城。

平阳，皇宫大殿。刘渊举行朝会，殿上百官云集。

刘渊：“诸位爱卿，如今上党已被我军顺利攻克，通往洛阳的门户已经洞开。下一步我们将兵进中原，消灭腐晋。楚王刘聪听旨！”

刘聪出班跪下：“儿臣在。”

刘渊：“命你会同刘曜、刘景、王弥、呼延翼率骑兵五万，步兵三万，兵出宜阳去进攻洛阳，不得有误。”

刘聪：“儿臣遵旨。”起身归班。

刘渊：“平晋王石勒，平北将军刘灵听旨！”

石勒、刘灵出班跪下：“臣在！”

刘渊：“命你二人率领本部，兵出太行，再下常山，严防幽、冀二州发兵增援洛阳。”

石勒、刘灵：“臣遵旨。”

大道上，汉军在行进。旌旗蔽日，刀枪林立。

队列中，石勒与刘灵并马同行。

刘灵："久闻平晋王神勇异常，俺刘灵万分钦佩。今日能与王爷合兵共进，俺很高兴。"

石勒："刘灵兄弟，你我都是穷苦出身，受尽了大晋王朝的欺凌，自当同心协力为我大汉国尽忠。我主这次倾国中精锐，进攻洛阳，是一次关乎到全局的大的战略布局，我俩切不可掉以轻心。"

刘灵："大王说得很对。俺刘灵一定以大王马首是瞻！"

"报——"一探马从前跑来，"报告大将军，幽州将军祁弘会同鲜卑酋长段务勿尘率铁骑十万，一路南下，离此已经不远。"

石勒："知道了，再探！"

探马："是！"拨转马疾驰而去。

石勒："刘灵兄弟，现在我们已经深入常山之境，左边有一座山，名曰'飞龙山'。传令下去，我们到飞龙山据险列阵，准备迎敌。"

刘灵："遵命！"

飞龙山麓，大军在列阵。

石勒："刘灵老弟，前面之敌交由本王来对付，你到阵后指挥，加强防守。"

刘灵："遵命！"纵马走了。

石勒指挥大军盾牌在前，长枪在后，列成阵势。石勒与"十八骑"豪杰骑马守在阵前。在他们前面，是弓弩手前跪后站，在张弓以待。

祁弘与段务勿尘率大队骑兵铺天盖地杀奔过来。突然，祁弘勒马举手："停！"

奔腾中的骑兵在马匹的嘶鸣中扬蹄停下。

祁弘在队伍前信马来回走动，仔细观察石勒阵营。

石勒阵营整洁。弓弩手张弓搭箭，战将意气风发，防守异常严密。汉军阵后山头高耸，但山前坡度较缓。

祁弘低头沉思一下，对段务勿尘说："段将军，这样，我在前面首先发动一次冲击，用以牵制敌人的注意力。汝率铁骑一部，悄悄迂回到敌阵之后，潜行上山。到达目的地后，给我发信号。我从前面进攻，汝从山上往下突然发动攻击，给他来个'泰山压顶'。怎么样？"

段务勿尘："好！将军此计甚妙。段某去了。"策马走到后队，一挥手，"随我来！"一队骑兵跟随而去。

祁弘目送段务勿尘率队离开后，将手中长枪一指，发布命令："冲！"

幽州铁骑风驰电掣般呼啸着冲向石勒军阵。

石勒冷静地看着敌骑如狂风般进入弓箭射程，一声令下："放箭！"

弓弩手前后轮番放箭。箭如飞蝗般射向敌骑。

祁弘的骑兵纷纷中箭落马，但仍有骑兵冲了过来。

石勒大吼一声："杀——"率"十八骑"冲了出去。与此同时，盾牌阵左右两侧，大队骑兵冲了出去，对敌骑形成夹击之势。

两路骑兵混战在一起，喊杀连天，烟尘滚滚，刀光剑影，战马嘶鸣。双方不断有骑士落马。

一阵激战之后，祁弘大军被迫撤退。

石勒下令："鸣金收兵！"

随着一阵金属器皿的敲击声，石勒骑兵停止追击，勒马回撤。

飞龙山后，段务勿尘率骑兵在山道上行进。走到道路陡狭处，他们下马前牵后推，艰难前行。

飞龙山前，石勒的大队骑兵排列阵前，严阵以待。

祁弘军阵，祁弘站在阵前，焦急地观望着飞龙山顶。

段务勿尘的骑兵爬上山顶，纷纷上马列阵。

段务勿尘示意一名骑兵，取出一面皂色大旗，左右摆动。

祁弘军阵。祁弘远远看见飞龙山头皂旗挥舞，说声："好！"向部队下达命令："冲！"

幽州骑兵排山倒海般冲杀过来。

石勒在阵前，见敌人发起冲锋，也挥戟发令："杀——"一马当先，率领骑兵杀了出去。

两军再次混战在一起。

飞龙山头，段务勿尘看到两军混战，将手中长矛向前一指："杀——"鲜卑铁骑跃下山坡，向石勒阵后冲去。

石勒阵后，刘灵骑马执刀，正密切关注前面战况，忽听身后喊杀声大震，急忙回头观望。

段务勿尘铁骑如疾风暴雨般冲了过来。

刘灵大吼一声："杀——"纵马冲了过去，大刀挥舞，一连斩杀了数名鲜卑骑兵。但敌骑汹涌扑来，将他包围。

刘灵顾盼自己部众，正在溃散逃窜，被鲜卑铁骑追杀。于是怒气勃发，轮开大刀，将挡路的两名敌骑连续劈落马下，冲出重围，向前奔去。

石勒正与祁弘交战，戟来枪往，战斗正酣。

王阳、夔安从左右扑来："哥哥别慌，末将来也。"接住祁弘厮杀。

刘灵从后跑了过来："大将军，不好，快撤！"

石勒回头一看，见自己后军大乱，鲜卑大队铁骑正向自己冲来。于是咬牙扑向祁弘，挥戟猛刺。祁弘被逼得连连后退。

石勒喊一声："撤！"趁机冲了出去。

王阳、夔安跟着冲了出去。

刘灵在最后掩护大家撤退。

祁弘策马追了上来，挺枪向着刘灵后背猛然刺去，枪尖直透前胸。

刘灵大喊一声："大将军，快跑！"口中喷出鲜血，落马而亡。

石勒回头一看，见大队敌骑追了上来，忍痛喊了一声："刘灵兄弟！"策马飞奔而去。

石勒痛苦地坐在一块大石头上，战马拴在旁边的树上。

夔安、支雄、张越、支屈六等十余名豪杰走过来问询："大哥，你没事吧？"

石勒："我没事。弟兄们怎么样？"

夔安："还好。只是王阳、赵鹿他们受了一点轻伤，正在包扎将息。"

石勒："这场教训太惨痛了！我们退守飞龙山，本想利用地理优势，却疏忽了去抢占山头，给敌人钻了空子。这都怪我指挥失误，不仅葬送了刘灵这位好兄弟，折损了一万多人马，还被追败退数百里。现在我们虽然已经退到了黎阳，可幽州兵依然穷追不舍，想把我们彻底打垮。真是痴心妄想！这样，弟兄们，你们赶快各回本部，通知所有弟兄深沟高垒，加固营寨，严防死守。不得将令，任何人不许出战。违令者，斩！同时要严密监视敌人的一举一动。发现什么风吹草动，立即向我报告。我也要学学当年荀晞老儿的打法，让祁弘、段务勿尘吃点苦头！"

众豪杰："遵命！"

石勒营寨。栅栏后士卒云集，一个个张弓搭箭，标枪在手。

营寨外，祁弘、段务勿尘指挥大队骑兵冲了上来。

栅栏后弩箭、标枪如飞蝗般飞向敌骑。敌骑人仰马翻，又像潮水般退去。

又一波骑兵冲了上来，照样人死马倒。

祁弘眼看着骑兵狼奔豕突般溃退下来，气得拳击大腿："嗨！"

段务勿尘走过来："将军，我们已经接连冲击四五番，可是石勒防守森严，我们损失惨重，不能再这样下去了。看来，我们在这里已经讨不到任何便宜，不如从这里撤军，绕道南下。"

祁弘："嗨，也罢，传令，撤！"

石勒营寨。石勒与众将在严密注视敌骑动态。

葵安："快看，大哥。敌人好像在组织撤退。"

石勒放眼看去：幽州铁骑正在变换队形后撤。

石勒："好！机会终于来了。传令，放倒栅栏，大开寨门，骑兵在前，步兵在后，全线出击！"

栅栏被推倒，汉军骑兵排山倒海般冲出营地，在一片喊杀声中扑向敌骑。

幽州铁骑被冲得七零八落，无法列阵抵抗。汉军骑兵冲入敌阵，大刀阔斧，肆意砍杀。幽州骑兵纷纷落马，被后面紧跟上来的汉军步兵斩杀。

祁弘与段务勿尘率领少数残骑落荒而逃。

汉军骑兵马蹄飞扬，在追杀残敌。

一支打着"王"字大旗的晋军与打着"石"字大旗的汉军在对峙。

支雄跨马执刀从阵中走出，问对阵中走出的王斌："来将何名？"

王斌："新任冀州刺史王斌是也，汝系何人？"

支雄："俺乃平晋王石勒麾下大将支雄是也。不要走，看刀！"

二人交战，刀来枪往。

几个回合后，支雄手起刀落，斩王斌于马下。晋军溃散。

城门上方匾额："魏郡"。

城门前，太守刘矩手举降表率众官吏跪在地上。

石勒与众豪杰骑马走来。石勒用大戟挑起降表，哈哈大笑。

大队汉军进入城门。

军帐内，石勒与众将佐在欢庆胜利。几张桌椅，众将佐围坐。桌上摆放着美味佳肴。

石勒举杯："弟兄们，我们这一仗打得痛快！不仅彻底打垮了幽州与鲜卑铁骑，接连攻陷了三十多座寨堡，斩杀了新任冀州刺史王斌和晋廷车骑将军王堪，攻克了仓垣和白马。又接受了太守刘矩的投诚，使我们轻取魏郡。还和王弥合兵，接连攻克了广宗、清河、平原、阳平等多座城池，取得了一连串的伟大胜利，得到了国主陛下的高度嘉奖，可喜可贺。现在让我们共同举杯，为我们的胜利干杯！"

众将佐："干杯！""干杯！""干杯！"

大家举杯一饮而尽。

石勒："下一步，我们将奉国主之命，向西进攻河内。望弟兄们同心协力，再创辉煌。"

众将佐："辉煌！""辉煌！""辉煌！"

石勒率大军西进，旌旗蔽日，刀枪林立，队伍雄壮。

"报——"一哨探骑马来报，"报告大将军，晋廷得知我军进攻河内，派扫虏将军宋抽来救，被我前锋部队打败，宋抽被杀。"

石勒："好！再探。"

"是！"哨探退下。

"报——"又一哨探来报，"河内军民抓了太守裴整，打开城门欢迎我军入城。"

石勒："唔？怎么回事？"

哨探："河内人民知道我汉国强盛，不愿与我们为敌。今见我大军压境，就群起攻入太守府，拿了太守裴整。现在我们的先头部队已经整队入城。"

石勒："好！传令部队，加速前进。"

河内，石勒军帐。汉国内侍站在正面，手捧圣旨。石勒跪在地上。

内侍："平晋王镇东大将军石勒听旨。"

石勒："臣在！"

内侍："奉天承运，皇帝诏曰：着令所有在外将军停止一切军事行动，立即回京面朕。"

石勒："臣遵旨。万岁万岁万万岁。"

内侍将圣旨交予石勒，举步欲去。

石勒："请公公留步。"

内侍:“大将军是否想问,裴整被押解回京后是如何发落的?咱家告诉你,他被授予尚书左丞留京听用了。”

石勒:“这样也好,但不关某事。石某想知道的是,现在我军节节胜利,消灭腐晋指日可待,为何在这节骨眼上,陛下突然下令回师?是否国内有大事发生?”

内侍叹口气:“唉,此事说来话长。”

石勒:“那就请公公坐下喝杯茶,从容给石勒讲讲。”

内侍:“好吧。”转至案前坐下。

石勒提壶斟茶。

内侍提起茶杯抿了一口,道:“大将军你是知道的,咱国主聪明睿智,堪称英主。可是英雄难过美人关,也会为色所迷而坏了龙体。”

石勒:“公公请道其详。”

内侍:“我主立国之初,氐酋单征率部来投。单征有一爱女,正值妙龄,美艳无双,世所罕见。我主见了喜爱,就收纳为妃。自该女入宫后,便获得我主专宠,每日缠绵,不肯少懈。不久,单女生了儿子刘乂,更让我主爱不释手。而正好这时,皇后呼延氏因病去世。我主便越级超升,将单女封为继后,封单女之子刘乂为北海王。你想啊,这单女得到如此恩宠,能不打起精神,竭力服侍!然而,单女还是少女,我主已系老夫,怎奈为色所迷,欲罢不能。终因贪欢无度,致使羸病缠身,卧床不起。虽有太医百般诊治,但却无奈百药无效。眼见得回天乏术,这才诏命四方将领回国待命,以备不虞。唉!”

石勒:“哦,原来是这样。”

汉都平阳,皇宫大内。刘渊身穿睡衣躺在病榻之上。风姿绰约,年轻漂亮的单后,坐在榻边啼哭。内侍在一旁照料。殿内,一群亲王宰辅在躬身肃立。

刘渊气喘吁吁道:“宣召的人,都,都,到了吗?”

内侍:“到了。”

刘渊:“扶,扶朕起来。”

单后与内侍一左一右将刘渊扶坐起来,在他身后垫了一个枕头。

刘渊:“朕,朕,气数已尽,就,就要归,归天了。现将,国事,国事,安排,如下。拟诏。”

一尚书将置放文房四宝的书案搬了过来,靠近刘渊病榻,提笔坐下。

刘渊:“册封长子梁王刘和为,为,太子。朕,朕下世后,由,由他继承,继承大,大统;册封次子齐王刘,刘裕为,为大司徒;三子鲁王刘隆,为,为尚书令。四子刘聪……”说到此,他特地叫过刘聪,“啊,聪儿,你过来。”

刘聪走过来："父皇，聪儿在此。"

刘渊拉住刘聪，看着他："聪儿文武兼长，乃国之干城。朕，朕册封汝为大，大单于，大司马。在，在京城西部，设立，设立单于台，专司，专司京城戍卫。汝，汝干系重大，务必小，小心在意，切不可，不可掉以轻心。"

刘聪流着眼泪："儿臣记下了。"

刘渊："好了。汝，下去吧。"

刘聪躬身退后。

刘渊："来，继续。册封，幼子北海王刘乂为，为抚军大，大将军；侄子刘曜为，为征讨大，大都督，兼，单于左辅；廷尉乔，乔智明为，为，冠军大，大将军，兼单于右，右辅。"他喘息着叹口气，接着说，"朕，身边的，同，同姓老臣，叔，叔祖父丞相刘宣，已，已经去世多，多年。现在，只，只有陈留王刘，刘欢乐、长乐王刘洋，和，和江都王刘延年三，三人了。你三人听封。"

刘欢乐、刘洋、刘延年走近跪下："老臣在。"

刘渊："进，刘欢乐为，为太宰；进刘洋为，为太傅；进，进，刘延年为太保。进汝仨人位列三公，一定要，要倾心辅助，辅助太子，保，保我大，大汉江山，万，万年，永，永固。"

刘欢乐等三人："老臣惶恐，自当尽心竭力。请陛下放心。"

刘渊："好，如今，如今后事，后事安排，已妥。朕，朕，可以，可以放心，放心，去了。"说着，喘息加重，身体后仰。

单后、内侍急忙扶持。

尚书将文案慌忙搬离。

诸王子、大臣一起围了上去："快，快传太医！"

刘渊摇摇头，突然身体放松，死了。

单后、内侍哭喊："皇上！"

诸王子："父皇！"

诸大臣："陛下！"

一起放声大哭。

夜晚，一处府邸。宗正呼延攸、侍中刘乘、西昌王刘锐鬼鬼祟祟聚集在一起。

刘锐："想我刘锐，堂堂西昌王，陛下临终居然不得顾命！遭受如此冷落，孤深恨之！"

呼延攸："我又何尝不是！俺呼延攸身为国舅，却多少年来一直在宗正的位子上坐冷板凳，咋能心甘？"

刘乘："我刘乘虽然只是个侍中，可一直觉得楚王刘聪不顺眼，想不到皇上却对他分外器重！不仅封他为大单于、大司马，掌管军权，还专门为他设置了单于台。真让人添堵！"

刘锐："哈哈，看来我们三人均有怨气！我看不如这样。我们三人同去，说动太子，帮他除去四王。这一来，就可成就不世之功。自然就会得到太子，不，是新皇帝的重用。"

呼延攸："西昌王所言极是。我们这些久困的老虎，也该抖抖毛了！"

刘乘："对，事不宜迟，走！"

夜晚，东宫太子寝室。穿着丧服的刘和坐在太师椅上，听刘锐、呼延攸、刘乘谗言。

刘锐："先帝不顾轻重，让齐王、鲁王、北海王在内总掌兵权，又让楚王统领大军逼近皇宫设置单于台，陛下您只不过是做了一个空头国主罢了。他们一旦发难，您可就大祸临头了！不如先发制人，一举除去四王，陛下方可稳坐朝堂。"

呼延攸："是啊，陛下应当机立断！"

刘乘："当断不断，必受其乱，陛下，不能再犹豫了！"

刘和站起身，在地上来回走了数回，咬咬牙："你们说得有理。好吧，马上宣武卫将军刘盛、刘欣，左卫将军马景，右卫将军刘安国，尚书田密，将军刘璿到东宫听命！"

刘锐等："遵旨！"

东宫大殿上，刘和、刘锐、呼延攸、刘乘站在正面，应召到来的各位将军站在对面，听刘和训话。

刘和："先皇临终安排荒谬绝伦，严重威胁本皇储。现在本皇储命令你们，率部去剪灭楚、鲁、齐及北海四王。不得有误！"

被召来的将军面面相觑，不知所措。

刘和："怎么？你们想抗旨？"

武卫将军刘盛上前一步："不是，陛下，俺刘盛认为不妥。先帝刚刚咽气，尚在殡宫，四王也并未有逆节之举。今日陛下忽生此谋，自相鱼肉，臣担心这不是朝廷之福，而是朝廷之祸。再说，如今四海未定，大业初成，陛下应兄弟和协，秉承先帝遗志，戮力同心，开拓我大汉鸿基。万不可听信别人谗言，怀疑兄弟，自断手足。古诗有云'岂无他人，不如我同父'。陛下连自己的亲弟弟都不相信，怎么能相信别人呢！"

刘锐闻言大怒："今日计议，已由主上裁定，万不可动摇！武卫将军惑乱圣裁，其罪当诛！"

刘盛戟指刘锐怒斥道："都是你们这些乱臣贼子，坏我朝纲！你……"

刘锐不等刘盛说完，抽出腰间佩剑一挥，将刘盛斩杀。

被召诸将恐慌跪地："唯陛下之命是从！"

刘和："好，诸将听旨！"

诸将："臣在。"

刘和："西昌王刘锐，左卫将军马景，你二人率领本部，去进攻单于台，剪灭楚王刘聪。"

刘锐、马景："遵旨！"

刘和："国舅呼延攸、右卫将军刘安国，你二人率部去进攻大司徒府，剪灭齐王刘裕。"

呼延攸、刘安国："遵旨！"

刘和："侍中刘乘，将军刘钦，你二人率东宫侍卫去进攻鲁王府，剪灭鲁王刘隆。"

刘乘、刘钦："遵旨！"

刘和："尚书田密，武卫将军刘璿，你二人率殿前护卫去剪灭北海王刘乂。"

田密、刘璿："遵旨！"

刘和看了一眼窗外，说："好，现在天光已亮，事不宜迟，立即行动！"

大街上，一队士兵挥舞着兵刃跑过。

北海王府，六七岁的刘乂在床上刚刚坐起。突然，将军刘璿闯了进来，一把将他抱起，右手执刀，返出房门，对随后涌入的士兵喝一声："让开！"向外疾走。

随同而来的田密急忙指挥后面的士兵："让开！"见刘璿跑出大门，长长舒了一口气，也尾随而去。

大街上，西昌王刘锐与马景率一队甲士在急行军。

一士兵从前面飞跑过来："报告王爷，武卫将军刘璿抱着北海王向西跑了。"

刘锐："啊？坏了！他们一定是到单于台去了。他们一去，楚王必有准备，我们去了也攻不进去。"他挥手命令道，"停止前进。返回去。既然刘璿与田密不遵圣旨，那右卫将军刘安国和刘钦也很可疑！回去，先除掉齐王和鲁王再说。”

城西单于台。楚王刘聪在府内独坐看书。

一军士走进：“启禀大单于，武卫将军抱着北海王紧急求见！”

刘聪：“哦？快请！”

刘璿抱着北海王刘乂与田密仓皇走入：“王爷，大事不好！”

刘聪：“什么事？快说！”

大司徒府，被一队士兵团团包围。

刘锐率兵赶过来：“为何还不发动进攻？”

刘安国走过来：“启禀王爷，是这样……”

刘锐手中佩剑一挥，刘安国脑袋落地。然后他命令：“攻进去！”

士兵们呐喊着，撞开府门，冲了进去。

齐王刘裕惊慌走出：“你们要干什么？”

刘锐手中佩剑一指：“杀！”

士兵们一拥而上，将刘裕乱枪捅死。

士兵们在府内横冲直闯，齐王家眷、杂役人等东奔西跑，被士兵们纷纷砍杀。院内死尸横陈，一片狼藉。

刘锐：“传令，去进攻鲁王府！”

鲁王府，士兵们蜂拥而入。

寝室内，尚未起床的鲁王刘隆听到外面的嘈杂声，惊慌坐起。这时，屋门被踢开，士兵们闯了进来，不由分说，将鲁王乱刀砍死在床上。

单于台大营，营门大开，刘聪率一队甲士，在刘璿和田密的带领下冲了出来。

皇宫内，太子刘和像热锅上的蚂蚁，气急败坏地在地上乱走，对站在一旁的刘锐、刘乘和呼延攸大加训斥：“成事不足败事有余的狗才。朕要你们剪除四王，最可怕的楚王你们却没能剪除，反而让不堪一击的北海王也跑了！楚王知道后，必然反击。你们说，怎么办？这可怎么办？”

刘锐、刘乘、呼延攸面面相觑，低头不语。

一内侍慌忙奔入：“陛下，大事不好，大单于带兵攻进来了！”

刘和:“快,赶快关闭宫门,别让反贼进宫!”

内侍:“来不及了,他们已经攻进来了!”

刘和六神无主地:“这这这,怎么办,怎么办?”慌乱中指指刘锐等,“你们,快去给我挡住!朕,朕到光极殿守孝去了。”说着,溜出房门。

内侍尾随而去。

刘锐、刘乘、呼延攸站在原地,呆若木鸡。

外面响起海啸般的喊杀声。房门被冲开,一群士兵扑了进来,挺手中矛枪将刘锐等三人团团包围。

楚王刘聪走了进来,喝令:“拿下!”

光极殿,刘和趴在刘渊的棺椁上放声大哭。

一群士兵闯了进来,挺着矛枪一步步向刘和逼近。

刘和停止嚎哭,瞪着恐惧的双眼,扶着棺椁后退。

突然,士兵们发一声喊:“呀——”数十支矛枪一齐刺向刘和。刘和在惨嚎声中死去。

第二十四集

太极殿，百官肃立。刘聪站在殿中。

刘聪："带上来！"

刘锐、刘乘、呼延攸五花大绑，被甲士押进大殿，推跪在地。

刘聪走过来，抓住他们的头发逐个看了一遍，骂道："丧心病狂的奴才！推出去，枭首通衢，示众三日。"

甲士："嗨！"将三人拽起，拖了出去。

太宰刘欢乐走出："国不可一日无主。现在皇帝大行，太子应罪遭诛，国祚空虚。老臣恳请大单于荣登鸿基，继承大统。"

殿上百官一起跪地："请大单于入承大统。"

刘聪："诸王快快请起，请听我说。古人云'子以母贵'，孤虽系父皇亲子，却是庶出。而孤弟北海王乂为单后所生，他才是正出。所以，应该由北海王承接大统。孤应退就单于台，为乂弟保驾护航。"

刘乂从殿后跑出，跪在刘聪面前哭着说："请皇兄不要推辞，俺年岁小，不懂朝事。先帝大业，全仗皇兄。若舍长立幼，咋能维持？请皇兄接受百官意愿，即位登基。"

百官："北海王深明大义，请大单于以国为重，入承大统。"

刘聪弯腰将刘乂扶起："唉！既然四海未平，国事多艰，乂弟与群公谓孤年长，迫孤就位，孤也不便固辞。这样吧，孤且暂居尊位，俟乂弟长大后自当归复。孤现在就封乂弟为皇太弟，明确承统。只是如今父皇殡宫尚未安葬，且为父皇举丧后，再行择吉登基。"

百官："吾皇英明恭孝，万岁万岁万万岁。"

平阳城街头，佛图澄——一个身穿红色袈裟，虬髯蓝眼睛的西域和尚，带着他的徒弟道安、僧朗、法首、法常等一班弟子在行走。

道安："师傅，您从西域不远万里，筚路蓝缕来到中原，志在弘扬佛法。可是，为何不在京师洛阳建寺传教？就算我们眼下无力建寺，可那里不是还有白马寺可供栖身吗？为何要跑到平阳来呢？”

佛图澄：“阿弥陀佛，弘法传教，须得国主支持。如今大晋皇帝大权旁落，自身都受人摆布，无权无势，如何助我弘法？带你们北上汉都平阳，是闻知汉主刘渊英明睿达，想得到他的支持。却不料恰逢汉主逝世，汉国发生内乱。看来此地亦非弘法之处，我们还须另觅出路。”

说话间，街上行人纷纷向路边避让。佛图澄举目一看，见石勒与“十八骑”带领一支部队纵马走来，于是也急忙向路边避让。

佛图澄一直盯着马上气宇轩昂的石勒从眼前走过，渐渐走向远方。

道安：“师傅，您一直盯着看那位胡人将军，难不成发现了什么？”

佛图澄：“阿弥陀佛，这位胡人将军与我佛有很深的佛缘。看来，我们还是不虚此行。我们今后弘法，就要着落在这位将军身上。只是我们对他的底细目前尚不清楚。道安、僧朗、法首、法常，你们立即分头前去访察打听这位将军的一切底细，回来报我。”

众徒弟：“谨遵师命。”

石勒大营。军帐中，石勒在调兵遣将。

石勒：“如今我汉国易主，楚王登基，朝纲重整，改年号‘光兴’。新皇帝继承先帝遗志，决心消灭腐晋，振兴我大汉。现在诏命皇子河内王刘粲与始安王刘曜以及大将军王弥领军四万进攻洛阳。同时加授孤为征东大将军、并州刺史、汲郡公，命孤率骑兵四万为后继部队，押运辎重粮草，保障部队供应。孤决定，分兵一半，由长史刁膺押运辎重粮草于重门。孤亲率精骑二万，与众弟兄到大阳，汇合刘粲的主力部队，加强攻击力量，以保此次出兵必胜。众将听令！”

众将：“末将在！”

石勒：“命你们各归本部，整顿兵马，立即出发。”

众将：“是！”

道路上，佛图澄带着徒弟们向前行走。

道安：“师傅，我们这是要到哪里？”

佛图澄：“阿弥陀佛，通过你们这段时间的多方访察，我们对那位名叫石勒的将军现状已经初步摸清。可是，光知道他的现在还不行，我们必须对他的生平进行全面的了解。只有这样，才能准确判断他将来的造化。我们弘扬佛法，就要找一个绝对可靠的靠山。我们这就去他的老家上党武乡北原山下，在弘法传教的同时，了解一下他从小到大都是个什么状况。”

徒弟们听了都点点头，继续前进。

中原大地上，石勒的大军在行进。队伍中，石勒在“十八骑”豪杰与众将佐簇拥下前行。

王阳：“大哥，我们在大阳与刘粲的前军汇合后，战渑池，败裴邈，一路摧枯拉朽，进展十分顺利。为何又要再次分兵，让我们出成皋，转南阳，这是何意？”

石勒笑笑：“看来兄弟也开始用心研究兵法了，很好。自古兵无常势，宜合则合，宜分则分。消灭大晋，首先要消灭其有生力量。现在大晋朝廷主力多数分布在南阳、许昌与项城一带。所以采取分进合击的方针，是根据军情形势而制定的策略。”

王阳：“哦，我懂了。”

“报——”一探马来报，“前面王如、侯脱、严嶷率流民部众列兵襄城，阻挡我军前进！”

石勒：“知道了，再探！”

探马：“是！”勒转马跑了。

石勒：“王如鼠辈，也敢来以卵击石！弟兄们，给我冲过去，收了这支流民武装！”

众将：“遵命！”

大地上，一大群流民部队举手跪在地上，被石勒的队伍团团包围。

武乡南亭川上，佛图澄与众徒弟在左顾右盼审视地形。

佛图澄：“徒儿们，你们看，那南山洼内，前临河水，背靠大山，左右龙虎双抱，是一块绝佳的风水宝地。此处距石勒的出生地北原山隔河相望。我们可去那里搭建茅棚，一面弘法，一面打探石勒生平。徒儿们，请随我来。”率众徒弟入山而去。

一个场面宏大的战场。石勒在指挥大军冲杀。大晋军车翻旗靡，人仰马翻，在溃败中逃窜；石勒大军在奋力追杀。

京师洛阳。皇宫内，晋怀帝司马炽在几个内侍陪伴下，愁眉苦脸地独坐发呆。

东海王司马越顶盔贯甲，一身戎装走进：“启奏陛下，如今贼寇猖獗，侵逼京师，京师危在旦夕。老臣恳请陛下，允准臣带兵出京征讨，荡平贼氛，以解京师之危。”

司马炽：“这——眼下胡骑已经逼近京郊，朝廷内部人心惶惶，江山社稷全靠皇叔一人维持。如果皇叔你也离京远出，那，京师怎么办？”

司马越焦躁道：“现在四方职贡不通，京师危困。老臣此次出征，期在灭贼。贼若得灭，国威方可振兴。到那时，四方贡奉自然顺畅。若株守京师，坐待穷困，只怕贼势汹汹，四面来逼，情况会更加糟糕！”

司马炽：“那——既然皇叔此行可以灭贼，就依皇叔。”

司马越：“那好，老臣奉旨去了。”行礼后转身离去。

望着司马越走出宫门，一内侍走近司马炽：“陛下，太傅这一去，京城可就空了。以后可怎么办呀？”

司马炽：“随他去吧！太傅专横跋扈，无半点人臣之礼。他毒毙先帝，擅杀太子，残害忠良，胁迫朕躬，可恶至极。扬州都督周馥直接上书朕躬，建议迁都寿春，被他说成是越级奏事，加以迫害；朕的帝舅散骑常侍王延、尚书何绥、太史令高堂冲、中书令缪播、太仆卿缪胤，这一班老臣忠心辅朕，无半点过失，却不知怎么遭致他的疑忌。他本已出镇外藩，却带兵入阙，威逼朕躬，强行将这班老臣从朕身边拉走加以杀害。如此元恶大憝，在京一日，都叫朕如芒在背，如坐针毡，心中惶恐无措。他走了，虽然京师前程难料，总也可以少受他的胁迫，朕也可以松一口气了。”

东海王府。司马越与龙骧将军李恽、右卫将军何伦等亲信将佐议事。

司马越：“你们都是孤的心腹臣僚。本王此次出京讨贼，离京必然日久。现将诸事安排如下。龙骧将军李恽！”

李恽：“末将在！”

司马越：“右卫将军何伦！”

何伦：“末将在！”

司马越：“本王离京后，由你二人负责京师戍卫。要特别注意皇帝身边，严防有人蛊惑皇帝擅作决定，为乱朝廷！同时，一定要全力保护好孤的裴妃与世子毗。”

李恽、何伦：“遵命，请恩相放心。”

司马越：“长史潘滔听令！”

潘滔：“臣在！”

司马越：“本王提升汝为河南尹，命你留守京师，总揽京师的一切事宜。有事要直接报告本王，不得越级擅奏！”

潘滔："臣心中只有恩相，绝不会擅自行动。"

司马越："这样就好。太尉王衍听令！"

王衍："臣在！"

司马越："本王提升汝为军司，随本王出征。汝要务必留心，将京城中全部名将劲卒和朝廷中所有有见识的贤宦良臣，除李恽、何伦部下外，都要编入军伍，命他们一律随军。同时要让中央'行台'随军行动，以备不虞。"

王衍："可是，王爷，这样一来，京师就空虚了。如果贼寇打来，皇帝怎么办？"

司马越："蠢材！只要本王与'行台'在，大晋就亡不了。何劳尔枉费心机！"

王衍："是是是，王衍遵命！"

司马越："主簿何在？"

主簿从后面挤过来："臣在！"

司马越："命你立即拟写檄文，派快马传檄各镇，命令各镇守将接檄后，立即率部到项城汇合，会同讨贼！"

主簿："臣遵命！"

司马越："好了，大家都下去准备吧。不日，我们将择吉发兵项城。"

石勒行营。石勒在调兵遣将。

石勒："弟兄们，我们自渡河以来，斩侯脱，克襄阳，连下江西壁垒四十多座。接着出襄城，下南顿，斩新蔡王司马确，一路摧枯拉朽，势如破竹，胜利一个接一个。现在我们已经兵临许昌城下。希望弟兄们再接再厉，一鼓攻克许昌，打开通往洛阳的门户。"

众将："得令！"

城门上匾额："许昌"。

镜头拉开，惨烈悲壮的攻城战斗场景：大群汉军抬着云梯，冒着城上打下来的檑木炮石和飞箭流矢，在驾云梯登城，不断有人被砸下云梯。后面的士兵接着攀登。

城门口，一群汉军在推着冲车猛撞城门。

城头上，爬上来的汉军与守城的晋军搏杀，双方接连有人在战斗中死伤。

不断有汉军爬上城头跳进护墙，加入战斗。

城门被撞开，大队汉军呐喊着冲入城门。

许昌被攻克。城头上，汉军挥舞着绣有"汉"字的大旗和"石"字的大旗在欢呼跳跃。

洛阳，皇宫内，怀帝司马炽向身边的内侍诉苦。

司马炽：“只说太傅离京，朕的束缚已去。哪知李恽、何伦这两只疯狗更为可恶！他们擅自把朕的宿卫全部更换成他们的人，对朕就像对待囚犯。这也罢了，还公然残害贤良，纵兵抄掠公卿，入宫侮辱公主嫔妃。如此猖獗跋扈，朕却奈何他们不得！如此下去，怎么得了？”

内侍：“老奴觉得，更可怕的是，如今京师防卫空虚，急需加强。据报，贼寇石勒已经攻破许昌，很快就会进军京师。陛下应该紧急传檄河北各镇，诏命他们立即率部回京勤王。否则，后果不堪设想！”

司马炽：“唉，也是。就按公公所言，赶快拟诏，传檄各镇，命他们立即率部入京。”

内侍：“是！”

青州刺史府。苟晞端坐在军案后，手持两份檄文，对帐下的众将佐说：“本刺史近日来先后接到两道檄文。一道是丞相司马元超命我等到项城会同他讨伐贼寇，另一道是皇上檄令各地镇将率部入京勤王。对于司马元超，我深恨之！此贼为了一己私利，无端革除我兖州刺史，改任青州。这也罢了，最可恶的是，他为相不道，将天下搞得分崩离析，混乱不堪。他名为丞相，实系国贼！道将誓不与其共存！今道将为国家计，唯有上尊王室，入诛国贼，拨乱反正，重振朝纲方为正途。所以，道将决定与诸位共建大功。不知诸位是否愿意？”

众将佐：“我等惟刺史马首是瞻！”

苟晞：“好！诸位深明大义，道将深为感激。记室何在？”

记室走出：“在！”

苟晞：“立即拟写檄文，遍告各郡州，公布司马越罪状，约同起兵，勤王讨贼！”

记室：“遵命！”

京师洛阳。皇宫内，司马炽在对花流泪。

内侍走入：“陛下，老奴收到一道檄文，请陛下过目。”

司马炽：“唔？什么檄文？”

内侍：“青州刺史苟晞发布太傅为相不道之罪状，约同天下起兵讨逆，共掖王室。”

司马炽：“啊？快拿来朕看！”

内侍捧上檄文，司马炽接过来展阅。

司马炽：“好！总算有人敢于出头为朝廷讨回公道。快取笔墨来，朕要亲自拟写密诏，命苟道将出兵项城，削夺太傅兵权。然后入朝辅政。”

内侍：“是！”

项城，司马越行营。

司马越问身边的军司王衍：“王军司，你说，檄文已经发出许久，为何直到如今未见一郡一州响应？”

王衍摇摇头。

从事中郎杨瑁走进：“启禀王爷，刚刚收到檄文一道。”

司马越：“哦？何处所发？”

杨瑁：“发自青州。”

司马越：“很好！看来还是苟道将知我，肯为我所用。苟晞为将了得，兵力雄壮。只要他肯应檄，孤无忧也。”

王衍：“是啊，纵观大晋天下，也只有苟道将忠心体国，堪称朝廷砥柱，国之干城。”

司马越：“檄文何在，快快拿来我看。”

杨瑁将檄文双手捧上。

司马越接檄拆看。

司马越突然暴跳如雷：“逆贼，气死我也！”

王衍、杨瑁急问：“王爷因何发怒？”

司马越将檄文摔了过来：“你们看看，你们看看。苟晞狗贼大逆不道，居然要起兵讨伐于我。反了，反了，十恶不赦的反贼！”

王衍、杨瑁：“啊？”急忙拾起檄文观看。

司马越：“从事中郎杨瑁听令！”

杨瑁：“末将在！”

司马越：“孤现在就提拔汝为兖州刺史，命你会同徐州刺史裴循，合兵去讨伐苟晞，将其捉拿归案！”

杨瑁：“遵命！”

门上传来报名声：“河南尹潘滔觐见。”

司马越：“潘滔？他不在京师留守，到此何干？命他进来。”

潘滔踉跄走入，放声大哭：“王爷，祸事了！”

司马越一惊：“啊？有何祸事？快说！”

潘滔：“青州刺史苟晞派骑兵潜入京城，抓捕在下。幸得在下警觉，连夜逃遁。可是，我们的人，尚书刘曾，侍中程延，都被他们抓住杀死了！”

司马越：“啊?！”

"报——"！将军走入，"启禀王爷，我们派出去的游骑抓住一名朝廷派往青州的使节，从他身上搜出书信一封。"说着将书信呈上。

司马越："王军司，你给孤念念。"

王衍接过书信，拆开看了一下："王爷，这不是一般的书信。是皇帝给苟晞颁发的诏书。"

司马越瞠目道："啊？念！"

王衍："太傅信用奸佞，阻兵专权，内不尊奉皇宪，外不协毗方洲，遂令戎狄充斥，所至残暴。留军何伦，抄掠官寺，劫制公主，杀害贤士，悖乱天下，不可忍闻。虽曰亲亲，宜明九罚！诏至之日，其宣告天下，率同大举。桓、文之绩，一以委公。其思尽诸宜，善建弘略……"

司马越："够了！"所有人都吓了一跳。

司马越气急败坏地吼道："罢罢罢，老夫一心体国，呕心沥血，却没想到内见责于皇帝，外受困于苟晞，落得个众叛亲离，累及故人。如今胡骑嗷嗷，如决堤洪水，内外交迫，进退两难……孤，这这这……苦啊！"猛地站起，突然口中喷出一口鲜血，仰面朝天倒了下去。

"王爷！""太傅！""丞相！"在场人众一齐扑上去救援。

司马越寝室。屋内百官将佐云集。司马越躺在床上，两名女侍左右照顾。

司马越喘息着悠悠睁开眼。

女侍："王爷醒了。"

百官向前趋动了一下。

司马越："军司王衍何在？"

王衍从人群中挤过来，走到床边："王爷，微臣在此。"

司马越："孤今身患重病，势难再起。"他望着枕边的兵符印信，"这些兵符印信交付于你。你要好自为之。"

王衍面露难色："不不不，王爷，微臣从未带过兵，不懂军事……"

"住口！"司马越怒斥道，"汝身为太尉，怎可轻言不懂军事？拿去！"

王衍："是是是。"惶恐地从枕边取过兵符印信。

司马越："孤死之后，不可在此举丧，也不要再回京师。你要将孤秘密运回东海。孤，孤想回，回，孤的封地，歇……息。"说着，喘息加重，在侍女、内侍的手忙脚乱救护下，两手一摊，死了。

百官将佐："王爷！""太傅！"

原野上，停着装载司马越棺椁的马车。士兵们排成数列纵队，分布在棺车的前后左右，前不见头，后不见尾。百官将佐簇拥在棺车周边。

王衍捧着兵符印信恭恭敬敬地走到襄阳王司马范跟前："王爷，微臣王衍实无统军之能，还请王爷执掌兵符印信，为国分忧。"

司马范："你这是何意？不不不，孤实无能，你还是另请高明吧。"

王衍犹豫一下，又走到任城王司马济面前。

司马济见状，连连摇手。

王衍叹口气，又走到武陵王司马澹跟前。

司马澹一面摇头，一面向后退缩。

王衍顾盼诸王，表情十分为难。

司马范："太尉不必推辞。既然太傅将军国大事托付于你，你不统领，何人统领？"

诸王及众公卿大臣："请太尉统领！"

王衍："不是微臣不愿统领，实在是这二十万人马，朝廷行台，如此重担，何止千钧！微臣并非朝廷亲贵，虽身为太尉，只是一介文臣，从来未曾统领过大军，实在是担不动啊！也罢，传令下去，全军开拔，向东海出发！"

大道上，晋军护着丧车，浩浩荡荡向前行进。

许昌，石勒行营。石勒、张宾与众将佐围着案上铺着的地图在研究军情。

"报——"一探马走入，"报大将军，晋太傅司马越死了。现在晋军主力二十万众与朝廷行台，由军司王衍统领，从项城出发，向东海行进。"

石勒："哦？战机来了。快过来说说，他们走的哪条路？"

探马走过来，在地图上指点："就是这条路。"

石勒："知道了，再探！"

探马："是！"退下。

张宾："司马越一死，晋军无帅，这可是消灭他们的最好机会。"

石勒："先生有何妙策？"

张宾："据我所知，王衍虽身为太尉，精通官场潜规则，熟谙做官之道，却是一个只会聚众清谈，擅长信口雌黄的庸才，并不懂得如何用兵。俗话说'兵熊熊一个，将熊熊一窝'，现在晋军之中已无良将，就算人数多达二十万众，却与驱赶着二十万头猪羊没有多少区别，不会有什么战斗力。主公只须率轻骑十万，背道急袭，接敌后，晋军必定一触即溃。"

石勒："好！先生分析十分透彻。众将听令！"

众将："末将在！"

石勒："让步兵留守，率领你们部下骑兵，全部轻装急进，随本帅去宰杀这群猪羊！"

众将："得令！"

大道上，石勒率大队骑兵在纵马飞奔。

道路上，王衍与晋室诸王百官率领大军护着丧车在缓缓行进。

王衍问身边一名将军："钱将军，现在我们到了什么地方？"

钱将军："已经进入苦县境内，前面就是宁平城。"

王衍："好，我们到宁平城休息。"

"杀——"突然，一阵山崩海啸般的喊杀声从四面传来。本来列队前行的晋军队伍立时大乱。士兵们四处乱窜，争相逃命。

王衍与百官诸王在马上团团打转，慌作一团。

石勒的大队骑兵从四面包围上来。

四散奔跑的晋军又返身狼奔豕突地跑了回来。相互拥挤践踏，乱成一堆，惨嚎之声响彻云霄。

钱将军纵马挺枪大喊："大家别慌，不要乱跑。我是将军钱端，快随我前去迎敌！"说着，率身边一队人马向前冲去。

石勒率领一队骑兵成散兵队形向前冲杀。

钱端率一队人马从乱军中冲出，与石勒遭遇。钱端咬咬牙，大吼一声，纵马挺枪直取石勒。

石勒舞戟相迎。

钱端举枪狠命向石勒当胸猛刺。

石勒拨开枪身，顺势横戟一扫，钱端被拍离马背，飞身跌出，摔在地上，抽搐几下，手脚一伸，死了。

跟随钱端的晋军士兵见主将已死，发一声喊，队伍解散，回头就跑。

原野上，狼奔豕突的晋军被石勒的大队骑兵团团包围。

石勒下令："放箭！"

箭如飞蝗，从四面射来，落入乱成一锅粥的晋军阵中。晋军士兵纷纷中箭倒毙，惨呼之声惊天动地。

地面上，一片叠加的死尸铺展开来，一望无际。

石勒率骑兵从死尸丛中走了过来。

王衍与百官诸王围坐在地上，一个个面如死灰。

石勒走近，下令："绑了！"

骑兵们跳下马，走上去，像捆绑猪羊一般捆绑这些高官显宦。

石勒："传令下去，清理战场，就地安营！"

石勒军帐。众豪杰从外面走进。

葵安："大哥，情况搞清楚了。我们消灭的这二十万大军和行台，是大晋朝廷的最后主力。现在的洛阳城中，只有何伦李恽的少量留守部队，基本上是一座空城。"

石勒："很好！这一来，通往晋都洛阳的路上再无强敌，大晋王朝的灭亡已经指日可待。传令，给我把那帮被抓获的高官显宦押上来！"

太尉王衍、襄阳王司马范、任城王司马济、武陵王司马澹、西河王司马喜、梁王司马禧、齐王司马超、吏部尚书刘望、廷尉诸葛铨、豫州刺史刘乔、太傅长史庾呆等一班显贵被五花大绑，在士兵的押解下，鱼贯走入军帐。

石勒端坐在军案后："给他们松绑看座。"

士兵们解去绳索，搬来一排长凳后走出军帐。

石勒："坐吧。"

显贵们局促地坐了下来。

石勒逐个打量着这一干衣着华贵，肥头大耳，大腹便便，但垂头丧气的大官巨宦，流露出犹豫不决的复杂表情。

石勒："你们中谁是太尉王衍？"

王衍站起身："在下便是。"

石勒挥挥手，示意让他坐下，问："还记得二十四年前，哦，也就是太康八年，在上东门长啸的那个胡人小子吗？"

王衍摇摇头。

石勒："我听说，当时你就认定'那胡雏有奇志'，命军士捉拿未果，颁令天下通缉。现在我告诉你，那'胡雏'就是我。我很佩服你的先见之明。"

王衍惶恐地低下头，不敢仰视。

石勒："王太尉，我问你，你身为太尉，位高权重，又目光锐利，见识不凡，为什么让大晋王朝腐朽动乱到如此地步？"

王衍哈着腰，奴颜媚骨地说："我王衍从小就热爱老庄玄学，喜欢清谈论文，对当官本无兴趣。虽然在朝中有一定地位，可朝中的一切政权都由亲王掌控，我们左右不了。就连今日从军，也是听从太傅司马越之严命，不得不来。说到大晋动乱，这也是上天要晋灭亡，借将军之手而已。将军正好应天顺人，取而代之，建国称尊，拨乱反正。眼下正是时机，将军万勿错过。”

石勒用手理理脸上那把浓密的胡须，冷冷一笑：“哼，你少年得志，入朝做官，迁延至今，须发都已白了，一直身居高位，肩挑重任，声名远播四海，威权遥震八荒，这能说你对当官没有兴趣吗？破坏朝纲，播乱天下的，正是你们这一班显宦权臣的罪责！我虽然出身夷狄，是你们眼中的‘胡人’，对你们一直奉行的‘非我族类，其心必异’的罪恶论调，还有你们对待我们完全等同于畜生的罪恶行径深恶痛绝，但我却很不愿意看到天下动乱，生灵涂炭。我就弄不明白，同是天地生民，为什么你们有如此阴暗的心态，非要把我们视作异类来对待？特别是，”他用指头狠狠地点着面前的这些显贵，“你们这些人为了一己私利，竟然不惜向亲人开刀下黑手，掀起了一次又一次腥风血雨，害得天怒人怨，民不聊生。你们只顾自己逞欲，毫无半点人性，你们才是真正的畜生！你们还狡辩什么？”

王衍与众显贵惭愧地低下头颅。

石勒：“好了，把你们的爵位名号自己报上来，让我认识认识。王衍就不用了，其他人报上来。”

诸显贵挨个报告：“襄阳王司马范”“任城王司马济”……

诸显贵报名结束后，石勒：“嗯，都是身份显贵，地位显赫的王公大臣。事到如今，你们还有什么话要说？”

除襄阳王司马范外，其他显贵一起趴跪在地向石勒乞求饶命：“请将军开恩，饶恕我们性命！”“求将军不要杀我们，我们愿意为将军牵马坠镫！”“我们愿为将军效命！”“请将军一定饶恕我们！”……

军帐内一时被一片嘈杂的求饶声浪覆盖。

石勒看着这群空有显爵却毫无骨气的杂种，脸上鄙夷加愤怒的神色愈来愈浓。

依然端坐的司马范突然一声断喝：“事已至此，还嚷嚷个什么！”

石勒循声看了看司马范，微微点头。

石勒：“好了，把他们带下去吧。”

士兵们重又走进，把这些高官显宦押了下去。

眼看着这班显贵被押出军帐，石勒在地上来回走了几步，回头问身边的孔苌：“我自从山东起事以来，南征北战，东挡西杀，足迹踏遍了大半个华夏，还从未见过像他们这样显贵的人物。这些人物久居朝堂，熟谙国事，精通典章制度与律令条文，也是我大汉国用得着的人才。你说说，是不是应该把他们留着呢？”

孔苌摇摇头：“这些人都是晋室王朝的亲贵重臣，别看他们眼下奴颜媚骨摇尾乞怜，心底里却对我们恨得要死！不如全部处决。”

石勒：“嗯，本来我还对他们抱有希望，可是看到他们是那样的缺乏气节，也很恼恨！只有那个襄阳王司马范还有点骨气，留他一命是否可以？”

孔苌：“司马范乃朝廷亲王，晋室诸王之乱他不可能置身事外。我认为一样留不得。”

石勒手摸胡须沉吟一会儿：“对。不过，我还是对王衍的眼光和司马范的骨气有点欣赏。这样吧，不要对他们加以锋刃，给他们留个全尸吧！”

黑夜，一所破旧的房屋。惨淡的月光透过屋顶破洞照射进来，映照在屋内地上围坐着的晋室王公大臣身上，朦胧恍惚，形同鬼魅。

突然，房体摇晃，屋顶的梁檩物件发出“吱吱咯咯”的断裂声。全屋人除襄阳王司马范双目紧闭正襟危坐外，其他人一个个惊慌失色地盯着屋顶，继而嚎啕大哭。

第二十五集

屋外，石勒站在一边，看大群士兵在用力推墙。

屋内传出凄厉的嚎哭声。

房屋轰然倒塌，荡起了漫天尘土。

石勒对身边的孔苌说："让士兵们运点土过来，干脆把这里做成一个大坟冢，让他们生前同朝为官，死后也同穴为鬼吧。"

孔苌："遵命！"起身离去。

石勒回身欲去，一转身，又有发现。

一口巨大的棺椁停放在空旷的场地上。

石勒："来人！"

附近的几个将军跑了过来。

石勒指着棺椁，发狠道："祸乱天下的元凶，就是这个司马越老贼！其生前未得受罚，死后也不能放过。给我把老贼棺椁劈开，死尸拖出，架起大火焚烧成灰，让士兵们四处扬洒，以告天地，为天下人泄愤！"

众将："遵命！"

摆放着司马越死尸的柴堆燃起熊熊大火。

京师洛阳，一处府邸。何伦与李恽愁眉苦脸地在交谈。

何伦："李将军，我看我们不能继续留在京师了。恩相这一去世，我们的靠山倒了。如今上至皇上，下至公卿臣僚，个个对我们恨之入骨，都想剥我们的皮，吃我们的肉。继续留在京师，不定什么时候会遭致祸患。退一步说，就算皇帝和臣僚无兵无勇，奈何我们不得，可一旦胡骑杀来，就凭我们这点兵力，也绝难抵御。不如趁现在胡骑未到，先期离开这是非之地，去追赶主力大军，与他们会合，一同回归东海。"

李恽："何将军所言极是，赶快离开这里方好。只是我们受恩相所托，要我们保护好裴妃与世子毗，撤离时一定要把他们带上。"

何伦："好吧，事不宜迟，我们立即分头去整顿队伍，马上离京！"

洛阳城门大开，何伦、李恽率领军队，护卫着几辆香车走出城门。

部队出城后，紧接着，许多高官显宦骑着马，押着车，浩浩荡荡然而却杂乱无章地涌出城门。

皇宫内，一名内侍匆匆走入，对站在花坛前发呆的皇帝司马炽说："陛下，不好了。何伦与李恽带着部队离京走了。"

司马炽："这两个罪该万死的恶贼，走了也好！"

内侍："可是，他们这一走，引发了全城恐慌，到处谣传，说是京师即将沦陷。留居京城的四十八家亲王，也都带着家眷跟他们跑了。还有京城内的百姓，凡是有点财物的，也多半跑了。现在整个京师已经没有多少人了。特别是朝廷，本来太傅出征时，就已经把多数朝臣带走，这一下可就更没几个人了！"

司马炽："可恨啊！这都是东海老贼的滔天罪恶。他现在虽然死了，也要追究他的罪责。拟诏！"

内侍："哎。"走到书案之前，研磨提笔。

司马炽："东海王越专权误国，罪恶昭彰，死有余辜，现追贬为县王，削夺其一切封爵。青州刺史苟晞忠心体国，加授大将军，大都督，督领青、徐、兖、豫、荆、扬六州军事；进尚书令荀藩为大司空；进幽州都督王浚为大司马，都督幽、冀诸军事；进南阳王模为太尉；进凉州刺史张轨为车骑大将军；进琅琊王睿为镇东大将军，兼督扬、江、湖、广、交五州诸军事。如今京师空虚，社稷垂危，着令苟晞、王浚、张轨、南阳王模、琅琊王睿，诏到之日，立即率部回京勤王，慰朕所望。钦此。"

许昌，石勒军帐，众将云集。石勒在调兵遣将。

石勒："现在晋室王朝的主力大军已被我们歼灭，通往京师洛阳的道路已经打开。大举西进，消灭晋室王朝的时机已经到。众将听令！"

众将："在！"

石勒："命你们立即整顿人马，随本帅向洛阳进军！"

众将："得令！"

浩浩荡荡的西进大军，旌旗蔽日，刀枪林立。全副武装的石勒在众将护卫下向前行进。

"报——"一探马从前面跑来，"前面洧仓地面发现一支晋军人马。"

石勒："有多少人马？装备如何？"

探马："人数很多。大多是官员家眷和老百姓。"

石勒："唔，知道了，再探！"

探马："是！"勒转马回头跑了。

石勒："弟兄们，我料定在洧仓出现的这支人马，一定是害怕京师沦陷逃出来的晋室官宦。他们人数虽多，但战斗力不会太强。传令下去，给我冲过去，全部拿下！"

众将："得令！"

何伦、李恽率部前行。部队显得旗帜凌乱，士气不振。后面跟着的官宦车骑更是杂乱无章。

突然，四面传来喊杀声。何伦、李恽惊慌地抬头观望。

原野上，大队汉军呐喊着冲了过来。

晋军队形大乱，许多士兵离队奔逃。后面的官宦、百姓东奔西逃，乱作一团。

李恽："遭了，我们遭遇劲敌，被包围了！怎么办？"

何伦："还能怎么办？逃命呗！"

李恽："那裴妃与世子怎么办？"

何伦："顾不得了！"说着，打马向外冲了出去。

李恽跳下马，走到一辆香车跟前，拔出佩剑，挑开车帘，对车上坐着的一个妇女和一男一女两个孩子说："夫人，孩子们，看来我们在劫难逃了。为了不让你们落入贼手，只能送你们先行上路了！"

车上的妇女、孩子一齐惊恐地大哭。

李恽咬咬牙，狂嚎一声："呀——"举剑刺向妇女，一股鲜血喷在他的脸上。

妇女惨嚎一声，倒在车中。

两个孩子吓得挤向车门，想要跳车，被李恽抓住，一刀一个，全部杀死。

李恽一把扯下车帘，擦擦脸上和剑上的血，泪流满面。他翻身上马，看看四周，汉军如潮水般正在杀来，于是勒转马向外冲去。

汉军四面围拢过来。来不及逃跑的士兵、百姓、官宦以及他们的家眷，全都跪在地上，等候命运发落。

石勒军帐。张宾走了进来："启禀主公，经查证，晋室四十八位亲王已经全部落网，只走了东海王配偶裴妃。"

石勒："裴妃不是一老妪吗？她怎么反而能够走脱？"

张宾："就因为她是老妪，没引起人们注意，才叫她溜掉。"

石勒："溜就溜了吧，一个老妪倒也成不了什么事。先生你说，我们拿下了这四十八王，大晋王朝这场历时十六年的诸王之乱，是否就会终结了呢？"

张宾："我看可以了。晋室大厦即将全面崩塌，亲王乱政这类事还怎么可能再度发生？以后即使再有什么王跳出来，也不过是晋室王朝的残灰余烬，苟延残喘而已。"

石勒哈哈大笑："好，这就是说，大晋王朝这场旷日持久的大动乱，最终了结在我石勒的手上了。这正好应了我的名字。看来，冥冥之中自有玄机。妙啊！"

张宾："此话怎讲？"

石勒："呵呵，我名'石勒'，唤作'示罗'亦可。按照我们羯胡话来讲，就是'战乱终结者''和平使者'的意思。现在，这场臭名昭著的大动乱果然终结在我石勒的手上。你说，这是不是上天在冥冥中的有意安排？"

"哈哈哈哈。"二人一起放声大笑。

京师洛阳。

"哈哈哈哈。"汉国始安王刘曜站在皇宫大殿前放声大笑，"真是天助我也。孤率领大军过了黄河，一路东进，只说是在进攻洛阳时将有一场恶战。没想到煌煌京师竟然是一座空城，使孤兵不血刃轻松取得。更可笑的是，晋帝司马炽仓皇外逃又恰好撞在了孤的手里，白白送了孤一件灭晋大功。只可恨王弥老贼抢先进城，将皇宫内缯宝财物劫掠殆尽，还来向孤献什么殷勤，说是让孤上疏朝廷，建议皇上迁都洛阳。哼，什么东西！"

大将呼延晏："可是，殿下，王弥和您闹翻后，率部出屯项关去了。"

刘曜："哼，走了就走了，孤也不愿留在这里。传令下去，干脆放一把火，烧了干净，省的有人心怀妄念！"

呼延晏："遵命！"

城内浓烟滚滚，火光冲天。

城门口，一队汉兵押着一连串囚车走出城门。囚车内，关押着垂头丧气的皇帝司马炽与庾珉、王俊等一班晋室残存的王公大臣。

刘曜骑马走出城门，对率领着汉军的将军呼延晏说："呼延将军，孤现在命你率领本部人马，押解这个倒霉皇帝和这一班晋室王公大臣立即回平阳向吾皇报捷。一路上要严加防范，不可有任何闪失。"

呼延晏:“殿下您呢?”

刘曜:“孤就不回去了。孤要趁晋帝被俘,士气高涨,率部北上去进攻蒲坂。”

呼延晏:“那好吧。末将遵命!”

石勒军帐。

张宾匆匆走入:“主公,得到一个很不好的消息。”

石勒:“唔?什么消息?”

张宾:“晋都洛阳已经被刘曜、王弥所率领的西路大军攻克,大晋皇帝已被他们俘虏后押回平阳报捷去了。”

石勒吃惊地:“什么?快说说,到底是怎么回事?”

张宾:“现在我们知道,晋室王朝的兵力分布,主要集中在我们所进攻的京师东南一带,而西部的兵力分布相对要薄弱许多。所以,刘曜、王弥的西路大军进展十分顺利。就在我们消灭晋军最后主力二十万于苦县,又在洧仓歼灭何伦、李恽所部,俘获晋室四十八家亲王之后,还在西进的路上时,刘曜、王弥就已经攻到了洛阳。而此时的洛阳城因无兵防守,自然被他们轻松攻入。那倒霉的皇帝无处可逃,便被他们俘虏了。”

石勒:“咦?如此说来,我就很纳闷。既然京师已经无兵防守,那皇帝为何不出逃或迁都别处,还要困守空城?”

张宾:“这种情况我已经了解过了。据我们潜伏在洛阳的细作报告,就在洛阳城内仅有的最后一点守城兵力被何伦、李恽带走后,晋帝曾经对驻守外藩的各路将官加官进爵,诏令他们回京勤王,可是却没有一个人响应。后来,驻守在仓垣的新任大都督、大将军苟晞,派人押运谷米千斛和宿卫士卒五百名来到洛阳,上疏奏请晋帝迁都仓垣。晋帝委决不下,召集臣僚公议。可是,这些臣僚都是当初司马越胁迫‘行台’出征后留下的无智无算废物,目光短浅。再加上有苟晞运来的一点粮食救急,他们心存侥幸,不愿离开他们的‘安乐窝’,致使迁都之事议而未决。直到刘曜、王弥的西路大军攻进洛阳,晋帝急了,这才仓皇出走,欲西奔长安去投南阳王司马模。哪知他正好一头撞进了刘曜大军的怀里做了俘虏。”

这时,帐外传来喧哗声:“这算咋回事?老子不服!”说话间,“十八骑”豪杰怒冲冲闯了进来。

王阳:“大哥,你说,在整个灭晋战争中,到底谁的功劳最大?我们南征北战,浴血中原,消灭了晋室王朝最后主力二十余万,擒获晋室四十八王,晋室王朝的有生力量都是我们给歼灭的。现在倒好,刘曜小子不费一兵一卒,倒捡了个天大的便宜！由他押着俘虏的晋室皇帝回京请功，那我们的功劳怎么算？”

众豪杰:“是啊,我们不服！”“不服！”“不服！”

石勒看看愤怒的众弟兄,低下头在地上来回踱步。

葵安:“大哥,你倒是说句话呀！”

众豪杰:“对呀大哥,我们不能就此拉倒吧？”

“你说,我们怎么办？”

石勒停下脚步,叹一口气:“弟兄们,你们的心情我很理解。其实,我的心里也很憋屈。可是,细细想来,我们受汉皇旨意,出兵消灭腐晋,征战沙场,血染征袍,功劳自是有目共睹。现在虽然大晋朝廷垮了,但大晋的残余势力还很强大,随时都有死灰复燃的可能。我们现在最需要的是同心协力继续战斗。至于由谁回去报功请赏,我觉得我们不必斤斤计较。彻底消灭大晋的残余势力,让大汉国归于一统,天下太平,这才是我们所追求的目标。大家说是不是？”

众豪杰相互看看,都不说话。

张宾:“诸位将军,主公说得很有道理。现在敌人的残余势力还很强大,我们切不可因为一点功利,在自己的阵营中产生内讧。这从大局来看是很不好的。”

石勒:“张先生所言极是。以后的道路还很长,我们的眼光应该放长远一点。这样吧,弟兄们都把火气压一压,回去整顿队伍,我们兵进洛阳。”

张宾深深地叹了口气:“唉,兵进洛阳也不过是看看而已。现在的洛阳城也经是废墟一座了！”

石勒:“先生何出此言？”

张宾:“据我们的细作报告,刘曜、王弥进入洛阳后,放纵部下大肆掠夺杀戮,将京城残存的官属百姓三万多人全部杀害,并移尸洛水之北,堆积在一起,筑成高大圆丘,号为‘京观’。这还不算,刘曜入城后,清点所掠财物不多,怀疑已被先他入城的王弥掠去,与王弥反目。王弥怒而率部出屯项关。刘曜也不愿留守洛阳,将俘获的晋室宫女嫔妃分配给诸将,自己强占了晋惠帝皇后羊氏,撤出洛阳,北上蒲坂去了。临行时放了一把大火,将晋室的宫室宗庙以至整个洛阳城烧成了一片废墟。唉！”

洛阳城内,石勒与众将佐行走在倒塌的宫室废墟上。土堆中露出的一处处被烧毁的木头上还冒着缕缕青烟。

石勒和众将佐面色凝重地看着这一切,缓缓走过。

洛水之北，一座巨大的圆形土堆，像山一般兀立眼前。

张宾："这就是刘曜的所谓杰作'京观'！"

石勒与众豪杰表情悲愤地伫立默哀。

项关，王弥军帐。王弥与亲信部下刘暾、张嵩在一起议事。

刘暾："大将军，自从您与始安王刘曜反目，出屯项关，我总感觉这并非好事。始安王作为汉室亲王，您得罪了他，他一定会忌恨于您，这对我们的今后发展极为不利！"

王弥："这我岂能不知？可是始安王太气人了。攻陷洛阳后，我好心进言，奉劝他向汉帝上书，迁都洛阳。这样我们就可坐镇中原，控制华夏，这对我们大汉国来说，实在是天大的好事。谁知这小子不但不听，还怀疑我私吞了京师财物，对我横加指责，真是岂有岂理。我岂能受他无端侮辱！现在想起，仍然耿耿！"

刘暾："既然大将军已经与大汉国产生了嫌隙，不如一不做二不休。青州乃将军桑梓之地，将军应趁现在手握重兵，脱离汉国，回青州去立国称王。"

张嵩："我以为，刘暾之言很是在理。纵观历史上，大将功成之后，一般都无好的下场。当年淮阴侯韩信若是听从蒯通之言，也不会有命丧未央宫钟室之惨祸。"

王弥走上前，拍拍刘暾、张嵩的肩膀："知我者，刘暾、张嵩也。你们说得很对，我也早有心回青州称王，只是找不到机会而已。我并不担心刘曜会对我怎么样，我最担心的是石勒。石勒如今兵势正盛，又对汉国忠心不贰。如果他得知我的意图，出来横加阻挠，还真不好对付。所以，我们现在面临的问题是如何搬掉石勒这块绊脚石！可是，从目前的兵力对比来看，我们没有胜算。故而我想把我们的老部下曹凝召回。曹凝现在齐地活动，兵力十分雄壮。他若回来，我们在军力上就会处于明显的优势，对付石勒就有了绝对的把握。只有除掉或压制住石勒，我们回青州称王的夙愿才会实现。"

刘暾："既然这样，将军还犹豫什么？您赶快修书，在下当亲往齐地，召曹凝将军回军项关，与将军共谋大事。"

王弥："好！我这就修书，烦老弟快马赴齐，召曹凝速回项关。"

石勒军帐，石勒与张宾、孔苌及众豪杰围着一张地图在议事。

"报——"一军士走入，"报告大将军，我军游骑在我防区擒获奸细一名。"

石勒："押上来！"

五花大绑的刘暾，被数名武士推进军帐。

石勒："汝是什么人？为何擅闯我军讯地？"

刘暾将脸别向一边，拒不回答。

石勒："给我搜身，仔细地搜，看看他身上藏了什么东西！"

武士搜身，在刘暾身上搜出书信一封："这里有书信一封。"

石勒："呈上来！"

武士将书信交予石勒。石勒接过书信，转手递给张宾："请先生看看里面写了些什么。"

张宾接过书信拆阅后说："这是王弥王公写给其部属曹凝的密信。信中说，他欲称王青州，但害怕主公阻拦，所以急召曹凝回项关，合兵对付我们。"

在场众人一起面露惊愕。

石勒："哦？我一直以为王弥与某志同道合，一心辅汉，万万没想到他竟然包藏祸心，还要图谋于我！真是知人知面不知心。这倒需要小心了！来人！"

武士："在！"

石勒："给我把这厮拉出去砍了！同时传令下去，严密封锁消息，不许将此事外泄！"

武士："诺！"将刘暾倒拖着拉了出去。

石勒："此事暂时到此。我们来研究一下下一步的军事行动。"

众豪杰回到地图前。

石勒："据我们的哨探回报，自从洛阳的晋室朝廷垮台后，大晋王朝还有三股势力不容小觑。第一股是秦王司马邺，此人在洛阳城破时侥幸逃出，向南跑到密县，遇到了同样逃出来的晋室大司空，也是他的外公荀藩。荀藩尊他为主，后来历经辗转，随雍州刺史贾疋等人西行入关，在长安建立了'行台'。第二股是琅琊王司马睿，此人原先跟随其叔父东安王司马繇住在邺城。当年幽并联军攻邺时，成都王司马颖怀疑司马繇会成为内应而将其杀害。司马睿害怕遭受株连，微服逃出邺城回到封国。再后来被晋廷封为安东将军，都督扬州诸军事，镇守建业。同时在司马王导的辅弼下盘踞江东，并联合江东豪族与中原南迁大户，招贤纳士，势力日益壮大。第三股是晋太子司马佺的弟弟司马端。此人在洛阳城破时化装成普通老百姓混入流民潜逃出城，向东跑到仓垣，投奔了晋大将军荀晞，被荀晞尊为'皇太子'，在蒙城建立了'行台'。在这三股势力中，蒙城这股势力离我们最近，首当其冲。所以我决定，首先消灭蒙城荀晞这股势力，然后再图司马睿。不知大家是何看法，请发表高见。"

张宾："主公英明。据我所知，荀晞其人虽然治军极严，用兵有方，却不是治国理政的雄才。有消息说，荀晞自从尊奉司马端建立'行台'后，自觉一下子平步青云，成了大权独揽的辅政大臣，便趾高气扬，目中无人，听不得半点不同意见。有人向他进献忠言，反被他残忍杀害。再加上他的一班私党横行不法，横征暴敛，荼毒百姓，致使将士离心，民怨沸腾。近来蒙城一带瘟疫流行，人民九死一生，但他并不关心。他家中蓄养美妾数十，奴婢千人，每天足不出户，只是在美女群中厮混。如此行径，焉能不遭致灭亡？然而，此人毕竟知兵。为了严防我们的进攻，他特地委派得力悍将王赞镇守阳夏。而阳夏是通往蒙城的主要门户。要取蒙城，必须首先攻取阳夏。可是，王赞其人却不好对付。此人身经百战，骁勇异常。加之阳夏城防坚固，如果硬攻，不仅费时费力，损失要大，还会惊动苟晞。苟晞必然会在救援阳夏的同时，加强蒙城的防御。所以，我们对阳夏只能智取。最好的办法是把王赞诱出城来，在野战中加以歼灭。然而，这一来，就需要挑选一名合适的将军率部前去诱敌。而这名将军必须具备两个必要条件：一是这位将军的身份地位要让王赞觉得值得出城一战；二是要让王赞觉得战胜这位将军有必胜的把握。只有这样，王赞才可能开城出战。否则，具有丰富临战经验的王赞是不会轻易上当的。"

在张宾说话时，石勒频频点头："先生分析得很有道理。可是，谁可担此重任呢？"他逐个审视帐下众将。

"十八骑"等众将一个个在镜头前晃过。

众将也都相互观望。

支屈六："这条件也太难为情了。王赞如何看我们，我们咋知道？"

"末将愿去诱敌！"帐后传来英姑的声音。

石勒与众将循声望去，只见英姑绢帕包头，一身紧身软靠，英姿飒爽地从帐后走出。

石勒嗔怪道："这是在召开军事会议，你来凑什么热闹？"

张宾见状，立即抚掌大笑："好好好，有嫂夫人出面，吾计成也！来来来，请嫂夫人过来。"

英姑瞋了石勒一眼，微笑着走向张宾。

张宾："主公，嫂夫人，我们这样……"

军帐外，众豪杰、将佐陆续走出军帐。孔苌与葵安走在一起。

孔苌："没想到，刘夫人竟然也在军中。"

葵安："这有什么奇怪的？我的这位嫂夫人武功高强，只怕你也未必是她的对手。这次出征，原来随军的程夫人有了身孕，不能随军，所以她就来了。呵呵，这也可能是出于女人家心性，害怕大哥再给她收一个什么姑娘为侧妃回来堵她的心，所以才缠着大哥一定要随军吧。嘻嘻。谁知道呢！不过，我们不用十分担心，她一身武功，早就嚷嚷着要上阵立功。这次也许是个难得的机会。”

孔苌：“哦，原来是这样。”

阳夏城高大的城墙。城上，一队守军面向城外站立，严阵以待。

城外开阔地上，英姑骑一匹胭脂马，手持一双绣鸾刀，率领一支劲卒，在向城上观望。

英姑走马上前，对着城头高喊：“喂，城上的人听着。告诉你家将军王赞，就说石勒的夫人刘英姑请他前来受死！”

阳夏将军府，王赞在独坐观书。

“报——”一守军来报，“报告将军，城外来了一位女将，说是石勒的夫人刘英姑，指名向将军挑战。”

王赞：“哦？”放下手中书本，“奇怪，本将军只知道石勒这家伙勇猛彪悍，不好对付，没听说他的妻子也能上阵打仗。走，看看去。”

阳夏城头，王赞向城外瞭望。

城外，英姑与所率甲士在严阵以待。

城上，守军指着城下的英姑说：“就是那个胡婆子，她说她是石勒的夫人。”

王赞：“哼，一个女流之辈，也没有发现大军接应，就敢率一支孤军前来挑战本将军，这胆子也够肥的！既然她不知死活，那本将军就出去会会她，将其生擒，看看石勒的颜面何在！也好用她作为筹码，要挟石勒退兵。传令下去，开城迎敌！”

阳夏城门口吊桥缓缓放下。城门打开，王赞手持一杆大铁枪，骑一匹黑马，率领一支军队杀出城来，在英姑对面列阵。

王赞策马上前，指着英姑：“好你个胡婆子，难道没有听说过王赞的名头吗？也敢前来送死！”

英姑冷笑一声：“有本事放马过来，光耍嘴皮子管什么用？”

王赞：“好！”纵马挺枪，向英姑冲了过来，“看枪！”

英姑纵马挥刀，侧身让过枪头，向王赞兜头就砍。

王赞收枪横格，架住劈来的刀锋。

英姑另一手举刀直刺王赞前胸，被王赞顺势用枪杆拨开，回枪猛刺英姑。

英姑双刀急架，拨开枪身，在抽刀回劈王赞的同时，大喊一声：“喽啰们快撤，这王赞果然厉害，姑奶奶战他不过！”说着，趁王赞收枪拦截之际，拨马跳出圈外，打马往回就跑，一面跑一面喊："快跑！快跑！"

"咦？"英姑的举动显然出乎王赞意外，"就这两下子，也敢来触老子的霉头！"他大喊一声，"哪里走，拿命来！"纵马率众紧紧追了上去。

几乎就在王赞率队向英姑追去的同时，石勒率大队骑兵从另一方向疾风暴雨般冲了过来，迅速扑向阳夏城门。

英姑率众在前面仓皇奔逃，一面跑一面不时将军旗、器械陆续丢弃。

王赞率众在后面紧紧追赶，马蹄翻飞，意气风发，志在必得。

双方军队先后进入一条林间道路，距离也愈来愈近。

突然一声大响，王赞连人带马掉入陷坑，地面上腾起一阵漫天尘土。与此同时，随着一阵呐喊，两边树林中杀出大队汉军。

跟随王赞的士兵被林中冲出的汉军杀退，四散逃去。

英姑勒马返回，指挥手下用挠钩将王赞从陷坑搭出，上了绑绳。

阳夏城头，汉军战士挥舞绣着"汉"字与"石"字的大旗在欢呼雀跃。

阳夏将军府，石勒端坐军案之后。帐下，众将佐环侍云集。

英姑带数名甲士，押着王赞走了进来。

石勒呵呵笑着，从军案后走出，给王赞松绑："王赞将军受惊了。"回头命令手下，"给王将军看座。"

一军士搬一把凳子过来放下。

石勒："王将军请坐。"

王赞垂头丧气地上前坐了。

石勒："王将军英武盖世，天下共知。现在大晋朝气数已尽，还望将军审时度势，归顺我大汉，共创大业。不知将军意下如何？"

王赞叹了一口气："唉，也罢！"

石勒："好！王将军深明大义，可喜可贺。我现在就任命你为从事中郎，随军听用。传令下去，安排宴席，给王将军压惊贺喜！"

盛大的宴会。大厅内，众将佐分布在各个餐桌进餐。王赞由石勒、张宾、孔苌等几名重要人员在主席陪饮。

石勒举杯向王赞祝贺道："王将军今日归顺，乃我大汉之福。请将军满饮此杯，以表我石勒对将军的敬意。"

王赞面无表情地端坐着,伸手接过酒杯一饮而尽。

石勒向陪席的其他人使了个眼色。

张宾起身敬酒:"张宾不才,久闻将军威名,今日得见,实乃三生有幸。请将军不嫌卑陋,满饮此杯。"

王赞看也不看,接过去一饮而尽。

孔苌捧杯敬酒:"将军英武绝伦,孔苌敬佩有加,请将军满饮此杯。"

王赞接过,一饮而尽。

接下来,还未等下一人举杯敬酒,王赞一把抓过桌上的酒壶,用嘴叼住壶嘴,仰头咕噜咕噜一口气喝了下去,然后将酒壶往桌上一墩,伏案呼呼大睡。

石勒用手拍拍王赞:"王将军,醒醒。"

王赞毫无反应。

石勒抓住王赞摇摇,王赞依然不醒。石勒呵呵一声冷笑:"我就知道尔小子不会真心降我,只能暂借尔身躯一用。"猛然站起:"众将听令!"

宴会上的所有将军一起站起:"末将在!"

石勒:"立即点轻骑五千,全部换上王赞军士的衣装器械,随本帅去突袭蒙城。张先生,孔苌,你二人率大军随后跟进!"

众将佐:"遵命!"

蒙城,城头上守城的晋军严阵以待。一位将军扒着城垛在向下观望。

城下,一队骑兵穿着晋军的服饰,打着绣有"王"字的旗帜列队城下。队伍前面,深睡不醒的王赞被化装成亲兵的王阳搂抱着骑在马上。他们的周围簇拥着化装成亲兵的"十八骑"豪杰。

王阳:"喂,城上的人听着,王赞将军要面见苟太傅,商量要紧之事。请打开城门放我们进去。"

城头上,守城将军身边的一名士兵指着城下:"那人果然是王赞将军。只是,他好像喝醉了。"

守城将军:"既是王赞将军,那就没错。传令下去,开城放行。"

蒙城吊桥缓缓放下,城门开启。

石勒见吊桥放稳,手中大戟向前一指:"夺门!"

"十八骑"豪杰发一声喊,一拥向前,迅速抢夺控制了城门。

大队骑兵如疾风暴雨般冲进城去。

城头守将大惊失色："啊？不好，是汉将石勒，坏了！"急忙回身飞奔下城。

太傅官邸，苟晞正与一群美女饮酒调情。

一美女拿一杯酒灌向苟晞："太傅，您每天和我们一起快乐，就不怕石勒打上门来？"

苟晞将酒咽下，抹抹嘴，说："你们知道什么？石勒要打蒙城，必须先取阳夏。只要阳夏不失，我们就只管快活好了。来吧宝贝！"一把将美女搂在怀中。

守城将军破门而入："太傅，大事不好，石勒打进来了！"

苟晞："什么？"将美女一把推开。

守城将军："石勒擒了王赞，以王赞为饵赚开城门，已经打进来了，情况万分危急！"

苟晞："坏了。快到校场聚将！"说着，起身冲了出去。

校场上，苟晞猛擂聚将鼓。

校场四周突然传来海啸般的喊杀声，无数汉军轻骑兵冲进校场，将苟晞围困在聚将台上。

苟晞回身看看，像泄了气的皮球一般，手中鼓槌落地。

第二十六集

蒙城大堂，石勒端坐在上，堂下众将环侍。

石勒："带上来！"

众甲士押着苟晞、豫章王司马端、苟晞的弟弟苟纯走了进来。

石勒逐个打量这三个人，最后将眼光落在苟纯身上："你叫苟纯，是苟道将的弟弟，对吗？"

苟纯："是。"

石勒："那也就是说，当年你在青州滥杀行威，比你那号称'屠伯'的兄长还要狠毒。青州民谣所说的'一苟不如一苟，小苟毒过大苟'的'小苟'就是你了。你可知罪？"

苟纯低下头无言以对。

石勒又将目光移向豫章王司马端："你是豫章王司马端，对不对？"

司马端点点头。

石勒："洛阳城破时，你微服出逃，投奔苟晞，在此建立行台，妄图死灰复燃。然而天道厌晋，凭尔螳臂之力，也欲力挽狂澜？妄想！"

司马端惶恐地低下头颅。

石勒："来人！"

甲士："在！"

石勒："把这二人先暂时押下去关押。"

甲士中二人："诺！"将苟纯、司马端押了下去。

石勒最后盯着苟晞："苟道将，你堪称大晋朝第一名将，精通六韬三略，治军极其严苛。今日落入某手，有何感想？"

苟晞闭上眼睛，把脸别向一旁。

石勒："想当年你斩公师藩于邺城，败汲桑与某于平阳，那是何等的威风！如今你又扶持豫章王建立行台。你逆天行事，狂妄到无以复加，我本应砍下你的头颅，为公师藩与汲桑大哥祭灵。可又爱惜你的一身武学造诣，用兵有方，故而不想杀你。且任命你为某的左司马，给某执鞭坠镫，以抵偿你当年斩杀公师藩和败某于平阳之罪。还有，你干了一系列对不起蒙城人民的坏事，也要让蒙城人民泄一泄心中对你的怨愤。来人！”

押解苟晞的甲士：“在！”

石勒：“取铁链将苟晞的颈项锁上，某要拉他去巡视蒙城。”

甲士：“诺！”取铁链锁苟晞。

石勒起身对张宾说：“先生，烦你撰写表文，向汉帝报捷。”

张宾：“请主公放心，张某这就去写。”

蒙城街头石勒率一队亲兵在巡视前行。被铁链锁项的苟晞拴在石勒的马左，随着石勒的行进而踉跄跟进，显得十分狼狈。

街道两边拥挤着前来看热闹的人群。看着石勒走过来，人群中有人高喊：“快看，那个像狗一样锁着的，就是大苟屠伯。好，原来这条恶狗也有今天！”

“打！”随着人群中有人喊打，立时数不清的瓜果、蔬菜、鸡蛋与杂物飞向苟晞。苟晞躲无可躲，脸上、脑袋上流淌着蛋黄与果皮菜叶。

一处府邸内，苟晞瞪着充满仇恨的眼睛在发呆。

原部下那名守城将军走进：“太傅大人，今天石公虽然让您受辱，但没想到，他果然任命您为左司马，还把我们这些您的旧部发还给您，让您统领。只是不知太傅接下来有何打算？”

苟晞：“你懂什么？石勒小子对我解除禁锢，任为将军，只是在人前显摆他的虚怀若谷大将风范而已。我作为堂堂大晋‘行台’的首辅，受此奇耻大辱，岂能善罢甘休！扶大晋王朝于既倒，是上天赋予我苟道将的最后使命。我之所以忍辱负重，苟且偷生，接受任命，就是要留得性命，寻找机会，绝地反击，和石勒小子进行最后一搏。如果我的愿望能够实现，这将是大晋命运的伟大转折，大晋朝将从此走向中兴。而我也将作为兴晋功臣而被载入史册。如果天不佑晋，一旦落败，我也甘心做一个以身殉职的大晋忠臣，死而无憾。我只是对王赞这厮有点看走眼。本以为他是一条铁骨铮铮的汉子，没想到他为了区区一个从事中郎，竟然为虎作伥，出卖本官。我真是糊涂瞎眼，认错了人！”

守城将军：“太傅大人，这您可就冤枉王赞将军了。我已经打听清楚了。当时王赞将军是被石勒用酒灌醉后扶在马上，他们化装成王赞亲兵前来赚开城门的。也怪在下一时眼拙，上了大当。在下有罪，还请太傅责罚，不要冤枉王赞将军。”

苟晞惊愕地：“哦？原来竟然是这么回事。我就说嘛，王赞将军中计遭擒，为了今后的宏图大举，不愿轻易丢掉性命，与敌虚与委蛇，是完全可能的。本太傅不就是这样吗？他怎么可能委身事贼！这样说来，王赞的想法一定与本官一样，在等待时机。”

守城将军：“我觉得一定是这样。”

荀晞站起身在地上来回踱步：“如果是这样，那我们就要设法和王赞将军取得联系。现在石勒这厮虽然对我和王赞加以任用，但他对我们一定不会放松监视与掌控，在我们的周围一定安排有他们的眼线。如今他把我们隔离在相距较远的两地驻扎，就是防止我们相互串通。所以，我们的活动必须在绝密中进行。”他手捻胡须，沉吟一会儿，对守城将军说，“这样，你跟随我多年，我非常了解你的忠诚。现在，本太傅命令你秘密化装出营，设法与王赞将军见面，让他千万不要轻举妄动。要严格掌握好自己的亲兵旧部，在我们之间建立秘密联系通道，保持经常联系，一切听从本太傅安排。一旦时机成熟，就按约定时机，到约定地点，发动突然袭击，来他个腹地开花，给石勒致命一击，打掉他的指挥中枢。然后趁乱救出豫章王，寻找地方，重新建立‘行台’，号召旧部，同心勠力，以求恢复大晋基业。这样，我们就可以一雪前耻，建立盖世功勋。”

守城将军：“太傅雄才大略，深谋远虑，令在下万分佩服，在下这就去办。”

荀晞：“一定要特别小心，严格保密。”

项关，王弥军营。军帐内，王弥与谋士张嵩交谈。

王弥：“张嵩先生，你说，刘瞰到齐地征召曹凝回援，已经走了好些时日，为何一点音讯都没有？是否曹凝尾大不掉，不想受我节制？”

张嵩：“这不好说，现在天下大乱，什么事情都有可能发生。”

王弥：“真让人揪心。咱们的兵力本就不足，偏偏徐邈这混蛋又叛我而去，带走了很大一部分兵力，让我的势力再次减损。如今曹凝又征调不回，我们还怎么应对石勒？而石勒不除，我们青州称王的夙愿还怎么实现？唉！”

“报——”一探子走入，“报告大将军，石勒大军用计袭破蒙城，捉了荀晞，并任用荀晞为左司马，现在驻屯蒙城。”

王弥：“啊？再探！”

探子：“是！”退下。

王弥：“真是祸不单行，又让石勒这小子成就了大功。现在石勒势力大增，我们就更难对付了。张先生，你说，有什么应对之策？”

张嵩：“既然不能与之抗衡，不如干脆放下身段，向其示好，解除他对我们的警惕。”

王弥点点头：“嗯，你说得很对，这也正是我的想法。我现在就修书，向石勒擒捉苟晞表示祝贺，同时也探探石勒对我们的态度。”

蒙城，石勒军帐。石勒将一封书信交予张宾：“张先生，这是王弥送来的书信。您给看看，他都说了些什么？”

张宾接过书信：“王弥在信中说：‘公一鼓获晞，用为司马，猛以济宽，令弥拜服。果使晞为公左，弥为公右，天下有何难定？’呵呵，看来这王弥屈尊降贵，想做主公的右司马，与苟晞同列，听主公差遣，真是匪夷所思。”

石勒：“是啊，这里面透着古怪。王弥在朝中的地位并不在我之下，其受重用的程度甚至比我还高。现在却表示得如此谦卑，看来这家伙并未安什么好心！很可能之前对曹嶷传达的意图就要实施了。”

张宾：“主公所言极是。王弥想回青州称王，倒也不难理解。青州是王弥的桑梓之地，梦想称王故土，也是人之常情。他之所以迟迟没有行动，就是担心主公成为他的障碍。所以他一直有除去主公的图谋，只是还没有找到下手的机会而已。如果我们不趁眼下他的部将徐邈率部叛离，他势力严重削弱的机会将他除去，一旦曹嶷应征率部到来，我们可就后悔莫及了！”

石勒：“先生所言极是。不过，我们还需要找一个合适的时机。这样，请先生替我给王弥拟写回书，就说我非常愿意与他结好，帮助他回青州称王。同时，为了消除他的疑虑，我也非常希望他能支持我回并州称王。先把他稳住再说。”

张宾：“好！”

石勒：“那么，接下来我们的进攻目标就是篷关陈午那小子了。来人！”

一名亲兵走入：“在！”

石勒：“传令下去，大军全面起动，我们兵进篷关。”

亲兵：“是！”退下。

项关，王弥军帐。王弥手持石勒书信，对张嵩说：“好！看来石勒这小子不仅对我没有戒心，还和我有同样想法，欲回并州称王。这下我就彻底放心了。”

张嵩：“如此甚好。不过，防人之心不可无，我们也不能过分托大。”

“报——”一名军士走入，“报告大将军，一个名叫刘瑞的，率一支军队前来进犯，现在攻势很猛。”

王弥：“哦？真是屋漏偏遭连阴雨。徐邈叛离，致使我元气大伤，现在刘瑞小子又乘虚来袭！传令下去，加固城防，严防死守！”

军士：“是！”退下。

张嵩：“如今我军兵力寡弱，刘瑞来犯，不知将军用何计退敌？”

王弥："看来，只好向石勒求救了。既然他对我没有戒心，想必对我的求救也不会坐视不理。"

篷关前线石勒军帐。王弥的使者跪在地上。

张宾看过书信后对石勒说："看来王公形势危急。不然，也不会求救于我。"

石勒一声冷笑，瞪目就要说话。张宾见状，急忙伸一根手指在嘴边制止："请主公借一步说话。"说完，转身走到帐后。石勒跟随在后。

帐后，张宾："看主公的意思，是否不愿去救王弥？"

石勒："王弥老儿居心叵测，时刻都在图谋于我。现在他面临危机，我高兴还来不及呢，咋能出手去救他？再说，眼下篷关城池坚固，守将陈午这小子又防守严密。我们进攻篷关尚嫌兵力不足，咋能再抽兵救他！"

张宾："主公聪明绝顶，咋在这件事上犯糊涂呢？王弥乃人中豪杰，区区刘瑞咋会是他的对手？眼下他只是在兵力对比上暂处弱势而已。以他的智慧，即便您不去救他，他也一定能够扭转战局，脱离险境。这只是一个时间问题。您不是一直找不到对付他的机会吗？我们正好可以利用这件事创造机会呀！所以，对王弥的请求，主公千万不要拒绝。这次我们去帮他解了围，他可能不会彻底消除对我们的敌意，但却一定会以为我们对他没有敌意。这样，机会不就有了吗？至于陈午，相对于王弥来说，只不过是个小屁孩而已，对我们形不成什么威胁。请主公一定要考虑清楚。"

石勒以手抚额，如梦初醒："哦，对对对，先生所言极是，是某糊涂了！"说完，返身走出。

帐前，跪在地上的王弥使者在焦急地等待回音。

石勒与张宾从帐后走出。

石勒对使者说："起来吧。回去告诉王弥将军，让他坚守待援，某将亲率精骑前去救援。"

使者再拜而起："王弥将军深谢大将军高义，在下告辞了。"

石勒："去吧。"

使者施礼后转身走出。

王弥军帐，王弥对使者说："好！有石勒前来救援，我无忧也。传令下去，密切注意敌军动态，一有异动，立即出击，与石勒前后夹攻，将敌人一举打垮！"

道路上，石勒率骑兵大队在急行军。马匹的蹄子用布包着，战士们口中衔着芦棒。部队悄悄潜行，渐渐接近刘瑞阵营。

刘瑞，一名骑马的年轻将军，正在全神贯注地指挥部队攻城。部队抬着云梯，挥舞着兵刃扑向城墙；城墙上檑木炮石滚滚而下，战斗进行得异常惨烈。

城上，王弥在指挥部下守城，战士们或向城下射箭，或操起檑木、炮石向下猛砸。

王弥焦急地遥望敌后，突然发现敌人阵后大乱。一队骑兵冲入敌阵，如群狼扑向羊群，敌军纷纷倒毙、逃遁，阵营溃散。

王弥高兴地大叫："好！石勒的援军到了。传令下去，大开城门，全军出动，出城杀敌！"

城外，刘瑞出其不意，惊慌地勒马回看。

石勒率领骑兵在大刀阔斧地砍杀他的人。

城门大开，王弥部众如海啸般呐喊着冲出城来，冲入敌阵。

刘瑞见遭遇前后夹击，六神无主，胯下马在原地打转。

前后两军逐渐包围过来，石勒冲向刘瑞。刘瑞挥舞手中大刀，拼死迎战石勒。二人刀来戟去，不数合，石勒拨开大刀，顺势一戟刺向刘瑞咽喉，刘瑞落马。

王弥指挥大军追剿残敌。

战场上死尸遍野，军械满地。

一将军骑马跑来向王弥报告："启禀大将军，石勒将军让转告大将军：既然敌围已解，篷关战况紧急，他就不来面见大将军，已经率部回去了。"

王弥："哦呵？这羯胡子有点意思，连打扫战场这样的好事都留给我了！好吧，这小子仗义，来日我当登门致谢。"

篷关城外石勒军帐。

石勒问张宾："先生，篷关眼下战况如何？"

张宾："陈午那小子自知不是主公对手，趁着主公分兵去救王弥的机会，拼死冲出篷关，逃到了肥泽。现在篷关已是一座空城。"

石勒："既是这样，那就移师再攻肥泽。"

"报——"门上士卒来报，"启禀大将军，陈午属下司马李头求见。"

石勒："传他进来。"

士卒："是。"走出。

李头走入，向石勒施礼："见过大将军。"

石勒："李头，你我本是乡党，今天专程前来见我，不知何事？"

李头："感谢大将军还记得我们是乡党。可您别忘了，陈午也是我们的乡党。他本不愿与明公为敌，只是所处阵营不同而已。现在我李头在陈午手下做事，特来请求明公，看在我们同为乡党的份上，能够放我们一马。"

石勒："这怎么可能？消灭腐晋，还天下太平是我们的宗旨。你们作为大晋的残余势力，我咋能够放过你们？"

李头："明公此言差矣。我们本是上党流民组成的军队，为了生存，只是接受了晋室朝廷的收编而已。现在晋室已亡，我们自然脱离了朝廷控制。明公天生神武，救赎天下苍生的宗旨传之四海，四海的穷苦百姓早盼望明公救他们于水火，我们也一样。现在有人要阻止您的宏图大举，你不去对付他们，却来和我们这些穷苦百姓的军队作对！我们与您同为乡党，一旦机会适宜，终究会来投奔于您。您又何必逼人太甚呢？"

石勒："好吧，照你如此说来，我就放你们一马。回去告诉陈午，不要再助纣为虐。"

李头："谢明公高义。"

石勒："好了，你可以回去了。"回头吩咐张宾，"张先生，请传令下去，部队进屯篷关。"

篷关，石勒军帐。石勒与张宾交谈。

石勒："先生，现在我们已经腾出手来，可以考虑对付王弥了。不知先生有何妙计？"

张宾："对付王弥的方法我已经谋划多时了。如果我们请他前来篷关赴会，共商称王之事，王弥一定不会生疑。等他到来之后，我们这样……"

项关，王弥军帐。王弥手持请柬，高兴地挥舞着说："好！石勒来函邀请我赴会，共商我们各回故土称王之事。哈哈，我多年的夙愿就要实现了！"

张嵩："主公欲去篷关赴会？"

王弥："是啊，张长史有何见教？"

张嵩："我觉得主公应该万分慎重才是。当初我们派刘暾到齐地征召曹嶷，至今无有音讯。刘暾前往齐地，途中要经过石勒的防区，他会不会中途出事，不得而知。我们一直对石勒提防有加，而石勒却对我们表现得慷慨大方，我总感觉这里面透着蹊跷。所以，我劝主公还是不要轻易前去赴会，以防春秋时期吴国王僚接受公子光宴请，遭专诸行刺的悲剧重演。”

王弥：“先生过虑了。石勒既然能在我危难时出手相救，就说明他对我并无敌意。这次他邀请我赴会，共商各回故土称王，应该也是他的本意。我们各取所需，机会难得，先生尽可放心。好了，通知我的亲兵警卫，随我前去赴会。”

张嵩：“只带警卫数十名？是否太少？”

王弥：“这次我们前去把酒言欢，人马带多了反而会产生误会。就这样吧。”

篷关城门口，石勒率众豪杰在伫立等待。

王弥率亲兵三十余名骑马走来，翻身下马。

石勒走上前，与王弥热烈拥抱，然后牵着王弥的手走进城门。

众豪杰与王弥亲兵都表示亲昵地跟随进城。

宴会大厅。王弥被捧上首席，左右有石勒与孔苌相陪。

大厅内，王弥的亲兵们被安排在各个餐桌上，每张餐桌都有石勒的亲兵与“十八骑”豪杰作陪。

石勒起身执壶斟酒，举杯祝曰：“这第一杯酒，在下敬王弥大将军首先率部攻入洛阳，摧毁腐朽的晋室王朝，为大汉国建立了盖世功勋。干杯！”

王弥及所有与会人员一起站立举杯：“干杯！”

石勒执壶再斟，被王弥抢过。王弥说：“这第二杯酒，应该由我来斟。”他斟酒后，举杯祝曰：“这第二杯酒，我们敬石勒大将军一举歼灭晋室王朝最后主力二十万众，为进军洛阳扫清障碍，其功劳更加卓著。我们为石勒将军的丰功伟绩干杯！”

与会全体：“干杯！”

石勒提壶又斟，与王弥共同举杯。

石勒：“这第三杯酒……”

王弥抢过话头：“这第三杯酒，祝我与石公各回故土称王立国，一帆风顺。干杯！”说完，举杯仰饮。

石勒突然扔掉酒杯，顺手抽出腰间佩剑一挥，只见白光一闪，王弥人头落地，尸身轰然倒下。

“啊！”整个宴席上的王弥亲兵一声惊呼，酒杯落地，就要站起。

“不许动！”陪席的石勒亲兵与“十八骑”豪杰一齐亮出兵刃，将王弥亲兵牢牢控制得无法行动。

石勒俯身捡起王弥首级冷笑道："王弥啊王弥，你为将不忠，居心叵测，还时时处处想加害于某。今天落得如此下场，也是罪有应得。"他过回头，"传令下去，立即押着王弥亲兵，出兵项关，去收编王弥部众。"

全体手下："诺！"

项关，王弥军帐。王弥手下将佐聚集帐下，个个神色狐疑。葵安手举王弥首级站在石勒身旁。孔苌手捧"密诏"，"十八骑"豪杰与石勒亲兵护卫在前后左右。

孔苌："众将士听着，汉皇密诏：'王弥图谋不轨，背叛大汉，欲分裂国家，称王青州，罪恶滔天。特命平晋王石勒，奉诏将其剪除。其属下将佐无辜，不得连坐。王弥所属部众并归石勒统领。如有不遵，格杀勿论。钦此。'"

帐下众将佐："遵旨。"

石勒军帐，石勒与张宾议事。

石勒："先生，我们虽然假传圣命，收编了王弥部众，但也需立即具表上奏汉皇，说明我们诛杀王弥的缘由。"

张宾："主公所言极是，我这就拟表上奏，申明王弥背叛大汉，称王青州，昭彰罪行。陈述我们为防止国家分裂，不得不果断将其处置的原委。不过，汉皇接表后一定会动怒，派员前来斥责主公擅杀公辅大臣之罪。主公也要做好辩解的准备。"

平阳，汉宫内，汉皇刘聪手持表文大怒："可恶！石勒未曾请旨，擅杀王弥，胆大包天，他眼中还有朕吗？一定要严加惩戒。否则，尾大不掉，成何体统？"

太宰刘欢乐："陛下请息怒。如今石勒杀了王弥，兼并了王弥部众，势力已经壮大到了无可控驭的地步。如果处置不当，将会后患无穷。臣以为，对石勒还是加以安抚为是。"

刘聪长叹一口气："也罢，那就烦太宰到石勒军中走一趟，替朕指斥其无君之罪，然后再加封石勒为镇东大将军，都督幽并二州军事，领并州刺史，并保留过去的一切封爵，告诫他一定要秉忠为国效命。"

刘欢乐："臣领旨。"

篷关。石勒、张宾及一干将佐恭送刘欢乐走出城门。

在香车前，刘欢乐回身对石勒说："平晋王请留步，老臣已经将皇上的旨意传到，这就回去了。皇上虽然对王爷加以指斥，也系事出有因。望王爷能够体谅。”

石勒：“吾皇对石勒一再加以提拔，石勒咋会不知感恩戴德，效命国家？不过，王弥反叛事发突然，如不当机立断，必然会给国家造成灾祸，故来不及请旨。这一点，在下已经在表文中再次申明。请太宰在皇上面前一定替在下呈情，在下对大汉国忠心不贰，并无他意。”

刘欢乐：“这个自然，老臣定会在意，请王爷放心。老臣这就回去了，告辞。”说完，拱拱手，登车而去。

石勒军帐，石勒与张宾议事。

石勒：“先生，现在王弥的问题已经得到圆满解决。下一步，我想按照我们的既定方针南渡长江，去进攻大晋王朝盘踞在建业一带的司马睿江东集团。不知先生以为如何？”

张宾轻轻地摇摇头：“渡江南下，我们需要付出巨大的代价。在下以为，我们首先应该考虑，我们需要有个稳固的立足之地。自出师以来，我们南征北战，东讨西杀，克敌制胜，攻取的州县城邑数不胜数。然而，直到今天，却没有一城一地属于我们自己。这种流寇式的作战方式何时是个头啊！我觉得，我们必须拥有自己的地盘。只有有了自己的地盘，我们所需要的一切才能得到保障。”

石勒：“先生所言虽然不无道理，但是我们作为大汉国的臣子，一切要以国家为念。不应该像王弥那样，心存建立自己独立王国的想法。现在腐朽的大晋朝廷虽然垮塌了，可是他们的残余势力还很强大。如不乘胜追击，将他们彻底打垮，一旦让他们死灰复燃，那我们之前的一切努力都将付诸东流。所以，我还是坚持我们的既定方略，渡江南下。不过，这次军事行动非同小可，我们需要坐下来，认真研究一下具体的行动方略。”

早晨，道路上，英姑领着十多名女兵向前行走。

女兵甲：“王妃……”

英姑：“不要叫我‘王妃’，叫‘大姐’！”她站住，严肃地对女兵们说，“大家都记住，以后谁也不准叫我‘王妃’，都要叫‘大姐’。记住了吗？”

众女兵：“记住了。”

英姑对女兵甲：“好了，有什么事？你说吧。”

女兵甲：“嗯，大姐，自从您收编我们这些流民女子，建立了‘女兵营’，每天都亲自教我们武功，训练我们打仗的本领。您说，我们真的能上阵杀敌吗？”

英姑：“怎么不能？我们女人一样有手有脚，男人们能做的事，我们一样也能，千万不要瞧不起自己。我就是要把你们一个个都训练成叫敌人闻风丧胆的女英雄。你们一定要有信心。”

众女兵：“好，我们一定跟大姐好好学，为我们女子争气。”

英姑：“这就对了，走吧。”

道路旁，一棵歪脖子树下，荀晞属下的守城将军，化装成普通士兵模样，与另一名士兵模样的人在交头接耳。他们远远望见英姑率众女兵走来，便慌忙分头离开了。

英姑望着前面的两个人，问：“前面那是两个什么人？为什么一见我们就慌忙走了？”

中女兵摇摇头：“不知道。”

英姑指着女兵甲与另一名女兵：“你，还有你。你们俩一向做事精细，给我分头悄悄跟上去，不要让他们发现。看看他们到底是什么人，都到了哪里？”

俩女兵：“是。”

女兵营。女兵们分成各种队形在操练。她们有的在摸爬滚打，有的在挥枪舞刀。英姑在指挥一队女兵练习排兵布阵。

“报告。”女兵甲与另一女兵走了过来：“大姐，搞清楚了。早上那俩人，一个是荀晞部下，一个是王赞部下。我们悄悄跟着，发现他们回了各自的军营。”

英姑：“好了，我知道了。你们下去参加训练吧。”

俩女兵：“是。”

石勒军帐，石勒与英姑对坐。

石勒：“你说的这个情况非常重要。我安排荀晞与王赞兵营分屯两处，就是防止他们相互勾结串通。现在看来，他们贼心不死，一定有所图谋。好了，我会加派人手，对他们进行严密监视。一旦发现异动，就对他们采取行动。”

荀晞军帐。

荀晞对守城将军说：“通过我们的秘密观察，这几天石勒与张宾、孔苌等一直在中军帐谋划军事，通宵达旦，夤夜不归。困了，就在军帐中和衣而眠。这是一个千载难逢的好机会。你马上秘密出营，通知王赞将军，就在今夜子时，率领可靠亲信部下，秘密潜往中军帐。在那里与我们会齐后发动突然袭击，擒贼擒王，打掉他们的指挥中枢。然后趁乱救出豫章王，杀出城去！成败在此一举，让他充分准备。”

守城将军：“是！”

深夜，苟晞、王赞手执兵刃，各率一队亲兵，悄悄摸近中军大帐。

中军帐内灯火通明。石勒、张宾、孔苌等在伏案酣睡。大帐前，两个卫兵也用头盔遮挡着脸，倚坐在柱子根部沉睡不醒。

苟晞向王赞使个眼色，挥动手中长剑，发令：“杀——”率先冲进军帐。

王赞等所有部众一声呐喊：“杀——”一起涌入军帐。

苟晞手起剑落，向着石勒兜头劈下。“霍然”一声，石勒头颅被劈开，里面的稻草飞溅。

苟晞大惊，回头看看被王赞等砍翻的张宾、孔苌等，也都是衣装甲胄裹着的稻草人。

苟晞：“啊？我们中计了，快撤！”

“轰”的一声炮响，中军帐外突然亮起无数火把。石勒亲率大军迅速围拢过来。

石勒：“苟晞老儿，你敢给老子玩阴的！”

苟晞大吼一声：“不是鱼死就是网破，和他们拼了！”

随着苟晞的喊声，被围的兵将一齐呐喊着疯狂反扑过来。

“放箭！”随着石勒一声命令，大批弓弩手走到前面，向扑过来的人群攒射。箭如飞蝗，被包围的人们在惨嚎声中纷纷毙命。

“杀——”石勒再发命令。部众挥舞兵刃扑了进去，对尚未死亡的被包围者一阵砍杀。

军帐内外尸横遍野。

石勒在亲兵护卫下走了进来，对重伤倒地，尚未断气的苟晞说：“苟道将不愧为大晋忠臣。可惜你志大才疏，再加上天道厌晋，只能落得如此下场！”说完手一挥，一名亲兵执刃上前，削去了苟晞脑袋。

刑场上，豫章王司马端与苟纯五花大绑，被甲士押上断头台。

身穿红衣，手执鬼头刀的刽子手走过来，拔掉他们背上的亡命牌，手起刀落……

原野上，浩浩荡荡的石勒大军在向前开进。

宽阔的长江，江水滚滚东流。

石勒率张宾、孔苌与“十八骑”豪杰在沿江巡视。

看着滔滔大江，石勒对大家说：“江水滔滔，一时难以飞越。看来张先生所言不虚。我们确实需要有一块地盘，整顿军队和打造渡江器械。传令下去，我们就以江淮为地盘，回军驻屯葛陂，建造宫室营房，向当地征收赋税，打造战船，做渡江的准备工作。一旦时机成熟，立即飞越长江，去消灭司马睿的江东集团。”

石勒大军驻地。一派繁忙的施工景象。

地上堆满了木料。有的战士在拉大锯解木板，有的战士在用锛斧处理木料。

一处工地，战士们在喊着号子打地基。旁边，有战士在砌墙建造营房。

……

石勒军营外面的大路上，并州刺史刘琨的亲信幕僚张儒骑着马，率一队亲兵，护卫着一乘四人抬着的小轿在向前行进。小轿旁，一个十六七岁的小青年——石虎骑在马上，随同前行。

一行人来到石勒军门。一名守门士兵上前喝问：“站住，你们是什么人？”

张儒跳下马走过去：“我们是并州刺史刘琨的使团。烦军爷向石勒石大将军禀报一声，就说并州使者张儒求见。这是我的名刺。”说着将手中名刺递上。

守门士兵接过名刺，说声：“稍等。”转身入营去了。

第二十七集

石勒军帐。石勒与张宾面对军案上铺着的地图在指指点点。

“报——”守门士兵走入,“报告大将军,并州刺史刘琨派使节张儒前来,要见大将军。这是他的名刺。”

“哦?”石勒有点诧异地接过名刺看了一下,“传他进来。”

“是。”守门士兵走了出去。

石勒:“奇怪,并州刺史刘琨与某一向并无瓜葛,今派使者前来,到底何意?”

张宾:“主公不用猜测,等他到来自然知晓。”

门上卫士的声音:“有客人到——”

石勒:“请进。”

张儒带着石勒母亲王氏与石虎(虎娃子)走了进来。

王氏定睛看看石勒,情不自禁地喊了声:“勒娃子!”

石勒莫名其妙地望向王氏,不由大吃一惊:“啊?母亲,您怎么到了这里?”边说边从军案后走出,扑过来,将王氏紧紧抱住。

张宾见状,走向张儒:“请问,你就是张儒大使?”

张儒:“正是。”

张宾:“请随我来,暂到馆舍安歇。先让他母子见面说说话。”

张儒:“对,这样很好。”随张宾走了出去。

王氏激动地:“勒娃子,总算见到你了。”

石勒看看旁边一直站着的石虎,问:“这孩子是……”

王氏:“哦,他叫虎娃子,是你弟弟寇觅的儿子。”

石勒:“噢。”放开母亲,走过去搬两把凳子过来,请母亲和虎娃子坐下,自己也取一把凳子坐下。突然他感觉不对劲:“哎?娘,我爹呢?他没有和你们在一起?”

王氏愣了一下,接着便啼哭起来:“你爹,他,他死了!”

“什么?”石勒浑身一震,瞪大眼睛,“死了?他是怎么死的?”

王氏哭着说："十年前的那一场大旱，咱全族外出逃荒。因为你到你岳父家安顿英姑和小石头，我们等不回你来。你父亲是酋长，不能丢掉族人，必须和大伙一起走，就不等你了。你父亲说，你经历了好多事，完全能够照顾了自己，我们用不着过分操心，所以就和大伙一起上路了。我们一路到了虑虒，在那里苦苦地讨生活。后来听说家乡下了透雨，就往回赶。哪知在回来的路上遇到了官兵……"

（回忆镜头）

周曷朱带领着王氏、虎娃子、寇觅等一群衣衫褴褛的羯胡人在路上行走。

道路的一端，一队官兵押着几个胡人在行进。

突然，一个官兵指着前面："快看，那里有一群胡人。"

一个骑马的将军发令："冲上去全部拿下，别让他们跑了！"

官兵们呼啸着冲向周曷朱他们。

周曷朱听到动静，回头察看，不由大惊道："呀，官兵要来祸害我们。大家快跑！"边说边将路边一棵小树折断，捋去枝杈，倒拿着作为武器，挺身挡在路上，掩护族人逃命。

王氏："他爹……"

周曷朱怒目圆瞪："快跑！我去挡住他们。不然大家一个也跑不了。"说着挥舞树干向官兵冲去。

族人在四散奔逃。

王氏拉着虎娃子，慌乱地爬上山坡，钻进一丛茂密的草树丛内。藏好后，王氏、虎娃子拨开蒿草向外观看。

远处的山下路上，周曷朱在与官兵搏斗，被官兵包围，杀害。

虎娃子脱口而出："爷爷……"被王氏一把捂住了嘴。

王氏的另一只手捂住自己的眼睛，眼泪从指缝中流出。

寇觅和族中的一部分男女，被官兵绳索拴绑，押着走过。

（镜头回到现实）

王氏哭着说："就这样，你爹被官兵杀害了。寇觅和族中好些人被他们抓走了，从此就没了音讯。官兵们走后，我和虎子下山找到你父亲尸骨，就在路边挖了个坑埋了。后来，我带着虎娃子到处乞讨，走过好些地方。"

石勒以手蒙面，号啕大哭："罪孽啊，大晋朝，你们欠下我三代血债！我爷爷死于官府乱兵；我父亲又被官兵杀害；我本人屡遭朝廷通缉追杀，还被你们像牲畜一般凌辱贩卖！恨呐，为什么在你们的眼中，胡人就不是人？同是生于这块土地，为什么我们就不能有生存的权利？这样违反天道的腐朽朝廷，我石勒与你誓不共存。定将你们彻底消灭，绝不能让你们死灰复燃！”

王氏哭着上前拉住石勒：“孩子，事情已经这样了，急也没用。好在我们母子又到了一处，也算是苍天开眼。”

石勒长舒一口气，停止了哭泣，问：“娘，您和虎娃子是如何落在刘琨手里的？他又为什么要派专使来送我们母子团聚？”

王氏：“就在前不久，我带着虎娃子总算苦撑着回到了咱北原山下羯室。进家后我们还没来得及收拾……”

（回忆镜头）

东河沟疙瘩窑内，王氏带着虎娃子走了进来，放下随身携带的破包袱，随手操起仍在炕上的破笤帚，扫扫尘封的炕沿，说：“唉，总算又回到老家了。来，虎娃子，坐下先歇一歇，等会儿再收拾房间。”

“屋内有人吗？”门外传来呼唤声。

“谁呀？”王氏一面回应，一面起身到门外察看。虎娃子也跟随走出。

院子及院门外，张儒带着数十名亲随，牵着马，抬着一乘小轿在守候着。

王氏从屋内走出：“你们……”

张儒走上前躬身施礼：“请问，您就是石勒的母亲吗？”

王氏点点头：“可是，石勒他不在家。你们……”

张儒：“我是咱并州刺史府的官差，奉命在此等候您老人家回来。已经有好些日子了。您别紧张，更不用害怕，我们没有恶意。是刺史刘琨刘大人得知您儿子是个英雄，特地安排我们，等您回来后，接您到刺史府坐坐。好了，您也别收拾房间了，我们这就走吧？”

王氏低头想了一想，说：“好吧。”她回头吩咐虎娃子，“是福不是祸，是祸躲不过。虎娃子，带上行李，咱们走。”

并州刺史府，小轿落地，王氏与虎娃子走出，睁着惊异的眼光在四处打量。

巍峨的宫殿式建筑；大门口雄赳赳的卫兵；高大的惊闻鼓……

刺史刘琨从正堂走出，来到王氏身边：“您老人家总算到了。来人！”

一队侍女鱼贯走来。

刘琨：“小心侍候老人家和孩子梳洗换装，然后带他们到宴会大厅。”

侍女们施礼：“是。”

宴会大厅，桌上摆满了珍馐佳肴。梳洗换装后的王氏与虎娃子容光焕发地坐在首席。刘琨和张儒陪他们用餐。

虎娃子看着桌上的美食，不时吞咽着唾沫。终于，他忍不住，伸手欲去抓取，被王氏在手背上拍了一掌，这才慢慢把手缩回。

张儒站起身，向王氏介绍："老人家，这就是咱并州刺史刘琨刘大人。今天他亲自前来作陪，可见对您老人家是多么器重！你可要识相啊。"

刘琨："张儒先生言重了。老人家，从武乡北原山到并州，一路走了三四天，让您老人家辛苦了。"

王氏连忙摇摇手："不辛苦不辛苦，我是坐着轿子来的，谢谢刺史大人。"说着，站起身向刘琨鞠了个躬，然后坐下。

刘琨点点头："那就好。老人家，您儿子是一位了不起的大英雄，我很想结交他。早就听说他是我治下的武乡羯室人，也听说他与家人失散，一直在寻找家人。我也派人到处打听你们的消息，帮他寻找。我派去羯室的人没有找见你们，我就让张儒留下来，等你们回来。苍天不昧苦功，总算把你们等回来了。您暂时就住在我这里，等我有了您儿子的确切消息后，就把您送过去。"

（镜头返回现实）

王氏："就这样，我和虎娃子住在那座大庙一样的房子里，过了一段好吃好喝好穿好戴神仙一般的日子。前几天，那个刺史大人对我说，已经知道你在哪了，就让这个叫张儒的，把我和虎娃子给送来了。"

石勒："嗯，看来这并州刺史刘琨有点意思。啊。对了，娘，我们光顾说话，还未曾接待那位并州来的使者。来人！"

门口卫士应声而入："在！"

石勒："去请张宾先生来一趟。"

卫士："是！"退下。

"婆婆！"随着门外一声呼唤，英姑风风火火地闯了进来，"可算又见到您了。"扑向王氏。婆媳二人拥抱在一起，相互高兴地流泪，表现得十分亲热。

张宾走了进来。

石勒："英姑，你先带母亲和虎娃子到后堂去，我和张先生有事商量。"

英姑点点头，带着王氏和虎娃子走了。

石勒："先生，那位使者安顿好了吗？他到底是何来意？"

张宾："安顿好了。"拿出一封书信，"这是他带来的并州刺史刘琨给主公的亲笔信。自从主公开始学文以来，您已经认识了许多字，甚至都可以写文章了。不用我给您读，您自己看吧。"说着，把书信递了过去。

石勒看了张宾一眼，憨憨笑着，接过书信，拆封阅读："嗯，前面的这些废话就略过，从这里开始：'将军发迹河朔，席卷兖豫，饮马江淮，折冲汉沔，虽自古名将，为足为喻。'呵呵，这刘琨的马屁倒也拍得让人舒服。"

张宾笑笑："往下读。"

石勒："嗯。"继续读道，"'所以攻城而不有其人，略地而不有其土，翕尔云合，忽复星散，将军知其然哉？存亡决在得主，成败要有所附。得主则为义兵，附逆则为贼众。义兵虽败，而功业必成；贼众虽克，而终归殄灭。昔赤眉、黄巾横逸宇宙，所以一旦败亡者，正以兵出无名，聚而为乱。'哼，刘琨的这段话值得商榷。难道他所代表的腐朽晋廷竟然能是'义兵'，而我们大汉国反而成了'贼众'？荒唐！"

张宾点点头："再往下读。"

石勒："嗯。'将军以天挺之姿，威震宇内，择有德而推崇，随时望而归之，勋义堂堂，长享遐贵。背聪则祸除，向主则福至。采纳往诲，幡然改图，天下不足定，蚁寇不足扫。今相授侍中持节，车骑大将军，领护匈奴中郎将，襄城郡公，总内外之任，兼华戎之号，显封大郡，以表殊能。将军其受之，副远近之望也。'原来刘琨许以高官厚禄，是要让我背叛汉皇刘聪，归降腐朽晋帝！真是痴心妄想，可笑至极！"

张宾："还有呢，再往下读。"

石勒："'自古以来，诚无戎人而为帝王者。至于名臣而建功业者，则有之矣。今之望风怀想，盖以天下大乱，亟需雄才。遥闻将军攻城野战，合于神机。虽不视兵书，暗与孙吴同契。所谓生而知之者上，学而知之者次。但得精骑五千，以将军之才，何向不摧？至心实事，皆张儒所具，合当面述，伫待复音。'"读完书信，他手捋络腮浓须，呵呵笑道，"要说刘琨的这封书信，倒是写得声情并茂，文采飞扬，堪称佳作。"

张宾："是啊，大晋朝'二十四友'之一，文笔自然非同一般。"

石勒："然而，刘琨这家伙到底是个白面书生，迂腐得天真可笑。他想用这种方法劝降于我，显然找错了对象。试想长期以来，他们这些人从来就不把我们——哦，就是他书信中所说的'戎人'——当作人来看。在他们的眼里，我们就是一群两条腿的畜生！如果不是把他们打痛，他们也不会把我看作是什么'天挺之姿，威震宇内'的'雄才'！晋廷腐朽透顶，他们亲骨肉之间都相互残害，连起码的人性都没有，算什么'有德''时望'之主？他们实际上连禽兽都不如！这样的朝廷要我去为他们效命，那可真是助纣为虐，逆天行事！什么'自古无戎人为帝王者'，现在大汉国的帝王不就是他们所说的'戎人'吗？本来同样生于华夏大地，却不能一视同仁，非要把我们看作'戎夷'，这是一种什么心态！我就是要把这个腐朽的司马集团彻底铲除，为大汉国开疆拓土，让我们这个'戎人'国度一统天下。想让我背汉投晋，那是白日做梦！"

张宾："主公所言极是。那，主公是否召见张儒？"

石勒抖抖手中的信笺："就这一纸书信，已经将他的真实意图和盘托出，还用听张儒什么废话！这样，我亲自给刘琨回书一封，让他带回去算了。"说着，走到案前，操笔铺纸，刷刷刷，一挥而就。然后将写就的书信交与张宾。

张宾接过书信，朗读道："'事功殊途，非腐儒所闻。君当呈节本朝，吾自夷，难为效！'好啊，主公寥寥数语，风情慷慨，音词倜傥，直抒胸臆，落落大方，豪气干云，真乃千古奇文。好，我这就去回复张儒。"说完，转身就走。

"慢！"石勒说，"刘琨虽然迂腐，但他帮我找回母亲，这封情谊不可谓不重。这样，先生替我去挑选名马珍宝，准备一份厚礼，交由张儒给刘琨带去，以表示我对他的感谢。"

张宾："嗯，这样最好。"

石勒："另外，传令三军，晋人诬蔑我们，将我们称之为'胡'，我深恨之！从即日起，禁止军中任何人再称我们为'胡'。即使我的族人，也只称'羯'，不许再叫'羯胡'。违令者重责！"

一间寝室内，石勒与虎娃子对坐交谈。

石勒："虎娃子，你今年十七岁，按我们羯人的规矩，早已经是成人了。你跟随奶奶外出逃荒，走过好些地方，也算是有了历练。你是我的从子，所以我希望你能够像我一样。我们的祖先虽然来自大西海，晋人诬蔑我们为'胡'，对我们极尽歧视与奴役，把我们看作畜生。可我认为，我们都出生于华夏大地，就是典型的华夏人。华夏人都有名有姓，还有字，我们一样要有名、有姓、有字。现在我姓'石'，你也应该姓'石'。我给你取个正式的名字，就叫'石虎'，即姓'石'名'虎'。至于字嘛，我字'世龙'，即当今世上的一条猛龙。你也应该是一条龙，一条小龙，所以我给你取字'季龙'。伯、仲、叔、季，季为小，故称'季龙'。你看怎么样？"

石虎跪地拜谢："就依伯父，石虎一切听从伯父。"

石勒："好，起来吧。以后每当我有空，就传授你武学与兵法。你一定要好好学习，认真领会。"

石虎高兴地："太好了！我就喜欢武学与兵法，我一定好好学习，认真领会。"

武乡南山，佛图澄站在茅棚前的一块大石上，面向东南，闭目"瞭望"。

徒弟道安走了过来："师傅，您已经在此站立好长时间了，该歇歇了。"

佛图澄："阿弥陀佛，你知道吗？老衲站立的这块大石，就是'望勒石'。站在此处，可以遥知石勒动态。老衲与石勒的佛缘临近，是该去会会这位枭雄了。"

道安："可是，石勒现在何处？我们该咋样前去会他？"

佛图澄："石勒现在屯兵江淮。你去通知众弟子，我们现在就出发前往葛陂。"

道安："是。"

军营内，石勒在张宾的陪同下，带着一队亲兵在施工现场巡视。

两个士兵架着一名满面流血的士兵走了过来。

石勒惊问："这是怎么回事？"

士兵："大将军，您可要为我们做主啊！"

石勒："快说，到底怎么回事？"

士兵："是石虎，他用弹弓弹人。"

石勒："啊？混账东西。来人！"

身边两名亲兵走出："在！"

石勒："去，把石虎给我拿下！"

亲兵："是！"退下。

石勒走上去亲切地看看受伤士兵的伤势，吩咐道："你们带他去找军医疗伤，告诉军医，就说是我说的，一定要好好治疗，不许留下残疾！"

士兵："是。"扶着伤者退下。

石勒回头对张宾说："看来，石虎这孩子留不得。此人太过残忍。他喜欢骑马打猎，这不错。可他对猎获的动物，往往用你意想不到的手法去虐杀它们，看着它们在无法忍受的痛苦中慢慢死去而高兴得手舞足蹈。这本来就令人十分厌恶，现在竟然用弹子弹人。这还了得！长此下去，必然乱我军心。所以我想及早将其除去。"

张宾："可是，这孩子系太夫人一手带大……"

石勒："先生说得很对，他们祖孙情深，所以这事还需事先禀告母亲。"

石母王氏居室，石勒与母亲交谈。

王氏摇摇头："对虎娃子我比你知底。他是十分顽皮，可也不是不可救药，再长大一点就会好起来的。就像一头矫健的好牛，在它还是犊子的时候，往往不受约束。你让它拉车，它很可能会把车弄坏。我看虎娃子就像一头好牛，将来他会助你成就大事。你还是暂时忍忍吧。”

石勒叹口气:“唉!”

军帐内,石虎跪在地上。石勒在严厉训斥。

建康城内,晋琅琊王司马睿举行朝会。殿堂内将佐云集。

司马睿:“诸位爱卿,现在石勒屯兵葛陂,整军备战,意欲大举犯我江东,形势十分紧急。镇东长史纪瞻听令!”

纪瞻出班:“臣在。”

司马睿:“孤今任命你为扬威将军,命你统领大军于寿春结集,阻挡石勒南犯!”

纪瞻:“微臣遵命。”

石勒军帐。石勒对帐下众将佐:“如今晋室残余司马睿集团调集大批兵力结集于寿春,意欲阻我南进。兵法云‘知己知彼,百战不殆’。我们必须摸清这支部队的兵力部署和作战能力。来人!”

身边一名亲兵走出,拱手道:“在!”

石勒从军案上抽取令箭一支,交付亲兵:“传令在前沿阵地的郭黑略将军,命他伺机率部冲击一下麇集在寿春的敌军阵营,然后将冲击结果向我报告。”

亲兵:“遵命。”

郭黑略军营。将台下,大军整装待发;将台上,众将环侍。

郭黑略:“众将听着,我们奉命冲击寿春之敌,这次战斗任务异常凶险。在进入寿春地界后,我们可能招致敌人的重兵包围。但是,大家不要害怕。当敌人将我们包围后,千万不要惊慌。只要集中力量向东南方向冲杀,我们就可化险为夷。请大家一定要辨清方向,不可任意行事。大家记住了吗?”

众将:“记住了!”

石勒亲兵:“哎,郭将军,不对吧?寿春东南乃敌人的后方纵深,我们深入进去,岂不是更为凶险?”

郭黑略:“不会的。就因为寿春东南是敌后纵深,包围我们的兵力会相对薄弱。再说,我们突出去后,会有人接应。”说着,他再次强调,“请大家千万不要动摇,就按我说的去做。传我命令,大军立即出发!”

石勒军帐，将佐云集。

石勒面对亲兵："什么？郭黑略要将部队带往寿春东南？那里是敌军腹地，孤军深入，岂不是要全军覆没！郭黑略这混账东西，他到底想要干什么？王阳、葵安听令！"

王阳、葵安走出："末将在！"

石勒："命你两人各率本部人马，立即迂回急进，到寿春东南去接应郭黑略，务必将其救出。"

王阳、葵安："遵命！"退下。

石勒焦躁地在军案后来回走动。突然说："不行！光凭王阳、葵安两支人马深入敌后，仍然危险。众将听令！"

帐下众将："末将在！"

石勒："请大家各率本部，随我向寿春发起攻击，牵制纪瞻大军，不得向寿春东南加压。立即出发！"

众将："遵命！"

大道上，郭黑略率大军前进。

前面出现一座城池，城门上匾额："寿春"。

郭黑略率部扑向城池。突然一声炮响，大队敌兵呼啸呐喊着从四面围裹过来。

郭黑略大吼一声："弟兄们，向东南方向，杀——"跃马挺枪，向前杀去。

"杀——"部众紧随其后，奋力冲杀。

两军交战，刀光剑影，杀声震天。

寿春城内，纪瞻军帐。纪瞻坐于军案后，帐下将佐环侍。

"报——"一军士来报，"报告将军，有一支汉军突入我军防区，被我伏兵包围，现在正向东南方向逃遁。"

纪瞻："好！一群不知死活的东西。传令下去，增加兵力围堵，务必将其全歼！"

战场上，郭黑略率部冲出重围，向前急进。后面敌军在追击。

一名骑马的将军指着前面："郭将军快看，接应我们的人马到了！"

王阳、葵安率领的两支人马旋风般冲杀过来。

郭黑略高兴地大叫："好！弟兄们，我们的救兵到了。给我杀回去，打垮这股追兵！"

"杀——"郭黑略部众返回身,扑向来敌。

"杀——"王阳、葵安两支部队紧随其后,冲向敌群。

寿春城下,石勒在指挥大军猛烈攻城。

激烈的攻坚战场景:汉军抬着云梯冲向城墙;战士们冒着飞石流矢奋力攀登;城上守军用石块、弓箭向下攻击……

纪瞻军帐。一军士闯入:"报告大将军,汉将石勒率大军前来攻城,攻势很猛。"

纪瞻:"啊?坏了!原来石勒是用小股兵力牵制我们,想趁机夺我城池。快快传令,命令大军停止追击,立即回救寿春!"

战场上,郭黑略指挥部众反击敌人。

一探马来报:"报告将军,敌军在全面后撤,不知何故。"

郭黑略:"好!机会难得。传令下去,抓住敌人撤退之机,乘势掩击,务求全胜!"

寿春城下,石勒正在指挥攻城。

一探马来报:"报告大将军,郭将军已经脱险。现在与王阳、葵安三军汇合,击退追敌,已经胜利回师。"

石勒:"好!我们的目的已经达到。传令下去,鸣金收兵,停止攻城,回师葛陂。通知郭黑略,让他立即前来见我。"

葛陂,石勒军帐。石勒站在军案后,怒视军案前站着的郭黑略。

石勒:"你老实说,你是怎么知道此次出兵定陷重围?又为什么要向东南方向突围?你到底有什么想法?"

郭黑略憨憨一笑:"大哥,你甭用这样的眼光看我,我并无什么歹心。其实,我也没有未卜先知的神通。我的这番安排,都是高人给支的招。"

"唔?"石勒感到奇怪,"高人?什么高人?"

郭黑略:"这高人名叫佛图澄,是个从西域来的和尚,今年已经八十岁了。他能够服气摄生,连日不食,持颂神咒,役使鬼神。特别奇怪的是,他的腹部有一孔洞,平时用棉絮塞着。夜间拔絮,光照一室,他常常借光看书。尤其匪夷所思的是,每隔一段时日,他都要找清澈水流处,从孔洞中掏出体内五脏六腑,用水清洗后还纳体内,说是要保持内外清净。如此奇人,实乃我平生仅见。前些日子，他来到我的军营，说是与我有缘，前来超度于我。他还说，他有未卜先知的本领，能够给我指点迷津，让我逢凶化吉。开始的时候，我不大相信，但后来我的好些行动都被他说准了。他说，他来军中度我，是因为与大哥您有很深的佛缘，寻找与您相会的合适机缘。我当时就要领他拜见大哥，被他制止了。他说是机缘未到，妄求无益。机缘一到，自会相见。所以我也就未曾向大哥禀报。现在他就住在我的军营，我经常去听他讲经说法，感觉很是受用。如今我已经拜他为师，跟随他学习佛法。大哥，我这么做，没什么不妥吧？”

石勒："嗯？这也就是说，你已经做了和尚？”

郭黑略："是啊。”他脱掉头盔，露出光秃秃的脑袋，泥丸宫上排列着九个用香火点烫的疤痕。

石勒："好吧。那你说说，这次冲击寿春，到底是怎么回事？”

郭黑略："是这么回事。接到大哥的命令后，我就去请佛图澄大师给预测此行吉凶。大师告诉我说，此行必陷重围。只有向东南方向突围方能化险为夷。当时我也怀疑，东南方向乃晋军腹地，深入进去如何脱身？可他却让我只管按他说的去安排布置，说是到时候自会有人接应，一定会逢凶化吉。结果又让他给说准了。”

石勒疑惑地："世上真有如此奇人？那，既然他说有意见我，那你就把他领来，让我见识一下。”

郭黑略："行。”转身欲去。

“慢！”石勒突然把手一摆，沉吟一下，“如果真是你所说的神通广大高人，那就唐突不得，应该以礼相见。这样，你还是领我去吧，我要亲自登门拜访。”

郭黑略军帐旁，一座临时搭建的帐篷。

郭黑略领着石勒走进帐篷。

一架矮案几，几后，佛图澄在结跏趺坐，闭目入定。

郭黑略轻手轻脚，小心翼翼地取过一把凳子，请石勒入座。然后双手合十，恭恭敬敬地站在佛图澄身边。

石勒看看郭黑略，正襟端坐，态度也变得十分虔诚。

佛图澄微微一动，口宣佛号："阿弥陀佛。”眼睛睁开，“有贵人光临，郭将军为何不将老衲唤醒？”

郭黑略低首躬身："弟子不敢。”

石勒起身离座，走过去向佛图澄深施一礼："在下石勒，不知高僧驾临，迎接来迟，还望高僧见谅。敢问大师法号？”

佛图澄："善哉善哉，老衲佛图澄是也。将军乃老衲之主，何云来迟？”

石勒怔了一怔:“石勒愚昧,不解其意,愿闻大师妙音。”

佛图澄呵呵一笑:“将军目净修广如青莲,且看青莲光辉。”说着,示意郭黑略,“将老衲钵盂盛满水端过来。”

郭黑略取钵盂盛水,小心地端来,置于佛图澄前面案几之上。

佛图澄从案几上取线香三炷,打火点燃,双手捧香,口中持颂咒语:“唵吗呀吧啊哪哇呐……”

案几上钵盂内的水中,渐渐长出一个青色的莲花骨朵。

石勒惊异地注视着钵盂。

佛图澄继续闭目颂咒。

钵盂中莲花骨朵渐渐长大,长大。就在长得有钵盂大小时,花骨朵开始绽放,竟然形成了面盆大的一朵莲花。

石勒目瞪口呆。

佛图澄继续念咒。

钵盂中的莲花在完全开放后,中间花蕊突然放射出万道光华,明亮曜目。

石勒张口结舌,呆若木鸡。

佛图澄:“好,果如老衲所言,青莲花光辉无限,将军前途无量。请将军好自为之,今日老衲言尽于此。将军军务繁忙,不应在此久留,可以请便了。”说完复又闭目入定,不再言语。

郭黑略示意石勒:“走吧。”

石勒对佛图澄深施一礼,躬身退出。

帐篷外,石勒对郭黑略:“此人法术神鬼莫测,堪称孤的圣师大和尚。孤当顶礼膜拜,不时前来听他讲经说法。”

帐篷内,佛图澄在讲经。帐下,石勒、郭黑略以及道安等一众徒弟在席地端坐聆听。

佛图澄:“佛祖创建的基本教理,包括‘四谛’‘八正道’‘十二因缘’。今天,老衲讲‘四谛’。所谓‘四谛’,即‘苦、集、灭、道四谛’。‘谛’即天地间的至理,需要了悟。人世间一切皆苦,这就是‘苦谛’;招感这些苦果的烦恼业因,叫‘集谛’;要想解脱苦果,只有消除烦恼业因而达到‘寂灭为乐’的‘涅槃’境界,叫‘灭谛’;而要达到‘涅槃’境界就必须修道,叫‘道谛’……”

天雨绵绵。蒙蒙雨色中,石勒军营内有士兵匆匆而过。

一间营房内,铺着蒲草的地上,有几个士兵在躺卧呻吟。旁边有士兵在照料他们。

营房外有人高喊："大将军到！"

屋内除躺卧的士兵外，全都起身肃立。

石勒与军医穿着蓑衣，在几个亲兵的护卫下走了进来。石勒与军医脱掉蓑衣，交给亲兵，和军医走过去看望躺在地铺上的士兵。

军医在给生病的士兵把脉。

石勒摸摸生病士兵的额头，亲切地问："感觉好些吗？"

生病的士兵艰难地点点头。

石勒军帐，石勒站在军案后，帐下众将佐按班有序就座。

石勒："本来，我们的既定目标是'打过长江去，消灭司马氏'。然而，天不作美，连降大雨，经月不停，给我们的整军备战造成了很大的困难。现在我们军需供应紧张，再加上军中瘟疫流行，非战斗减员过半，形势非常严峻。所以召集大家前来会商，面对如此局面，我们该何去何从？"

帐下众将佐面面相觑，一时无人回应。

沉默一会儿，长史刁膺站起："现在我们的形势确实危急。依我看，我们不妨放下架子，派遣使节，以扫平河朔为条件，暂时送款，与江东讲和。等待形势好转后再做打算。"

石勒以奇怪的目光盯着刁膺："唔？刁长史竟然有如此想法？"他摇摇头，仰天长叹一声，"唉——"

第二十八集

“刁长史不得胡言！”帐下将军一起站起，“与敌言和等于降敌，此等奇耻大辱，我们不干！”

孔苌：“对，我们不干！请大将军下令，就我们这三十余名战将，情愿各领部卒三百名，分乘战船三十多条，趁着夜色去袭取寿春。等我们斩将得城后，城内有的是粮草，何患我军供应不继？然后我们再乘胜下丹阳，定江南，生擒活捉司马家儿孙。不出一年，就可成功。刁长史，你就等着瞧吧。”

石勒：“好！这才不愧为勇将。主簿何在？”

主簿起身向前：“下官在！”

石勒：“记着，给这些勇将每人赏赐铠甲一副、骏马一匹，以示表彰。”

主簿：“遵命！”退下。

石勒挥挥手：“大家请坐。”

众将复坐。

石勒：“不过，大家虽然忠勇可嘉，但你们所说的办法却行不通。寿春城高池深，守备森严，偷袭很难奏效。现在我们应该重点考虑，如何才能摆脱眼前的困境。”

镜头从每个人的脸上扫过，大家都面露忧色。

葵安想了一想，说：“现在葛陂湖水上涨，我军营寨地势较低。我看应该把军营迁往高处避水。不然，湖水继续上涨，我军将受困于水。如果纪瞻乘势来攻，会对我军不利。”

石勒扫了葵安一眼：“将军太过谨慎了。虽说老天连降大雨，但湖水距离我军营尚远，一时半会儿还淹不到我军。如果现在迁营，大军一动，反倒容易为敌所趁。那时候进退失据，会更危险。”

众将都点头，表示赞成。但是谁也没能拿出个可行的方案来。

石勒将头转向张宾。

张宾低着头默默而坐，一声不吭。

石勒站起身走近张宾：“孟孙先生今天咋了？为何一言不发？我想听听你

的高见。”

“唉。”张宾站起身，“高见倒是谈不上。不过我以前曾给主公进言，我们应该拥有自己的地盘。主公渡江南下的决策我并不赞同。刘琨给主公的信中说得很明白：‘攻城而不有其人，略地而不有其土，翕尔云合，忽复星散’，这到什么时候是个头啊？这里，江淮一带，我们北方人并不适应。在此立足，弊多利少。至于说到与晋言和，归降晋廷，那就更荒唐了。试想我们汉军攻陷京都，囚执天子，杀戮王公大臣，劫掠公主嫔妃，在晋廷的眼中，就算把头发全部拔下来数，也数不完我们对晋廷所犯的罪行啊！怎么还能再向他们称臣去侍奉他们呢？去年除掉王弥之后，我们就不应该到这里来。现在方圆数百里都在雨水的浸淋之中。这是上天在告诫我们，不能继续留在这里。依我所见，现在我们的最好出路，还是回到黄河以北。特别是邺城，那里有三台之固，西接我们的都城平阳，四面有山川河流作为屏障，地理位置十分优越。我们到那里去开辟地盘，安抚百姓，平息动乱，首先把黄河以北安定下来。到时候，凭我们的实力，有谁还能与主公抗衡呢？说到大军一动，容易为敌所趁，这话不假。但也要看具体情况。现在晋廷派大军驻守寿春，是因为害怕主公南下去攻打他们。一旦得知主公回师北上，他们高兴还来不及呢，自然也就不大可能会乘势攻击我们。当然，我们也不能不加防备。俗话说‘兵马未动，粮草先行’，我们可以先把辎重送往北去的道路，同时派一支军队去进攻寿春，牵制敌人。等辎重走远后，大军再分批次徐徐撤退，还怕什么进退无据呢！”

石勒认真听着，不时点头。当张宾说完后，他手捧虬髯朗声大笑道：“先生真不愧为先生，您批评得太对了。我们确实应该照您说得这么办！”他回头转向刁膺，“刁膺，当年成立‘君子营’的时候你就跟着我，我看你的肚子里还有点墨水，就擢拔你为我的重要助手，是希望你能辅助我建功立业，你怎么能劝我去降敌呢！按说，你出这馊主意就该斩首示众。但我深知你一向胆小谨慎，故不再深究。不过，右长史这一重要职位，对你来说并不适合。你还是回去做你的将军吧。”

刁膺惶恐地跪地拜谢后，起身退下。

石勒：“张宾听命！”

张宾跪拜在地：“张宾在！”

石勒：“孤任命汝为右长史加中垒将军。”

张宾：“谢主公隆恩。”磕头后起身站过。

石勒：“众将听令！”

众将：“末将在！”

石勒：“现在散会。各位回营后，做好随时撤离的准备，一旦命令下达，立即出发。”

众将:“遵命!”

后堂,石勒走进。英姑走过来,接过石勒摘下的头盔,挂在衣架上。

英姑:“怎么?当家的,好像你有心事?”

“是啊,”石勒在桌边坐下,“我们决定从葛陂撤军北上。但现在与纪瞻大军两厢对峙,如果撤军时处理不当,会使我军陷入凶险境地。当年在阳平惨败的教训不能忘记,更不能重蹈覆辙。所以我想,在撤退时,先派一支人马向寿春进攻,拖住敌人,掩护大军撤退。可是,这样一来,这支派出去的人马要想全身而退,几乎是不可能的。如果指挥不当,还可能全军覆没。这让我在选将问题上很费思量。”

英姑倒一杯茶水过来,放在石勒面前:“那该怎么办?”

石勒:“我思来想去,准备把这项任务交给石虎来完成。”

英姑:“啊?石虎!可他还是个孩子,又从来没有上过战阵。”

石勒摇摇头,长叹一声:“唉,石虎这孩子,自从来到葛陂后,凶狠残忍,恣意妄为,在军中造成了很不好的影响。本来我想把他除去以安定军心,可是母亲反对。母亲说,石虎是头‘好牛’,让我耐心等待他成熟。至于这孩子的军事才能,我感觉还是有一点的。前一段我给他传授武功和武学,发现他不但接受能力很强,还往往想法独特,见解出奇,确实具有军事家的潜质。所以,我想把这项艰巨任务交给他,让他前去犯险。如果他真像母亲所说是头‘好牛’,能够侥幸生还,那我身边不仅平添了一员虎将,而他在军中的不良影响自然也会消除。如果不是,那他在纪瞻大军强大的军事防御中便很难脱身。这样也就有了个‘为国捐躯’的体面下场。到时候,尽管母亲与他祖孙情深,也就无话可说。你觉得怎么样?”

英姑深深叹了一口气点点头。

石勒军帐,众将佐云集。

军案后,石勒站起身:“弟兄们,通过这一段时间的紧张准备,我们的辎重已经运往北路,撤离葛陂的各项工作都已就绪,大军马上就要开拔。”他从军案上抽取令箭一支,“石虎听令!”

站在众将之后左顾右盼的石虎听到叫他,意外惊愕:“我?”

石勒再次点将:“石虎听令!”

石虎慌忙挤向前去:“我,不,末、末将在!”

石勒:“我给你骑兵两千,命你率领去进攻寿春,掩护大军撤退。当我大军全部上路后，你再相机撤退。注意，要尽量避免与敌人正面交锋。”

石虎喜出望外地接过令箭：“好嘞，末将遵命！”退了下去。

石勒：“众将听令！”

众将：“末将在！”

石勒：“命你们各回本部，拆除营寨，按照既定路线，立即出发。”

众将：“遵命！”

校场上，一队骑兵整装待发。石虎顶盔贯甲，骑一匹黑马从队伍的一端巡视走来。

队伍前，几员战将目视着石虎走来。

石虎指着其中的一位战将问：“你，叫什么名字？”

被问战将：“末将赵彭。”

石虎又指着另一位战将：“你呢？叫什么名字？”

另一战将：“报告将军，末将名叫石越。”

“好！”石虎面对整个队伍大声说：“大家听着，从现在起，小爷我就是将军了。现在我要率领大家去进攻寿春，掩护大军北撤。大家一定要令行禁止，违者定斩不饶！大家听见了吗？”

整个队伍齐声回应：“听见了！”

石虎：“赵彭听令！”

赵彭：“末将在！”

石虎：“命你为前队先锋，率骑五百，逢山开路，遇水搭桥，保障我军前路畅通！”

赵彭：“得令！”

石虎：“石越听令！”

石越：“末将在！”

石虎：“命你率本部人马，严密保卫我军的侧翼和后方，以防敌人出其不意地突袭我们。”

石越：“得令！”

石虎：“全军听令！”

所有将军：“末将在！”

石虎：“跟随前锋部队，目标寿春，立即出发！”

大道上，石虎的骑兵向前开进。

队伍中，有两位战将对话。

战将甲："没想到，这位石将军小小年纪却熟谙兵法，指授有方，安排布置严厉而不繁琐，佩服。"

战将乙："当然，要不，大将军会把这么艰巨的任务交给他？"

巨灵口，浩瀚的长江滚滚东去。江边停泊着满载粮米、布匹的大船数十艘。

石虎的骑兵奔到江边，勒马观望。

石虎纵马从队伍中走出，望向江中："啊，有这么多的好东西？我发财了！赵彭听令。"

赵彭骑马走来："末将在！"

石虎："命你率前锋营下马登船，全部给我抢过来！"

赵彭："遵命！"

赵彭率所部跳下马，手执刀枪，蜂拥跳上货船。

突然"嘭"的一声炮响，船舱中埋伏的晋军一起杀出，登船的士兵猝不及防，纷纷被砍落江中。

赵彭在力毙数敌后，被好几支长枪刺中身体，落江牺牲。

与其同时，岸上的伏兵听到炮声，也呼啸着向石虎的骑兵围过来。

石虎："中计了！"他大声发令，"停止登船，立即上马列阵，听我指挥！"

石虎的骑兵迅速背向江水，列成阵势。

晋军的伏兵排山倒海般压了过来。

石虎高喊："大家别慌，跟着我，杀出去！冲啊——"一马当先，冲向敌群。

"杀——"石虎的骑兵紧跟着扑向敌群。

一场惨烈的两军交锋，刀枪撞击，杀声震天，人仰马翻，头颅乱滚……

在石虎骑兵的强烈冲击下，正面抵抗的晋军终于崩溃，士兵们死的死逃的逃，包围圈出现巨大缺口。石虎的骑兵边战斗边从缺口中汹涌冲出。

江边大路上，纪瞻率领大队骑兵赶到，对前来报告的将军怒吼："什么？煮熟的鸭子给飞了？一群废物！不行，给我追！"纵马舞刀追了下去。

晋军骑兵紧随其后追了下去。

前面。石虎的骑兵在飞奔。

后面。纪瞻的骑兵在紧追。

奔跑中的纪瞻突然猛勒马缰，坐骑前蹄跃起，停止奔跑。他同时举手示意:“停！”

正在前进中的骑兵全都勒马停止前进,并惊骇地驻足前望。

前面大道上,石勒横戟立马,站在排列整齐的军阵前面。石虎的骑兵正从军阵左右让开的口子中奔腾而入。之后,让开的口子迅速合拢。

纪瞻长叹一口气:“唉,这石勒不知又给我们做的什么局。赶快传令,后队改前队,立即撤退！”

营房内,石勒与石虎骑兵的几位战将交谈。

石勒:“这么说,石虎将兵你们都服气？”

战将们:“嗯,服气！”

石越:“不仅服气,还很佩服。当时的形式确实万分险恶。可是石虎小将军指挥若定,一点都不慌乱。常言道:‘主将是军队的灵魂’,将士们见主将沉得住气,自然信心便增。于是我们集中兵力攻其一点,很快就突破包围冲出来了。这次进攻,虽然我们损失了一部分人马,大多是登船时着了敌人的道造成的。突围时基本没有什么损失。”

石勒点点头:“看来,我母亲说得没错,这孩子确实是头‘好牛’。”

大道上,石勒大军在前进。旌旗蔽日,刀枪林立。

黄河。滚滚黄水奔流向前,宽阔的河面上有几只水鸟在飞翔。河对面,在插着“晋”字和“向”字的旗帜下,穿着“晋”字军装的士兵在严阵以待。

黄河这边,石勒带着一干将佐在沿河巡视。

有几个将士从前面走来。领头的将军向石勒报告:“启禀大将军,河中所有的船只都被汲郡太守向冰强行征集到河对岸去了。现在南岸一只船都没找到。”

石勒:“知道了,去吧。”

石勒军帐。将佐云集。石勒端坐于军案之后。

石勒:“通过长途跋涉,我们的部队已经十分疲惫。再加上这一路上各个村镇都在坚壁清野,我军取食困难,处于半饥饿状态,我们的战斗力急剧下降。现在我们要渡黄河,又找不到船只。形势对我们来说很是不利,所以召集大家来商讨应对之策。”

众将佐面面相觑。

张宾环视了大家一眼,突然拍手笑道:“这有何难,不就是想要渡河找不到船吗？向冰那里有的是，可以问他去借嘛。”

“轰”的一声，大家都笑了。

孔苌：“向冰是我们的敌人，就是害怕我们过河，才强行将船征集。他咋会借船给我们？难道他疯了？”

石勒：“右侯请严肃一点，都什么时候了，还开这种玩笑。”

张宾站起身，严肃地说：“大家不要笑，主公也不要急于指责，我说的是真的。来到这里后，我已经走访过了。被向冰征集的船只都还集中在河的对岸，没有被拖入枋头。只要我们选派一支人马，从小道秘密潜往上游，砍树造筏，趁夜色悄悄渡过河去，袭击守船敌军，把船抢过河来，我们不就有船了吗？有了船，大军就可渡河。只要大军过了河，还怕什么向冰呢！”

大家听了都佩服地点点头。

石勒：“好！右侯此计大妙。孔苌、支雄听令！”

孔苌、支雄站起：“末将在！”

石勒：“命你二人各率本部人马，隐蔽潜往黄河上游文荔津，砍树造筏，过河夺船！”

孔苌、支雄：“遵命！”

文荔津。

树木与竹子在相继倒下。

河岸边，孔苌与支雄在指挥将士们捆扎竹排与木筏。

夜色朦胧，汉军将士们将木筏、竹排推入水中。

滔滔河水中，木筏、竹排破浪前进。

河面上，大批船舶集结在岸边。岸上，有几个晋军士兵执械警戒。

草丛中，孔苌、支雄率领将士们手执利刃在隐蔽接近。

敌哨相继被突然跳起的汉军士兵摸掉。

敌人营房内走出一名出门小解的晋军士兵。蒙眬中发现大队汉军突袭而来，惊慌地大叫：“敌人来了！”

营房内的晋军闻声跑出。孔苌、支雄指挥部众扑了过去，一阵刀光血影，守船的晋军士兵悉数被歼。

河面上，汉军将士乘坐船舶驰向河心。

凌晨,天色已亮。枋头,向冰军帐,将佐环侍。

向冰大怒:“什么?敌人抢走了船舶?快,快传我将令,点兵前去拦截!”

向冰率领大队人马来到停船处。岸边地上横七竖八地躺着许多晋军死尸。

向冰隔河遥望,河对岸排列着大批船只,汉军正在组织登船。

向冰气急败坏地骂了声:“娘的,迟了!”他跳下马,弯腰从地上抓了把土,伸向空中测试风向,“啊呀,南风正劲,汉军渡河正得天时。看来,这黄河防线守不住了!传我将令,所有将士撤出河防工事,全部回军枋头,深挖壕沟,加固城墙,准备固守!”

河面上,千帆竞发,趁着顺风,浩浩荡荡向北岸驰来。

船舶靠岸,大队汉军离船登岸,呐喊着:“杀——”冲向河防工事。

工事内空无一人。

石勒站在河防工事边上,回望黄河。突然仰天大笑:“向冰啊向冰,你比猪还要愚蠢!放着黄河天险这么重要的自然屏障不守,却要退守枋头。现在我数十万大军遍地联营集结于此,区区枋头,何能敌我!”他回头招呼随行的众将,“喂,大家过来,我们合议一下,如何对付向冰。”

众将围拢过来。

石勒:“现在我们军需供应紧张,必须立即攻下枋头。然而,我却不想牺牲将士们的宝贵生命去攻克坚城。我想把向冰诱出城来,在野战中将其消灭。这样,葵安、王阳、支屈六,你们三人各率本部人马,到枋头城外分头埋伏。当向冰到来后,听我号炮,一起杀出,将其包围。”

葵安、王阳、支屈六:“末将遵命!”

石勒:“主簿鲜于丰听令!”

鲜于丰:“末将在!”

石勒:“你从军中挑选腿长脚快,善于奔跑的健卒一千名,率领他们到枋头城下叫战,想办法刺激向冰开城出战。向冰是头蠢猪,定会上当。当向冰出城后,不可恋战,诈败将其引入我们的埋伏圈。”

鲜于丰:“末将遵命!”

枋头城上,晋军士兵在执行警戒。向冰手扶城垛在向下观望。身边有几个亲兵随从。

城下，鲜于丰骑马执刀，率领一支步兵在叫战。

鲜于丰："向冰，大将鲜于丰在此，赶快出来受死！"

城上，向冰对身边亲兵说："别理他，传我将令，准备好强弓硬弩，檑木炮石，防止敌人攻城。"

城下，鲜于丰："向冰狗贼，你聋了吗？赶快出来送死，爷爷等不及了！"

城上没有回应。

鲜于丰命令部下："给我骂，使劲骂！"

汉兵士卒喊着号子，齐声叫骂："向冰狗贼，胆小微微，不敢出战，缩头乌龟！"如此反复。

城上，向冰勃然大怒，传令开城出战。

枋头城门大开，向冰跃马横枪，率领大队人马杀出城来。

鲜于丰也不打话，纵马舞刀扑向向冰。二人刀枪并举，厮杀在一块。

突然，鲜于丰拨马跳出圈外，大叫："哎呀，这家伙厉害，我不是对手。大家快跑！"边喊边拖刀伏鞍，策马回奔。

手下将士全都回身狂奔，沿途丢弃着军械、旗幡。

向冰："都说石勒部众勇猛善战，原来这么不经打！看来江湖传言都是空穴来风。来呀，给我追，不能让这些怂蛋跑掉！"说着，率领部队，策马紧随其后追了下去。

马蹄翻飞，鲜于丰与部众在前狂奔。

群马奔腾，向冰率大队人马在后紧追。

突然"咚"的一声炮声响过，四面传来海啸般的喊杀声。向冰猛吃一惊，勒住马惊慌地四处张望。

左、右、后大队汉兵汹涌杀到。

前面的鲜于丰率众返身杀回。

一场惨烈血战。

向冰独身一人狼狈地打马狂奔。后面石勒的大军在呼喊追赶。

枋头城门大开，汉军在整队入城。

枋头城内，向冰的太守府。石勒高坐堂上，堂下众将佐排座两侧。

石勒："通过数日来的休整，我军的元气已经基本恢复。接下来我们将继续挥师北上。按我们的既定目标是攻取邺城。不过，我现在有了个新的想法，我想重回武乡。记得当年我在平阳惨败之后，身边只剩八骑弟兄。后来回到武乡，在那里招兵买马，重新举事，投奔汉王刘渊，从此发展壮大，实现了军事上的重大转折。正应了我师傅临终遗言：'武乡者，用武之地，尚武之乡也。'他老人家说，'得地者昌，失地者亡'。虽说我们现在兵强马壮，但葛陂受挫，也需要我们重整旗鼓。所以我想重回武乡，以借地利，再来一次军事上的重大转折。"他把头转向张宾，"请问右侯，您对我的这个想法有何高见？"

张宾呵呵笑了："'得地者昌，失地者亡'，这个道理自古皆然。既然主公有此想法，我很赞同。不过，我们可以把队伍分成几股，委派得力将士各率一股，按照我们的既定方针继续北上，到冀鲁大地去攻城略地。主公也亲率一股，保卫我们的指挥中枢翻越太行，兵进武乡。我以为，这样似乎更为稳妥。"

"好！"石勒高兴地一击掌，"右侯所言极是，就依右侯。"

蜿蜒曲折的太行山道上，石勒率大军在行进。

武乡南亭川上，石勒在指挥大军扎营。

战士们在用军车树立辕门。

佛图澄带着僧朗、竺法雅、道安、法首、法常等一干弟子走了过来。

石勒看见后，主动迎了上去："圣师大和尚好。"

佛图澄："阿弥陀佛，善哉善哉，老衲有事向我主禀告。"

石勒："圣师请讲。"

佛图澄指着南面山洼："一年前，老衲在去葛陂之前，曾在此处山洼落脚，建有茅棚数间，与众弟子修行。这次有幸重新回到这里，自然要回原处栖身，还望我主恩准。"

石勒："好啊，自然圣师相准了那处地方，就请圣师主持，在那里兴建寺庙一区，以便弘扬佛法，从而教化我之乡民。不知圣师有意否？"

佛图澄："善哉善哉，老衲久有此意，只是不便唐突提出罢了。既然我主开了金口，佛缘浩荡，善莫大焉，老衲自当尽心竭力。"

石勒："那好，所用一切财物，可从军中支取。同时我让郭黑略率部，全力配合您完成此项工程。"

佛图澄："阿弥陀佛，我佛慈悲，这将是老衲筚路蓝缕，入华夏以来的第一所寺庙，老衲万分感激。佛祖将保佑我主前程锦绣。老衲去也。"说罢，向石勒深施一礼，率领众弟子走了。

英姑心事重重地走了过来。

石勒:“怎么了,英姑?”

英姑:“母亲她老人家执意要回疙瘩窑老屋居住,怎么劝她都不行。”

石勒:“哦,既然这样,那你就带人先回去收拾一下,随后我陪她回去好了。”

英姑:“那好吧。”

东河沟疙瘩窑小院,石勒的几个亲兵正在修复小院篱笆。

石勒陪同母亲王氏走了进来。

王氏:“就是好嘛,金窝银窝都不如俺的老窝,还是回自己的家舒坦。”

英姑闻声从疙瘩窑内走出。在她的身后,几个中老年羯人妇女相继走出。

英姑走过去搀扶婆婆。

羯人妇女们:“哎呀,老姐姐,您总算回来了。”

王氏:“是啊,总算回来了,我也很想咱老姐妹们哪!”

“啊,是勒娃子吗?”背后传来苍老的问话声。

石勒回头一看,见几个羯族老头相随走进篱笆小院,急忙走过去搀扶:“啊对,是我。老叔们一向可好?”

一老头:“好好好,我们几个总算还活着。只是咱这东河沟羯室,远不如过去风光红火了。”

另一老头:“说这些干啥?你看咱勒娃子,现在成了统领千军万马的大将军了,这就是咱羯胡人的福气嘛。”

其他老头:“是啊,想当年勒娃子顽皮淘气得出奇,就知道将来能成大事。这不……”

“哈哈哈哈。”在场的所有人们都笑了。

石勒笑着说:“石勒小时候顽劣,让叔叔婶子们见笑了。来大家进屋坐下聊。”

大家相随着走进疙瘩窑。

北原山上,石勒与张宾等几名将佐在登高瞭望。

石勒:“唉,俺石勒自幼生活在此,却因生活所迫,一直无暇欣赏家乡景色。今日登高览胜,见我家乡山环水绕,竟然如此壮美!不知右侯亦有同感否?”说着回看张宾。

张宾正以惊奇凝重的目光审视着四周。听了石勒提问,他点点头:“是啊,这里风光旖旎,地势奇特,在张某看来,是一处十分难得的风水宝地。”

石勒:“是吗?请道其详。”

张宾："主公，您请看。"他指点江山，"此处北原山一道龙脉从太行祖龙派生而出，一路蜿蜒南下，到此处隆起成岗，左右山势为龙、虎二砂相拥相护；前面武乡水环绕而过，进入东南水口，这就是《堪舆学》所说的'玉带缠腰'。您再看，跨过武乡水再往前，也就是我们军营的驻扎处，数千亩面积，地势开阔平坦，按照《堪舆学》的说法叫'明堂可容万马'。您再看这四周，山峦起伏，四面环抱，从每条山沟里流出来的大小河流，都汇聚到山脚下的武乡水内，这就叫'四面群山拱服，八方众水来朝'。还有，越过前面明堂再往南，山势连绵，叠叠重重，一直延伸出去，这叫'前案绵远'。综上所述，这里即'龙山结穴，玉带缠腰，龙虎左右护持，明堂可容万马，四面群山拱服，八方众水来朝，再加上前案绵远'，这是一处典型的'龙兴之地'啊！"

石勒："哦？还有这么多的讲究！"

张宾："是啊，主公您再来看。"他领着石勒走到东边山崖，向下指着，"那里便是您的出生地疙瘩窑吧？"

石勒向下看去：崖畔下是一条小山沟，一条清澈的小溪流从北面沟中流出，一直往南汇入武乡水。溪水东岸，越过几亩农田，一座土丘的南面，就是他祖居的疙瘩窑。此时，在篱笆围成的小院内，正有人进进出出。

石勒点点头："正是。"

张宾："那里正处于北原山的环抱之中，真可谓是天公妙造啊！"

石勒听了，若有所思。

张宾："由此看来，主公福系天赐。所以，一定要树立远大志向，却不可故步自封，辜负了天意。"

石勒思忖良久，突然说："那你说，如果我们环绕这座北原山主峰，建造一座城池，把这里围起来，把我们的军事指挥中枢安置在内，是否可以呢？"

张宾拍手称赞道："好好好，这样做更能获取地气，承接天意，善莫大焉！"

石勒呵呵笑了："右侯所言虽高深奥妙，但俺石某却并不深信。俺只想在此建立一座城池，暂时在此商讨军事。将来随着形势的发展，我们必然会移师他去。届时让俺羯室人民搬入城内居住，也可让他们避免乱军盗贼之侵扰，为他们安排一个可以安身立命之所在。既然右侯深谙堪舆之术，孤就把这项重任交付于你，让你全权负责承办。不知右侯愿不愿意？"

张宾："好啊，在下当然愿意。请主公放心，在下一定在此建立一座坚城，使其固若金汤，千年不毁！"

石勒："好！这事就此说定，请右侯多多费心。"

第二十九集

城池建筑工地，许多士兵在山脚挖出的地基上喊着号子打夯。

山路上，士兵们络绎不绝地或抬或扛运送石料，士兵中的工匠们在砌筑城墙。

城池内，士兵们在各个地段修房盖屋，地面上摆放着大大小小的木料；

一处地方，士兵们有的在打土坯，有的在立门窗砌墙，也有的在给房屋架设木料，还有的在给房屋顶部铺设瓦片。等等。

一座环山而起的崭新城池：巍峨高大的石砌城墙，城墙顶部的女墙城垛，雄伟壮观的城楼……

石勒在张宾等将佐的陪同下，在城墙上巡视：城内，宫殿与亭台楼阁，排列有序的各种房屋鳞次栉比；城外，开阔的南亭川上，军营整肃，旗号闪闪。

石勒一面走，一面看，不停地点头说："好，好，前后不足一月，一座新城拔地而起，建造得如此富丽堂皇，好！孤现在就命名此城为'北原新城'。"

张宾等随行人员一起拍手："好，'北原新城'。"

突然，一阵鼙鼓与征铎的击打声在耳边响起。石勒一愣，环顾四周，未见异常。于是他问随行众人："喂，你们听到什么声音没有？就像征铎与战鼓。"

众人："没有啊！"

石勒："是啊，你们听不到，只有我能听到。可奇怪的是，我这半辈子走过好多地方，而听到这种声音的地方只有三处。第一个就是在这北原山上。记得当年为郭敬和宁驱躬耕干活，每逢来到这里，耳朵里总能听到这种声音。我不得其解，母亲告诉我：'作劳耳鸣，非不祥也。'后来到了山东茌平，为地主师欢家劳作，也不时有这种声音在耳边响起。再就是在投奔汉王刘渊前，在杜家庄举事时，也曾经听到过这种声音。而在其他地方，似乎没有出现过这种情况。今天在这里，这种声音又被我听到了。"他回头问张宾，"右侯，你识见广博，能否告诉我，这里头有什么讲究？"

张宾："恭喜主公，在张某看来，这是瑞兆。昭示主公的人生将有重大嬗变。"

石勒呵呵笑了："右侯真会说笑。孤现在是大汉国的平晋王，大将军，位极人臣，只希望尽快铲除大晋王朝的一切腐朽残余势力，让大汉国一统天下，繁荣昌盛。若能如愿，夫复何求？而这一切，全赖诸位弟兄与各位将佐的鼎力扶持。我很感慨，自从右侯来归，奇策妙计迭出，使我如虎添翼，平定天下指日可待。如今这北原新城落成，又为我乡梓族人奠定了百年福祉，右侯厥功至伟。只是……"说到此，突然想到什么，脸色一下变得凝重起来。

张宾回看石勒："怎么了，主公？"

石勒："我突然想到了一个问题，心头甚是惊惧。如果这个问题不能妥善解决，也许在将来的某一天，会给我的族人造成灭顶之灾！"

大家："啊？"

张宾惊问："什么问题如此严重？"

石勒："你们想啊，我们的这座新城建立在高高的山头之上，差不多四面绝壁。如果我们大军移师他去，我的族人入住进来，若遇盗贼或强敌来攻，将城池团团包围，内外隔绝，信息送不出去，救兵搬调不来，加之城内没有水源，岂不将城内之人活活困死？"

随行众人都倒吸一口冷气。

张宾低头想了一下："主公深谋远虑，令在下十分佩服。不过，在下以为，这个问题可以通过增设地下军事设施的方法加以解决。"

石勒："唔？能否说得再详细一点？"

张宾："我们可以在新城内地下挖掘暗道，使之上可连岗，中可通衢，下及羯室水井。同时修筑通往城外远处的密道，并在密道内巧设机关锁钥，使之形成攻防有序，相互策应的军事网络。这样，一旦遭遇强敌围攻，不仅可以坚守，还能通过密道绕出敌后，与外界联系。必要时，还能将城内居民秘密转移出去。特别是，如果敌人发现洞口，攻入密道，我们还能通过层层机关锁钥，将入侵之敌加以歼灭！"

石勒称赞道："好！还是右侯虑事周密。那就请右侯继续督办这项庞大的地下军事工程，务求实用。"

张宾："遵命！"

坑道内，士兵们在掘进，运土。坑道在向前延伸。

坑道内的一处，石勒在张宾陪同下，视察机关锁钥。

张宾:“北原新城的地下暗道,我们一共设计了上下四层,形成了攻防兼备,纵横交错的地下军事网络。就像这里,敌人一旦摸进来,就会落入陷阱,掉进我们的下层密道,任由我们擒杀。”

石勒:“嗯,不错!”

张宾:“像这样的机关锁钥,地道内随处可见。敌人一旦进来,就让他寸步难行!”

一口深井。从井口向下移动,在接近水面的地方,出现了密道口子。石勒、张宾蹲在密道口察看:向上,井口蓝天白云;向下,水面倒影井口。

张宾:“地道通向这里,城池一旦遭遇围困,可到此处取水。”

石勒:“唔,好!”

一条隐秘的山沟。山坡上,一丛浓密的荆草丛后,石勒与张宾相继钻出。

张宾:“这处洞口,距离北原新城已在十里开外。新城一旦情势紧急,可以通过这里,避开敌人,外出联络,或者组织城内人民从此疏散撤离。”

石勒:“好,很好!这我就完全放心了。”

北原新城内,巍峨辉煌的殿堂上,石勒正襟危坐。堂下,众将佐按序而坐。

石勒:“眼下,我们的北原新城已经建设完竣,在今后的一段日子里,我们将在这里运筹帷幄,指挥我们的数十万大军在冀鲁大地上纵横驰骋,横扫大晋王朝盘踞在黄河以北的残余势力。现在就请大家公议一下,接下来我们应该如何开展工作?”

“报——”一士兵走进,“启禀大将军,孔苌将军从邺城前线回来了,要求面见大将军。”

石勒:“请!”

“是。”士兵退下。

石勒:“嗯,不错,孤正想了解前线战况,可巧他就回来了。”

孔苌走入:“参见大将军。”

石勒:“赐座。”

身边亲兵走下,搬一把坐凳过来,放下。

孔苌:“谢大将军。”上前入座。

石勒:“孔苌将军,前线战况如何?”

孔苌:“启禀大将军,渡过黄河后,我们长驱直入,直捣邺城。邺城守将中郎将刘演,乃是并州刺史刘琨的侄子。一开始,我们在扫除邺城外围的战斗中，打败并收降了刘演的部将临深与牟穆。刘演见我军势大，便收缩兵力，退守三台，利用三台地形险固，坚守不战。连月来，无论我们如何发动攻击，均无进展。所以，我只好下令暂缓进攻，专程回来，向大将军和诸位贤达讨一个有效良策。”

石勒：“唔？”

王阳站起：“既然邺城难破，请大哥允准小弟率本部人马，协助孔将军去攻取三台。”

葵安、支雄：“我愿前往！”“我也愿前往！”

诸将一切站起：“我们都愿前往。请大将军下令吧！”

石勒点点头：“大家都是好样的。”他转头望向张宾。

张宾微微摇头。

石勒：“请问右侯有何高见？”

张宾：“启禀主公，在下以为，既然刘演收缩兵力固守三台，三台险固，本就不易攻取，那我们也就没有必要再在那里劳师费时。因为刘演在我们的眼里，也就是一个还没有长大的孩子，对我们构不成什么威胁。或许，三台攻取不易，不攻反而可能自行崩溃。眼下我们的大敌是坐镇并州的刘琨和盘踞在幽州的王浚。要进攻，也应该先去进攻这两个地方。然而，现在我们兵屯武乡，武乡乃并州属地，刘琨一定已经得到了消息，加强了防务。这样，我们进攻有备之敌就不太容易。再说，据可靠情报，我们的大汉皇帝刘聪，已经派刘粲、刘曜出兵去攻打并州了。所以我们也就没有必要再去凑这份热闹。就算去了，由于有刘粲、刘曜两位亲王在上，功劳也与我们无缘。进攻幽州，路途又有点太远，目前条件还不具备。在下以为，眼下我们的当务之急，是先找一个可靠的立足之地。北原山这里虽然不错，却不是建立大都会的理想地段。这里峰峦叠嶂，地势逼仄，设一郡县尚可，建立都会不行。不但营建难以安排，就连防务也不好部署。我们呢，应该下太行，向冀州方向发展，在那里寻找立足之地，扩展地盘，广积粮草，整军备战。当一切准备就绪，再派使者西入平阳，向汉帝禀报，挥军扫平幽并。这样我们就可创建如春秋五霸中齐桓公、晋文公那样的基业了。如今天下大乱，战争才刚刚开始。如果我们继续领着数十万大军到处游走，作客他乡，人心安定不下来，我们自身的安全都得不到保障，又咋能控驭天下呢？”

石勒频频点头：“说的好！右侯此论高屋建瓴，思虑深远，堪比当年诸葛孔明隆中之对策。请继续说下去。”

张宾：“主公深谙‘得地者昌，失地者亡’的道理。所以我一再坚持认为，我们首先要选择一处要地，建立我们稳固的地盘。然后再以此为中心，逐步向外扩展。”

石勒：“嗯，很有道理。那，右侯以为，我们到何处立足为佳？”

张宾：“邯郸、襄国都曾是战国时期赵国的都城，依山凭险，地理位置都很优越。主公可从中选择一处，建立我们的都城。”

石勒心中突然有所触动，眼前幻化出儿时一群小伙伴在一起手举着风车边跳跃，边高声唱诵的一首童谣：“古在左，月在右，让言退，或入口”。

张宾见石勒发愣，问：“怎么，主公是否觉得不妥？”

石勒：“不不不，我突然想起小时候传唱的一首童谣，不知是否与此有关？”

张宾：“什么童谣？请主公明言。”

石勒：“童谣说：‘古在左，月在右，让言退，或入口。’”

张宾听了鼓掌大笑道：“好好好，看来上天早有安排，让我们入主襄国。”

石勒：“右侯，此话咋讲？”

张宾比画着说：“主公请看，‘古在左，月在右’，这分明就是个‘胡’字。‘让言退’，‘讓’字退去‘言’字，不就剩下‘襄’字了吗？‘或入口’，把‘或’字放入‘口’字之中，就是‘国’字。合起来，这句话的意思就是‘胡居襄国’。当然，在下深知主公讳胡尤甚。然而，在华夏人心目中，只要不是传统的华夏人，便统称为‘胡’……”

石勒手一挥：“好了，右侯不必再作解释，请选择吉日，我们东下太行，移师襄国。”

襄国城外一处高地，石勒戎装骑马，与众将佐在眺望。身后铁骑雄壮，旌旗蔽日。

“报——”一骑兵飞奔而来，“报告大将军，襄国守将惧我军威，已经率部弃城逃走，不知去向。现在襄国城已经被我军占领。”

石勒：“好！传令下去，进城！”

襄国城内府堂之上，众将佐云集。石勒在发布命令。

石勒：“主簿鲜于丰！”

鲜于丰出班：“在！”

石勒：“你立即组织人员，负责撰写并在全城各处张贴榜文告示，安抚民众，不得有误！”

鲜于丰：“遵命！”

石勒：“众将佐听令！”

众将佐:“在!”

石勒:“你们各回汛地,整顿秩序,修缮城池,布置防务,建造营房,打造器械,准备长期坚守。”

众将佐:“遵命!”

石勒:“好,大家执行去吧。”

大家退下。

张宾走入:“参见主公。”

石勒:“右侯,你这几天都忙些什么?”

张宾:“在下得空到附近郡县走马观花跑了一趟。”

石勒:“唔,为什么?”

张宾:“主公,您想啊。我们在此立足,刘琨、王浚必然深为忌讳,很可能会派大军前来进犯。我担心,不等我们城池修好,粮草物资准备充足,他们就会杀来,所以要早作安排。通过这次勘察,我发现,广平一带的秋庄稼已经成熟。主公应立即分派诸将去抢收谷豆,运回襄国作为军粮储备。同时要马上派人回平阳向汉帝报告,说明我们在此立足,并不是叛汉另立,而是要以此为据点,控制冀鲁,为攻取幽、并,平定黄河以北创造条件,目的是为大汉国开疆拓土。不要让汉帝生疑,做出不利于我们的举措来。”

石勒点头赞许道:“右侯心细如发,思虑周密,真可谓诸葛重生,子房再世也。好,就依右侯。”

张宾:“另外,还应遣将数名,让他们率部去冲击一下幽州的外围苑乡。刺激一下这个晋廷新任的大司马,幽州都督王浚,看看他会有什么举措。是脓包,就让他早点溃破!”

石勒:“说得很对。那就派葵安、支雄等七将,率部去冲击苑乡,给王浚上点眼药。”

平阳大汉皇宫。皇帝刘聪手持表文龙颜大悦:“好!平晋王石勒此举大张我国威。来人!”

一内侍跑上:“微臣在!”

刘聪:“拟诏:大将军石勒忠勇可嘉,特赐使持节散骑常侍,都督冀、幽、并、营四州杂夷、征讨诸军事,领冀州牧。加封本国上党郡公,食邑五万户。并保留开府、幽州牧、东夷校尉及此前的一切封赠。”

内侍:“遵旨。”

幽州刺史府。年近六旬的刺史王浚与其女婿枣嵩在对坐交谈。

王浚："枣郎，老夫年事已高，膝下无儿，只有一个女儿也已经嫁你为妻。现在你就是老夫的全部希望与寄托。如今大晋朝气数已尽，很难死灰复燃。而我们占据幽州，兵强马壮，又得姻亲鲜卑段氏和乌丸部落的支持，已经成为北方最大的军事集团。所以老夫想趁眼下皇帝被俘，天下无主，再进一步，登极称尊，也过几天当皇帝的瘾。当然，当老夫千秋万岁之后，这个位子自然由你继任。然而，要想达此目的，首先得有一定名望的人上表劝进。否则，我们无法操作。前段日子，老夫与燕相胡矩商量此事，希望他能联络一部分官员加以拥戴。谁知这个不识相的家伙向老夫指古论今，讲了好多典故，劝老夫千万慎重！这不是公然反对又是什么？所以老夫找了个由头，将其免职外调。后来老夫又想到了一个人，此人名叫霍原，学贯古今，才高八斗，是燕国著名的高士。自老夫都督幽州以来，曾多次请他出山，欲加以重用，但都被他拒绝了。这一次老夫想，他不愿做官，那么，借助他在民众中的崇高声望，让他牵头写一封《劝进表》总该可以吧？可谁知这家伙是个'一根筋'，竟然当面就拒绝了！气得老夫只好给他按个'阴谋造反'的罪名，将其抓起。唉，给你说这些，其实你都知道。哼，既然这老家伙自命清高，'利诱'不成，那就'威逼'，迫其就范！最近情况怎样？有无进展？"

枣嵩："还是不成。自从押回幽州后，我们对他严刑拷打，摧残半死，可这家伙油盐不进，顽抗到底！"

王浚："既然是这样，威逼利诱都不成，那留他还有什么用？干脆做了算了。来人！"

两甲士走入："在！"

王浚："去把霍原给我押来！"

甲士："是！"退下。

王浚："枣郎，你一定要记住，干大事者一定要心狠手辣，切忌妇人之仁。'顺我者昌，逆我者亡'才能立威。"

枣嵩："嵩儿记下了。"

"走！"在甲士的吆喝声中，披头散发，浑身血污，被折磨得不成人样的霍原被架了进来，丢在地上。

王浚走上前俯身问道："霍原，老夫再问你最后一遍，给我上表劝进，我会给你荣华富贵。否则……"

"呸！"霍原挣扎着欠起身，"王浚奸贼，汝作为大晋臣子，坐拥强兵，竟能直面京师沦陷，皇帝被俘，不发一兵救援，却在这里做着篡国登基的黄粱美梦，是一个不折不扣的国贼；汝作为幽燕父母官，竟能面对境内连岁遭灾，民不聊生，却囤积大量粮米，不拿一粒赈济灾民，反而纵容你女婿枣嵩勾结朱硕、田峤等一班奸贼横征暴敛荼毒百姓，逼得境内人民纷纷逃往鲜卑慕容廆处。你没有半点仁心，是一个彻头彻尾的民蠹！似汝这般衣冠禽兽，我恨不得食汝之肉，寝汝之皮，咋会为虎作伥，助纣为虐？妄想！”

王浚勃然大怒：“给我拖出去，砍了！”

甲士答应一声，把哈哈大笑的霍原倒拖出去。

“刀下留人！”随着喊声，北海太守刘搏与司空掾高柔闯了进来。

刘搏：“大人，霍原乃当今名士，杀不得！”

高柔：“请大人法外施恩，留他一命。”

王浚神情怪异地看着二人，冷笑道：“呵呵，这不是北海太守刘搏嘛？哦，还有你，司空掾高柔。我说霍原咋会如此嚣张，原来是有你们在背后撑着！既然你们是同党，那就别怪我无情。来人！”

一群甲士闻声而入：“在！”

王浚：“把这俩人拖出去，与霍原一同正法！”

刘搏、高柔气极：“你……”

甲士一拥而上，将刘搏、高柔拖了下去。

王浚看着二人被拖出，回头对枣嵩说：“枣郎，你要切记，对于一切心怀异志，不能为我所用者，一定要采取铁腕手段，毫不留情！”

枣嵩：“嵩儿谨记。”

督护王昌走进：“启禀大人，苑乡发来军情，说是汉将石勒占据了襄国，并派大将七员进攻苑乡，打破了我们的外部壁垒。形势严峻，我们该如何应对？请大人定夺。”

王浚惊愕道：“唔，有这等事？目前我们正与并州刺史刘琨争夺冀州的管辖权，咋能容石勒再来横插一杠！”他略一思忖，说“你等一下。”走到书案前，提笔润墨修书一封，交予王昌，“汝现在持我书信，立即去联合辽西鲜卑段氏，让他们出动鲜卑铁骑，与你的部众组成幽州联军，趁石勒立足未稳，向襄国发动进攻。决不能让石勒在此坐大！”

王昌接过书信：“遵命！”

襄国城内，府堂之上，石勒与众将佐议事。

石勒：“自我们兵进襄国以来，已经引起了幽州刺史王浚的高度恐慌。目前，他命督护王昌联合辽西鲜卑段疾陆眷、段匹磾、段末柸部，发兵五万向我们扑来。现已驻屯渚阳，在那里打造攻城器械，准备强攻我襄国。日前，我们的几位将军轮番前去进攻试探，发现敌人的战斗力确实很强。说是我们的劲敌，一点都不为过。如今我们面临大军压境，而我们的大部分作战部队都远征各地，一时难以调集，留守襄国的兵力严重不足。同时我们的城防设施也很不完备，形势十分严峻。如果敌人猛扑过来，将襄国城团团包围，时间一长，军心涣散，只怕是孙武、吴起这样的兵家鼻祖重生，也难以挽救败局。所以，我想把部队全部撤出城外，在原野上摆开大阵，与敌人进行一次大决战。大家以为如何？”

沉默一会儿后，孔苌说：“我以为不妥。敌人远道来袭，利在速战。我们外出列阵，岂不正对了敌人胃口？”

王阳：“是啊，现在襄国城内粮草充足，有利固守。虽然我们的城墙尚不坚固，但总也有所凭依，敌人未必能够攻得下来。”

葵安：“对，只要我们坚守不出，时间一长，敌人必然师老疲惫，自然就会撤退。到时候我们再行追击，必然大获全胜。”

众将皆点头附议。

石勒呵呵笑了：“好，看来大家都懂得运用心智了。”他转向张宾，“右侯以为如何？”

张宾：“据可靠情报，敌人在下月上旬就要前来攻打我们的北城。眼下他们已经探知我们兵力不足，一定会以为我们不敢出战。同时，通过在渚阳前线的几次交锋，他们连连取胜，这就更加增加了他们的骄奢懈怠。俗话说‘骄兵必败’，这是千古不移的定律。根据我所掌握的情报，幽州联军中，作战主要依靠鲜卑段氏。而在段氏之中，又数段末柸最为勇悍，鲜卑部众的精锐也大都集中在段末柸麾下。所以我料定，出兵打头阵的，一定是段末柸。我们可以这样：当敌人来攻时，一定要表现出我们十分寡弱，不堪一击，以此增加敌人的骄纵气势，让敌人的士气懈怠下来。而我们则暗中在北面城墙上挖掘通道二十余条，使之直达城墙外沿，只留薄薄一层城皮，让敌人从外面发现不了，可以一突即破，唤作‘突门’。再在‘突门’上方预备沙袋土囊，以备必要时将‘突门’迅速封堵。等敌人来到准备攻城时，我们冲开‘突门’，率精骑出其不意突然杀出，直扑敌人军阵。敌人必然慌乱，来不及抵抗，这就叫‘迅雷不及掩耳’。我们知道，段末柸还是少年，‘初生牛犊不怕虎’。再加上他自从军以来，还没有遇到过真正的对手，心高气傲。一见部下溃败，必然发怒，就会找我们的主将拼命。这时，我们可以佯败，将其诱入城来，将其擒获。只要擒住了段末柸，不仅打败这股联军不在话下，就算王彭祖的幽州，也就指日可待了。”

孔苌拍手道：“对对对，张长史说的和我想的基本一致。”

石勒手抚浓髯点头赞许道：“好，就按你们的策略行事。孔苌听令！”

孔苌站起：“末将在！”

石勒：“孤命你为攻战都督，全面负责这次襄国保卫战的指挥。

孔苌："遵命！"

石勒面向张宾："右侯，就劳烦你协助孔苌建造'突门'。"

张宾："是。"

石勒："传我将令，将北城外预设的鹿砦及重栏叠嶂全部清除，为突击扫清障碍。"

襄国城北城墙，孔苌与张宾指挥将士们挖掘"突门"。士卒们有的在挖土，有的在将土装入口袋，有的将土袋吊上城头码放。一派紧张的施工景象。

石勒在孔苌、张宾的陪同下视察暗道"突门"。他们走进一条甬道，来到尽头。石勒仔细看看在城墙下部用木料支撑的框架，摸摸框架内剩下的城皮，问："这处城皮还有多厚？"

孔苌："约一尺来厚。"

石勒："能保证在突然之间把它打开吗？"

张宾："能。我们经过详细测算，在需要的时候，只要组织将士合力向外猛推，这框架内的城皮就会向外倒下。我们的骑兵就能从此冲杀出去。"

石勒点点头，回身抬头向上望去：甬道两边的城头上，整齐地码放着土袋砂囊，并有士兵守护。他满意地说："好！"

襄国城外大道上，一个年约十八九岁的鲜卑年轻将领段末柸，一马当先，率领着大队骑兵呼啸着冲杀过来。在他身后的队伍中，有许多骑兵在马上抬着长长的云梯。

队伍来到襄国城下，段末柸挥手约束部众停下，驻马抬头仰望城上。

城头上，稀稀拉拉地站在一些老弱汉兵在守城。看到鲜卑铁骑，个个表现的惊慌失措，战战兢兢。

段末柸举手中枪，指着城头，大喝一声："呔！"

一位老兵闻声受惊，一哆嗦，手中矛枪掉下城来。

段末柸仰天哈哈大笑："怂货！看来这座破城不堪一击！"他回头命令道，"弟兄们，经过这次长途急行军，知道大家都很疲惫。好了，大家都下马休息一会儿，养足精神，准备攻城！"

城头上，石勒隐身在城垛后面向外观察：鲜卑骑兵纷纷下马，放下云梯，就地休息。有点甚至倒头大睡。

石勒呵呵笑了："这么寒冷的天气，还敢倒头睡觉！看来，他们的确是行军疲累了。好！"于是将手中拿着的小红旗向下摆动。

城下，孔苌与诸位战将率领精骑在各个甬道口整装待发。看到石勒发出的信号，一起冲入甬道。

城外，段末柸看看坐地歇息的部下，骑马挺枪，严密监视着城门。突然，身后传来“轰隆轰隆”的响声。他回头一看，只见整肃的城墙下部，相继塌露出一系列大大的洞口。在弥漫的尘雾中，一队又一队的骑兵从洞口冲杀出来，扑向他的部众。一场惊心动魄的大杀戮，他的部众猝不及防，人头乱滚，没死的，爬起来仓皇逃命，根本来不及上马。好多人连武器都丢了。

“当当当”，一支铜锣响。孔苌将手中红旗一摆，传令：“收兵！”冲出来的骑兵又从原路撤回。

段末柸勃然大怒，双目圆睁，大吼一声，勒转马头，挺枪跃马，向指挥撤退的孔苌杀了过去。孔苌见状，策马在前，通过“突门”奔回城内。

“贼将，不要走，看枪！”段末柸紧随孔苌之后，冲进“突门”，追杀孔苌。

“梆！”一声梆子响，城头上土袋砂囊滚滚而下，“突门”被封堵。

段末柸回头大吃一惊，急忙勒马。就在此时，数十名汉将呐喊着向他扑来，将他围在核心。

段末柸咬咬牙，在包围圈中左冲右突。兵刃交加，喊杀连天。

激战中，一支长枪戳向段末柸马臀。那马吃痛，猛地跃起，将段末柸掀落马下。数十支兵器一齐指向段末柸前胸，颈部。

一队士兵走过来，把段末柸从地上揪起，上了绑绳。

孔苌手中红旗一摆，再发命令：“杀出去！”

各个将领又帅骑兵从未封堵的“突门”冲了出去。

大道上，鲜卑段疾陆眷率领大军在向前行进。

一群鲜卑败兵凌乱不堪地迎面跑来。

段疾陆眷大吃一惊，回头看看段匹磾：“啊？前面那不是末柸的部众吗？怎么回事？怎么成了这般模样？”说着打马向溃兵走去。

一溃兵气喘吁吁地说：“大王，不好了，我们被打败了，末柸将军也被陷在城里了！”

段疾陆眷、段匹磾：“啊？！”

突然，一阵海啸般的喊杀声传来。段疾陆眷向前一看，见大队汉军骑兵如疾风暴雨般冲杀过来。

段疾陆眷大惊，急令：“快撤！”

鲜卑部众返身逃命，立时乱作一团。

汉军骑兵冲了过来，肆意追杀。

大道上，鲜卑士兵的尸体横七竖八，旗幡、军械铺满道路。

渚阳，段疾陆眷、段匹磾、段勿务尘与幽州督护王昌垂头丧气地聚集在一起。

段匹磾："咳，没想到我们一出师竟遭遇如此惨败！"

段勿务尘："这一仗损折了我们上万人马不说，连我们的战神末柸都落入敌手，这仗还怎么打！"

段疾陆眷："经此一役，我们继续进攻襄国已无胜算。特别是，末柸乃我之军魂，军中不能没有末柸。看来，唯有向石勒求和，以期换回末柸。不知你们以为如何？"

王昌："啊，向敌求和？那，王刺史那里如何交代？"

段匹磾："哼，至于如何交代，那是你的事。若不是看在与王浚甥舅至亲的份上，我们也不会来蹚这趟浑水。如今我们惨败至此，难不成为了他王浚，让我们连老本全都赔上？"

王昌："那……"摇摇头不再言语。

段勿务尘："可是，我们军中无有余资，拿什么求和？"

段疾陆眷："咳，只好收集一些铠甲马匹和金银作为礼物，同时用末柸三弟作为人质，以求换回末柸了。"

段勿务尘："嗯，看来也只好如此。"

襄国城内。府堂之上，众将佐云集，谈笑风生，欢庆胜利。

葵安大喊道："喂，大家静一静！"

众将佐停止喧哗。

葵安："我们这一仗，消灭敌人上万，缴获战马五千多匹和军需物资无数。特别是抓获了鲜卑段氏第一悍将段末柸，迫使敌人重新龟缩回渚阳，已经胆寒。我提议，杀掉段末柸，就可以彻底摧毁敌人的斗志。然后我们大举发兵进攻渚阳，定可消灭鲜卑段氏。大家说是不是？"

诸将一起响应："对，杀掉段末柸，进军渚阳！"

"杀掉段末柸，进军渚阳！"

……

石勒站起身，举双手向下按按。

大家静了下来。

石勒："弟兄们，不要激动，请听我说。辽西鲜卑，国力强健，并非你们想象得那么不堪一击。尤其是，他们不仅历来与我们无仇，而且还和我们一样，都是晋人眼中的'胡'。如今前来进攻我们，只是被王浚利用了，他们本不该是我们的敌人。如果我们杀段末柸一人而结怨一国，是十分划不来的。再说，我们同是'胡人'，同气相击等同于自杀，这于我们大为不利。你们说是不是？"

大家若有所思地点点头。

石勒："所以我认为，在适当的时候放末柸归国，他一定会对我们十分感激，从而也就不会再上王浚的当，被王浚利用了。这样我们就能化敌为友，削弱敌人的阵营而加强我们的同盟，我们何乐而不为呢？"

大家点头赞许。

张宾走过来，拍拍葵安的肩膀："怎么样？主公这才叫深谋远虑，明见万里。佩服不？"

葵安点点头："佩服！"

"报——"一士兵走进，"报告大将军，鲜卑使者求见。"

第三十集

石勒:“请!”回归本座。众将各归本位。

鲜卑使者与段末柸三弟(一个年约十五六岁的孩子)走入:“参见大将军。”

石勒:“好说。贵使前来,有何见教?”

使者:“奉我主疾陆眷之命,前来进奉求和表章,请大将军裁决。”说着,将表章高举过头。

石勒:“好,呈上来。”

一亲随走下,接过表章,转交石勒。

石勒接表观阅后,指着末柸三弟:“这么说,你就是末柸三弟?”

末柸三弟:“正是在下。”

石勒:“嗯,那你就暂留我处,我会善待于你。”他转头对使者,“你回去上复你家主人,我接受你们的和议。同时委派我的侄子石虎,与你同赴渚阳,与疾陆眷、匹碑拜结金兰,缔结盟约。只是请你回去告诉你家主人,眼下末柸将军还不能回去。不过,请你家主人放心,他留在这里没有任何问题。当你们撤回辽西后,我会选择良辰吉日,送末柸将军风风光光地荣归故里。另外,在末柸将军暂时留在我处的这段时日,你们可以选派他的亲兵十人,前来照顾他的生活起居。”

使者:“那好吧。”

石勒:“石虎过来。”

石虎走过来:“在!”

石勒:“虎娃子,你随使者到渚阳走一趟,替我与他们缔结盟约。望你不辱使命。”

石虎:“遵命。”

石勒:“好了,你们去吧。”

使者:“在下告退。”与石虎退下。

石勒站起身:“诸位,如今我们的襄国保卫战取得了决定性胜利。传我将令，大摆筵席，犒赏三军。同时，为我专设一席，我要宴请段末柸将军。”

宽阔的场地上，士兵们围绕在摆放的一个个餐桌周边，吆五喝六，海吃狂饮。

宴会大厅内，众将佐在各个餐桌周边猜拳行令，欢声笑语。

大厅正面，石勒与段末柸对坐在餐桌两侧。一名亲兵在抱着酒坛斟酒。

石勒端起酒碗：“末柸将军，请！”

段末柸局促地捧起酒碗：“大将军，请！”

石勒豪迈地和末柸的酒碗一碰，仰头一饮而尽。

段末柸看着石勒饮尽，也将碗中之酒喝干。

二人放下酒碗，亲兵续斟。

石勒：“末柸啊，有些掏心窝子的话，我早想和你们说，可是一直不得其便。现在我们坐在了一起，不知你是否愿听？”

段末柸：“大将军请讲。”

石勒：“其实，我们羯人，与你们鲜卑人，还有氐、羌、匈奴这些祖上来自边陲，并非华夏本土的民族，在晋人的心目中都叫‘胡’，是他们眼中的‘异类’。对于这一点，我想，你也该有切身感受。”

段末柸点点头。

石勒：“一直以来，晋廷上下秉承‘非我族类其心必异’的罪恶教条，剥夺了我们做人的起码权利，把我们看作可供他们任意奴役和随意买卖的奴隶和畜生，对我们进行了无穷的迫害。可我认为，不管我们的祖先出身于什么民族，只要在华夏大地上共生，就应该和平共处，和衷共济，一视同仁。你说是不是？”

段末柸点点头。

石勒：“可是晋室朝廷却不是这样。他们非要把我们看作‘异类’，不让我们做人。既然如此，那我们就要反抗，就要用我们的热血和力量，来争取我们做人的权利！现在，晋室王朝的倒行逆施，已经惹得上天震怒，在他们的宗族之间掀起了血雨腥风，这就给咱们这些深受盘剥压榨的苦难民众创造了崛起的机会。咱们咋能相互攻伐，自相残杀呢？咱们应该联合起来，对付我们共同的敌人。而这个敌人就是大晋王朝。”

段末柸十分专注地听着。

石勒：“来，喝酒。”端起酒碗。

段末柸也连忙端起酒碗，二人相碰，饮下。

石勒："幽州刺史王浚，更是一个十足的恶棍。他本是晋室朝廷豢养的一条走狗，却心怀叵测，人格极坏。他作为大晋的臣子，在京师危难，诏令勤王时，竟能坐拥强兵，拒绝救援，眼睁睁看着京师沦陷，皇帝被俘，而他却幸灾乐祸，在做乘机取代晋廷，据位称尊，君临天下的美梦，此为不忠；他为了达到自己的罪恶目的，逼人从奸。一旦不从，即坐罪诬杀。如燕国高士霍原，不受他的胁迫，就被王浚强安上'谋反'的罪名杀害，此为不义；近年来，幽州一带连遭蝗旱之灾，百姓民不聊生。王浚囤积了大量粮食，不但不拿一粒赈济灾民，反而纵令其女婿枣嵩勾结一班奸贼，对百姓横征暴敛，极尽荼毒，此为不仁；他看不清天下大势，却痴心妄想，逆天行事，此为不智。像这等不忠、不义、不仁、不智的败类，本应人人得而诛之，咋能再辅助他为害天下！就算你们段氏与他是甥舅至亲，也不应该助纣为虐。"

段末杯起身道："听了大将军教诲，末杯如梦初醒。末杯此前浑浑噩噩，只知道跟随父兄上阵杀敌。至于为谁打仗，为什么打仗，就连想都没有想过。现在我明白了。谢谢教诲。"跪地磕头。

石勒连忙上前扶起，说："你还年轻，岁数还没有我的儿子石兴大，阅历尚浅。对眼下大事认识不清，情有可原。不过，以后一定要明辨是非，切忌盲从。"

段末杯点点头。

石勒："孩子，还有一事和你商量。今我有心收你为义子，并为你在大汉国谋一爵位，然后送你回归辽西。从此与你们鲜卑段氏世代友好，互不侵犯。如有急难，我们相互支援。你看如何？"

段末杯再次跪拜："父亲大人在上，请受孩儿一拜。"

石勒呵呵笑着，将段末杯扶起，回头高喊："参军闫综何在？"

参军闫综快步走来："大将军有何吩咐？"

石勒："命你将襄国保卫战详情写成表章，回平阳报捷。同时为末杯将军请求封爵。"

闫综："遵命！"

府堂上，石勒端坐于军案之后，众将佐在府堂两侧按序而坐。

石勒："襄国保卫战的胜利，使我们站稳了脚跟；我们与鲜卑段氏结盟，断去了幽州一臂，大大削弱了王浚的军事实力。下一步，我们将向北发展。只是南面邺城尚未收复，是我们的后顾之忧。这事不能再拖下去了。石虎听令！"

石虎起身出班："末将在！"

石勒："命你率本部人马去攻取邺城。"他从军案上取过锦囊一个，"这里有锦囊一个，汝到邺城后，严格按照囊中之计行事，不得有误！"

石虎:“遵命!”退下。

“报——”一名卫士走入,“启禀大将军,参军闫综出使汉都归来了。”

石勒:“好!传他进来。”

卫士回头:“传闫综觐见。”退下。

闫综走入:“参见大将军。”

石勒:“免礼。闫参军,此次平阳之行是何情况?”

闫综:“回大将军,吾皇刘聪览表后龙颜大悦,对大将军高度赞许。并按大将军之意,颁诏对段末柸将军予以册封。”

石勒:“诏书何在?”

闫综将诏书呈上。

石勒接过诏书展视后:“好,好。传末柸将军。”

门上卫士喊:“传段末柸将军觐见!”

段末柸走进行礼:“参见义父。”

石勒将诏书交还闫综:“请宣旨。”

闫综接过,走到正面:“段末柸听旨。”

段末柸上前跪拜在地。

闫综手捧诏书宣读道:“奉天承运,皇帝诏曰:段末柸将军深明大义,为两国息兵贡献卓著,特敕封使持节,安北将军,北平公。钦此。”

段末柸:“谢吾皇隆恩,万岁万岁万万岁。”起身接过诏书,站立一旁。

石勒:“好!今天恰逢黄道吉日,传令下去,大摆筵席,为末柸将军践行,送末柸将军还归辽西。”

大道上,段末柸在十名亲兵的护卫下缓缓前行。

段末柸抬头看看太阳,烈日当空。于是说:“时辰又到正午。弟兄们,下马摆香案。”

大家一起下马。一亲兵从马鞍上取下香案,边安排边说:“将军坚持每日三次朝南焚香跪拜,可谓虔诚之至。”

段末柸:“唉,我陷落襄国,自分必死。是义父胸怀宽广,不仅不予加诛,还收我为义子,给了我无尚荣宠。再造之恩,没齿难忘!”边说边取线香点燃,作揖,跪拜下去。

平阳汉室皇宫。大殿上百官云集,一群女乐在编钟、胡笳等乐器伴奏下跳匈奴舞。汉帝刘聪与晋怀帝司马炽以及百官在饮酒观赏。

一曲舞罢,刘聪传令:“换晋舞!”

又一支舞队登场,跳起来晋人的舞蹈。

舞曲中,刘聪看看坐在下手的晋怀帝司马炽,朗声道:“今天是大年初一。从今天起,就进入了我大汉国嘉平三年。”他低头顾问司马炽,“会稽公,汝作为大晋皇帝,失国之后来我都城平阳已历一年有半,感觉如何?”

司马炽站起躬身答道:“感谢陛下皇恩浩荡,不仅留下残喘之躯,还荣封仪同三司,会稽郡公,并赏赐小贵人刘妃伴我,在下委实感激不尽。”

刘聪点点头:“嗯。既然如此,会稽公是否也应对我君臣有所表示?”

司马炽惶恐不知所措地:“在下……在下……不知该如何表示,请万岁示下。”

刘聪:“来人!”

一太监用托盘托着青衣小帽走进。

刘聪对司马炽:“朕命你着青衣小帽,挨个为我君臣行酒,以表示汝对大汉国的感激之情,汝可愿意?”

司马炽惊恐万分地:“这?是——”

刘聪对太监:“带他前去更衣。”

太监带司马炽走下。

司马炽身边的陪臣庾珉、王俊互看一眼,面露悲凉之色。

司马炽着青衣小帽,手持酒壶走上,来到刘聪的御案之前,小心斟酒。

斟罢,刘聪对他说:“好了,汝可挨个给各位王公斟酒。”

“是。”司马炽连连点头,走到大殿,给各位王公斟酒。

一王公端起司马炽斟的酒,对身边另一位王公说:“来,尝一尝这大晋皇帝的酒,看看有何异同。”

另一王公举杯,两人相碰,一饮而尽:“唔,真的有股亡国之味。”

二人放肆地哈哈大笑。

“哗”的一声,整个朝堂上爆发出轰笑声。

王俊大叫一声:“庾珉贤弟,常言道‘君辱臣死’,今我主遭受如此屈辱,你我作为臣子,情何以堪!”说着,不顾一切地放声大哭。

庾珉也跟着放声大哭。

刘聪勃然大怒:“来人!”

一队甲士应声走入:“在!”

刘聪:“给我把王俊、庾珉这俩贱人轰出去!”

“是!”甲士走过去吧王俊、庾珉连揪带打赶了出去。

司马炽吓得面如土色,端着酒壶不住发抖。

刘聪看看司马炽,不耐烦地挥挥手:“去去去,你也滚出去!”

司马炽惶恐无措地放下酒壶躬身而退。

刘聪气恼地："哼，本来新春佳节，却被这亡国君臣败了兴致，晦气！"

一王公出班："启奏陛下，臣接得有人举报，说是王浚、庾珉意图勾结并州刺史刘琨犯我平阳。"

刘聪："哼，既然这样，那就传旨，将王浚、庾珉收监，等过了新春大年，押赴刑场，开刀问斩！"

一王公："那，晋废帝司马炽……"

刘聪："留着也无用，等大年过后，赏他一壶金屑酒，送他归天去吧！"

长安。杂草丛生的宫室殿堂，殿堂上悬挂着白色孝幡。一群臣民身穿孝服在举办丧礼。

（字幕）晋帝司马炽在平阳遇害的消息传到长安，已经在此建立"行台"的皇太子司马邺为其举丧，谥号"孝怀皇帝"，史称"晋怀帝"。司马邺在群臣的拥戴下，加冠冕即位称帝，改元"建兴"。

襄国城内，帅府堂上，众将佐按序就座，石勒端坐于军案之后。

张宾走进："启禀主公，石虎将军传来捷报，三台攻克，邺城已被收复，刘演逃往廪丘。"

石勒："好！现在我们已无后顾之忧，可以放手向北发展。众将听令！"

众将一起站起："末将在！"

石勒："立即整顿军马，进攻苑乡。"

众将："得令！"

两军交锋，刀光剑影，喊杀连天。

石勒在数十名亲兵护卫下，骑马站在一处高地，向战场瞭望。

葵安跃马奔来："启禀大哥，苑乡已被攻克，守将游纶被擒。"

石勒："好！游纶何在？"

葵安回身命令："押上来！"

五花大绑的游纶在一群汉兵的押解下被推了过来，跪倒在石勒马前。

石勒用手中长戟挑着游纶的下巴，使之抬起头来，问："你就是游纶？"

游纶："正是小人。"

石勒："时至今日，你还有何话说？"

游纶："请大将军赦免小人性命。小人的哥哥游统镇守幽州的门户范阳，小人可去说服他前来归顺大将军，将功折罪。”

石勒：“唔？好吧，松绑！”

汉军士兵将游纶的绑绳解去。

游纶：“谢大将军不杀之恩。”

石勒：“游纶，孤现在任命你为军中主簿，留在孤的身边随军听用，你可愿意？”

游纶：“大将军隆恩浩荡，游纶万分感激！”跪在地上连磕响头。

“报——”一侦骑飞马走来，“有一支‘乞活军’盘踞上白，领头的名叫李恽。”

石勒：“哦，李恽？是不是当初保护着腐晋四十八王离京出走，被我们包围在洧仓，情急之下杀了妻子儿女，只身逃走的那个龙骧将军李恽？”

侦骑：“正是此人。此人逃到广宗后，正好遇到了一支‘乞活军’，便将其收编，自任统领，在冀州地面上游走，如今盘踞上白。”

石勒突然发怒，圆睁双目：“好啊，‘乞活军’！当年你们袭击我牧苑，杀我汲桑大哥，此仇未报，如鲠在喉。如今老子正要寻找新的打击目标，你们偏偏撞在老子的刀口上！传令下去，移师上白，去消灭这支‘乞活军’，为汲桑大哥报仇！”

一场激战，一群衣着各异的杂牌军在石勒大军的围攻下狼奔豕突。

一群被抓获的“乞活军”排成长长的数列纵队，在汉兵的押解下走过。

石勒军帐门前，葵安、支雄等十多名战将跃马走来。翻身下马，涌进军帐。

军帐中，石勒起身相迎：“弟兄们都回来了，战况如何？”

葵安：“嗨，这些‘乞活军’都是乌合之众，根本不经打。我们包围上去，只一个冲锋，立即土崩瓦解。领头的李恽当场阵亡，没死的全都做了俘虏，没有一个逃脱！”

支雄：“这一仗酣畅淋漓，真痛快！”

众将：“对，大哥，这一仗旗开得胜，打得痛快！”

石勒：“好！不过‘乞活军’当年袭击我们牧苑，追杀我们的汲桑大哥，与我们有血海深仇！”他怒目圆瞪，咬牙切齿，“传令下去，让将士们就地挖掘大坑，我要将他们全都活埋，为汲桑大哥复仇！”

一长溜挖掘好的土坑。被俘虏的“乞活军”被汉兵押了上来，面向土坑站成长长的一排。

石勒在亲兵的护卫下，骑着马，在俘虏面前缓缓前行，巡视这批将死之人。他一面走一面说："你们都听着，当年你们袭我牧苑，杀我兄长，我与你们不共戴天！今天送你们去赴黄泉的是我石勒。冤有头，债有主，有那个想要化鬼索命，就来找我石勒。千万不要弄错！"他挨个地看着这些俘虏。

俘虏一个个在眼前晃过：有年过花甲的老头，有十几岁的孩子；有体壮如牛的壮汉，也有弱不禁风的病夫。他们一个个面如死灰。

石勒继续策马向前徐行。突然，一个人影映入眼帘。石勒猛吃一惊，勒住马，定睛细看。

被石勒盯着的人缓缓将身转过，只留下一个背影。

石勒跳下马，快步走了过去，站在那人身后，轻声问："足下是郭季子吗？"

那人慢慢转过身来，沉沉地点了点头。

"啊，果然是恩公！"石勒扑过去一把抱住郭敬，鼻子发酸，流下泪来，"恩公因何落得如此境况？"

郭敬面无表情："你还认得我吗？"

石勒："恩公说哪话来，我咋会不认恩公？"

郭敬："既然如此，就请不要杀害这些俘虏，我有话要说。"

石勒回身高呼："停止行刑！"他亲手解开郭敬的绑绳，拉住郭敬的手，"今日得遇恩公，莫非是上天有意安排？走，我们进帐说话。"

军帐内，石勒与郭敬对坐喝茶，说话。几个亲兵站在身后。

郭敬："自从和你分手后，我依然以行商维系生计。可谁能想到，近年来天下大乱，盗贼蜂起。我的商队一连几次遭受流民和游军的劫掠，弄得家产荡尽，血本无归！没办法，只好将商队解散，投身'乞活军'，随大家一同来冀州寻求活路。可是刚来不久，这就做了你的俘虏，还差点被你活埋。我想不通，你如何要用如此残酷的手段来对付我们？"

"唉——"石勒叹口气，"说来话长。当年我被卖到山东为奴，被主人看重，削去奴籍。后来我与皇家牧苑的牧帅汲桑举旗起事，经过了一系列的血战，在阳平、赤桥被兖州刺史苟晞和冀州刺史丁绍相继打败，损失惨重。我的大哥汲桑率领残部返回牧苑。没承想，遭遇'乞活军'的疯狂偷袭，我的大哥汲桑也被他们杀害了！所以，一提到'乞活军'我就义愤填膺。"

郭敬摇摇头："兄弟，你错了。我所在的这支'乞活军'并不是当年跟随司马腾的'乞活军'。我们和他们不是一路人。我们来到冀州的时间不长，绝对没有参加过袭击牧苑和杀害汲桑。而且，我们的队伍中有好些人是咱武乡老乡。

因为在老家实在活不下去了，才不得已聚众成军，到冀州来寻求活路。你如此对待我们，让我感到无比寒心！”

石勒一怔：“这么说，你们这支队伍中有我们的乡党？”

郭敬点点头：“嗯，很多。”

石勒一拍脑袋：“嗨，我被仇恨冲昏头了！这次幸亏遇到了你，不然的话，我会因虐杀无辜乡党而负罪终身！”他回头对亲兵说，“传我将令，所有俘虏全部释放！”

一亲兵：“遵命！”退下。

石勒：“今日能与恩公相会，这是老天安排。你今后哪也别去了，就和我一起干吧。我把那些被俘的‘乞活军’全交给你，由你统领。我再派人帮你整编，训练，把这支来自咱乡梓的队伍打造成一支能征善战的铁军。你看怎么样？”

郭敬：“如此甚好。本来我一直坚信，你终归会有振翅腾飞的一天。能跟着你干，是我平生夙愿。感谢老天安排，这一天总算到了。”

石勒高兴地：“好！我现在就拜你为上将军，赐给你衣甲车驾。”

襄国城内，帅府堂上，众将佐肃立。

石勒与母亲王氏、妻子刘英姑跪于堂下。汉国使臣太监手捧圣旨站在堂上。

使臣宣旨道：“奉天承运，皇帝诏曰：平晋王深孚朕望，立足襄国，平定司冀二州，收复渤海，功勋卓著，特加封为侍中，征东大将军，并保留以前的一切封赠。特拜石母王氏为上党国太夫人；封石妻刘英姑为上党国夫人，章绶首饰一同王妃。钦此。”

石勒、王氏、英姑：“谢吾皇隆恩，万岁万岁万万岁。”叩拜后起身。

石勒接过圣旨。

使臣：“平晋王请留步，圣旨传到，咱家也该回去了。”

石勒：“恭送公公。”与使臣一起走出。

众将佐走上前为王氏、英姑道贺：“恭祝老夫人与英姑嫂子荣封。”

王氏：“同喜，同喜。”

英姑：“谢谢叔叔们，谢谢你们的祝贺。”边说边扶着婆婆走出。

石勒返回，走上帅府正面，严肃地说：“弟兄们，各位僚佐，现在我们的地盘已经基本稳固。接下来，我们要设立和巩固我们的各级官府，整顿赋税，加强治安管理，动员和调动各方力量来建设我们的辖区，使我们的辖区成为大汉国的楷模，成为人民的福地。对于这一点，大家一定要有清醒的认识，右侯何在？”

张宾出班："在！"

石勒走下堂来，走到张宾面前："先生，通过半生厮杀，使我越来越明白了一个道理。武虽能定国，却需要文来安邦。今后建设我们的辖区，光靠打打杀杀是不行的，我们需要大量的各种人才来加以治理。我有一个想法，在襄国设立太学，培养我们自己的人才。我想让你牵头，选拔一批通晓儒家经典的饱学之士为'文学掾'负责教授。再挑选我们将佐中的子弟三百人，让他们入太学读书。你看怎么样？"

张宾："主公见识广远，令在下佩服之至。如此好事，在下一定尽心竭力，不负主公厚望。"

石勒拍拍张宾的肩头："好，那此事就劳烦先生了。"他返回堂上，"还有一事也很重要。现在我们辖区内胡晋杂居，人们的心性与生活习俗五花八门，十分混杂。而由此引发的各种矛盾也异常繁杂和难以解决。用什么方法才能把人们的心融合在一起呢？我觉得，圣师佛图澄所讲述的佛教道理深刻，能够统一人们的灵魂。郭黑略何在？"

郭黑略出班："末将在！"

石勒："命你专程回武乡南山，特请佛图澄大师来襄国建寺设坛，向人们传授佛学。"

郭黑略："末将遵命！"

武乡南山，一座新修的佛寺坐落在山腹之中。山门外的石阶上，郭黑略拾级而上。门口的两个小沙弥竖掌询问了些什么，放郭黑略走进山门。

佛殿内，恢宏庄严的释迦牟尼塑像下，佛图澄在蒲团上闭目打坐。

郭黑略走进，虔诚地上前施礼。

佛图澄睁开双目："郭将军不在军中效命，因何到此？"

郭黑略小心地："弟子奉石勒大哥之命，特来恭请师傅到襄国建寺设坛，弘扬佛法。"

佛图澄："善哉善哉，此乃老衲平生之夙愿，老衲自然愿往。请将军先行回去复命，就说老衲略事收拾，随后就到。"

郭黑略："谨遵法旨。"

佛图澄："汝出去后，替老衲唤法首、法常、道安等众弟子前来，老衲好作安排。"

"是。"郭黑略躬身退出。

佛图澄起身伸个懒腰，口宣："阿弥陀佛。"

道安、法首、法常、僧郎、竺法雅等一干子弟陆续走进:“见过师尊。”

佛图澄:“好。目前石勒将军已经立足襄国,今派人前来邀请为师前去建寺弘法。你们有谁愿随为师前往?”

众弟子:“我们都愿跟随师尊。”

佛图澄:“那好。法首,你留下主持此处寺庙。其余弟子收拾准备一下,随为师前往襄国。”

众弟子:“谨遵师命!”

襄国,高大的城门,气势恢宏的城楼,城门口有汉兵守门。城门前吊桥平放,不断有人通过吊桥,在城门中进出。

佛图澄率徒众从远处走来,在距吊桥不远处停下。

佛图澄:“僧郎,你到附近找一处客栈馆舍,我们暂不进城,就住郊外。”

众弟子:“为啥?”

佛图澄:“这里是佛法未及的新区,人们的心灵尚未得到洗礼。我们需要在这里考察地理,做点必要的安排。在适当的时候,让我们的受众产生心灵震撼,从而对我佛的大智慧、大神通、大法力有个深刻认识。这样才能让他们顶礼膜拜,笃信不疑。所以,先不急于谒见石将军。”

众弟子:“弟子受教了。”

襄国城内,帅府堂上,石勒端坐正堂。堂下众将佐按序就座。

石勒:“黑略老弟。”

郭黑略起身:“末将在!”

石勒:“你不是说,圣师大和尚随后就到,怎么你已经回来两天了,还不见他的身影?”

郭黑略:“这……”

门上高喊:“圣师大和尚佛图澄到——”

石勒大喜,噌地起身:“好,全体出迎!”

大门口,佛图澄率众弟子在驻足等待。

石勒率众将佐走出大门。石勒快步走过来:“欢迎圣师大和尚莅临。”

佛图澄:“阿弥陀佛,老衲来迟,还望我主恕罪。”

石勒:“圣师来了就好,何罪之有?”他回头吩咐道,“传我将令,安排素宴,为圣师师徒接风。”

室内，石勒与佛图澄交谈。亲兵在侧。

石勒："大师到来，蓬荜生辉。请问，我们何时选址建寺？"

佛图澄："阿弥陀佛，选址一事交由徒众即可。老衲来襄，首重弘法。请主公在城中设一便坛，布告受众，明日巳时，老衲即登坛讲法。"

石勒："好，就依大师。"他回头吩咐亲兵，"传主簿。"

亲兵中一人："遵命。"退下。

石勒提壶斟茶："大师请喝茶。"

主簿走进："参见大将军，参见圣师大和尚。"

石勒："汝立即布告全城，明日巳时，圣师大和尚在城中设坛开讲佛法。同时知会文武将佐，届时都去听讲。"

主簿："遵命！"退下。

城中广场上，一个人工砌筑的三尺高台。台上，佛图澄端坐在蒲团上，口中念念有词。台下，众弟子面向听众双手合十环法坛而坐。

石勒与众将佐在佛图澄面前的场地上席地而坐，表现得无比虔诚。在他们的身后和四周坐着好些听众。再往外，站着前来看热闹的人群。

佛图澄："阿弥陀佛，老衲开讲了。佛教指谜开悟，普度众生，今日专讲大乘。凡众生皆可成佛。欲脱离眼下苦海，到达极乐彼岸，重在修行。自利与利他并重，此乃菩萨之道……"

城门口，几个守城门的士兵站在护城河边向下观望。

士兵甲："哎，这到底是咋回事？怎么这几天护城河内的水越来越少？"

士兵乙："是啊，你看，差不多就要干涸了！"

士兵丙："这对我们守城可是大为不利！应该马上报告大将军。"

众士兵："对，赶快报告大将军。"

弘法广场上，佛图澄率领众弟子在环绕法坛唱诵佛经。悦耳祥和的唱经声使得听众肃穆。

石勒与众将佐垂头闭目双手合十虔诚地听。

葵安从场外走入，来到石勒身边："大哥，护城河……"

石勒："我都知道了。等会问问大师是怎么回事。"

法坛上，佛图澄端坐休息。

石勒走近，小心地："圣师，打扰了。襄国城濠骤然干涸，不知何因。请问圣师，有无补救之法？”

佛图澄笑了笑，说：“城濠无水，可以敕龙去取嘛。”

石勒不好意思地摇摇头：“让圣师见笑了。在下虽字‘世龙’，但我这条龙却不能取水，还望圣师相助。”

佛图澄突然变得异常严肃：“出家人不打诳语，老衲并非戏言。水泉无论大小，必有神龙居住。襄国城濠的水源就在西北五里的团丸祠下。如不敕龙去取，水从何来？好吧，老衲这就去敕龙取水。”说完，起身走下法坛，率众弟子走了。

石勒与众将佐相互看看，也跟着走了。

“老和尚要作法取水了，快去看看！”人群中有人高喊。于是，在场的人们都蜂拥跟了去。

团丸祠，一座跨壕沟而建的庙宇。庙前左右，各有一棵挺拔的桧树。两树之间系着一条粗壮的麻绳。距庙前数步，由佛图澄众弟子用红线拉起了一条警戒线，将随观的群众拦挡在外边。

徒众们在庙门前安放好香炉，佛图澄取线香三柱点燃，礼拜后插入香炉，一纵身跳上绳索，端坐在上面，双手合十，口中念念有词：“安息香，神通广，贫僧敕龙坐绳床。阿弥陀佛临华夏，保境安民降吉祥。”然后诵经念咒。

石勒与众将佐站在警戒线前，密切关注着佛图澄，脸上流露着惊异的神色。

不一会儿，一股汩汩清泉从团丸祠下流出，顺壕沟向外流去。

人群中发出呼喊：“快看，壕沟内有水了！”

众人一起观看壕沟。

壕沟内的水在逐渐加大，一条五六寸长的小龙随着水流从团丸祠下游出，引起了人们的一片惊呼：“龙，水内有龙！”

第三十一集

随着人们的惊呼，壕沟内水势骤然加大，直向护城河奔去。那条小龙突然不见了身影。

绳床上的佛图澄安然端坐，闭目诵经。

一骑兵飞马来报："报告大将军，护城河水满了。"

石勒点点头："好！"

人群中有人高喊："这老和尚分明是活佛临凡，真神再世！快，大家快跪下磕头！"

所有围观的人们一起跪拜在地。

一场声势浩大，规格很高的丧葬仪式。

一辆丧车拉着一口巨大的棺椁。石勒、石虎全身缟素，披麻戴孝，在前面牵着系在棺椁上的白练，悲痛欲绝地哭喊。刘英姑和堂姐珍娘一身重孝，爬在棺椁后面呼天唤地地痛哭。众多襄国城中的将佐士卒，人人头戴白巾，腰系白带簇拥着丧车顺城中大道一路走来。前面、后面有多名士卒高举着白幡在随丧车行进。最前面是庞大的送葬乐队吹奏着丧乐在导引前行。乐队后，张宾、夔安等将佐在行进中抛洒纸钱。街道两边，围观者人山人海。

人群中，观众甲："这是哪个贵人去世了，举办这么隆重的丧礼？"

观众乙："你不知道呀！这是为石勒大将军的母亲王氏老夫人举办的丧礼。唉，这老夫人也算福薄，一辈子颠沛流离，好容易受儿子荫庇，刚刚被荣封为国太夫人，还没有享福几天，就撒手西去，实在令人痛心。"

观众丙："唉，也是。你看大将军哭得多么伤心！"

观众丁："嗨，话说回来，老人家能够享受如此哀荣，也算是积了阴功。"

送葬的队伍在继续前行。

襄国城帅府堂上，众将佐依序而坐。石勒走上，端坐于军案之后，看看右手第一位置空着，便问："右侯因何未到？"

身边亲兵持一纸文书走过来："张先生患病在身，特上书请假。"将文书交予石勒。

石勒接过文书看了一眼："右侯身体一向欠佳，那就让他好好将息吧。今天把大家召集前来，是想和大家共商我们下一步的行动方略。在我们立足襄国一年多的时间里，通过大家的共同努力，辖区内在各方面都取得了显著成效。我们的地盘相对稳固，我们的人民安居乐业。现在我们面临的最大敌人，是盘踞在幽州的王浚军事集团。前段时间，我们派遣大量细作潜入幽州，收集情报，策反官员，收效甚佳。眼下，原来归附王浚的乌丸首领审广、渐裳、郝袭已经暗地里遣使前来向我们上表投诚。这样，就使得王浚所依重的鲜卑、乌丸两臂全失，陷于孤立。面对如此形势，请问，接下来我们该怎么办？"

众将佐交头接耳，讨论热烈。

石勒走下堂来，看着他们讨论。过了一会儿，他问："怎么样？说说你们的想法。"

葵安站起身："启禀大哥，我们这些人认为，目前晋廷在黄河以北的残余势力，以幽州最为强大。尽管他们看起来失去了鲜卑、乌丸的辅助，但幽州城兵精粮足，其军事实力依然不容小觑。如果现在就以军事手段进攻幽州，胜算还是不大。所以，我们都认为，不如仿效当年晋大将军羊祜与吴国大司马陆抗两军相持的旧例，致书王浚，怀柔通使，先与幽州结成友好邻邦，然后再寻机图之。"

石勒："唔，这是一种想法。其他人呢，有无不同想法？"

孔苌站起："我看葵安将军的意见可以采纳。"

其他人也纷纷点头，表示赞成。

石勒："好吧，既然大家都无异议，那今天就讨论到这里。大家散了吧。"

张宾府上。张宾背靠枕头，斜坐在病榻之上。石勒面向张宾，坐在病榻之侧。

张宾："听主公所言，众将佐的看法虽然不无道理，可也并非良策。如今王浚凭借幽州、鲜卑、乌丸三部势力，野心极度膨胀。他虽然名义上是晋室藩臣，而且在晋帝被俘之后拥立假太子，伪设'行台'，自封尚书令，诱骗废晋遗臣北上投奔，骗得像前豫州太守裴宪这样的角色都去投靠了他。然而，他根子上早有不臣之心，想要据位称尊。他之所以没有付诸实施，只是害怕天下英雄豪杰不买他的帐，对他发难。他现在迫切希望的是能有英雄豪杰去投奔他，拥戴他，为他所用。"

石勒赞许地点点头。

张宾:“如今像主公您这样的人,才是他王浚梦寐以求想要得到的。”

石勒:“哦?说说看。”

张宾:“如今主公威震天下。在王浚看来,您去帮助谁,谁就存;您与谁为敌,谁就亡。现在王浚想要得到主公,就像当年楚汉相争时,霸王项羽想要招降韩信那样迫切。所以,我们应该在这上面做文章。如果采取诡诈的权宜之计,派个使节,上一封书信,缺乏真诚的表现,一旦让他产生怀疑,看透了我们的真实意图,以后即使再有奇谋妙策,只怕也就无所施展了。”

石勒点点头:“右侯所言极是。”

张宾:“欲谋大事,先需以卑示人,投其所好。在下以为,既然王浚一心要当皇帝,主公就应该主动推奉他,支持他,向他投靠称藩,表现得十分诚恳。唉,即使这样,都害怕王浚难以相信。仿效羊陆故事,只怕难以奏效。”

石勒拍手赞道:“好,此策高明!请右侯好好将息,某这就去安排。”回头吩咐亲兵,“到‘君子营’去,传王子春、董肇到府上等我。”

亲兵:“是。”

石勒府上,石勒、王子春、董昭三人在研究拟写书信。董肇伏案执笔。

石勒:“写到哪了?拿来我看。”

董肇将书信掂给石勒。石勒接过看了一遍,把它交还董肇:“接下来这样写:‘伏愿殿下顺天应时,践登皇阼。勒奉戴殿下如天地父母。殿下当察勒微心,慈眄如子也。谨此表闻。’写完了吗?”

董肇将笔放下:“写完了。”

石勒:“怎么样?够谦卑吧?”

王子春:“这就叫猛虎捕食,伏爪收身,蓄势待发。”

三人一齐哈哈大笑。

亲兵抬两只箱子走上:“报告大将军,两批珍宝均已装箱完毕,请大将军验看。”

石勒:“好。”他转头对王子春、董肇,“王子春、董肇,你二人到了幽州后,将这两份珍宝,一份明献王浚,一份暗送枣嵩,把它暂时寄放幽州,让它在那里变成千倍、万倍后,再回我手。”

三人大笑。

幽州,王浚刺史府。

王浚端坐在大堂之上,枣嵩侍立在侧。王浚虎视眈眈地盯着堂下跪着的王子春、董肇,一副威不可犯的神情。

良久，王浚开口发问："王子春？"

王子春："在。"

王浚："董肇？"

董肇："在。"

王浚："汝二人千里迢迢来我幽州，见孤到底何事？"

王子春："回禀大人，我家主人石勒久慕王公威名，有心投身报效，故委派我二人前来送款。"说着，将书信高举过头。

"哦？"王浚略显意外，示意枣嵩将书信取来。

枣嵩走下，取过书信，回交王浚。

王浚："念！"

枣嵩拆封取笺，读道："明公王殿下台鉴：勒本小胡，出于戎夷。值晋纲弛御，海内饥乱，流离屯厄，窜命冀州，共相帅合以救性命。今晋祚沦夷，远播吴会，中原无主，苍生无系。伏惟明公殿下，州乡贵望，四海所宗。为帝王者，非公复谁？勒所以捐躯命，兴义兵，诛暴乱者，正为明公驱除尔。伏愿殿下顺天应时，践登皇阼。勒奉戴明公如天地父母。明公当察勒微心，慈眄如子也。谨此表闻。"读罢，将书信交予王浚，"读完了，岳父大人。"

王浚接过书信，反复阅看，仔细玩味，面现疑云。

（王浚画外音）"怪哉。吾盼四海英雄前来归顺，如久旱禾稼渴望云霓。而放眼四海，石勒又最为英武绝伦。如能得到他的拥戴，何愁尊位难取？可奇怪的是，眼下石勒横行宇内，摧枯拉朽，如入无人之境。就在不久前，还把我进攻襄国的联军打得一败涂地！在此情势之下，他却委身前来投我。到底是何居心？委实令人生疑。"

王浚看看堂下跪着的王子春、董肇，改换面容："二位请起。"

王子春、董肇："谢殿下。"起身。

王浚："赐座。"

堂上侍卫搬两把锦墩过来，王子春、董肇入座。

王浚抖抖手中书信，问："石公乃当世英雄，眼下又占据了赵国故都，拥有了魏赵之地，与孤已成鼎足之势。如今却要屈尊降贵，向孤称藩。到底何意？孤实不解。"

王子春呵呵一笑，拱手言道："石将军英才俊拔，兵强马壮，诚如明公所言。只是仰望明公乃州乡贵望，累世地位显赫，功德辉煌，勋业昭彰。如今又如山岳般镇守在外，威名远播于八方极远之地。就连北胡、南越的人都敬佩您的风范；西戎、东夷的人都歌颂您的德行。难道只获取了一区微小府邸，就敢不去整顿衣冠，朝拜神圣的宫阙吗？过去陈婴、韩信他们，难道是小瞧王位而不称王，看不起帝位才拒绝称帝吗？显然不是。因为他们都知道，帝王之位不是仅凭智慧和勇力就可以争得来的。如果拿石将军和明公您来相比，那就如同拿月亮的光辉与太阳相比。又如同拿长江、黄河之水与浩瀚的大海相比。项藉、子阳覆灭的时代并不十分遥远，这就是石将军的前车之鉴。明公有什么可以奇怪的呢？再说，自古以来，在华夏大地上，胡人作为著名臣子的确实是有，但成为帝王的则还没有过。石将军也不是厌恶帝王的位子，才让给您来坐。他只是担心自己称帝会引起人神共愤，天地不容！所以，希望明公不要胡乱猜疑。”

王浚呵呵笑了：“子春先生经纶满腹，口若悬河，说得好极了。这样吧，请二位暂回馆舍安歇，孤当善为处置。”

王子春：“也好。”回头向外招呼，“抬上来！”

随从人员将一只箱子抬了进来。王子春上前打开箱盖：“石将军的一点心意，还望明公不计寒酸，予以笑纳。”

王浚走下堂，过来向内一看：明珠、美玉、玛瑙、翡翠等稀世珍宝五光十色。

王浚呵呵笑着，频频点头。

馆驿内，王子春、董肇对坐饮茶。

一随从走进：“启禀二位大人，枣嵩回府了。”

王子春：“好！”他指着地上的珍宝箱，“走吧董兄，去拜会枣嵩，把这箱珍宝暂时寄存在他的府上。”

二人会心地笑了。

枣府。

枣嵩正与几名姬妾调情。

一家丁走进：“启禀主人，襄国使节求见。”

枣嵩：“唔？这就对了，好事临门了！”他挥手驱散姬妾，“请！”

王子春、董肇率随从抬着宝箱走进。随从放下宝箱后退出。

王子春、董肇向枣嵩拱拱手：“给公子请安。”

枣嵩：“好好，二位贵客请坐。”

三人一起入座。

王子春：“我俩受石将军之托，特意前来拜会公子。石将军深知公子乃幽州之栋梁，投诚之事还望妥为周旋。些许薄礼，望公子笑纳。”

枣嵩起身走过去打开箱盖：“既然石将军如此慷慨，那枣某就恭敬不如从命了。两位使者尽管放心，此事包在枣某身上。石将军英雄盖世，如今来投，乃我幽州之福。一会儿我就去见我岳父，劝他一定接纳。”

王子春：“如此甚好，那就拜托了。”说着起身，“请公子留步，我俩告辞。”

枣嵩：“好，二位慢走。”

刺史府。王浚在地上来回踱步，思索。

枣嵩走进：“岳父大人，石勒主动前来投诚推奉，此乃天大的好事，大人因何对接纳石勒迟疑不决？”

王浚：“如果石勒真能归顺，我当然求之不得。只是感觉此事有点蹊跷，不知石勒是不是在玩什么花招。故而一直委决不下。”

枣嵩：“岳父大人过虑了。王子春已经将利害阐述清楚，我看不会有假。我只是担心，如果石勒见岳父心存疑虑，绝了投诚之念，改而去投并州刘琨，岳父非但不能称尊，只怕幽州也就危险了！还望岳父三思。”

王浚听了，面现惊讶：“这倒不得不防。刘琨小儿自上任并州后，屡次挖我墙脚，还笼络我辖区内代郡的索头部落猗卢为他所用。甚至表请朝廷将代郡封给了猗卢，蛊惑猗卢成为我的大敌。我与刘琨不共戴天！是的，绝不能把石勒推给刘琨。”

“报——”门上侍卫手捧一只木函与一封书信走入，“启禀大人，襄国石勒派人送来书信与木函。”

王浚：“打开看看。”

侍卫将木函打开。王浚与枣嵩向内一看，大吃一惊：木函内是一颗血淋淋的人头。

王浚：“怎么回事？快看看信上说了些什么？”

枣嵩接过书信拆阅，说：“哦，是这么回事。范阳守将游统密谋投降石勒，派此人前去联络。石勒将此人杀掉后函首送来，以表明心迹。”

王浚：“这么说来，石勒是铁了心要归顺于我？”

枣嵩：“对，岳父大人没必要再有疑虑。只是游统这家伙吃里爬外，人面兽心，不能不加以处置。”

王浚：“暂不理他。等到石勒归顺后，看他如何见孤！”

刺史府大堂。王浚高坐于堂上，堂下众将佐依序而坐。

王浚：“传襄国使节。”

身边亲随高呼：“传襄国使节！”

大堂外传呼：“传襄国使节！”

王子春、董肇走进，朝上行礼："参见刺史大人。"

王浚："免礼。二位贤使，孤已经决定接受石勒将军的归顺。既然石将军真心拥戴，孤将与石将军共有天下。孤这里特设'一字并肩王'之位，恭候石将军的到来。同时念你二人前来出使，成就大功，特拜你二位为列侯，待石将军归顺之日一并封赏。"

王子春、董肇连忙跪地磕头："谢吾主隆恩，万岁万岁万万岁。"

王浚呵呵笑着："平身。"

王子春、董肇起身。

王浚："孤今特派使节，随二位出使襄国，与石将军商量具体归顺事宜。传令下去，准备厚礼，送使节启程。"

襄国，帅府堂上，众将佐按班就座。

石勒手捧书信，对大家说："好！王子春、董肇果然不辱使命，王浚老儿已经上钩。今特遣使节随同王子春、董肇来我襄国，面商归顺事宜，已经启程，不日即到。诸位请注意，当幽州使团抵达后，各个营寨都要把精兵强将与良好的铠甲器械藏于帐后，不得让使团看到。营中只留老弱羸兵守护。我要让幽州使团认为我们形势寡弱，不得不依附幽州。"

众将佐："遵命！"

城门口，石勒、张宾、孔苌与"十八骑"豪杰迎接幽州使团。

石勒："欢迎贵使团光临我襄国。"

使节拱手致意："谢大将军亲自出迎。"

石勒："请！"

使团与欢迎人众一起入城。

帅府堂上，使团人员落座。使节取出书信一封："石将军，王公有书信在此，望将军开阅。"

石勒毕恭毕敬地对使节说："不不不，王公书信即是圣令。还请贵使面南宣读，石勒洗耳恭听。"

使节看看大家，又看看王子春，王子春点点头。

使节："那好吧。"起身站立堂上，开启书信。

石勒急忙招呼大家跪地聆听。

使节宣读书信："大将军石勒审时度势，弃暗投明，诚心归附，拥戴于孤，孤心甚慰。今遣使赴襄，特赐麈尾一枚，以示嘉纳。望将军早赴幽州，共商大

事。幽州刺史浚谨致。”读罢，身边随从取过麈尾，交予使节

使节接过麈尾，双手托着：“请大将军接麈尾。”。

石勒站起，摇手道：“不可。石勒卑微之手，不敢亵渎王公所赐圣物。还请贵使将麈尾悬挂于中堂之上。石某当朝夕跪拜。”

使节点点头，走上前，将麈尾悬挂在中堂挂钩上。

石勒走过去，面对麈尾深施一礼：“唉，我不能面见王公，今见王公所赐之物，就如同见到王公。”说着跪倒在地，连磕三头。

众将佐随着石勒磕头。

礼毕，石勒与大家站起身。

石勒：“传我将令，大摆筵席，竭诚款待幽州使团。”

襄国城门口。原野上白雪皑皑。城门口大道上，车杖马匹在伫立等待。

石勒送使团走出城门。

石勒：“本想让贵使团在襄国多玩几天，也好让石某尽尽地主之谊。既然贵使不肯因私废公，石某也就只好抱歉了。望贵使见到王公后，替石某禀明竭诚归顺之意。并请转告王公，到三月初春暖之时，某当亲赴幽州，拥戴王公登极称尊。”

使节：“如此甚好。王公一定深感欣慰。”

石勒叫过董肇：“董先生，汝随使团重返幽州后，一定要将《劝进表》当面上呈王公。”说着又从身上取出书信一封，交给董肇。“另外将这封书信面呈枣相，请他用心周旋。”

董肇接过书信：“请主公放心，董肇一定不负所望。”

使节：“好了。请将军保重，我们告辞了！”拱拱手，登上香车。

其他人一起翻身上马。

石勒与众将佐向逐渐远去的车杖马匹挥手致意。

石勒帅府，众将佐哈哈大笑。

葵安：“大哥，你的这番表演惟妙惟肖，真是让我们大开眼界！”

大家：“是啊，是啊，演得真好。”

石勒笑道：“也多亏大家的极力配合，要不，早就露馅了。王子春，来，给大家说说幽州之行有何见闻。”

王子春：“好吧。王浚在幽州为政苛虐，刻剥寡恩，将百姓推入水深火热，这些大家都已经知道。而经我此次亲历，现实比传言更为严重。除幽州城之外，辖区内人民基本没有活路，而且已经逃散略尽。同时，王浚虐杀陷害贤良，

排斥诛杀忠直，更到了令人发指的地步。前段他诛杀名士霍原与北海太守刘博、司空掾高柔后，本来已经让君子寒心。可他为了大张威福，不仅毫不收敛，反而变本加厉。然而，尽管如此，也还是有人心怀愚忠，不知进退。最近，幽州从事韩咸，眼看着幽州日益凋敝，危机四伏，心中不忍，想去规劝王浚改恶从善。但他又知道王浚听不进忠言。于是就想了个委婉的法子，希望王浚从中接受启发。有一天，他去谒见王浚，说是他近来出访塞外，到了慕容廆部落，见那里政治修明，十分昌盛。通过考察，发现慕容廆其人具有雄才大略。这人特别崇尚华夏文明，手下聚集了一大批儒家饱学之士，还让儿子慕容皝拜宿儒为师，学习儒家经典。尤其是这人十分爱惜民众，设法减轻百姓负担，吸引了远近百姓争相投奔。谁知他话没说完，就被王浚喝止。说是他私通外族，卖主求荣，喝令推出斩首。可怜韩咸一腔忠义泼在了臭水沟里，连一点涟漪都未激起。你们说冤不冤？”

大家听了，一个个义愤填膺，都说：“王浚该杀！”“该杀！”……

王子春继续说：“现在幽州总的情况是：鲜卑、乌丸离弍于外；王浚、枣嵩贪暴于内，士卒羸弱疲惫，人心丧失殆尽，危机四伏，势如累卵。然而，王浚对这些全然不顾，仍在大肆营建宫室，安排署置百官，为登极称尊忙活。他到处自我吹嘘，说是他的功德威望远超魏武，高过汉祖，狂妄的无以复加。幽州现在是谣言四起，怪异频现，凡是有眼光的人都认为，王浚的末日就要到了。”

大家都点头。

石勒手捋虬髯朗声大笑：“王彭祖真可擒也！”

幽州，刺史府。王浚、枣嵩、使节、董肇等在场。

王浚手捧《劝进表》哈哈大笑：“好！有石将军推奉，吾事成矣。”他回头吩咐使节，“安排董先生下去歇息，要好生招待，不可怠慢！”

使节：“遵命。”

董肇：“谢明公隆恩。这里还有书信一封，石将军让面呈枣相。”说着将书信递向枣嵩。

枣嵩略显诧异：“枣相？”接过书信。

董肇：“在下告退。”与使节退下。

看着董肇与使节走出府门，王浚迫不及待地命令枣嵩：“快把书信打开，看看写了些什么？”

枣嵩拆书浏览一下，指着其中一段说：“关键内容在这里：‘王公所许“一字并肩王”，勒自忖德薄，实不敢望。唯望枣相在我主登极之后，念勒一片赤诚，代为周旋，赐封并州牧，广平公于愿足矣。如允附所愿，勒将肝脑涂地，听从差遣,以报大德……'看来,您老据位称尊,我为国相,已经得到石勒的推奉认可了。哈哈,可喜可贺!"

王浚:"可喜可贺,可喜可贺!"他突然心有所思,"哎?孤现在很想知道,如今的襄国是个什么样子?传使臣来见!"

枣嵩高呼:"传使臣!"

门上:"传使臣!"

使节快步走入:"参见大人。"

王浚:"来,给孤说说,此次出使襄国有什么见闻?"

使节:"是这样,我们到了襄国之后……"

(画面回映:石勒听书信,拜麈尾等一系列表演及城门送别等情景)

(回到现实)使节:"在襄国,在下也十分留意石勒的军营与武备。发现石勒的势力也并不像外面盛传的那样兵强马壮。我看到,石勒营中士卒,多为老弱病残,士气很是低落。依在下看来,如不依附大人,石勒的前程其实堪忧。所以,石勒前来投奔,亦为情势所迫,款诚无二。大人尽可放心。"

王浚:"好!那我们就做好准备,静待三月佳音。"

原野上,积雪在逐渐融化。

山野间,草木在相继开花。

襄国城内,校场上一队队骑兵威武雄壮,整装待发。

张宾在队列前,略显焦虑地看看西下的太阳,在来回踱步。

王阳骑马走来:"张先生,您说这到底是咋回事?部队整装待发已经很久了,大哥为啥到现在都不下令出发?"

张宾:"是啊,我也很是纳闷。这实在不像是主公的做事风格啊!"他手捻胡须沉吟一阵,突然一拍大腿,"哦,我明白了。你们再等一会儿,我这就去见主公。"

帅府军帐中,石勒全副戎装在来回踱步。

张宾走进。

石勒急忙迎了过去:"右侯来得正好,我正要找您。"

张宾:"部队整装待发已久,一直不见主公下令出发,莫非担心鲜卑、乌丸与刘琨三方力量会趁我大军北上,襄国空虚,前来袭击,是吗?"

石勒:"对对对,这正是我所担心的。如果他们得到消息,乘虚来犯,那我们可就惨了!右侯有何妙策?"

张宾微微一笑："主公过虑了。王彭祖据守幽州，主要靠鲜卑段氏、乌丸部落和幽州自身力量。而鲜卑段氏在一年前的襄国保卫战后，已与我们结盟，言明互不侵犯。且据可靠情报，就在段氏回到辽西不久，王浚又令枣嵩屯兵易水，复召段氏，想二次联兵犯我，遭到段氏的断然拒绝。王浚因此痛恨段氏，又派使者重金贿赂代公猗卢，请猗卢出兵讨伐段氏。猗卢派自己的儿子六修去攻打段氏，反被段氏杀得大败。从那时起，鲜卑段氏就与王浚成为仇敌，咋会再帮王浚？至于乌丸方面，审广、郝袭、渐裳都已暗中向我投诚，绝不会再去帮王浚。现在王浚的外部力量都已经与我化敌为友了，他只能依靠自己的力量。然而，幽州现在人民积怨已深，军心离散，形势寡弱，也无强兵能够抵御我们。只要我大军一到，必然土崩瓦解。退一步说，就算鲜卑、乌丸与刘琨的态度我们不能完全吃准，主公也尽可悬军千里去征幽州。而且一点问题都没有。我们可以算一下，我军轻骑往返，不会超过二十天，就算上述三方得到消息，做好准备，想要有所行动时，我们已经得手返回，正好回过手来对付他们。如果主公仍然担心刘琨路近，害怕变生不测，我们可以假意与其修好，安定其心。刘琨因当年广宁、上谷、代郡三郡的归属问题与王浚交恶，二人已成仇敌。就算他知道我们要去袭取幽州，也只会幸灾乐祸，盼其速亡，根本不可能发兵救援。同时，根据刘琨一直就有交结主公的夙愿，我们只需修书一封，派使与他通款和好，刘琨一定乐于接受。这样，我们就没有任何的后顾之忧了。主公，不要再犹豫了。兵贵神速，赶快下令出发吧！"

石勒拍手赞道："好啊，我所忧虑的，右侯都已经为我排除了。这样吧，我马上带兵出发。请先生代我向刘琨修书一封，就说我过去罪孽深重，悔不该在葛陂拒绝了刘公的一片好意。现在已经幡然醒悟，想要重新归附刘公，同为朝廷效力。为了洗刷过去的罪愆，彰显对朝廷的忠诚，就要发兵幽州，讨伐图谋不轨的奸雄王浚。请刘公一定予以理解并给以支持。书信写好后，可派遣张虑出使并州。张虑亦为饱学之士，定能不辱使命。"

张宾："这就对了。请主公放心去吧，在下一定办好。"

傍晚，校场上，石勒骑马挺戟走到骑兵队伍前："大家听我将令，点起火把，连夜出发！"

火把在队伍中传递，点燃。

骑兵队伍高举火把，列队前行。

道路上，一望无际的火把长龙。

并州刺史府。

刘琨看完书信，发出了一声长叹："唉，这就对了。"他回头对客座上的张虑说，"你家主人石勒是一位了不起的英雄，但同时也是朝廷巨寇。一直以来，我都力图说服他归顺朝廷，但也一直未能如愿。现在他终于醒悟回头了，这是天大的好事，是朝廷之福。只要他能为朝廷所用，大晋朝定会复兴，他也会成为中兴功臣而名垂青史。而幽州王浚，名为晋臣，实乃大晋之巨奸！石将军能够提兵前去征讨，这是知天应命，代天行罚，当然应予以全力支持。来人！"

一侍卫应声走进："在！"

刘琨："传我命令，凡襄国通往幽州的道路，只要是在我辖区境内，石勒大军经过时，一律劳军放行，并根据他们的要求提供方便，不得横加阻挠！"

侍卫："遵命！"退下。

张虑："刘公真乃我家主人的心腹知己。我替我家主人深相致谢！"说着起身深施一礼。

刘琨回礼："好好好，只要我们勠力同心，共奖晋室，刘琨于愿足矣。"

张虑："在下使命已毕，告辞。"

刘琨："张先生走好。"

柏人，石勒军营。葵安、孔苌等在一起。

石勒抖着手中的一纸书信说："好，张虑果然不辱使命，出使并州非常成功。这我就彻底放心了。不过，现在我们的大军已到柏人。此次军事行动能否如愿，关键在于能否严守秘密。那个在我们进攻苑乡时擒获的游纶，还有他那个镇守范阳的哥哥游统，都是朝秦暮楚，见利忘义，背主求荣的小人！我担心他们互相勾连走漏消息。这样，葵安兄弟，你今夜将游纶秘密带出野外除掉，不要让任何人知道。然后我们连夜急行军，向幽州进发。"

葵安："遵命！"

易水，幽州守将孙纬军帐。孙纬正在看书。

"报——"一将军走进，"报告孙将军，襄国石勒统率大队骑兵来到，已距易水南岸不远。"

孙纬："啊？这样，你立即骑快马飞报幽州。同时传令各营，迅速到易水北岸布防，阻止石勒渡河北上！"

将军："遵命！"

易水南岸，石勒大军沿岸列阵。石勒率众将佐隔河观望。

滔滔河水对岸，孙纬大军剑拔弩张，严阵以待。

石勒："传令，下马宿营，加强戒备。我倒要看看孙纬小子意欲何为？"

幽州刺史府，将佐云集。王浚高坐于正面军案之后。

孙纬派遣的将军匆匆走入："报告大人，石勒率大队骑兵已临易水。孙纬将军请求增兵阻击。"

王浚呵呵笑道："不必惊慌，石公已经归顺于孤。他与孤有约在先，现在正是约期。他践约而至，我们应该欢迎才是。"

帐下一将军出班："大人，羯胡诡诈，一向言而无信，此行必有诡谋。大人切不可轻信，我们还是发兵阻击为是。"

众将："对，我们不可放他进来，出击吧！""对，出击吧！""出击吧！"

王浚勃然大怒，一拍惊堂木："放肆！你们鼓噪什么？石公应约前来，意在拥戴于孤，偏尔等节外生枝，横加阻挠，是何居心！"

众将相互看看，不敢再言。

一官员手持书信走进："启禀大人，范阳守将游统有书信呈上。"

王浚："念！"

官员拆封取笺念道："范阳游统上呈主公：石勒率众赴幽，志在劝进，请切勿多疑。"读罢，将书信交予王浚。

王浚取过书信，呵呵冷笑数声，将书信拍放在军案上："有再敢言出击者，斩！"

众将唯唯低头归班。

王浚对孙纬派来的将军说："你赶快回去，命令孙纬撤去河防，放石勒大军北上，不许阻拦！"

孙纬派来的将军："是！"退下。

王浚："传令城门，石勒大军什么时候到，什么时候放他们入城。同时传令光禄寺，准备宴席，俟石勒到后，为他接风！"

第三十二集

易水南岸，石勒军帐。

王阳走入："大哥，河对岸的守军已经全部撤离，河防开了。"

石勒呵呵一笑："这就对了。传令下去，大军全部上马，涉水过河。同时吩咐所有将士，过河之后，将沿途所有牛羊牲畜，一律高价收购。我要给王浚再送一份厚礼！"

王阳："遵命！"

易水河上，大队骑兵在涉水过河，浪花飞溅，浩荡壮观。

大道上，石勒骑兵驱赶着大群牛羊驴骡行进，尘土飞扬。

凌晨。晨曦中的幽州城黑黝黝高耸入云。前面吊桥高悬。

城门前，石勒大军已经兵临城下。

石勒回头吩咐身边将士："传我命令，等一会儿叫开城门，先把牛羊畜生赶进城去，用以堵塞街巷。防止他们万一生疑，在城中设伏，给我们造成重大损失。我们孤军入险，必须万分警惕，步步小心，不可稍存侥幸。大家进城后，要立即分头抢占军事要地，迅速控制全城！"

众将："明白！"

石勒："好！叫城去。"

几名骑兵驱马向前，向城上高喊："城上的人听着，请打开城门，放我们进去！"

城上有人问："是石勒将军的部队吗？"

骑兵："正是！"

城上："好，等着。"

吊桥在一阵"叽叽呀呀"的声响中缓缓放下，城门在"隆隆"响声中徐徐开启。

"进城！"随着石勒一声令下，上千头畜生被赶上吊桥，赶入城内。

城内，牛羊牲畜在街巷中横冲直撞。

城门口，一名汉将骑马从城内走出，向石勒报告："城内一切正常。"

石勒将手中大戟一挥，大队骑兵蜂拥奔入城内。

一群汉兵登上城楼，将守城的幽州兵将缴械，制服在女墙根部，

大队骑兵冲进军营，下马扑向各个营房。

大群幽州兵被俘虏，有好些人只穿着睡衣睡裤或赤身裸体被押出营房。

刺史府后堂，有两个侍女在给王浚穿衣整带。

一将军仓皇闯进来："大人，大事不好！石勒的骑兵已经入城了！"

王浚看了他一眼："这有啥不好？他来了，我们准备欢迎接待就是。"

将军："不不，不是，他们已经控制了全城！"

王浚："啊？"他急忙推开两位侍女，在胡床上坐下，站起；站起又坐下，显得六神无主。突然，他歇斯底里地从座位上蹦起："快，召集众将议事！"

将军尚未回应，门外突然传来海啸般的喊杀声。紧接着，门上的两名侍卫仰面朝天倒进门来，胸口和颈部喷射着鲜血。几乎与此同时，一群汉兵挥舞着刀枪冲了进来，把王俊和将军团团包围。

幽州伪"行台"大殿上，石勒高坐在堂上，徐光等将佐护卫在侧。

一群甲士押着一个身穿黄色衣冠的小青年走了进来，把小青年按跪在石勒面前。

石勒："哦，这就是王浚用于设立假'行台'的那个假太子？呵呵，王浚想要自己登极称尊，他还会留你？"

黄衣青年恐慌无措，浑身发抖。

石勒："押下去！"

黄衣青年被甲士押出。

一群女眷被甲士押了进来，跪在堂下。

石勒："这都是王浚的家眷？"

甲士："正是。"

石勒："喂，你们中谁是王浚的继妻？"

女眷们都看其中一人。那人也点头认是。

石勒:“哦?还这么年轻漂亮!好,把她押上来,坐在我的身边。我要让王浚好好感受一下,什么是耻辱!把其他人押下去吧。”

那漂亮女人被甲士推上堂来,局促地坐在石勒身旁,被石勒用臂搂住。

其他女眷被甲士押了下去。

石勒:“押王浚上堂!”

王浚被几个甲士扭着胳膊推了进来。他满面羞惭,怒不可遏,两眼直瞪着石勒:“胡儿奴才,竟敢戏弄你家老子。为何凶逆到如此地步!”

石勒冷哼一声:“哼,你说我凶逆,咱们看看到底是谁凶逆?徐光,你来摆一摆王浚的凶逆罪状。”

“好。”徐光走出,指着王浚,“王浚听着:你身为大晋藩臣,地位高冠元台,封爵列于上公,据守着幽蓟骁悍之国,掌控着全燕突骑之乡,手中握有强兵,却忍能坐视京师沦陷朝廷倾覆,而不发一兵去拯救天子。反而丧心病狂地想要趁机取而代之据位称尊。这不是大逆是什么?你处心积虑,专任奸贪,暴虐百姓,残害贤良,肆情恣欲,毒遍燕蓟,这难道不是大凶吗?你如今恶贯满盈,人神共愤,方有此报!你还有何话说?”

王浚咬牙“哼”了一声,将头别向一边。

石勒:“王洛生!”

王洛生走过来:“末将在!”

石勒:“命你率精骑五百,将这个大晋王朝的凶逆奸雄押回襄国,严加关押。等我处理完幽州事务,回去后再行发落。”

王洛生:“末将遵命!”回头命令甲士,“押下去!”

甲士押着王浚与王洛生一起退出。

幽州城门口,王浚被五花大绑捆在马上,在襄国骑兵的押解下走出城来,走上吊桥。

吊桥下城濠内水波粼粼。

王浚抬头看看天上的太阳,又低头看看下面的城濠,突然大叫一声,从马上一头向城濠栽了下去。“噗通”一声,城濠下水花飞溅。

“啊!”王洛生大吃一惊,飞身下马,大叫,“快,快下去捞救!”说着,一个猛子扎下城濠。紧接着,十数名骑兵也相继跳下城濠。

城濠内,王浚被打捞出水。

壕内,岸上的骑兵们一起动手,将王浚拖上岸来。

王洛生理理湿透的衣甲,走过来,向落水狗般的王浚“拍拍”掴了两记耳光："你想死，没那么容易！来呀，扶他上马，再加一副脚镣！"

王浚被骑兵们七手八脚推搡上马，用一副长长的脚镣，隔马肚子锁住两脚。

王洛生："上马，出发！"

骑兵们押着王浚顺大路向前行进。

幽州城，原"行台"大殿。石勒高坐殿上，殿下众将佐云集。

王阳、夔安从外走进："大哥，通过我们的重拳出击，王浚手下拒不投降的乱党已经全部肃清，共抓获一万多人，请求发落。"

石勒："全部押出城外处死，一个不留！"

王阳、夔安："遵命！"退下。

石勒："徐光何在？"

徐光走出："在！"

石勒："我们已经出榜安民，敦促王浚僚属主动前来自首投诚，现在进展情况如何？"

徐光："启禀主公，基本已经登记完毕，都在殿外守候，等待主公发落。只有尚书裴宪和从事中郎荀绰尚未前来谢罪。"

石勒发怒道："把此二人给我抓来，我要亲自问问，他们意欲何为？"

徐光："遵命！"退下。

石勒："传，让所有投诚的幽州僚属进来，我要认识一下。"

门上守卫："进去！"

一群投诚的幽州僚属相继涌进大殿，跪在地上。

石勒："枣嵩、朱硕、田峤，此三人可在？"

枣嵩、朱硕、田峤跪行向前："在！"

石勒："你们各自报上名来。"

枣嵩："小人枣嵩。"

朱硕："小人朱硕。"

田峤："小人田峤。"

石勒："哦？枣嵩，王浚的乘龙快婿；朱硕，表字丘伯。幽州民谣'府中赫赫朱丘伯，五囊十囊入枣郎'，说的就是你们两个？"

枣嵩、朱硕俯伏在地，浑身筛糠，大汗淋漓。

石勒："哦，还有你，田峤，专以阿谀逢迎为能事，王浚身边的超级红人。"

田峤惶恐地再向前跪行一步，连磕响头："小人知罪，望大将军宽恕。"

石勒指着三人："你们三人朋比为奸，收贿乱政，欺压良善，暴虐幽蓟百姓，罪恶昭彰，恶贯满盈。我为百姓伸张正义，却是饶你们不得。来人！”

一群甲士应声而入：“在！”

石勒：“把这三个狗贼拖出去，砍了！”

甲士：“是！”走上前，将三个声嘶力竭惨呼饶命的恶徒倒拖了出去。

石勒看看跪伏在地的一干降臣，说：“你们都起来，站过一旁。”

跪伏的降臣战战兢兢爬起，毕恭毕敬地站在殿下。

“报——”门上传来喊声，“范阳守将游统求见。”

石勒：“哦？来得正好！着他进来。”

游统满面春风地走了进来，向石勒深施一礼：“在下游统参见主公。”

石勒两眼盯着游统一声不吭。

游统见无回应，小心地抬头望向石勒，突然面现恐慌，又赶紧将头低下。

石勒终于开口说话：“哦呵，你就是游统？”

游统：“正是在下。”

石勒：“似你这等朝秦暮楚，为将不忠，背主求荣，反复无常的小人，留着有何用处？”

游统“噗通”一声跪下，大呼：“主公饶命，小人是真心投诚，并无半点虚假，请主公详察。”

石勒不耐烦地挥挥手：“来人！”

俩甲士应声走入：“在！”

石勒：“拖出去，砍了！”

甲士将狂呼饶命的游统倒拖出去。

殿上所有的降臣都吓得面如土色，浑身颤抖。

徐光率一队甲士押着裴宪、荀绰走进：“启禀主公，裴宪、荀绰带到。”

石勒：“把他二人推上前来，我要问话。”

裴宪、荀绰被甲士推到石勒面前。

石勒指着裴宪：“你就是裴宪？记得四年前，你与王堪联军进攻于我，被我在信都一带打败，不承想你却跑到幽州来做了王浚的帮凶。王浚暴虐，罪责滔天，某今亲自率部前来吊民伐罪。现在首恶已擒，幽州僚属都来谢罪投诚，唯独你二人甘心与王浚同恶。难道你们就不怕死吗？”

裴宪趋前一步，拱手道：“将军容禀：我们世代做晋朝的官吏，享受着大晋王朝给予我们的荣华和俸禄。王浚虽然粗暴凶悍，可他毕竟是大晋的藩臣，我们服从他并无二心。如果明公不修德义，专尚威刑，我们自然无话可说。自古‘君辱臣死’，如今皇帝遭擒，‘行台’又被毁，我们作为臣子，自应去死，不求你的赦免！”说完回身，昂首阔步向殿外走去。

石勒一愣，急忙起身呼唤："先生请留步！"快步追上前去，拉住裴宪的双手，"是某不察，唐突了先生，还望先生见谅。先生如此高义，令石某佩服。"

裴宪愣住了。他呆呆地看着石勒，一时无语。突然，他"噗通"一声跪倒在地："主公虚怀若谷，求贤若渴，将来成大事者，非主公莫属。俺裴宪甘心降服，愿为驱使。"说着，连连磕头。

石勒用力将裴宪扶起："来呀，给裴先生看座。"

亲兵搬过胡床，石勒请裴宪坐了，回头命令道："众将听令，你们分头到这些幽州降臣家中进行稽查，凡是搜刮民众的不义之财，全部清点上报。"

众将："遵命！"

石勒拖一把胡床过来，坐在裴宪对面："来，裴尚书，我们好好谈谈。"

一队甲兵在徐光等将佐的带领下查抄幽州降臣的府邸。一箱箱金银财宝被相继抬出，陈列在庭院中。

幽州原"行台"大殿，石勒端坐于大殿之上，众将佐按序而坐，幽州降臣站在殿下。

徐光手捧一部册籍走上："启禀主公，对幽州僚属的财产稽查已经结束。他们大多家资巨万。只有裴宪、荀绰两家，各有书籍百余箱，盐米十余斛，其他资财甚少。这是登记的稽查册籍，请主公详阅。"说着，将册籍交予石勒。

石勒接过册籍浏览一遍，说："怪不得幽州百姓民不聊生，原来他们赖以存活的资财，都被你们这些丧心病狂的蠹贼收刮殆尽了！传令下去，将这些不义之财全部没收，还给幽州百姓。"

徐光："遵命！"退下。

石勒："弟兄们，现在幽州的民众已经初步得到了安顿，幽州的秩序也已经初步恢复，我们对幽州的军事行动已经结束，我们就要回军襄国了。"他把玩着手上册籍，"我们这次幽州之行获得巨大胜利固然可喜可贺，但我最高兴的是，我们得到了裴宪、荀绰这两位清廉正直的贤士。裴宪、荀绰何在？"

裴宪、荀绰出班："在！"

石勒："今任命裴宪为从事中郎，荀绰为参军，随军听用。"

裴宪、荀绰："谢主公隆恩。"施礼后归班。

石勒："尚书刘翰听令！"

刘翰出班："刘翰在！"

石勒："观其册籍，幽州僚属与汝同级者，就数你敛财最少，可见你良心未泯。今任命你为幽州刺史。大军走后，你要抚恤孤贫，善待百姓，守好幽州。你可愿意？”

刘翰跪地磕头：“谢主公隆恩！”

石勒：“好了，你起来吧。”

刘翰站起归班。

石勒：“众将听令！”

众将：“在！”

石勒：“大家做好班师准备，一旦令下，立即班师。注意，班师前，一定要把王俊为了篡位称尊而修建的宫室殿宇全部烧毁，以免让一些不知天高地厚的狂妄之徒重起野心！”

众将：“遵命！”

易水孙纬军营。孙纬与属下议事。

孙纬：“王刺史不听劝阻一意孤行，果然着了羯胡石勒的道。据我们派出的侦骑回报，如今石勒大军已经撤离幽州，回军襄国。想当年石勒在乐平道上劫我军资，袭我军营；今又陷我幽州，擒我主公，我深恨之！然而，石勒骑兵勇猛凶悍。正面对敌，我们很难赢他。这样，大家各率所部，备足弓箭，分头埋伏于易水河边。当石勒大军渡河时突然出击，乱箭齐发，打他个措手不及。最好能将石勒贼子射死在河中，方泄我恨！大家明白了吗？”

众将：“明白！”

孙纬：“好，大家快去部署。”

滔滔易水奔流东去。河岸边浓密的蒿草丛中，孙纬的士兵在张弓搭箭，紧张注视着河面。

河岸边的大道上，旗号闪闪，石勒的大队骑兵在快速行进，来到河边，开始涉水过河。很快，人马就布满了河道。

蒿草丛中，紧盯着河面的孙纬手一挥，下令：“放箭！”

羽箭像飞蝗般射向河中的骑兵，好些人在惨呼声中中箭落马，掉入水中。河中骑兵立时乱作一团。

大道上，石勒在众将护持下向前行进。

“报——”一骑兵从前面飞奔而来，“报告大将军，我先头部队在过易水时遭遇埋伏，被射死射伤好些弟兄。”

石勒："啊？这一定是孙纬狗贼作的怪。传令下去，暂停过河，先消灭这支伏兵！"

骑兵："是！"

大队骑兵挥舞着兵刃冲向草丛、树林。

孙纬伏兵从埋伏处跳起，仓皇逃命。

骑兵在奋勇追杀敌人。

孙纬在逃跑中被王阳追上，一枪毙命。

襄国，石勒帅府。众将佐云集。

石勒怒气冲冲道："弟兄们，真没想到，我们在取得幽州大捷后，却在易水河上损折了不少人马。实在可恼，可恨！徐光何在？"

徐光走出："在！"

石勒："你赶紧拟写表文，将这次幽州战况上报汉皇。"

徐光："遵命！"

石勒："王洛生何在？"

王洛生走出："末将在！"

石勒："你到大牢将王浚狗贼提出，立即斩首，将其首级置于木函。待徐光写好奏表后，一齐带了，出使平阳，向汉皇报捷。"

王洛生："遵命！"

平阳，皇宫大殿，众将佐文东武西按序而立。皇帝刘聪端坐御座在看阅表文。

刘聪："好！石爱卿一举袭破幽州，打掉王浚军事集团，居功甚伟，应予大力表彰。太宰刘延年听旨！"

刘延年出班："臣在！"

刘聪："朕命你持节随王洛生出使襄国，加封石勒大都督，陕东诸军事，骠骑大将军，东单于。并保留侍中，使持节，开府，二州牧，公等一切封爵。另加金钲黄钺，前后鼓吹二部，再增封邑十二郡。"

刘延年："臣遵旨。"

襄国，石勒帅府。

石勒跪伏在地，口称："谢吾皇万岁万岁万万岁！"磕头起身，接过刘延年手中圣旨，"刘太宰请坐，听俺石勒肺腑一言。"

刘延年："大都督有何良言，老夫洗耳恭听。"

石勒扶刘延年坐下："请太宰回去致意圣上，石勒屡受皇恩浩荡，不胜惶恐。不能再因些许功绩，就接受吾皇如此隆重的封赠。为了不违圣命，石某只受其中二郡。其余封赏，请太宰交还圣上。石勒在此深表谢忱。"说着，向刘延年深施一礼。

刘延年急忙起身扶住："石公如此高义，实在令老夫感佩之至。好吧，老夫一定代为致意。有石公这样的能臣义士，乃我汉国之大幸！我想，皇上一定会十分欣慰。好了，石公请留步，老夫告辞了。"

石勒："恭送太宰一路走好。"

大道上，一骑在策马飞奔。

襄国城石勒帅府，石勒在对众将佐说话。

石勒："弟兄们，如今我们得到了汉皇的隆重嘉奖。然而，这些都不是我石勒一个人的功劳，而是大家同心协力浴血奋战的结果。右侯何在？"

张宾出班："张宾在此。"

石勒："曾经，吾皇赋予我册封下属的权力。在历次战斗和我们从事的各个方面，弟兄们个个功勋卓著。请先生替我详加审定，根据每个人的贡献，列出一个等级名次来。我也要按侯、伯、子、男，给弟兄们册封相应的爵位，使我们的文武将佐均有进位，给予表彰。右侯以为如何？"

张宾："主公英明，心中时时处处想着下属，使我等感佩莫名。在下一定尽心竭力，把事情办好。"

石勒："好，那就有劳右侯了。"

"报——"那位路上飞奔的骑兵走进，"报告大将军，幽州刺史刘翰反叛，举幽州献给了辽西鲜卑的段匹磾。"

石勒与所有在场的将佐同时惊呼："啊！"

石勒："刘翰可杀！唉，这都怨我当时担心襄国空虚，班师心切，未加详细考察，任用非人所致。好在我们打掉了王浚的军事集团，也算不虚此行。至于段匹磾，此人虽曾参与和我们结盟，但却并未消除对我们的敌意。据说当初他们进攻我襄国失败后，疾陆眷与我们结盟时，这个段匹磾就不愿意。只是因为当时段末柸落入我手，段疾陆眷与段务勿尘急于救回段末柸，他不好坚决反对罢了。不过，这个段匹磾智谋有限，勇力平常，倒也对我们构不成太大的威胁。好了，大家不必担心，我们静观其变吧。"

幽州刺史府，段匹磾与刘翰等在一起议事。

段叔军手持一封书信走进："哥哥，并州刺史刘琨又有书信送来。"说着，将书信交给段匹磾。

"哦？"段匹磾接过拆开，略一浏览，说："刘琨兄堪称大晋王朝第一忠臣，令某感佩万分。这次来书又劝我与他勠力同心共奖王室。其实，他的诚意早已将某感化。就算他不来此书，某也自命为晋室忠臣而矢志不渝。好了，我们还是来说说乐陵太守邵续吧。"

段叔军："邵续咋了？"

段匹磾："自从幽州的王浚集团被石勒打掉后，邵续迫于形势归附了石勒。石勒任命邵续的儿子邵乂为督护留质襄国。但某深知，邵续这人极重名节，一定不会真心降勒。某欲给他去书一封，申明大义，劝他背弃石勒，重归晋廷。不知你们以为如何？"

刘翰："段公想法虽好，只是邵续的儿子邵乂攥在石勒手里。只怕邵续有所顾忌，难下决断。"

段匹磾："先去一书看是如何。或许邵续顾全大义，舍弃私情也未可知。如果能说动邵续归晋，和我们相互有个照应方好。否则，整个幽、冀大地，只剩我们孤军一支，势力太过单薄。"

刘翰："这样也好。"

厌次，邵续太守府。邵续手捧书信泪流满面。

邵续的弟弟邵洎看见，问："哥哥因何烦恼？"

邵续："邵洎啊，哥哥身为大晋臣子，忠心为国，本无私念。可石勒攻破幽州后迫我归降。当时我虑及势力寡弱，无力与石勒对敌，为了属下百姓免遭涂炭，不得已将你侄儿邵乂送质襄国，归附了石勒。可是，我这样做，实在是有悖做臣子的本分啊！如今幽州刺史段匹磾寄书前来，劝我背弃石勒，重归晋室。若能为国尽节，我又何尝不想？可是乂儿今在贼巢，我若背勒，乂儿必遭毒手！唉，事逢两难，真不知何去何从。"

邵洎用手抓抓头皮，也显得无所适从。

门上侍卫走进："启禀太守大人，渤海太守刘膺求见。"

"哦？"邵续急忙拭去泪水，"快请！"

侍卫："是。"走出。

邵续起身整顿衣冠。

刘膺走入："邵大人别来无恙？"

邵续热情地迎上去："刘太守，是什么风把你给吹来的？也不事先知会一声，我好出城迎接。来来来，快请坐。”

二人对面入座。

刘膺：“唉，说来惭愧。石勒在袭取幽州后，又发大军攻我渤海。我战他不过，又不愿背晋降勒坏了名节。不得已，只好丢了城池，率部前来投奔。可我到来后，又听说你这大晋王朝的耿耿忠臣，竟然也降了石勒！这却是为何？”

邵续“嚯”地站起，双手掩面：“罢罢罢，你们责怪的都对。作为大晋臣子，为国死节，是为本分，我这就背勒归晋。只是这一来，便断送了我的乂儿！”他仰面大呼，“乂儿啊，休怪为父心狠，自古家国难以两顾。为父作为大晋臣子，只能舍你而全大义了！”他回头对刘膺，“好了，我们商量一下，接下来我们该怎么办？”

刘膺：“既然大人决定重归晋室，那就应该速速上报吾皇。然而，长安路远，中间又有伪汉国阻隔，我们去不了。只有到江东建康向琅琊王禀报。琅琊王系皇室至亲，非常时期，与皇帝无二。这样吧，你在此镇守，严加防备。由小弟替你到江东走一遭，请旨定夺。你看如何？”

邵续起身深施一礼：“如此甚好。那就有劳贤弟了。”

襄国，石勒帅府。

石勒手持文书嚯地站起：“什么？邵续狗贼背叛于我，重归晋室，还被司马睿册封为冀州刺史？可恼，可恨！甲士何在？”

甲士闻声而入：“在！”

石勒：“去把邵乂给我押往东市，砍了！”

甲士：“是！”退下。

石勒：“逯明听令！”

逯明走出：“末将在！”

石勒：“命你率本部人马，随我发兵厌次，找邵续问罪！”

逯明：“遵命！”

厌次，太守府。

邵洎匆匆自外走入：“启禀哥哥，接侦骑急报，石勒亲率大军来向我问罪！”

邵续：“啊？来得这么快！这样，你赶快安排快马飞赴幽州，请段匹磾发兵救援。我这就聚将布置防务。”

邵洎：“是！”退下。

大道上，石勒与逯明戎装骑马在率领大军向前开进。

“报——”一侦骑飞奔而来，“报告大将军，幽州刺史段匹磾派段文鸯率大队铁骑来救厌次，已经兵过盐山。”

石勒：“哦？再探！”

侦骑：“是！”勒转马飞奔而去。

石勒对逯明说：“坏了！是我轻敌，所带人马太少。如果段文鸯杀到，我们将会遭受邵续、段文鸯的前后夹击，陷入两面作战的尴尬境地。看来，邵续还不到死期。好吧，就让邵续的狗头再在脖子上多放几天。传令下去，后队改前队，我们撤退回去。”

并州，刺史府。刘琨与亲信幕僚交谈。

刘琨：“嗨，我们上当了！只说石勒在攻克幽州后会率众前来投我，没曾想他原来是在欺骗于我。他不仅没有归顺大晋，反倒成了我们的大敌。我好悔！如今的黄河以北，作为大晋势力的，也只有我们并州和幽州段匹磾与厌次邵续三股。而段匹磾和邵续的兵力都很寡弱，很难支撑局面。眼下并州必然会成为石勒下一步打击的首选目标。为了扭转被动局面，我曾遣使出使代国，约同代公猗卢出兵讨伐平阳，冀图给他们来个釜底抽薪，变被动为主动。可哪知代国屡屡出事。先是代公属下有人密谋率众投奔石勒，被代公察觉。好不容易内乱平息，代公的长子六修又成为猗卢的心腹大患。咳，这也怪代公猗卢做事荒唐。本来六修早已被册立为世子，成为猗卢的法定继承人。可谁知猗卢偏偏又喜欢上了幼子比延，产生了废长立幼的想法。为了册立比延，猗卢强令六修出居新平城，还把六修的母亲废去。六修不甘心失去继承权，又恨母亲被废，于是父子反目，成了仇敌。六修加紧积蓄力量准备反扑，猗卢深知危机暗伏，时刻加以防备，根本不敢离开代国半步，也不敢派兵外出。所以，我与他的约定也只好作废。唉，本来我们并州也很寡弱。我们也是万不得已才设法笼络猗卢，使之成为我们的得力臂助。如今代国面临如此局面，如果这个时候石勒来攻，我们该如何应对？”

幕僚：“是啊，形势对我们确实十分不利。依我看，主公不妨给朝廷上表，说明我们的苦衷，请求朝廷支援。”

刘琨：“嗯，说的也是，那我这就去拟写表文，请求朝廷支援。同时也为代公猗卢请求封爵。代国虽然事情多多，但也是我们的唯一臂助，必须继续笼络。表文写好后，还欲劳烦足下一往长安，向吾皇上表。不知足下是否愿往？”

幕僚：“此乃本职分内之事，当然愿往。”

刘琨：“好，那就劳烦足下了。”

长安，宫殿内，皇帝司马邺端坐御座，殿下文东武西，将佐侍立。

仆射麴允走进，向上行礼："启奏陛下，并州刺史刘琨遣使上表，请求支援，并为代公猗卢请封。"

御前首座上坐着的太尉索琳站起，向上行礼："启奏陛下，刘琨请求实难答应。我们现在困守关中，正遭受伪汉国大将刘曜的轮番攻击。本来我们还指望他能率众前来勤王护驾。他不来也就是了，可我们实在无余力去支援并州。情陛下圣察。"

司马邺："爱卿所虑虽是，可刘琨已经成为我大晋势力在黄河以北的唯一希望，不能不加抚慰。大鸿胪赵廉何在？"

赵廉出班："臣在。"

司马邺："你代朕拟诏：拜刘琨为司空，都督并、幽、冀三州军事；加封代公猗卢为代王，许置官属，统辖代与常山二郡。让他们尽心竭力报效朝廷。"

赵廉："遵旨。"

第三十三集

襄国，石勒帅府。石勒与众将佐议事。

张宾："启禀主公，这一段时间以来，我们的军事行动进展顺利。先是逯明攻克茌平，迫使守将宁黑率部归降。进而攻破酸枣，迁酸枣二万户于襄国；紧接着，将军葛薄又阵斩濮阳太守韩宏，收复濮阳。近日又得捷报，石虎将军进攻廪丘，守将刘演败走段氏，石虎将军已经兵进廪丘。真可谓士气高昂，捷报频传。"

石勒："嗯，很好。请右侯拟表，将这一系列捷报上报平阳。同时，我们的地盘在迅速扩大，辖区内的整顿、安抚等方方面面，还有对外用兵什么的，都需要大量财物，也请先生草拟一个什么文本。我们必须在我们的地盘内搞一次大规模的核查，阅实人户，从而整顿赋税，针对不同情况，酌情计量征缴。先生以为如何？"

张宾："主公虑事周密，目光深远，真明君也。在下这就去办。"退下。

"报——"门上侍卫走进，"石虎将军归来了，在外面等待召见。"

石勒："着他进来。"

"是。"侍卫走出。

石虎带一小孩走进施礼："见过伯父大人。"

石勒："哦？这是谁家的孩子？带来何意？"

石虎："启禀伯父，这是廪丘守将刘演的弟弟。侄儿在进攻廪丘时，刘演来不及带他，仓皇逃走。故侄儿将其擒来，请伯父发落。"

石勒拍手赞道："好，虎娃子，这事你做得很好。"他走下堂来，走到小孩面前，和蔼地问，"孩子，你叫什么名字？今年几岁了？"

小孩见问，连忙伏地磕头："我叫刘启，今年十岁了。"

石勒将孩子扶起："那，并州刺史刘琨是你什么人？"

刘启："是我叔叔。"

石勒："嗯。"回头吩咐石虎，"虎娃子，把他带下去，给他一处田园宅院，安排专人服侍照顾，送他到太学读书，好好培养他长大成人。"

石虎:“这——可是,他的叔叔、哥哥都是我们的敌人,他长大后能和我们一心吗?”

石勒:“是啊,他的叔叔、兄长都是我们的敌人,可他的叔叔同时也是我们的恩人。当初要不是他找到你和你的奶奶,并把你们送往葛陂,你们现在是个什么样子还很难说。俗话说‘受人滴水之恩,必当涌泉相报’。我们和刘琨可以上疆场彼此弯弓月,但在疆场之外,却不能忘记以德报恩!至于这孩子将来何去何从,由他长大后自行决定。就算他成为我们的敌人,我也接着,绝不后悔。好了,带他下去吧。”

石虎:“是。”带刘启退下。

堂上所有将佐都互相传递着赞许的目光,伸出大拇指。

平阳,皇宫内。汉帝刘聪手持表文哈哈大笑:“好!石爱卿又建奇功。范龛听旨。”

范龛走进:“微臣在。”

刘聪:“朕命你为特使,随襄国来使出使襄国,赐石勒弓矢,加封陕东伯得专征伐,赋予石勒可直接拜封刺史、将军、守宰、列侯到年终集中上报朝廷的特权。同时署石勒的长子石兴为上党国世子,加翼军将军,骠骑副二。”

范龛:“微臣遵旨。”

襄国,石勒帅府。众将云集。

石勒站在军案之后发布命令:“众将听令!”

众将:“末将在!”

石勒:“通过这一段的对内整顿和对外用兵,现在我们终于能够腾出手来,去收拾那个始降复叛,反复无常的狗贼邵续了。我命令你们,立即各回本部,整顿人马,随我去进攻厌次。”

众将:“得令!”

大道上刀枪林立,旌旗蔽日。石勒在众将环护下率领大军向前开进。

“报——”一侦骑飞奔而来,“报告大将军,刘琨部将王旦来犯中山,中山太守秦固战败,中山失陷。”

石勒:“嗯,知道了。再探!”

侦骑:“是!”勒转马飞奔而去。

石勒:“将军刘勔何在?”

刘勔骑马跑来:“末将在!”

石勒："你立即率本部人马原路返回，去救中山。"

刘勔："得令！"策马向后跑去。

石勒："大军继续前进！"

厌次，太守府。邵续在召集众属下议事。

邵续："诸位，石勒亲率大军来犯，我们不能等他到来后将我们围困。众将听令！"

众将："在！"

邵续："点起我们的全部人马，随我西向迎敌！"

众将："遵命！"

大道上，石勒率队前进。

"报——"一侦骑从前面跑来，"报告大将军，前面邵续率大队人马向我们杀来了！"

石勒："前面是什么地方？"

侦骑："是乐陵地面。"

石勒："传我将令，大军冲杀过去，给邵续以迎头痛击！"

侦骑："是！"

两军冲突，惨烈鏖战的场面。

战场的一角，邵续在一群侍卫的保护下，紧张地注视着血肉横飞的战场。

邵洎从前面狼狈地骑马跑回："哥哥，大事不好，石勒的人马太厉害了，我们根本抵挡不住。再不撤退，我们就要被他们分割包围了！"

邵续："啊？那，传令，快撤！"说着，勒转马头，回身就跑。

邵续的人马在仓皇奔逃。

石勒的人马在奋力追赶。

石勒的人马在遍地死尸中穿过，向前猛追。

邵续、邵洎率领残兵败将伏鞍而逃。

厌次城门，上方匾额："厌次"。

邵续、邵洎奔上吊桥，奔入城内。

邵续残部涌上吊桥，涌入城内。

石勒大军紧追而至。

邵续残部大叫："快，拉起吊桥，关闭城门！"

吊桥在"吱扭"声中缓缓升起。

石勒率部兵临城下。

厌次城内，太守府。邵续坐着垂头丧气："唉，这一仗，我们人马损失大半。现在我们势穷力竭，该如何是好？"

邵洎："哥哥也别灰心，好在我们厌次城池坚固，粮草充足。只要我们婴城固守，石勒在短时间内难以攻克。"

邵续："唉，也只好如此，固守待变吧。传令，全城军民一起登城，严防死守。"

城外，石勒大军已将城池包围。石勒带领众将在察看城池。

石勒："传令下去，大军就地安营，养足精神，打造器械，准备攻城！"

石勒军帐，石勒与众将佐议事。

"报——"一哨探走进，"报告大将军，章武人王眘聚众起事，扰乱河间、渤海诸郡。"

石勒："哦？再探！"

哨探："是。"退下。

"报——"又一探马来报，"报告大将军，中山丁零翟鼠反了，率兵进攻中山、常山，兵锋直指襄国！"

石勒："啊？真是一波未平一波又起。坏了！如今我大军在外，襄国空虚，必须立即回救。可恨邵续狗贼命不该绝，又让其逃过一劫。不过，通过这一仗，他的元气大伤，短时间内不会有所作为。扬武将军张夷听令！"

张夷出班："张夷在！"

石勒："我今任命你为河间太守。参军临深听令！"

临深出班："临深在！"

石勒："任命你为渤海太守。命令你二人各率步骑三千，去镇压王眘。长乐太守程遐听令！"

程遐出班："程遐在！"

石勒："命你率本部人马驻屯昌亭，作为张夷、临深的后盾，以保证他们的军事行动顺利进行。"

张夷、临深、程遐："遵命！"

石勒:"众将听令!"

众将:"末将在!"

石勒:"你们随我立即回师,讨伐翟鼠,回救襄国!"

众将:"遵命!"

翟鼠军帐。

翟鼠面对前来报讯的将军大惊失色:"啊?石勒这么快就杀回来了?快快传令,退守胥关。啊,不!石勒手段狠毒,胥关一定守不住。快,退往代郡!"

将军:"你的家眷怎么办?"

翟鼠:"顾不得了,赶快逃命要紧。快走!"边说边慌忙跑了出去。

并州刺史府,一幕僚向刘琨报告:"启禀主公,代王猗卢属下将军卫雄、箕澹护着公子刘遵回来了。"

"啊?"刘琨吃惊道,"这是怎么回事?我因并州寡弱,全仗代王拓跋猗卢的强力支援。为了交好猗卢,才将公子刘遵送入代国,让他为质去侍奉猗卢。怎么他又回来了?快,叫他们进来,问问代国到底发生了什么事?"

"是。"幕僚走出。

刘琨在地上来回走动。

刘遵、卫雄、箕澹走入。

刘遵:"见过父亲大人。"施礼。

卫雄、箕澹:"见过大人。"

刘琨:"来来来,二位将军请坐。"

卫雄、箕澹:"谢大人。"入座。

刘琨也拖一胡床过来坐了,问:"快给老夫说说,你们为何来到这里?代国到底出了什么事?"

卫雄:"唉,启禀大人,代国已经大乱了!我们也是不得已,这才保着公子前来投奔于您。"

刘琨:"啊?很好的一个代国,咋就乱了?"

箕澹:"唉,这都怨代王糊涂。为了让小儿子比延继承王位,他不顾年老,亲自带兵去讨伐长子六修。谁知出师不利,代王战败,反被六修杀了。本来代国民众都反对代王废长立幼,是同情和支持六修的。可是当六修杀死父亲后,民众都怒了,又倒戈反攻六修。代王的养子拓跋普跟乘势率众向六修发难,六修连战连败,又被普跟斩杀。就这样代国大乱,我们无处安身,只好保着公子来投并州。"

刘琨："嗨，代王确实糊涂。自古废长立幼都难免出事，可他偏偏要出此臭招。悲哀啊！那你们既然来投，请问，带了多少人户？"

卫雄："带了大约三万余户，还有马、牛、羊十万余头，现在城外驻屯。"

刘琨："嗯，也罢。遵儿，你陪两位将军出城，对代国民众好生安顿，不得有误。"

刘遵："是。"

卫雄、箕澹起身："那我们就告辞了。"

常山，石勒军帐。石勒与众将议事。

石勒："想不到翟鼠鼠辈竟然包藏祸心，居然敢乘虚袭我，真是丧心病狂，不自量力！好了，现在中山、常山均已收复，大军驻屯常山。常山紧邻并州乐平，我有一个想法。趁着大军已经发动，不如我们就近攻取乐平。不知大家以为如何？"

"圣旨到——"门上突然传来喊声。

"哦？"就在石勒愕然之际，太宰刘延年手捧圣旨在一群亲随的护卫下走进军帐。

石勒急忙从军案后走出，率领众将恭迎。

刘延年走到正面，开读圣旨："大都督大将军石勒听旨。"

石勒率众将跪下："吾皇万岁万岁万万岁。"

刘延年："奉天承运，皇帝诏曰：朕已命始安王刘曜统兵进取长安。石爱卿接旨后，立即发兵进攻并州，牵制刘琨不得发兵西向入援长安，以确保长安得手。钦此。"

石勒："微臣遵旨。"与众将山呼："万岁万岁万万岁。"

石勒起身接过圣旨，扶刘延年入座："太宰大人，这圣旨来得太及时了？"

刘延年："哦？此话怎讲？"

石勒："我们正在商量发兵进攻乐平，可巧圣旨让我们去牵制刘琨。真可谓上下同心。"

二人与众将一起放声哈哈大笑。

并州刺史府。

幕僚匆匆走入："启禀大人，乐平太守韩据急报，石勒率大军来攻乐平，向大人紧急求援。"

刘琨："哦？石勒终于对我出手了。哼，来得正好！我早就有心发兵去讨伐他，只苦于势单力薄，所以未曾实施。如今我得了代地的拓跋鲜卑铁骑，势力大增，正要对他用兵，恰巧他就寻上门来。好！请箕澹将军前来见我。”

“是。”幕僚退下。

校场上，箕澹在指挥操练骑兵。

幕僚走过来：“箕澹将军，刺史刘大人有请。”

箕澹：“哦？”他对校场上正在列队的骑兵大声命令，“都听好了，大家继续操练。我去去就回。”说罢跳下马，问，“不知大人找某何事？”

幕僚：“走吧，去了就知道了。”

并州刺史府。箕澹与幕僚走入。

箕澹上前行礼：“见过大人。”

刘琨：“好好好，箕澹将军请坐。”

箕澹入座：“不知大人唤末将前来有何吩咐？”

刘琨：“是这样。石勒率众来攻乐平，乐平危急。我想让将军率领你的铁骑为前锋去救乐平，我统大军随后跟进。不知将军意下如何？”

箕澹：“这——大人容禀：代众刚刚前来归附，还没有感受到您的恩德，也不了解您的信义，现在就驱赶他们前去作战，只怕还难以为用。我看不如封闭关口，扼守险地，阻止敌人进犯。先让这些代国士兵从事农耕，暂时不要让他们去打仗。先安顿一段时间，等他们适应以后再行征用。”

刘琨大不以为然地摇摇头：“哎呀，将军乃代王属下骁将，威名远播，莫非也惧怕石勒不成？代国铁骑，骁勇善战，天下皆知，咋就不能为我所用？眼下乐平危急，亟待救援，咋能闭关守险，眼睁睁看着乐平落入羯胡之手？既然将军怯战，不愿前往，我可另选良将。哼！”不满地将袍袖一拂。

箕澹站起：“看来大人误解我箕澹了。既然如此，那我出征就是。”

刘琨：“这就对了嘛。你先行出发，我调集大军进驻广牧，作为你的后盾声援。这一仗，我们定要消灭石勒，从此根绝后患。”

石勒军帐，石勒正聚将议事。

“报——”一哨探走入，“报告大将军，刘琨派代国将军箕澹率大队铁骑来救乐平。”

石勒：“嗯，知道了。再探！”

“是！”哨探退下。

石勒属下一将军惊慌地：“啊呀，这下糟了！箕澹乃代国骁将，勇冠三军，远近闻名。他所率铁骑，精悍绝伦，锐不可当，我们怕是抵挡不住！不如深沟高垒,加强防守,不要出战。等他们师老疲惫后再寻机攻击。”

石勒循声望去,勃然大怒:“一派胡言!箕澹率众远道而来,一路上已经走得筋疲力尽。再加上犬羊乌合,号令不齐,可一战而擒之,谈什么精悍?眼下敌人很快就到,哪有时间构筑深沟高垒?再说大军一动,若箕澹乘势来攻,再想恢复战阵,还有可能吗?这分明是不战而自亡之道!我观察你已经很久了。你一向临战畏怯,进攻在后,退却在前,贪生怕死。现在又畏敌如虎,胡言乱语,乱我军心,留你何用?甲士何在?”

几名甲士走入:“在!”

石勒:“给我把这家伙拖出去,砍了!”

甲士:“是!”走过去将那个狂呼“饶命”的将军倒拖了出去。

石勒:“孔苌听令!”

孔苌:“末将在!”

石勒:“命你为前锋都督,指挥大军在箕澹来路据险设伏。你须约束三军,接到攻击命令时,要人人奋勇,个个争先。如畏敌后出者,斩!”

孔苌:“遵命!”

石勒:“好了,由我亲自去迎战箕澹,引其入伏,加以歼灭!”

乐平道上,石勒全副戎装,跨马提戟,站在一支轻骑前面训话。

石勒:“大家听着,等一会儿我与箕澹交手,当我落败时,大家一定要遵令快撤,不许前来救我。大家听见了吗?”

众骑兵:“听见了!”

石勒:“好,出发!”率领大家顺路前进。

转过一个山弯,只见前面来路上旌旗蔽日,尘土飞扬,一支骑兵迎面杀来。

石勒传令:“停止前进,列阵!”横戟勒马站在阵前。

箕澹正在催动大军向前行进。突然看见前面有骑兵在列阵拦路,急忙“吁”的一声勒住坐骑,同时举手示意部队停止前进。

箕澹策马缓步上前喝问:“来者何人,为什么阻我前行?”

石勒拱手呵呵一笑:“某乃汉将石勒。请问,来者可是箕澹将军?”

箕澹冷笑一声:“正是。我正要取汝性命,汝却主动前来送死。不要走,看刀!”说着,挥动手中大刀,策马冲上前来。

石勒挥戟相迎,二人兵器交加,“噌然”作响,二马相错。

二人各自勒转马头，再战。刀戟相交，杀气弥漫，互不想让。

杀了两个回合，石勒突然虚晃一戟，跃马跳出圈外，大叫一声："撤！这家伙力大刀沉，果然厉害。撤，快撤！"说着，拨转马头就跑。

属下轻骑一听，也都拨马奔逃。

箕澹愣了一愣，突然仰天哈哈大笑："都说是石勒英雄了得，原来不过如此。真是闻名不如见面，见面却也稀松！小的们，给我追！"率领铁骑蜂拥追去。

石勒跟在轻骑后面奔逃，渐渐进入一条山谷。前面的道路越来越狭窄。

箕澹紧紧盯着石勒的背影追赶，距离也越来越近。突然他感觉不对：两边山势陡峭，林木茂盛；脚下道路狭窄，有进无退。急忙勒住马，命令部队："停止前进！"

就在这时，随着一阵"当当当当"的铜锣声响，两边山坡上突然涌出大队人马。

箕澹大军一时约束不住，前面的已经停下，后面的继续涌上来，其后相撞，乱作一团。

"杀——"山坡上的伏兵呐喊着，如潮水般冲了下来，扑入敌阵，肆意砍杀。一时间呐喊声、惨呼声混成一片，刀光剑影，血肉横飞。

箕澹策马跃上山坡，牙一咬，纵马从自己的骑兵头上飞越而过，顺来路奔逃而去。

山路上，石勒部众押着一长串俘虏的鲜卑士兵和大量的马匹走过。

山路上，横七竖八地躺着身穿甲胄的死尸与死马。

广牧，刘琨行营。乐平太守韩据飞马而来，在营门口翻身下马，跑向军帐，一头闯了进去："大人，大事不好，箕澹将军的骑兵在乐平道上全军覆没了！"

正在与属下议事的刘琨大吃一惊"嚯"地站起："什么？咋会这样！"

众属下一片惊慌。

韩据："大人，现在乐平已失，石勒大军很快就会打到这里。请大人赶快采取措施。"

刘琨："啊，对。快，传我将令，各部分头抢占要地，深沟高垒，据险设防。快！"

石勒军帐，将士云集。

石勒："诸位，箕澹骑兵覆灭之后，乐平丢失，刘琨必然会在广牧深沟高垒，严防我去进攻。可我偏不。如今刘琨统大军在外，晋阳城一定空虚。我们就来他个剑走偏锋，乘虚去夺取晋阳。将军孔苌听令！”

孔苌：“末将在！”

石勒：“箕澹战败逃走，身边人马已经不多。命你率本部人马去追赶箕澹。如果能够劝他归降更好，如他不降就加以剿灭。千万不能让他逃脱。”

孔苌：“遵命！”

石勒：“众将听令！”

众将：“在！”

石勒：“你们各率本部，随我间道突袭，去夺取晋阳。”

众将：“遵命！”

晋阳城，长史府内。长史李弘正悠闲地在鸟笼前逗鸟。

一将军慌慌张张闯了进来：“长史大人，大事不好！羯胡石勒突然率大军前来犯我晋阳，已经兵临城下。”

“啊？”李弘大惊失色，“这这这……”在地上来回走动，“如今刘刺史率大军在外，晋阳城内兵微将寡，如何抵御？罢罢罢，为了晋阳百姓免遭兵燹之灾，还是开城降了吧！”

将军：“是，我这就去打开城门，迎接石公入城。”

晋阳刺史府。石勒高坐正堂，堂下将佐云集。

石勒：“长史李弘何在？”

李弘走出：“李弘在此。”

石勒：“汝献城有功，今任命汝为晋阳太守。汝要好好尽职，勿负我望。”

李弘：“谢大将军恩宠。在下一定尽心竭力，不负大将军厚望。”

石勒：“众将听令！”

众将：“末将在！”

石勒：“尔等都要严格约束部下，不许侵扰晋阳百姓，特别是刘琨家眷。刘琨与我有恩，一定要严加保护。违令者，斩！”

众将：“遵命！”

“报——”一军士走入，“报告大将军，孔苌将军追箕澹到桑干，箕澹拒不投降，已经阵亡。孔苌将军在回军时攻入代国，已将代郡收复。”

石勒：“好！孔苌将军能临机便宜决断，很好。大家听着，接下来我们兵分两路。一路留在并州，收复并州属下各郡县；一路随我挥师广牧，去寻战刘琨！”

大路上，一骑在飞奔。

广牧，刘琨行营。刘琨与众属下议事。

刘琨："石勒夺取乐平后，却一直不见来攻，到底有何诡谋？立即给我派出哨探，弄清原委，免得入其彀中！"

"报——"刚才那名飞骑踉跄闯入，"大人，大事不好！石勒乘虚夺我晋阳，已把城池占了。"

"啊！"刘琨大惊，一屁股坐下，目瞪口呆。

堂下众属下立时陷入一片慌乱："这可咋办？晋阳可是我们的老巢啊？""完了完了，这下完了！""我们的家眷都在晋阳，这可咋办？""刺史大人，我们赶快打回去吧！"……

"报——"又一哨探走入，"报告大人，石勒率大队人马，离开晋阳，向广牧杀来了！"

众下属更加慌乱："怎么办？""怎么办？""怎么办？"……

"慌什么？"刘琨"嚯"地站起，"现在老巢丢失，军心已乱，我们与石勒对敌绝无胜算！眼下唯有东下太行，到幽州去投奔段匹磾一条路了。传我命令，趁石勒大军尚未到达，立即整顿人马，向幽州出发。先到幽州，再图后举。"

长安，皇宫大内。皇帝司马邺在地上来回走动，显得惶惶不可终日。

一名老太监眼睛随着皇帝的身影转来转去，一脸的恐慌。

司马邺："京城危急，朕多次下诏，封官许愿，调集诸镇前来勤王。可直到现在，奉诏者寥寥无几。只有凉州刺史张寔派遣部将王该率区区五千人马勉强可用。其他如安定太守焦嵩、新平太守竺恢、弘农太守宋哲等，据说也未抗旨，也率众来了。可他们根本就不敢与刘曜接触，只是驻屯霸上作'壁上观'。你说，朝廷养这么一群饭桶何用！如今刘曜已经将长安外城打破，攻入长安，我们只剩下内城这块弹丸之地，又遭刘曜接连强攻。守城的凉州兵死伤惨重，仅剩千余人勉强支撑，这样下去如何是好？特别是眼下正值隆冬，我们兵疲粮尽，饥寒交迫，接下来该咋办？快，去宣太尉索琳和仆射麹允前来见朕。"

老太监："是。"退下。

司马邺走近窗前，看着外面大雪纷纷飘落，连连叹气。

老太监带索琳、麹允走进。

索琳、麹允："参见陛下。"

司马邺回身快步走过来："怎么办？二位爱卿，你们说怎么办？如今城内粮食早已耗尽，人们开始成批饿死。没死的，或是垂城外逃，或是割死人肉吃。我们的形势已经危险到了极点！你俩快想想办法，我们该怎么办？”

麴允摇摇头，掩面痛哭。

索琳两眼“骨碌骨碌”地转了一阵，咬咬牙，从牙缝中蹦出一个“降”字。

“降！”司马邺猛然一惊，目瞪口呆。突然他掩面号啕大哭，“苍天啊！朕苦苦支撑，历尽艰辛，实指望上天垂怜，能有一线转机，扶我大晋王朝于将倾。哪知上天不佑，致使朕成为大晋的亡国之君！罢罢罢，既然大晋气数已尽，那朕就忍耻出降，也好让城内百姓少受杀戮。传侍中宗敞。”

老太监：“是。”退下。

外面传来征鼓的敲击声与喊杀声。

一内侍来报：“陛下，刘曜又开始攻城了！”

索琳一听，说了声：“我去看看。”急忙溜了出去。

麴允见状，也跟着溜了。

司马邺看着二人的背影，昂头叹曰：“误我国事者，即此二人也！”

宗敞走进：“参见陛下。”

司马邺：“宗爱卿，我们已经穷途末路。汝替朕拟写降表，送往刘曜营中，请他停止攻击。我们这就投降。”

宗敞：“遵旨。”

城门口，一群士兵在紧张防守。

宗敞在几个亲随的陪伴下走了过来。

“宗大人意欲何往？”宗敞顺着话音回头一看，见是索琳走了过来。

宗敞：“哦，是索太尉。我奉圣旨，出城去献降表。”

索琳：“把降表拿来我看。”

宗敞将降表交给索琳。

索琳接过降表，打开，眼珠子在不停地转动。过了一会儿，他把降表交还宗敞，说：“宗大人，我看还是不要急于投降。请暂到鄙府歇息，容我想想，还有什么回天之法。”宗敞：“如此最好。救大晋于危亡，也只有靠索大人了。”于是随索琳返回。

太尉府，索琳请宗敞入座，斟上一杯热茶，说：“请大人在此暂时歇息，某去去就来。”

宗敞：“索太尉请便。”

索琳走出。

密室内，索琳与儿子在低声密谈。

索琳："儿啊，眼下大晋王朝已经无可救药了。危急存亡关头，我们不能吊死在大晋这棵枯树上，要为自己找条后路。这样，你立即出城，找到刘曜，对他这样说……"

刘曜军营，辕门口，一群汉兵在守卫。

索琳儿子走了过来。

"站住！"守门汉兵走过来，"什么人？"

索琳儿子："请通报刘曜刘大将军，就说大晋太尉索琳的儿子有要事求见。"

"好，你等着。"一名汉兵跑步入营。

长安城内，太尉府。索琳与宗敞对坐饮茶。

宗敞显得心不在焉："太尉到底有无良策救我大晋？"

索琳："请大人少安毋躁，再等等。"

宗敞："咳！"

第三十四集

刘曜军帐内。刘曜看着跪在地上的索琳儿子，听他说话。

索琳儿子："现在长安内城存粮充足，足够支撑一年。将士们也很齐心，都甘于效命。你们急切之下是打不下来的。如果您能答应让我父亲索琳做车骑将军，封他为万户郡公，我父亲就会立即献出城池，迫使皇帝投降。"

刘曜盯着索琳儿子，发出呵呵一阵冷笑："呵，呵呵，你当我是三岁孩子呀？用这样拙劣的谎言来骗我！"他"嚯"地站起，指着索琳的儿子怒斥道，"帝王之师所到之处，遵循的是一个'义'字。孤统领大军十五余载，从不用诡计骗人！两军对垒，必待对手兵穷势竭，然后进取。如今索琳说出这样的话来，分明是要借亡国之际，出卖皇帝，为自己捞取好处。这对于大晋来说，就是罪大恶极的奸臣，人人可得而诛之！如果真是粮食充足，将士齐心，你们尽可坚守啊？如果不是这样，何必前来欺我？甲士何在？"

甲士闻声走进："在！"

刘曜："把这个家伙拖出去，砍了！"

索琳儿子吓得大叫："大将军饶命。两国交兵，不斩来使！"

刘曜："背主求荣的贼子，什么来使？斩！"

索琳儿子在惨嚎声中被甲士拖了出去。

长安内城，众晋军士兵站立城头防守。城楼下，索琳在焦急地向外观望。

一队汉军骑兵在城下跑过来。为首的用长枪挑着一颗血淋淋的人头向上喊话："城上的人听着：索琳卖主求荣，这是他儿子的人头，还给你们。"说着，将人头奋力扔上城来。

人头"咚"的一声，落在索琳的脚下。

"啊？"索琳猛地扑倒在地，双手捧起人头，放声大哭，"儿啊——"

城门口，皇帝司马邺坐在羊车上，口中衔着用红布包着的玉玺，在一群哭泣着的臣僚簇拥下走出城来。他们的身后，跟着一群推着装有棺材车子的士兵。

突然，一名官员从城门旁边冲了出来，扑倒在皇帝的羊车前面，号哭着在地上连连磕头，致使额头上鲜血淋漓。临了，那官员昂起脸，对皇帝说："陛下，我吉朗身为御史中丞，智力不能挽救国运，勇力不能为国战死，难道就这样随着陛下去北面侍奉胡虏吗？不！陛下好自珍重，臣以魂魄追随陛下，终不失为大晋臣子！"说完，"噌"地站起，一头撞向城门，脑浆迸裂，倒地身亡。

皇帝见状，仰面紧紧闭上双目，两行热泪顺脸颊流下。

跟随的臣僚扑过来，一起跪倒在吉朗尸体旁边放声大哭。

刘曜率一群将佐骑马走来，命令手下："来呀，接过晋帝玉玺，把棺材烧掉，接受晋帝投降。"

平阳，大殿上。皇帝刘聪端坐在御座上。众将佐按文东武西有序肃立。

已投降的晋帝司马邺恭恭敬敬地向刘聪行礼："在下司马邺给吾皇请安。吾皇万岁万岁万万岁。"

刘聪看着司马邺哈哈大笑："好！看来这做皇帝的，也深通臣子之礼。哈哈哈哈。"

殿上百官将佐哄然大笑。

司马邺一脸尴尬，不知所措。

跪在司马邺身后的一群晋室降臣中，麴允突然放声大哭："吾皇受辱如此，我等都该死啊！"

刘聪勃然大怒："什么人如此放肆？拉下去押入大牢！"

监狱内，麴允被一群甲士拖了进来，打开牢门，推了进去。

麴允大叫："皇上啊，自古君辱臣死，麴允不忍看你受辱，先走一步了！"说完，一头撞向牢墙，倒地而亡。

大殿上，皇帝刘聪"噌"地站起："什么？麴允撞狱而死？好！如此刚烈，不愧为忠烈义士。甲士何在？"

甲士："在！"

刘聪："把索琳押上来！"

索琳被甲士押上大殿，跪倒在御阶之前。

刘聪："索琳，你可知罪？"

索琳紧闭双目，一声不吭。

刘聪指着索琳怒斥道："索琳身为太尉，为臣不忠，卖主求荣，罪在不赦。立即押往东市，开刀问斩！"

甲士:“遵旨!”拽起索琳,拖了出去。

刘聪:“宣旨:麹允虽为敌臣,但忠节可嘉,追封为车骑将军,谥节愍侯,给予隆重安葬;封司马邺为光禄大夫,怀安侯。进封始安王刘曜假黄钺大都督,统领陕西军事,官拜太宰,改封秦王。同时,从即日起,改年号为‘麟嘉’,大赦天下。”

群臣一起跪地山呼:“吾皇万岁万岁万万岁。”

幽州城内,宴会大厅。段匹磾正在举办盛大宴会为刘琨接风。刘琨的僚属与段匹磾的将佐们分坐于各个餐桌,气氛热烈。

段匹磾、刘琨与乐平太守韩据、代郡太守辟闾嵩、雁门太守王据等坐在一席。

段匹磾举杯祝曰:“刘琨兄与某神交已久,今日来投,使我幽州蓬荜生辉。尽管兄长失了并州,无妨,以后我的幽州就是你的幽州。来,为我们今后同心协力,共进共退,干杯!”

大家一起举杯:“干杯!”“干杯!”

段匹磾示意大家归座。旁边执壶士兵给每人重新斟酒。

段匹磾重又举杯:“刘兄,某有一事相求,不知兄长允否?如允,请满饮此杯。”

刘琨:“请兄弟尽管开口。”

段匹磾:“某想与兄长歃血为盟,正式拜结金兰,不知兄长意下如何?”

刘琨:“好啊!我刘琨丢了并州,落魄到此,能蒙兄弟收留,已属感激不尽。既然兄弟有意拜盟,为兄不胜荣幸之至。”接过酒杯一饮而尽,“你说,什么时候举行结拜仪式?”

段匹磾:“席散后就办,你看如何?”

刘琨:“好!不过,为兄还有一事,也请兄弟允准。”

段匹磾:“什么事?你说。”

刘琨:“你知道,我们这次走得仓皇,所有家眷都失陷在了晋阳。只有韩据将军从乐平撤离时带了家眷。韩据生有一女,正值妙龄,已经被我收为义女。我听说兄弟你也有一子,已届婚龄。故我想将义女许配贵公子,韩据家眷也好拜托兄弟照顾。不知兄弟意下如何?”

段匹磾:“好啊!这正是莲开并蒂,好事成双啊!从今后我们两家就是一家,正好勠力同心,共掖王室,致力于大晋复兴,将来也弄他个青史留名!来,为我们的好事成双,干杯!”

襄国，石勒帅府。石勒与张宾交谈。

石勒："右侯，张先生，我要对您隆重嘉奖。"

张宾："这却是为何？"

石勒："我们在收复晋阳后，司、冀、并、兖四州的大部分土地都归入了我们的版图。可是由于天灾和战乱，迫使数万户百姓失去家园，流窜辽西。当时流民中出现了两个人物，即马严与冯褚。这俩人组织流民中的青壮年成了强盗，这您是知道的。为了能让这些流民回归故土，我曾命令已经收复代郡的孔苌移师东向，去进攻马严和冯褚。可结果是劳师费时，毫无进展。就在进退维谷的关头，是您给我出主意，让我召回孔苌，停止对马严、冯褚的进攻。并举荐了武遂县令李回为易北都护、振武将军、高阳太守，让他像汉代的龚遂、黄霸那样去安抚流民。这才使得流民们纷纷叛离马、冯，争相回归，致使马、冯事败。马严失事死去，冯褚向我投诚。如今，李回移驻易京，每年仍有数千流民回归。真是用对一人，举国振兴。对于李回这位能吏，我已经加封为弋阳子，赏给食邑三百户。而对于您这位智慧超群、明见万里、举荐有功的大功臣，我却还尚未赏赐，这不公平。所以我决定，加封右侯您为前将军，增加食邑一千户，以示表彰。"

张宾一听，连忙跪地磕头："主公万万不可！张宾本一介落魄书生，蒙主公青睐，言必听，计必从，使我平生所学有所托付，已属大幸。主公对我的荣宠，早已超出我之所望，万不敢再受如此隆恩。请主公收回成命，否则会折煞在下！"

石勒上前双手将张宾扶起："唉，右侯啊右侯，您一直谦恭如此，叫我说什么好呢！"

平阳，相府。晋王刘粲与中护军靳准交谈。

靳准："皇上每天沉溺于后宫，擢升殿下为相国，加封晋王，将国事全部托付殿下，让殿下总览百揆。老臣特来向殿下致贺。"

刘粲："这还不都是拜你所赐？你深知父皇喜爱美色，刻意投其所好，不仅把自己的两个女儿进献给他，还为他广选美女，致使他身边光是佩带皇后玺绶的女人就多达七人，这还不算其他嫔妃，真是天下奇观！这些人个个天姿国色，年少风骚，父皇每天陶醉在温柔乡里，哪里还有心过问国事？"

靳准："这不很好嘛！俗语云：'色乃割肉钢刀'，皇上沉湎酒色，必然天年不永。若皇上早日归天，殿下就可早日入承大统，岂不美哉！"

刘粲："你说得倒轻松！别忘了，当年先皇驾崩，皇位本应该由正出的刘乂继承。只是因当时刘乂年岁太小，挑不起这副担子，这才让位给了父皇。父皇也明确表示，只是暂时代掌国政。等刘乂成年后，就把皇位归还。为此，还特别册封刘乂为'皇太弟'。所以，刘乂才是皇位的法定继承人。就算父皇早日驾崩，也轮不到我。"

靳准："既然殿下深知此理，那就该趁眼下大权在握，早下决断啊！"

刘粲："如何决断？"

靳准："除掉刘乂，殿下不就是顺理成章的皇太子了吗？"

刘粲一机灵，眼珠子"骨碌骨碌"转了几下："除掉刘乂？怎么个除法？请靳将军教我。"

靳准："其实，如今的刘乂已经不是当年的刘乂了。殿下应该知道，当年先皇驾崩，留下皇后单氏，也就是刘乂的母亲。那单氏年轻漂亮，貌若天仙。皇上承统后，单氏升为太后。可是皇上被其美色所迷，竟然不顾母子名分，经常到太后宫中留宿，致使秽声传遍了宫廷内外。久而久之，刘乂受不了人们的冷嘲热讽，多次进宫去劝谏母亲。单太后也羞于乱伦，不愿为之，可又无法拒绝皇上的纠缠，于是渐渐郁结成疾，以至于命丧九泉。单太后死后，皇上得知是刘乂规谏所致，从此后便对刘乂心生厌恨，逐渐疏远。而刘乂毕竟还是个孩子，且缺少城府，宅心仁厚。我们只要略施小计，就可将其拿下。"

刘粲："好！只要除掉刘乂，我就是太子。将来做了皇帝——对，我还要奄有中原，成为天下共主，做一个华夷大皇帝。到那时，你就是第一功臣，我会和你共有天下。快说，怎么样才能除掉刘乂？"

靳准："这样，殿下可派一心腹之人前往东宫，告诉刘乂，就说刚刚得到皇上密诏，京师将要发生动乱。让东宫上下都穿好甲胄，拿好兵器，全宫戒严，以防不虞。然后殿下再向皇上告发，就说皇太子已经反了，东宫已经戒严。皇上定然不会怀疑，就会命殿下发兵去围攻东宫，收捕刘乂。到时候再抓几个刘乂的僚属，加以酷刑，威逼他承认参与刘乂谋反。不管他承认与否，只要拿到供词，就是铁案一件！还怕扳不倒刘乂？"

刘粲："好！事不宜迟，我这就去安排。"

后宫内，皇帝刘聪与一群美女左搂右抱，恣意调情。靳月华手拿一颗鲜红的樱桃塞入刘聪口中，刘聪一把搂过靳月华，将樱桃嘴对嘴吐给靳月华。

众美女嘻嘻哈哈地笑了起来。

一宫女走进："皇上，刘粲殿下在外求见。"

刘聪："唔？他不在朝廷处理国事，到此何干？宣他觐见。"

"是。"宫女退下。

众美女立即严肃起来，正襟端坐。

刘粲走进："父皇，大事不好，皇太弟反了！"

刘聪："胡说，皇太弟怎么会反？"

刘粲："父皇，是真的。开始我也不信，可是派人前去察看，发现东宫上下披甲执锐，整个东宫都已经戒严了！"

刘聪："啊？看来皇太弟果然对朕心怀怨恨！那你还愣在这里干什么？快，拿朕诏命，发兵将东宫围了，把刘乂拿下！"

刘粲："遵旨。"

刘粲率一队甲兵冲向东宫。

刘粲端坐在东宫殿上。

刘乂五花大绑，被几个甲兵推了进来。

刘乂高喊："为什么拿我？我要见皇兄！"

刘粲呵呵冷笑着："死到临头，还要张狂。押下去！"

刘乂狂喊着："我要见皇兄，我要见皇兄！"被甲兵押了出去。

监狱内，有几个囚犯被绑在刑柱上，头耷拉着，看样子已经昏死过去。

一个狱吏正在挥鞭狠抽一个血肉模糊尚未昏死的囚犯："说，你参与了谋反！说不说？说！"

刘粲端着茶杯坐在桌边观刑。桌上放着一个盛放着供状的托盘。

奄奄一息的囚犯挣扎着说："皇太弟真的，没有，没有谋反！"

刘粲："打，叫他嘴硬。往死里打！"

狱吏狠命抽打。囚犯头一歪，死了。

狱吏上前摸摸鼻息："启禀殿下，他死了。"

刘粲走过去察看一番，命令狱吏："把供状拿过来，让他画押。"

狱吏："可是，他已经死了！"

刘粲："笨蛋！死了不正好画押吗？拿过来！"

狱吏："是。"取过桌上的托盘走过来。

刘粲拿起托盘内的供状，拎起死者的手，在托盘内的印泥上摁了一下，把指印摁在了供状上，脸上露出狰狞的笑容。

朝堂上，皇帝刘聪端坐御座，在看阅供状。

殿堂下，文武百官按序排列。

刘聪："皇太弟刘乂谋反，罪证确凿。宣旨：东宫僚属蛊惑刘乂谋反，罪在不赦，全部押往东市，斩首示众！贬皇太弟刘乂为北海王，逐出东宫；册立晋王刘粲为皇太子，仍领相国大单于，总摄朝政。退朝！”

值殿太监走出：“退朝——”

相府，新任太子刘粲与靳准交谈。

刘粲：“靳将军之计果然高明。如今皇太弟被废，孤已经被正式册立为皇太子。可是，尽管皇太弟被废，毕竟刘乂他人还活着。如果一旦父皇恻隐心动，将其复位，也不是没有可能。如何才能根绝后患呢？”

靳准：“殿下明见。这也是老臣所担心的，故而专门前来面见殿下。殿下一定要趁热打铁，将刘乂除去。”

刘粲：“对。你有什么法子能将其除去？”

靳准：“这事并不难办。刘乂皇太弟身份被废，虽然他还是北海王，但是已经失宠。人情冷暖，世态炎凉，这样势必门前冷落车马稀。如果这时候有人给他送点温暖，他一定会感激涕零。老臣准备带点美食前去慰问，在美食中下点东西，送他归天。只是事成之后，还请殿下将老臣罩着，莫使败露方好。”

刘粲：“这有何难？事成后，若父皇不追究也就罢了。若要追究，拿刘乂身边几个近侍斩首，把罪责栽给他们，不就结了？”

靳准：“如此甚好。那老臣这就去办。”

幽州刺史府内。段匹磾与刘琨议事。

刘琨：“自长安陷落，皇帝被俘，我俩就联名发函，邀同各地尚存的皇室势力与鲜卑各部首领，一起向镇守江东的琅琊王司马睿上表劝进，希望他顾念‘国不可一日无君’的古训，承接大统。但琅琊王却因皇帝被拘平阳，并未驾崩，而只是进位晋王奉行国事，尚未登基。尽管如此，我们作为大晋臣子，也不能不有所作为。我看我们应主动发兵去进攻石勒，竭我之力，以尽臣节，为大晋复兴建功。兄弟以为如何？”

段匹磾：“兄弟所言极是。我这就去通知疾陆眷、涉复辰、末柸等我们鲜卑的段氏首领，同到固安会齐，由兄长为征讨大都督，传檄散落在各地的晋室势力，会师襄国，共同讨伐石勒！”

刘琨：“好。事不宜迟，我们立即行动。”

襄国，石勒帅府。石勒在独坐看书。

参军王续走进：“参见大将军。”

石勒：“王参军请坐。”

王续："谢大将军。"入座，"敢问大将军召在下前来有何吩咐？"

石勒放下书本："是这样。幽州段匹磾与刘琨纠合鲜卑段氏，欲来犯我。尽管他们此举在我眼里可笑如蚍蜉撼树，但也不能任其猖獗。我这里有书信一封，并备了厚礼，想让你出使辽西，去慰问一下我那个干儿子段末柸。不知王参军是否愿往？"

王续："大将军差遣，王续自当尽职。请大将军放心，王续一定不辱使命。"

石勒："好！"从案上取过书信，交与王续，"那就烦王参军辛苦一趟。"

辽西，段末柸军帐。王续坐在客位喝茶，段末柸正在阅读书信。

段末柸收起书信，问："王大使，我义父一向可好？"

王续："好好好，就是对少将军您十分挂怀，常常念叨。"

段末柸："是啊，义父对我恩重如山，我却一直无以为报。如今段匹磾、刘琨妄想驱赶我去进攻我的义父恩公。我若盲从，天理何在？请王大使在我处暂时安歇。我的叔父涉复辰和兄长疾陆眷已经到了固安，我必须立即到固安走一趟，将他们劝回来。"

王续："少将军请便，在下在此静候佳音。"

固安，段疾陆眷军帐。疾陆眷、涉复辰正在听段末柸说话。

段末柸："叔父，兄长，请你们别忘了，当年我们受王浚蛊惑，轻率地发兵去进攻襄国，结果被石勒打得大败。石勒因顾念我们同是胡人，不忍同类相残，不仅不杀我们，还与我们结盟，言明互不侵犯。事到如今，我们咋能出尔反尔，失信于天下呢？"

疾陆眷长叹一口气："唉！"

涉复辰："我们，唉，只是匹磾侄子……嗨！"

段末柸："叔父大人，您是我们的叔父，疾陆眷是我们的兄长，而匹磾只是我的兄长。你们以父兄的尊贵身份，却要服从匹磾这个子弟，带着我们深入险地，去做没有一点胜算的蠢事！你们不觉得这是一种耻辱吗？"

涉复辰对疾陆眷说："末柸说得不无道理。我们和石勒是交过手的，那时我们并没有打赢。现在石勒的势力比过去不知大了多少倍，打赢他更不容易。再说，我们曾与石勒结盟，今又出兵讨伐，在道义上也说不过去。我看，我们还是不蹚这趟浑水为好。你说呢？"

疾陆眷："叔父说得有理。末柸兄弟也别烦恼，我们这就撤兵返回去得了。"

刘琨军帐，刘琨与段匹磾交谈。

段匹磾："本来疾陆眷与涉复辰已经率众来到固安与我们会师，却突然又不声不响地不辞而别，返回驻地。这咋弄？"

刘琨："唉，不仅仅是他们。我们发出的檄文，也没有一处响应。悲哀啊！我们虽想为国讨贼，以尽臣节，可是，单凭幽州一支孤旅，如何能对付得了石勒？罢罢罢，既然联合进攻襄国的计划已经破灭，我们也回去吧。"

段匹磾："不回去又能咋的？回去，回去！"

襄国石勒帅府，众将佐云集。

石勒："诸位，如今刘琨、段匹磾纠合鲜卑段氏与各地残存的晋室势力，妄图进攻我襄国的图谋，已经被我们彻底粉碎了。纵观我们的周边，虽然还有一些我们的反对势力存在，但均对我们构不成重大威胁。这样，我们就可腾出手来，抓一抓我们地盘内的各项事务，争取把我们的地盘搞成上下风清气正，人民安居乐业的大汉国繁荣昌盛典范。在这段时间内，如无意外发生，我们一般不搞大的军事行动。可是，这样一来，我们对于军队的管理就要加强了。俗话说'无事生非'，军队如果一闲下来，就有可能发生好些难以预料的事件。所以，各位将军，一定要严格约束你们的部属，加强军事训练。根据以往的经验，军队在闲暇时，为了寻找乐子，最容易聚众赌博，而由此引发的不良事件也时有发生。为此，我在这里特别宣布一条军纪：军中严禁赌博！你们一定要正告你们的属下，勿得违反。否则，严惩不贷！大家听见了吗？"

众将佐："听见了！"

帅府门外，众将佐陆续走出。

张越与支屈六走在一起。

张越："嗨，我这石勒兄弟也是，将士们在军中枯燥乏味，得空儿玩几把，也就是找个乐子，有啥大不了的？还发如此严肃的禁令。真是小题大做！"

支屈六："谁说不是呢！不过，张大哥也千万不可掉以轻心。大哥这人你是知道的，一向言出法随，触犯了他的军纪，那可是谁也吃罪不起！"

"呵呵。"张越点点头笑着走了。

石勒帅府，石勒与孔苌在交谈。

石勒："军中禁赌的禁令发布已经有些时日了，但效果并不明显，有好些将军并未当成回事。这样下去不行！特别是，随着我们在战场上的不断胜利，在我们的将军中不同程度地产生了骄妄心理。他们对下属约束不严，对政令执行不力。这样发展下去是很危险的！看来，我们需要花点力气来整顿一下我们的军纪了。我找你来，就是想和你商讨一下整顿军纪的具体措施。”

一官员匆匆走入：“主公，不好了。张越将军营中发生大规模士兵械斗，已经死伤好几十人！”

石勒吃惊地：“啊？为什么会发生械斗？”

官员：“士兵们有人聚众赌博，输了的人怀疑赢了的人出老千耍赖，产生争执，进而引发斗殴。后来参与的人越来越多，打斗场面也越来越大，就失控了。”

石勒：“那，张越干什么去了？”

官员：“张将军喝了酒，现在醉卧营中。”

石勒大怒：“混账，走，到张越营中！”

张越营中，一群士兵正扭打在一起，难解难分。地上躺着几具死尸，不少人鲜血淋漓，鼻青脸肿地蜷缩着呻吟。有几个互相搂抱着在地上滚动，也有人在执械拼杀。

“大将军到了！”有人一声高喊。打斗的人们惊慌地收手停下，呆立当地。

张越军帐。床榻上，张越在仰面大睡，发出雷鸣般的打鼾声。

几名亲兵闯了进来，上前摇撼张越：“张将军，快醒醒，快醒醒！”

张越从梦中惊醒，一声怒喝：“干什么！”

亲兵：“将军，大事不好。营中弟兄们打群架，造成许多人死伤。此事惊动了大将军，已经入营来了！”

张越：“啊？为什么打群架？”

亲兵：“赌钱！”

张越：“坏了，闯大祸了！快，鞋子！”

亲兵提过鞋子，张越趿拉着往外就跑。出门时被门限一绊，“啊呀！”一声，摔倒在地。

亲兵们急忙上前搀扶察看：“怎么了，将军？”

张越龇牙咧嘴：“小腿！”

石勒与孔苌在亲兵护卫下走了过来。

石勒怒问：“怎么了？”

张越亲兵：“张将军的小腿骨摔折了。”

石勒：“快传军医，立即处理。”说完，进入军帐坐定。

一名军医小跑着来到，给张越看腿。

一亲随走进:“报告大将军,所有参与赌博和斗殴的人都拘来了。”

石勒:“着他们进来。”

一大群鼻青脸肿的士兵走进军帐,跪了一地。

石勒:“你们这群混蛋,知不知道军中有禁止赌博的命令?”

跪着的士兵你看看我,我看看你,都没发声。

张越坐在地上,听任军医给处理小腿,忍痛说道:“启禀大将军,此事不怪他们。是我麻痹,没有传达你的命令。现在酿成如此大祸,都是我之罪。我现在很是懊悔,甘当军令!”

石勒猛地一拍桌子:“糊涂!军队纪律就是军人的性命。有令不行,有禁不止,还怎么带兵?如今酿出这么大的恶性事件来,你懊悔又有什么用?”他问军医,“他的腿伤怎么样了?”

军医:“是腿胫骨折,已经固定住了。”

石勒:“能站起来吗?”

张越在军医的扶持下站了起来,试走几步,说:“能!”

石勒:“来人!”

石勒亲兵:“在!”

石勒:“既然张越不遵禁令,那就别怪军法无情!把张越押入大牢,听候发落!”

亲兵:“是!”架着张越走下。

石勒军帐。石勒仍在生闷气。

孔苌小心地问:“主公,您准备给张越将军何种处分?”

石勒咬咬牙:“斩!”

孔苌:“斩?”他倒吸一口气,“张将军虽然按律当斩,可是,他自从当年跟随您在茌平‘十八骑’起义以来,一路南征北战,历尽艰辛,立下了赫赫战功……”

“是啊,”石勒接过话头,“不仅如此,他娶了我的堂姐,还是我的姐夫。于公于私我都下不了手啊!可是,你很清楚,军不斩不齐。我们要整顿军纪,就必须拿具有相当身份和地位的人开刀,这样才有震慑力。如今张越犯下如此重罪,我的心里也很纠结。”

孔苌:“能不能法外施仁,想想法子,留他一命?”

石勒:“唉——”焦躁地在地上来回走动。

张越的妻子珍娘在英姑的搀扶下哭着走了进来,叫了声“兄弟!”“咚”的一声跪倒在地,连磕响头。

石勒赶紧跑过来，与英姑一起把珍娘扶起："姐姐，您这是……"

珍娘："弟弟啊，你一定要救救你姐夫。我知道，他犯了大罪。可是，他他他，他死了，我，我可怎么办啊——"说着又号哭起来。

石勒泪流满面，痛心地说："姐姐千万保重。姐夫罪重，小弟也很为难呐！"他摇摇头对英姑说，"英姑，把姐姐扶下去好好照顾。这里是军帐，你知道的。"

英姑拉着珍娘说："姐姐，咱们还是回去吧。这里是军帐，咱们不宜在此。"

珍娘号哭着，在英姑的扶持下走了。

石勒看着姐姐走出去的背影，靠着军案，任由泪水在脸上流淌。

孔苌："主公。"

石勒用手挥去泪水，吩咐道："孔苌，你去，叫厨师给我炒几个菜，准备一坛陈年老酒，我要到狱中去探望张越。"

孔苌："好吧。"

大牢内，张越靠墙坐着，在抚摸自己的伤腿，表现得十分平静。

牢门打开，石勒走了进来。他的两名亲兵一个提着食盒，一个抱着酒坛跟随在后。

看着石勒，张越艰难地扶墙站起，满脸惭愧地迎了过来。

石勒赶紧扶住张越，俩人席地而坐。

两个亲兵放下食盒与酒坛走了出去。

石勒打开食盒，取出盘碟菜肴和碗筷摆在地上，又打开酒坛倒了两碗酒。

石勒："姐夫，现在不在军中，我叫您一声姐夫。我很想知道，您对自己所犯罪行有何想法？"

张越叹了一口气："唉，进来后通过认真反思，我已经想通了。我知道自己犯了不可饶恕的重罪。我更知道，兄弟要整顿军纪，就会拿大将开刀。是我命运不济，撞在了刀口上。兄弟尽可拿我开刀，我心悦诚服，不会有一点怨言。只是你姐珍娘和孩子们，还望兄弟善加抚慰，悉心照料。这样的话，我也就死而无憾了。"

石勒端起酒碗："你是我的姐夫，又跟随我出生入死征战多年，立下了赫赫战功。论亲情，我不能杀你；论功劳和义气，我更不能杀你。可是，论军法，你严重违反禁令，我又不能不杀你！这让我心中好生难过。由于委决不下，故而前来听一听你的想法。"

张越端起酒碗和石勒相碰后一饮而尽，豪迈地说："当年我们'十八骑'举旗起事，立志要闯出一番大事业。为了这个目标，就要有赏罚严明的军纪。兄弟曾多次说过，纪律是军队的灵魂。纪律不严明，咋能打胜仗？现在我犯了军纪，实在是咎由自取。我甘心为严肃军纪献出首级！兄弟不必忧虑，张越是条汉子。活着，是你的部下；死了，灵魂也会跟着你！”说完，又捧起酒坛斟酒。

“姐夫！”石勒扔下酒碗，扑过去一把抱住张越放声大哭。

校场上，马步三军队列整肃。将台下，众将佐按序而立，在倾听宣布军纪。

将台上，孔苌站在石勒身边，手捧文书在大声唱读：“‘……第十条，有令不行，有禁不止者，斩！’军令宣读完毕。”

石勒：“将士们，刚才我们对军令作了再次重申，大家一定要严格遵守，不得违反。如若违反，严惩不贷！来呀，把张越押上来！”

张越在几个手执鬼头刀的刽子手押解下，被推到将台前。

石勒：“罪将张越不遵禁令，放任属下聚众赌博，引发斗殴，造成数十人死伤的重大恶性事故，罪在不赦，按律当斩！”

“慢！”将台下，张宾高喊，“张越有大功在身，请从轻发落！”说着跪伏在地。

所有将佐一齐高喊：“请大将军从轻发落！”也都齐刷刷跪伏在地。

将台上，石勒从军案上抽出令箭一支，手在剧烈颤抖。

“请大将军从轻发落！”众将佐再次恳请。

张越大声喊道：“弟兄们，你们的盛情张越心领了，大家不必为我求情。功是功，过是过，功过不能相抵。我张越违反军纪，罪在不赦，甘心受戮，以重整我军纪。石勒兄弟，你是对的。军不斩不齐，不可有妇人之仁！我相信，有你领着，我们一定会成就大事！弟兄们，谢谢大家，二十年后，张越又是一条好汉！别了，弟兄们，我去了！”说完，哈哈大笑着走向刑场。

石勒牙一咬：“斩！”将手中令箭抛下，双手掩面，泪水从指缝中流出。

三军肃穆，有好些士兵在飕飕发抖。

第三十五集

军帐中,石勒在独坐垂泪思索。孔苌走进。

石勒:“孔苌将军,张越的后事安排得怎么样了?”

孔苌:“由张宾先生给相了块风水宝地,‘十八骑’弟兄亲自抬棺,已经盛殓安葬了。”

石勒:“这样就好。等‘一七’之日,我会亲自前去祭拜。你来得正好。经过认真反思,我认为,军中赌博之风之所以盛行,其根源是军旅生活的枯燥乏味。所以,在军中开展一些娱乐活动还是很有必要的。如果能把军事训练和娱乐活动结合起来,将会产生一举两得的效果。我想了一下,准备创作一种舞蹈,使之在音乐鼓点的配合下,让将士们都参与进来,大家一起跳舞,开展活动,把枯燥乏味变得有声有色。这种舞蹈的名字就叫——‘霸王鞭’!你看咋样?”

孔苌:“主公,您的这种想法很好。可是,为什么要叫‘霸王鞭’呢?”

石勒:“这你是知道的。当年师傅传授我的霸王鞭法,刚劲凌厉,气吞山河。在茌平起义时,我就传授给了‘十八骑’弟兄。后来在历次军训中,又将这套鞭法推广到了全军。我们的军队之所以所向披靡,在一定程度上与当年西楚霸王所研创的这套鞭法是有关系的。如果把这套鞭法拆解重组,编成舞蹈,形成节奏,就能在音乐鼓点的伴奏下起跳,而且人数不限。一个人可以独舞,也可百千人共舞。特别是,霸王鞭法在我军中基本上人人都会,改成舞蹈后推广起来就很容易。将士们在学会后,可以在没有战事的空余时间,找块场地,聚在一起,奏起音乐,敲起鼓点,舒展筋骨,挥鞭起舞。这样既荒疏不了武功技能,又能使身心得到了愉悦。你说是不是?”

孔苌听了,连连拍手叫:“好!”

石勒:“那我们说干就干。你给我好好参详,先编一套最简单的试试。”说着,从军案后走出,取过兵器架上的钢鞭,在地上口中念叨着:“咚骨隆咚呛,咚骨隆咚呛,咚骨隆咚呛呛,咚骨隆咚呛。”开始挥鞭起舞。

孔苌站在一边,随着节奏拍手,口中配合石勒:“咚骨隆咚呛。”

校场上，将士们围成一圈，在看石勒与孔苌挥鞭跳“霸王鞭”舞。

开阔地上，将士们列队在音乐鼓点的配合下翩翩起舞。

幽州刺史府，段匹磾大发雷霆：“段末柸狗奴才，我与你不共戴天！前段我们结集固安，准备发兵进攻襄国时，你跑来搅局，将疾陆眷、涉复辰拉了回去，破坏了我们的计划。这也罢了，你回到辽西后，竟然丧心病狂地把我的兄长辽西单于截附真杀害，另立忽跋邻做了单于。可恶！可恨！来人！”

弟弟段叔军走进：“什么事，大哥？”

段匹磾：“去校场点起人马，我要回辽西为兄长截附真奔丧，向段末柸问罪！”

“是。”段叔军退下。

校场上，鲜卑马步三军在整装待命。段匹磾全副戎装骑马执枪在检阅部队。

刘琨与儿子刘群率一支并州军队走进校场。

刘琨走到段匹磾身边：“兄弟，此次回攻辽西，为兄因幽州防守任重，不能同去，就让我儿刘群率部同你前去，以助一臂之力。”说着，叫过刘群，“来，见过叔父。”

刘群：“刘群见过叔父。”

段匹磾点点头，对刘琨说：“好！你我肝胆相照，我也就不说什么了。望兄长守好幽州，我这就去了。”说完，向刘琨拱拱手，将手中长枪一举，“出发！”

辽西，山路上，段匹磾在率部前行。山坡沟壑中林木茂盛。

突然，一声号炮响，林木中响起海啸般的喊杀声，大队人马从密林中冲了出来，将段匹磾部众截成数段，双方展开激烈搏杀。

段匹磾惊慌失措，在马上团团打转，看着部下与敌交锋，不知该救哪头。

“段匹磾，不要走，拿命来！”随着喊声，段末柸挺枪跃马冲了过来。

段匹磾不敢接战，勒转马头扬鞭策马飞逃而去。

山路上，段末柸部众押着绳索拴绑的段匹磾部众走过。

一队鲜卑士兵押着刘群走过。

段末柸军帐。段末柸坐在军案后，帐下众将肃立。

段末柸:“把刘群押上来!”

五花大绑的刘群被一群士兵推了进来。

段末柸从军案后走出,来到刘群面前:“刘将军,得罪了。”他走到刘群背后亲自与刘群松绑,并命令手下,“看座。”

手下提过一条板凳,段末柸扶刘群入座。

刘群满面狐疑地看着段末柸缓缓入座。

段末柸:“刘将军请放心,我一向敬佩汝父的为人,自然不会伤害将军。只是段匹磾乃无义之人,汝父子不该助纣为虐。我想让汝给乃父修书一封,奉劝汝父脱离段匹磾,弃暗投明,与在下联手,将幽州从段匹磾手中夺回。到时候就由汝父刘琨做幽州刺史。不知将军是否愿意?”

刘群有点为难:“书虽可修,但家父未必肯听。”

段末柸:“汝只管修书便是。让他做好准备,等我大军一到,他做内应即可。到时候我们内外夹攻,不愁幽州不下!”

刘群:“那,好吧。”

段末柸:“书修好后,我会派密使潜入幽州,秘密会见汝父。事成后,汝就是大功一件。”

刘群点点头。

幽州刺史府,段匹磾在闷坐饮茶。

“报——”一士兵走进,“报告刺史大人,在城外抓住奸细一名。”

段匹磾:“带上来!”

一个农夫打扮的人被几个士兵推了进来。

段匹磾:“你是什么人?”

“农夫”:“大人饶命,小人只是一个普通百姓,不知因何要抓小人?”

段匹磾:“给我搜身,仔细地搜!”

士兵们将“农夫”衣服解开,仔细搜查,搜出书信一封,交与段匹磾。

“农夫”脸色大变。

段匹磾接过书信拆阅,不觉大惊失色:“啊?原来是这样!”命令手下,“拖出去,砍了!”

“农夫”被士兵们拖了出去。

段叔军走进。

段匹磾:“兄弟你来得正好。”把手中的书信递过去,“你看看这个。”

段叔军接过书信看了,也很吃惊:“啊?我一直就对晋人不放心,看来他们果有反心!”将书信交回段匹磾。

段匹磾接过书信："兄弟，这样。自刘琨投奔后，我就把他和他的主要部众安置在了征北府小城。你现在就去征北府小城走一趟，去请刘琨。其他什么都别说，就说我有重要事情请他过府商量。"

段叔军："小弟明白。"退下。

刺史府外，刘琨带着十来个亲随，骑马跟着段叔军走来，翻身下马，将缰绳交与一名亲随，吩咐道："你们就在此等候。"回身问正在下马的段叔军，"咋不见刺史出迎？"

段叔军："他在府内，你进去就知道了。"

刘琨满面狐疑，掀帘走进府门。

刺史府内，段匹磾沉着脸坐在一旁。

刘琨走了进来，看着段匹磾："咦？兄弟这是咋了？为什么这么不高兴？"

段匹磾一言不发，只将书信递了过来："哼！"

刘琨不解地接过书信，再看看段匹磾，开始阅信。在看过几行后，大为惊讶地："这是怎么回事？当初我把儿子交付于你，不料陷入敌阵，我都没有多想。我与你义结金兰，又为同盟，只是希望能和你共同匡扶王室，更希望仰仗你的势力为国雪耻。所以，有点牺牲也觉在所难免。现在我儿受敌胁迫，致书于我，这明明是段末柸所用的反间计，目的是挑拨我们相互猜疑，互相攻击，从而破坏我们的联盟啊！就算这封信秘密送到我的手里，我也终究不会因为儿子而背叛你和忘记大义啊！你怎么能轻信这个？"

段匹磾突然哈哈一笑，站起身说："好了好了，我就是因为对你没有任何怀疑，才把这事告诉你。既然这样，我们还是好兄弟，你也不必挂怀。这事就算过去了。来来来，请坐。"

刘琨叹口气："唉——"坐了下去。

段叔军："哥哥，你来一下。"

段匹磾："什么事？"走了过去。

段叔军拉着段匹磾走到一个角落，问："哥哥是不是要放刘琨回去？"

段匹磾："是啊，有什么问题吗？"

段叔军："哥哥千万不能放他回去。您别忘了，我们是胡人，而刘琨是晋人。晋人一向奴役和欺凌我们，从来就没有把我们当人看！现在他们来投奔我们，是因为丧家了，失势了，走投无路了，见我们人多势众，才来屈尊俯就。如今我们骨肉之间产生嫌隙，相互攻击，他们发现有机可乘，就一定会找机会图谋我们。如果放他回去，一旦有人推奉，他就会向我们发难！到那时，只怕我们鲜卑段氏就要绝种了！”

段匹磾想了一想：“唔，你说的也是。这事不得不防！”

段匹磾走了回来，对刘琨说：“兄长，这样。你暂时不要回去，就在我这里住下，与我共同商量如何对付段末柸。”他回头吩咐叔军，“叔军，你马上带人收拾几间房屋，安顿兄长住下，加派人手，好生侍候！”

段叔军：“是。”退下。

刘琨摇摇头，长叹一口气：“唉——”

征北府小城，刘琨行营。刘琨长子刘遵在独坐看书。

一名亲兵匆匆闯了进来：“大公子，祸事了！”

刘遵：“啊？什么祸事？”

亲兵：“刘大人被段匹磾软禁了！”

刘遵：“啊？这却是为何？”

亲兵：“听说是公子刘群被段末柸俘虏后，给大人写的密信被段匹磾截获了，所以就把大人软禁了。”

“这这这，这叫咋办？”刘遵一时六神无主，“快，快去请左长史杨桥和并州治中如绥前来商量办法。”

“是。”亲兵退下。

刘遵手足无措，在地上来回走动。

杨桥、如绥走进：“参见大公子。”

刘遵走过来：“这叫怎么办？父亲被段匹磾软禁了！你们说，我们该怎么办？”

杨桥、如绥：“啊？他为什么要软禁大人？”

刘遵：“具体情况我也说不清楚。只知道弟弟刘群写给父亲的信被段匹磾截获了，所以父亲就被软禁了。”

杨桥：“如此说来一定事关重大。眼下我们别无他法，只能赶快关闭城门，婴城据守，等待事态的发展了。”

如绥：“对，赶快下令关城，阻止段匹磾的人进来！”

刺史府，段匹磾与段叔军交谈。

段叔军：“哥哥，现在我们软禁了刘琨，很可能引起刘琨手下的恐慌。我们需提防征北府小城的并州部众武装哗变。依我看，应该立即派人前去安抚。”

段匹磾：“唔，你说得很对。这样，你亲自带人前去安抚怎么样？”

段叔军：“好，我这就去。”

征北府城外，段叔军率一队人马走来。

一将军向城上喊话："喂，城上的人听着，请打开城门，段将军有要事与你们商量。"

城上，杨桥探出城垛向外喊道："我们的刘刺史呢？叫他亲自前来，否则，我们不能放你们进来。"

刺史府，段叔军走进："哥哥，果然不出所料，征北府城门紧闭，不放我们进去，还点名要刘琨回去。"

段匹磾勃然大怒："反了！去，给我调集大军，攻打征北府！"

征北府城外，段匹磾部队在攻城。士兵们抬着云梯，前赴后继，在奋勇爬城。城上檑木炮石滚滚而下，战斗十分惨烈。

段匹磾骑马在外围观战。

段叔军从前面跑来："哥哥，城上防守严密，一时半会儿攻不下来，还须另想他法。"

段匹磾："既然这样，那就停止攻城。传令，将小城团团包围，困他个十天半月，我看他能坚持多久！"

城头上，守将龙季猛看着城外包围的鲜卑兵，发出一声长叹。他叫过身边亲随："喂，你过来。"

亲随走过来："将军有何吩咐？"

龙季猛："你说，小城已经被围困十多天了，内无粮草，外无救兵，我们还能坚持下去吗？"

亲随："将军有何打算？"

龙季猛："我想，与其城破后玉石俱焚，还不如我们主动向段匹磾投降，以求保全性命。"

亲随："将军所言极是。可是，我们做不了主啊。你说，我们该怎么办？"

龙季猛招招手，亲随附耳过去。龙季猛轻轻说："这样，天黑后，你悄悄缒城出去……"

黑夜，段匹磾军帐。

段叔军领着龙季猛亲随走进："哥哥，此人是从征北府小城出来的，说要面见哥哥。"

段匹磾："好啊！说吧，你是何人，因何事见我？"

亲随:“大人,我是征北府守将龙季猛的人。龙将军想要归降,故让我前来通款。”

段匹磾:“好,龙将军是个明白人。你回去告诉他,如果他真心归降,就把杨桥、如绥找机会除掉,拿下刘遵,打开城门放我进去。此事办成后就是大功一件,我会重重赏赐。怎么样,能办到吗?”

亲随:“好,就按大人所嘱,那我回去了。”

段匹磾:“行,那我明天继续攻城,给他创造机会。告诉他,不要让我失望。”

亲随:“是,告辞。”

征北府小城,攻守战在激烈进行。

城头上,杨桥、如绥相距不远,在分别指挥将士们防守。

杨桥看看城外,招呼身后士兵:“快,到这里来。敌人攻上来了,给我砸!”

士兵们操起城头上堆放的石块,向城外猛砸。

龙季猛带着一队亲兵提刀执枪走了过来。

杨桥:“龙将军来得正好。快,命令你的手下投入战斗。”

龙季猛:“好!”抽出腰间佩剑一挥,杨桥人头落地。

几乎与此同时,不远处的如绥也被龙季猛的亲随砍翻在地。

守城的将士们一时惊呆了,怔在当地,不知所措。

龙季猛高喊:“弟兄们,杨桥、如绥已被正法,刘遵也被擒获,再顽抗下去没有意义。请随我开城投降!”

征北府小城打开,段匹磾的鲜卑部众像潮水般涌进城去。

府堂上,段匹磾正襟危坐。

几个鲜卑甲士将五花大绑的刘遵押了上来。

刘遵挣扎着狂喊:“段匹磾,你这个背信弃义的小人,你把我父亲怎么样了?”

段匹磾挥挥手:“押下去!”

刘遵被甲士押了下去。

乐平太守韩据府上,韩据与雁门太守王据、代郡太守辟闾嵩聚在一起议事。

辟闾嵩:“唉,我们势穷来投幽州,不想段匹磾对我们下了黑手!他不仅拘押了我们的主人，还端掉了我们的征北府小城。你们说，我们该怎么办？”

王据：“是啊，我想他一定还会向我们下手。我们总不能坐以待毙吧？”

院子里，韩据的女儿在两名丫鬟的陪伴下，带着一些礼物走了进来。

韩女吩咐丫鬟：“你们两个先到母亲房中，把礼物交给母亲。我先去看看父亲。”

丫鬟：“是。”向后堂走去。

韩女径直向正堂走来。上了台阶，正要推门，忽听里面传出说话声，于是收手驻足倾听。

里面传出韩据的声音：“你们看这样行不？今夜三更，我们各率我们的人，悄悄摸到段府，发起突然袭击，将段匹磾控制住，先救出我们的主人刘琨，再作下一步的打算。怎么样？”

韩女一脸惊愕，急忙转身离去。

后堂，韩夫人正在与两名丫鬟说话。

韩女满面泪水走了进来。

韩夫人：“咦？女儿，这是咋了？是不是你父亲责骂你了？”

韩女摇摇头，对两个丫鬟说：“你两个先下去吧。”

俩丫鬟：“是。”退下。

韩夫人：“你到底哭什么？”

韩女上前拉住韩夫人：“娘，请你告诉女儿，娘家和夫家哪个最重要？”

韩夫人：“你这闺女今天是咋了？娘家是你的出生地，夫家是你的终身归宿。你咋问这么奇怪的问题？”

韩女：“哦，我知道了。恕女儿不能陪伴母亲，我丈夫有急事，我得马上回去！”说完，向母亲深施一礼，转身匆匆跑了。

韩夫人一脸的不解：“这孩子中了什么魔障，莫名其妙，真是！”

刺史府，段匹磾坐着，听跪在地上的儿子和儿媳举报。

段匹磾：“啊？有这等事！”

韩女：“请公公一定救救我的父亲。”说着连磕响头。

段匹磾：“好了好了，你们回去吧。”

段匹磾儿子扶起泪流满面的韩女，转身走了。

段匹磾：“叔军，你过来。”

站在一旁的叔军走了过来。

段匹磾："你马上到韩据府上，就说我这里有紧急军情，请他们三个立即过府议事。"

段叔军："小弟明白，我这就去。"

韩据府上，三人仍在议事。

韩据："此事就此说定，大家千万要注意保密，否则为祸不小！"

二人点头称是。

"报——"门上守卫走进，"报告大人，段叔军将军求见。"

三人一惊："哦？他来干什么？"

韩据："带了多少人马？"

守卫："没带人马，就他一人。"

三人松了口气。

韩据："请！"

守卫："是。"退下。

三人整整衣冠，端坐饮茶。

段叔军走进："哦？三位大人都在，那我就省事了。"

三人起身相迎。

韩据："段将军光临寒舍，不知有何见教？"

段叔军："是这样，有紧急军情，我哥请三位大人过府议事。"

韩据："既然这样，那就无暇款待将军了，还请将军见谅。那我们走吧。"

刺史府，段匹磾在亲兵护卫下端坐正堂。

段叔军领着韩据等走进。

段匹磾一声断喝："给我拿下！"

亲兵一拥而上，将三人拘住。

韩据："刺史大人，这是为何？为啥要拿我三人？"

段匹磾："不拿你们，今夜三更，我的人头就被你们拿去了！"

韩据等三人惊愕地相互看看。

段匹磾："推出去，砍了！"

韩据等三人被亲兵推了出去。

一官员走进："启禀大人，江州王敦有书信前来。"

段匹磾："拿来我看。"

官员将书信呈上，段匹磾拆阅。

段叔军走近："哥哥，王敦来信什么意思？"

段匹磾："自从去年腊月晋帝司马邺在平阳被汉帝刘聪杀害后，今年三月，晋王司马睿在王导、王敦兄弟的辅弼下，在建康登基称尊，做了大晋皇帝。据说，登基时，司马睿还让王导与他同登御座，是王导力辞方才作罢。然而这一来，就形成了'王与马共天下'的局面。所以，这王导、王敦也就成了事实上的大半个皇帝。如今王敦来书，要我们杀掉刘琨。你对这事怎么看？"

段叔军："其实吧，事情到了这般地步，刘琨是绝对留不得了。眼下还有一部分并州部众散布在幽州各地。如果他们与原来的王浚部众暗中联合起来，再借用刘琨的名义发动兵变，也是够我们喝一壶的！我看不如就此机会，假称接到建康诏命，将刘琨处决，一了百了，免生后患。"

段匹磾："嗯，兄弟说得很对。这样，你带上你的属下，拟写一封假诏书，到刘琨处宣诏，把刘琨和他所有的子侄全部勒死。给他们留个全尸，也算我和刘琨结拜一场。"

段叔军："是。"

幽州的一处军营。一群并州装束的将士在听并州别驾卢谌训话。

卢谌："兄弟们，幽州刺史段匹磾背信弃义，翻云覆雨，杀害了我们的主公刘琨和代郡太守、雁门太守、乐平太守等我们的多位大人，端掉了我们的征北府军营，很快就会把黑手伸向我们。我们不能坐以待毙，必须寻找新的出路。我想带你们去辽西投奔段末柸，去侍奉我们的少主人刘群。大家愿意吗？"

将士们齐呼："投辽西""投辽西""投辽西"……

卢谌："好，出发！"

幽州另一处。一群王浚旧部在议论。

一将军："这段匹磾毫无信义，不成个东西！自从来到幽州后，就没办过什么好事。当初石勒袭取幽州，给老百姓办了多少好事，我想大家都很清楚。我们不如去投奔石勒。你们说是不是？"

大家："对，投石勒！""投石勒！""投石勒！"

幽州刺史府，段匹磾与段叔军交谈。

段叔军："哥哥，如今所有的并州部众都叛离我们投了段末柸。一大批原来的王浚部众有的投了石勒，有的投了段末柸。眼下只剩下我们原来的老部众。如果段末柸再来进攻，我们很难抵御。特别是，幽州人本来就对我们不服，如果他们见我们势力大衰，趁机袭击我们，也是防不胜防！现在幽州危机四伏，我们应该早作打算。"

段匹磾："唉，没想到杀了一个刘琨，竟然惹出这么大的麻烦！如今幽州人心离散，随时会有祸乱发生，我们还是尽快撤离此地为好。可是，现在我们能投奔的地方只有一个乐陵了，别无选择。这样，你赶快去整顿队伍，我们去乐陵和邵续合兵一处。这样，我们的势力就会壮大一点。"

段叔军："是，我这就去。"

幽州城门口，大队鲜卑步骑从内走出。

段匹磾与段叔军率领着鲜卑部众行走在山路上。

段匹磾："前面是什么地方？"

段叔军："是高城盐山。"

段匹磾："好，我们已经离乐陵不远了，命令部队加快速度，继续前进。"

段叔军："可是，我们已经走得人困马乏。是否让部队休息一下再走？"

突然，队伍一阵骚动，有人发出惊呼声。

段匹磾向前一望，见有一支汉军部队出现在前面，正向他们扑来。

"不好！"段匹磾大吃一惊，"赶快列阵，准备迎敌！"

对面敌阵中一员大将横刀策马走了出来："段匹磾，哪里走？石勒麾下大将石越在此！"

段叔军："哥哥休慌，待小弟去会会他！"说着，挺枪策马冲了上去。

二人不再打话，刀枪并举，战在一起。

几个回合后，石越故意露出破绽，放段叔军当胸一枪刺来，侧身让过，顺势一刀，将段叔军脑袋劈落马下。

段匹磾眼看着弟弟阵亡，悲呼一声："叔军！"命令部队，"撤，快撤！"

段匹磾部众返回身，向来路狂奔。

"追！"石越指挥大军向前追击。

段匹磾骑在奔跑的马上向后看看，命令道："弓弩手，你们殿后列阵掩护，射退追兵！"

一群弓弩手迅速从部队中走出，在路上列成阵势，弯弓搭箭，向追来的石越大军攒射。

石越一马当先，向前猛冲。

一阵箭雨像飞蝗般射来，石越身中数箭，翻身落马。

紧跟上来的将士们呼喊着："石将军！"纷纷跳下马抢救。

段匹磾的弓弩手返身追随部队跑了。

襄国，石勒帅府，众将云集。

石勒掩面大哭："啊——痛啊，姐夫张越刚刚离我而去，石越兄弟，你咋也走了啊——"

张宾、孔苌上前劝说："主公，千万节哀。人死不能复生，况石越将军死于战阵，死得其所，也算是做将军的光荣归宿。我们把他的后事处理好也就是了。"

石勒抹去泪水，说："石越兄弟虽不在'十八骑'之列，可从我们牧苑起义之初，就跟着我们出生入死，南征北战，血染征袍，从一个一般牧卒一直做到了将军，功勋卓著，功劳显赫。传我命令，追赠石越为平南将军，隆重安葬，军中禁止娱乐三月，以示哀悼！"

平阳，大汉皇宫。

皇帝刘聪病卧榻上，气喘吁吁。身边靳月华等一群年轻漂亮的女娇娃，个个愁眉苦脸，环侍身边。

刘聪挣扎着欠身问："朕命你们传太子前来见我，咋还没到？"

众女娃面面相觑，都没吭声。

"皇太子刘粲觐见——"门上传来喊声。

刘粲走进："给父皇请安。"

刘聪："粲儿，来，坐，坐过来。"

刘粲走过去，坐于刘聪身边："父皇，好些了吗？"

刘聪摇摇头："朕病势沉重，势难再起。前些日子，朕已颁发诏命，征刘曜为丞相、石勒为大将军，并录尚书事，回朝共辅朝政。他们回来了吗？"

刘粲："没有。他们都有表章送来，找了各种理由拒绝回朝辅政。"

刘聪："咳，也罢。既然他们不愿回朝，那就改命刘景为太宰，刘骥为大司马，刘凯为太师，朱纪为太傅，呼延晏为太保，并录尚书事。同时封太尉范隆守尚书令，仪同三司；封靳准为大司空，领司隶校尉，让他们轮流决断尚书奏事。这样的话，在外，有刘曜、石勒保国安境，开疆拓土；在内，有一班老臣辅助你处理国事，整肃朝纲，我也就，也就放心了。"

刘粲："可是，刘曜、石勒不遵诏命，尾大不掉……"

刘聪："不，不不。自朕登基以来，秉承先皇遗志，与大晋争天下，多亏了他们两个，才开创了大汉国今天雄镇北方的局面。你要放手让他们施为，不必加以掣肘。"

刘粲不甘心地含糊答应："是。"

刘聪突然喘息加重，咳嗽连连。慌得刘粲与众女娃摩肩抚背，连呼："父皇！”“皇上！”看到刘聪欲吐，一宫女端过痰盂。

刘聪吐了一口痰，继续说：“朕，我，寝疾缠绵，恍惚中常见鬼影，自知天年已尽。若，若人死果有神灵，我又何必怕死！只是现在天下未定，世难未平。我死之后，你不必据守古制，要立即装殓入棺。也不可停放太久，旬日间就出葬。切记，切……”头一歪，死了。

“皇上——”“父皇——”宫内所有人一起跪拜痛哭。

光极殿上，素练高悬。文武百官身穿孝服按序肃立。刘粲一身缟素，端坐御座。

刘粲：“宣旨！”

值殿太监手捧圣旨走出，宣读道：“奉天承运，皇帝诏曰：遵大行皇帝遗旨，册封刘景为太宰，刘骥为大司马，刘凯为太师，朱纪为太傅，呼延晏为太保，并录尚书事。封范隆守尚书令，仪同三司；封靳准为大司空，领司隶校尉。由你们轮流决断尚书奏事，竭力尽忠，辅弼朕躬。”

被点到名的一干重臣相继跪地，口称：“吾皇万岁万岁万万岁！”

刘粲：“诸卿平生。”

“谢万岁。”众大臣站起归班。

刘粲：“继续宣旨。”

太监：“诏曰：从即日起改元‘汉昌’。追谥大行皇帝为‘昭武皇帝’，庙号‘烈宗’。册立靳氏为皇后，长子刘元为太子，大赦天下。钦此。”

群臣再拜，山呼万岁。

第三十六集

皇室后宫，刘粲与三四个美女调情。

一名美女坐在刘粲腿上，用手指刮了一下刘粲的鼻子："陛下轻狂。先帝驾崩，我们都是太后，是你的母亲，你也想占我们的便宜呀！"

刘粲猛地把她搂过来，在脸上狂吻一阵，说："什么母亲？你们都才十七八岁，能耐得住寂寞呀？"说着，与她们打闹在一起。

门上传来喊声："大司空靳准觐见——"

刘粲挥挥手，众美女退下。

刘粲整整衣冠："宣！"

靳准走进："参见陛下。"

刘粲："爱卿前来见朕，有何要事？"

靳准："老臣有机密要事启奏陛下。"

刘粲："哦？说！"

靳准："老臣听说，几个宗室亲王对陛下很有成见。他们想要仿效商朝伊尹和汉朝霍光的故事，先杀太保，再杀老臣，然后废掉陛下，拥戴大司马登基，统摄万机。因事态紧急，故特来举报。若是陛下不先行下手，只怕是祸机不远，就在旦夕了！"

刘粲一怔，想了一想，连连摇头："不对！他们刚刚接受顾命，咋会骤起反心？这都是你疑心生暗鬼。以后不许这样，下去吧！"

靳准尴尬地："是。"退了出去。

皇宫外，靳准用衣袖擦擦脸上的冷汗，回头看看宫门上的卫士，自言自语："呸！只说这家伙是个只知淫乐没有城府的昏君，没想到还有点主见。看来，老夫把事情想得太简单了！若是我刚才的话被诸刘知悉，岂不是给自己招来杀身之祸！"他狠狠抽了自己一记嘴巴，"该死！这种话既然已经说出，还有回旋的余地吗？不行，一定要让他相信！"于是返身折回，进了另一宫门。

宫内，太后靳月华与皇后靳氏对坐说话，有几个宫女站在各处陪侍。

靳氏："皇上撇下我，又到弘道、弘德、弘孝三位小太后的宫中厮混去了。我寂寞无聊，过来和姐姐说说话。"

靳月华："唉，我虽然成了太后，按照宫中规矩，是你的上辈。可我们毕竟都是靳家女子，是姐妹。皇上好色，对我们轮流蒸淫。我想，他今夜就会到我这里来。妹妹可不要吃醋呀。"

靳氏："怎么会呢！再说，就算我吃醋，又能奈何？"

二人嘻嘻笑了。

一宫女走进："启禀太后、娘娘，大司空靳大人到了。"

靳月华："哦，父亲到了。请！"

靳准走进："参见太后、皇后。"

靳月华："父亲免礼，请坐。"

靳准入座。

靳月华："父亲因何进宫？"

靳准示意屏退左右。靳月华挥挥手，众宫女退下。

靳准："为父恐有祸事发生，故来向二后求救。"

二靳女吃惊："啊，有何祸事？"

靳准："说来话长。为父素有大志，只恨位微职卑，这才将你二人先后献与先皇和当今皇上。天可怜见，我的心血没有白付，总算被擢升为大司空参与辅弼顾命。然而，虽说如今位高权重，可要通往权力的巅峰，前面还有一批刘姓宗亲王公大臣挡着。为了除去这批绊脚石，为父编造了一些事实。谎称诸位宗室亲王要仿效伊霍，废帝另立，想让皇上一怒之下诛除诸刘，为我扫清道路。哪知皇上并没有我想象得那么糊涂昏聩，他竟然不相信！可是我话已说出，覆水难收。若是此话传入刘姓亲王耳中，他们必然会对为父下手！如果为父罹难，你们两个靳家女子也必然会受株连。现在我们父女已经成了一根绳上的蚂蚱，一损俱损，一荣俱荣。所以我来找你们，希望你们和为父一心，务必让皇上相信我说的是真的。只要蛊惑皇上除掉诸刘，接下来对付刘粲便易如反掌。到时候为父登基，再为你们另择佳偶，让你们享尽人间快乐。你们一定要和为父密切配合，成就大事！"

靳月华："事已至此，我们别无选择。如果皇上来我宫中，我一定要他相信。"

转过头对靳氏，"妹妹，如果皇上回到中宫，你也一定要如是而为。我们只有保住父亲，才能保住自己。明白吗？"

靳氏："妹妹明白。"

夜晚，靳月华穿着一件薄如蝉翼的宫装，胴体若隐若现。她正在梳妆台前精心描画。

宫门上传来宫女喊声："皇上驾到——"

靳月华起身相迎，刘粲走进。

靳月华："臣妾恭迎圣上。"就要下拜。

刘粲一把将靳月华抱住："哎呀，你这骚货，把朕想死了，快来好好侍候。"

"嗯——"靳月华故意搔首弄姿，挑逗刘粲。

刘粲抱起靳月华，走向帷帐，放下月华，除去皇冠，动手解衣。

靳月华坐在龙床边，眼珠子转了一转，突然双手捂面，嘤嘤啼哭起来。

刘粲停止脱衣，奇怪地问："哦？这是咋了，莫非想拒绝朕躬不成？"

靳月华连忙跪倒在地："臣妾哪敢。只是听说诸位宗室亲王阴谋废帝另立，感到恐惧罢了。"

刘粲："哦？这话你也听说了？"

靳月华："知道的何止臣妾一人？只是陛下被他们蒙蔽了。臣妾再三思忖，觉得诸王之所以不喜陛下，无非是陛下与臣妾姐妹们亲热欢爱所致。陛下要想脱免此祸，就请不要再到我们宫中来。臣妾宁愿与陛下活着分开，也不愿陛下因我而招来祸端！"

刘粲坐在床边怔住了。过了一会儿，他骂了声："真败兴！走，回宫。"抓起皇冠扣在头上，气呼呼出门去了。

中宫内，皇后靳氏与几个宫女在玩"操交"（将长线环绕手指上，几个人相互掂送，变换线形）。

门上呼叫："皇上驾到——"

靳氏与诸宫女急忙跪地迎接。

刘粲走进。

靳氏："臣妾恭迎圣上。"

刘粲："起来吧。"走过去坐在案边。

诸宫女起身站立各处，靳氏提壶为刘粲斟茶："陛下总算想到臣妾，能回来看看，臣妾喜之不胜。"

刘粲端起茶杯呷了一口："哎，你们听说朝中有什么异动没有？"

靳氏："听说宗室王公不喜陛下，想要废帝另立。陛下难道不知道？"

刘粲将茶杯往案上一墩："这么说来，果有此事。可恶！"

靳氏："此事传得沸沸扬扬，但不知真假。"

刘粲猛地站起，在地上走了几个来回，重新回到案边，取过一幅黄绫，提笔研墨，写下一道圣旨，然后大喊一声："来人！"

一太监闻声走进："皇上有何吩咐？"

刘粲取过圣旨，说："你立即到大司空府上，将诏旨交予靳准，要他马上按旨行事！"

"诺。"太监接过圣旨退下。

靳准府上。靳准手捧圣旨，脸上露出狰狞的笑容。

黑夜，一队甲兵举着火把在大街上奔跑。靳准手持长剑在指挥："快，快！"

大司马府门前，刘骥被一群甲兵押着走出。

太师府，一群甲兵在撞击大门。门开，众甲兵蜂拥而入。

大司徒府，一群甲兵在内横冲直撞。大司徒家人东奔西跑一片混乱。大司徒刘劢穿着睡衣跑出来："怎么回事？"

靳准在一群亲兵护卫下走进："给我拿下！"

众亲兵扑上去将刘劢扭住。

刘劢："你们要干什么？到底是怎么回事？"

刑场上，刘景、刘凯等十数名王公大臣排成一排，被按倒在断头台上。身穿红衣的刽子手手持鬼头刀在旁边待命。

"斩！"随着一声令下，靳准将一枚令箭抛下。

刽子手挥刀砍下。

鲜血喷溅。

室内，太傅朱纪、太保呼延晏、太尉范隆三人聚在一起，显得惊慌失措。

朱纪："到底发生了什么事，要将顾命宗室亲王全部诛杀？"

呼延晏："你们说，我们也是顾命大臣，会不会祸及我们？"

范隆："眼下事急，到底什么原因，我们无从打听。我看，我们还是逃命要紧！先化装逃出平阳，潜伏民间，保住性命，再设法打听原委。如果陛下果然容不下我等，那就只能到长安投奔秦王王刘曜了。"

朱纪："范太尉说得很对。事不宜迟，我们赶快准备！"

光极殿上，百官肃立。刘粲端坐御座。

刘粲："众位爱卿，现在诸反王已被肃清，朝纲得以重整。但是还有一人，尾大不掉，必须惩处！这个人就是石勒。先帝病重时，曾诏命他回朝辅弼朕躬。不想这家伙竟然坚辞不受，抗旨不遵，拒绝回朝，分明是眼里没有朕躬！当然，刘曜也未受诏命，但是二人大不相同。刘曜作为宗室亲王，统兵在外，有利朝廷，回朝对朕躬反为不美。可是，石勒什么东西？既不是我族人，更不是我宗亲，凭什么抗旨？既然他藐视朕躬，那就休怪朕无情！众卿听旨：册封刘曜为相国，都督中外诸军事，留镇长安；进靳准为大将军，录尚书事。传令阅兵上林，准备出兵襄国，讨伐石勒！"

平晋王府，二十五六岁的石兴在端坐看书。

管家匆匆走进："不好，大公子，祸事了！"

石兴一惊："啊？有何祸事？"

管家："朝廷内传出消息，新皇帝扬言要阅兵上林，准备出兵讨伐襄国！"

石兴："啊？有这等事！快请姨娘。"

管家："是。"急忙走下。

石兴在地上来回走动，思索，显得十分着急。

程夫人在管家的陪同下走进："兴儿，到底发生了什么事？"

石兴："姨娘，事态紧急。新皇帝不知何故，突然要发兵讨伐父亲。我想，在发兵前，他必然要下令抓捕我们。我们现在必须立即逃离平阳。"

程夫人："啊！那……"

石兴："时间紧迫，不能再犹豫了！"他吩咐管家，"管家，你挑选几个得力家丁，带着姨娘和小弟石弘，化装成难民从南门潜出。离京后，雇辆车子，送姨娘和小弟到襄国去找父亲。为了不让他们发现追捕时一网打尽，我们分头出逃。我和我的妻子、儿子走北门。就此说定，快去准备！"

平阳南门，程夫人、管家与小石弘以及几个家丁都穿着破衣烂衫，手持饭碗、打狗棍，肩上背着破布行囊，在守城士兵的监视下走出城门。

平阳北门，石兴一身麻衣布履，带着农家装束的妻子，妻子背上背着娃娃，跟着排队出城的人群，慢慢向城外走去。

一处偏殿内，靳准与一名太监对坐饮茶。

靳准从身上取出一对玉璧放在案上："些许薄礼，谈不上价值连城，还望公公笑纳。”

太监:“大司空如此慷慨,必然有事相求。咱家无功不受禄,还请大司空明言。”

靳准:“也无啥大事。公公乃皇上贴身内侍,自然对皇上的秉性有透彻了解。我想,皇上至尊至贵,又性喜玩乐。而朝廷事务繁杂,劳心费神,实在有损圣躬。公公若能奉劝皇上,将朝廷杂事全部交与老臣处置,让皇上安心在后宫享乐,皇上一定乐于接受。不知公公是否愿意进言?”

太监:“这有何不可?皇上有你这样的贤臣代劳,乃是他的福分。”拿起案上玉璧,“何况还有如此重礼相赠?大司空放心,咱家这就去进言相劝。”

靳准:“那就有劳公公了,靳准在此深相致谢。”起身对太监深施一礼。

后宫,刘粲听完太监的话后,高兴地:“好啊!靳爱卿善解朕意,真是朕的头号贤臣。拟诏,从今以后,朝廷一切军国事务,全权交由大将军靳准处置。无特殊大事,不要前来烦朕。”

太监:“遵旨。”

靳准府上,靳准拿着圣旨,高兴地大叫:“好!有了这道圣旨,看有谁还能奈我何!”他回头招呼两位从弟,“靳明、靳康,你俩过来。”

靳明、靳康走过来:“大哥有何吩咐?”

靳准:“我现在圣旨在手,代皇帝行使一切职权。你俩听封!”

靳明、靳康跪拜在地。

靳准:“封靳明为车骑将军,封靳康为卫将军,接管军权,掌控所有宫廷宿卫与京都平阳的一切防务,不得有误!”

靳明、靳康:“遵旨,谢大哥!”

靳准:“好了,你们起来,咱兄弟三个好好谋划一下我们的下一步计划。”

“是。”靳明、靳康站起,三人聚在一起。

靳准:“如今整个京师已经牢牢掌控在我们手里,接下来就是处置那个混蛋皇帝刘粲,实现我们的最后目标——荣登九五。可是,纵观历史上所有的篡位夺权,都是具有一定威望的大臣拥戴劝进,然后才黄袍加身,否则无法操作。我早已想好,在今天的朝堂上,就数紫金光禄大夫王延德高望重,最有号召力。如果有他出面劝进,一定会有大臣响应。你们说是不是?”

靳明:“大哥说得很是。那我们把王延召来,让他劝进不就得了?”

靳康:“对呀!”

靳准:“不不不,事情没有这么简单。我们必须找一位说客,到他府上游说，让他主动按我们的意愿行事才好。”

靳康：“可是，眼下我们到哪里去找说客？”

靳明：“是啊！”

靳准：“不用着急，这事我早有安排。我府上就有一位姓汪的幕僚，能说会道。我这就派他去当说客。”

王延府邸。王延与汪幕僚对坐交谈。

王延一脸惊愕，起身说道：“汪先生，此事体忒大，请先生回复大司空，我王延需要好好想想，做些准备，再去见他。望他耐心等待一二。”

汪幕僚：“也好，希望大夫尽快做出决断。在下告辞。”

王延：“汪先生走好。”

汪幕僚出门而去。

望着汪幕僚的背影走出大门，王延袍袖一拂，骂了声：“乱臣贼子！”在地上转了几圈，整整衣冠，向外走去。

院子里，管家走过来：“老爷要去哪里？”

王延：“有贼子谋反，我必须立即进宫面见圣上。你把家看好，等我回来。”

管家：“是。”

皇宫大门口，一群甲士在守护。

王延匆匆走来，被甲士拦住，一名领头的甲士喝问：“站住！什么人？”

王延：“某乃紫金光禄大夫王延，你们赶快打开宫门放我进去，我要面见皇上！”

宫门开启，靳康从内走出：“哦呵，这么快就跑来举报了？给我拿下！”

甲士一拥而上，将王延扭住。

王延挣扎着大骂：“你们这些乱臣贼子，祸国殃民，不得好死！”

靳康：“押下去！”

王延大骂着被甲士推下。

靳准府上。靳准对靳康说：“王延拒不拥戴，还要告发于我，事急矣，只能一不做二不休，铤而走险了。走，立即率兵入宫，去捉拿刘粲！”

太后宫中，靳月华坐在刘粲腿上，与刘粲搂抱亲吻。

一群甲士突然闯入，一个个执械在手，盯着刘粲。

“啊？”刘粲大吃一惊，一把推开靳月华，一下钻入床下。

众甲士发出一阵哗笑。

一名将军紧跟着甲士走进，见状，笑着走过去，掀起床帏："大司空请陛下升殿。"

"大司空？"刘粲从床下钻出，"朕以为是宗室王公部下前来寻仇。原来是大司空请朕临朝。"他重新整整衣冠，端起皇帝的架子，"前面带路！"昂首挺胸向外走去。

光极殿上，靳准在众亲兵的护卫下端坐在御座上。靳明、靳康和几名将军分站在大殿左右。

刘粲端着架子走了进来："咦？靳爱卿，你好大的胆子，怎么坐在了朕的御座之上？"

靳准盯着刘粲一声不吭。

刘粲突然感觉气氛不对，左右看看："你们，你们这是……"

"给我拿下！"靳准三角眼圆瞪，发出命令。

将军与甲士将刘粲一把揪翻，按跪在地。

靳准："你这个无德无能、无智无勇，只知道淫乱后宫的无耻混蛋，白白披了一张人皮，也配做皇帝？真是天大的笑话！"

刘粲吓得魂飞魄散，趴在地上连连磕头："大司空饶命！朕情愿把皇位让给你，请千万饶朕一命。"

靳准呵呵冷笑着："朕？你还敢称'朕'？事已至此，却是饶你不得！"喝令甲士，"还不动手！"

带领甲士的将军抽出长剑，从后背刺入刘粲身躯，剑尖从前胸透出。

刘粲惨嚎一声，倒地身亡。

靳准："拖出去！"

众甲士拖着死狗一般的刘粲退出大殿。

靳准："事情到了这步田地，必须斩草除根，不能留下任何隐患。众将听令！"

靳明、靳康及殿下众将："在！"

靳准："命令你们各率本部，分头到京师各处，将所有刘氏宗族，不分男女老幼，全部逮捕，押往东市开刀问斩，不许留一个活口。皇宫内由我亲自带队搜捕。立即执行！"众将："诺！"

平阳城内各个街巷，众甲兵横冲直撞，到处鸡飞狗跳。

一队又一队的男女老少被绳索拴绑，押出各个豪宅。

皇宫内，所有宦官、后妃、宫女被强横的甲兵揪出，捆绑，号哭之声震天动地。

靳准站在一旁，命令道："注意保护靳太后和皇后。"

东市，身穿红衣的刽子手排成一长串，守在同是排成一长串的断头台旁。

一长串男女老少被捆绑着押过来，强行按倒在断头台上，随着一声"斩"，刽子手手起刀落……

皇室陵园，神道、香亭、宗庙，一座座高大的塚墓。

靳准、靳明、靳康率大队甲兵蜂拥闯入。

靳准："既然是斩草除根，就不能叫这些刘氏先祖安睡于地下，把他们给我统统挖出来！"

甲士们推倒墓碑，拆毁建筑，挖掘坟墓。

一座挖开的坟墓边，一具高大豪华的棺椁摆放在地上。

靳准冷笑着走过来："呵呵，这就是死去不久的那个乱伦皇帝刘聪。死有余辜，必须正法！给我打开棺椁，枭首戮尸，让他罪有应得！"

"是！"众甲士答应一声，一起扑过去，刀枪并举，撬动棺椁。

陵园内已经空无一人，到处是挖开的墓穴和横七竖八暴露在光天化日之下的帝、后、嫔妃的尸骨。

冒着青烟，余火未尽的香亭与宗庙的废墟，一片狼藉。

靳准、靳明、靳康三人在一起议事。

靳准："弟兄们，经过这一番铁腕行动，整个京师平阳的刘氏宗族，除去征北将军刘雅侥幸逃脱外，其他已经被我们彻底剪灭。可是眼下我依然不能据位称尊，因为我们没有大臣拥戴。经过几天来的苦苦思索，我决定再进一步，先宣布我为大将军汉天王，代行皇帝职权。这样我们既能控驭朝廷，署置百官，名义上却不是皇帝。如遇风云不测，可以进退有据。要知道，我们眼下还有两股大敌，也就是刘曜和石勒。他们均统领大军在外，一旦知道京师有变，一定会来找我们的麻烦。如果他们来了，仅靠我们所掌握的这点力量，是很难对付的。思来想去，我觉得还是先找一个靠山为好。现在司马睿的集团雄踞江东，虽然离我们较远一点，可是就在我们的附近也还有他们的势力。原来的荥阳太守李矩，新近被司马睿提拔为司州刺史，与我们平阳同在一州。尽管他所控制的地盘有限，可他后面毕竟有江东集团为后盾。必要时我们可以向李矩求援。你们说是不是？”

靳明：“大哥虑事周密，说得很对。”

靳康：“那我们应该赶快派人去和李矩联系，早做准备。”

靳准：“既然二位兄弟没有异议，那我们就此办理。来人！”

一侍卫走入：“在！”

靳准：“传将军胡嵩觐见。”

“是！”侍卫退下。

靳准：“我们既然决定归附大晋，还须准备一份见面礼。在这次剪灭刘氏宗族的行动中，月华姐妹居功甚伟。月华还将她宫中收藏的传国玉玺献了出来。我们一定要善待这两位靳家女子。我们就将这传国玉玺作为见面礼，同时把被刘聪害死的两位大晋皇帝从坟墓中起出来，盛棺装殓，送归晋家。我想，有这份大礼也就够了。”说着，将传国玉玺放置案上。

靳明、靳康：“大哥想得周到，就这么办。”

胡嵩走进：“大将军找我何事？”

靳准：“是这样，如今刘氏灭族，大汉国已经不复存在。我想派你为使，将传国玉玺送还晋家朝廷，你可愿意？”

胡嵩冷笑一声，大摇其头：“不不不，这种叛国的勾当，我胡嵩做不来，你还是另派他人吧！”

靳准勃然大怒：“放肆！你竟敢公然抗命。来人！”

几个甲士走入：“在！”

靳准：“把胡嵩拖出去，砍了！”

胡嵩破口大骂：“乱臣贼子，你也不得好死！”被甲士拖了出去。

靳准懊恼地：“看来朝臣们还是对我们不服，这趟使命只有委派我们自己的亲信去了。”

靳明、靳康面面相觑。

司州刺史府。

刺史李矩问平阳来使：“贵使节请坐。贵使节专程前来见我，不知意欲何为？请道其详。”

来使：“是这样。当年匈奴屠格小丑刘渊，趁大晋内乱，起兵犯上，假称天命。后继者刘聪屡犯天威，致使大晋二帝先后蒙难北廷。如今大将军汉天王靳准为大晋复仇，已经将刘氏宗族全部屠灭，将恭送二帝梓宫归还大晋。请刺史奏报晋帝知悉，请旨定夺。”

李矩：“唔，此事体忒大，请贵使暂回馆舍安歇，我这就拟表奏报。”

建康司马睿皇宫大殿。司马睿端坐御座，王导、王敦坐于两侧，殿下百官序立。

司马睿：“太常卿韩胤听旨。”

韩胤出班：“微臣在。”

司马睿：“如今汉国大乱，大将军靳准屠灭刘氏宗族，欲奉二先帝梓宫归附我朝。朕命你率大军一路，赶赴平阳，恭迎二位先帝梓宫还朝。”

韩胤：“微臣遵旨。”

蜿蜒曲折的山道上，石兴搀扶着背着幼小儿子的妻子在艰难前行。石兴妻子一瘸一拐，龇牙咧嘴，显得步履维艰。

在路边的一块石头上，石兴妻子侧身坐了下来。

石兴：“好了，就在这里坐下歇歇脚吧。唉，太难为你了。你自幼出身豪门，哪里受过如此的颠沛跋涉？为了躲避官兵，我们不能走大道，不能雇车子、轿子给你乘坐，只能专拣这山间小路前行。唉，苦了你了！快，脱下鞋子看看。”

石兴妻子扶扶背上睡着的孩子，艰难地抬起一只脚。石兴俯下身帮她脱掉鞋子。

脚上满是大大小小的血泡。

“哎呀，已经这样了，还怎么行走？”石兴心疼地说着，抬头看看前面。

山坳间隐隐有炊烟升起。

石兴：“前面好像有人家。来，我背你们娘俩，咱们先到那里歇息一宵再说。”

石兴妻子：“我俩这么沉重，你背得动吗？”

石兴：“嗯，我小时候吃过很多苦，身体又很结实，没问题，来吧。”转过身，让妻子爬在背上，吃力地站起，向前走去。

一个几户人家的小山村，依山势而立，散布在山坡崖畔。

一个篱笆圈就的小院内，一名老妇坐在一块石头上，用兑臼舂米。

门前弯弯曲曲的小路上，石兴背着妻子蹒跚走来。在小院门口，石兴问：“老人家，我们是落难之人，实在是走不动了，能让我们进去歇歇脚吗？”

老妇起身走过来：“进来吧孩子。”她帮石兴扶着妻子，走进院子，将妻子放下，“你们先坐石头上歇歇，我给你们倒口水喝。”

石兴："谢谢婆婆。"帮妻子放下背上的孩子。孩子醒了，哇哇啼哭。石兴妻子抱过孩子，解开衣服喂奶。

老妇提一把土水壶、一只碗走出，倒了一碗水掂给石兴："喝吧孩子。"

石兴："谢谢婆婆。"端着碗给妻子喂水，"请问婆婆，这里是什么地方？"

老妇："这里是霍太山永安地界。我们村子小，就这几户人家，也没个名字。我们都是羯胡子，你就把这里叫做羯胡村也成。"

"啊？你们是羯胡人？"石兴惊喜地问。

老妇："是啊。客官你咋了？"

石兴："我们也是羯胡子啊！真是太巧了，我们走到自己人家里了。"

老妇："是吗？真好，我们是一家人了。那你们因何来到这里，要到哪里去？"

石兴："我们本是平阳人氏，如今平阳大乱，我们逃难到此，想要到襄国寻找亲人。请问婆婆，家中还有何人？"

老妇叹了口气："唉，没了，就我一个。老汉和儿子十多年前被官兵抓走了，至今没有音讯，也不知是死是活，就剩我老婆子一个了。"说着眼圈发红，啼泣起来。

石兴："对不起，婆婆，让你伤心了。"

老妇擦擦眼："没事，我已经习惯了。你们所说的襄国在什么地方？离这里远吗？"

石兴："远，很远。可是我们没有办法。天下虽大，也只有那里才有我们的亲人。"

老妇："唉，既然这样，你带着老婆孩子，什么时候才能走得到啊？"

石兴看看妻子，无奈地摇摇头。

老妇："就你们现在这个样子，我看一时半会儿也走不了。就安心在我这里多住几天，等休息好了再走吧。"

石兴："那就叨扰婆婆了。"

翌日早晨，老妇在院子里的土灶上烧火煮粥。

石兴从屋内走出："婆婆早。"

老妇："起来了孩子，我煮点粥，你媳妇和孩子都还好吧？"

石兴："唉，内人她两脚血泡，浑身酸痛，也才刚刚起来。"

老妇："我就说嘛，这么娇贵的女孩子，哪能受得了这般苦楚！依我看，你如果急着去投亲，不如把她母子先留在这里，给我这孤老婆子做个伴。等你在襄国安顿好后，再回来接他们。好在我这里粗茶淡饭，也不会让他们挨饿。"

石兴:“婆婆,这也正是我想要说的话。谢谢你,婆婆。内人确实动不了身了。我已经和她商量过了,就让他们母子暂时留在这里。只是这样的话,会给婆婆增添不少麻烦。”

老妇:“瞧你说的,我老婆子孤苦伶仃,想叫人找麻烦都找不着,还怕什么麻烦?你就放心吧。”

石兴:“等我到了襄国后,就带人前来接他们。到时候,您老也跟我们一起去。我还有个不情之请,不知婆婆是否答应?”

老妇:“你有啥话尽管说,只要我老婆子能做到的,我都答应。”

石兴:“我想拜您为干娘,这样我们就是真正的一家人了。不知您老愿意不?”

老妇:“好啊,我儿子没了,现在上天又给我送来一个儿子,我老婆子晚年有福了。”

石兴:“那您老等一等。”他跑进屋,扶着妻儿走出,又扶老妇坐在院中的一块石头上,夫妻二人倒身下拜:“母亲大人在上,请受孩儿一拜。”

第三十七集

山道上，石兴一个人背着行囊在独自行走。

大路上，石兴在向前行走。在他的前面出现了一座巍巍高山。

路边的农田里走出一个扛着锄头的农夫。

石兴上前施礼问："请问大哥，这里是什么地方？"

农夫："这里是涅县地界，再往前不远就进入武乡地界了。"

石兴："武乡？"

农夫："对，前面再走几里路就进入武乡了。请问，客官要到哪里？"

石兴："那，北原山离这里还有多远？"

农夫："哦，也就是个五六十里的路程。客官要到北原山？"

石兴点点头："谢谢大哥。"

农夫："好说。"扛着锄头走了。

石兴继续向前行走。走着走着，脚步慢慢停了下来。

（石兴画外音）"没想到在去襄国的路上还要经过自己的老家。多时没有回过老家了，能回去看看多好！可是，武乡老家依然是大汉国的腹地。官兵在平阳抓不到我，他们会不会到老家等着抓我呢？还是小心一点为好。不能再往前走了，必须先找个地方躲起来，等弄清情况再说。"

石兴抬头望望眼前的大山。

（大山的特写：高耸入云，怪石嶙峋）

石兴低头沉思一下，毅然向山中走去。

上山的道路弯弯曲曲。转过一个山弯，有一个老头在树下的一块石头上歇脚。

石兴走过去深施一礼："请问老丈，这座山叫什么名字？"

老丈："也没什么好名字，当地人就叫它大石山。莫非小哥要进山？"

石兴："是啊，谢谢老丈。"继续向前走去。

山头上，石兴回身向山下望去：山脚下，一条河水向东流去。河的北岸一马平川。平川内，庄稼已经成熟，呈现出一片金黄。越过平川再向北，在靠近山岭的地方有一座不大的村镇，村镇内炊烟袅袅。转向西北望去，远处一座具有高大城墙的城堡隐约可见。

（石兴画外音）“涅县，那么那座城堡一定就是涅城了。曾记得《太史公书》中记载的‘皋狼之地’一定就是这里无疑了。真是一块肥沃富庶的好地方啊！唉，世事无常，遥想当年春秋时期，晋国大夫智伯贪得无厌，倚强凌弱，强行向赵襄子索要这块土地，不想遭到拒绝。智伯恼羞成怒，轻启刀兵，联合韩魏两家攻打赵家，追赵襄子到晋阳。赵襄子仍不屈服，智伯决汾河之水倒灌晋阳城。大水至城头仅剩三版，本已势在必得，可没想到赵襄子派人潜出晋阳，游说韩魏两家，秘密缔结联盟，危急关头反戈一击，反倒灭了智氏。最后韩、赵、魏三家分晋。从此后时代改变，历史由春秋进入战国。伟哉，当年发生在这里的‘皋狼之争’，真可谓是划时代的争端啊！”

石兴叹息着摇摇头，转身离去。

石兴在山肩上转悠。

一处山崖洞穴，上面危岩压顶。洞内一块平坦大石高出地面，呈卧榻之状。石兴走来，向洞内探头探脑，面露惊喜之色。

石兴走了进来，上下左右打量一番：“嗯，就是这里了。对于落难之人来说，倒是一处不错的栖身之所。”他放下身背的行囊，走出去采了一把蒿草，重又走进，打扫洞穴。

洞穴打扫干净了。石兴坐在大石榻上休息。

（石兴画外音）“栖身的地方有了。不过，应该下山去买点活命的东西，顺便打听一下老家情况。既然这里离老家北原山不远，那我们羯室的人就很有可能到这一带来办事。对，应该传一个信息给他们，让他们知道，石勒的大儿子已经逃出平阳，就躲藏在这里。”

石兴起身取过行囊，从内取出一些散碎银子，装在袖中，出洞而去。

三交沟村，村路上，石兴向一个对面走来的人打听：“请问大哥，你们这里有卖粮食和锅碗炊具的吗？”

来人：“有，再往前不远，就有一家卖杂货的小店。估计你要买的东西都有。”

“谢谢大哥。”石兴继续向前行走。

三间门店，门口悬挂一面招旗："杂货铺"。

石兴看看招旗，走进门店。

店铺内有两个伙计，见有客登门，笑脸迎了过来："客官想买点什么？"

石兴："米、面各买十斤，一锅、一碗、一勺子。你们这里都有吗？"

伙计："有，好嘞，你等着，我们这就给你拿。"

伙计甲称米面，伙计乙打包炊具。

伙计甲一面干活，一面问："客官面生得紧，是头一次来俺三交沟的吧？你是何方人氏，到俺这里有何贵干？"说着将两个称好的面口袋提上柜台。接着，伙计乙也将打包好的炊具提了过来。

石兴一面掏出银子结算，一面说："唉，我是落难之人，不必问我来自哪里。你们只要记住这几句话就行：烂柯，王质，柯烂，辛安。你们记住了吗？"

"哦呵？'烂柯，王质，柯烂，辛安'，这是什么意思？"俩伙计相互看看，哈哈笑了。

石兴也笑了一笑，向俩伙计点点头，提着购买的货物转身走了。

官道上，晋太常卿韩胤和几名将军率领着迎接梓宫的队伍在向前行走。

襄国城内，石勒帅府。石勒在同众将议事。

石勒："据我们留守平阳的人飞骑来报，狗贼靳准戗杀皇帝，屠灭皇族，乱我大汉，毁我根本，罪恶滔天！眼下我们必须迅速调集大军，回京平乱，救我大汉。命令，各位将军立即回营，做好准备，待命出发！"

众将："遵命！"

"报——"一亲兵走进，"启禀大将军，程夫人偕同公子石弘到了。"

石勒："哦？她们是如何逃离平阳的？快，带我前去见她们。"

帅府内院，英姑正陪着程夫人说话，石勒走进。二位夫人立即起身施礼。

石勒示意她们坐下，走过去问程夫人："你们是怎么逃离平阳的？为何不见石兴同来？"

程夫人："当时新皇帝刘粲扬言阅兵上林，讨伐夫君。情急之下，我们只能化装分散外逃。出逃时，我们走南门，兴儿与媳妇母子走北门，故不知他们因何未到。"

石勒："哦，原来是这样。那么，靳准作乱，刘粲被杀，皇族被灭，你们是否知晓？"

"什么？刘粲被杀了？"程夫人睁着茫然无知的眼睛，"怪不得我们一路上既未发现追兵，也没人进行盘查。原来新皇帝被杀，平阳乱了！"

石勒："对，是靳准狗贼下的黑手。如今京师危急，我必须立即整顿军队，准备回京平乱。英姑，你好好照顾他们母子，我不能耽搁太久。"

英姑："我明白，夫君放心去吧，这里有我呢。"

三交沟村，一个羯胡装束的汉子赶着毛驴走进村来。

村路边，几个老人在闲坐聊天。

羯胡汉子走过来："叔叔伯伯们，叨扰了。我是一名行脚商人。请问，你们这里有人出售山货吗？兽皮、药材什么的，我想收购一点。"

一老人指着前面："再往前走，那里有个杂货店，你到那里打听一下吧。"

羯胡汉子："谢谢老伯。"赶着毛驴向前走去。

杂货店门口，羯胡汉子停下毛驴走进店铺。

两名伙计迎了过来："客官想买点什么？"

羯胡汉子："我想收购点山货，你们这里有吗？"

伙计甲："哦哦，客官来得不巧。兽皮、药材之类这才刚刚售完，正好缺货，十分抱歉。还要点其他什么吗？"

羯胡汉子察看着铺内的货物犹豫不决。

伙计甲："请问客官来自何方？"

羯胡汉子："我是个行脚商贩，居无定所，掌柜不必问我来自何方。"

伙计乙："哦呵？莫非你也是一个'烂柯，王质，柯烂，辛安'？这两天奇了怪了，来得尽是莫名其妙。"说着放声大笑。

"'烂柯，王质，柯烂，辛安'？这几句话是何人告诉你们的？"羯胡汉子有点吃惊。

伙计甲："前天有个汉子来买炊具，说他叫'烂柯，王质，柯烂，辛安'，我们不知道他说的是什么。客官知道是什么意思吗？"

羯胡汉子摇摇头："不知道。我只是觉得奇怪，故而相问。既然贵处无货，那在下告辞了。"

伙计乙："没有山货，选购点其他行不？"

羯胡汉子摇摇头："再见。"

夜晚，东河沟羯室一处房舍内，摇曳的麻籽油灯光下，几个老头在听羯胡汉子说事。

羯胡汉子："当时，我听杂货铺伙计说出'烂柯，王质，柯烂，辛安'以后非常吃惊。这不明白是要告诉我们'大石头,躲藏在,山洞里,很安全'嘛!那两位伙计显然不懂我们羯胡语,故而只当作笑料、谈资。而我在他们面前也不敢声张,怕引起意外。所以就赶快跑回来禀报你们几位长老,是不是我们羯室发生了什么事?"

大长老:"是啊,这事蹊跷得很。既然'大石头躲藏在山洞里',那这'大石头'一定指的是人。如果是人,那我们羯胡族中的大石头非石勒莫属。莫非石勒那里出了什么事?不然,他怎么会躲藏在山洞里?"

其他人都倒吸一口冷气。

二长老:"如果真是石勒出事,那就绝非小事。弄不好会对我们整个羯胡造成灭顶之灾!我们必须尽快弄清石勒那里到底发生了什么事。"他转头对羯胡汉子,"这样吧,在座的就数你年轻。还得再劳烦你赶快到襄国走一趟,弄清原委后立即回来告诉我们。不知你是否愿意?"

羯胡汉子:"事关咱羯胡存亡,我当然义不容辞!"

大长老:"好!你明天一早就起身,从咱这里一直往东,翻越太行山,走板山腰道下黎城,出涉县,进襄国。就数这条路近,望你快去快回。"

羯胡汉子:"行!"

襄国,校场上,刀枪林立,旗号闪闪,马步兵在列队待命。

将台上,"十八骑"与关键将佐分站左右,石勒在发布命令。他从军案上抽取令箭一支:"将军张敬听令!"

将台下,全副戎装的张敬驱马向前:"末将在!"

石勒:"命你率精骑五千为先锋,逢山开路,遇水搭桥,向平阳进发,保证大军路途畅通。我将亲率大军五万跟进。出发!"将令箭抛下。

张敬伸手接过令箭:"遵命!"勒转马头,一招手,率领大军离开校场。

石勒眼看着骑兵大队走出校场,正要伸手再次抽取令箭,忽然看见英姑的贴身女兵匆匆跑来。他奇怪地问:"春香,你怎么跑来了,有什么事吗?"

春香:"老家东河沟来了一个人,说有很重要的事要面见老爷。是夫人命我请您赶快回去。"

石勒:"唔?"回身吩咐孔苌,"你暂时主持一下军务,我去去就来。"

石勒帅府,英姑、程夫人与羯胡汉子坐在一起。

石勒走进,大家都起身迎接。

英姑:"哎呀,可算回来了。"她对羯胡汉子说,"你把情况再向老爷说说。"

羯胡汉子:"是这样,几天前,我到咱邻近的涅县去收购山货,无意中有人问我是不是又是一个‘烂柯，王质，柯烂，辛安’。当时我很奇怪，这些人怎么会说我们的羯胡话？可是看起来他们又不知道话的意思。我怀疑咱族中出了什么事，就赶快跑回羯室。是羯室的几位长老命令我来襄国打探究竟。”

英姑：“老爷你说，这‘大石头躲藏在山洞里，’‘大石头’不是我们的大儿子石兴还能是谁？”

程夫人：“当时我们从平阳出逃时，害怕被官兵一网打尽，兴儿和媳妇他们走了北门。是不是他们想回老家北原山，走到涅县遇到了什么事？”

石勒：“你们说的都有可能。这样，我让葵安率领他手下人马回涅县找找。葵安与兴儿很熟，寻找起来比较方便。”他回头对羯胡汉子，“这位兄弟，还得劳烦你再辛苦一下，给葵安带路。”

羯胡汉子：“好说，这是我分内之事，我很乐意。”

石勒：“那就这样。军情紧急，回平阳平乱的大军已经发动，我必须立即回到军中。”

大道上，晋太常卿韩胤率领着迎接梓宫的队伍在向前行进。

一位将军策马从后面跑来：“启禀大人，据侦骑来报，石勒、刘曜各率大军，从襄国、长安出发，东西对进，到平阳讨伐靳准。请问大人，我们是否继续前进？”

韩胤举手示意部队停止前进：“两路大军进攻平阳，形势对我们非常不利！石勒、刘曜兵力雄壮，很难对付。我们一旦陷入其中，将难以自拔！传令，部队就地宿营，先观察一阵再说。”

平阳，皇宫内，靳准气急败坏地对靳明、靳康说：“一群怂货！本指望投靠大晋能在关键的时候得到他们的援手，哪知道这群怂货一听说石勒、刘曜兴兵来犯，竟然吓得龟缩在半路不敢行动。老子真后悔走了这么一步臭棋！”

靳康：“那，大哥，我们现在该怎么办？”

靳准：“怎么办？老子临死也要过一过这当皇帝的瘾。我们这一段时间住在宫中，诛除异己，提拔了大量我们的人，不就是为了这个目的吗？去，把那个紫金光禄大夫王延给我带来。现在刘粲死了，刘氏绝了，除了我，他已经没了任何想头，难道他还不拥戴我吗？去，把他给我带来！”

靳康：“是。”退下。

靳明：“可是，大哥，如今石勒、刘曜大军来犯，我们该如何应对？”

靳准：“只要我当了皇帝，就会有无穷的号召力。到时候，我们就有力量来对付石勒和刘曜了。”

靳明怀疑地轻轻摇了摇头。

“别推我，我自己会走！”随着门外一声怒喝，王延被靳康和几个甲士推了进来。

靳准起身走了过去：“王大夫，如今刘氏已灭，汉国完了。希望您能拥戴于我。这样的话，您不仅可以继续当你的紫金光禄大夫，作为开国功臣我还会给您更高的爵位。否则的话……”

“呸！下贱的逆奴。”王延指着靳准破口大骂，“我怎么会做你的臣子？你赶快把我杀死，将我的两只眼珠挖出来，右眼放在西阳门，左眼放在建春门。我要好好看着相国刘曜和大将军石勒，是如何入都来诛杀你这逆贼的！”

“你你你……”靳准被骂得狗血淋头，恼羞成怒，指着王延，“不知好歹的东西，给我拖出去，砍了！”

“逆贼，你不得好死！”王延怒骂着，被甲士拖了出去。

早晨，大石山头，石兴钻出洞穴，迎着朝阳伸了伸懒腰，向山下望去。

在山下通往三交沟村之间的平川上，赫然出现了一座军营。军营内人喊马嘶，军旗猎猎。

石兴一阵压抑不住的兴奋，急忙收拾行囊，寻路向山下走去。

军营门前，身背包袱的石兴抬头望望营内将旗上那斗大的“葵”字，再看看守营士兵的汉军装束，兴奋地点点头：“这一定是葵安叔叔的军营。”于是整整衣冠，向营门走去。

“站住！什么人？”守门士兵挺着矛枪，将他拦住。

石兴拱拱手：“请问，这是葵安将军的军营吗？”

守门士兵：“你是什么人，为何知道我们将军的名号？”

石兴：“我叫石兴。你们到这里来，就是找我的，对吗？”

守门士兵：“啊？你就是石兴！请随我来。”

石兴跟随守门士兵走进军营。

崇山峻岭间的曲折山路上，葵安、石兴在骑马行进。身后是长长的队伍。

石兴懊丧地说：“葵叔，我记得逃出平阳时就走的这条路，怎么会找不到呢？”

葵安：“别急，大山中相似的道路千条万条，你再好好想想，我们再找找。”

又一处山谷，部队在蜿蜒曲折的山路上行进。石兴沮丧到了极点，没精打采。葵安也显得一筹莫展。

石兴："真见鬼了，我们已经找了好多地方，怎么就找不到呢？"

葵安："你记得那个小村庄就叫'羯胡村'吗？"

石兴："其实，那个村子根本就没有名字。是干娘告诉我，那几户人家都是羯胡子，说是就叫'羯胡村'也成。可能其他地方的人都不知道有这么个村子。葵叔，我看这样吧，既然我们费了这么大劲都找不到，就不用再找了。我们还是回襄国吧。等以后日子太平一点，我再来找。"

葵安长叹一口气："好吧，传令下去，回军襄国。"

（字幕加画外音）"遗憾的是，葵安找到石兴后，在石兴的带领下返回永安，寻找留下妻儿的小山村，却鬼使神差地没能找到。然而，这次意外的失散，却使得十六年后，石虎篡夺后赵政权尽屠石勒子孙时，为石勒保留了一支血脉。后赵灭亡后，石兴妻子带着儿子寻回北原山东河沟羯室认祖归宗，方使得这支血脉流传至今。同时，石兴因失去妻儿，心情抑郁，加之在大山中潜藏时遭受山岚瘴气的侵袭，严重损害了身体，在回到襄国后不久，就患病去世了。令人扼腕叹息！"

平阳，襄陵北原，石勒军帐。众将佐云集。

石勒："诸位，我们现在已经驻扎在襄陵北原，再往前就是我们的京师平阳了。据探马来报，相国刘曜也已经率大军出发，渡过黄河，到了赤壁。现在我们尚不急于进攻平阳，须先派快马赴赤壁，与刘曜取得联系，约同进兵，共讨靳准。众将听令！"

众将："在！"

石勒："各部都要深沟高垒，加固营寨，严防靳准贼兵来犯。同时，我们的到来，可能会引发散居在这一带的羌羯人民前来投奔。大家要做好接纳他们和扩充我们军队的准备。"

众将："遵命！"

赤壁，刘曜军营。军帐内，太傅朱纪、太保呼延晏、太尉范隆在伏地大哭。

刘曜上前逐个搀扶："三位大人请起，有何冤屈，请讲。"

三人起身。

朱纪："当初，靳准蛊惑新皇帝捕杀宗族顾命亲王，因我们也是顾命大臣，害怕惨遭靳准毒手，故化装逃离平阳，潜伏民间。后来，我们秘密派人回去打听，方知道靳准不仅杀害了新皇帝刘粲，还屠灭了刘氏宗族，毁坏了先帝陵寝，掘墓戮尸，犯下了滔天罪行！"

呼延晏："就连您的哥哥和老母也被他杀害了呀！"

"啊！"刘曜大放悲声，"我可怜的老母，我的兄长，啊——"

范隆："相国请节哀。如今还不是悲痛的时候，我们还有紧急大事要做。"

刘曜擦擦眼用手指着东方："靳准老狗，我与你不共戴天！"

范隆："俗话说：'国不可一日无君'，现在皇室一族，唯有殿下有资格承接大统。应该马上继位称尊，以系万众仰望。否则民心无所归依，必生变乱！"

朱纪、呼延晏："太尉所言极是。请殿下登基称尊，昭告天下，以安民心。"

刘曜："既然这样，那就依诸位大人。"

"报——"一侍卫走进，"启禀相国，石勒有使节前来，请求觐见。"

刘曜："请！"

石勒使者走进："见过相国。大将军石勒有书信奉上。"将书信双手呈上。

刘曜接过书信拆阅后，说："好！石公已经兵进襄陵北原，直逼京师平阳，我看你靳准老狗还能往哪里跑！"

范隆："既然石公已经来到，殿下更应该尽快登基。请殿下传令准备。"

朱纪、呼延晏："请殿下传令。"

刘曜："好，传令下去，就在赤壁筑坛祭天，择定吉日，举行登基大典！"

一座临时大殿内，刘曜身着皇帝服饰，端坐御座，殿下文武百官按序而立。

刘曜："得众卿拥戴，朕已祭天登基。宣旨：从即日起，改元'光初'。册封朱纪为大司徒，呼延晏为大司空，范隆以下各司旧职。拜石勒为大司马大将军，增封十郡，晋爵赵公。同时传诏，大赦天下，唯靳氏一门不得赦免！"

众文武一起跪拜山呼："吾皇英明，万岁万岁万万岁。"

石勒军营，军帐内众将佐云集。

孔苌出班："启禀主公，连日来不断有羌羯百姓前来投奔。据统计，到目前已达四万余户。"

石勒："好。由你主持，挑选精壮补充我们的军旅。其余人众，分别安置在我们辖区各州郡县。分给他们土地、种子、耕畜和农具，给予必要的优惠，让他们好好生存。"

孔苌："遵命！"归班。

张敬出班："启禀大将军，靳准贼兵多次挑战，均被我强弓硬弩射退，损折了许多人马。同时得侦骑来报，刘曜传檄逃到平西的征北将军刘雅，率平西之众，联合镇北将军刘策进屯汾阴，为我们声援。"

石勒："不错。我们坚守不出，就是要锉掉贼兵锐气。现在既然有大军声援，我们的条件已经成熟。传我将令，先进攻平阳小城，再伺机而动！"

张敬："遵命！"

平阳小城，平阳大尹周置在府内独坐看书。

"报——"一将军走进，"启禀大尹，石勒亲率大军前来攻我小城。"

"好啊！"周置放下书本，"我周置盼的就是这一天。狗贼靳准丧心病狂，杀我国主，毁我国家，我恨不得食其肉，寝其皮！如今总算老天开眼，石大将军回京平乱来了。好，好，传我命令，大开城门，欢迎大将军入城！"

平阳小城府内，大尹周置拱手向石勒行礼。

周置："平阳大尹周置参见大将军。愿率小城民众五千户归大将军调遣。"

石勒："好！周大尹深明大义，令石某敬佩。来，先生请坐。"

周置与石勒双双入座。

孔苌走进："启禀主公，又有巴人首领率羌羯百姓十万余人前来投奔。"

石勒："好啊！看来我们的影响力愈来愈大。孔苌将军，此事仍由你全权负责，把他们安置在我们辖区内的各个郡县，给予田地、房屋，并加以抚慰。"

孔苌："遵命！"

平阳城内，大殿之上，靳准惶急地来回走动。靳明、靳康盯着靳准一脸无奈。

靳准一边走动一边自言自语："如今石勒、刘曜两路大军夹击而来，我们危在旦夕，奈何？奈何？"

突然，靳准停住脚步，眼珠子"骨碌骨碌"转了几下："我看这样，我们将宫中乘舆、服饰献给石勒，主动与其讲和修好。如果石勒接受和议，那我们还怕什么刘曜？如果和议不成，也可通过此举引发刘曜的猜疑，从而破坏他们的联盟。只要他们之间产生嫌隙，我们再趁机推波助澜，给他们制造矛盾，或许还能扭转被动局面。你们说是不是？"

靳明、靳康："大哥高见！"

靳准："好，就这么办。传侍中卜泰。"

石勒军帐。卜泰伏地听石勒训斥。

石勒："靳准狗贼想用如此卑劣的手法，挑动新皇帝对某的猜忌，他以为某看不出来啊？某作为大汉臣子，永远忠于大汉，咋会与靳准这样龌龊下流的狗贼相互勾结！只要新皇帝能秉承先帝遗志，为天下被奴役、被凌辱的民族和百姓伸张正义，反晋到底，石某甘心永远做大汉的臣子。无论谁，用什么手段挑拨都不成！来人！”

一群甲士应声走入：“在！”

石勒：“把卜泰给我绑了，打入囚车，连同乘舆、服饰一并送往赤壁，交由新皇帝刘曜亲自处置！”

众甲士：“遵命！”

赤壁，刘曜行宫。刘曜手捧书信大叫一声：“好！看来靳准狗贼已经黔驴技穷了。朕正好利用卜泰给靳准下套。传旨，把卜泰押上来！”

卜泰五花大绑，被甲士推了进来。

刘曜挥挥手，让甲士退下，起身走下丹陛，来到卜泰身边，亲手为卜泰松绑：“卜侍中受惊了，请坐。”

卜泰狐疑地看着刘曜，局促地到刘曜手指处坐了下来。

刘曜拍拍卜泰肩膀，和颜悦色地说：“唉，先帝到了晚年，确实毫不检点，乱了大伦。大司空靳准能仿效伊尹、霍光，使朕有机会登上大位，承接大统，不仅无罪，且有大功。如果他能早一点前来奉迎大驾，朕将以国事相托。卜侍中，你现在就可回去，向大司空传达朕的意思，让他不必有任何顾虑。”

卜泰跪地拜曰：“陛下有如此胸襟，微臣万分感佩。微臣这就回去，向大司空转述圣意。”

平阳，汉宫内。靳准看着卜泰，满脸狐疑：“这么说，石勒拒绝了和议？”

卜泰：“是。但刘曜却乐意与我们讲和，表示愿意接纳大司空并委以重任。”

靳准摇摇头：“不对！当初我在诛灭整个刘氏皇族时，并没有对刘曜的家眷网开一面。难道他会不计杀母、杀兄之大仇，反而会委我以国事？这分明就是个圈套，我可不敢相信！现在看来谁都靠不上了，只能死守平阳，与刘曜、石勒拼个鱼死网破了！”他转头对旁边的靳明、靳康说，“靳明、靳康，你俩去传我命令，让全城将士衣不解甲，日夜坚守，不得懈怠！同时驱赶全城百姓，登城防守。违令者，斩！”

靳明、靳康：“是！”

军营内，靳明、靳康在向前行走。突然，他们发现，在前面不远处，有三个将军从不同方向走来，聚在一处高谈阔论。于是二人急忙隐身在营房角落。

靳明："是车骑将军乔泰、王腾和将军马忠他们三个。"

靳康："命令他们登城守御，他们为啥不去？听听他们都说些什么。"

车骑将军乔泰："王将军，马将军，大司空大将军命令我们衣不解甲登城守御，你们怎么没去？"

将军王腾："你问我们为什么没去，乔将军，你不也没去嘛？他下命令是他下命令，可你看整个平阳城有哪个听他的命令？城头上有几人上去守御？"

将军马忠："是啊，现在石勒兵临城下，刘曜大军压境，只要他们发动攻击，这城还能守得住吗？谁会为一个乱国奸雄去赔上自己的家身性命？"

乔泰呵呵笑了："其实，我和你们的想法一样。造成如此恶劣局面，都怪靳准，我恨不得立即将狗贼剥皮抽筋！"

躲在房角的靳明、靳康对看一眼，抽身走了。

屋内，靳明、靳康苦着脸在唉声叹气。

靳明："大哥的命令我们都已经传达下去了，可是没有一个人响应。看来大家都不服我们。现在将军们互相串联，军心已经大乱，就连大哥也无法控制了。如果继续下去，必将会给我们带来灭顶之灾！你说，我们该怎么办？"

靳康："从眼下情况来看，将军们的怒火都集中在大哥身上。要想保全家身性命，只有牺牲大哥，和他划清界限了。"

靳明："兄弟和我想的一样。我们已经面临绝境，再也顾不得大哥了。而且我们还必须赶紧主动去联合各位将军向大哥进攻。如果等到其他人先动了手，那可就说什么都来不及了！"

靳康："哥哥说得对，事不宜迟，我们马上去找车骑将军乔泰他们，商量对付大哥的办法。这样的话，说不定还能取得他们的信任。"

靳明："对，我们走！"

乔泰、王腾、马忠三人继续在一块发泄对靳准的怨气。

王腾："靳准这家伙忒不地道。你夺人家的江山也就罢了，还要灭人家全族，挖人家坟墓。难道就不怕遭天打雷劈！"

马忠："嘘——"竖起一根指头挡在嘴上。

乔泰、王腾抬头一看，见靳明、靳康向他们走来，于是各自作出若无其事的样子，看向别处。

靳明、靳康走过来："三位将军可好？"

乔泰："也没有什么不好的。二位靳大将军，又有什么指令给我们传达？"

靳明、靳康尴尬地笑笑。

靳明："车骑将军说笑了。我们想，把国家弄得这么糟糕，完全是我们的堂兄靳准不自量力，逆天行事所致。所以，他应该为此负全部责任。我和靳康已经商量好了，想和诸位联手，讨伐靳准，给国人一个交代。不知你们意下如何？"

王腾："哦呵？你们要大义灭亲啊！"

马忠："既然这样，好啊！你们有如此豪情，马某万分佩服！那这样，靳明你来当盟主，只要你挑头讨伐靳准，我们都听你的。大家说行不行？"

乔泰、王腾："行！那就请靳盟主发号施令吧。"

靳明看了靳康一眼，咬咬牙："好！那这个盟主我就当了。众将听令！"

乔泰、王腾、马忠对看一眼，拱手向前："末将在！"

靳明："命你们各率本部人马，随我向靳准进攻！"

乔泰等三人与靳康："得令！"

第三十八集

大殿上，靳准面对七零八落站着的几位臣僚大发雷霆："命令已经下达，却没有人登城守御。你们是干什么吃的？连老百姓都驱赶不动，我要你们何用？"

被训斥的臣僚们低着头，一声不吭。

突然，殿外传来海啸般的喊杀声。就在靳准惊慌失措之际，一群士兵手执兵刃冲了进来。靳明、靳康和乔泰他们手持长剑紧跟在后。

靳准大吃一惊，指着靳明等人："你，你们要干什么？"

靳明："对不起，大哥，你逆天行事，引发众怒，我们必须取你首级向天下谢罪"

靳准一听，急忙抽取腰间佩剑。但剑还未抽出，就被靳明一个箭步扑过去，手起剑落，削去了脑袋。

殿下的那些臣僚，急忙跪地磕头。

一处偏殿内，靳明端坐盟主之位。前面地上，众臣僚将佐向上拱手："参见靳盟主。"

靳明："好了，现在祸国首恶靳准已被正法。既然大家公推我为盟主，让我主持拨乱反正，那我就勉为其难了。侍中卜泰何在？"

卜泰向前一步："在！"

靳明取出六枚玺印，说："这些都是从皇宫中搜出的皇帝玺印。特别是这枚传国玉玺，当时靳准准备送给晋廷，因胡嵩拒绝出使晋廷，侥幸留了下来。现在我派你出使赤壁，将这六枚玉玺一并献给新皇帝刘曜，以示我们臣服。"

卜泰："是。"上前接过玉玺。

赤壁，皇帝行宫内，文武将佐环侍。刘曜坐于御案之后，看着案上摆放的六枚玉玺，显得十分高兴。他对堂下跪着的卜泰说："卜侍中请起。"

"谢万岁。"卜泰起身站过一旁。

刘曜:“靳盟主果然深明大义,能及时将六玺进献,为朕建立帝王大业立了大功。朕一定要对靳盟主重重赏赐。”

卜泰拱手:“微臣替靳盟主拜谢吾皇隆恩。”

石勒行营,众将云集。

石勒:“自从我们将卜泰监送刘曜后,直到如今再无动静,此事透着蹊跷!众将听令!”

众将:“在!”

石勒:“发兵冲击一下平阳,看看是什么情况!”

众将:“得令!”

平阳城内,靳明与众将佐聚集于大厅之上。

“报——”一守卒走进,“石勒大军前来攻城。”

靳明:“知道了,下去吧。”

守卒:“是。”退下。

靳康:“兄长,石勒来攻,我们该怎么办?”

靳明:“怕什么?有新皇帝刘曜给我们撑腰,还怕他石勒不成?传我将令,开城迎敌!”

平阳城外,石勒大军严阵以待。石勒与众将戎装骑马立于阵前。

平阳城吊桥放下,城门开启,靳明骑马执刀率众杀出城来,在城门前列阵。

石勒:“诸位,给我杀过去,消灭这些乱国贼子!”将长戟向前一指,“杀!”

石勒大军呐喊着向前冲去。

靳明尚未成型的军阵立即土崩瓦解,将士们争先恐后往回逃奔。

靳明看看自己不战自溃的部众,再看看潮水般冲杀过来的石勒大军,慌忙勒转马头,跟着溃兵回窜。刚进城门,就喊:“赶快关闭城门,登城守御!”

大厅内,靳明沮丧地对靳康说:“唉!没想到我们的部队根本没有斗志,一触即溃。不,简直未触就溃!奈何?”

靳康:“既然是这样,那我们已经投靠刘曜,何不向他搬取救兵?”

靳明:“现在我已经指挥不动别人了,只好请兄弟你辛苦一趟,趁眼下石勒尚未围城,到赤壁去向刘曜求救。”

靳康:“好吧。”

赤壁，刘曜行营。靳康跪在地上，刘曜站在御案前来回踱步。

刘曜："这样吧，如今平阳城皇族已被屠灭，成了朕的丧心之地，不宜再作都城。朕准备迁都长安。你回去告诉靳盟主，让他率领平阳的仕女百姓，到赤壁前来汇合。"说着命令道，"征北将军刘雅，征东将军刘畅听令！"

刘雅、刘畅："臣在！"

刘雅："命你二人率领本部人马前去接应！"

刘雅、刘畅："遵旨！"

石勒行营。

一哨探飞马而至，在帐前下马："报——"跑进军帐。

军帐内，石勒与众将都在听哨探报告："报告大将军，平阳城内军民全部出城，在征北将军刘雅和征东将军刘畅的接应下，向赤壁去了。平阳已成空城。"

石勒："哦？有这等事！众将听令！"

众将："在！"

石勒："传令下去，兵进平阳！"

赤壁，刘曜行宫。

刘雅、刘畅向刘曜交旨："吾皇陛下，征北将军刘雅，征东将军刘畅交旨。"

刘曜："好。事情办得怎么样？"

刘雅："平阳军民已经全部接来赤壁。除军队外，仕女百姓共计一万五千余户。"

刘曜："靳明、靳康呢？为何不来见朕？"

刘雅："他二人正在安顿部众，马上就来面圣。"

刘曜："哼！这俩贼子，本是靳准帮凶，见情势不妙，伪装大义灭亲，投机保命，还想邀功请赏！好，我们就在这里，等他们前来授首！"

宫门外传来喊声："车骑将军靳明，卫将军靳康觐见——"

靳明、靳康兴致勃勃走进大殿，向上行礼："参见吾皇陛下。"就要下跪。

刘曜一声断喝："来呀，把这两个狗贼拖出去砍了！"

一群甲士应声而入，将狂呼饶命的靳明、靳康倒拖了出去。

刘曜："刘雅、刘畅听旨！"

刘雅、刘畅走出："臣在！"

刘曜："命你二人到平阳百姓中搜捕靳氏一门，不论男女，全部诛戮！"说到此将手一举，继而又沉吟一下，说，"不，给靳康留一子以续香火，其余全部诛戮。”

刘雅:“那,太后靳月华与皇后靳氏如何处置?”

刘曜:“作为靳准帮凶,一并诛戮!”

刘雅、刘畅:“遵旨!”退下。

刘曜:“大司空呼延晏听旨!”

呼延晏走出:“臣在!”

刘曜:“朕母胡氏与朕兄留置平阳,被靳准杀害,尸骨未收。朕命你赶赴平阳,替朕收取母、兄尸骨。赐朕母谥号‘宣明皇太后’,移葬粟邑。”

呼延晏:“臣遵旨。”

刘曜:“众卿听旨!”

众大臣:“臣在!”

刘曜:“如今平阳事了,准备移驾长安。”

平阳,大汉皇帝陵园。宗庙、香亭已成废墟,坟冢被挖开,骨殖与尸骸横七竖八遍布陵区。空中乌鸦啼鸣,地上棺木破碎,一片狼藉。

石勒与几个将佐站在刘聪墓前,对着被枭首凌辱的刘聪尸骸鞠躬致哀。

致哀毕,石勒对跟随在身后的石会、裴宪说:“石会、裴宪,你二人率领人马一部,购置棺木、服御,将二位先帝尸骸以及刘粲以下皇族后妃全部收拾入殓,予以安葬,修复陵园,并派兵戍守,严加保护。”

石会、裴宪:“遵命!”

石勒:“左长史王修。”

王修:“在!”

石勒:“你立即拟写表彰,向新皇帝登基表示祝贺,并将我们收殓皇族遗骸,修复皇陵之事一并上奏。表章写好后,组团出使赤壁,向新皇帝上表。”

王修:“遵命。可是,据说他们已经准备撤离赤壁,回驾长安了。”

石勒:“是啊,有些事实在令人费解。刘曜既然承接大统,为何不回京师平阳?也不拜谒先帝陵寝?再说,他明知皇陵被毁,却为何不管不顾,只是将其母亲与兄长的尸骸收拾运走?据说,他在诛戮靳氏一门时,还特地赦免了靳康的一个儿子以继承靳氏香火。他葫芦里到底卖的什么药?唉,这事暂不管他,我们作为臣子,只管尽臣子的职责便是。他如果已经回驾长安,那你的使团就也到长安一趟好了。”

王修:“遵命。”

平阳城内,石勒在一群将佐陪侍下巡视皇宫。

大殿前空落落地，随地丢弃着一些仪仗、什物。走进大殿，龙床、御座歪倒，锦幔、丝帐褴褛，几案横七竖八，一片狼藉。

石勒摇摇头，带领大家走出大殿，来到又一处殿宇。

殿宇内，台上放置着测定天体的浑天仪。殿宇的一侧，摆放着皇家礼器。另一侧，悬挂着编钟、编磬、鼓瑟等皇家乐器。

石勒回头对孔苌说："这些东西在这里已经没有人使用了。你去组织人手，把这些都搬运回我们的襄国去吧。不然，放这里就可惜了。"

孔苌："遵命！"

走出大殿，石勒回身瞭望，长叹一口气，说："好一座皇宫无人居住。留着它只能引发一些非分之人的非分之想。唉，罢了，还是让它彻底消亡吧！传令下去，让士兵举火，把这座皇宫烧掉。整顿队伍，回师襄国！"

皇宫内燃起熊熊大火。

长安。大殿内百官云集，刘曜端坐御座。

大司空呼延晏出班奏曰："启奏陛下，吾皇既已入承大统，迁都长安，就应革故鼎新。老臣以为，历朝以五行五德相承接。晋朝以金德王天下，我朝以承接晋统为宜。晋为金德，金水相生，我朝便为水德。故不必沿续大汉旧号。赵出天水，正与水德相符。老臣以为，国号应定为'赵'。复以匈奴大单于为太祖，冒顿单于配天，先帝刘渊配上帝，牲牡尚黑，旗帜尚玄。请吾皇定夺。"

刘曜："好！就依大司空之言，定我国号为'大赵'。宣旨：册立羊氏献容为皇后；嫡长子刘熙为太子。前筑光世殿，后筑紫光殿，大赦天下。"

群臣一起跪地叩拜："吾皇万岁万岁万万岁。"

刘曜："众卿平身。"

群臣："谢万岁。"起立归班。

殿外高呼："赵公石勒特使王修觐见——"

刘曜："宣！"

值殿太监："宣王修觐见——"

王修手托表章趋步走进，跪在丹墀之下，将表举于头顶："赵公石勒有表奉上，请吾皇御览。吾皇万岁万岁万万岁。"

值殿太监走下丹墀，接过表章，返回呈给刘曜。刘曜展阅后高兴地说："王特使平生。"

"谢万岁。"王修起身站过一旁。

刘曜:“赵公安葬皇族,修缮皇陵,功勋卓著;祝贺朕登基即位,用词谦恭得体,真乃朕之股肱之臣也。王特使初来长安,就请在此多留几日,观览一下京师盛景。朕将另派特使出使襄国。侍中郭汜听旨。”

郭汜出班:“臣在。”

刘曜:“朕命你持节出使襄国,册封石勒为太宰,领大将军,晋爵赵王,增邑七郡,并前二十郡,出入警跸,冕十二旒,乘金根车,驾六马,如当年魏王曹操辅汉之故例。封其夫人为王后,世子为王太子。你现在立即出发,不得有误!”

郭汜:“臣遵旨。”退下。

大殿外,百官陆续走出,走下丹陛。

王修从丹陛走下,来到殿前广场一处。这里,他的使团人员正在等待。

见王修走来,使团人员迎了上去:“特使大人,我们的使命完成了吗?”

王修:“嗯,完成的挺好。新皇帝对主公非常赞赏,晋封主公为赵王,待遇等同于当年的辅汉丞相曹操,给了很高的荣宠。还特许我们在京师多留几日,观赏京师盛景。”

“好!”众人都表现的兴奋踊跃。

刘茂:“既然这样,我想请假半日,去看看我的一位故友。”

王修:“怎么,刘茂,你在新都还有故交?”

刘茂:“是啊,是一位早年故友,我们一向有书信来往。他如今在新皇帝身边做贴身内侍。这次被选入使团后,我就备了一点土产,准备抽空去会会他。”

王修:“如此甚好,那你早去早回。我们现在都回馆舍安歇,准备明天游览新都。希望你不要错失良机。”

刘茂:“好唻。”

皇宫大内,刘曜在内侍(值殿太监)的护卫下走向后宫。

“陛下。”内侍曹平乐匆匆跑来,“陛下请慢走。”

刘曜驻足:“曹平乐,汝有何事?”

曹平乐:“刚才在朝堂上,小的见陛下给了大司马石勒莫大的荣宠,窃以为不妥。”

刘曜:“哦?有何不妥?”

曹平乐:“小的观石勒有不臣之心。他这次派王修来,表面看起来谦恭诚恳,实际上是来刺探皇上虚实的。等王修一回去,我想,他就会率兵西向,前来进攻我们。陛下不得不防。”

刘曜："哦？曹平乐，你原来是石勒身边舍人，是石勒派你到朕这里来办事，朕看你聪明伶俐，善解人意，这才留你在朕的身边做了内侍。你怎么能这样评价你的旧主人？"

曹平乐急忙跪地磕头："请陛下恕罪。平乐受陛下深恩，恨不能以死报之，这才将肺腑之言和盘托出。就因为小的在石勒身边侍候过，故深知石勒秉性。为了忠于陛下，也就顾不得旧主人了。"

刘曜仰着头思索了一下："你说的也是。朕本来就一直担心石勒兵强马壮，具有出色的军事才能，害怕朕登基后他心中不服，与朕分庭抗礼。只是见他给朕的贺表中言辞恳切，甘心位列臣僚，这才对他特别加以荣宠，希望他能为我所用。经你这么一说，倒是提醒了朕。是的，就目前来说，我们的军事实力确实不如石勒。如他摸清长安底细，率众来犯的话，还真不好对付。你说得对，朕差点上当！如今郭汜已经上路多时，必须立即追回对石勒的全部封赠。这样，曹平乐，你速速前去传旨，命值殿将军骑快马将郭汜追回。然后你亲率殿前卫士去馆舍，将王修使团全部抓捕，押往刑场斩首，不许放归一人！"

曹平乐："遵旨！"

内侍府，刘茂坐在几案边饮茶，管家陪坐。

管家："刘先生许久未到长安，家主很是挂怀。只是家主终日侍奉皇上，少有闲暇，劳先生久等，很是抱歉。"

刘茂："嗨，这说的哪里话来？我与你家主人多年故交，情同手足，等一等又有何妨？又不是到了其他人家。"

门上传来喊声："主人回府了。"

随着喊声，内侍走了进来。一见到刘茂，热情地走过来："刘茂兄弟，是什么风把你给吹来了？为啥事先不给老兄打个招呼？"

刘茂哈哈一笑："其实事先我也没有准备。只是这次石公组织使团给新皇帝上表，我被选在团内，这才得便来到长安。故不及事先写信告知。"

"什么？"内侍大吃一惊，"你也在王修使团之内？"

刘茂："是啊，老兄为何如此吃惊？"

内侍："坏了！"他吩咐管家，"你赶快到门上守着，不要让任何闲杂人等靠近。我和刘茂兄弟说点事。"

"是。"管家走出房门，察看左右。

府内，刘茂大吃一惊："啊？怎么会出现如此变故，让人防不胜防？"

内侍："这都是曹平乐那小人，为了在新皇帝面前邀宠，故意陷害他的老主人！现在情势紧急，你不能在我这里久呆，赶快逃命去吧。再迟就来不及了！”

刘茂："兄长说得很对，刘茂告辞。"向内侍拱拱手，匆匆出门而去。

街道上人们来来往往。刘茂在人群中快步带跑地向前行走。突然，他停下脚步，闪身于一处房角，警觉地向前观望。

前面馆舍门口，王修和使团人员被绳索拴绑，在一队武士的押解下走了出来。顺大街向前走去。

刘茂看看前后左右，把头上的帽子向下拉拉，遮住半个脸，悄悄跟在后面。

刑场上，王修一行被按倒在断头台上，每人跟前站着一名手持鬼头刀的刽子手。随着三通追命鼓响，刽子手举起了屠刀。

鲜血飞溅。

刑场外灌木丛中，刘茂痛苦地闭上了双眼。然后抽身离去。

大道上，刘茂在策马飞奔。

襄国，石勒帅府，众将佐云集。石勒在听刘茂讲述事情经过。

刘茂："就这样，除我侥幸逃脱外，整个使团都被他们杀害了。当时我潜出长安，路上买了匹快马，这才赶回来向主公报讯。"

石勒勃然大怒："王阳听令！"

王阳："在！"

石勒："去，给我把曹平乐在襄国的家人全部斩首，灭其三族！同时传我命令，追赠王修为太常，给其家属以优厚抚恤。"

王阳："遵命！"退下。

石勒："好你个刘曜，平阳平乱时，孤就感觉这小子做事忒不地道，原来这小子是要叛汉另立！他停孤封爵，杀孤使团，对孤无尽羞辱，孤岂能善罢甘休！当年我主刘渊为救天下黎庶，创立大汉，志在消灭腐晋，冀求华夷一统，生灵复苏，天下太平。今刘曜擅改国号，另立章法，完全背叛了我主之立国宗旨，罪不容诛！孤当年投奔大汉，就是仰慕我主之高义，所以一心忠于大汉，血染沙场，义无反顾。哪知刘氏宗族竟出了如此不肖子孙！先是刘粲，一旦得国，便丧心病狂，想要兴师伐我。不料天不助恶，借用靳准之手，阻止了他的恶行。刘曜登基，孤原本期望他重走先主之路，再续大汉国策，将大汉基业发扬光大。故而依旧推崇他为令主，期望他能像先主那样对待孤，孤也决心像尊奉先主那样尊奉他。却不料刘曜小子怙恶不悛，孤诚心诚意特奉他为特使，把孤视为仇敌！而最可恨的是，他改弦更张，叛汉另立，把国家引入歧途！什么‘大赵’？他立都长安，据守秦地，不称‘秦’，却要称‘赵’，何其荒唐！孤的地盘才是名副其实的‘赵’地。他停我‘赵王’之封又能何为？必要时，赵王、赵帝孤自取之，他又能奈我何？传令下去，昭告天下，从即日起，孤与刘曜绝好，不再受其所节！”

堂下众将佐一起跪地山呼：“主公英明。请主公立国称尊。”

石勒摇摇头：“大家都起来吧，站起来说话。”

群僚站起身按序而立。

石勒：“你们的心意孤理解，但孤却不能据位称尊。是的，刘曜所承接的那个大汉国已经没了。然而，孤身为大汉国赵公，我们的地盘就应该是大汉国的延续。当然，我们眼下尚无国主。可是我想，大汉国从先帝刘渊立国至今，已历三帝十五六个年头。刘渊、刘聪二帝后宫后妃云集，难道除了刘粲这个糊涂混蛋的不肖子孙外，就再无嫡系存世吗？所以，孤希望你们从今开始，人人在意，个个留心，严查密访，搜寻刘氏嫡系。找到后，我们奉他为主，承接汉统。唉，不然的话，我们可就真的报国无门了！”

众将佐面面相觑，然后极不情愿地：“是。”

石勒：“看来大家情绪不高。这样吧，从现在起，就把我们的地盘作为一个国家来治理。右侯何在？”

张宾：“在！”

石勒：“你考虑一下，我们在襄国都应该设立哪些国家机构？是否首先设立尚方令、御府令、太医令等机构和属官为宜？同时，我们除了加强对太学的管理外，还要在襄国增设宣文、宣教、崇儒、崇训等名目的童幼学堂十余所，挑选我们的将佐子弟和襄国士族子弟入学读书，让他们自幼接受教育，成为我们的后备人才。这项重任也请您费心安排。”

张宾：“在下遵命！”

石勒：“参军晁赞何在？”

晁赞：“在！”

石勒：“由你负责主持，在襄国建造正阳门，这是一个政权的标志性建筑。你要尽心尽职，不可懈怠。”

晁赞：“在下遵命。”

石勒：“将军孔苌何在？”

孔苌：“在！”

石勒：“你负责襄国城内的安全守卫，建立击柝打更制度，加强军民安全防范意识,使大家随时提高警惕,防止各种意外的发生。”

孔苌:“在下遵命!”

石勒:“右司马程遐何在?”

程遐:“在!由你牵头,在襄国设立挈壶署,统一管理我们地盘内的酿造、制作等工艺行业。同时设立铸币署,铸造‘丰货’钱币,作为我境内的流通货币。并在此基础上,整顿我地盘内的财政与资金集散。”

程遐:“在下遵命。”

石勒:“左长史张敬何在?”

张敬:“在!”

石勒:“由你负责勘察清理我们地盘内的公有耕地和无主荒地,集中登记造册。同时要将这些已有耕地和可开发的荒地,以租庸的形式找人耕种,不可使之荒废。”

张敬:“在下遵命。”

石勒:“参军徐光何在?”

徐光:“在!”

石勒:“由你负责阅实我境内各郡县人口,典定九流,按照不同情况,酌定他们应承担的赋税,为国敛财,保障我们的军政开支。”

徐光:“遵命!”

石勒:“史贯志先生何在?”

史贯志:“在。”

石勒:“先生精通历朝历代的法律条文,是一个难得的人才。经过天下大乱,我们的地盘内亟须有一部法律来规范和约束人们的行为。希望先生能将汉、晋以及历朝历代的律令进行综合研究,取其精要,去其芜杂,制定一部我们自己的律令出来。特别是要把我们羯人和胡人的风俗习惯加以改革,使之与优秀的华夏习俗相融合,用律令的形式固定下来,在我们的境内颁行实施。先生您看怎么样?”

史贯志:“主公英明,在下自当尽心竭力。”

石勒:“好!还有什么孤没有想到的地方,大家可以随时提出。孤只希望诸位都能各司其职,尽心尽责,把我们的大汉国建设的井然有序,为老百姓提供一个休养生息的安全乐土。好了,大家散了吧。”

石勒帅府,张敬、程遐等要员在和石勒议事。

石勒发怒道:“孤让你们去访查刘渊、刘聪二帝嫡系,这么长时间已经过去了,为何尚无结果?”

程遐："主公请息怒。二帝现在有无后裔，只是我们的想象。当初靳准已将刘氏灭族，即使侥幸有人逃脱，也早已投了刘曜。我们上哪去找？"

张敬："是啊主公，我看就不要再幻想什么刘氏嫡系了，还是现实一点吧。"

石勒沮丧地："照你们这么说，我们真的是报国无门了吗？"

"报——"一侍卫走进，"启禀大将军，刚刚建成的正阳门突然崩塌了！"

石勒猛地站起："什么！晁赞何在？"

侍卫："就在门外待罪跪着，听候发落。"

石勒一拍几案："甲士何在？"

数名甲士闻声而入："在！"

石勒："晁赞渎职，给我拉出去斩首正法！"

甲士："是！"退下。

石勒气恼地拍拍额头坐了下去。

张敬、程遐相互看看，不知所措。

时间在一点点过去。

突然，石勒猛地站起，向外急呼："快，传我将令，停止行刑！"

他的话音未落，甲士已经用托盘托着晁赞的人头走了进来。

石勒急忙走了过去，看着晁赞的人头连连用手拍着额头："错，错啊！孤怎么变得如此粗暴荒唐呢？"说着泪如雨下。他双手接过甲士手中的托盘，迈着沉重的步伐向外走去。

张敬、程遐与甲士们跟在后面。

刑场上，石勒蹲跪在晁赞的尸身旁，流着泪，用针线缝合晁赞的尸身与首级。

张敬等在旁边恭恭敬敬地看着石勒。

石勒一面缝合一面说："是孤之错矣。晁参军，你虽有罪，可你不是故意的，孤完全可以赦免你嘛。是孤近日心情糟糕透顶，以致铸成大错！张敬听令！"

张敬："请主公吩咐。"

石勒："你去购置一副上好棺木，孤今追赠晁赞为大鸿胪，要予以隆重安葬。"

张敬："是。"

帅府门前，张敬、程遐与"十八骑"诸将等聚在一起。

张宾走过来:“主公现在情况怎么样?”

程遐:“心情还是不好。我们曾多次劝他丢掉幻想,立国称尊,可他却对我们不胜其烦,现在干脆闭起门来,谁都不见。”

张宾:“这一段好消息不断传来。先是篷陂坞主陈川率众来降;接着北线又传捷报,孔苌讨平幽州诸郡,迫使段匹磾放弃幽州,与其弟弟段文鸯跑到乐陵去归附了邵续;还有,石虎出兵河西,平了鲜卑日六延发动的叛乱,斩首二万余级,俘虏三万余人,缴获牛马十万多匹。这些好消息你们就没告诉主公?”

张敬:“这些我们都写成捷报,让侍卫递进去了。可是不见主公任何表示。”

张宾:“我想,主公得知这些消息后,心情会好起来的。我这里有一份‘劝进表’,是以咱们共同名义拟的。”说着从袖中取出表文展示给大家。

众人围观表文,纷纷赞同:“写得好!”“我附议!”“我附议!”“我们都附议。”

张宾:“既然大家一致赞同,咱们现在就把表文递进去,看看主公有何话说。”

大家点头称:“是。”

张宾对门上侍卫招招手,一名侍卫走了过来。

张宾:“麻烦你将这封表文呈给主公。”

侍卫接过表文后转身进入帅府。

大家在焦急等待,不时看看天上的太阳。

时间在流逝。终于,侍卫走了出来。

张宾等急忙迎了上去。

侍卫将手中一封书信交给了张宾。

张宾打开看了一遍,不由长长叹了一口气。

葵安:“大哥都说了些什么?”

张宾:“来,我给大家读一读。”他看了一下众人,捧着书笺读道,“孤猥以寡德,忝荷崇宠,夙夜战惶,如临深薄。岂可假尊窃号,取讥四方?昔周文以三分之重,犹服侍殷朝;小白居一匡之盛,而尊崇周室。况国家道隆殷、周,孤德卑二伯哉?其亟止斯议,勿复纷纭。自今敢言,刑之无赦!”读罢,两手一摊,“唖唖!”

张敬、程遐等人面面相觑;而“十八骑”诸将则睁着迷惘的眼睛不知所云。

支屈六:“先生,我们都没进过学堂,不知道大哥说的什么意思。能给我们讲讲吗?”

张宾呵呵一笑:“主公也没进过学堂,可他通过刻苦钻研,如今能写出这么漂亮的文字来。你们呢？只知道舞枪弄棍，不求上进。怎么，听不懂了吧！”

支屈六与“十八骑”诸人都尴尬地笑笑。

张宾：“好吧，我给你们讲一讲。主公说，他非常害怕自己德望浅薄，愧对主上对自己的恩宠，每天就像站在万丈深渊之前一样小心谨慎。怎么敢盗取尊贵的称号来让四方人士取笑呢？过去周文王三分天下有其二，还心甘情愿做殷商王朝的臣子；春秋时期齐桓公小白称霸诸侯，一呼百应，完全有匡扶天下的能力，却还尊奉周室王朝。何况我们国家风清气正，繁荣昌盛超过了殷商和周朝，而自己的德行威望却比不过周文王和齐桓公呢？所以他命令我们，赶紧停止再说这样的话，不要再来搅扰他。否则的话，不要怪他刑法无情，不讲情面！”

张宾刚刚解释完，“十八骑”豪杰就都激动起来了。

支屈六：“瞧大哥这话说得，我们现在连国家都没了，还谈什么国家好不好？”

葵安：“要说国家治理的好，也只是在我们的地盘上罢了。可这都是大哥他带领我们搞出来的呀！他如果不称王，不称帝，我们能算国家吗？”

王阳：“是啊，放眼天下，有哪个地方能比我们这里治理的好？大哥要没资格称王称帝，谁还有资格？”

支雄：“对，我看大哥就是比周文王、齐小白都强！”

其他人：“对呀，对呀，咱们都去说服大哥，一定要让他立国称尊。”

张宾摇摇头：“我看还是暂时不去的好，过几天再说吧。你们都很清楚，主公言出法随，若惹他真的动了怒，那‘刑兹无赦’可不是说说而已。张越将军就是前车之鉴。”

大家相互看看，不复再言。

第三十九集

乐陵，刺史府，段匹磾与邵续在交谈。

段匹磾："邵大人，我这次之所以败在孔苌手里，其根源还是因为我那个族弟段末柸。他死心塌地投靠石勒，数度向我进攻，使我势力大减。这次孔苌来攻，我自然力不能支，所以落败。如今我与末柸已成仇敌，不共戴天。我想请一支部队回返辽西，去找找末柸的晦气。望大人一定允准。"

邵续："好吧。但我听说段末柸骁勇异常，恐兄弟非他敌手。兄弟一定要小心为上。"

段匹磾："谢大人关心。但这次不同以往。新近我兄弟段文鸯前来投我，他可是一名虎将，段末柸未必是他对手。"

邵续："好吧。既然这样，那你就去吧。祝你早日凯旋。"

襄国，街道上王阳、夔安、支雄等一干将领在兴冲冲向前行走。

夔安："总算大哥又召集我们一同议事了。"

支雄："好事，这说明大哥的心情变好了。"

王阳："是啊，我们一定要抓住机会，再次向大哥劝进。"

夔安："听说张宾先生又写了一道劝进表。到时候大家一定要同心协力，坚决劝大哥即位称尊，创建我们自己的国家。"

"对，一定。"大家边说边走。

石勒帅府，将佐云集。

石勒从军案后站起："诸位，今天向大家宣布两件事。"从案上拿起一卷文书，"第一件，史贯志先生编订的律例条文已经完成，共五千余言。经过孤的审读，感觉很好，很适合在我们的地盘上推行。至于这部法律的名称，孤想了一下。大汉嘉平二年秋我们入主襄国，孤记得那天是辛亥日。这对我们来说，是一个值得纪念的神圣日子。也就是从这一天起，我们有了自己的固定地盘。有了地盘，也就有了推行法律的基础。所以孤决定，这部法律的名称就叫'辛亥制度’。从今天起,这部法律就要在我们的辖区内广泛推行。希望你们一定要带头好好学习,掌握要诣,依法行事,不可妄为。同时要约束你们的部下,保证这部法律在我们的辖区内贯彻实施。”

众将佐:“请主公放心,我们一定遵法,守法,带头执法,保证法律的贯彻实施。”

石勒:“好!这第二件是,晋泰山太守徐龛送来降表,举郡归降我们。同时,青州刺史曹凝也遣使前来,给我们进献方物,向我们示好。这样就使我们的地盘一下子往东扩展到了海。这也算好事一件,所以特地向大家通报。”

张宾走出,对石勒拱拱手:“主公容禀,有势力前来投奔,化敌为友,固然是好事。可是在下不明白,他们投奔的是谁呢?说是投奔大汉国吧,大汉国事实上已经不存在了。说是投奔我们吧,那我们又是谁呢?我们连个起码的国号都没有。是不是有点名不正言不顺,不成体统呢?所以在下恳请主公再不要执迷于幻想了,要听从大家的劝谏,即位称尊,创建我们自己的国度。”说着,他倒身下拜,大声进谏,“请主公立国称尊!”

众将佐一起跪拜:“请主公立国称尊!”

“十八骑”豪杰一起跪地:“请大哥立国称尊!”

石勒长叹一声走到台前:“唉,通过多日来的思考,既然大汉国的嫡系找不到,大汉国也就不存在了。按理说,刘曜确实是可以承接汉统的,可偏偏就是他无情抛弃了汉统!而他那个所谓的‘大赵’,只不过是他新创立的又一个割据王朝罢了,与汉统没有半点关系。如果由我们来承接汉统,我们没有刘氏血统,名义上说不过去。再说,孤德望浅薄,忝能胜任国主?诸位都请起来吧。这事我们还须从长计议。”

大家跪着不动,一起山呼:“请主公立国称尊!”

张宾嚯地站起,从袖中取出疏表,大声说:“现在我谨代表留置襄国将佐一百二十九人,再次向主公上疏劝进。万望主公立国称尊,勿要寒了僚属之心。疏曰:‘臣等闻有非常之度,必有非常之功;有非常之功,必有非常之事。是以三代凌迟,五霸迭兴,静难济时,绩侔睿古。伏维殿下天纵圣哲,诞应符运,鞭挞宇宙,弼成皇业,普天率土,莫不来苏。嘉瑞征祥,日月相继。物望去刘氏,威怀于明公者,十分而九矣。今山川夷静,星辰不孛,夏海重译,天人系仰,诚应升御中坛,即皇帝位,使攀附之徒,蒙尺寸之润。请依汉昭烈在蜀,魏王在邺故事,以河内、魏郡、汲郡、顿丘、平原、清河、巨鹿、常山、中山、长乐、乐平十一郡,并前广平、赵国、阳平、章武、渤海、河间、上党、定襄、范阳、渔阳、武邑、燕国、乐陵十三郡,合二十四郡,户二十九万为赵国。封内依旧,改为内史。准禹贡冀州之境,南至孟津,西达龙门,东至于海,北至塞垣,以大单于镇抚百蛮。

罢并、朔。司三州，通置部司以监之。伏愿钦若昊天，垂副群望，克日即位，翘首俟命！'"读罢，将疏表双手举于头顶，跪向石勒之前，再次高呼，"请主公立国称尊！"

众将佐："请主公立国称尊！"

石勒无奈地接过张宾手上的疏表，再叹一口气："罢了，既然大家铁了心推崇于孤，孤也只好勉为其难了。确实，孤本来就应该是大汉国的赵王。现在大汉国虽然不存在了，孤也只做赵王，不当皇帝。我们就以赵王开国。至于国号嘛，我们据居赵地，就称'大赵'。孤偏要与刘曜那个伪'大赵'分庭抗礼，一较高低！如果有人感觉不好区分，那就称我国为'石赵'也成。大家都起来吧，我们择定吉日，举行开国仪式，昭告天下。"

众将佐："赵王万岁，大赵国万岁！"山呼后起立，按序归班。

（字幕）"晋大兴二年，公元319年，石勒在襄国（今邢台西）即位称王，建立'大赵国'。由于刘曜改国号在前，故史学家称刘曜的'大赵'为'前赵'，称石勒的'大赵'为'后赵'。"

大赵国朝堂上，众将佐文东武西按序而立，石勒端坐赵王位，颁布诏命。

石勒："如今我大赵国已经正式成立，定襄国为都城。按照春秋列国和汉初侯王每世称元的旧制，今敕定年号为'赵王元年'。册立刘氏英姑为赵王后，嫡子石弘为王太子。敕建社稷、宗庙，起造东、西宫。赦免死刑以下的全部系囚。典查国内人口及赋税，腾出百姓田租半额，对那些孝敬长辈、友爱兄弟姐妹和诚实劳作，为国家做出贡献的人要分别情况予以奖赏。对那些鳏、寡、孤、独老人，每人发放谷子三石。昭告天下，特许大宴七日，举国同庆。"

群臣山呼："赵王万岁，大赵国万岁！"

石勒："立国之后，事务繁杂，各行各业各部门，各类别，都须官吏管理。孤今任命：从事中郎裴宪，参军傅畅、杜嘏并领经学祭酒；参军续咸、庾景并领律学祭酒；任播、崔濬并领史学祭酒。号羯人、胡人为'国人'，由中垒将军支雄、游击将军王阳并领门臣祭酒，负责对'国人'的管理和处理他们的官司诉讼；由张离、张良、刘群、刘谟为门生主书，掌管'国人'出入，严禁'国人'欺负凌辱华人。加封右侯张宾为大执法，总摄朝政，位在群僚之首。同时由大执法安排官员，定期到各州、郡、县巡回检查，鼓励农夫耕田种地、栽桑养蚕，完成国家课税。还有，现在全国大小官员品级混杂，不利监管，须参照魏、晋两朝制度严加审定，今后要以品级对应任命各级官吏。此事亦由大执法组织人手加以审定。署石虎为单于元辅，都督禁卫诸军事，加骠骑将军，赐爵中山公。任命前将军李寒领司兵勋，负责教授将佐及臣僚子弟武功与兵法。任命张班、孟卓为左、右执法郎，典定世族，从中发现和选拔各色人才。还有，我们所有臣僚和各州、郡，每年都要举荐具有文学才华的，对长辈恭顺孝敬的，为人清正廉洁的，人品端正有才的，性情耿直敢于言事的以及具有一定武学造诣的等等各类人才各一人，上报国家，作为国家的人才储备，候补待用。再有，我们的事迹也要载入史册，传之后世。特命左明楷、程机撰写《上党国记》；中大夫傅彪、贾蒲、江轨撰写《大将军起居注》；参军石泰、石同、石谦、孔隆撰写《大单于志》。诸位，从此以后，我们的一切都要走上正轨，希望大家各司其事，恪尽职守，不得懈怠！”

群臣山呼："赵王英明，臣等自当尽职。"

石勒："唉，孤自茌平举旗起义，到现在已经十六年了。大家跟随孤南征北战，东挡西杀，每次战斗莫不是冒着刀林剑丛、飞石流矢，备尝艰辛，于侥幸中捡回性命！后来通过葛陂那场战役，回师经营黄河以北，才使我们从根本上得到了转折，从此有了我们自己的地盘。现在我们成立了国家，理应对大家加以封赏。可是我们决不能忘记那些为了我们今天的胜利而牺牲了性命的先烈们。今天，孤对你们这些活着的人，要根据功劳大小和贡献多少，给予相应的爵位和赏赐。而对于献身我们事业的烈士遗孤和亲人，赏赐要再加一等。孤以为，这样才能告慰烈士们的在天之灵，而孤的心也才可以好受一些！"

群臣一起跪地山呼："赵王万岁万岁万万岁！"

辽西，段匹磾、段文鸯与段末柸两支大军交战。刀光剑影，喊杀连天。

段末柸部众开始败退，段末柸力战追敌，掩护部众撤退。

段匹磾、段文鸯骑马站在高处，监视着整个战场。

"报——"一侦骑飞马来报，"报告大人，段末柸兵败，正在撤退！"

段匹磾："好！传令下去，穷寇勿追，我们向蓟城进击。"

"是！"侦骑退下。

襄国，大殿之内将佐云集。

石勒从王位上站起："现在我们国事初定，前景看好。但是还有一块痈疽附在我大赵的肢体上，使孤如芒在背，如鲠在喉。这就是盘踞乐陵的邵续势力。邵续这家伙始降复叛，孤曾两次发兵前去征讨，均因故未曾得手。据侦骑还报，最近段匹磾投奔他后，向他请了一支人马，结合段匹磾自己的残余部众，又杀向辽西，去攻击报复段末柸。很好！这正好给了我们收复乐陵的机会。一方面，段末柸我们必须得救；另一方面，趁乐陵兵力分散，守备薄弱，我们可一鼓下之。这正是'围魏救赵'之策。石虎、孔苌听令！"

石虎、孔苌走出:“臣在!”

石勒:“命你们各率本部人马去进攻乐陵!”

石虎、孔苌:“遵旨!”

石虎、孔苌大军在向前开进,旌旗蔽日,刀枪林立。石虎、孔苌戎装骑马在部队中行进。

孔苌:“石虎贤侄,我看这次进攻乐陵需要采取点策略。”

石虎:“孔叔请讲。”

孔苌:“乐陵首府厌次,城池十分坚固。如果强攻,我们不但费时费力,还会造成重大伤亡。所以,我想把邵续的主力引出城来,在野战中将其歼灭。”

石虎:“好啊!请孔叔讲讲,具体怎么实施?”

孔苌:“据我们掌握的情况是,邵续为了加强对厌次的守卫,在城外设立了十一座营寨。贤侄可率领部下,以优势兵力将这些营寨各个击破,予以挑落。这样,邵续必然会统领大军出城营救。我率本部人马埋伏于大道两旁的密林之中。当邵续大军出城后,贤侄却不可恋战,而是佯败逃跑,将其引入我的埋伏地段。这样我们就可将其包围,一举打垮。”

石虎:“好主意,就这么办!”

厌次城外的一处营寨。栅栏内有士兵在站岗放哨。

石虎率领骑兵风驰电掣般冲杀过来。营内守兵慌乱地冲出帐篷准备迎敌。

石虎骑兵越过栅栏,撞倒寨栅,冲入营内。

营内士兵东奔西逃,乱作一团。

厌次城内,太守府内,邵续、邵洎、邵竺等人在议事。

“报——”一士兵走进,“大人,石赵大军前来攻城,已将城外营寨挑落了两三个!”

邵续:“啊?何人统兵?”

士兵:“是一个二十多岁的后生,名叫石虎。”

邵续:“知道了,再探!”

“是。”士兵退下。

邵续:“邵洎,你赶快写疏表将情况上报建康,请求援兵。我率大军出城去营救营寨。”

邵洎:“哥哥,现在敌情还不明朗,可要小心了。”

邵续："我害怕的是大胡石勒亲自统兵前来，一个乳臭未干的小儿，有何惧哉？向建康求救，是担心石勒随后会到，预作防备。从建康到此，路途遥远，如不早点上疏，朝廷发兵如何来得及？现在我们在这里已成孤军，形势危急，若能趁此机会将这支来犯之敌打垮的话，或许局面可以扭转？传我将令，大军随我出城迎敌！"

厌次城外，石虎在掠阵等待。

城门打开，邵续顶盔贯甲骑马舞枪率领大军杀出城来，在城门前列阵。

邵续打马向前，向对阵喊话："呔，谁是石虎？前来会话。"

石虎策马走出："小爷我便是。汝是何人？"

邵续："某乃乐陵太守邵续是也。黄口小儿，不要走，看枪！"说着跃马挺枪去斗石虎。

石虎驱马迎战，两支枪撞在一起，铿锵作响。两马相错，各自向前跑去。

双方勒转马头再战。

两支枪纠缠在一起，搅动，对刺。突然石虎虚晃一枪，拨马跳出圈外，大叫一声："哎呀，好沉的枪！小的们，快撤！"拖枪伏鞍，落荒而逃。

石虎的部众立即回身奔逃。

邵续愣了一愣，接着仰天大笑："我以为黄口小儿有多厉害，也不过如此耳！"于是手中枪向前一挥，回头命令部众，"追！"

邵续的部众像旋风般向前冲去。

马蹄翻飞，前面的紧跑，不时有旗幡、器械丢落在地；后面的紧追，连连策马，志在必得。

两支部队先后进入两侧密林之间的大道。

邵续紧盯着前面的石虎，穷追不舍，距离越来越近。

突然后面"咚"的一声炮响，路边密林中传来海啸般的喊杀声。

邵续大吃一惊，急忙勒马回看，只见大将孔苌率一支大军已将后路截断。而这时，密林中的喊杀声愈来愈近，不时有羽箭射出。

石虎率众翻身杀回。

邵续大声命令："中计了！快，杀回去，夺我归路！"

邵续的部众乱作一团，骑兵纷纷中箭落马。

邵续咬咬牙，拨开自己的部众，催马向孔苌扑去，想要拼命。就在这时，一支羽箭迎面飞来，穿透皮甲，插入邵续左膀，邵续翻身落马。

两支枪直指邵续胸口。邵续顺着枪杆向上望去，是石虎、孔苌冷笑的面孔。

五花大绑的邵续被几个甲士推到石虎面前。

石虎："邵太守，我不杀你，希望你劝告厌次守军开城投降，你可愿意？"

邵续点点头。

石虎："好！"吩咐甲士，"给他包扎伤口，把他押到城下，让他喊话。"

厌次城下，邵续在一群甲士的拘押下走近。

跟在后面的石虎："邵太守，赶快喊话，叫他们投降。"

邵续将头一扬，对着城楼喊道："邵洎、邵竺你们听着，我立志报国，没想到落得如此地步。你们不要管我，一定要坚守城池，尊奉段匹磾为主，千万不可有二心！"

石虎："快，把他拉回来！这小子骗我。"

邵续挣扎着被甲士拖了回来。石虎也跟着返回。

孔苌："贤侄，你准备怎么处置邵续？"

石虎："叔王有严令，凡擒获的官吏，都要押送襄国交由他亲自处置。不然的话，我真想一刀将其剁了！"

孔苌点点头："既然这样，那就把邵续押回襄国，交由主公处置。"

辽西，段匹磾与段文鸯正在指挥部众强攻一座山头。

士兵们呐喊着向山头冲锋。山上檑木炮石滚滚而下，战斗十分惨烈。

"报——"一侦骑飞奔而来，在段匹磾马前滚鞍下马，"大人，大事不好！赵国大军来攻打厌次，邵太守兵败被擒，厌次危急！"

"啊！"匹磾、文鸯大吃一惊。

段匹磾："坏了！厌次是我们的最后归宿。一旦失守，我们何处安身？文鸯，赶快传令，撤出战斗，回救厌次！"

段文鸯："传令，停止进攻，收兵！"

"当当当当"一阵敲击金属的声音响起，士兵们纷纷回撤。

山道上，段匹磾、段文鸯率领部众在跑步前进。

"吁——"段匹磾猛地勒住马，吃惊地向前看去。

前面，石虎率领大军挡住了去路。

段匹磾与段文鸯互看一眼，咬咬牙下令："杀过去！"

"杀——"段文鸯一马当先，率众杀了过去。

一场惨烈的两军混战。

厌次城门口，晋廷使者王英骑马持节，带着百十人组成的使团走进。

一使团成员向城上喊话："喂，城上的人听着。我们是从建康来的使团，请打开城门让我们进去。"

城楼前，邵洎发问："既是朝廷使团，那你们的使节是谁？"

城下王英持节走出："我就是特使王英，请验看节仗。"说着将节仗高高举起。

城上，邵洎："好，你们等着。"命令属下，"开城！"

特使府，邵洎陪同王英走进，落座。

邵洎："王特使一路辛苦了。不知我们搬的救兵何日能到？"

王英："惭愧。吾皇接到你们的求救疏表后，也很着急。但因路途太过遥远，部队无法调动。而你们的周边又无兵可调，故而迁延未发。后来听说邵太守被俘，乐陵无主，故派王某前来宣诏，令邵太守之子邵缉承袭乃父爵位，继续镇守乐陵。"

邵洎长叹一声："也就是说，只是一个空头文书！"

"唉！"王英无奈地摇了摇头。

厌次城外，段匹磾与段文鸯带领着百十骑士卒狼狈不堪地走来。

段匹磾："兄弟，我们还有多少人马？"

段文鸯："这场恶战，我们损失惨重，就剩我们的亲随一百多骑了！"

段匹磾："这也多亏了兄弟英雄了得。要不是你拼死冲杀保护，为兄我可能就交代了！"

一亲随从后面跑来："大人，后面追兵又跟上来了！"

段匹磾："赶快进城！"

石虎与孔苌率领大队人马追杀过来，远远望见段匹磾部众进入城门，吊桥徐徐拉起。

石虎下令："攻城！"

将士们抬着云梯，越过城壕，扑向城墙，奋力登城。

城头上檑木炮石滚滚而下，云梯上的士卒接连被砸下。

城濠边上，孔苌走过来，对正在指挥攻城的石虎说："贤侄，这样不行，我们损失太大！"

石虎点点头，下令："停止攻城，就地安营！"

厌次城内,太守府中,段匹磾与众将佐聚在一起。

段文鸯走过来:“大哥,我们不能任由敌人在城下安营。我想挑选勇士数百名,今夜趁着月黑风高,去偷袭他们的营寨。一旦得手,也好鼓舞我们的士气。”段匹磾点点头:“也好。但为了防备敌人突袭我们,不能开城门。你们必须缒城而下,缒城而返。”

段文鸯:“兄长说得对,这些我也想到了。”

段匹磾:“兄弟一定要小心!”

黑夜,暮色中,有无数条绳索在城墙上相继垂下。紧接着,一群武士口中衔着刀斧,沿绳索爬了下来。他们从城壕边溜下,又到对面搭人梯爬了上去。

一群人悄悄弯腰接近营寨。

“什么人?”营寨内的哨兵一声断喝,接着高喊:“有人偷营!”

接近营寨的武士们发声喊:“杀——”撞倒寨栅扑了进去。

营寨内的士兵闻声从帐篷中杀出,双方展开激烈混战。

孔苌从帐篷中抢了出来,高喊:“大家别慌,赶快结阵!”

营内的士兵很快在孔苌前面集中,形成一道人墙,严阵以待。

段文鸯带着他的武士们追杀过来,看看对方已有防备,咬咬牙,下令:“撤!”

一名将军走来向孔苌报告:“敌人撤了,我们损折了好些士卒。是否追击?”

孔苌:“黑夜里情况不明,由他去吧!”

白天,石虎与孔苌巡视营寨。士兵们在收拾搬运死尸。

孔苌:“贤侄,看来我们大意了。厌次城高沟深,防守严密,急切中难以攻克。我看不如这样,我们将部队撤离城濠一箭之外,团团围困,不让一人出入。再把附近居民全部迁走,物资清空,断绝城内补给,看他们还能坚持多久?”

石虎:“孔叔说得很对。反正他们在附近无兵可搬,我们就和他们耗一耗!”

襄国,赵王府内,石勒、张宾、徐光在一起议事。

石勒:“那个从厌次押回来的邵续有什么情况?”

张宾:“只是将他押在牢中,也没有和他过不去。”

石勒:“孤一直想不通,他既然已经投诚,为何又要反水?乐陵孤立无援,陷落是迟早的事,难道他看不出来?徐光,你去问问他,为何要出尔反尔?”

徐光:“是。”

监狱内,牢门被打开,徐光走了进来。

牢房内,邵续坐在靠墙的一堆杂草上,双目紧闭。听到响动,睁开眼,看到徐光走进,问:“是否要送我上路?”

徐光呵呵一笑:“邵太守过虑了。赵王对你始降复叛感到不解,让我前来问问,国有常典,你是否愿意接受惩罚?”

邵续冷笑一声:“哼,死有何惧?我本来就是大晋的臣子,为大晋尽忠献节乃是本分。前次我把性命托付给你们,是为了保全我治下百姓不受兵燹之灾罢了。大王对我不能理解,还把我的儿子杀了,使我不能早一点扣开天门,是大王辜负了我邵续,不是我邵续辜负了大王。大王如要杀我,我心甘情愿赴死,没有别的话好说!”

赵王府内。

石勒面对张宾、徐光:“哦呵?孤本以为邵续是我们的死敌,没想到他说得这么义正词严,这反倒让孤感觉有点惭愧了。对于忠臣义士,孤历来敬重。这样吧,右侯您亲自去一趟,把邵续放出来,给他安排个从事中郎的职衔,找一处馆舍安顿下来,生活上给予优待。这样的人要是得到感化,倒是可用之才。”

张宾:“主公胸襟开阔,宽宏大量,张宾万分佩服。在下这就去办!”

厌次城内,段匹磾、段文鸯、邵洎、邵竺、邵缉等人在议事。

邵洎:“一连数十天,敌人将我们围困得铁桶一般。现在我们城内的粮草已经耗尽,城外又无处去搬救兵,你们说,怎么办?”

大家都看向段匹磾。

段匹磾睁着两只大眼,一脸的无奈。

段文鸯站起:“大哥,这样吧。我以勇力闻名于天下,故而得到了民众的倚重。眼下我们内无粮草外无救兵,守也是死,战也是死,总归是死,不如出城一战,还好杀死几个敌人!”

段匹磾看着段文鸯,嘴巴动了一动,啥话也没说出。

其他人面面相觑,也都没有说话。

段文鸯:“好,我现在就率领我的随身亲兵出城杀敌!”说完,拱手向在座的人们作了一个罗圈揖,昂然走了出去。

厌次城门大开，段文鸯率领数十骑亲随杀出城来，冲过吊桥。

正在观敌瞭阵的石虎立即发布命令：“将士们，敌人出来了。给我迎上去，不许一人走脱！”

众将士挥舞兵器杀了上去，将段文鸯一众团团包围。

段文鸯手舞长槊，率领亲兵在重围中来往冲突，战况异常惨烈。

段文鸯一连挑数名赵军下马，边战边喊：“儿郎们，和他们拼了，二十年后，我们又是一条好汉！”

包围圈外，石虎发布严令：“冲上去，进攻，有敢后退者，斩！”

战斗在激烈进行，双方不断有人落马。

惨雾笼罩，杀声震天。太阳从东边渐渐移向西边。

段文鸯的部下已经全部战没，段文鸯伏在马鞍上喘气。

石虎下令：“停！暂缓进攻，不可伤他。”

众将收住兵刃，围在段文鸯周围，警惕地盯着他。

石虎走上前：“文鸯兄长，你我都是晋人眼中的‘胡’，我们本为一家，何必苦战呢？现在你的部下已经全部战没，只剩下你一人了。请兄长放下武器，我们好好谈谈。”

段文鸯喘着气戟指怒骂：“你们本来是一伙贼寇，早就该死！我咋能和你称兄道弟！可惜老天偏心，不保佑我们，使得我们兄弟反目，骨肉相残，反而让你们得意称雄。我今宁愿战死也不会向你屈服。是的，我的马已经跑不动了，可我还能战！”说罢跳下马，徒步挥槊，大吼一声，冲向一名赵将。

石虎摇摇头长叹一声。

段文鸯在圈中与众赵将相搏。突然，在兵器撞击中，手中长槊折断。他扔掉长槊，从腰间拔出佩刀，继续战斗。

石虎长叹一声，咬咬牙，手舞铁枪加入战团。

段文鸯见石虎入战，挥舞佩刀专取石虎。

石虎挥枪格向段文鸯佩刀，“铿”的一声，段文鸯佩刀脱手而飞。紧接着石虎铁枪一扫，击中段文鸯双腿，段文鸯跌倒在地。

数十支兵刃一齐指向段文鸯胸口。段文鸯动弹不得。

石虎：“给我拿下！”

几名战将跳下马，将段文鸯捆绑。

厌次城头，正在观战的段匹磾、邵洎等人不约而同地发出一声惊呼：“啊！”

厌次城内太守府中。段匹磾、邵洎、邵竺、王英等在一起议事。

段匹磾:“文鸯被擒,我们的士气尽失;城内困乏,我们已经山穷水尽。现在别无他法,只有保着王英特使,杀出重围,同回建康了。”

邵洎:“简直是痴人说梦!如今敌势如此浩大,如何突得出去?就算侥幸出的城去,建康路途遥远,又无人接应,石虎会眼睁睁放我们走吗?”

段匹磾:“那你说咋办?”

邵洎:“还能咋办?除了把王英押送石虎,还能咋办?”

王英:“啊!”

段匹磾:“你,你违背兄长意愿,还要把天子使臣献敌,你你你……”

邵洎:“你什么你?我们还不想死,不愿城破后玉石俱焚。你要一意孤行,不要拖上我们!邵竺,你出城去找石虎,就说我们愿意投降,请他别再攻城。”

邵竺:“是。”退下。

段匹磾长叹一声,低下头颅。

厌次城门大开,邵洎、邵缉用手托着剑印,身后士兵用车子推着棺材,押着五花大绑的王英,与众将佐头系白布条走出城来。

城门口大队赵军列队受降。

石虎与众将骑马走来。

邵洎、邵缉将剑印高举过头,跪在地上。众将佐一起跪拜在地。只有段匹磾傲然站立不跪。

石虎示意身边将军们:“去,把剑印收了,棺材烧掉,准备整队入城。”说罢,驱马向前,来到段匹磾身边,跳下马,拱手问道:“匹磾兄,别来无恙?”

段匹磾冷冷说道:“我和疾陆眷虽然与你曾经有过结拜,但那只不过是城下之盟而已。我受大晋恩惠,立志消灭你们的决心并未动摇。不幸的是,我国中自乱,才使我落到如此地步。我既不能死,可也不能对你表示敬意。”

石虎苦笑一声,叹口气:“既然这样,好吧。”回头吩咐身边将士,“把他和段文鸯一道押回襄国,交由叔王处置。”

襄国,建德殿朝会,文武大臣按序而立。

石勒:“诸位,如今乐陵已经收复,大军凯旋,除去了孤的一块心病。对于被俘获的段匹磾、段文鸯,我们还是本着当年襄国保卫战时,与鲜卑段氏缔结盟约的那段情谊,善待他们。希望他们能够接受感化,为我所用。孤现在任命段匹磾为冠军将军,段文鸯为左中郎将。右侯何在?”

张宾出班:“臣在。”

石勒："你去向段匹磾和段文鸯宣布孤的任命。同时考虑一下选派哪些官吏去乐陵安置流民和管理地面。"

张宾："臣遵旨。"

石勒又问："那个邵续现在怎么样了？"

张宾："启奏吾王，邵续不愿做官，也不接受我们的恩赐，而是自己找地方开垦了一块菜地，种植蔬菜，亲自上市出售，自己养活自己。"

石勒："哦呵？这家伙性子执拗，倒也不失高风亮节，堪称高士。诸位，孤很欣赏邵续这种忠心不贰的品格，希望大家都能像他一样。"

众大臣："臣等忠于吾王。"

石勒："好了，孤相信诸位。我们言归正传。乐陵的收复，使我们除掉了地盘上的心腹大患，可是，我们南面的局势却又紧张起来了。盘踞江东的晋室残余势力，又任命了一个名叫祖逖的豫州刺史渡江北上，先是占据谯城，继而驻屯雍丘，抢占了我们黄河以南的大块土地。这个祖逖是何许人也，这么骄横？右侯你弄清了吗？"

第四十集

张宾:“基本情况已经查清了。这个人有点意思,说不定会成为我们的劲敌。”

石勒:“哦? 说来听听。”

张宾:“这个祖逖祖籍在幽州范阳,年轻时就有大志。他曾与刘琨一同出任司州主簿,二人交情深厚,同室居住,同被共寐。他们的院子里有一只雄鸡,每到夜半就打鸣,被人称为‘荒鸡’,视作不祥之物,鸡鸣声也被称为‘恶声’。但祖逖却说‘此非恶声,它能唤醒梦中人,是催人奋进的号角。’于是,每当听到鸡鸣,就将刘琨踹醒,二人一同起床,到庭院舞剑,就此练就了一身武功。从而也在坊间留下了‘闻鸡起舞’的佳话。”

石勒:“呵,是有点意思,请继续说下去。”

张宾:“后来祖逖随司马睿渡江南下,被司马睿任命为军谘祭酒,戍守京口。他便在那里集训了一批壮士,随时准备匡扶大晋。当晋帝司马邺困守长安时,连续二次颁诏征调司马睿北上勤王。但是司马睿偏安江东,不愿重涉险地,故二次均未奉诏。祖逖听说后,毅然去见司马睿,主动向其请缨,要求北伐。由于义正词严,司马睿不好拒绝,便任命他为豫州刺史,奋威将军,但只拨给他一千人的军饷,三千匹布,让他自己去招募兵勇,解决器械,渡江北上。祖逖受命返回京口,带上他所集训的那一百多名壮士趁舟北上。船至江心,他用船桨击水,发下宏誓,说是此行如不能平定中原,就像江水一样,一去不返!”

石勒:“唔,不错,有志气!”

张宾:“祖逖到了淮阴后,在这里铸造兵器,招募兵勇,共得二千余人,然后进攻谯城。在这里将我们的桃豹将军打败,继而进屯雍丘,从此势力猛增,这才掠去了我们黄河以南的大片土地。”

石勒点点头:“还有些什么情况?”

张宾:“祖逖其人的最大特点是为人宽厚,能够礼贤下士,屈己待人,与将士同甘共苦。尤其是他善于招降纳叛,抚慰民众。他在其辖区内鼓励扶植农桑,凝聚民心,得到了当地民众的拥戴,前去投奔他的人络绎不绝。在此基础上，他又广积粮草，招兵买马，随时准备渡过黄河前来攻击我们。所以，对此人我们绝不能掉以轻心！”

石勒手拈浓髯沉吟良久，说：“祖逖有如此胸襟与明见，确实难以对付。看来，孤遇到了出道以来的真正对手。现在我们想要向南发展，收复我们的失地，已属不大可能。最好的办法是缓和南部局势，以求边境的相对稳定。而这就需要采取一点手段，恩结其心，化敌为友。只有这样，才能让他放弃进攻我们的图谋。”

张宾：“对于这一点，臣也思虑许久了。臣得知祖逖其人至孝，常常为父祖陵墓远在老家范阳，而因政局所隔，不得祭扫而痛心疾首。如果我们能够为其修葺陵墓，再派人守护，或许可以使其感动？”

石勒点点头：“嗯，右侯说得有道理。那就给范阳守吏致函，让他们给祖逖修葺陵墓，并安置专人守护。陵墓修好后，致函祖逖，告诉他这件事，并向他提一点要求，看看他有什么反应。”

张宾：“臣遵旨。”

雍丘，祖逖刺史府，祖逖在独坐看书。

参军王愉走进：“启禀刺史大人，赵王石勒派人送来书信一封给大人。”说着将书信呈上。

祖逖放下书本，接信拆阅后呵呵笑了：“王愉啊，这个赵王石勒很有意思。他安排专人到某老家给某的父祖修葺了陵墓，还安置了专门的守墓人。此情确实令人感动。只是他提出开放两国边境，互通使节和往来贸易，此事须朝廷裁决，本刺史爱莫能助。这样，某写书一封加以回复。你去置办一批当地土特产，专程出使襄国，向赵王致谢。”

王愉：“遵命。”

襄国，赵王府。石勒在阅读书信，张宾陪坐在侧。

石勒将书信递给张宾：“右侯你也看看吧。”

张宾接过书信看后：“祖逖来信辞意恳切，足见其已被感动。只是信中对开放边境一事只字未提，不知是何想法。”

石勒：“这正是祖逖的高明之处。他深知开放边境此乃大事，不是他一个刺史能够决定，故而不提，表示默许。从这里可以看出，祖逖其人心中敞亮，心思缜密。我们可以这样，先在我们这边开放边境，设市组织集市贸易。祖逖也一定会在他那边安置税使，收取他那边过境商贩的税利。这样的话，他既不担擅开边境的责任，又可收取实际的好处。你说呢？”

张宾:“吾王明见,臣不及也。”

石勒:“右侯过奖了。这样,你去给那个叫王愉的特使优厚奖赏,再挑选良马百匹,取黄金五十斤,安排左常侍董树为特使,随同王愉出使雍丘,答谢祖逖。以后这样常来常往,这互通使节不就自然实现了吗?”

张宾笑了:“主公高明。”

右司马程遐走进:“启禀吾王,将军石生传来捷报,洛阳已被我们收复了。”

石勒:“好!至此,魏晋五都我们已得其二。只是洛阳这座历朝故都,自从被刘曜放火烧毁后,已经沦落不堪,屡屡遭人嫌弃。先是汉主刘聪委派赵固前去镇守。赵固兴冲冲跑去一看,见是废墟一片,感到受了愚弄。因此对刘聪产生了仇恨,便想要挑拨孤与大汉国分庭抗礼。被孤严厉训斥后,赵固恼羞成怒,率性背叛汉国,投靠了晋廷,洛阳被弃。后来刘曜立国称王后,又派尹安、宋始等四将出镇洛阳。可四将也觉委屈,又背叛刘曜,投了晋廷的司州刺史李矩。李矩另派颍川太守郭默进驻洛阳。孤以为,洛阳虽破,但地理位置和历史地位优越。所以才派石生前去夺取。现在洛阳已经到手,而南部边境也与祖逖达成默契。下一步,我们可以放手整顿我们的内部了。”

雍丘,刺史府。

祖逖手持一部账册,对前来报账的主簿说:“赵王开放边境,对我们大有裨益。主簿你看,自从我们相应地在我方设置税吏,按照我方过境商贩的货值课税,照你报来的账册显示,我们的红利已经超出过去的十倍还多。”

主簿:“是的,据我观察,那边的集市一天比一天红火。照此下去,我们的税利还会猛增。”

“报——”一官员带着一名手托木函的随从走进,“启禀大人,赵王派人送来木函一个和书信一封。”

祖逖:“打开看看。”

随从将木函放于地上打开。

木函内是一颗血淋淋的人头。

祖逖伸头察看:“哦?这不是我的牙门将军童建嘛。这家伙因私仇杀了我的新蔡内史周密后潜逃,某正在四处缉拿,可知他的人头已经到了。快给读一读,赵王信中都说了些什么?”

官员将书信拆开,取笺读道:“祖刺史台鉴:天下之恶一也。叛臣逃吏,吾之深仇。将军之恶,犹吾之恶。建负将军,胆敢叛亡,我国非逋逃薮,亦与将军同恶,故枭恶以闻。石勒谨致。”

祖逖点头道:“好!赵王深明大义,诚心修好,我们也应表达诚意。这样,你去把童建首级悬之高杆示众,同时传我将令,今后凡有赵人叛逃来投,一律不许接纳。再,严令部属,任何人不得侵害欺凌赵国百姓。违令者,斩!”

官员:“遵命!”让随从收起木函,退下。

祖逖回头吩咐主簿:“你去传参军王愉前来见某,某要派他出使襄国,向赵王致谢。”

主簿:“是。”

襄国城内,石勒在徐光和一群亲随的陪同下巡视京都。他们从繁华热闹的街区走过,前面出现一处府邸。府邸门前,段匹磾身穿晋朝官服,手持晋朝旌节在慢慢踱步。

石勒问:“前面那个身穿晋朝服饰的是什么人?”

徐光:“那就是段匹磾。此人根本就不接受我们的感化,他自称是大晋朝的忠臣,要为大晋朝尽节。所以每天穿着晋朝衣服,拿着晋朝旌节在门前显摆。我看不如……”

石勒摇摇头:“他心中一时转不过弯来,由他去吧。”

赵王府,石勒与张宾交谈。

石勒:“现在我国南面边境的局势已经稳定,我们该着手我们的内部整顿了。而整顿的重点,就是我们必须牢牢抓住政权。只有抓住政权,才能保证我们各项事务的顺利推行。所以,第一步,便是确立孤在赵国的地位。孤虽然不称皇帝,但必须让国内民众明确知道,孤才是大赵国真正的王。由此,历朝历代的天子礼仪,如轩悬之乐,八佾之舞,金根大辂,黄屋左纛之车驾等等,我们都应制作;第二步,凡朝臣中掾属以上官僚的家属,必须全部迁入襄国城内崇仁里进行集中安置,并委派公族大夫对他们进行管理;第三步,到目前为止,我们还没有一个像样的朝见百官的场所。巧的是天公作美,近年来大雨频繁,山洪屡屡爆发,漳河泛滥,从太行山上冲刷下来的苍松巨柏,有许多淤积在我们的邺城一带。我们可派遣得力干吏将其运回襄国,鸠工庀材,仿照洛阳太极殿规模样式起建宫殿。这座宫殿的名称孤已经想好了,就叫‘建德殿’。右侯以为如何?”

张宾:“吾王思虑周密,均为国之大事,老臣自当鼎力襄赞。”

石勒:“很好!那这些事就交由您这位大执法去具体安排,分步实施了。”

张宾:“老臣遵命。”

石勒:“还有一事孤想知道。上次孤曾安排由您牵头,组织左、右执法郎张班、孟卓清定官员品级。你们拟定了五个品级，孤感觉过于粗疏，发回去让你们重新评定。如今进展如何？”

张宾：“已经拟定，正在进行最后的审核。这次共拟定了九个品级。等一会儿臣让张班他们呈上，请吾王过目。”

石勒：“嗯，九个品级应该差不多了。今后我们任命官员，就按这个制度来执行。这就是我们的‘九品中正制’。”

右司马程遐走进：“启禀吾王，门上送来一篇呈文，请吾王圣裁。”

石勒：“什么人的呈文？”

程遐：“据说是黎阳县的一个农夫。”

石勒：“农夫？这可奇了怪了，一个农夫也向孤上呈文？呈文何在？”

程遐：“在此。”双手将呈文呈上。

石勒接过呈文看过后，不觉哈哈大笑。

张宾：“吾王因何发笑？”

石勒：“是这么回事。黎阳县有个农夫名叫陈武。妻子十月怀胎一朝分娩，竟然生下来三男一女四个婴儿。这本是添人进口的好事，却把他们俩口子愁坏了。他们原本家境贫寒，一下子添了这么多娃娃，弄得他们手忙脚乱，根本无法出门干活，家庭也就断了生计。再加上四个娃娃吃奶，妻子奶水严重不足，一家人痛苦不堪。无奈之下，这个陈武想起孤曾经颁令全国，不许有一人饿死。于是便壮着胆子，用一根扁担挑了妻子和孩子，乞讨着来到襄国，找人写了这封呈文，来向孤讨要活路。呵呵，有意思。”

张宾：“一肚子生下四个娃娃？这真是今古奇观。”

程遐：“是啊，世上竟有这般奇事？”

石勒：“也不奇怪。这正是阴阳二仪谐畅，天地氤氲和气所致。预兆我大赵兴旺发达，繁荣昌盛。这个成武现在哪里？”

程遐：“就在王府门外。”

石勒：“那好，让他们都进来。”

程遐：“是。”退下。

张宾：“对于这种事，吾王准备如何处置？”

石勒：“先看看他们是何情况，然后再说。”

程遐领着用扁担挑着妻儿的陈武走了进来。陈武放下担子，赶忙趴在地上不敢仰视。

石勒呵呵笑着走了过来，先看看筐篮内的婴儿。四个小家伙不哭不闹，都睁着小眼看他。

石勒：“啃啃，好可爱的小家伙。”转头看向另一筐篮内的女人。

女人显得消瘦疲惫，对石勒挤出一个凄惨的笑容，挣扎着向石勒施礼。

石勒："快快别动。唉，你这个当母亲的可真是辛苦了。"说着，回头拉起陈武，"你小子厉害啊！让妻子一下子生下四个娃儿，不简单呐。"

陈武窘迫地憨笑着，嘴唇嚅动，啥也说不出来。

石勒笑着拍拍陈武的肩膀，转头对张宾说："右侯，孤把他们交给您。您派人去寻找一位生子夭折奶水旺盛的乳母。如果襄国城中找不到，就到全国寻找。找到后由朝廷发给薪俸，让她帮助陈武妻子共同哺育这四个娃娃。同时传令有司，赏给陈武谷子一百石，杂色彩绢四十匹，让陈武安心在家侍候月子，抚育娃儿们健康成长。这四个娃儿就由国家养了。"

陈武一听，急忙跪在地上连磕响头："谢谢王爷万岁，谢谢王爷万岁！"

陈武妻子激动得泪流满面，也趴在筐内给石勒磕头。

石勒将陈武扶起："好了好了，快别这样。右侯领他们去吧，先好好安顿他们住下。等找到乳母后，再安排车仗送他们回家。"

朝堂上，石勒端坐王位，左右臣僚列张。

石勒："今天哪位有事要孤裁决？"

葵安出班："启奏吾王，臣接到密报，邵续、邵洎、段文鸯等一干降将暗中密谋，联络旧部，推举段匹磾为主，欲图在襄国发动叛乱。经臣审慎核查，证据确凿，请吾王定夺。"

石勒长叹一口气："唉，他们一心忠于晋室，也算得上是忠臣良将。俗话说'三军可夺帅，匹夫不可夺志'。故一直以来，虽然他们举止乖张，孤也一直听之任之。可如今他们要发动叛乱，这事就严重了。既然他们不接受感化，一心求死，孤也只好成全他们。葵安听令！"

葵安："臣在！"

石勒："你去宣旨，赐给他们鸩酒，让他们自尽。然后购置棺木，把他们盛殓安葬。这样，孤也就对得起他们了。"

葵安："遵旨！"

一座新建的门楼，气势高大宏伟。门前一块石碑，上书"止车门"。

石勒在一群官吏的陪同下走过来："唔，此门建得不错。这才像个国家的样子。"

突然，一个胡人装束的汉子，醉醺醺地骑马跑来，穿过"止车门"，径直发飙而去。

石勒大怒："宫室重地，竟然有人骑马发飙！守门官何在？"

冯翥惊慌失措地跑来，趴在地上连磕响头。

石勒："叫什么名字？"

冯翥："小人冯翥。"

石勒："汝既守门执法，为何任那人骑马发飙而不加制止？"

冯翥："小人知道。可他是个胡人，又喝醉了酒。我拼命阻止，他就是不理。那个胡人，我实在没法和他说话。"说到这里，他突然意识到什么，睁着惊恐的眼睛，连抽自己的嘴巴，"啊，不对！我又说错了。我不该说'胡人'，应该说'国人'。我又犯禁了。"

看到冯翥这副窘迫的样子，石勒不由笑了："是啊，晋人鄙视我们，把我们蔑称为'胡'，孤深恨之！故颁令全国，不论匈奴、鲜卑、羯、氐、羌，凡是晋人眼中的'胡人'，我们通称'国人'，严禁再称'胡人'。你这样信口开河，本应严惩！然念你是惶急中的口误，故不加追究。起来吧，没事了。好好履行你的职责，去吧。"

冯翥磕头后起立，一溜烟跑了。

望着冯翥的背影，石勒解嘲地说："唉，这胡人本来就难以说话。"

随行的人们都笑了。

朝堂上，石勒端坐王位，百官分立左右。

门外传来喊声："新任章武内史范坦觐见——"

一身褴褛的范坦趋步走进，跪于阶下："新任章武内史范坦即日前往就任，特来向吾王辞行。"

石勒看着范坦诧异道："哦？范参军，你怎么贫穷没落到如此地步？"

范坦头也没抬，随口答道："嗨，这都是羯贼无道，把我的家给抢了。现在我什么都没有了，只好就此将就。"

朝堂上众臣僚情不自禁地发出一声惊呼："啊？"

石勒一怔："喔？既然羯贼如此暴虐，那我这个羯贼头子向你赔偿如何？"

范坦吓得一下子瘫在地上。紧接着他翻身爬起，在地上连磕响头："小人口误，小人该死，小人该死！"

石勒起身离座，走下台阶，上前把浑身筛糠的范坦扶起："起来吧，用不着吓成这样，没事。孤颁布禁令，主要是针对那些粗俗之人。你们这些老书生一时改不了口，情有可原。以后注意就是。"回头，"支雄、王阳何在？"

支雄、王阳出班："臣在。"

石勒："你俩作为门臣祭酒，担负着管理国人的重任。下去后一定要把这件事查清，对抢劫范坦的害群之马按律严惩。"

支雄、王阳:"臣遵旨。"

石勒面对群臣:"诸位,孤在此再次重申:不许国人欺辱华人,违令者,重罚!"

群臣:"遵旨!"

石勒:"传令有司,赏给范坦车马衣物,再给范坦拨付'丰货币'三百万作为宦资。范坦上任后一定要保持廉洁,却不可产生贪鄙之心,鱼肉百姓!"

范坦"咚"的一声重跪在地,连磕响头:"范坦谢主隆恩,一定尽职尽责,以报吾王。"

石勒再次把范坦扶起:"好了,到任后一定做一个百姓喜爱的好官。去吧。"

范坦感激得无以言状,使劲点点头,退下。

石勒走上台阶,来回走动:"孤近日重读《太史公书》,当读到汉高祖还乡一节时,不由得思绪万千。武乡,孤之丰沛也。孤不仅生于斯,长于斯,此地也是孤走到今天的起点。特别是孤起事以来的两次重大军事转折,实际上也是在武乡完成的。第一次是孤兵败阳平、赤桥后,大哥汲桑殉难,孤返回武乡杜家庄招兵买马,东山再起,投奔汉王刘渊,得以发展壮大;第二次是孤受困葛陂,返回武乡老家,在北原山听了右侯张宾先生的对策后,兵进襄国,在此立都,开辟地盘,奠定了我们今天的基础。从这个意义上说,武乡不仅仅是孤的桑梓,还是我们事业的圣地。所以,孤无时无刻不在怀念武乡。而尤其让孤不能释怀的是,武乡还有孤儿时的玩伴,和与孤一起经历了饥寒交迫的羯室老乡,孤十分想念他们。物生不能无根,人生不能忘本。孤想趁着现在边境无事,国内安定的大好时机,仿效当年的汉高祖,重回北原山东河沟羯室、年轻时躬耕的三台岭桑麻之地,以及幼年时学艺的杜家庄亲自走一走,看一看,重温一下当年的情景,和父老乡亲、发小、后辈们把酒言欢。不知诸位以为如何?"

群臣面面相觑,交头接耳,低声议论。

过了一会儿,张宾出班:"启禀吾王,臣以为不可。今我大赵刚刚立国,百废待兴,百业待振,事务繁杂,千头万绪。尤其是国境四周强敌环伺,都在伺机而动,妄图侵凌我国。吾王为一国之主,岂可轻易离都!当年高祖还乡,天下已成一统,国基稳固,不存在后顾之忧。而相对之下,我们根基尚浅,形势变幻也难以捉摸。故老臣奉劝主公,暂收思乡之心,待国家真正安定后,再行衣锦还乡。"

张敬出班:"大执法之言甚是,望吾王三思。"

程遐出班:"臣附议。"

朝堂上的所有文臣相继出班:"臣附议。""臣附议。""臣附议。"……

石勒长叹一声:“自从动了此念,孤思乡心切,夤夜难眠,不啻有度日如年之感,实在难以释怀。”

张宾:“既然如此,老臣倒有一法,不知吾王是否采纳。”

石勒:“说来听听。”

张宾:“吾王可致函武乡县令,命其安排人手,到北原山、三台岭、杜家庄等吾王故地,将乡中亲友故旧与耆老,每户选取一二男子,约定时间到约定地点汇集。然后我们派出车辆,把他们接来襄国与吾王会晤,一样可以寄托思乡之情。”

“哦?”石勒想了一想,“唔,倒也是个不错的法子。虽然不能尽如人意,但根据眼下的情势,也只有此法可行。那这样,这件事就由右侯您来牵头,郭敬、支雄率领本部人马配合,把乡亲们请来襄国见孤。郭敬,支雄。”

郭敬、支雄出班:“臣在。”

石勒走下来,拉住郭敬的手:“季子,你回到武乡后,如果宁驱尚未回到北原山的话,就烦你亲自到阳曲去一趟,一定要把宁驱给我请来。”

郭敬:“臣遵旨。”

石勒回头对支雄说:“支雄你也一定要亲自到杜家庄和石门,把我的两个师兄怀德、怀恩接来。他俩年事已高,一路上千万要悉心照顾。”

支雄:“臣遵旨。”

大道上,浩浩荡荡的马拉木轮板车队伍在士兵的护卫下向前开进。支雄与郭敬并马而行。

支雄:“郭大哥,你过去带领的商队,有没有今天这么浩荡的气势呢?”

郭敬笑了:“那没法比。我那时最多也不过几十匹骡马,百十个伙计而已。今天我们可是有上千辆马车呢。”

旁边行进的一辆装有篷屋的车子内,张宾伸出头来:“你们在谈论什么呢?可别忘了主公吩咐你们的事啊。”

支雄、郭敬:“忘不了。”

东河沟村的岔道上,一群羯族男子在兴高采烈地互相打招呼。

一男子:“当年的小匐子现在做赵王了,请我们到襄国聚会,你们高兴不高兴?”

大家:“当然高兴。”

男子:“来接我们的车子就快到了,赶快回去换身体面的衣服,别让人家来了久等。”

大家："说的是，换件体面衣服去见咱的赵王。"

三台岭，人们聚集在村路边，个个兴高采烈，人人手舞足蹈。

一男子问跟前的人："去襄国你都带了些什么？"

被问的人："南瓜、绿豆、大软米。你呢？"

男子："红枣、核桃、大黄梨。哈哈，我还想把老婆带上，让她也去开开眼。可县上来的官儿说，未经朝廷册封的女人上不得台面，只好作罢。"

人们都笑了。

一个人（李阳）低着头从人群前匆匆走过。

男子："喂，李阳，马上就要到襄国了，你咋连衣服都不换？"

李阳："人家现在做赵王了，不来找我的晦气就是万幸。我可不敢去找死！"

男子："唉，也是。谁叫你当年和人家抢麻池来。"

杜家庄，杜老武师府邸前的场地上，一群人聚集在这里，人人笑逐颜开，个个意气风发。

张宾和武乡县令在交谈。

武乡县令："吾王此举可真是旷古绝今啊。"

张宾："吾王不忘初心，可谓一代仁君。"

支雄垂头丧气地走来，长叹一口气。

张宾："怎么，没找到？"

支雄："唉，我们来迟了。怀德、怀恩两位老武师在前年就已经双双去世了。只有两位老武师的十多个徒弟，死活要跟我们走。说是师傅遗命，三年孝满后，要他们到襄国投军效命。现在虽孝服未满，但恰逢我们前来接人，所以提前祭拜了师傅，要跟我们走。"

张宾："好吧，好在我们车辆有余，就让他们去吧。只是两位老武师的去世，会让吾王伤心的。也不知郭敬去阳曲能否找到宁驱？"

支雄："很难说。屈指算来，宁驱老东家已经年近七旬，就算活着，也多数上不了路了。唉！"

张宾："那没办法。现在要接的人都已经到了，我们准备起身吧。"

大道上，浩浩荡荡的马车上都坐满了人，在两边军士的护卫下向前开进。

襄国，朝堂上，石勒与众大臣议事，英姑坐于赵王之侧。

程遐出班奏道:“启禀吾王,桑梓的故人们就要到了。臣以为,吾王应启用全副礼乐仪仗,以国主威仪展现在乡亲们面前,这样才能收到衣锦还乡的效果。”

好些大臣出班:“臣附议。”“臣附议。”“臣附议。”

英姑以征询的口气问石勒:“这样不好吧?会不会让乡亲们感觉生分?”

石勒呵呵笑了:“英姑你一向不上朝,今天听说乡亲们要来,便迫不及待地跑来凑热闹。不过,看来你还是有点见识。”他转向群臣,“王后的话很有道理。孤今会见的是家乡的父老乡亲和一起光屁股长大的发小,不是去接见外国使团,用不着摆什么国主威仪。那些礼乐仪仗你们尽可摆出,乡亲们从来没见过这些东西,可以让他们开开眼。至于孤与王后以什么面目出现?在这里孤想给你们讲个故事。”

“讲故事?”大臣们都很有兴趣。

石勒:“这故事《太史公书》中就有记载,但不像坊间传说详尽。孤就按《太史公书》中的记载,结合坊间传说给你们讲讲。这个故事的主人翁名叫陈涉,也叫陈胜,就是秦朝末年那个首先举旗起义的陈胜,我想大家都听说过吧?这陈胜原来也是一个农夫,靠给人做佣为生。有一天,他和几个同为佣工的穷弟兄在地里干活。中午时分,东家给他们送来了饭,是一罐豆粥。由于饿得厉害,大家一起扑上去抢饭吃,结果把瓦罐给打破了,汤水流了一地。很无奈,大家没饭吃了,只能在泥地上拣豆粒充饥。这时,陈胜大发感慨,对弟兄们说:‘苟富贵,勿相忘。’这句话的意思是,如果咱们中的哪个人有朝一日富贵了,可不要忘了弟兄们啊!当时有人嗤笑说:‘我们都倒霉到这般地步了,还梦想富贵!’陈胜说:‘燕雀安知鸿鹄之志’也就是说,‘你们这些燕子麻雀啊,咋能知道鸿雁和白天鹅的高远志向呢?’后来,陈胜通过大泽乡起义,打下陈县,果然做了陈王。当年那些和他一起做佣工的穷弟兄听说他发迹了,便相约前来看望他。经过一番周折,他们终于见到了陈王,进入了陈王府。可是,当他们看到陈王府的辉煌气势后,情不自禁地大呼小叫:‘夥颐,涉之为王沈沈者!’就是说,‘哎呀,陈涉做了王,这房子好多好大好漂亮啊!’这还不算,由于他们都是乡下穷人,没有见识,也不懂礼仪,更不知法度。如今见当年那个和他们一般模样的陈胜居然做了王,也没有意识到,他们的身份已经有了巨大的悬殊。他们依然毫无顾忌地在宫中走来走去,还和人们谈笑风生地说一些陈胜发迹前的不雅往事。于是有人看不下去了,就对陈王说:‘你的这些客人都是一伙愚蠢的家伙。他们这样胡言乱语,可是严重影响着您的威严哪!’陈胜听了大怒,于是下令要将这些昔日的穷弟兄全部杀掉。最先得到消息的跑了几个,没来得及跑的,就被杀了。其中只有一个人,见逃跑已经来不及了,就跑去跪在陈胜面前磕头求饶。这个人很有心机，他已经猜到了他们招祸的原因，就哭着对陈胜说：'尊贵的陈王啊，我们是曾经一起战斗过的战友啊。当年我们一起奋力作战，打破罐州城，虽然跑了汤元帅，可我们捉住了窦将军。当时您可说过，不会把我们忘掉的。'"

石勒说到此，群臣哄然大笑。

石勒："大家别笑，重要的还在后头呢。由于这个人的机智，给陈王全了面子，陈王就没杀他，还让他做了自己的车夫。孤想，这个人就是《太史公书·陈涉世家》所写的那个庄贾。陈胜的这番举动，彻底寒了故旧的心，从此再也没人敢来亲近他。后来，陈胜失败了，从他称王到失败仅仅半年。当然，造成他失败的原因很多。但最重要的一条就是他违背了自己的誓言，杀害了自己的苦命手足，失去了民心，伤了天意。天意是什么？天意就是民心！既然失了天意，就算他有鸿鹄之志，焉能不败！到最后，他身边的人死的死，逃的逃，只剩下一个人，这个人就是庄贾。这庄贾当初侥幸没死，做了陈王的车夫，可在他的心里始终没有忘记他那些惨死的穷弟兄。到这时，看到陈胜已经穷途末路，干脆将陈胜杀死，取了他的首级，为死去的穷弟兄报了仇。"

众大臣表情各异，点头的点头，摇头的摇头，莫衷一是。

石勒："这就是今天孤要给你们讲的故事。诸位，人那，不论到什么时候，发迹成什么样子，都不能忘本，不能忘了我们的初心。当年我们在茌平起义的目的，就是要为天下被欺凌的民族和普天下的穷苦百姓，打出一片可供他们安身立命的乐土。到今天，我们的宗旨依然没有变。今天，孤把乡亲们请到襄国来，不是要在他们面前摆什么赵王威仪，而是要和他们把酒话桑麻，说说过去的那些往事，亲近亲近他们。当然，他们都是一些粗人。进入王府后，也有可能会像陈涉那些穷弟兄一样大呼小叫。甚至还可能有人会跑来和孤拍肩膀，踢屁股，戏谑孤穷困时那些不雅丑事。但是，这没什么。孤不认为这样会有损孤的威严。他们不是孤的下属，虽然他们是孤的臣民，可更是孤的父老、兄弟、乡亲、子侄。孤在他们前面不应该有什么威严。好了，孤与英姑就以常服出见，与乡亲们平起平坐。"

群臣山呼："吾王英明。"

赵王府前广场上，接人的车马陆续走进，乡亲们在下车。

张宾走下香车，对从旁边走来的支雄说："支雄将军，这一路上有个问题让我很是担忧。"

支雄："什么事能使大执法忧心？"

张宾："你想啊，乡亲们都是山野之人，没见过世面，不懂礼仪。进入王府后，见到一些他们从来没见过的东西，一定会激动的忘乎所以。这样很有可能会引发一些不愉快的事情发生。而这么多人，我们一时也教不会他们应有的礼仪。我看这样吧，传令下去，让我们的将士叮嘱乡亲们，进入王府后，千万不要大呼小叫，一定要规规矩矩，多看，少说话。你觉得怎样？”

支雄：“先生虑事周密，我这就去安排。”

王府大院，乡亲们陆续走进大门。他们全都睁着惊奇的眼睛在左顾右盼。

王府正面，一座金碧辉煌的大殿，气象森严。殿前轩台上，彩灯高挂，红幅系扯，红毡铺地。一排士兵手执戈矛，笔挺地站着一动不动。大院东西两侧，也都是高大恢宏的殿宇。殿前廊下，盛大的宫廷乐团和仪仗队正在操持着他们从没见过的礼乐仪器（编钟、编磬、仪仗等等）。

看到这些。乡亲们手舞足蹈。有的人伸手想上前摸摸，又不敢的样子，显得十分滑稽。

王阳、葵安、支雄、支屈六、呼延莫等一干武乡籍将领从大殿中跑了出来，和乡亲们热烈拥抱、捶背、击胸，向高龄者致敬，问候；和低龄者拍肩膀，握手，谈笑。一时间整个大院笑语喧哗，热闹非凡。

正面轩台上，一名内侍手执长鞭走到台前，“啪，啪，啪”连摔三个响鞭。喧哗的人们静了下来，一齐抬头看着轩台。与此同时，两廊下的乐团奏起了乐曲。

雄宏激扬的《得胜令》韵律让乡亲们听得如醉如痴。

乐曲声中，轩台上又有了变化：一队甲士从大殿中走出，分开来站在轩台两侧。接着，文武大臣以两个纵队的形式走出，文东武西分别站在甲士的前面。最后，石勒与英姑穿着他们在三台岭种麻、养蚕时的装束走了出来。

整个大院响起了“大王万岁”的山呼声。

第四十一集

石勒挥挥手走到台前，大声说："父老乡亲们，我石勒想你们哪！本来，我应该回老家去看望大家，可是因为国事繁杂，脱不开身，只好把大家请到这里来聚聚。我很感谢大家到这里来看我，很好！今天这里没有赵王，也没有王后，只有石勒与英姑。我希望大家不要拘束，该说就说，该笑就笑，该看就看，该玩就玩。放心大胆，畅所欲言；放开肚子，大吃大喝。然后再多住些日子，到襄国各处去走走看看。"

"好！"人群中爆发出一片欢呼声。

石勒回头吩咐文武百官："你们都下去，按计划分头到各个席面，替孤好好招待孤的乡亲们。"

众臣："遵旨。"陆续走下轩台。

石勒回身拉住英姑："走，咱们也下去，到乡亲们中间去，和他们拉拉家常。"

王府大院，整齐地摆放了上百个对接成方的几案。几案四周的蒲团上，人们围几而坐，几案上摆满了各色菜肴与杯、盏等物。每个席面上都有朝廷重臣在陪席，旁边站着专门执壶侍酒的士兵。

石勒与英姑和七八个高龄老者坐在一席。石勒回头问英姑："今天这里都是清一色的男子汉，你是否感觉有点别扭？"

英姑嗔怪地说："还不都是你们这些大男子欺负我们女人，不让我的姐妹们来看我！等乡亲们回去时，我也要跟他们一起回去，去看望我的姐妹们。你事情多，回不去。我可没什么事，我回去的时候，你可不许阻拦！"

石勒："好好好，你回去也替我看看她们，向她们表示歉意。唉，只是今天我的两个师兄和宁驱没能到来，深感遗憾。听支雄和郭敬说，他们都已经作古了，痛心啊！"说着沉沉低下了头。

席上的人们一时都感惊愕，睁大眼睛看着石勒。

突然，石勒抬起头，从身边侍酒的士兵手中接过酒壶，挨个向大家斟酒：

“来来来，不说这些不愉快的事了，大家喝酒。”斟完酒后放下酒壶，举杯，“干！”

“干！”大家一起举杯饮下。

石勒再次执壶给大家斟酒。

英姑放下酒杯问：“唉？叔叔大爷们，我想问一问，当年那个欺负我的曹豹现在怎么样了？”

席中一位长者嘿嘿一笑，说：“你说的那个曹豹啊，本来就是个二流子，什么都不会干。他老子曹老财一死，家道很快就衰落了。曹豹变成穷光蛋后也疯了。他到处乱跑，最后掉下深沟摔死了。”

英姑：“报应！”

石勒斟过酒后，呵呵笑着放下酒壶：“你们说起曹豹，倒让我想起另一个人来。就是我小时候在杜家庄跟着放羊的那个李二混子。这家伙好像生来就是我的克星。因为他，我不得不跑到沾县蔡岭山中躲避；后来还是他，带领官兵把我抓去，卖到冀州做了耕奴。这个人现在怎么样了？还活着？”

另一老者摇摇头：“这个人自从被县令责打后，就再也没回过村里。有人说，后来李二混子跑到阳邑，因为穷极了，就到一户财主家偷盗，被护院家丁抓住打死了。”

石勒摇摇头，叹了口气：“来，喝酒。”

大家一同举杯。

郭敬、葵安与几个官员带着东河沟的乡亲们端着酒杯走过来。

葵安：“大哥，东河沟乡亲们前来给您敬酒。”

石勒站起：“好！来，大家一同举杯，敬乡亲们。”

英姑以及全席人员一同站起，与众乡亲碰杯。饮酒后，东河沟乡亲们离去。大家归席坐下。

支雄、刘征、刘宝带着杜家庄的乡亲们端着酒杯走过来。

支雄：“大哥，杜家庄的乡亲们来给大哥敬酒。”

石勒和全席人员一起站起，与他们碰杯。饮酒，杜家庄乡亲们离去。

接着，张宾、王阳、支屈六呼延莫带着三台岭的乡亲们走过来。

张宾：“主公，三台岭的乡亲们来给您敬酒。”

如前，石勒、英姑以及全席人员与乡亲们碰杯，饮酒。

石勒饮酒后，看着眼前的一个青年问：“你不是那个经常帮我扛麻秆的小德子吗？”

小德子憨憨笑着点点头。

石勒站起身上前拍拍小德子的肩膀：“现在长这么壮实了。留下来，别回去了,跟着我,好吗?”

小德子高兴地又蹦又跳:“好,好,就跟着你,不回去了。”

在场的人都笑了。

石勒突然想起什么,抬头向各个席面望去:“哎,李阳,李阳呢?这家伙躲哪去了?”

一位前来敬酒的男子:“别叫了,他没来。”

石勒诧异地:“他为什么没来?”

男子:“当年为了争夺麻池,经常和你打架。现在您做了赵王,他害怕责罚,就没敢来。”

石勒大不以为然地:“李阳这家伙小瞧我了。和他争麻池,那是我作为普通老百姓时做的一点遗憾事。你们不提,我早忘了。我如今推行仁信于天下,咋会与一个普通人去计较这么一点微不足道的小事呢?其实,李阳这家伙很不错。他一身武功并不输于我,是个难得的壮士。必须把他请来,还要给他加一点担子。”说到此,他对外高喊,“王阳,过来。”

王阳匆匆走来:“吾王有何吩咐?”

石勒瞪了他一眼:“在今天这种场合,我不称‘孤’,你们也不许叫‘吾王’,还叫大哥!”

王阳:“是,大哥。”

石勒笑了:“我让你去办一件事。你骑快马,再拉一匹快马,现在就起身回三台岭,去把李阳给我请来。今天不算,再给你三天时间,够吗?”

王阳:“够。那我马上动身,告辞。”退下。

石勒回身招呼乡亲们:“来来来,坐坐坐,喝酒。”

建德殿内。石勒与张宾坐在一起,面对几案上的一份文件在交换意见。

门外传来喊声:“游击将军王阳觐见——”

王阳带着李阳走了进来。

李阳看见石勒,“咚”地跪在地上:“小人有罪,请王爷责罚。”

石勒呵呵笑着走了过来:“李阳老弟,总算把你给请来了。”上前扶起李阳,拉住李阳的胳膊,拍着李阳的肩膀,戏谑地说,“怎么,现在害怕老子了?想当年你小子的拳头可不吃素啊!”

李阳睁着惶恐而又惊奇的眼睛,不敢看石勒,只是露出尴尬的笑容。

石勒:“不过,你小子也饱尝了老子的毒手,老子也并没手下留情。好了,这些都是过去的事了,不提了。李阳啊,你一身的好功夫,我早想叫你前来,一直未能如愿。现在你哪也别去了,就跟我一起干吧,这里有你的用武之地。怎么样,愿意不愿意?"

李阳赶紧趴下磕头:"愿意,愿意,太愿意了!"

石勒将李阳扶起,回头对张宾说:"右侯,现在孤拜李阳为参军都尉。你去安排一下,赐给他甲第一区。"

张宾:"遵旨。"

王府大院,盛大的宴会正在举行。院子里整齐地排列着上百个席位,仍由朝廷重臣在各个席位陪酒。

石勒举杯祝曰:"我的父老乡亲们,转眼半个多月已经过去了,眼下秋收在即,大家都想回去了。我很理解大家的心情。英姑也要同大家一起回去,替我看望未能前来襄国聚会的乡亲们。武乡,那是我的丰沛啊!俗话说'落叶归根',等到千秋万岁之后,我的魂魄是要回归的。所以,不能苦了我的乡人。我今宣布,免去武乡县三代人的赋税,让乡亲们的日子好过一些。"

"好!"乡亲们一起拍手叫好。

石勒举手让大家安静,继续说:"另外,我的桑梓不能仅仅是一个小县,而应该是一个郡。我已令有司进行了重新规划,割乐平、上党两郡的几个县,以武乡为中心,设立武乡郡。还有,听乡亲们反映,眼下百姓的生活还很艰苦,收获的粮食往往不够吃。而我们国家的粮食储备也还存在缺口。考虑到酿酒这种行业耗费粮食太厉害,所以要颁令下去,从即日起,大赵国境内严禁酿酒!但是,这样就带来了一个问题。因为一直以来,我们祭祀宗庙用的都是酒,禁酒后我们拿什么祭祀呢?我告诉大家,从今后我们以醴代酒。我想,我们的祖先一定会理解我们,而不会怪罪我们。大家说是不是?"

大家一起高呼:"赵王英明,赵王万岁!"

石勒:"大家马上就要回去了,我实在舍不得大家。可是,不回去又不成。有一件事我想托付给大家。通过这么多年的打拼,我深深认识到读书识字有多么重要。你们回去以后,一定要在家乡开办书社学堂,让我们的孩子从小就读书认字,明事理,长知识。长大后让他们都能成为国之栋梁。大家能办到吗?"

乡亲们:"能!"

石勒:"好!那我们为这次神圣的聚会,干杯!"

大家:"干杯!"

赵王府内。张宾和王阳、夔安、支雄、支屈六、呼延莫等一干武乡籍将士聚在一起,听石勒说话。

石勒："今天把你们几个找来，是有一件事想和大家商量。现在乡亲们都回去了。通过这次聚会，孤的思乡之情似乎不仅没有释怀，反而更重了。孤也认真考虑过了。孤在有生之年再回老家定居的可能性已经不存在了。怎么办呢？这里除了右侯外，你们都是武乡人，熟悉老家地理地貌。孤想让你们到襄国城外，寻找一处类似于家乡风光的地方，通过改造，建成或是北原山或是三台岭的样子。这个改造后的地方就叫'桑梓园'。而右侯是堪舆学的大家，孤就将设计'桑梓园'的重任交给右侯。你们说行不行？"

"好！"一干武乡籍将士表现得异常踊跃，"大哥这个想法太好了，我们一定细心寻找。"

石勒："右侯您以为如何？"

张宾："主公的想法很好，在下一定倾尽全力办好此事，请主公放心。"

石勒："'桑梓园'建成后，孤要把当年的左邻右舍和亲朋好友接来住进去。每当孤有闲暇，就去那里浏览一下家乡景色，和乡亲们拉拉家常。这样，孤的心情一定会非常愉快。"

建德殿内。百官云集，石勒端坐王位。

石勒："诸位，今有一事令孤极为痛恨。就是那个泰山太守徐龛。这家伙再次背叛了我大赵，令孤忍无可忍！当初，晋彭城内史周抚归顺大赵后，江东集团头子司马睿下诏，命下邳内史刘遐联合徐龛讨伐周抚。周抚战败被徐龛部下杀死。徐龛自恃功高，但司马睿论功行赏时，却因得到的赏赐不及刘遐，便心怀怨恨，率部归顺了我大赵。晋帝司马睿派太子左卫师羊鉴与徐州刺史蔡豹讨伐徐龛。徐龛兵败后向孤求救，孤命将军王步都为先锋，先期与徐龛会合，随后派张敬率大军跟进，去救徐龛。没想到徐龛这家伙突然心中起疑，认为张敬大军会将他吞并，便把王步都及其亲兵三百多人都给杀了，复又投降了晋廷。可他没想到，晋廷却断然拒绝了他的投降，并严令蔡豹加强进攻。徐龛进退维谷，走投无路，便派长史刘霄为使，带着徐龛的妻子、儿子为人质再次向孤投诚，求孤救援。当时孤以为，徐龛已是穷途末路，这一次一定是痛改前非，真心投诚，便不计前嫌，又接纳了他，派石虎统兵四万，去攻蔡豹。蔡豹兵败后被晋廷处死，石虎凯旋还朝。可没想到，徐龛见危困已解，便再次背叛我大赵，投降了晋廷。而这一次，晋朝的那个狗皇帝居然没有再次拒绝。你们说，这样反复无常的小人，孤岂能把他放过？石虎听令！"

石虎出班："臣在！"

石勒："孤命你统兵四万去进攻泰山。泰山形势险恶，易守难攻。你去后切不可强攻，只需筑室反耕，列长围以守之，切断泰山通往外界的所有通道，困他几个月。他军中粮草耗尽,必然不攻自乱。"

石虎:"臣遵旨!"退下。

大执法府。张宾身披一件棉袍,坐在案前批阅公文。他不停地咳嗽,气喘,显得精神不振。

管家走进:"老爷,国舅程遐属下长史张披过府来了。"

张宾:"哦?快请!"

管家走到门边,掀起门帘向外说:"先生请进。"

张披手持一份文件走进:"参见大执法,吾主有文书呈上,请大执法过目。"

张宾接过文书:"先生请坐。"

张披落座,看着张宾阅读文书。

张宾阅后,称赞道:"好!见解到位,分析透彻,笔力雄健,是一篇上好之作。我想,这一定是出于先生之手。"

张披:"让大执法见笑了。张某供职于程府,自然要倾其所学,不敢敷衍。"

张宾:"是啊,我与先生接触较多,早就发现先生学贯古今,满腹经纶。今有一事想和先生商量,不知先生允诺否?"

张披:"大执法有话请讲,只要是张披能办到的,无不应允。"

张宾:"老夫我身体每况愈下,而国事又过于繁杂,处理起来早已力不从心。想要物色一人帮我,可遍观整个朝堂之上,虽然人才济济,各有所长,但却缺乏具有真知灼见,抱负经国之能的理想人选,故而常常扼腕叹息。今观先生,正是老夫苦苦寻觅的理想之才。故冒昧想请先生过我府来,老夫保举先生为别驾,协助老夫处理国事。不知先生是否愿意?"

张披一听,急忙跪地磕头:"大执法既有此意,实乃张披三生有幸。张披自幼熟读诗书,何尝愿终身伏枥于盐车之下!如今能得大执法提携,大执法便是张披的再生父母。张披当然愿意。"

张宾起身走出,将张披扶起:"好!快快请起。那你回去收拾一下,尽快过来,免得老夫悬望。"

张披:"谢谢恩公,在下这就回去收拾。"

程遐府上,程遐站在鱼缸前给金鱼喂食。

张披走进,跪地磕头:"老爷,在下张披前来向您辞职。"

程遐摆出一副居高临下的架子,不经意地看了张披一眼:"辞职?好啊!你想到何处高就?"

张披："大执法欲要在下协助处理文牍，在下已经答应，故前来向老爷辞职。"

程遐："哦？原来是要攀高枝了。既然这样，我还留你作甚？去吧！"袍袖一拂，"哼！"

张披："谢谢老爷。"磕头后起身退下。

望着张披走出去的身影，程遐发狠道："张宾啊，张宾。你在朝堂上处处压我一头，如今又来挖我的墙脚，我深恨之！如不对你采取点手段，风头都让你占尽，朝臣们又如何能看重于我？张宾老贼，你就等着吧，我是不会让你得逞的！"

西宫，程妃在独坐饮茶。数名宫女侍立宫内。

门外传来喊声："国舅爷程遐觐见——"

程遐走入："参见程妃娘娘。"

程妃："免礼。哥哥多日未曾入宫，今日进宫何事？"

程遐看看左右，程妃会意，吩咐宫女："你们退下吧。"

诸宫女："是。"相继走出门去。

程遐走近程妃："妹子，是这么回事，哥想让大王除掉一个人。可是哥不能直接向大王进谏，故而想请妹子帮忙。"

程妃："哦？哥哥要除掉什么人？是仇人吗？"

程遐摇摇头："这个人名叫张披，原是我府中的一位幕僚，近日投靠了张宾。哥我气不过，故而想让他死。"

程妃："可是，哥哥你知道，大王仁慈，轻易不会杀人。他咋会听我的？"

程遐："妹子，你可以这样……"（耳语）

建德殿，众大臣云集，石勒高坐王位。

张敬出班："启奏吾王，泰山传来捷报，徐龛兵败被擒，已经押回襄国。兖州刺史刘遐弃城逃跑退往下邳，琅琊内史孙默举郡归顺我国，兖州平定。"

石勒："好！既然徐龛被擒，下一步就应移师青州，去攻打叛贼曹凝了。曹凝这家伙本是汉将，与孤同僚。可他奉汉皇旨意攻克青州后，居然叛汉降晋，并联合乐陵太守邵续、宁州刺史王逊等联名向司马睿上表劝进。乐陵被我攻克，邵续被擒后，他见自己势力孤单，害怕我大赵对他发动进攻，而健康路远，无法策应，就又背叛晋廷归顺了我大赵。再后来他不知出于何故，就又背叛我大赵投降了晋廷。如此反复无常，与徐龛同类，孤深恨之！将军刘征何在？"

刘征出班："臣在！"

石勒："孤今任命你为青州刺史，向石虎传旨，要他移师青州去攻打曹凝。你也一同随军赴任。"

刘征："臣遵旨。"退下。

张敬："启奏吾王，臣还有事要讲。"

石勒："哦？请讲。"

张敬："据我们安排在雍丘的坐探来报，晋豫州刺史祖逖已经去世。晋廷任命祖逖的弟弟祖约代领豫州。"

石勒："唔，祖约其人如何？"

张敬："据坐探称，祖约并无驭众之能，致使将士离心，局面已经乱了。"

石勒："好！既然祖逖已死，那我们与他的所有约定自然也就废了。游击将军王阳听令！"

王阳出班："臣在！"

石勒："命你率本部人马，向豫州进发，收复我们黄河以南的所有失地。"

王阳："臣遵旨。"

石勒："征虏将军石他听令！"

石他出班："臣在！"

石勒："命你率部进军鄜西，去攻打卫荣！"

石他："臣遵旨！"

石勒："好了，现在我们该和徐龛狗贼算算账了。传旨：让王步都及其一同被害的三百多名勇士家属，都到刑场观刑。孤要将徐龛狗贼塞入布囊，令力士抬上百尺高楼直贯下去，将其撮杀，让这些被害人家属分食其肉！"

夜晚，西宫，御榻上，一张大被覆盖着石勒与程妃。程妃搂着石勒，将头抵在石勒的胸口上，向石勒进谗。

程妃："王上，您一向大大咧咧，有好些情况都发现不了。有些事臣妾看在眼里，却不知该不该讲。"

石勒："有什么话尽管讲。你对孤还有什么不可说的？"

程妃："近日来臣妾留意朝中，发现众大臣都去依附张宾。大执法府门庭若市，熙熙攘攘，而我们赵王府反而显得门庭冷落。臣妾觉得这并不是什么好事。臣妾知道，王上非常器重张宾，但也不能让张宾权势过重，超越王上。特别是臣妾听说，张宾最近又收了一个帮手，名叫张披。"

石勒："唔？张披是什么人？"

程妃："张披原是我哥手下幕僚。可这个人极不忠实，朝秦暮楚。而他和张宾一样，同是游侠出身，心不可测。"

石勒："那张宾为何要留用张披？"

程妃："一定是张宾为了扩展自己的势力，将其引为臂助。臣妾担心，一旦张宾赢得众望所归，势必会对大赵国的江山社稷形成威胁！所以，臣妾以为，王上应该除去张披，借此抑损张宾之势，这样方能有利于国家。"

石勒沉吟一会儿，说："嗯，汝之担心不无道理。纵观典籍，历史上相权过重威胁王权，甚至颠覆王权的事屡见不鲜。这种事绝不能允许在我大赵国发生！好了，孤已经警觉了，会妥善处置的。"

广固城门口，青州刺史曹凝率众将佐跪在地上。曹凝双手将剑印高举过头，向石虎投降。石虎与刘征率大队随从骑马走来，下令："给我把曹凝绑了，送回襄国交给叔王处置。其他人不论官兵百姓，统统给我押回城去！"

众随从率领士卒，扑向跪着的人群。

刘征问石虎："贤侄，广固已经举城投降，你还要押解他们回城，是何打算？"

石虎："这些人顽固可恶，要不是东莱太守刘己、长广太守吕披等郡县长官惧我军威，都来投诚，将广固城陷于孤立的话，他们也不会投降。所以，尽管他们已经放下武器，我也要将他们全部活埋，以泄我恨！"

刘征："哎呀，将军你做事太过分了！吾王任命我为青州刺史，让我随军赴任，是叫我来管理此处百姓的。你把他们全部杀了，我还管理谁去？如果将军一意孤行的话，我留在此处已经无事可干，请允许我跟你一起回去交旨。"

石虎："这样吧，刘叔，你去他们中间挑选男女七百名，由你统领。其余我要明正典刑。你就别再劝了，劝也无用，去吧。"

刘征摇摇头，长叹一声："那好吧。"

襄国城建德殿。百官云集。

张敬出班："启奏吾王，前线传来一连串的捷报。先是征虏将军石他败晋军于酂西，擒获晋将卫荣；接着，游击将军王阳出兵豫州，收复了我黄河以南的所有失地，迫使祖约丢掉雍丘退往寿春；还有，将兵都尉石瞻攻破下邳，又克兰陵，迫使东莱太守竺珍、东海太守萧诞举郡归顺我国；将军石生出延寿关克取许颍，俘获万余，降者二万，又克康城；汲郡内史石聪败晋司州刺史李矩与晋将郭默，俘获男女两千余人。今日又得捷报，石虎将军进攻青州，招降东莱太守刘己与长广太守吕披等一批郡县归顺我国，然后重兵围困广固，迫使曹凝开城投降。现在曹凝已被押回襄国。"

石勒："好！这可真是旗开得胜，捷报频传。不过，曹凝狗贼反复无常，品行极坏,虽系投降,亦不能留。传旨,将曹凝押赴刑场,开刀问斩!”

张敬:“遵旨。”退下。

石勒:“唔,还有一事。听说有个叫张披的人,此人品行不端。”回头吩咐内侍,“你去大执法府上传旨,让张披速速前来见孤。”

内侍:“是。”向殿门外走去。

文臣行列中,程遐暗自窃喜。

大执法府,张宾斜倚在榻上不断咳嗽。他身边一名女眷端着药碗在给他喂药。

榻旁,一个专设的几案边,张披在专心致志地批阅文书。

张宾推开脸前的药碗,扭头看着张披,喘着气说:“张先生,真是辛苦你了。我因病情突然加重,答应举荐你为别驾的事,也一直未能入朝办理。现在将这一大堆文牒推给你,也只好让你多费心了。”

张披:“大人千万别这么说。张披能得大人青睐,虽死难报万一。况且有幸能在大人指导下处理国事,也是难得的学习机会,何苦之有?”

管家走进:“启禀老爷,赵王内侍过府来了。”

张宾:“哦?快请!”

管家走到门口,掀帘向外:“有请。”

内侍走入:“奉大王旨意,张披速速觐见。”

张披一惊,愕然道:“传我?”他看看张宾,“不会弄错吧?大王咋会知道有我?”

张宾也一脸狐疑:“请问公公,真的是传张披吗?传他何事?”

内侍:“咱家不知,只是宣大王口谕而已。”

突然门外又传来喊声:“赵王有旨,张披速速觐见。”随着喊声,石勒身边的另一内侍走进,“张披先生,赶快请吧!”

张披一时手足无措,而张宾明显慌了:“张披先生快去!吾王连传二旨,非同小可,快去,跑着去!”

张披也慌了,应声:“是!”急忙向门外跑去。

建德殿。石勒高坐王位,看着张披随两位内侍匆匆走入。

张披快步向前,跪倒在阶下:“小人张披参见吾王,万岁万岁万万岁!”

石勒:“你就是张披?”

张披:“正是小人。”

石勒一声断喝:“给孤拿下!”

大殿两边甲士应一声:"是!"走过去将张披双臂扭住。

石勒:"孤连传二旨,你却拖延不到,王权岂能容你蔑视。拖出去砍了!"

张披大叫:"小人无罪,小人冤枉!"

石勒:"斩!"

张披狂喊着被甲士拖出大殿。

石勒问内侍:"大执法现在是什么情况?"

内侍:"大执法卧病在床,看来病势不轻。"

石勒:"嗯,那就让他安心养病吧。右司马程遐听旨。"

程遐出班:"臣在!"

石勒:"孤今任命汝为右长史,总揽朝政。汝要好自为之,不可懈怠!"

程遐跪地磕头:"微臣谢吾王隆恩,一定不负吾王重托。"

大执法府。张宾躺卧榻上,不停地咳嗽喘气。

管家匆匆走进:"启禀老爷,大事不好,张披先生被大王斩了!"

张宾猛地一惊,挺身坐起:"啊?为什么?"

管家:"不知道。听说是大王怪他拖延不到,蔑视王权。"

张宾:"不对!吾王一向宽宏大量,就算奉旨迟延,也罪不至死啊!朝中还有什么情况?"

管家:"听说赵王任命程遐为右长史,总揽朝政。"

张宾:"嗷——我知道了。"一阵猛烈的咳嗽。管家急忙走过去为张宾抚背。

张宾:"一直以来,我就感觉程遐与我不睦,原来是他搞的鬼。说起来,这事也怨我,怨我啊!我把张披从程遐身边调来,实在是百密一疏,忘了顾及程遐的感受。程遐是太子的亲娘舅,一直想收威重于朝,故视我为敌。或许,赵王也嫌相权过重,欲加抑制。而这些都是因为我虑事不周所致。其他一切都好说,只是因我之疏忽,致使张披这样一位难得的治世奇才无端丢了性命,我之罪也。惨哪,痛哪!"一口鲜血喷涌而出,轰然倒在榻上。

管家大叫:"老爷,老爷!"

家眷们闻声一齐涌了进来。

赵王府。石勒在看文稿。程遐毕恭毕敬地站在一旁。

石勒突然发怒,抖着手中文稿:"这是什么狗屁见解?哎,我说程长史,你最近怎么了?你过去廷议中所表现出来的那些真知灼见都哪里去了?怎么突然变得这么庸俗不堪?孤知道,在朝中你一向嫉妒张宾,孤也一直听之任之。

因为每次廷议，你之进言均能切中时弊。所以孤以为，你的才华也与张宾比肩。你们怀才相忌，也算不得什么了不起的大事，故也未加理会。孤之所以让你总理朝政，并不是因为你是太子的亲娘舅。历史上外戚掌权引发的一系列惨剧，难道孤不清楚？孤之所以重用你，是想让你在张宾生病期间，可以无所顾忌地充分发挥你的聪明才智。可孤万万没想到，自你出任右长史以来，却变得这么草包！噢——孤明白了。原来你的那些'高见'是有'高人'在替你捉刀。现在'高人'没了，你也就原形毕露了！是不是？"

程遐急忙跪在地上，诚惶诚恐，任凭石勒数落。

"嗨！"石勒气得不可名状。突然，他一拍脑袋，"坏了，孤又犯大错了！"他瞪着程遐，"还跪着干什么？赶快起驾，前往大执法府！"

程遐："是。"擦擦额头上的冷汗，站起来跑了出去。

大执法府。张宾仰卧榻上，气息奄奄。管家和所有家眷环侍在侧。

门外传来喊声："赵王驾到——"

随着喊声，石勒在程遐的陪同下走了进来。

张宾挣扎着想要坐起。

石勒急忙走过去，将张宾轻轻按住："右侯别动，是孤错了。孤一时糊涂错斩张披，特来向右侯请罪。没想到右侯竟然病成这个样子！"

张宾努力挣扎着向石勒行礼，嘴角哆嗦着，喘着气，极力向起欠身。突然，浑身一放松，头倒回枕上，死了。

石勒大声呼叫："右侯，右侯，右侯啊——"

众家眷和管家："老爷——"

石勒抱着张宾的头，侧身坐在榻上，放声大哭："啊——右侯啊，是孤之罪也。您一向身体欠佳，常常闹病，每次都是吃点药，卧床休息几天就好了。孤万万没想到，您这次竟然撒手弃孤而去，您让孤好痛啊！是孤误信谗言，错斩张披，寒了右侯您的心啊！啊——您为大赵国的创建呕心沥血，功勋卓著，可您从不居功自傲，是孤的良师益友啊！——您身居高位，开襟下士，清肃百僚，是孤的股肱啊！——您一身正气，两袖清风，入朝廷议，奉献真知灼见；下朝之后，将一切美誉尽归于孤，您品格高尚，如鹤立鸡群，是孤暴虐，害了右侯啊！——如今我大赵国振兴在即，正需要您的聪明才智，您却撒手人寰，离孤而去，国有大事，您让孤找谁问计啊——啊——"石勒直哭得天昏地暗，肝肠寸断。

一屋子的人都跪倒在地，放声痛哭。

管家哭着站起，拉程遐一起向石勒进谏："吾王请节哀，不可哭坏了龙体。

大赵国臣民都还仰仗您哪！”

石勒哭着把张宾轻轻放下，仰天大呼：“老天啊，你难道不想让石勒成就大事吗？为什么要早早将孤的右侯夺去呢？”他擦擦眼泪，整整衣冠，恭恭敬敬向张宾行了三稽首之礼后站起身，“右侯已去，我们回天无力。传旨：追封右侯张宾为散骑常侍，右光禄大夫，仪同三司，谥号‘景’。择定吉日，举行盛大国葬。孤要亲临祭祀，送行。”

程遐、管家：“遵旨。”

程遐：“王上，我们起驾还宫吧。”

石勒看了程遐一眼：“哼！右侯弃孤而去，却让孤与尔等庸碌之辈共事，这难道还不算残酷吗？”将袍袖一拂，昂然出门而去。

程遐尴尬地无地自容，脸色变得如猪肝一般。

建德殿。百官云集，石勒高坐王位。

张敬出班：“启奏吾王，建康传来消息，晋帝司马睿崩了，太子司马绍继位，改元‘太宁’。但是王敦之乱仍未平息。”

石勒：“知道了。”

张敬归班。

石勒：“是啊，当年琅琊王司马睿出镇江东，在王导、王敦兄弟的鼎力辅弼下，联合江南豪族和中原南迁的大族，做了皇帝，一度形成了‘王与马共天下’的局面。可是，这种局面咋会长久？司马睿虽然做了皇帝，但军权、政权却掌握在王氏兄弟手里。司马睿咋会甘心？加之王敦自恃握有兵权，根本不把皇帝放在眼里，屡次胁迫皇帝。司马睿深以为恶，于是便重用丹阳尹刘隗和尚书仆射刁协，逐渐排斥王氏兄弟。这一来，王导宽厚，尚能忍耐，可骄横跋扈惯了的王敦却不愿善罢甘休。于是便假借‘清君侧’的名义发兵造反。司马睿迫于压力，纵容刘隗、刁协出逃。刘隗逃出建康投靠了我大赵，而刁协则被王敦抓住杀了。就这样，虽然君侧已清，可王敦并不罢休，而是以一国主宰自居，我行我素，不停地给司马睿上眼药。司马睿迫于内忧外患，忧郁而亡，也在情理之中。不过，这对于我大赵来说，却是千载难逢的良机。王阳、石堪、葵安听旨！”

王阳、石堪、葵安出班：“臣在！”

石勒：“命你三人率领所部南下去攻取寿春。”

王阳、石堪、葵安：“遵旨！”归班。

石勒：“石生听旨！”

石生出班：“臣在！”

石勒：“命你率部去收复司州。得手后渡过黄河，向南发展！”

石生:“遵旨!”

石勒:“石虎听旨!”

石虎出班:“臣在!”

石勒:“最近一段时间,西边那个伪赵国屡屡犯我边境,猖狂至极,命你率兵步骑四万,从轵关西进去攻打伪赵,收复我们的河东失地。”

石虎:“遵旨!”

第四十二集

大道上旌旗蔽日，后赵大军在向前开进。

一场声势浩大的战争场面，赵、晋两国之兵在激烈交锋。

襄国城外，一名背插小红旗的探子在纵马飞奔，越过吊桥，跑入城内。

建德殿外，探子徒步跑上台阶，口中高喊着："报——"进入大殿。

建德殿内，探子跑进，跪在阶下："报告大王，江东再次发生动乱。"

石勒端坐王位："哦？什么叫再次发生动乱？那王敦什么情况？说详细点。"

探子："是。那王敦在兴兵犯阙的途中突然生病死了。死前，他安排养子王应即位称帝，同时派遣心腹钱凤、沈充率兵进攻建康。王凤、沈充一路势如破竹，渡过秦淮河，一直杀到宣阳门外。正好临淮太守苏峻与兖州刺史刘遐领兵杀到，将王凤部队拦腰冲断。就在这时，各路勤王部队一起杀到，王凤兵败。所有元凶四处奔逃，但均被各地官府抓获后正法，王敦之乱就此平息了。王敦之乱平息后，晋帝司马绍也突然患病暴崩，帝位由其子司马衍继承。司马衍只有五岁，不能亲政，便由其母庾太后垂帘听政。庾太后指定王导录尚书事，与她的哥哥中书令庾亮一起辅助小皇帝。王导明哲保身，遇事退让。庾亮仗着国舅身份大权独揽。由于庾亮对平乱功臣苏峻怀有私人成见，便时时处处打压苏峻，还意图剥夺苏峻的兵权。同时，庾亮对豫州刺史祖约也有成见。就在我大军进攻寿春时，祖约向建康求救。庾亮不仅不发救兵，还要引发滁河之水修筑涂塘，以阻止我大军南下。祖约见庾亮竟然要将寿春隔离在外而弃他于不顾，便与苏峻联手起兵造反，讨伐庾亮。苏峻推祖约为盟主一路东进，直入京师。庾亮丢下小皇帝与太后不顾，仓皇逃往浔阳。还多亏王导等人入宫护卫，再加上苏峻一向敬重王导，小皇帝才得以保全。只是庾太后经此一吓，暴病身亡。现在晋室小皇帝已被苏峻、祖约挟持，朝政也已落入苏峻、祖约之手。"

石勒："好！江东集团连遭叛乱，自顾不暇，正好有利于我。传令各路大军加强进攻，为我大赵开疆拓土。"

长安，光极殿上，前赵皇帝刘曜端坐御座，殿内百官云集。

刘曜："诸位爱卿，通过朕的御驾亲征，我们征服了仇池王杨难敌，讨平了秦州刺史陈安之乱，平定凉州迫使赤亭羌酋姚弋仲投降称臣。现在境内氐、羌各族均已平定。然而可恨的是，东边那个石赵国又派石虎发兵犯我。现在石虎已经连夺我河东五十余县，兵进蒲坂。所以，朕要亲率水陆大军十万，去救蒲坂。刘熙、刘胤听旨！"

刘熙、刘胤出班："儿臣在！"

刘曜："胤儿，你虽是朕的长子，可当年朕作为中山王出镇长安时，你被留在平阳。后来靳准作乱，尽屠刘氏时，你侥幸出逃，躲藏在郁鞠部落。靳准之乱平息后，朕承接大统，做了皇帝。但不知你的下落与死活，便敕封你弟熙儿做了太子。再后来，你被郁鞠送回长安。朕虽有心改立你为太子，但随意废立历来为国之大忌，群臣反对，就连你舅卜泰也不同意。而你也哭着推辞，表示甘愿做熙儿的辅弼。唉，顾念熙儿的母亲羊皇后已经下世，朕也不忍把熙儿废掉。好在你们二人手足情深，朕也就放心了。眼下朕就要率兵出征了，国之大事就委托你二人主持。熙儿年幼，阅历尚浅，一切政事都要听胤儿裁决。为此，朕再加封胤儿为大司马。同时，卜泰何在？"

卜泰出班："臣在！"

刘曜："朕今加封汝为太子太傅，仪同三司。朕走后，汝要倾心辅助两位皇子，不得有误！"

卜泰："臣遵旨。"

刘曜："好了，起驾，校场阅兵，准备出征！"

襄国，朝堂之上百官云集。

张敬出班："启奏吾王，我各路大军连传捷报，在接连攻克司洲、豫州、青州、徐州、兖州诸州后，又攻陷寿春，将我国疆域扩展到了淮河以南。同时，石虎的西路大军一路西进，摧枯拉朽，在攻克河东五十多座县城后，已经兵进蒲坂。还有，江东集团苏峻、祖约之乱被温峤、陶侃等勤王部队联手镇压平息。苏峻战死军中，祖约先是逃往历阳，今又携带家眷前来向我投诚。请示吾王，对祖约我们该如何安置？"

石勒表现得异常高兴："好好好，各路大军开疆拓土，扬我国威，可喜可贺。至于祖约，属于叛臣逃吏，孤深厌之！不过，他是祖逖之弟，看在祖逖的面子上，容留他也就是了。记室参军王波听旨。”

王波出班：“臣在！”

石勒从案上拿起一封文书，让贴身侍卫转交王波，说：“这是祖约与苏峻发动叛乱时发布的檄文。你替孤去会见祖约，把这封檄文摔给他，代孤当面斥责他。就说：‘你到了穷途末路才跑来寻求活路，难道我大赵国是专供罪犯逃命的地方吗？你就不觉得脸上害臊吗？’通过斥责，让他接受教训，痛改前非，从此以后夹着尾巴做人！”

王波：“遵旨。”

石勒：“好！孤今天特别高兴，想到郊外去狩猎一番。孤整天被困朝堂，把身子都憋坏了，到郊外去松松筋骨。来呀，给孤更衣换装！”

身边侍卫：“是。”退下。

“不可！”主簿程琅出班，“吾王万不可轻动此念。现在刘曜和司马氏集团的敌国刺客，暗中分布在我们的周边，都在找机会对吾王下手。如果事发突然，脱离了大众的护卫，就算帝王，也只是一个人的力量而已。当年小霸王孙策所遭遇的惨祸，难道不应该引以为戒吗？再说，狩猎场内，干枯的树枝，腐朽的木桩，都有可能造成伤害。在这种地方骑马飞奔，从来就是不可取的。请吾王珍重万金之躯，收回成命。”

石勒一面让取来衣装的侍卫给自己换装（脱去朝服，换上轻便软甲），一面轻蔑地说：“主簿程琅，你小瞧孤了。孤自以为力量和武功都还说得过去，遇到突发事件，足以自行应对。你只管把你的文书事务处理好就行了，不需要到这里来说这些没用的废话！走，备马，打猎去。”

郊外狩猎场，石勒率一队轻骑在追逐猎物。

一只野兔在前面狂奔。石勒在奔驰的马上弯弓搭箭，紧盯着前面的野兔。就在他把箭射出去的同时，坐骑被树桩绊倒，石勒被重重地摔了出去，跌落在马前。

“大王！”“大王！”……紧跟着石勒的亲随纷纷下马跑过去看视，救助。

石勒被众人扶起，额头上淌着鲜血。他龇牙咧嘴地站了起来，吩咐随从：“快去看看孤的马怎么样了？”

几个随从走到马倒卧的地方，看着马腹被枯枝刺穿，马已经奄奄一息，便对石勒说：“大王，这马已经不行了。”

石勒：“唉，这都是孤不听忠言所致，险些丢了性命！”

朝堂上，石勒用布条挎着左臂，头上缠着绷带，坐在王位，对堂下群臣说：

“孤不听忠言，一意孤行，致有今日之祸，此乃咎由自取。然而，主簿程琅能够忠言相劝，其功可嘉。传旨，赏给程琅朝服与锦绢，赐爵关内侯。”

程琅急忙出班跪地磕头：“程琅谢吾王隆恩。然而，微臣只是略尽片言而已，并无功劳，不敢受此殊荣。请吾王收回成命。”

石勒：“不，能够忠言劝谏就是良臣。你起来吧。”他转向群臣，“诸位啊，孤有时虑事不周，也会犯错。特别是在孤盛怒的情况下，情绪失控，往往会做出严重的决策错误。所以，孤今颁下诏旨，一旦遇到这种情况，你们一定要及时向孤奏闻，加以制止。”

群臣一起跪地：“吾王英明，微臣遵旨。”

黑夜，街头，石勒身穿便衣，化装成普通百姓，对几个亲随说：“孤今要微服去巡视京师的营卫防务，你们要隐蔽跟随，无事不要现身。明白了吗？”

随从：“明白了！”

永昌门前，门候王假率守卒在严阵以待。

石勒走了过来。

王假迎上去：“站住，什么人？黑天半夜要到哪里？”

石勒手捧一包金银：“官爷，是这么回事。小的因有急事，想要出城一趟。这是区区薄礼，希望官爷一定通融，放在下出城。”

王假：“什么？你夤夜鬼鬼祟祟想要出城，还拿重金收买本官，分明是敌国奸细。来呀，给我抓起来！”

门上守卒答应一声，扑过来把石勒双臂扭住。

暗中跟随的随从急忙跑了过来：“你们要干什么？你们知道他是谁？”

王假：“我管他是谁。他夤夜持重金贿赂出城，一定是敌国奸细。先抓起来，审问清楚再说！”

随从：“混账！他是大王。”

王假：“啊？举火！”

一守卒跑进城门口小亭，点一把火炬出来照看石勒。

石勒在火光照映下笑眯眯的脸。

王假：“啊？果然是大王！”与众守卒一起跪地磕头，“小的该死，请大王恕罪！”

石勒弯腰将王假扶起，同时吩咐：“大家都起来吧。”转头问王假，“你叫什么名字？”

王假：“小的王假，系永昌门候。”

石勒拍拍王假肩膀："好！我大赵国的营卫就应该像你这样，忠于职守，不徇私情。好样的，孤现在就封你为振忠都尉，赐爵关内侯，以示嘉奖。"

王假复又跪地磕头："谢大王隆恩，在下一定尽职尽责，以报吾王。"

石勒呵呵笑着，再次将王假扶起。

蒲坂，石虎军帐。将佐云集。

一侦骑背插小红旗飞马而至，在营前下马，高喊着："报——"闯入军营。

侦骑单膝跪地，向石虎禀报："报告大将军，伪赵主刘曜亲率大军十万，水陆并进，从卫关渡过黄河，向蒲坂杀来了！"

"啊？"石虎大吃一惊，"是刘曜亲自统兵吗？"

侦骑："是！"

石虎："坏了！赶快再探。"

侦骑："遵命！"起身退下。

石虎："这刘曜曾经两次攻入晋都，先后两次擒获晋朝皇帝，其军事才能不可小觑。这次亲率大军十万，兵力远胜于我。看来攻克蒲坂已无胜算，还可能被其大军包剿。赶快传我将令，立即撤围退兵，从原路返回！"

大道上，刘曜戎装骑马，率领大队人马在向前行进。

"报——"一臂插黑旗的探马从前面飞奔而至，"报告陛下，石虎大军听说我军杀到，仓皇撤围而去。部队争相逃命，已经溃不成军。"

刘曜："好！再探。"

"遵旨！"探马勒转马头跑了。

刘曜："传朕命令，骑兵一律轻装，随朕追击，大军随后跟进！"

高堠，石虎与石瞻率领溃兵在仓皇逃窜。

石瞻回头看看部众，队形凌乱不堪，都在向前奔跑。他对石虎说："哎呀，大将军，这样不行啊。现在我们的将士只顾逃命，斗志全无，如果敌人轻骑追来，是要吃大亏的！"

石虎："刘曜大军来势凶猛，我们已经顾不得许多了。"

石瞻："这样，大将军您先撤。我组织部众列阵抵抗！"

话声未落，后面传来海啸般的喊杀声。

石瞻回头一看，只见刘曜的轻骑兵如旋风般冲杀过来。于是说了声："哎呀，来不及了！大将军快跑，我去抵挡一阵！"说着，勒转马头，大喊一声，"杀——"挥动手中长枪，向来敌冲去。

石瞻冲入敌阵，很快就被敌骑包围。石瞻在包围圈中左冲右突，拼死搏斗，连刺两名敌将下马，最后被数支矛枪刺中身躯，壮烈牺牲。

石虎策马狂奔。

刘曜骑兵追上石虎溃兵，砍瓜切菜般肆意斩杀。

刘曜骑兵风驰电掣般向前追去。大路上横七竖八地躺满了石赵士兵的死尸，一望无际。

大阳，刘曜在马上问身边的将军："前面是什么地方？"

将军："回陛下，前面就是大阳。"

刘曜："传令下去，石虎已经逃远，停止追击。我们就从大阳渡过黄河，去攻取洛阳。"

金墉城，守将石生与众将佐在府内议事。

一将军匆匆走进："启禀大将军，接侦骑急报，伪赵主刘曜统领大军十万去救蒲坂，在高堠追上石虎。大战中石瞻将军阵亡，石虎逃往朝歌。现在刘曜大军在大阳渡过黄河，正向我们杀来！"

石生："哦？这么说，刘曜的目标是要夺取洛阳！如果这样的话，我们所在的金墉城乃洛阳西北之门户，他一定会首先攻打我金墉城。传我将令，关闭城门，动员全城军民登城据守。同时派快马回襄国报警，请求支援！"

金墉城外，刘曜率大军杀到。

刘曜在马上手搭凉棚向金墉城头望去。只见城头上士卒林立，一个个张弓搭箭，戒备森严。

刘曜："传令下去，将金墉城团团围困，四面猛攻！"

一场惨烈的攻防大战。刘曜士卒抬着云梯扑向城墙，竖起云梯向上攀登。城头上檑木炮石，飞石流矢如冰雹般滚滚砸下。刘曜士卒纷纷跌落云梯。

一位指挥攻城的将军匆匆跑来，向站在高处观战的刘曜说："陛下，这样不行。城上防守太严，我们的将士死伤惨重，根本攻不进去！"

刘曜："既然这样，你去传令，停止攻城。率大军将千金堨凿开，引堨外河水灌入城内。看他们还能否扛得住！"

金墉城内一片汪洋。街道上，人们卷起裤管在水中抢救物品。

石生与众将指挥士卒帮助百姓搬运物品。

石生："大家别慌，金墉城城池坚固，这点水奈何不了我们。大家都把东西搬往高处存放，别让水浸了。然后轮流登城防守，别给刘曜可乘之机！"

刘曜军帐，众将佐云集。

刘曜焦躁地在地上来回走动："这金墉城也太坚固了。我们引水灌城，城墙却不见有一处坍塌，真是不可思议！"

一将军："金墉城是魏晋两代被废帝后的安置囚禁之地，所以异常坚固。再说，其地势也并不十分低洼。河水最大时，也不过淹没二三尺而已，形不成太大的水灾。以末将看来，不如加大围困力度，以期城内粮草用尽，就会不攻自破。"

刘曜："传旨，留一部分兵力继续围困金墉，其余兵力转攻河内、汲郡等地！"

襄国，建德殿，众臣云集。

石勒站在御案之后，说："诸位啊，如今石虎兵败高堠，刘曜乘胜长驱直入，连下荥阳、野王诸郡，金墉城遭重兵围困，引起我朝野震动，人心惶惶，形势已经异常险恶。孤思虑再三，决定亲自带兵去救金墉。不知诸位以为如何？"

程遐出班："启奏吾王，万万不可。刘曜此次乘胜而来，兵强马壮，风头正劲。此次前去，实难与之争锋。而金墉城池坚固，城内粮草充足，敌人急切之下难以拔取，可以坚守。刘曜大队人马悬军千里奔袭到此，后勤一定难以为继，所以持久不了。等到他们师老疲敝，自然就会退走。大王乃一国之君，切不可轻易赴险。如果大王亲自前去，一旦有个闪失，那可就大势去了。我们辛辛苦苦创下的基业就会毁于一旦。"

司马郭敖出班："程长史所言极是，望吾王采纳。"

石勒摇摇头，挥手示意他俩退下。

程遐上前一步："吾王切不可固执己见……"

石勒勃然大怒，手按剑柄大声呵斥道："你懂什么，也来胡言乱语？滚出去！"

程遐、郭敖："是。"低头灰溜溜地退出大殿。

石勒将袍袖一拂，宣布："散朝！"径直向殿后走去。

后宫，王后刘英姑见石勒走进，起身迎接。她接过石勒脱下的王冠与王袍挂在衣柱上，有点诧异地问："夫君看上去很不开心，有什么烦心事吗？"

“唉!”石勒长叹一口气,“刘曜率军大举入侵,金墉危急。国家遭遇如此大事,孤很想找个有见识的人商量一下,做出应对之策。可是纵观朝堂之上所有将佐,却没有发现谁能够帮孤决策。现在想来,如果右侯张宾健在的话,一定会替孤化解这道难题。”说到这里,他眼圈发红,有点哽咽。

英姑:“我听夫君曾经说过,太子的舅舅程遐也很有见识,为何不和他商量?”

石勒坐于榻上,大摇其头:“哼,这个程遐,不说不气,分明就是个绣花枕头!孤感觉,他过去那些高论,是有人在替他捉刀。而这个捉刀人,十有八九就是那个被孤错斩了的张披。孤怀疑,孤之所以错斩张披,很有可能是程遐给孤下的套。只不过此事牵涉太子之母,不能追究罢了。再说,也是孤轻信人言,刚愎自用,未加分析所致,主要责任在孤,孤不能移罪他人。而孤的这一草率之举,也可能是孤今生所犯的最大错误,孤可能因此而负罪终身!所以,一见程遐,孤就气不打一处来。”

英姑:“原来是这样。哪,夫君还曾经说过,那个叫徐光的年轻人也很有见识,是否……”

石勒:“徐光?哦,对。来人!”

贴身内侍走进:“老奴在。大王有何吩咐?”

石勒:“你去大牢,将徐光一家全部无罪释放,然后带徐光前来见孤。”

“是。”内侍退下。

英姑诧异地:“夫君是什么时候,因何将徐光下了大牢?”

石勒呵呵一笑:“这个徐光啊,博古通今,见识超群,的确是个人才。只是这家伙一向恃才傲物,有点目中无人。有一次,孤要去视察苑乡,召他随驾。哪知他喝酒喝得烂醉如泥,喊都喊不醒。当时孤很生气,决定给他点教训,于是就免了他的参军之职,贬为牙门。后来孤又要去视察邺城。你是知道的,对于当年我们那些穷兄弟出于无知和心中不平,放火将这座魏晋名都烧毁后,孤一直深感愧疚,总想着一旦条件成熟,重建邺城,使之恢复昔日的辉煌。如今我们国力强盛,已经具备了一定的条件,所以就想把这件事提上议程。为了做到心中有数,在决议形成之前,孤想亲自去邺城进行一番考察。正好这次出行轮到徐光随侍。可是这个徐光对将他贬为牙门心存怨气。当见到孤时,他竟然故意撸起袖子,敞开衣服,仰视不顾,公然表示他有情绪!嘿,你说,这么一个不知深浅的家伙,真是让人哭笑不得。孤看他是个人才,不想让他在错误的路上越走越远,这才将他和他的妻子儿女一起下了大牢,想让他在狱中静下心来,好好加以反省。孤这也是出于爱护他的意思,并无他意。如果徐光真的聪明的话,他一定会加以理解。”

英姑笑了。

内侍带着徐光走了进来。

徐光趋步向前跪倒在地:“徐光参见吾王。”

石勒:“徐光啊,这一段在狱中过得如何?”

徐光磕头说:“都是小人意气用事,咎由自取,以后再不敢了。”

石勒呵呵一笑:“这就对了嘛。恃才傲物本来就不可取,何况有意冒犯尊长!起来吧,以后注意就是。”

徐光:“谢吾王。”起身站在一旁。

石勒:“给徐光看座。”

内侍取过一只胡床,徐光上前坐下。

石勒:“有一件事,孤想听听你的看法。西边那个伪赵主刘曜,统兵十万去救蒲坂,在高堠打败石虎,一路长驱直入进取洛阳。现在正在围困金墉。孤想亲自率兵去救金墉,朝中众臣均以为不可。他们说,敌人乘胜而来,其锋正劲,锐不可当,劝孤不可以身犯险。然而孤以为,刘曜率精甲十万,攻一城而百日不克,实际上就已经师老卒怠了。如果孤率精锐之师,去攻刘曜的疲兵怠卒,一定会取得胜利。反之,如果等到刘曜攻克金墉,夺取洛阳后,那他必定会渡过黄河,向北一路席卷而来,直至冀州。到那时,我军将会被刘曜的声势所震慑,不战自溃。那么,我们的大势也就去了。你觉得孤的想法是否合理?”

徐光略一思索,说:“我觉得大王的想法是正确的。试想,刘曜在高堠大败我军后,不乘势来取我襄国,反而去进攻金墉,这在战略上是严重失策。特别是他远离后方,悬军多时,却没能取得预想效果,显见的刘曜并不是一个很有能为之人。石虎将军之所以败给了他,很有可能是慑于他的名头,未战就先慌了手足,方才被他所趁。而石虎是我国第一勇将,他的落败,必然会在众将中产生阴影。所以,派谁去救金墉都难以取胜。而大王您亲自率兵前去讨伐,情况就会大不相同。一来可以使我们的士气得到鼓舞;二来刘曜部众摄于您的威名,一定会望风披靡,望旗奔败。在下以为,平定天下在此一举,望大王勿失良机。”

石勒:“唔,你说的有道理。你下去吧,容孤好好想想。”

徐光起身:“在下告退。”退下。

英姑走过来:“夫君欲御驾亲征,两国君主对阵,此事确实非同小可。夫君一定要考虑成熟,万不可轻举妄动。”

石勒:“是啊,这次行动的成败,关系到我大赵国的生死存亡。特别是刘曜这家伙,无论政治还是军事,都是十分成熟的老手,很难对付,当然不敢掉以轻心。现在朝臣中出现了以程遐和徐光为代表的两种意见,到底孰是孰非,还不能定论。再说,险恶的战场形势瞬息万变,什么事情都有可能发生。最终结果如何,实在难以预料。看来,孤还得去咨询一个人。"

英姑:"咨询谁?"

石勒:"去问一下国师大和尚佛图澄。"

英姑:"哦?他能知道结果吗?"

石勒:"这老和尚可不是一般人哪。孤对他的神机妙算一向很是佩服。记得我们刚刚立足襄国的那场保卫战吗?战前孤去咨询他,可是还没等孤开口,他就告诉孤,说是寺中铃声鸣响,明日鲜卑骁将段末柸将被我擒获。事后结果正如他言,一毫不爽。还有,那一年襄国发生大旱,庄稼种不下去。孤去请他祈雨。他说,祈求无益,另有他法。说罢率领他的子弟走到城外石井冈上,指定一处地方,让弟子们挖掘,掘出死龙一条,长约尺余。他让弟子们取盆盛水,将死龙放入其中,作法念咒,用酒祭奠。须臾,那龙复活,一飞冲天,紧接着大雨普降,旱情全消。这一年襄国获得了前所未有的大丰收。再有,那一次伪赵主刘曜派中山王刘岳率大军犯我洛阳,孤命石虎率兵前去援救。有一天,孤正在寺中听佛图澄讲授佛经。讲经间隙,这和尚突然长叹一声,说:'刘岳可怜。'当时他的弟子法祚问:'大师何出此言?'佛图澄说:'昨夜亥时,刘岳被活捉了!'后来接到石虎战报,刘岳果然被擒。呵呵,类似这样的事情还有很多。这个佛图澄机通鬼神,对未来世事洞若观火。所以,孤想去问问他,此次洛阳之行吉凶到底如何?"

英姑:"既然国师有如此神通,夫君一定要好好向他咨询清楚,切不可鲁莽。"

石勒:"王后所虑极是,那孤去了。"

佛寺大雄宝殿内,释迦牟尼庄严的法像前,佛图澄坐在蒲团上,在闭目诵经。

石勒带着手持礼盒的内侍走进大殿,恭敬地面对佛图澄双手合十。

佛图澄放下手中木槌,停止念经,口中宣了声:"阿弥陀佛,"说"国主欲问洛阳之行结果,相铃音云:'秀支替戾冈,仆谷劬秃当'。"

石勒眨巴着眼睛,一头雾水。少顷,轻声问:"本王愚钝,听不懂。请大师明示。"

佛图澄依旧闭着眼睛,说:"'秀支替戾冈,仆谷劬秃当'是一句屠格语,也就是当今匈奴刘氏一族的祖语。'秀支'乃兵也,军队也:'替戾冈'出发也;'仆谷'指刘曜之胡位,王位也;'劬秃当'拿住,擒获也。这句话连起来就是说,'军队出动,刘曜当被擒获'。"

石勒愣了一愣,又问:“大师说的过于玄妙,本王还是不懂。本王想,刘曜熟谙兵法,久经战阵,这次又统领精兵十万。就算我们此行能够侥幸取胜,他也不过战败逃跑而已,咋会轻易遭擒?”

佛图澄睁开眼从蒲团上站起,说:“国主既有疑问,还有一法,可以觇见未来。但须展期七日。”

石勒:“七日?那好,就请大师如法施行。”

佛图澄:“既然如此,国主可选一九龄童子给老衲送来,老衲要他斋戒七日。七日后便见分晓。”

石勒:“好!那本王就按大师吩咐前去准备。”

七日后。

宫内,石勒与英姑说话。

英姑:“夫君,如今七日已过,夫君为何还不去寺中听讯?”

石勒:“唔?对,孤马上就去。”

宫门外传来喊声:“圣师大和尚佛图澄驾到——”

石勒:“哦?孤还未去,他倒来了。快请!”

佛图澄带着弟子法常、竺法雅和一名小童走进:“参见国主。”

石勒:“国师免礼,请坐。”

佛图澄:“不必了。”示意两个弟子取过麻油、胭脂,放入掌中,调和后,双手相合,使劲搓擦起来。

石勒和英姑走过来观看。

须臾,佛图澄将双手展开,掌中灿然发出光来。

石勒和英姑盯着佛图澄的手掌观看。

掌中一团光晕,什么也看不出来。

佛图澄:“你们看不出来,是吧?那就让他来看。”说着,叫过身边小童,“你来看,里面有什么?”

小童看着手掌,惊呼道:“啊,里面有好多的兵马,捉住一个白脸长胡子的大人!”

佛图澄点点头:“这就是刘曜。”

石勒振奋地一击掌:“好!去军营。”

聚将台上,两面大鼓在军士的擂击中“咚咚”作响。

诸将戎装骑马,闻鼓声走进,聚集在将台之下。将台外,步兵、骑兵列队整肃,刀枪林立,旌旗猎猎。

将台上，石勒发号施令："众将士与诸位臣僚听着，孤今亲率大军去讨伐刘曜。自兹以后，有再敢进谏阻止孤出兵者，以扰乱军心论处，斩！"

台下众将士："是！"

石勒："石堪、石聪听令！"

石堪、石聪："末将在！"

石勒："命你二人会同豫州刺史桃豹，各率本部人马，迅速到荥阳集结待命！"

石堪、石聪："遵命！"

石勒："传令兵何在？"

传令兵从石勒身后走出："在！"

石勒："命你火速前往朝歌，向石虎传令，命他立即率部进驻石门。"

传令兵："得令！"走下将台，骑马飞奔而去。

石勒："众将听令！"

众将："在！"

石勒："命你们各率本部精锐，随孤向洛阳进发！"

众将："遵命！"

大道上，石勒大军在向前开进，浩浩荡荡，旌旗蔽日。

黄河大埸渡口。北风呼啸，河面上流冰滚滚。

河岸边，一群穿着各色衣着的老百姓站着，在听河中渡船上的老艄公说话。

老艄公："大家还是回去吧。如今正是腊月寒冬，你们看，这河面上塞满流冰，根本就无法摆渡行船。等天气转暖后，大家再过河吧。"

百姓们摇头叹气，陆续回头走散。

河岸上，石勒大军陆续来到，伫立岸边，等待命令。

一将军领着老艄公来到石勒马前："启禀大王，您要找的当地土人带到。"

"好。"石勒跳下马走过来，"老人家，这黄河可渡吗？"

老艄公："可渡，可渡。真是奇了怪了，本来是寒冬腊月，河面上流冰滚滚，根本无法摆渡。可是，当你们大军一到，天气却突然转暖。您看，河面上一片浮冰都没了，正好行船。"

石勒放眼望向河面，河面上北风轻拂，微波荡漾，河水滔滔东去。

石勒呵呵一笑："好！给老人家颁赏。"

身边随从取过一包金银,交予石勒。

石勒接过金银,捧予老艄公:“谢谢老人家。”

老艄公接过金银,向石勒深鞠一躬:“谢大王恩赐。大王要想渡河,老奴自当领渡。”

石勒:“好!那就有劳老人家了。传令下去,征集沿岸所有船只,准备渡河!”

河面上千帆竞发,每条船上载满了士卒与马匹,向着南岸,顺风起航。

黄河南岸,石勒大军在弃船登岸。

石勒伫立岸边,回望黄河。大小船只在陆续靠岸,将士们相继走下渡船。

一将军走来,向石勒禀报:“启禀大王,我们的人马已经全部上岸。”

石勒点点头:“好!”正说话间,突然狂风大作,天空阴云密布,河面上浮冰滚滚而下,很快就布满了整个河道。

石勒以手加额:“天哪,这是专门为我渡河所作的安排。真乃天助我也!传令下去,从兹后,大堨渡改名‘灵昌津’!”

第四十三集

大道上，石勒大军在向前开进。

骑马走在队伍中间的石勒对跟随在身边的徐光说："徐光啊，刘曜一向善于用兵。如果他知道孤已经渡过黄河，那么他会采取什么策略来对付孤呢？孤以为，他如果移兵成皋，利用地势之险，据住关口，阻我西进，乃为上策；若是依洛水为营，想利用洛河之水阻挡我军的进攻，乃是下策；如果他坐守洛阳，等着我们去捉拿他，可就是无策了！哈哈。"

徐光："大王说得很是。关键就在于我们能否顺利攻克成皋。"

石勒："对。传令下去，部队加速前进！"

荥阳，石勒行营，众将云集。

徐光出班："启禀吾王，各路大军均已如期到达荥阳。现在已经集结完毕，共计步兵六万，骑兵二万七千。"

石勒："好！众位弟兄，现在我们的前面就是成皋。成皋也就是春秋时期的虎牢关，地势险要，易守难攻。所以，我们只要攻下成皋，就为我们的胜利奠定了基础。反之，我们的结果将很难设想。现在，孤命令，前锋部队要偃旗息鼓，隐蔽前进。到达成皋后，先派出侦探，摸清敌人在成皋的布防情况，然后再相机而动。孤将亲率大军随后跟进。"

众将："遵命！"

大道上，石勒在众将护卫下率大军在向前开进。

一将军骑马从前面跑来："启禀大王，据前锋营侦探回报，成皋关上并无一兵一卒。"

石勒意外地："什么？成皋关无人据守？好！传令，立即占领成皋关！"

将军："遵命！"勒转马头跑了。

成皋关城头上，石勒望着关外的群山险道，伸手上指："苍天啊苍天，成皋关居然未置一兵一卒守护，刘曜这不是在作死嘛！”回头吩咐随行众将，“传令下去，让全体将士饱餐之后，留一部分兵力镇守成皋，其余大军都要马摘銮铃，将士衔枚，避开大道，从巩县訾地小道隐蔽前进，不分昼夜，急行军向洛阳进发！”

众将：“遵命！”

洛阳，刘曜行宫。刘曜一面饮酒，一面与身边众将佐用箭投壶，进行搏戏。

刘曜手持羽箭，向前面五步处放置于案上的铁壶投去，箭头正好落入壶口。

众将佐齐声喝彩：“好！陛下箭无虚发，手段高明！”

刘曜呵呵笑着，取过酒爵喊道：“斟酒！”

身边内侍连忙手捧酒坛上前给刘曜倒酒。

刘曜举爵一饮而尽，叫道：“再来！”

一将军从外走进：“启禀陛下，我军围困金墉已近四个月了。我们从长安出发时天气尚暖，将士们都未带冬装。现在已经进入寒冬腊月，将士们在寒风中戍守，实在是苦不堪言。末将以为，我们不能这样消极等待，应该采取积极有效措施，加快战争进程。”

刘曜勃然大怒，将酒爵一摔：“混账！眼下金墉城已经困乏到了极致，用不了多少时日就会崩溃，你却在这里妄言乱语，惑乱军心。甲士何在？”

几名甲士应声而入：“在！”

刘曜：“把这家伙拖出去，砍了！”

甲士扑过去抓住将军，倒拖着向外走。

将军狂喊：“陛下，末将无罪，你不能不听忠言哪！”

刘曜手一挥：“斩！”

将军在狂喊中被拖了出去。

旁边一位大臣看着将军被拖了出去，摇摇头，走过来对刘曜说：“陛下，金墉城围困已久，石勒不可能坐视不管。臣以为，我们还是要预先做些准备，防止石勒发兵来救。”

手中拿着羽箭，正要再次投壶的刘曜，回头用奇怪的眼光盯着大臣，说：“你懂什么？现在北风正劲，黄河上流冰滚滚，根本无法摆渡，难道石勒大军会插翅膀飞过来不成？就算他石勒有心来救，也须等到来年开春以后。到那时，金墉城早已落入我手，还怕他什么？你这样无端扰乱军心，用意何在？来人！”

又有几名甲士闻声而入：“在！”

刘曜：“推出去，斩！”

大臣仰天大呼："苍天啊，陛下不听忠言，滥杀无辜，莫非天亡我乎？"

甲士一拥而上，将大臣拖了出去。

又一将军匆匆走入："启禀陛下，据末将派出去的游骑回报，说是石勒大军飞渡黄河，来救金墉，已经过了成皋，正向洛阳挺进。"

刘曜一惊："哦？他们是怎么渡过黄河的？旗牌官何在？"

旗牌官应声走出："臣在！"

刘曜："你马上派出哨探，向成皋方向搜索前进。发现敌情，立即回报！"

旗牌官："遵旨！"

山道上，石勒大军的骑兵用布包着马蹄，铃铛全被摘除；步兵们口中衔着芦棒，头上戴着草圈，手中举着树枝在急急向前开进。

空荡荡的大道上，刘曜的数十个侦骑在跃马飞奔。

刘曜行营，刘曜在几个亲随的陪侍下举觞痛饮。

旗牌官走进："启禀陛下，据侦骑回报，通往成皋的大路上并未发现敌情。"

刘曜："朕就说嘛，石勒大军没有翅膀，咋能飞越黄河？去，传朕将令，把那个谎报军情的家伙斩首正法！"

旗牌官："是！"退下。

刘曜举起酒觞欲饮，忽然若有所思。他放下酒觞："来人！"

内侍走过来："陛下有何吩咐？"

刘曜："快去宣乔泰将军前来见朕。"

内侍："是。"退下。

刘曜继续豪饮。

内侍带乔泰走进。

乔泰："末将参见陛下。"

刘曜放下酒觞，说："乔将军，是朕疏忽。一直以来，我们都未曾布置洛阳以东的防务。如今战事紧急，什么预想不到的事情都有可能发生。现在孤命令你，趁石勒大军未到，立即率部前去成皋，加强成皋关的防御，不得有误！"

话音未落，随着宫门外一声高喊："报——"一名将军带着几个兵丁，押着一名石赵士兵走了进来。

将军："报告陛下，捉到石勒大军斥候一名！"

刘曜大吃一惊："啊？怎么回事，快说！"

将军："刚才末将率游骑在营外远处巡逻，与石勒大军的斥候部队遭遇。激战中擒获敌人斥候一名，立即前来禀报！"

刘曜："快，把那斥候推过来，朕要问话。"

斥候被推到刘渊面前。

刘曜："朕问你，是谁率领的部队，是大胡吗？有多少人马？"

斥候："是赵王亲自统兵，不知道有多少人马，只看见漫山遍野都是，一眼望不到头。"

刘曜惊恐地："啊？赶快传朕命令，撤去金墉之围，把部队全部调往洛河以西，凭借洛水，结阵防御！"

金墉城内，石生与众将议事。

一将军："大将军，现在我们已经到了最后时刻，城内的粮草马上就完了。如果救兵再不来的话，那我们可真的坚持不下去了！"

其他将军："是啊，我们不能坐以待毙，干脆，打开城门出去和刘曜拼个死活得了！""对，与他们拼了！""拼了，临死也不当孬种！"……

石生："好！既然大家都愿意拼死一战，那好。传令下去，把所有粮食全部下锅，让将士们饱餐一顿，然后开城突围！"

"报——"守城将军匆匆走进，"报告大将军，围困我们的敌人全部撤了！"

石生："啊？怎么回事？走，登城看看去！"

金墉城头，石生与众将在向外眺望。

西面，洛河对岸，人喊马嘶，刘曜的部队乱哄哄地正在紧急布阵。

转向东面，一彪人马正在迅速开了过来，军中大旗上"赵"字与"石"字清晰可见。

石生指着东面，说："看，我们的救兵到了！"

城头上所有的将军与士兵一起欢呼雀跃："我们胜利了！""胜利了！"……

大道上，石勒在众将佐护卫下率大军在向前急进。

石勒："传令下去，现在我们已经无须继续隐蔽，让部队丢掉伪装，大张旗鼓，鼓噪前进！"

将士们纷纷摘去头上的草圈，扔掉手中的树枝，吐掉口中的芦棒，一起呐喊着向前奔跑。

"报——"一侦骑从前面跑来，"报告大王，刘曜大军全部结集在洛河西岸。"

石勒手一举，示意部队停止前进。他策马走到队伍前面，手搭凉棚向西眺望。

冰雪覆盖的洛河对岸，连营寨栅一字摆开，沿河十数里。营内人员乱哄哄地在来回走动。

石勒哈哈大笑，指着对岸对身边将佐说："刘曜徒有虚名，其实平庸。他果然采取了孤分析的下策。诸位，我们已经胜券在握，大家可以向孤祝贺了！"

徐光等将佐一起向石勒抱拳祝贺："吾王神算，可喜可贺！"

部下士卒踊跃地举着手中兵刃，有节奏地高喊："胜利！""胜利！""胜利！"显得士气大振。

金墉城头，

石生："传令下去，大开城门，迎接大王进城！"

城门上匾额："宣阳门"。

（镜头下移）

石生率众将骑马在城门口列队欢迎石勒大军入城。

太极殿，石勒在石生的陪同下走进，众将佐随后跟进。

石勒登阶走到正面坐了，开始发号施令："弟兄们，我们经过长途奔袭，将士们都很疲惫。传令下去，犒赏三军，让将士们酒足饭饱之后，厉兵秣马，整顿器械，好好休息，养精蓄锐，做好战前的准备。"

洛河边刘曜行宫。刘曜手持酒觞拼命饮酒，口中自言自语："石勒小儿，你这一来，打破了朕攻克金墉的原定计划，可恼，可恶！"举壶倒酒，壶空。大喊："拿酒来！"

身边内侍急忙把酒坛搬了过来。

帐外，几个将军面面相觑。

一将军："大战在即，而陛下只顾饮酒，一点不做应战准备，如何是好？"将军们都摇头长叹。

翌日，金墉城太极殿，石勒在调兵遣将。

石勒："诸位，孤决定，明日早晨，趁洛河河面冰冻如铁，向刘曜开战。"从军案上抽取令箭一支，"石虎听令！"

石虎出班："末将在！"

石勒："命你率步兵三万，从北门出城，转而向西，去攻击刘曜中军。"将令箭交予石虎。

石虎接过令箭："遵命！"归班。

石勒再取令箭两支："石堪、石聪听令！"

石堪、石聪出班："末将在！"

石勒："命你二人各率骑兵八千，从西门出城，转而向北，去攻击刘曜前锋。"将令箭分别交予石堪、石聪。

石堪、石聪接过令箭："遵命！"归班。

石勒："众将听令！"

众将："末将在！"

石勒："其余人马随孤出阊阖门，为大军后应。明日五鼓造饭，黎明饱餐，以炮声为号，开城出战！"

众将："遵命！"

早晨，天刚放亮，随着一声炮响，金墉城北门大开，石虎率步兵呐喊着杀出城来。

金墉城西门，石堪、石聪率骑兵如旋风般杀出城来。

刘曜行宫，刘曜仍在举觞狂饮。

一将军闯入："陛下，敌人已经杀上来了，赶快上马！"

刘曜踉踉跄跄，在将军的帮助下穿上铠甲。又在将军的扶持下走出军帐。

军帐外，众亲随把刘曜坐骑牵了过来，扶刘曜上马。

刘曜上了马，接过马鞭，扬鞭策马。那马却原地踏步，连连嘶鸣，一步不走。

刘曜挥鞭猛抽，那马突然尥起蹶子将刘曜掀下马来，被众亲随慌忙接住。

刘曜站定后："唔，这是咋了？这龙驹子一向温顺，今天咋要与朕相抗？也罢，换马！"

坐骑被牵下，亲随又牵一匹小红马走了过来。

刘曜在众人的扶持下上了小红马。他在马上说："马不前行，定然是酒力不足。来人，再给朕取酒一斗！"

内侍取过酒觞，双手捧上。刘曜接过一饮而尽，将酒觞抛下："取朕兵器来！"

亲随将双剑捧上，刘曜接过，一抖缰绳，策马出营。

众将士紧随着杀出营去。

洛河冰面上，石勒大军呐喊着跨过洛河，汹涌杀到。

两军接战，刀光剑影，喊杀连天。

西阳门外，石勒顶盔贯甲，手执大戟，骑着他的枣红马，率领大军冲杀过来。

刘曜醉意朦胧，骑马仗剑，率领人马迎面杀到。

两军接近，石勒大吼一声："刘曜快来受死！"

刘曜在马上猛然一惊，睁大了眼睛。他使劲摇摇头，只听得身边喊杀连天，在一阵阵兵器撞击声中，夹杂着一声声的惨呼。他回头一看，只见头颅乱滚，身边的将士为拼死护卫他而相继落马。

石勒挺大戟杀了上来。

刘曜勒传马头，落荒而逃。

石勒被数名刘曜将军截住，展开厮杀。

刘曜沿着洛河河岸拼命奔逃。

石堪率一支骑兵冲杀过来，看见刘曜，大喊一声："刘曜哪里走！"策马追了上去，他身后的骑兵紧跟在后。

石堪将手中长枪挟于腿下，从背上取下雕弓，弯弓搭箭，同时命令部属："放箭！"向刘曜攒射。

数十支羽箭飞向刘曜，刘曜背上连中三箭，胯下小红马屁股上也连中数箭。

小红马负痛跳跃，马蹄陷入石缝中不能动弹。

后面，石堪与大队骑兵追了上来。

刘曜情急，猛提马缰。小红马嘶鸣着拼命上跃，马蹄拔出来了，但小红马随之轰然倒了下去。刘曜被重重摔在冰面上。

小红马口吐白沫，倒地不起。

刘曜横卧在冰上，龇牙咧嘴，不能动弹。

石堪与骑兵追了上来，将刘曜团团围住，手中兵刃一齐指向刘曜。

刘曜看了看，痛苦地闭上眼睛。

石堪与几个骑兵跳下马，将刘曜揪起。

石勒在几个将军和亲随的护卫下追了过来，看到刘曜重伤在身，说："快传军医，给刘曜疗伤！"

身边一亲随应声："是！"策马跑了。

石勒放眼看向整个战场。战场上刘曜大军在拼命逃奔，自己的部下在奋勇追杀，战场上死尸遍地。

石勒：“快，传令下去。孤要擒获的只是一人，现在此人已被擒获，命令将士们抑锋止锐，不可再行杀戮，以免伤了上天仁和之德。就放那些败兵逃生去吧！”

身边亲随：“遵命！”分头跑向战场，口中高喊，“大王有令，收住你们的兵刃，停止追杀，放他们逃命。”

洛阳城内，宽阔的场地上摆满了宴席。将士们都在举杯痛饮，欢庆胜利。到处是喊声，笑声，猜拳行令声。

大殿内，石勒高坐堂上，堂下将佐云集。

石勒：“诸位，洛阳之战，我们已经取得了彻底的胜利。通过三天来的欢庆犒赏，想必将士们都已经尽兴。接下来我们就要班师了。征东将军石邃听令！”

石邃出班：“末将在！”

石勒：“命你负责押送刘曜回襄国。刘曜重伤在身，不能行动，安排他乘坐马车。同时让金疮医生李永与他同乘一车陪侍护理，不许出任何意外！”

石邃：“遵命！”

石勒：“好。传令三军，班师回朝！”

洛阳城内大街上，跑来观看的百姓摩肩擦背，都站在街道两旁，显得十分拥挤。街道上，石勒大军正在列队出城。行进的队伍中，石勒骑着枣红马，不时向群众挥手致意。他的身后，一辆马车拉着身盖被子的刘曜和陪侍在侧的军医李永，在两边兵士护卫下向前开进。

突然，人群中走出一位须眉俱白，精神矍铄的老人，挡在石勒的马前，拱手向石勒行礼。

石勒急忙举手，示意部队停止前进，俯身问：“老人家，您有何事？”

老人：“老朽乃三老孙机是也，想要面见仆谷王刘曜，不知能否允准？”

石勒回身向后面的马车一挥手：“请！”

孙机向人群中一招手，一个十几岁的小青年抱着酒坛与酒觥走了出来。孙机接过酒觥让小青年倒了满满一觥酒，捧着走到马车前，对着车上的刘曜念道：“仆谷王，关右称帝王，当持重，保土疆；轻用兵，败洛阳，祚运穷，天所亡；开大量，进一觥。”念罢，双手举觥，进献于刘曜之前。

刘曜在车上挣扎着欠身，李永挨过去扶他半坐起来。刘曜看着孙机龙眉皓首，须发似银，不觉肃然起敬。他伸手接过酒觥，说：“老翁看上去已近百岁了吧？却还如此壮健，真是难得。我当为公尽饮此觥”说罢，捧觥到口，一气喝干，将酒觥交予孙机。

孙机接过酒觥，深施一礼，退了出去。

石勒在一旁冷眼看。这时走过来对刘曜说：“亡国奴，真该让老叟好好数落一下你的罪行！”

刘曜惭愧地闭上双眼，将身倒回车内。

石勒把手向前一挥：“继续前进！”

襄国城。石勒的部队浩浩荡荡向内开进。

石勒勒马站在城门口，回身呼叫：“石邃何在？”

石邃骑马跑来：“末将在！”

石勒：“你去把刘曜安置在永丰小城，将所有俘获的刘曜侍妾、歌妓一并发还给他，让她们侍奉刘曜的饮食起居。注意，要加强保卫，但不要干涉他的私人生活。另外，通知前次俘获的刘曜麾下中山王刘岳、将军刘震等人，让他们前来见孤。孤要安排他们去会见他们的旧主人刘曜。”

石虎：“遵命！”

永丰小城，刘曜躺在榻上养伤。身边几名女侍围着他，其中一名女侍端着药碗在给他喂药。

门上传来喊声：“中山王刘岳、将军刘震一行觐见——”

刘曜闻声一惊，努力欠起身子：“什么？”

刘岳、刘震和几名将军走进：“参见吾皇陛下。”

刘曜瞪着惊讶的眼睛看着他们：“怎么，你，你们都还活着？”

刘岳拱手道：“回陛下，是的，我们兵败被擒后，石王并未为难我们。只是我们兵败辱国，深感对不起陛下。”

刘曜摇摇头，长叹一口气：“唉，朕以为你们早已变成了灰土！没想到石王如此仁厚有度量。回想当初，我们擒获了石王的宗族大将石佗，朕却无情地下令把他诛杀了。两相对照，朕确实有愧于石王。这也就难怪会遭今日之惨祸了！”

刘震：“吾皇不必怀惭，两国相争，兵戎相见，本就是无情之举。”

刘曜：“常言道‘得人心者得天下’，石王获胜，是否因为获得了人心；而朕之惨败，是否因为失去了人心？唉，现在说什么都迟了。好在你们都还活着，这就好。来，扶朕起来，准备宴席。我们难得在此聚首，今日咱君臣痛饮一场。”

长安，大殿之上，太子刘熙（十四五岁）掩面号啕大哭："啊——父皇兵败被擒，这可如何是好？啊——"

一大臣出班："殿下，现在不是痛哭的时候。皇上被擒，国不可一日无主。眼下全靠殿下主持，应考虑如何应对目前的局势。"

刘熙停止哭泣，用衣袖擦擦眼，愣了一会儿，说："快，快去请哥哥南阳王刘胤！"

大臣："是。"转身退下。

刘熙又"啊啊"痛哭起来。

满殿文武臣僚面面相觑。

刘胤走进大殿："参见太子殿下。"

刘熙站起："哥哥你可来了。父皇兵败被擒，我们这可怎么办呀？"

刘胤抓着头皮想了一会儿，说："这事我已经知道了。如果敌人乘势来攻，长安难以守御。不如我们退保秦州，这样方可避敌锋芒。"

尚书胡勋急忙出班："启奏殿下，南阳王此言大谬也！虽然我国眼下失了主子，但国土依然完整，整个国家机构尚未残缺。而且，我们的兵力不下数十万众。正可以勠力同心，凭险扼守，以抵御石氏的进攻。怎么能自乱阵脚，轻易放弃都城呢！就算石氏真的打来了，我们抵挡不住，到那时再走也不迟呀！"

刘胤勃然大怒，指着胡勋："你算什么东西？你胡勋只是一个尚书，就要和本王作对吗？父皇临出征时特地安排，一切政事要我裁决，为此加封我为大司马。今我刚刚主政，第一次决策就被你反对，你眼里还有本王吗？来人！"

殿中甲士走出："在！"

刘胤："给我把胡勋拖出去，斩！"

甲士答应一声，扑过去，扭住胡勋双臂，向外拖去。

胡勋大喊："殿下，南阳王这是在误国啊！"被拖了出去。

刘熙张口结舌，不知所措。

众大臣面面相觑，没人再敢出声。

刘胤："就这样定了。准备起驾离京，撤往上邽！"

长安街头，寒风瑟瑟。一长串车驾在士兵的护卫下向城外走去。每辆车子的旁边都跟随着家丁、女眷，显得十分凄惨。

好多百姓在街道两边观看。

群众甲："哎呀，连朝廷都跑了，看来敌人已经打来了。我们也快跑吧！"

群众乙："对，跑吧，不然就没命了！"

众百姓一片惊慌，分头乱跑。不一会儿，推车的、挑担的、拖儿带女的，扶老携幼的，东奔西跑，东倒西歪，乱作一团。

襄国，赵王府。石勒与徐光议事。

石勒："徐光啊，如今刘曜被擒，他那个'赵国'无主，正是二赵合一的良机。孤想让刘曜给他那个伪太子刘熙写封书信，劝刘熙尽快投降。以免得再动刀兵，造成生灵涂炭，从而和平结束两国纷争，还百姓一个太平日子。你看怎么样？"

徐光："大王此意正合当前形势。只是不知刘曜是否听命？"

石勒："你去和他谈谈，看看他是什么态度。"

徐光："遵旨。"

永丰小城，徐光与刘曜对坐交谈。几个侍妾为他们斟茶。

刘曜："石王之意我已明白。好吧，让我想想该如何措辞。等书信写好后，我再派人给你送去。"

徐光："那好，在下告辞。"起身施礼后退出。

一侍妾："陛下，您果然要劝熙儿投降吗？"

刘曜："妄想。江山社稷只能传与子孙，岂能拱手让给他人！如今我国土完整，元气尚在，只要熙儿、胤儿和朝臣们同心协力，奋发图强，国祚就不会沦夷。至于朕之生死，早已置之度外。只不过朕想借此机会，给熙儿、胤儿修书一封，劝他们不必以朕为念，守土保疆而已。来吧，笔墨侍候。"

侍妾用托盘端过文房四宝，置于案上。

刘曜铺开信笺，提笔润墨，开始书写。

赵王府。

徐光走进："大王，刘曜已经将书信写好并封固。是否派人给刘熙送去？"

石勒："哦？徐光你说，刘曜真的会劝降刘熙吗？孤看未必。打开书信看看。"

徐光将手中书信拆开，取出信笺看了一下，说："大王，果然不是劝降，您看。"指着其中一段，"他是这么写的'吾儿应以社稷为重，与众大臣同心协力，保我疆土，匡扶国家。却不可因顾虑朕之生死而改变主意。'这分明是鼓励刘熙继续与我们为敌嘛！"

石勒："是啊，这就是所谓的'帝王'。在他们的心目中只要江山社稷，从来就不会顾及百姓死活与生灵涂炭！既然这样，那刘曜继续留着已无意义。找个由头，将他赐死吧。"

徐光:“遵旨!”

一座军营内,蒋英、辛恕二位将军交谈。

蒋英:“辛恕老弟,你说刘熙、刘胤这两个家伙是怎么想的?石赵大军并未向我们进攻,就丢弃京师逃往秦州,这是哪门子做法?”

辛恕:“蒋英大哥,我看刘熙、刘胤就是两个无能怯懦,扶不起来的阿斗,绝对成不了大事。我们跟着他们只会倒霉!现在你我手下兵力还有十数万众,不如趁机入据长安,先把长安占住,然后再遣使到襄国,我们举长安投降石勒。老子宁愿给英雄好汉牵马坠镫,也不愿给无能小儿当祖宗!我看石勒雄才大略,一定是成事之主。”

蒋英:“老弟之言正合我意,就这么办。传令下去,全军向长安开进!”

襄国,大殿上,石勒手持表章连声叫好:“好,好,伪赵将军蒋英、辛恕举长安归顺我国,使我们不费一兵一卒轻取长安,可喜可贺!传旨,命洛阳守将石生立即率部西行,去占领长安!”

长安,蒋英、辛恕率领众将站在城门口,向远道而来的石生行礼。

石生率大军走过来,跳下马,与蒋英等相见。然后在蒋英等陪同下入城。

石赵大军浩浩荡荡开入城内。

上邽刘熙行宫。刘熙与刘胤并坐堂上,堂下将佐云集。

一大臣出班:“启奏殿下,陇东、武都、安定、新平、北地、扶风、始平等郡的诸部胡人闻殿下驾到,纷纷率部前来归顺。请示殿下,我们该如何安置?”

“这——”刘熙看看刘胤,等刘胤裁决。

刘胤抓抓头皮,正要发话。突然一将军匆匆走进:“启奏殿下,据侦骑来报,将军蒋英、辛恕投敌,石赵大军已经占领了长安!”

刘胤:“什么?我们刚刚离京,京师就沦陷了?这还了得!传令下去,起大军五万,就命诸部胡人为先锋,本王要亲自率部去夺回长安!”

襄国,大殿上众将佐云集。

徐光出班:“启奏吾王,大将军石生从长安发来急报,称伪皇子刘胤亲率大军来夺长安,请求支援。”

石勒:“唔?长安既然已经到手,绝不允许有失。石虎听旨!”

石虎出班:“臣在!”

石勒:“命你率精骑二万,星夜兼程,去救援长安!”

石虎:“遵旨!”

长安城外,石虎率大队骑兵走来。

城门口,石生与蒋英、辛恕率领众将在列队欢迎。看到石虎大军走近,石生等策马迎了上来。

石生:“欢迎大哥率队前来支援。”向石虎施礼。

石虎还礼:“刘胤大军何在?”

石生:“据侦骑回报,刘胤大军从上邽出发,已经到达仲桥。”

石虎:“那好,你们好好镇守长安,我去仲桥会他。”

石生:“请兄长先进长安歇息,我好劳军,以尽地主之谊。”

石虎:“不用了,兵贵神速,我要出其不意给刘胤以致命打击!好了兄弟,就此别过。”

石生:“那好吧。兄长孤军深入,千万要加倍小心!”

石虎:“无须多虑。我这二万人马都是精挑细选的百战精骑,一个个猛如貔貅,均能以一当百。再说,我料定刘胤麾下已无良将,人马再多,亦系乌合。此去定要摧枯拉朽,扫平伪赵!好了,后会有期,告辞!”向石生拱拱手,回过头,“传令下去,向仲桥进发!”

大道上,石虎在率队急进。

“报——”一背插小红旗的侦骑从前面跑来,向石虎报告,“报告大将军,刘胤的前锋部队杀到,距这里已经不足一里。”

石虎:“这是什么地方?”

侦骑:“此处是义渠。”

石虎:“好!传我将令,趁他们尚无防备,杀——”挥动手中兵刃,一马当先,冲了出去。

整个骑兵部队呐喊着,排山倒海般扑了过去。

第四十四集

一队穿着各色胡人服饰的部队在向前开进。

突然，石虎的大队骑兵从山谷中冲出，如旋风般杀了过来。

胡人部队立时大乱。石虎骑兵冲入敌阵，如虎入羊群，肆意砍杀。胡人士卒四处奔逃，石虎骑兵如风卷残云，追杀而去。

道路上躺满了胡人的死尸。

大道上，石虎在收拢部队。一将军策马走了过来。

石虎："战况如何？"

一将军："敌人的前锋部队已经被彻底打垮，我军无一伤亡。"

石虎："好，加速前进，向仲桥进发！"

仲桥，刘胤军营。

一背插小黑旗的侦骑飞奔而至，在营前下马，口中喊着："报——"向军帐跑去。

军帐内，刘胤与众将议事。

侦骑闯入："报告殿下，大事不好。我军前锋已被石虎大军消灭，石虎大军杀上来了！"

刘胤："啊？赶快布阵，组织抵抗！"

军营外，刘胤在指挥部队列阵。

石虎骑兵如风驰电掣般杀到。石虎勒住马，众骑兵也都驻马等待命令。

刘胤军阵，盾牌在前，矛枪在后，气象森严。刘胤骑马站在阵后高处指挥。

石虎冷笑一声，将手中长枪向前一指："杀过去！"

石虎骑兵呐喊着，如海啸般冲杀过去。刘胤的军阵立时崩溃，石虎的骑兵冲了进去。

一场惨烈的搏杀，兵器相交，人头乱滚。

刘胤看着部下纷纷倒毙，惊得目瞪口呆。

石虎骑兵在敌阵内横冲直撞，肆意砍杀，如入无人之境。

刘胤的部众在四处奔逃。

一将军骑马跑来："殿下快跑！"

刘胤猛然惊醒，勒转马头，在将军的保护下落荒而逃。后面败兵在跟着他拼死逃命。

石虎骑兵紧追在后。

大道上尸横遍野。

上邽城下，刘胤率数十骑残兵败将仓皇而至，向城上高喊："快开城门，殿下回来了！"

吊桥在"叽呀"声中缓缓落下，城门开启。刘胤等慌忙跑上吊桥，进入城内。

刘胤大叫："快快关闭城门！"

石虎骑兵追到，一个个操弓在手，向城上射箭。

箭如飞蝗般飞上城头。

城头上正在搅动辘轳提升吊桥的士兵被射倒，刚刚升起尺余的吊桥轰然倒落。

石虎骑兵冲上吊桥，向正在关闭城门的士兵攒射。几个士兵被射倒，其余的士兵回身就跑。

石虎骑兵如旋风般杀入城内。

大殿上，石虎正襟危坐，殿下众将云集。

一群士兵在几个将军率领下，押着刘熙、刘胤与被俘的朝廷王公大臣走了进来，将他们按跪在殿下。

石虎恶狠狠地看着他们发出一声冷笑："把这些王公大臣连同被抓获的大小官吏三千余人，全部押往刑场，开刀问斩！再把俘虏的五千胡人将士全部挖坑活埋，一个不留！还有，把那些秦、雍大族及关东流民全部遣送回国另行安置。"

殿下将军："遵命！"指挥士兵把刘熙等押了下去。

石虎："众将听令！"

众将："在！"

石虎："传我将令，整顿部队，乘我军胜利之威，进剿河西的集木且羌、氐王蒲洪、羌酋姚弋仲以及晋凉州牧张骏等一切秦、雍敌对割据势力，扫平秦、雍！”

众将：“遵命！”

秦雍大地上，石虎的骑兵在追击逃敌。

激烈的战场搏杀，铁与血的碰撞。尸横遍野，血流成河。

襄国，建德殿上，百官云集。

石虎出班：“启奏吾王，臣石虎奉旨去援救长安，彻底剿灭了伪赵，平定了秦雍，现在胜利班师。”说着，双手高举三枚玉玺，“这是在上邽缴获的传国玉玺、皇帝金玺与太子玉玺各一，一并进献吾王。”

石勒：“好！”示意贴身内侍下去将玉玺取来，置于案上。

石勒：“诸位，如今我们已经完成了二赵合一。我们的疆域西起陇西，东至大海；北至长城，南到汉江。国家幅员辽阔，雄踞华夏北方，与江东的司马氏集团形成了南北对峙的局面。下一步，我们就要打过长江去，消灭司马氏，实现华夏一统了。哈哈。”

徐光出班：“启奏吾王，如今传国玉玺已经到手，这就说明上天要吾王据位称尊。请大王顺天应民，践登大位。”

众大臣一起出班跪拜在地：“请大王践登帝祚。”

石勒起身离座走到台前：“诸位啊，大家的心情孤理解。但是，你们也要理解孤啊！孤当年投靠汉王刘渊，就发誓要做大汉国的忠臣。孤今立国，亦系大汉之赵国；孤虽称王，亦系大汉之赵王。虽然眼下大汉无主，孤亦只是代主行权。岂能越俎代庖，妄登大位！孤很清楚，大家随孤从山东牧苑起事自今，血染征袍，奋斗二十五六年来，都想有个名分，有个进身之机。那好，孤就再进一步，改称‘大赵天王’，暂时代替皇帝，处理军国大事。在这里，孤再次传谕各州郡县，严密访察刘渊、刘聪遗孤。访察得实后报送于孤，孤要考其德能，称职者，奉为国主，孤当倾心事之。孤今既然做了‘大赵天王’，就请诸位听旨！”

众臣：“微臣听旨！”

石勒：“宣旨：进王后刘英姑为‘天王后’；进世子石弘为‘太子’；进封王子石宏为骠骑大将军，都督中外诸军事，大单于，秦王；进封王子石斌为右卫将军，太原王；进封王子石恢为辅国将军，南阳王；进封中山公石虎为太尉，守尚书令，中山王；进封石虎子石邃为冀州刺史，加散骑常侍，武卫将军，齐王；封石虎子石宣为左将军，侍中，梁王；封石生为河东王；封石堪为彭城王；进左长史郭敖为尚书左仆射；进右长史程遐为右仆射兼吏部尚书；任命左司马蒌安、右司马郭殷、从事中郎李凤、郎中令裴宪均为尚书；任命徐光为中书令领秘书监。其余文武官吏，均由中书令徐光与吏部尚书程遐，审核其功绩与贡献，加以封赏。"

众大臣："天王万岁万岁万万岁。"

石勒："诸位请起。"

众大臣："谢天王。"起身归班。

石勒："从今后，国有疑难，均由仆射、尚书等朝廷八座提交东堂，共同裁决。如有军国要事，不分昏夜寒暑，都要及时禀报入陈，不得有误！"

众大臣："天王英明，臣等遵旨。"

石勒："好了，今天就到这里，散朝。"

大殿门外，群臣陆续走出。程遐与徐光相随着走出，边走边谈论着什么。紧接着，石虎与石邃也气势汹汹地走了出来，程遐与徐光急忙避让。当石虎从他们身边经过时，看了他们一眼，将袍袖一拂，口中恶狠狠地"哼"了一声。

程遐与徐光不由自主地对视了一下。

中山王府，石虎坐在案边，儿子石邃在为他提壶斟茶。

石邃："今天主上进爵天王，重赏群臣，大家都很高兴。唯独见父王怏怏不喜，不知是何缘故？"

石虎端起茶杯呷了一口："哼，主上自建都襄国以来，只是端身拱手发布命令。每遇战事，全靠我冒着飞石流矢，冲锋陷阵。近二十年来，我南擒刘岳，北败索头，东克齐鲁，西平秦雍，为大赵打下十三座州郡。成就大赵基业者是我，不是别人！大单于爵位本来应该授予我，没想到却授给了奴婢生的黄口小儿。这叫我咋能不气愤！哼，等到主上晏驾，我一定会将他们斩草除根，一个不留！"

建德殿上百官云集。

石勒端坐御座，说："诸位爱卿，如今我们国事初定，还有诸多方面需要加以整顿与完善。请大家畅所欲言，进献治国良策。"

程遐出班："启奏天王，如今我们已经平定了大半个天下，大赵国正在走向繁荣昌盛。由此，我们更应该彰明善恶顺逆，扬善而罚恶，让国人明白，为恶为逆必无好报；为顺为善方可安命。从前汉高祖斩丁公赦季布就是此意。大王自起兵以来，坚持褒忠诛逆，方使得中外归心。然而，江东叛臣祖约跑到我国后，不但没有受到任何惩罚，还常常引见宾客，交结朝臣。特别是，他还回到幽州故里，强占他人田宅，害得当地人怨声载道，对他恨之切骨。微臣不明白，天王陛下为什么要对他姑息容忍而不申天罚呢？”

石勒沉思一下，点头道："唔，你说得有点道理。善莫大于忠，祖约丧失臣节，叛逃我国，孤本来也是深恶痛绝的。只是顾念他是祖逖亲弟，方才加以容留，希望他能深刻反省，从此夹着尾巴做人，以终天年。但孤没想到他竟然敢厚颜无耻回祖籍去强夺田产，制造民怨。既然这样，那我们就拿他做反面典型，来彰明顺逆，教育我们的官吏，一定要忠心不贰，做到善始善终。”

祖约居所，室内，祖约垂头丧气坐着唉声叹气。

管家端着茶具走进，将茶具置于祖约身边案上："老爷请喝茶。您这样整天愁眉苦脸可不行，会弄坏身子的。希望老爷能够振作起来。”

祖约："唉，我悔不该与苏峻起兵作乱，致使兵败后无家可归，不得已带领全家一百多口人前来投奔石王。原指望石王能够善待于我，哪知道石王虽然收留了我，却明显地表示了对我的鄙薄与厌恶，直到现在我都没能得到他的召见。这让我心中很是不安。如果一直这样下去，很可能会罹至祸患。而更尴尬的是，我们出逃时，由于走得仓促，所带资财十分有限。面对这么一大家子的开销，实在难以支撑。特别是我们新到襄国，为了今后的生存与发展，必须与大赵国的各级官吏结识交往。而这一切都需要大量的钱财。可是，自从我们来到襄国后，虽然得到了石王的安置，为我们提供了一些必要的生活所需，但杯水车薪，哪够我们用度？如今我们在这里人地生疏，无处可以告贷，真是愁煞人也！由于再无他法可想，只好回范阳老家去变卖祖产。唉，哪知回去后却发现，祖上的所有田产，除留了一点用于修复和维护祖宗陵墓外，都已经划归了当地土人。没办法，为了救眼下燃眉之急，我只好拉下脸来，向他们强行索要，以期作价卖出。为此又触动了民怨，和我们形成了对抗，弄得我进退维谷。唉，如果石王再不召见的话，我们可真就走投无路了！”

管家深有同感地摇摇头，无可奈何地叹了一口气。

门外传来喊声："圣旨到——”随着喊声，石勒身边内侍手捧圣旨走进，来到正面站了，说，“祖约听旨。”

祖约与管家连忙跪地磕头："罪臣祖约恭听圣旨。”

内侍展开圣旨宣道："天王诏曰：祖侯远来，未暇欢叙。今幸西寇告平，国家无事，可率子弟来会，借表积诚。钦此。”宣罢，将圣旨交予祖约。

祖约接过圣旨，再拜山呼："天王万岁万岁万万岁！”起身问内侍，“请问公公，天王何时召见在下？”

内侍：“明日巳时，祖侯可率弟子到建德殿觐见。好了，圣旨已经送到，咱家告辞。”向外走了。

送走内侍，祖约高兴得满面春风。他对管家说：“盼星星，盼月亮，总算盼到石王召见了。这说明石王心中还是有我。好！通知弟子们，明日巳时随我建德殿觐见。”

建德殿，大殿前轩台上，一排甲士手执兵刃在站岗，气象森严。轩台下广场上，祖约与十几个亲信弟子跪在地上。

祖约焦躁地抬头看看天上的太阳，太阳已经偏西。他又看看大殿，大殿静悄悄地不见任何动静。他无奈地叹口气。

太阳西去，日影东移，祖约的脸色由焦躁变成了恐慌，头上汗珠滚落。

程遐走出大殿，降阶而下，来到祖约面前：“都起来吧，天王偶感不豫，不能出见，托我代为接待。祖侯随我来。”

祖约与众弟子站起身，跟随程遐来到一处偏殿。进殿后，程遐招呼祖约与众弟子入座，吩咐：“上酒！”

祖约与程遐分宾主坐了，众弟子另坐一桌。

殿内侍卫端上酒菜，置于案上，为他们斟酒后退下。

程遐手向酒杯一指：“祖侯请！”

祖约居所，一军士走入，对管家说：“祖侯口谕，天王要召见你们全家，望立即动身，随我前去觐见。”

管家：“好，我马上召集大家前去觐见。”

偏殿内，祖约与程遐对饮。

突然，殿外传来吵吵嚷嚷的人声：“喂，老爷呢？”“咋不见老爷？”“老爷哪去了？”

祖约闻声回头一看，脸色大变，惊疑地问程遐：“程相，这是怎么回事？我的家人……”

程遐端起酒杯冷冷一笑：“没什么，喝酒。”

祖约惊惧地再看看殿外，忽见一队甲兵奔了过来，将他的家人团团包围。

祖约手中酒杯掉落案上，口中自言自语：“我明白了，我的末日到了！”他沮丧地坐下，摸过掉落的酒杯，抓过案上的酒壶自斟自饮，一杯接一杯，拼命喝酒。

程遐冷眼看着祖约不停喝酒，不为所动。等到祖约酒至半酣，站起身宣布道："天王有令，祖约身为臣子，叛国不忠，罪应诛夷。来人！"

一队甲士从外趋入，将祖约与他的众弟子一并拿下，押出殿外。

殿外，祖约的家人看见祖约与众弟子，一起哭喊："老爷——"

祖约两腿一软，就要瘫倒在地，被甲士用力揪住，强令站立。

突然，一个四五岁的小男孩钻出人群，口中喊着"姥爷——"扑向祖约。

祖约使劲挣脱甲士的手，弯腰将小外孙一把抱起，仰面大哭："啊——外孙啊外孙，外祖父不该叛国，害得你们全都跟我遭此惨祸！啊——"

所有祖约家人一起大哭，哀声震天动地。

程遐从偏殿走出，大声宣布："将祖约及其家中男丁全部押赴刑场，明正典刑；将其所有女眷籍没为奴！"

祖约家人在号哭着被甲士强行分开，分别押了下去。

建德殿上，石勒高坐王位在看奏表。良久，他长叹一声，放下奏表，看向殿下。

殿下，文武大臣齐刷刷地跪在阶前，高呼："请天王正名位，加帝号，据位称尊！"

石勒站起身，离座走出："诸位，孤自做大赵天王后，转眼大半年又已过去，可是对刘渊、刘聪后裔的寻访却始终没有结果。到现在，孤也不得不承认，大汉国确实已经不存在了。好吧，为了我大赵国的繁荣昌盛，孤接受大家的劝进，据位称尊。传旨，择定吉日，于南郊设坛祭天，举行登基大典！"

群臣山呼："吾皇万岁万岁万万岁！"

一座雄伟的祭坛，坛上一大堆柴火在熊熊燃烧。

石勒穿戴着整洁庄严的皇帝衣冠，向着火堆行三拜九叩大礼。

祭坛下，一连串的台阶通向坛下广场。每一阶梯上，都有甲士站在两旁。台阶内，朝廷各级官吏按爵位高低，从上到下跪在阶上与石勒一起祭拜。

石勒行礼毕，走到坛前。阶梯上跪拜的官吏也起身站立。

石勒大声宣布道："自兹，朕就是名副其实的华夏大赵皇帝。按照华夏历朝历代的传统，追尊朕的高祖为'顺皇'，曾祖为'威皇'，祖父为'宣皇'，父为'世宗元皇帝'，母为'元昭皇太后'。册封天王后刘英姑为皇后，册封天王太子石弘为皇太子。文武官员一律晋爵擢升。从即日起，改年号为'建平'，国都由襄国迁往临漳。"

群臣一起复又跪拜在地："吾皇万岁万岁万万岁！"

皇宫内，石勒手持一封表文哈哈大笑，回头对坐在旁边的英姑说："好，郭敬郭季子，欲联合南蛮校尉董幼攻取襄阳。如果得手，我国的疆域将由现在的汉江一直南推至长江。只是朕很担心，怕他不是襄阳守将周抚的对手。对于郭季子，朕还是了解的。他过去带领他的商队行走江湖，自有一身不错的武功，也有很好的驭众能力，这些朕都比较放心。朕所担心的是，他在用兵方面智虑略显不足。攻取襄阳，这么大的军事行动，他是如何部署的呢？襄阳守将周抚，虽算不上什么百战名将，但也绝非泛泛之辈。朕很担心郭敬有什么闪失。郭敬对朕来说，那可不是一般人哪！他慧眼独具，从小就对朕十分器重，多次救朕于危难之中，是朕的恩公啊！常言道'受人滴水之恩，必当涌泉相报'。唉，遥想当年，朕在微贱时受人恩惠多矣。如朕的两位师兄、宁驱，还有在茌平做耕奴时的旧主人师欢等等。但朕对他们大多无以为报。只有师欢，在我们定都襄国，东进收复茌平后，敕命他做了茌平县令。只是师欢出仕时年事已高，尽管他尽心尽责，将茌平治理的风清气正，井井有条，但因天不假年，已于前年作古，令朕深为痛憾。如今，在诸恩公中，只有郭敬尚且健在，但也早已年逾花甲。所以，朕决不能让他再有任何闪失。"

英姑："既然这样，那就别让他冒险进攻襄阳，夫君可另遣将帅前去。或者干脆将他召回京来，让他安度晚年亦可。"

石勒："不妥，那样的话，郭敬会感到非常失落。"

英姑："那你准备怎么办？"

石勒呵呵笑了："赐他锦囊妙计，助他成功。来人，笔墨侍候！"

一宫女用托盘托着文房四宝走进，将托盘置于案上。

石勒铺开黄绫，提笔润墨，开始书写。

襄阳前线，郭敬军营。郭敬与董幼在拆看锦囊。

郭敬："好！董校尉，你看，我们正对进攻襄阳的策略举棋不定时，皇上就给我们送来了锦囊妙计。你看我们是否依计而行？"

董幼："当然，皇上智慧超群，不是你我能够望其项背。当然遵照执行。"

郭敬："那好，现在周抚的密探遍布左右，正好加以利用。这样，我们就根据皇上的指示，先把部队撤回樊城，关闭城门，偃旗息鼓，实行全城戒严，严防消息外泄。然后放出风声，引敌入彀。"

董幼："对，就这么办！"

襄阳城内，将军府上，一将军正向周抚禀报军情。

将军："启禀大将军，据我们的细作回报，郭敬大军退回樊城后，实行全城戒严。我们的细作无法入城，得不到城内消息。然而，他们通过特殊渠道了解到，石勒的大队骑兵正在向襄阳开进，欲配合郭敬夺取襄阳。”

周抚：“啊？传令下去，命细作严密监视汉江渡口。如发现大队敌骑，立即来报！”

将军：“遵命！”

汉江渡口，滔滔东去的江水边，一队郭敬的骑兵正在洗马。

骑兵甲一面向马身上撩水，一面说：“从早上到现在，咱们这已经是第三次奉命到这里洗马了。也不知将军们搞得什么名堂？”

同在洗马的骑兵乙：“服从命令是军人的天职，让咱洗咱就洗，管他什么名堂！”

骑兵甲：“也是，那咱就洗吧。呵呵。”

周抚府上，一将军走入：“启禀大将军，汉江渡口出现大队石赵骑兵在江边洗马。一批洗完一批又到，已经两三天了，络绎不绝。末将猜测是他们的大队骑兵到了。”

周抚：“嗯，你说的很对，一定是他们的骑兵正在结集。糟糕，石赵的骑兵凶悍无比，我们根本不是他们的对手。看来，襄阳是守不住了。为了避免全军覆没，也只能是‘三十六计走为上’了。传令下去，大军撤离襄阳，回镇武昌！”

将军：“遵命！”

襄阳城门口，周抚率领大军仓皇出城，奔逃而去。

（转换镜头）

郭敬、董幼指挥部队入城。

城头上竖起大赵旗帜，士兵们在欢呼雀跃。

郭敬与董幼骑在马上，相视哈哈大笑。

董幼：“皇上的锦囊妙计真是太神奇了。就我们手下的那点骑兵，循环往复，周而复始地到汉江渡口洗了几次马，就把周抚吓得屁滚尿流地跑了。让我们兵不血刃就轻取襄阳。”

郭敬：“是啊，运筹于帷幄之中，决胜于千里之外，运用奇谋妙策，不战而屈人之兵，我们的皇上实在是太高明了！”

临漳，大殿内百官云集。

石勒手持表章连声叫好："好好好，郭敬攻取襄阳，使我国的南部疆域由汉江一下子扩展到了长江，功勋卓著。传旨，提升郭敬为荆州刺史，领秦州牧。"

内侍走出，面向石勒躬身行礼："是。"退下。

石勒停了一下，看着众位大臣，"诸位啊，现在我们的国力空前强盛。朕准备抽调一批能臣干吏，组成一个班子，筹备营建邺城，使之恢复魏晋五都时期的繁华与辉煌。这也就是朕将都城从襄国迁来临漳的主要目的。将来，邺城就是我们大赵国的都城。希望大家能支持朕的决定，帮助朕了却多年来的心愿。"

"不可！"廷尉续咸出班奏曰，"陛下却不可轻动此念。现在我们百废待兴，应将人力、物力、财力和精力集中运用到民生与国防之上。不应该大兴土木，搞什么旧都复兴。微臣恳请陛下收回成命。"

石勒的勃然大怒："放肆！邺城乃魏晋故都之一，也是黄河以北唯一的大都会。朕悔恨当年愚昧无知，放纵牧苑的穷弟兄为泄愤将其烧毁。二十多年来，每一忆此，均深感痛心疾首。所以曾经发誓，一旦条件许可，就要重建邺城。如今我大赵国版图辽阔，国力雄厚，正是朕实现夙愿的理想时期。偏偏你这老家伙要站出来和朕唱反调，给朕当头浇冷水。看来，不斩此老贼，朕营建邺城的计划就不能实施。来人！"

数名甲士应声从殿外抢入："在！"

石勒："将此老贼押下去，打入大牢！"

续咸大叫："陛下，您咋不听忠言呐？"

甲士应声："是！"扑过去将续咸扭住，推了下去。

中书令徐光趋出："陛下请息怒。"

石勒："徐光你有何话说？"

徐光："微臣不解，陛下天资聪睿超过唐尧、虞舜，怎么就听不进忠言呢？难道您甘愿做夏桀、商纣那样的君主吗？续咸一向老实，不理解陛下的苦心，故而直言不讳。他说的话，陛下以为可用则用之；不可用则不用。怎么能因为进献忠言就斩杀朝廷重臣呢？"

石勒听了摇摇头长叹一声："唉——看来做了皇帝也不能独断专行哪。"他站起身走出御案，解嘲地笑了笑，"嘿，朕也知续咸乃是忠言，刚才只不过是和他开个玩笑罢了。不过话又说回来了，一个普通百姓人家，有了一点资财，都还想置办点房产。难道作为万乘之尊，富有天下的皇帝，就不能营缮一宫吗？邺城朕是一定要营建的。不过，为了成就续咸这位老臣的忠直之气，就将此事罢议。传旨，赦免续咸，放其出狱。通知有司，赐给续咸绢一百匹，稻谷一百斛，以示褒奖。”他重新坐回御案，“这件事是朕唐突了。朕在这里再次重申，今后处理一切事务，均要严格遵循大赵国律令，作为皇帝的朕也不能例外。如果朕一旦情绪失控，盛怒之下做出错误裁决，诸位臣僚一定要严正奏闻，加以制止。特别是对那些德高望重之人，为国家做出显著贡献之人，以及烈士遗孤之类，更要善待他们。如果朕在这些问题上处理得不好，希望大家为了国家的长治久安，一定要犯颜直谏，不可因循。还有，朕在做赵王之时就曾颁诏，让各级官府与朝廷官吏，每年都要举荐直言、秀异、贤良、方正、清廉、至孝、勇武之士，供朝廷录用。朕今再次强调，我们这项制度不仅要坚持下去，还要进一步加强。为此，朕要效法西周，在京都设立明堂、辟雍、灵台，委派专门的官吏，对各级官府和诸位举荐的各类人才进行考察与测试。通过对策，来检验他们的德行、操守与能力。对策结果可分为上中下三等。答策上等者拜为议郎，答策中等者拜为中郎，答策下等者放为郎中。各级各部门的官员一旦需要扑缺，就按上述等级从中遴选。另外，除面向民间广开招贤之路外，我们更要着力培养我们自己的人才队伍。所以，各郡县都要建立学宫，每个学宫要设立祭酒二人，负责管理学宫和聘任教授。同时每个学宫至少要招收学子一百五十人。修学期间，每个学子都要经过三次严格考试，全部通过后视为学业修成，就可以到朝廷各级各部门去任职。我们把这个制度就称之为‘三考修成，显升台府’。大家以为如何？”

众大臣一起山呼：“吾皇英明，万岁万岁万万岁。”

大雨倾盆，电闪雷鸣。

山洪暴发，山体垮塌，树木随垮塌的山体被冲入河道，顺流而下。

漳河水暴涨，滚滚波涛中，苍松巨柏随浪浮沉，在临漳城外形成大面积淤积。

雨过天晴，石勒乘黄罗伞盖，在众大臣陪侍下，率领一队人马巡视漳河水情。

（特写）河岸边淤积的苍松巨柏一望无际。

石勒回头问：“这次大洪水引发的灾情如何？”

徐光走过来：“启奏陛下，由于这些年来为预防水灾，我们在太行山几个漳河源头都设立了专门监视漳河水情的‘监漳亭候’，一旦漳河上游发了大水，就以烽火传讯的方法通知我们，使我们预先做好了防范。所以这次漳河水涨，在我们临漳一带没有形成灾情。”

石勒：“好！”他指着前面滩涂上淤积的苍松巨柏，“你们看，上天给我们送来了上百万的苍松巨柏。这不是天灾，这是上天要朕重建邺城，给送来的建材啊！哈哈，传旨，以少府任汪，都水使张渐领头，组建有司，择吉开工，营建邺城。朕要亲自规划，定要让这座魏晋名都再现昔日辉煌，成为我大赵名都！”

大殿内百官云集。

徐光出班：“启奏陛下，高句丽、宇文孤屋、高昌、于阗、鄯善、大宛以及氐、羌诸国均派遣使节前来纳贡称藩。请旨定夺。”

石勒：“好！传旨，设盛宴款待，朕要亲自接待这些使节。”

徐光：“遵旨。”

宴会大厅，石勒峨冠博带坐于正面，由徐光、程遐陪侍。御案上摆满酒肴。

大厅两侧，各国使节由诸大臣陪侍，前面案上杯盘琳琅，菜肴丰盛。

高句丽使节举杯祝曰：“尊敬的大赵皇帝，捭阖宇宙，功昭日月，万国景仰，高句丽愿永做番邦。祝吾皇万岁万岁万万岁！”

石勒举杯：“好，干！”

众使节一起举杯：“干！”

宇文孤屋使节举杯祝曰：“宇文孤屋地小人少，愿永做大赵藩臣，希望得到庇护。祝吾皇万寿无疆！”

石勒：“嗯，好，干！”

各国使节共同举杯：“我等共祝吾皇万寿无疆！”

石勒举杯：“好好好，干！”

大家一起干杯。

石勒放下酒杯，笑着回头问徐光：“徐光你博通经史，你说，朕与历朝历代开基立国的帝王相比，类似于他们中的哪一个？”

徐光手扶额头想了一下，说：“陛下的神武与伟略超越了汉高祖刘邦；而特出的才华与雄奇的本领又远在魏武帝曹操之上。臣以为，自夏、商、周三朝以来的所有帝王均无法与陛下相比，似乎仅次于轩辕黄帝。”

石勒捋捋虬髯，爽朗地哈哈大笑：“为人者，哪能没有一点自知之明呢？你的话太过了。”他拿起酒杯喝了一口酒，继续说，“朕如果生于汉末秦初，能够遇到汉高祖刘邦，就会向他北面称臣，倾全力来辅助他，与韩信、彭越这些人来竟鞭争先，比个高低；如果和汉光武处于同一时代，朕会与刘秀并马逐鹿，争个高下输赢，那么究竟鹿死谁手，谁会成为最后的赢家，可就说不定了。”他停了一下，接着说，“至于曹操曹孟德，”他摇摇头，“大丈夫行事当光明磊落，如日月般皎然明白，像曹孟德、司马仲达父子，欺负人家孤儿寡母，采用卑鄙龌龊的手段来窃取天下，朕深为不齿！如果让朕自己来评定的话，朕觉得，朕的才略应该在刘邦与刘秀之间。至于轩辕黄帝，那是上古圣人，不是朕可以比拟的。”

大厅内各国使节与所有大臣全都相互看看，使劲点头，然后一起走出，跪拜在地：“吾皇万岁万岁万万岁！”

第四十五集

皇宫内，石勒在观书饮茶。

门上传来喊声："尚书仆射程遐觐见——"

程遐走进："参见吾皇。"向石勒行礼。

石勒："免礼，有什么事吗？"

程遐："启奏吾皇，寒食月就要到了，臣前来请旨，今年寒食月将如何安排？"

石勒放下书简，想了一想，说："这寒食月在朕看来实乃陋俗。朕想将其革除，你看如何？"

"啊？"听了石勒的话，程遐感到十分吃惊。他不解地看着石勒，"不是，陛下，寒食之俗从晋文公开始，流传至今已近千载，历代遵循不悖，怎么能够轻易革除？请陛下千万慎之。"

石勒："这事朕知道。春秋时期晋献公之子重耳，为避后母骊姬谗害，外出避祸，周游列国。有一天到了一个地方，由于找不到食物，饿得要死。这时，从龙诸君子中的介子推，把自己大腿上的肉割下来一块，烧熟了给重耳吃，才使他挺了过去。后来重耳辗转回国做了国王，就是晋文公。晋文公在赏赐功臣时，竟然把介子推给忘了。而介子推也不愿贪天之功为已有，就背着老母亲到绵上山中隐居去了。后来有知情人替介子推鸣不平，在宫门上贴出字幅说明此事。晋文公知道后，就率大军追到山中去寻找介子推。可是绵山很大，沟壑纵横，加之草木茂盛，到哪去找？这时有人出主意，说是放火烧山，介子推就会自已走出来。于是晋文公就下令放火。结果大火烧了一个月，把绵山都烧遍了，也不见介子推出来。等到大火全部熄灭，晋文公派人入内寻找，这才发现，介子推母子相抱着被烧死在一棵大柳树下。这使得晋文公对自己的错误决策深为悔恨。为了纪念介子推，便将绵上改称为'介休'，作为介子推的禄邑，在这里立庙祭祀。同时把绵山改为'介山'。同时颁令全国，将火烧绵山的这一个月，也就是每年的三月，不论官民，一律禁止用火。人们吃饭只能吃预先准备好的果蔬和干粮。所以这个月就叫'寒食月'，一直流传至今。可是，人们长期得不到热食，身体差一点的就会生病。事实上也是，每年的三月以后，国内病人就成倍增长。而这时候又恰逢春耕大忙季节，严重影响农耕。朕觉得，一个古代君王的错误决策，却要让历朝历代的广大人民为此付出如此沉重的代价，是不应该的。故朕决定，从今年起，革除此项陋俗。”

程遐：“可是，这……”

石勒大手一挥：“好了，啥也别说了。传旨，颁令全国，从今年起取消寒食月。国人都要举火造饭，不得寒食。违令者，罚！”

程遐：“是。”退下。

电闪雷鸣，狂风暴雨，一场罕见的大冰雹从天而降。

冰雹过后，树木摧折，稼禾尽丧，一片凄凉景象。

人们在田地边看着绝收的庄稼痛哭。

大殿上百官云集。

石勒从御案后站起，忧心忡忡地说：“天降重灾，国之不幸。朕让你们下去勘察灾情，你们都勘察过了吗？”

程遐出班：“启奏陛下，我们已经勘察过了。这次雹灾起于介山，历经太原、武乡、乐平、赵郡、广平、巨鹿一千余里，大如鸡子。最严重处平地三尺，洿下丈余，树木摧折，庄禾荡然，还砸死人畜与禽兽一万有余，损失十分惨重！”

石勒长叹一口气：“一定要做好对这些地方百姓的赈灾救济。还是那句话，在我大赵境内，绝不允许饿死一人！”

程遐：“是，遵旨。”归班。

石勒：“你们说，像这么大的天灾，历史上也曾有过吗？”

徐光出班：“启奏陛下，天降雹灾，夏、商、周、秦、汉、魏、晋历朝历代都曾发生过。这虽然是天地间的常事，然而，作为贤明的君主也应该根据天道的变化来调整自己的决策，这样才能不至于触怒上天。这次雹灾起于介山，是否与我们禁寒食有关呢？介子推是吾皇故乡之神祇，已经受到了历朝历代的尊奉。我们革除其传承已久的旧俗，或者有所不宜。人们的叹息都能影响到王道的推行，何况神祇的怨憾能不触动上帝生怒吗？寒食之俗纵然不能令天下共同奉行，但在介山左右，乃是晋文公立下的规矩。臣以为，应该任由百姓继续奉行。”

程遐复出班：“启奏陛下，臣以为介子推历代攸尊，我们更应该加倍尊崇。臣建议不仅要普遍恢复寒食，还应该设立介子推的祠堂，栽植嘉树，并安置专门的人户来奉祀。”

黄门郎韦谀出班："启奏陛下，臣以为程仆射之言差矣。按《春秋》记载，藏冰失道，阴气发泄则为雹。天降雹灾，在介子推之前就屡见不鲜。如果说这场雹灾系介子推所为的话，那么，发生在介子推之前，历朝历代的雹灾又该作何解释？再说，介子推乃是古之大贤，冥冥中会用如此暴虐的方法来残害天下吗？这是绝不可能的！所以，微臣以为，这场雹灾与禁寒食无关。不过，以介子推之忠贤，我们应该允许介休的人民继续奉行寒食加以祭祀，而在全国普遍恢复寒食则没有必要。"

石勒点头称是："嗯，黄门郎韦谀说得很有道理，雹灾的降临不会是因禁寒食所致。不过朕亦反思，寒食乃并州之旧风，传承已久，似乎亦不应该彻底禁绝。再说介子推毕竟是古之大贤，朕桑梓之神祇，对他祭祀也是应该的。然而，我们在祭祀神祇的同时，更应该关心人民大众的疾苦。而人民大众长期寒食，必然会影响身体健康。这样吧，我们把寒食之俗限定在并州保留，其他地方继续禁止。而并州人也不得经月寒食。可以把'寒食月'缩减为'寒食节'。据说，当年晋文公是在清明前一日下令焚烧绵山的，那我们就把这一天定为'寒食节'。每年的清明前一天，并州百姓禁止用火，以寒食的方式祭祀介子推，过后则恢复热食。这样的话，由于寒食时间较短，则不会对人的身体造成大的损害。大家以为如何？"

众大臣一起出班："吾皇英明。"

石勒："好，那就这样定了。颁诏并州，钦定清明前一日为'寒食节'。"

皇宫内，石勒与徐光对坐交谈。

石勒："徐光啊，朕今专门宣你前来，是想让你赔朕坐坐。朕近日心绪不宁，很想找人叙叙话。"

徐光："陛下有何烦恼？"

石勒："朕如今已经年届花甲，不能不考虑身后之事。而太子石弘却很是令朕放心不下。这孩子自幼仁孝，谦恭自守，行为儒雅，安静和悦，具有典型的文人气质，一点都不像将门之子。这对于一般人家来说，也许是好事。但对于将要继承大统的太子来说，就不一定了。尤其是天下尚未一统，世道并不太平，所以不可专以文业为教，也要注重武学修为。为此，朕让刘征、任播向太子传授兵书战策，让王阳教授太子击刺之术。可是，唉，或许是性情使然罢，太子终究不脱文人气象，每天接触的依然都是儒士文人，热衷于谈诗论赋。这不能不让朕深为忧虑。徐光，你有什么办法吗？"

徐光略一沉思，说："我倒觉得陛下不必过于忧虑。当年汉高祖以马上取天下，到了孝文帝刘恒和孝景帝刘启时，则崇尚道家的'无为而治'，使天下得到了休养生息，从而出现了前所未有的'文景之治'。所以我认为，在圣人平定天下之后，必定会出现修复战争创伤的君主，也就是人们常说的'武可定国，文能安邦'。陛下以武取天下，太子以文安天下，这本来就符合天道，陛下又何必无端自忧呢？"

石勒想了一想，说："你所言有一定道理，但朕总是不能完全放心。"

徐光："太子仁孝恭温，将来一定是一位仁君。但有一点陛下却要引起高度重视。我感觉，中山王凶残暴戾，又诡诈多智，这恐怕并非好事。臣担心，陛下千秋万岁之后，他会作出对社稷不利之事来。所以陛下应该未雨绸缪，逐渐削夺中山王的兵权。同时，应该让太子及早参与处理国事，锻炼其君临天下的能力。"

石勒点了点头。

皇宫后殿，皇后英姑面露戚容坐在案边。

石勒推门走了进来。英姑起身迎驾，帮石勒脱掉朝服，挂在衣架之上，问："徐光走了吗？"

石勒："嗯，走了。"

英姑："你们刚才说的话臣妾都听到了。臣妾觉得，徐光说的话很有道理。石虎这孩子性情残暴，刚愎自用，只怕将来太子很难驾驭。臣妾也很担心他将来会不利社稷。"

石勒摇摇头，坐下："石虎的性子过于强硬，这一点朕是知道的。而我们太子的性子又过于懦弱。朕想，如果让虎娃子辅助太子，正好弥补了太子的不足，形成珠联璧合。"

英姑："唉，如果石虎能一心忠于太子，那当然再好不过。臣妾只是担心，他如果不服太子，就会无法驾驭，就会成为太子的威胁。"

石勒："你这种想法很可能是受了徐光的影响，朕觉得不会有这么严重。虎娃子执行命令从来没有二话，在我们大赵国的创建中，他屡立大功。再说，他从小由母亲一手拉扯长大。从军后，朕又给予了他足够的信任与重用。朕觉得，无论从哪方面说，他都不应该做出有损于国家社稷的事情来。还有，他自小颠沛流离，与朕的经历有许多相似之处。他也一定会像朕一样，对事业尽心尽责。所以，刚才徐光所言，让太子及早历练，这话可取。而要朕削夺虎娃子的兵权，这事不妥，姑妄听之而已。"

宫门外传来喊声："右仆射程遐觐见——"

石勒看了英姑一眼："唔？他来干什么？"回头对外，"宣。"

程遐走进："参见陛下，参见皇后。"

“免礼。”石勒问，“国舅大哥，汝来见朕，有何要事？”

程遐：“微臣因太子之故，冒昧前来进言。”

石勒：“哦？太子何故？请讲。”

程遐：“中山王勇武权智，群臣莫及。可是看他平时表现，除陛下一人外，对所有人都不放在眼里，也包括太子。到如今，他领兵专征的时日已经很久，威震朝野。然而他却残暴好杀，缺乏仁恕。加之他的儿子们都已长大成人，手中又都握有兵权，这更让他如虎添翼。陛下您健在时，他慑于您的威望，倒也不至于有事。微臣只是担心，他将来会嚣张跋扈，不甘心做少主的臣子。所以还请陛下未雨绸缪，及早采取措施，消除隐患。”

石勒以鄙视的目光看着程遐：“现在天下尚未平定，兵戈随时会起。太子年少懦弱，正需要强力辅弼。中山王系朕的佐命功臣，与太子亲同鲁卫。朕正准备委他以更重之任，让他像伊尹、霍光那样倾心辅助太子，何至于像你说得那么不堪？你如果担心少主正位之后，因中山王在侧而不能专擅帝舅之权的话，朕可以在咽气之前，先让你参与顾命。这样总可以了吧？”

程遐听了，不由得痛哭流涕。他跪倒在地，“咚咚咚”连磕响头，说：“陛下，臣的话完全出于公心，并未掺杂私念，您咋就听不进去呢？中山王虽说是太后一手抚养长大，究竟不是陛下亲生骨肉，很难说存在恩义。是的，他是仰仗陛下神威与指授的方略建立了一点功绩。但陛下已经赐给了他非常尊贵的爵位，甚至他的儿子们也都得到了无尚荣宠。陛下对他实在是恩至义尽了呀，这难道还不够吗？想当年魏主过度宠任司马懿父子，最终落得政权被篡，国祚沦移。前车之鉴并不遥远，我们咋能不加防范呢？臣屡受陛下荣宠，又与东宫存在瓜葛，如臣不来竭尽忠言，还能指望谁呢？陛下如果不除掉中山王，臣害怕将来社稷宗祠，不会再有人前来祭祀矣。”说完，伏地哭泣。

英姑看看石勒，石勒坐在那里冷峻地看着程遐，一言不发。

英姑起身走过来将程遐扶起：“国舅爷请起，你的话我们会认真考虑的。”

程遐站起，抹抹眼泪，说：“那好吧，请陛下与皇后保重，微臣告退。”说着深施一礼，转身出宫去了。

英姑返回重新入座：“夫君，以臣妾看来，程遐也是一片忠心。”

石勒长叹一口气：“是啊，程遐在才学方面虽然远逊于张宾，但朕从来就没有怀疑过他的忠诚。只是当初因他之故，让朕错斩张披，害得右侯离朕而去，所以一见他就不免烦恼。他所言确实有一定道理，将来中山王会不会受太子挟制，很难逆料。但是，朕却是除不掉中山王的。”

英姑：“为什么，是因为他的羽翼已经丰满了吗？”

石勒：“不是。从目前来看，他还不敢在朕的头上动土，朕要将他拿下易如反掌。也不是找不到除去他的理由，'欲加之罪何患无辞'，历代帝王都熟谙其道，朕也不例外。然而，石虎尽管有点跋扈，却没有明显的劣迹与罪状。反而在大赵国臣民的心目中却是一个征战沙场的大英雄、大功臣。现在我们担心他将来会为祸朝廷，却并没有掌握任何证据。如果我们就以这个尚未发生的'莫须有'，就将石虎诛除，就算是能够找到一万条理由，也都是苍白无力的。这样做的结果不仅不能服众，还会造成朝臣疑忌，将士寒心，将朕视为残酷无情的暴君。严重时，还有可能引发我大赵国的动乱和分裂，给我们的江山社稷造成无法估量的灾难。这是朕不能诛除中山王的内部原因。还有，虽说现在我们大赵国境内整顿建设得不错，社会秩序良好，人们安居乐业，但是我国周边的国际环境并不乐观。南面的司马氏东晋集团虎视眈眈，随时都会向我们发动进攻；西面的李雄氐酋政权也在蠢蠢欲动，寻机东犯；北面的鲜卑慕容氏也正在崛起。这些来自周边的威胁，只要存在一天，像石虎这样的悍将，我们就必须依靠和重用一日。这就是朕不能诛除石虎的外部原因。至于将来石虎会不会为祸朝廷，就只有天知道了。当下我们确实无能为力。唉，不管怎么说，我们的太子性情懦弱，年岁又小，这是无法改变的事实。"

英姑突然伤心地哭了："如果我们的兴儿活着，就不会有今天的难题。啊，我的兴儿啊——"

石勒拍拍英姑的肩膀："皇后不必过于伤怀。自古雄主传位，都会面临艰难抉择。现在我们只能寄希望于石虎，能够像霍光辅弼汉昭帝那样，忠心辅弼我们的太子了。唉，听天由命吧。"

邺城，石勒在石虎、徐光等众大臣陪侍下视察。

新建的宫殿巍峨辉煌；复原的铜雀、金虎、冰井三台气势雄伟，巧夺天工；亭台楼阁、曲榭回廊、假山湖水、廛闬朱楼，应有尽有。

石勒一面视察一面点头："看来邺城的恢复重建已近尾声，接下来我们要趁着现在国泰民安，边境相安无事的大好时机，重新整建洛阳、长安这两座历史名都。特别是洛阳，地处中州，乃是周朝古都、汉、魏、晋的旧京。朕早有心迁都到那里，故将洛阳命名为'南都'，并在那里设立了'行台'。只是那里在永嘉五年被刘曜一把火烧毁后，一直没有得到根本性的修缮，残损特别严重，修复起来难度很大。所以只能往后放放，先修复长安。长安虽说也屡遭兵燹，损毁不小，但宫室尚存，各种基础也基本完好，修复起来相对容易一些。传旨，择定吉日，起驾长安，朕要先去沣水宫看看。"

陪侍群臣："遵旨。"

长安沣水宫，石勒在徐光、程遐等大臣的陪侍下在殿内视察。

高大宏伟的殿宇金碧辉煌。

突然，石勒手扶额头，身体剧烈摇晃，就要倒下。

徐光等身边陪侍的人们急忙上前把石勒扶住："陛下怎么了？感觉哪里不虞？"

石勒摇摇头："朕忽然感觉头晕目眩，恶心欲呕。"说着弯身子，一阵干呕。

徐光轻轻拍着石勒的背，小心问道："是否起驾还都？"

石勒点点头。

徐光："传令下去，立即起驾还都！"

大道上旌旗蔽日，石勒大军在向前行进。

襄国寺庙中，佛塔上一檐角挑铃发出"铛铛"声响。

佛殿内，正在蒲团上闭目打坐的佛图澄突然睁眼站起，出门观看："红日当空，寂静无风，塔铃自鸣，言说今年国有大丧。奈何？"

夜里，天空中一颗流星划过天际，发出耀眼的亮光。

皇宫外，一队甲士在石邃的率领下严密守护着宫门。石弘、石宏、石斌等一干石勒儿子都被挡在宫门外，噤若寒蝉。

石虎从宫内走出，对石邃说："皇上病重，邃儿要严守宫门。不得本王命令，无论谁都不许入宫。同时，宫内任何人不许随便出宫。有违令者，统统给我拿下！"

石邃："遵命！"

石虎用手一指太子石弘："皇上召见，太子随我进宫。"

石弘跟着石虎走进宫门。石邃立即将宫门关闭。

皇宫中，石勒躺在病榻之上。英姑、程妃与几个宫女在榻边陪侍，不停地擦眼泪。

病榻前面地上，石虎与石弘站着。石弘显得十分痛苦与拘谨，石虎的表情透露着些许冷漠。

石勒看向英姑，在枕头上微微摇了摇头。

英姑痛苦地闭上了眼睛。

石勒喘息着想要往起欠身。英姑急忙坐于榻上，将石勒抱起，让石勒斜靠在自己身上。

石勒："你，你们，都，都过来。"

石虎与石弘走近。

石勒："朕出身微贱，自幼穷困潦倒，颠沛流离。二十八岁被掠卖到冀州做了耕奴。后来遇到汲桑，在牧苑起义，历经波折，返回武乡，东山再起，投了汉王刘渊。东征西讨，发展壮大，建立了大赵帝国。朕也算是戎马一生，波澜壮阔。只恨吴蜀未平，书轨不一，司马家儿，未绝丹阳，总感觉壮志未酬。"

（随着石勒断断续续的讲述，镜头闪回当年洛阳长啸、官兵追拿、两人一枷过太行险径、师欢庄上耕田、牧苑风云际会盟誓、战场厮杀、兵进襄国、南征洛阳擒刘曜、南郊祭天登基等情景）

（镜头回到现实）

石勒喘息着说："朕今病入膏肓，势难再起。朕死后三日即葬，不可拖延。入殓时，只穿常服，概从简朴，不许另置盛装。墓室中不得随葬金银器玩。各地牧守不得擅离职守，回京奔丧。举丧期间，不得禁止百姓婚娶、祭祀、饮酒、食肉。内外臣僚既葬除服，照常供职。"

石弘哭着跪于榻前，石虎见状也随之跪下："儿臣遵旨。"

石勒喘息着看着石弘叹了口气："唉，太子大雅历来文弱，不似将门之子，只怕难承朕意。"又看向石虎，"中山王以下要各司其职，好好辅助太子，勿违朕意。"再次看向石弘，"大雅与斌、宏等兄弟要好好相处，互相帮扶，厚道和睦。要以司马家儿为殷鉴，不要互相排斥。"

石弘哭着点头："儿臣记下了。"

石勒再次看向石虎："中山王，你一定要深深思考前朝的周公与霍光，仿效他们的做法，尽心辅助太子。千万不要给，后世留下，留下，把柄！"说到此，眼睛突然瞪大，死死盯着石虎，倒吸两口气，头一歪，驾崩了。

石虎浑身一个激灵，磕头在地。

英姑、程妃、石弘与宫女们一起放声大哭。

（字幕加画外音）"后赵建平四年，公元333年秋七月，石勒这位从奴隶崛起的旷世英雄，走完了其波澜壮阔的一生，与世长辞了，终年六十岁。

令人遗憾的是，石勒死后，石虎果然专横跋扈，胁迫太子石弘收捕程遐、徐光后杀害，随后又逼杀太后刘英姑，废石弘为海阳王。最后率性将石勒的子孙后妃全部诛杀殆尽，自己篡位做了大赵国之主。大赵国人民重新沦入了穷兵黩武，劳役繁重，民不堪命的水深火热之中。很快，就将石勒创建的大赵基业挥霍得一干二尽。石勒英雄一世，却在最后重大问题的决策上优柔寡断，寄希望于幻想,给后世与事业带来了灭顶之灾。

对于石勒其人,历代的封建史学家对他并不看好。由于石勒出身于羯胡民族,系“五胡乱华”的主要“元凶”之一,在极端民族偏见与民族歧视的情绪操控下,他在身后一千数百年来,始终遭受的是侮辱与诋毁。然而,尽管如此,在记录他的这段历史时,史学家们依然掩饰不住对石勒的人格、智慧、卓越才华和为政理念的由衷赞叹。《晋书·载记·石勒》在最后总结时写道:“石勒出自羌渠,见奇丑类。闻鞞上党,季子(郭敬)鉴其非凡;倚啸洛城,夷甫(王衍)识其为乱。及惠皇(司马衷)失统,宇内崩离,遂招聚蚁徒,乘间煽祸,虔刘我都邑,翦害我黎元。朝市沦胥,若沉航于鲸浪;王公颠仆,譬魂游于龙漠。岂天厌晋德而假兹妖孽者欤?”通过这段文字,我们可以看出,历史上的官方学者,对石勒这位“出自羌渠的奇丑类妖孽”是多么的深恶痛绝!但他们对石勒的所作所为又有着发自内心的佩服。接下来他们写道:“观其对敌临危,运筹贾勇,奇谟间发,猛气横飞。远嗤魏武则风情慷慨;近答刘琨则音词倜傥。焚元超(司马越)于苦县,陈其乱政之愆;戮彭祖(王浚)于襄国,数以无君之罪。于是跨蹑燕、赵,并吞韩、魏,仗奇才而窃徽号;拥旧都而抗王室。褫毡裘,袭冠带,释介胄,开庠序。邻敌惧威而献款;绝域承风而纳贡。则古之为国,曷以加诸!虽曰凶残,亦一时之杰也。”称赞石勒“古之为国,曷以加诸”,即历史上的统治者没有哪个做得比他更好。这便是古人对石勒的本质评价。

我们中华民族,是由历史上许多民族融合而成的伟大民族。摒弃民族偏见,还原历史本来面目,中华人民共和国的开创者毛泽东,对石勒曾作出多次评价,如下:

“两晋时出过一个马上皇帝石勒,他是一个很有军事统帅能力和政治远见卓识的少数民族政治家。”

“两晋南北朝时,西晋经过‘八王之乱’衰落了,少数民族入主中原,就是所谓的‘五胡乱华’。五胡之中有一胡,是羯族,属于匈奴人的一支。羯族出了一个人物叫石勒。石勒建立后赵,当了皇帝,一度统一了中国北方,南北朝对峙的局面是从他开始的。”

“石勒当过兵,种过田,做过生意,还被人卖到山东做过奴隶,吃了许多苦,阅历多,很有点本事。”

“石勒是乱世英雄,败大晋,灭前赵,擒刘曜,是个厉害的角色,很有军事才能。他自称,要是跟刘邦同时,当臣服之;若与刘秀并世,则要一较高低。他说,曹操、司马懿从孤儿寡妇手中取天下,不是大丈夫行事,不足取,他不会这样做的。他这个话像个男子汉。”

“石勒没有上过学,但懂政治,有头脑,知道老百姓的疾苦。他使中国北方从战乱中得到统一，改革法制，整顿赋税，对人民是有好处的。他懂得从历史中吸取知识，不搞经验主义，不识字，就叫人读《史记》《汉书》给他听。他重视读书人，兴办学校，提倡佛教，发展文化事业。他的知识分子政策很有高明之处。”

“少数民族里，历史上也有了不起的人物呢，石勒算一个。可惜他执政时间不长。他死后，石虎继位。石虎是他的侄子，这个人不行，后赵很快就灭亡了。”

古人与今人对石勒的评价高度一致，说明石勒是他那个时代真正的英雄。

剧终

后 记

从一开始接触石勒这个人物，到坐下来研究石勒及后赵历史，至今已经越过了四十多个年头。这期间对于研究形成的东西，也通过各种媒体如报刊、书籍、电视台等等，向外发表了不少。2011年正式退休后，就想把历年来研究的成果作一系统的总结，于是就有了长篇历史传记文学《石勒传》的问世。非常感激老师和朋友们的关爱和帮助，使得《石勒传》能够入选《三晋百位历史文化名人传记丛书》得以在北岳文艺出版社出版发行，了结了我今生最大的心愿。

本来以为，本人对于石勒这个人物的研究工作已经结束，从此可以封笔，安度晚年；或者改换门庭，收拾整理一些鸡零狗碎的篇什，聊以自慰。没想到，一次机遇，让我重新燃起了激情。

《石勒传》出版后，为了将喜悦分享给更多的人，我开始了赠书活动。而我最想赠送的，便是李玉臻老先生。这不仅仅是因为李老的社会地位崇高，更主要的是我非常仰慕李老的渊博学识和精深的文学造诣。我听说，一块自唐代以来，存世一千多年的《碧落碑》，从来无人能够破解，居然让他给破解了，这让我佩服得目瞪口呆。他的博学，似我等浅薄文人，实在难以望其项背。如果我的拙作能够得到这样一位大学者的赏识，那自然是身价倍增，感觉无比荣崇。

2017年盛夏，听说李玉臻老先生回老家来了，我立即骑摩托赶到了行道岭村。当我把新出版的《石勒传》交到他手时，李老感慨地说："是啊，石勒是我县历史上十分重要的人物，可惜了解的人不是很多。如果能把它改编成电视剧，那影响可就大了！"

李老的这句话使我的心头猛一激灵，一时豪气勃发，脱口说道："那好啊，那咱就改编电视剧！"

李老看了我一眼，说在此之前，也有一位作者写过一部同样题材的作品。在向他赠书时，他也向该作者提出过同样的要求。说到这里，他笑了笑，没有再说什么，只是对我微微点了点头。不过，从他的表情上我看出了潜台词：改编电视剧谈何容易！他并没有十分当真。因为在此之前，我和他只有过一次会面，他对我的情况不甚了解。

不管李老是否当真，反正我是当真的。回来后，我便坐了下来，开始了剧本的编写工作。这期间，由于家务事繁，再加上中间还承接了一些官方的写作任务，耽误了一年多的时间。到了2020年，这部共计45集，七十万字的电视剧文学剧本的初稿终于完成了。这里又牵出了有关这部电视剧需要感谢的第二个人物——程原生老师。

程老师是山西省委宣传部山西省文化产业研究发展中心原副主任，央视第十套节目编导，在省内外兼着多家研究会、协会秘书长、顾问、理事、会员的名头与职衔，是一位资格很老的学者。我在研究石勒和创作《石勒传》的过程中，就曾得到过他的许多指导和帮助。在改编电视剧文学剧本《石勒》时，凡遇到关键环节和疑难问题，我总要通过电话和微信征求他的意见和看法。他的真知灼见，常常使我拨云见日，绝处逢生。在某种意义上说，他是我写作生涯中的"贵人"，所以，在此一并加以致谢。

好容易，电视剧文学剧本《石勒》编写完成了，却又遇到了新的麻烦。这时候，我急切地想向李玉臻老先生汇报成果。因为在我的心目中，这是他给我安排的任务，当然首先要向他汇报。然而，这时候偏偏遇上了"新冠"疫情，我想尽办法，却怎么也与李老联系不上，这让我很是惆怅。于是我又回过头来，重新审视我的这部作品，把每一集都整理概括成为故事梗概，想先通过网络发表一个电视连续剧的故事梗概，看看能不能引起一些社会反响。当故事梗概整理完成后，我的学长，武乡一中资深退休老教师赵兰舟先生主动担纲，撰写了推介文章，帮助我把故事梗概挂在了网上。对于赵兰舟老师的义举，我深为感谢。

令人遗憾的是，故事梗概在网上挂了许久，却并未收到我预期的效果，反响并不强烈。不觉得时光流逝，进入了2022年。到了这时，我有点焦躁了。古人云：人活七十古来稀，而我已经七十好几了。我深知，要想把这部电视连续剧搬上荧屏，绝非易事。它需要巨额的投资，还必须得到官方的支持与配合，工作异常繁杂，难度极其巨大。而我本人在影视文化圈内没有一个认识的人，很难找到人帮忙。在政界，我人微言轻，缺乏能够成事的社会关系；在社会活动方面，我又是一个不善交际、彻头彻尾的低能儿。所以，在我的有生之年，实在不敢奢望能够在荧屏上看到我所创作的这部电视剧。我只有一个小小的想法，就是把这部电视剧的文学剧本编辑成书，加以出版，然后交给社会。我这人没有多大的抱负和雄心，我只是觉得，我是一个土生土长的武乡人，别无所长，只会编排一点文字，只想在有生之年能够为家乡的文化事业多作一些贡献。我也别无所求，我是一名共产党员，吃着共产党的饭，挣着共产党的退休金，只想多干一点共产党员应干的事，从来没有想过通过自己的特长去谋取什么利益。我只是想,如果不能把这部作品变成书籍,那它就是一堆毫无用处的废纸。我非常害怕,我的一腔心血就此付诸东流。

就在我恐慌无措之际,政协武乡县委员会主席刘钢平同志向我伸出了热情之手。他对我说:“石勒是我县历史上一位十分重要的人物。如果将来有朝一日能够开发这方面的文化产业,一定会对我县的文化建设、经济建设和社会品位的提高起到很好的作用。所以说,这对咱武乡来说,是一件大好事。但是,你的这部电视连续剧却不宜在政协编辑出版。政协虽然在这些年编印了大量的书籍,但全都属于文史资料。你的这部剧作属于文学类别,与政协的有关规定不相符合。不过你也不用担心,我们可以想点其他办法。”他让我把《石勒》电视剧本连同故事梗概给他打印一份,他要和县里的主要领导交换一下意见,看是如何解决为妥。

又过了一些时日,刘主席告诉我,县委主要领导非常支持这项工作。但要将剧本拍摄成剧,眼下县里还不具备这方面的条件。所以,他同意将剧本先交付出版社编辑出版,在社会上加以发行。同时,刘主席表示,接下来的事他会亲自办理,把每一步工作都落实到位,让我放心。

事情走到这一步,接下来就好办多了。我深深感激刘钢平主席的热心担当和县委主要领导的鼎力支持。但是,对于最先倡导将《石勒传》改编成电视剧文学剧本《石勒》的李玉臻李老,我总感觉没能向他汇报最后的结果而深感遗憾。毕竟《石勒》剧本的问世,我是秉承他的意志完成的。然而,我想尽办法,包括通过行道岭村的支部书记,都与他联系不上。就在我感觉无计可施的时候,忽然听说《行道岭村志》已经付印出版了。这一消息使我的心中突然灵光一现:《行道岭村志》的主编不就是武乡县城建局原局长李晋国先生吗?他可是我的学友啊!这么长时间,我怎么就没有想到他呢?编写《行道岭村志》是万万不可能绕过李玉臻老先生的,李晋国一定和李老有着密切的联系!于是我立即去找李晋国先生。李晋国告诉我,玉臻公因年事已高,加之身份特殊,不愿接受社会上的无端干扰,所以,一般的电话他都不接。与他联系,必须通过一个专门的通道。不过,这需要特定的时间。李晋国让我把电视剧文学剧本和故事梗概打印一份给他,他会找合适的机会转呈李玉臻先生。

就在我将打印好的书稿交付李晋国时,又向他提了一个要求:在他见到李老后,如果有可能的话,请李老给即将出版的电视连续剧文学剧本《石勒》写一个《序》。李晋国说:可以试试。

也许正应了古人的一句话:“运去黄金失色,时来顽铁生光。”仅仅过了几天,李晋国就接到了来自省城的通知,让他赴太原参加《行道岭村志》发行工作研讨会。这是因为,省地方志办公室从数以万计的村志、乡镇志中发现,《行道岭村志》不论是体例设计,还是记事原则,都具有很强的典型性,很值得在全省范围内大力推广。由于会议安排的时间比较短促，为了能够留出足够的时间和玉臻公交谈关于电视剧本《石勒》的有关话题，李晋国先生提前一天奔赴太原，将《石勒》书稿交付李老，同时也将我的诉求一并告知。

时隔不久，李玉臻李老撰写的《序》通过李晋国传到了我的手机上。我怀着不知李老会对该剧作何评价的忐忑心理，立即进行了认真拜读。结果，欣喜若狂。我万万没想到，李老对拙作的评价远远超出了我的想象。我感觉，能够得到李老这样一位大学者的首肯，实在是三生有幸！

又过了不久，从刘钢平主席那里也传来了好消息，县委书记贺思宇同志高度重视。之后，通过刘主席的积极运作，从经费解决到组织实施，都得到了落实。根据工作对口的原则，刘主席把《石勒》电视剧本的出版发行任务交由武乡县文联来具体承办。

武乡县文联主席张红伟先生热情诚恳，文学功底十分深厚，具有很强的工作能力。为了把这项工作做得卓有成效，他特地邀请了县内一批建树不凡的学者，组成了审核领导组，对剧本进行了全方位的审查把关。不久，他便与出版部门取得了联系，完成了一系列的前提准备工作，保证了电视剧文学剧本《石勒》的顺利出版。

综上所述，电视剧文学剧本《石勒》之所以能够与广大读者见面，都是诸位领导和同仁们鼎力支持和通力合作的结果。在此，再次向各位表示衷心的感谢！

同时，也热切地希望这部作品能够引起影视界有识之士的重视，尽快将其推上荧屏，奉献给社会。

图书在版编目（CIP）数据

石勒 / 李驰骋著 . — 太原 : 山西人民出版社，2023.6

ISBN 978-7-203-12899-1

Ⅰ. ①石… Ⅱ. ①李… Ⅲ. ①电视文学剧本—中国—当代 Ⅳ. ① I235.2

中国国家版本馆 CIP 数据核字 (2023) 第 086780 号

石　勒

策　　划：武乡县文学艺术界联合会
著　　者：李驰骋
责任编辑：孙　茜
复　　审：贾　娟
终　　审：梁晋华
装帧设计：闫宏睿

出 版 者：山西出版传媒集团 · 山西人民出版社
地　　址：太原市建设南路 21 号
邮　　编：030012
发行营销：0351-4922220　4955996　4956039　4922127（传真）
天猫官网：https://sxrmcbs.tmall.com　电话：0351-4922159
E-maill：sxskcb@163.com　发行部
sxskcb@126.com　总编室
网　　址：www.sxskcb.com

经 销 者：山西出版传媒集团 · 山西人民出版社
承 印 厂：山西海德印务有限公司

开　　本：787mm×1092mm　1/16
印　　张：37.5
字　　数：700 千字
版　　次：2023 年 6 月　第 1 版
印　　次：2023 年 6 月　第 1 次印刷
书　　号：ISBN 978-7-203-12899-1
定　　价：128.00 元